천년의
사랑

양귀자 소설

천년의 사랑

양귀자

쓰다.

1장

지금,
사랑하고 있는
이들을 위해

그녀를 말해야 하는
이유

　지금, 나는 한 여자에 대해 말하려 한다.

　뭇 사람들은 별 수고 없이도 누리는 하찮은 행복에게조차 한 번도 이름을 불려보지 못했던 여자, 하지만 모든 이들은 한사코 피해 가는 그 많고 많은 불행에게는 빠짐없이 호명당해 보아서 누구보다도 절망에는 익숙했던 한 여자에 대해 나는 지금 말하고자 한다.

　아니다. 그렇지 않다.

　그렇게 말해버리고 나니 처음부터 그 여자를 잘못 설명하고 있다는 자책감이 솟구쳐 그만 종이를 구기고 싶어진다. 비록 그러했지만 결코 그것이 생의 전부는 아니었던 한 여자, 라고 첨언하면 좀 나을까…….

　나는 그 여자의 눈물을 기록하고 싶은 것이 아니다. 잦은 눈물과 대책 없는 한숨과 감당 못할 불행으로 얼룩져있는 삶만이 그 여자의 전부였다면 나는 이 글을 시작하지 않았을 것이다. 그것은 그 여자 삶의 표피에 불과한 것이었다. 그 여자가 살아야 할 진짜 생은 다음 페이지에 있었다.

나는 그녀의 진짜 생애에 끼어들기로 한 사람이었다. 그것은 운명이 내게 준 약속이었다. 마지막 순간에는 그 여자도 이 약속을 인정했었다. 이것이야말로 다른 누구도 아닌 바로 내가 그녀를 말해야 한다고 끊임없이 나를 채근한 강력한 배후였다.

그렇지만 나의 망설임은 길었다. 나는 거의 5년 동안이나 주저했다. 그녀를 표현하고 싶었지만 나에겐 너무 어려운 일이라고 지레 포기하기도 했다. 그사이 몇 번인가는 책상 앞에 앉아 첫 문장을 써보려 시도한 적도 있기는 했었다. 깊은 산속의 정적과 동그란 원으로 비춰주는 정다운 등불, 그리고 한없는 그리움까지 다 준비되어 있었지만 내 펜은 하염없이 허공만 맴돌 뿐이었다.

그리고 지금, 나는 깨닫는다. 한없는 그리움이 바로 문제였다고. 그리움이 너무 많으면 마음이 범람한다. 간신히 막아두었던 그리움의 둑이 무너져 내리면 해야 할 말들은 길을 잃고 떠내려가버리는 것이었다. 홍수 난 마음으로 무엇을 적으랴. 내가 이 기록을 진행시키지 못한 것은 너무나 당연한 일이었다.

그렇게 5년이 지났다. 그녀가 떠난 후 다섯 번의 겨울을 보내고서야 내 눈은 겨우 봄을 알아보았다. 그동안은 봄이건 여름이건 내게는 모두 추운 겨울의 다른 이름이었다. 나는 알게 되었다. 이제는 마음의 제방을 무너뜨리지 않고도 그리움을 다스릴 수 있게 되었음을. 그런 때가 왔음을.

지금, 사랑하고 있는 이들을 위해

그리고 하나 더 알게 된 것이 있었다. 내가 꼭 그녀를 말해야 할 이유가 아무리 간추리고 또 간추려도 여전히 세 가지씩이나 된다는 것을.

그랬다. 내게는 반드시 그녀를 기록해야 할 이유가 세 가지나 있었다. 사사로운 감정까지 덧붙이면 백 가지, 천 가지라도 댈 수가 있지만 다 지워버리려 애써도 결코 지울 수 없는 이유가 셋이나 남는 것이었다.

그러므로 나는, 지울 수 없었던 그 세 가지 이유를 적는 것으로 이 기록의 시작을 감당하려 한다. 스물여덟 해를 살았지만, 스물여덟 해를 스물여덟 번 살았던 것보다 더 깊고 넓은 흔적을 나에게 남겨놓았던 그 사람에 대해서.

먼저
사랑이 있었다

첫 번째 이유를 말하기 위해 나는 종이 위에 '사랑'이라고 적어본다. 그리고 지운다. 한참동안 종이에 의미 없는 점만 찍다가 결국 나는 다시 '사랑'이라고 쓴다. 그것 이외 다른 표현이 없다. 이제 와서는 울림도 없는 금 간 종소리 같은 말, '사랑'이지만 그래도 그렇게 써본다.

이제 막 나는 사랑을 금 간 종소리처럼 울림도 없는 말, 이라고 함부로 말했다. 그렇게 말하는 이면에는 나와 그녀의 사랑은 결코 그렇지 않다는 나의 부르짖음이 담겨있다. 부르짖음일 수밖에 없는 것이 모든 사람들한테는 다 자신들의 사랑만큼은 통속이 아니라는 자부심이 있는 까닭이다. 내 사랑은 그 자부심까지도 넘어버리는 전혀 다른 것이다.

이 점에 대해서는 나, 성하상이란 사람을 설명하는 것으로 자칫 길고 장황해질 설명을 압축할 수 있으리라 믿는다. 내 삶의 모양이 보통의 삶과 다르다는 사실부터 먼저 밝히면 이야기가 아주 간단해진다.

나는 스물다섯 살까지는 아주 평범한 젊은이였다. 그 나이가 되기까지 보통의 사람들이 거쳐 오는 과정을 나 역시도 충실하게 밟았다. 부모와 형제의 사랑을 받으며 자라 대학생이 되었고, 법관이 되겠다는 야망도 품어보았고, 가끔씩은 적어도 시시하게 살지는 않겠다며 모험도 꿈꿔보는 그런 젊은이였다.

그러나 스물다섯 살의 어느 날 내 앞에 한 스승이 나타났다. 나는 그를 통해서 삶의 뒤페이지를 보았다. 그리고 나는 변화되었다. 변화되었으므로 나는 이제 예전처럼 살 수가 없게 되었다. 나는 결국 스승을 따라 현실을 버리고 산으로 들어갔다. 그리고 공부를 시작했다. 공부의 처음은 이제까지 내가 배우고 익혔던 세상의 모든 지식에 가위표를 치는 데서부터 출발했다.

스물다섯 살 이후의 내 삶과 공부에 대해서는 기록이 진행되면서 보다 소상하게 드러날 것이다. 그녀를 진술하기 위해선 어차피 나라는 사람 또한 가끔 언급되어져야만 하므로 피할 수가 없을 것이다. 그러니 여기서는 다만 이렇게만 말할 생각이다. 내가 했던 공부는 우주로 통하는 큰 생명을 얻어 그 생명 기운을 세상으로 전파하는 큰 사람을 만드는 공부라고.

깊은 수련을 쌓아서 우주의 큰 기운을 세상 쪽으로 흘려보내는 경지에 이른 도인을 우리 수행자들 사이에선 '큰사람'이라고 불렸다. 처음 나는 그들이 깊은 산속에 틀어박혀 평생에 걸쳐 명상에 잠겨있는 것이 무슨 의미가 있는지 의아하게 여겼다. 깨달음이 제아무리 커도 그것이 결국 자기 자신을 위한 득도라면, 그 깨달음이 세상과 차단되어 한 사람만의 것으로 그친다면 현실의 빵한 조각보다 더 쓸모없지 않느냐는 내 의문은 젊은이로서는 응당 품을 만한 생각이었다.

그러나 나는 곧 이 의문 앞에 무릎을 꿇었다. 큰사람들의 수행은 이미 자신을 초월하고, 삶을 뛰어넘어, 이 지구를 위한 것이었다. 우주의 힘을 받아들이길 거부하는 미욱한 인간세상의 사람들을 위해 그들은 기꺼이 우주와의 통로가 되길 자청한 것이었다. 그들이 나누어주는 에너지를 공급받지 못한다면, 어쩌면 이 지구의 파멸까지도 각오해야 할지 몰랐다. 우리의 목숨은 숨어서 고행하는 그들에게 많은 부분 빚져있는 것이었다.

큰사람의 길을 인정한다는 것은 어떤 경우라 하더라도 최소한의 명분 없이는 분발할 수 없는 나 같은 젊음한테는 중요한 전환점이었다. 나는 비로소 갈등 없이 스승의 가르침을 좇을 수 있었다. 그와 더불어 점점 더 나는 세상과 멀어졌다. 아니, 더 정확히 말하자면 세상 사람들이 사는 법에서 점점 멀어져갔다. 나는 큰사람이 되고 싶었다.

그리고 어느 날 나에게 사랑이 닥쳐왔다.

내게 닥쳐온 사랑은 세상의 사랑과는 전혀 다른 것이었다. 내가 사랑을 선택한 것이 아니었다. 사랑이 나를 선택했다. 도저히 그 사랑을 피할 수가 없었다. 나에겐 다른 선택이 없었다. 오직 그 사랑 하나뿐이었다.

다르게 설명할 수는 없을까.

이렇게 말할 수는 있다. 먼저 대상이 나타나고 그다음에 사랑의 마음이 쌓이는 것이 세상의 사랑이라면, 나의 사랑은 특별했다. 먼저 알지 못할 누군가를 사랑하는 마음부터 쌓였고 그다음 사랑해야 할 상대가 나타났다. 그리곤 시작과 처음이 자로 잰 듯 여일한 간절한 사랑이 내게 시작되었다. 속력을 줄일 수도, 제동을 걸 수도, 그만 멈춰버릴 수도 없는 격렬한 사랑의 마음이 나를 두들겨댔다.

그 사랑은 예정된 것이었다. 아주 먼 시간 저편에서부터 결정되어진 특별한 사랑이었다. 그것은 지금의 나, 백 년 전의 나, 천 년 전의 나, 겹겹의 세월 속의 내가 포개져서 발현된 영혼의 사랑이었다. 나는 그 영혼의 사랑을 경험한 것이었다.

그러므로 나는 이 사랑은 기록되어져야 한다고 생각했다. 내가 경험한 영혼의 사랑, 이 특별한 사랑을 기록하는 것은 살아있는 나의 피할 수 없는 책임이라고 생각했다. 이 생각을 아무리 해도 지울 수 없어서 그것이 이 기록의 첫 번째 이유가 되었다.

들어줄
사람이 있었다

그녀에 관한 기록이 있어야만 하는 두 번째 이유는 아주 절실하다.

절실하다, 라고 쓰면서 나는 지금 잠시 할 말을 잊는다. 펜도 멈칫거린다. 그녀를 왜곡해버리면 쓰지 않느니만 못하다고 나는 근심하기도 한다. 그것이 무엇이든 말해버리고 나면 말해버린 만큼만 남고 그림자의 질감은 사라지는 법이다. 진실은 어쩌면 말해지지 않은 그 그림자에 있을지도 모르는데.

그럼에도 나는 두 번째 이유를 포기할 수 없다. 왜냐하면, 그녀의 스물여덟 생애가 어떠했는지 들려줘야 할 누군가가 있기 때문이다. 아직은 아니지만 조금 더 시간이 지나면 반드시 그녀에 대해 묻고 또 물을 까만 눈의 생명이 지금 내 곁에 있기 때문이다.

그가 누군지, 나는 지금 말하지 않을 생각이다. 그러나 이것만은 말할 수 있다. 이 두 번째 이유가 아까 말한 첫 번째 이유보다 더 오래 나를 붙들고 있었노라고.

지금, 사랑하고 있는
이들을 위해

사실대로 말하자면, 앞의 두 가지 이유만으로는 망설임 짙었던 나를 책상 앞으로 불러내지 못했을 것이다. 세 번째 이유가 나를 거의 강제로 의자에 앉혔고, 펜을 들게 했고, 종이를 펼치게 했다. 세 번째 이유야말로 바로 그런 힘을 발휘한 장본인이었다.

지금은 나와 그녀의 사랑이지만, 이 기록을 다 마친 뒤에는 힘들고 외로운 세상에 던져진 수많은 당신들의 사랑이도록 하고 싶다, 라는 나의 소망이 이 기록의 세 번째이자 마지막 이유였다. 그 소망이 밀어주지 않았더라면 나, 성하상 개인의 사랑을 이토록 길게 설명할 당당함을 나는 도저히 찾아내지 못했을 것이었다.

내게 닥친 사랑이 아주 특별한 것이었음은 이미 말했던 바지만, 그리고 그 사랑의 처음과 끝에 대해 들려줘야 할 누군가가 내 곁에 있는 것도 사실이지만, 그럼에도 그것만으로는 부족했다. 나는 내가 경험한 작은 사랑이 세상에 나가 큰 사랑으로 넓어지는 것을 보고 싶었다. 그것이 결국은 내 사랑의 완성이 된다는 사실도 깨달았다.

사랑의 완성, 이라고 나는 지금 말한다.

사랑의 완성, 이라고 나는 여러 번 종이에 써보기도 한다. 치켜진 마음자락 하나가 가만히 고개를 숙이는 것이 지금 내게 보인다. 그 말이 나를 가라앉힌다. 담담해지도록 도와준다. 세 번째 이유에 이르면 나는 안정을 느낀다. 세 번째 이유가 내게 이 기록을 서두르라고 말하면 나는 고개를 끄덕인다. 세 번째 이유한테는 거부할 것이 아무것도 없다.

그리하여 나는 이 글을 쓴다.

지금 사랑하고 있는 세상 많은 사람들을 위해 이 글을 쓴다.

이미 사랑을 끝낸 사람들을 위해서도 이 글은 쓰여진다.

앞으로 사랑을 시작할 더 많은 사람들을 위해서도 이 글은 쓰여진다.

그녀, 나의 사랑, 세상에서는 오인희라고 불렸던 한 여자의 생애를 잉크 삼고, 나, 성하상이라 이름 불리는 한 남자의 정신을 펜삼아 이 글은 쓰여진다…….

2장

꿈에게
추방당한 자

겨울,
그리고 시작

　인쇄소에서 가져온 팸플릿 색깔이 영 젬병이다. 칙칙하고 산만하고. 지난가을의 정기세일 바탕색이었던 황금빛은 정말 기막혔는데.

　인희는 미스 김과 함께 색상조견표를 꺼내놓고 다시 끙끙대기 시작한다. 원래는 미스 김 담당이지만 일이 넘쳐 아우성일 땐 홍보실 안에 네 일 내 일이 없다. 닥치는 대로, 전천후로 뛰지 않고선 시간을 맞출 수가 없다. 증원 요청은 매해 신년기획안 속에 어김없이 끼어들건만 윗사람들은 끄떡도 하지 않는다.

　게다가 일층 로비에서 벌이는 갖가지 이벤트를 기획하고 담당하는 팀한테도 수시로 일손을 빌려줘야 한다. 백화점 홍보실 근무가 올해로 4년째. 인희는 이미 고참이다. 홍보실 책임자 정실장을 빼고는 실무를 사방으로 환히 꿰뚫고 있는 사람이 인희 말고는 없다.

고참은 실무에도 환하지만 몰라도 좋을 뒷배경까지 알게 되기 때문에 종종 일이 역겹다. 인희는 그런 역겨움이 올겨울 심하다는 생각을 자주 한다.

아까도 그랬다. 복도의 커피자판기에 동전을 넣고 있는데 수입 주방용품의 판매원이 엘리베이터에서 내리며 반색을 했다. 평소에도 말이 많아 싫어하는 여자다. 인희가 모른 척해도 다짜고짜 팔을 낀다.

"언니, 광고 다 넘겼어요?"

신문에 낼 광고 초안을 말하는 것이었다.

"넘겼어."

넘기진 않았다. 그러나 뒷말이 무언지 알기에 미리 말막음을 해버린다.

"정말? 아이, 큰일이네. 언니, 그거 할인율 좀 높여야 한다는데. 다들 그렇게 높였다는데 나만 곧이곧대로 했다고 사장님이 난리야. 다른 백화점은 이십오 퍼센트래요. 우린 십오 퍼센트로 했잖아. 어떡해?"

곧이곧대로는. 그 보라색 매니큐어의 여사장이 오죽 알아서 손해 보지 않도록 했을까봐. 뻔한 엄살을 듣고 있기가 너무 지겹다. 하마터면 말 많은 죄밖에 없는 어린 판매원한테 짜증을 내버릴 순간이 있었다. 요즘 신경이 곤두서 있다.

정실장하고도 사사건건 부딪친다. 광고초안을 놓고도 티격태격했다. 모피나 가죽 같은 겨울의류에 할당된 사이즈가 작다는 타박에 금방 가시 돋친 소리가 나갔다.

"다 아시면서 왜 그러세요? 그러면 다른 쪽은 글자가 작아져서 아예 읽을 수가 없잖아요?"

단추 구멍 눈의 정실장, 그래도 용케 넘어가줬다.

"미스 오, 요즘 저기압이야. 왜 그래?"

"야근이 며칠이에요. 무쇠도 탈이 나겠어요."

인희는 얼른 마음을 수습한다. 뾰족해지는 말투도 둥글린다.

"그래도 이번 세일의 주요 이벤트가 모피와 가죽의류 패션쇼 잖아. 박스로 해서 좀 키워줘."

정실장은 낭창낭창한 버드나무 가지처럼 끝내 자기 의견을 관철시킨다. 고압적이지 않으며 권위적이지 않으나 실속 있게 부하 직원을 부려먹는 정실장이다. 지금은 자기가 강력히 원해서 사보 편집부로 옮긴, 홍보실의 진짜 고참이었던 주달호는 정실장을 노상 '능구렁이'라고 불렀다.

"이거 어때요. 은은하면서도 화사하고."

미스 김이 팸플릿 바탕색으로 다시 지정한 은회색을 확인하고 인희는 이마를 찡그린다.

"기계로 찍어내면 또 지저분할걸."

"그럴까요? 이거하고 두 개를 각각 찍어보죠, 뭐."

청회색과 은회색으로 결정을 내린 다음 인희는 퇴근 준비를 했다. 토요일, 아직 짧은 겨울해가 남아있을 때 회사를 나가고 싶다. 지쳤다. 기운도 없었다. 나머진 월요일에 정리해서 넘기면 12월 행사들에 차질이 없으리라.

"가려고?"

정실장이 실눈을 뜨고 묻는다.

"토요일 퇴근시간만은 환할 때로 합시다."

옆에서 사진 담당 윤성기가 거들어준다.

"야야, 언제 맨날 그랬냐?"

윤성기와 술좌석에서 터놓고 지내는 정실장이 휘휘 손을 젓는다.

"가겠습니다. 좀 피곤해서요."

인희는 뒤도 돌아보지 않고 사무실을 나온다. 안에서 무엇 때문인지 와르르 폭소가 터진다. 보나마나 정실장이 '난 오인희씨를 상사로 모시고 있으니까' 류의 악의 없는 비난을 농담으로 던졌겠지.

실제로 인희는 정실장이 자신에 대해 지나치게 관대함을 잘 알고 있다. 마음 약하고 소심하다지만 정실장이 때로 다른 이들한테는 혹독하게 구는 것을 보았었다. 하지만 인희에게는 늘 관대하다.

"인희씨야 자기 일에 무섭게 철저하잖아. 난 일 잘해내는 부하직원이 제일 예쁘더라."

그렇진 않다. 인희는 알고 있다. 문제는 그 인사기록 카드에 있다. 인희는 정실장이 이제 그만 자신의 인사기록 카드에 기재된 내용을 잊어줬으면 좋겠다고 생각한다. 정실장이 품고 있는 불필요한 동정심은 정말 질색이다.

징후

새벽에도 몰랐었다. 머리가 지끈거려 잠시 눈을 떴을 때 그녀는 버릇처럼 창밖을 한참 내다보았었다. 커튼은 있지만 좀처럼 창에 커튼을 내리는 일은 없다. 창이라도 트여있어야 답답함에 질식당하지 않을 것 같았다.

새벽에 이미 지상이 하얗게 물들어 있었으련만 그녀는 아무것도 느끼지 못했었다. 생각해보면, 시선은 창에 두었으나 본 것은 아무것도 없었다. 어둠, 외로움, 막막함, 그게 다였다. 그것을 확인하려고 새벽에 일부러 눈을 떴던 것일까.

폭설이었다.

지난주의 지저분한 싸락눈을 첫눈으로 치지 않는다면 오늘이 첫눈이다. 인희는 스물여섯의 겨울에 내린 첫눈을 마음속에 새겨두고 그 위에 동그라미까지 쳐둔다. 아직은 발자국 하나 찍히지 않은 관리사무실 쪽의 샛길로 일찍 목욕탕에 다녀오는 젊은 아버지와 볼이 붉은 어린 소년이 손을 잡고 걸어온다.

등으로 오한이 솟는 걸 느끼면서도 그녀는 베란다로 나가 머리칼이 젖은 그들 부자의 싱싱한 미소를 내려다보았다. 예쁘다. 저런 풍경은 언제 보아도 마음이 훈훈하다.

그들이 사라진 뒤로는 쏟아지는 눈밖에, 쌓인 눈밖에 보이는 것은 없다. 일요일 이른 아침은 한가롭다. 남자들은 이불 속에서 여전히 꿈의 세상을 산보하고, 늦잠을 허락받은 아내들은 눈꺼풀 밑에는 맑은 정신을 담아놓고도 한껏 게으름을 부릴 것이다.

아이들은, 이런 휴일엔 더욱 일찍 눈이 뜨인다. 그녀도 그랬었다. 실컷 자도 좋으련만 학교 갈 때보다 훨씬 빨리 눈이 뜨여 이불 속이 답답하곤 했다. 그런데, 이불 속을 빠져나온 다음에, 그때 나는 무엇을 했을까. 어디로 갔을까.

인희는 그쯤에서 생각의 갈피를 접어두고 안으로 들어온다. 늘 그랬지만 어린 시절로 생각이 미치면 몸을 휩싸는 서늘한 찬바람이 몹시 싫다. 찬바람 속에 오래 머물다간 병이나 얻지. 그녀는 얼른 상념을 흔들어 털어버리고 주방에서 매양 하는 일을 시작했다.

그러다 문득 체온계가 어디 있지, 하는 생각에 찻물만 얹어놓고 다시 거실로 나왔다. 열여섯 평. 혼자 살기론 좀 넓은 편이라는 홍보실 식구들의 말을 들을 때마다 인희는 마음속으로 차갑게 대꾸하곤 했다. 스물여섯 해를 살아서, 그만큼 애쓰고 살아서 겨우 확보한 나만의 공간, 당신들이 내 공간의 의미를 알겠느냐고.

체온계는 거실의 약상자 속에 얌전히 들어있다. 혼자 살면 물건들이 제멋대로 자리를 이동할 염려가 없어서 좋다. 체온계를 겨드랑이에 끼고 그녀는 다시 거실 창문에 서서 바깥 풍경을 내다본다. 눈은 아까와 조금도 다를 바 없이 푸지게 쏟아진다. 나무들이 눈에 덮여 모두 동글동글하다. 놀이터의 미끄럼틀 꼭대기에도 눈이 소복한 게 재미있다.

아무래도 빨리 저 눈을 밟아보고 싶어 몸이 움찔거린다. 인희는 성급히 체온계를 꺼내 눈금을 읽다 좀 멈칫했다. 38도 4부. 예상보다 좀 높다. 그래서 새벽에 머리가 지끈거렸던 것일까. 등으로 치달리는 오한도 발열 탓일 것이다. 몸살이 시작되고 있다는 생각에 그녀는 아침을 충실히 챙겨먹는다. 우유도 넉넉히 데워서 조금씩 다 마시고, 토스트도 평소엔 두 쪽인 걸 오늘은 억지로 하나 더 먹었다. 혼자 살면 자기 건강은 자기가 챙겨야 한다.

그리곤 눈길 산책 겸 해서 약국까지 다녀오기로 마음을 먹는다. 내리는 눈이 그칠까봐 머리 빗는 손길이 급하다. 거울에 비친 얼굴, 화사하다. 두 볼이 발갛다. 아까 보았던 머리 젖은 어린 소년처럼.

아차, 열이 얼굴에도 뻗쳤구나. 인희는 이 정도로 화색이 돌면 꽤 괜찮은 얼굴인데, 라고 엉뚱한 생각을 한다. 늘 핏기 없는 창백한 얼굴이 못마땅했으니까.

"독하게 지어주세요. 오늘 중으로 끝내야 해요."

그녀의 말에 남자 약사가 이상하다는 듯 인희의 얼굴을 빤히 쳐다본다.

"내일은 할 일이 많거든요. 오래 아플 시간이 없어요."

"약보다는 우선 휴식이 최고예요."

누가 그걸 모르나. 아무튼 상식적인 말을 아주 진지한 얼굴로 하고 있는 사람은 창의성이 없어 보여 지루하다.

아파트 주위를 두 바퀴쯤 돌았다. 그래도 전혀 싫증이 나지 않는다. 피곤함과 두통이 성가시긴 했어도 상쾌했다. 눈발이 뜸해지지만 않았다면 산책을 더 계속했으리라. 흰 것은 품위가 있다. 쓰레기통이라도 눈옷을 입으면 그렇다. 지상에 놓인 모든 사물이 눈으로 인해 저토록 새로울 수 있음에 그녀는 경탄했다. 새롭고 싶은 열망에 살이 데이도록 오래 시달린 자들은 어쩔 수 없이 눈에 매료된다.

약을 삼키고 삼십 분쯤 후에 다시 체온계를 꽂는다. 38도 5부. 도리어 눈금 하나가 더 올랐다. 발열로 인한 두통과 오한, 식은땀 외엔 추가된 증상은 없다.

오후엔 견디기가 괴로울 정도로 열이 오른다. 약만으론 안 되겠다는 판단이 섰으나 일요일이라 주춤해진다.

오후 3시. 체온은 38도 9부까지 오르고 숨이 차다. 추워서 이불을 두 채나 덮고 누워있다.

오후 4시. 인희는 침대에서 빠져나왔다. 홀로 세상에 서있는 자는 자신의 몸도 홀로 지켜내야 한다. 응급실까지 갈 기운이 있을 때 움직여야 한다. 그녀는 침착하게 옷을 챙겨 입고 지갑과 의료보험카드를 확인해 가방에 넣은 다음 아파트를 나선다. 상기된 볼에 닿는 바람이 상쾌하다. 눈은 그쳤으나 눈 세상은 아름답고, 그녀는 씩씩하게 달구어진 몸을 이끌고 병원으로 향한다. 이런 따위의 일로는 슬프지 않다.

"보호자는요?"

체온계를 입에 물리며 응급실 간호사가 묻는다. 그녀는 고개를 흔든다.

"혼자 오셨어요?"

놀랍다는 듯 재차 묻는 하얀 캡. 인희는 더 대꾸할 필요를 느끼지 못하고 고개를 돌린다. 옆자리의 복통 환자에게 이것저것 묻던 흰 가운의 의사도 그녀를 돌아보며 신기한 표정을 지었다.

교통사고 환자가 들어와 응급실은 어수선하고 소란스럽다. 체온계를 물고 있는 동안에도 화상을 입은 중년 여인이 구급차에 실려왔다.

"열이 39도예요. 원인을 찾아야하니까 입원하시는 게 최선입니다. 어떡하실래요?"

아까 신기한 표정을 짓던 의사가 물었다. 피를 뽑고, 엑스레이를 찍고, 그런 후에도 족히 두 시간은 더 누워있다 나온 결론이었다. 인희는 링겔 바늘이 꽂힌 팔뚝을 내려다보며 한숨을 쉬었다 정실장이 또 펄펄 뛰겠군. 팸플릿 색깔은 잘 나왔는지.

들풀 같은
삶

병실 창으로 보이는 풍경이 그럴싸해서 다행이었다. 누워서 바라보면 일요일에 쌓인 눈으로 그림같이 아름다운 산줄기들이 멀리 펼쳐있고, 앞쪽엔 키가 큰 겨울나무가 음악소리를 낼 것처럼 물결무늬로 서있다.

다시 열이 오르려나. 한기가 들기 시작하면 몹시 기분이 나쁘다. 6인실에서 하룻밤, 1인실에서 이틀 밤. 홍보실 식구들도 한 차례씩 다녀갔고 이젠 더는 올 사람도 없으므로 차라리 홀가분했다. 원인을 못 찾아내고 있는 39도나 40도의 열과 싸우는 일 이원 다른 증상은 없다. 삶에 대항하는 열병인가.

입원할 때 언니처럼 도와주던 혜영은 시누이 결혼준비 때문에 어제 시댁이 있는 군산으로 내려갔다. 응급실에서부터 하도 보호자를 요구하여 귀찮아서 혜영을 불렀다. 혜영이라면 가족 없이 홀로 사는 일의 불편함을 그녀만큼은 알고 있을 친구니까.

이 바쁜 연말에, 내일 모레면 12월인데 여기에 누워있다니 참 알다가도 모를 일이 인간의 일이었다. 12월이라면 정실장 말대로 백화점 일 년 장사를 한번에 다 해치우는, 황금 캐는 달이다.

열만 떨어지면 뚜벅뚜벅 걸어서 나갈 것 같은데. 인희는 방울방울 떨어지는 링겔을 무심히 세다가 문득 갓 구워낸 빵이 먹고 싶다는 생각을 한다. 병원에서 주는 식사는 너무 닝닝하다. 하지만 빵을 사다달라고 할 사람이 없다. 병원에 들어오니 혼자인 것이 여러모로 불편하다. 게다가 링겔병이 자유를 구속한다.

6인실에선 혼자 누워있는 여자를 흘낏거리는 시선에서도 자유롭지 못했다. 그것까지는 참겠는데 낮이건 밤이건 신경이 곤두서서 수면제를 먹고도 잠을 자지 못했다. 부스럭거리는 소리 하나에도 신경 한 가닥이 파르르 떨었다. 그러면 덩달아 다른 신경들도 부스스 일어났다.

장기입원 중인 내과의 여자병동은 낮에는 잡담, 밤에는 코 고는 소리까지 만발한다. 얼음베개를 머리 밑에 놓아두고 뒤척거리는 스물여섯의 예민함은 건너편 침대의 용수철 튕기는 소리에도 반드시 반응했다.

하기야 혼자 살아온 날들이 너무 길어 이렇게 함께 누워있는 일에 금방 익숙해질 수 없다. 게다가 입원 첫 밤이었으니 기다려볼 만도 했으나 인희는 기다리지 않기로 했다. 그래서 병실을 옮

꿈에게 추방당한 자

졌다. 통장 잔고가 쑥쑥 줄 만큼 환자 부담이 크다고 혜영이 걱정했으나 돈 따윈 중요하지 않았다.

혜영에게도 말하지 않았으나 불면의 첫날밤, 뜨겁게 달아오른 몸을 뒤척이며 인희는 되새기고 싶지 않은 옛 생각에 시달리느라 더욱 괴로웠다. 이렇게 줄줄이 누워 잠버릇 사나운 아이의 이빨 가는 소리에 밤새 악몽을 꾸던 날들이 오래전 그녀에게 있었다.

줄 맞추어 나란히 취침, 그러나 한 시간쯤 후엔 서로 뒤엉키어 누군가의 엉덩이 밑에 코를 박고 자던 나날들. 방 하나에 고만고만한 계집애들이 열댓 명 수용되었다. 그때도 예민했던가. 잠버릇 나쁜 아이들을 피하느라 늘 구석에서 담요를 휘감고 벽을 마주하고 잤다. 물론 열 살이 넘어서 어느 정도 철이 든 다음의 일이다. 철이 들면서 가장 절실했던 것이 있었다. 깨끗한 요와 이불, 오직 그것만이라도 소유할 수 있기를 얼마나 원했는지. 혼자만의 방을 갈구한다는 것은 그땐 꿈도 못 꿀 일이었다. 밤에는 혜영이하고 나란히 누워 레이스 달린 베갯잇이거나 해바라기무늬의 예쁜 이불 따위를 서로 이야기하곤 했다. 그런 이야길 할 수 있는 유일한 아이가 혜영이었다.

그 어두운 시절에는 줄을 맞춰 누워서 잤다. 그때는 나중에 어른이 되면 무슨 일이 있어도 양계장의 닭들처럼 나란히 나란히 자는 끔찍한 짓만은 하지 않겠다고 다짐했었다. 양계장의 닭들처럼, 이라는 말은 지독하지만, 그러나 옳다. 인희는 그렇게 자랐다. 생후 2개월째, 오인희란 이름과 4월 20일생이란 출생일자가 적힌 꼬리표와 함께 버려졌고 버림받은 목숨으로 어둠 속에서 숨죽여 열여섯 해를 살다가 '천사원'을 나왔다. 그 이후는 오직 버림받은 천사의 악몽에서 벗어나겠다는 일념이 삶의 지주였다. 지금까지도 줄곧.

인희는 이 삶이, 끝끝내 버티며 뿌리박기 위해 애쓰는 들풀 같은 이 삶이 무엇 때문인가를 생각한다. 그때도 그녀의 신열은 체온계에서 39도로 들끓고 있었다.

> 내 너무 별을 쳐다보아
> 별들은 더럽혀지지 않았을까.
>
> 내 너무 하늘을 쳐다보아
> 하늘은 더럽혀지지 않았을까.
>
> 별아, 어쩌랴.
> 이 세상 무엇을 쳐다보리.
>
> 흔들리며 흔들리며 걸어가던 거리
> 엉망으로 술에 취해 쓰러지던 골목에서
>
> 바라보면 너 눈물 같은 빛남
> 가슴 어지러움 황홀히 헹구어 비치는

꿈에게 추방당한 자

이 찬란함마저 가질 수 없다면
나는 무엇으로 가난하랴.

_이성선 「별을 보며」

먼 곳에서도
그녀를……

믿어지지 않겠지만, 나는 그때 그녀에게 무슨 일이 일어나고 있다는 것을 온몸으로 느끼고 있었다. 물론 나는 그녀에게서 수백 킬로미터 떨어진 곳에 있었고 그녀와 전화나 편지로 소통하는 관계를 맺고 있지 않았다. 그럼에도 그녀가 일상의 평화에서 벗어나 있다는 것을 금방 알아차렸다.

믿어지지 않겠지만, 이라고 미리 양해를 구하며 말하는 일이 내게는 정말 힘들다. 아니, 좀 쓸쓸하다. 앞으로도 나는 세상의 상식으로는 좀처럼 믿기 어려운 이야기들을 계속하게 될 것이다. 그렇다고 그때마다 믿어지지 않겠지만, 이라고 말하지는 않을 생각이다. 그렇게 자꾸 말하다보면 어느 순간 이야기를 계속하고 싶은 마음이 싹 가실지도 모른다. 나는 진실로 일어난 그대로를 이야기할 뿐이다. 내가 세상 사람들과 좀 다른 방식으로 살고 있었던 것은 사실이지만 그러나 그것이 나를 특별하게 만들었다고는 결코 생각하지 않는다. 그래도 굳이 특별하다고 우긴다면, 나는 이렇게 말하고 싶다. 우리는 누구나, 원하기만 한다면, 어느 순간 특별해질 수 있다. 그럴 수 있다는 것을 스스로 믿기만 한다면.

지금도 그해 겨울이 선명히 떠오른다. 그녀가 열에 들뜬 몸을 이끌고 홀로 응급실로 가던 그 일요일에 난 미루와 함께 얼음 박힌 산등성이를 오르고 있었다. 미루는 윤기 흐르는 노란 털을 가진 충실한 나의 친구였다. 미루나무처럼 늘씬한 키를 가졌다고 해서 미루라고 불렀다.

'미루'라는 이름을 발음할 때마다 난 그녀에 대한 그리움으로 가슴이 미어지곤 했었다. 그녀를 처음 만나던 날, 그때 그녀가 그랬다. 개를 부르는 것이 아니라 산중의 어떤 영혼을 호명하는 느낌이 드는 이름이라고. 그렇게 말할 줄 아는 그녀가 얼마나 좋았던가.

미루는 나와 함께 산을 오를 땐 언제나 앞장을 서곤 했었다. 그러나 그 일요일에는 녀석이 시종 내 발뒤꿈치를 밟고 있었다. 나도 어쩐지 발걸음이 무겁고 불어오는 계곡 바람이 너무 드세다는 기분에 조금은 허둥대고 있었다. 그런 때는 산행을 중단하는 것이 옳았다. 아무리 내 손바닥처럼 들여다보고 있는 산이라 해도 자연이 준비해놓은 숱한 복병들을 다 이길 수는 없는 법이었다.

나처럼 꼬리를 사리는 미루 녀석과 함께 막 오던 길을 향해 돌아서던 참이었다. 발아래, 이미 얼음장으로 뒤덮여 물 흐르는 소리마저 꽝꽝 얼어붙은 계곡 언저리 어디쯤에서 난 분명 그녀가 부르는 소리를 들었다. 누군가를, 그 누군가를 그녀가 애타게 부르고 있었다. 나는 그 가느다란 부름에 대답했다.

무슨 일이요?

내 대답은 계곡을 따라 온 산에 퍼졌다. 내 대답을 받은 겨울 산이 다시 그 쩌렁쩌렁한 목소리로 그녀에게 되물었다.

무슨 일이요?

하루가 지나고 월요일 밤에 그녀는 한 번 더 내게로 왔다. 침상에 앉아 온정신을 모아 기도를 하고 있는데 그 기도 속으로 그녀가 뛰어들었다. 그녀는 나직한 음성으로 무어라고 말했다. 몹시 얇은 옷을 입고 있었다. 추워 보인다는 생각과 함께 내가 손을 내밀려 하자 그녀는 이내 사라지고 말았다.

나는 그다음 날로 곧장 산을 내려갈 준비를 했다. 그녀에게 무슨 일이 생겼다는 것은 이제 의심의 여지가 없었다. 내 정신 속에는 그녀와 교통할 수 있는 여러 가닥의 줄이 있었다. 글쎄, 그것을 무엇으로 설명할 수 있을까. 간절함이 쌓이면, 그리움이 켜켜이 쌓여 키를 돋우면, 그리하여 충만한 사랑으로 영혼의 심지를 돋울 줄 아는 자라면 그 줄들을 소유할 수 있을 것이다.

나 같은 사람한테는 한겨울에 거처를 비우고 산을 내려오는 일이 쉬운 것만은 아니었다. 세상살이가 다 그렇듯 몇 가지 번거로운 일들이 있었으므로 도시로 나와서 서울행 고속버스에 몸을 싣기까지 꼬박 이틀이 걸렸다. 그동안에도 나는 끊임없이 불안했다. 나는 모든 신경을 다 그녀를 향해 열어놓고 미세한 떨림도 놓치지 않으려고 온 힘을 다했다.

그대, 오직 내 하나뿐인 그대여. 내가 지금 간다. 그대는 여전히 닫혀있겠지만, 그리하여 우리의 운명적인 사랑을 그 닫힌 마음으로 외면하려 들겠지만, 그래도 나는 어찌할 수 없어 그대에게 간다.

차창을 스치는 겨울들판의 메마른 풍경을 보면서 나는 수도 없이 그녀의 얼굴을 그리고 또 그렸었다. 이제 와서 생각하면, 그때 그렇게도 나를 옥죄던 알 수 없는 불안을 너무 빨리 털어버린 내 경솔함이 한없이 후회스럽다. 그토록 예사롭지 않던 온갖 징후들을 그녀의 퇴원과 함께 묻어버린 것은 확실히 내 잘못이었다. 그녀의 무의식이 나를 불렀다는 것에 대해서, 그리고 그것이 처음이었다는 사실에 대해서 한층 더 주의를 기울였어야 했던 것을.

그렇지만 병실에 들어서 잠든 그녀의 평온한 얼굴을 보았을 때, 들끓고 아우성치던 모든 두려움이 일시에 걷혀버리던 그 불가사의한 느낌을 어떻게 전달할 수 있을까. 나는 내 하나뿐인 사랑이 온전한 몸으로 잠들어 있는 것만으로도 하늘에 감사하고 싶은 심정이었다. 아마도 난 더욱 참혹하고 감당키 어려운 불행을 미리 예감하고 있었던 모양이었다.

그 예감은 결국 옳았지만, 그 날카롭던 예감은 당장의 평온 앞에서 그만 무디어지고 말았다. 아니, 나는 한사코 당장의 평온을 믿고 싶었다.

꿈에게 추방당한 자

오후의
풍경

　불편하다는 것은 마치 정신을 어딘가에 저당 잡히고 빌려온 정신 한 조각으로 간신히 세상과 대응하고 있는 느낌을 준다. 그래서 안절부절못하고 있는 것이다.

　링겔 바늘이 팔뚝에 꽂혀있는 동안에는 몸이 불편한 만큼 마음도 불편하다. 약병과 바늘을 연결시키는 가느다란 고무줄의 길이만큼만 움직임이 가능하다. 더 넓게 움직이려면 한 손으로 약병을 치켜들고 다녀야 하는데 자칫하다간 피가 빨려들거나 약이 근육으로 새어서 퉁퉁 부어오른다.

　몸이 약병에 구속당해 있으니 마음 또한 자유롭지가 않다. 아프지 않을 때는 예사로 보이는 창밖의 푸른 하늘조차 열두 가지 의미로 새겨서 보게 되는 것이다. 무력하다는 것, 인희는 조금씩 조금씩 병상의 시간들에 침식당하기 시작한다. 이제 겨우 나흘째, 그럼에도 그녀는 영원히 무력해질까 마음이 불편하다. 힘이 없어 남의 짐이 된다는 것은 그녀가 가장 혐오해 마지않는 최후의 비참함이다.

　마음이 이 모양일 때는 잠이 비방이다. 취침시간마다 한 알씩 처방해주는 수면제가 하나 남아있었다. 어젯밤에는 간호사 몰래 샤워를 하느라고 고단했던지 약 없이도 신열 속에서 오락가락 얕은 잠을 취했다.

　노란 알약을 삼키고, 몇 번씩이나 고쳐 눕다가, 인희는 눈꺼풀 밑으로 슬몃 다가드는 검은 잠을 본다.

스며든
바람

  낮잠에도 꿈은 있다. 키가 큰 나무들이 줄 지어 서있는 신작로에 나비들이 날고 있었다. 아직 매섭게 추운데 웬 나비들이람. 이렇게 일찍 나비를 보았으니 내년 운수는 굉장하겠다고 생각했다.
  그리고 잠에서 깨어났던 것일까. 정신은 잠과 꿈 사이의 안개지대에 놓여있는데 귓전에 잡히는 것은 세상의 잡다한 소음들이었다. 바람이 병실 창문을 덜컹 흔드는 소리, 신경질적으로 울려대는 비명 같은 클랙슨, 복도를 지나는 조심성 없는 구둣발 소리.
  그러다 문득 차갑고 신선한, 비누냄새 같기도 한 어떤 향기로움이 코에 닿았다. 괴어있고 칙칙한 병실공기와는 분명 다른 기운이 섞여들었음을 깨닫기까지 얼마나 걸렸을까.
  인희는 그제야 감고 있던 눈을 활짝 떴다. 그 순간 검정 옷자락이 막 빠져나가고 있는 출입문이 눈에 들어왔다. 그녀는 벌떡 일어났다. 회색 코르덴바지도 보았는데, 환영이었을까.
  뚫어지게 문을 지켜보고 있던 순간, 문의 손잡이가 저 혼자 빙그르 돌아가는 것이 똑똑히 보였다. 이제 막 병실을 빠져나간 사람이 밖에서 조심스레 손잡이를 돌려 문을 닫아주고 있음이 확실했다.

누구일까. 의사라면 흰 가운일 것이고 간호사라면 회색 코르덴 바지일 까닭이 없다. 인희는 링겔병을 치켜들고 침대 아래로 내려섰다. 왜 깨우지도 않고 그냥 나갔을까.

문을 열고 복도로 나가보았다. 복도는 썰렁하게 비어있다. 간호사실로 갔다.

"내 방에, 병실에, 누구 찾아오지 않았나요?"

불확실한 것은 질색이다. 환영을 보았다는 상상을 계속하느니 확인하는 쪽이 인희한테는 편하다.

"주무셨어요? 아까 어떤 남자분이 오인희씨 병실 묻던데. 검정 파커를 입고 키가 훌쩍 큰."

간호사 하나가 옷차림까지 정확히 짚어주었으므로 환영을 보았을지도 모른다는 생각은 깨끗이 사라졌다. 하지만 그것만으로는 누구인지 알 수가 없다.

창호지로 정갈하게 포장을 한 작은 꾸러미를 발견한 것은 다시 침대에 누워서였다. 그것은 출입문 앞의 바퀴달린 간이탁자 위에 있었다. 식사할 때는 그것을 침대 쪽으로 당겨와 식탁 대용으로 쓰곤 했다.

아까는 왜 못 봤을까. 인희는 곧바로 꾸러미를 집어오지 않았다. 가만히 그것을 보기만 했다. 검정색 파커를 입고 잠들어있는 얼굴을 들여다보았을 남자가 누구였는지 알 것 같았다.

그 사람일 것이다. 늦은 밤, 지친 걸음으로 현관을 들어서면 종종 우편함 속에 들어있던 흰 봉투의 발신인. 언젠가는 봉투 안에 흰 종이만 달랑 넣어 보내서 쓴웃음을 짓게 했던 산사람. 충견 미루의 주인.

인희는 꾸러미를 풀었다. 은은하게 배어있는 풀내음, 산의 냄새가 그녀의 짐작을 뒷받침해주었다.

'끓인 물을 조금 식힌 다음, 한 움큼씩 넣어 우려 잡수십시오. 많이 마실수록 그대의 몸을 맑게 해주는 심산유곡의 약초 이파리들입니다. 가을 내내 그대 생각 지울 길 없어 별을 따듯 한 잎씩 따 모은 것들입니다.'

이것 보라지. 이 구닥다리의 고백체 문장들.

인희는 어이가 없어 웃을 수도 없다. 가끔씩 보내오는 편지들도 늘 이런 식이었지. 치열하게 세상과 부딪쳐 싸우다가 우편함 속에서 꺼내어 읽는 그의 편지들은 도무지 현실감이 없었다. 많이 피곤하거나, 기분이 칙칙한 날은 읽어보지도 않고 구겨 쓰레기통에 던져버린 적도 많았다.

대관절, 이 복잡다단한 세상 가운데에, 그처럼 순간적이고 가히 운명적으로 다가와 맹목의 아집으로 타오르는 사랑이 있을 수 있단 말인가.

인희는 그가 별을 따듯 모았다는 찻잎 꾸러미를 머리맡에 밀쳐두고 조금 이마를 찌푸렸다. 도대체 입원 소식은 어찌 들었으며, 무방비로 내던져둔 수면상태의 얼굴을 훔쳐보고 돌아간 그의 행동은 어떻게 받아들여야 할는지, 무시하고 지나칠 일은 아니라는 생각이 든 것이다.

거기다 하나 더, 왜 병실 문에는 자물쇠가 없을까…….

꿈에게 추방당한 자

그 사람이
누구인가 하면,

"가만, 길을 잘못 들었나봐. 아까 지나친 우레봉에서, 거기서부터 왼쪽 코스로 잡았어야 했다고."

혹시나 했더니 역시였다. 인희는 모자를 벗어 이마에 흐르는 땀을 닦아내며 한심한 표정으로 그들을 지켜보았다. 어쩐지 시원찮아 보이더라니. 괜히 저들을 따라 느닷없는 산행을 시도한 것이 은근히 후회되기도 하는 판국이었다.

아랫동네에서 원주로 나가는 시외버스를 기다리고 있는데 한 무리의 여자들이 복장만큼은 야무지게 갖추고 산에 오를 채비를 하는 모습이 눈에 들어왔다. 직장 산악회라고 하는데 얼핏 봐도 산행 경력은 없어 보이는 하얀 얼굴의 처녀들이었다.

여름휴가를 얻어 강원도 이곳저곳을 뒤지고 다니던 인희는 불현듯 그들을 따라 산에 오르고 싶다는 생각을 했다. 원주로 나가봤자 특별히 세워둔 계획도 없었고, 눈앞의 푸른 산이 그렇잖아도 몸을 던지고 싶을 만큼 매혹적이라고 느끼고 있던 참이었다.

그렇게 해서 무작정 노루봉 등반팀의 꽁무니에 따라붙은 것이었다. 두어 시간은 족히 걸었는데 그때부터 리더라는 여자가 헷갈리기 시작했다. 회원들도 꾀가 났는지 이쯤에서 점심이나 먹고 돌아가자고 조르는 이도 있고 벌써부터 힘줄이 뻐끗했다고 죽는 시늉인 아가씨도 생겨났다. 보아하니 탄탄한 산행 대신 젊은 여자들의 질펀한 수다로 점심이나 때우고 작파할 분위기가 분명했다.

인희는 풀어놓았던 배낭을 짊어지고 일어났다. 내려갈 길은 알고 있었다.

"왜요? 하산하실래요?"

리더라는 여자가 점심이나 함께하자고 붙들었지만 인희로서는 전혀 그럴 기분이 아니었다. 묵묵히 산길이나 실컷 밟고, 한없이 땀이나 질펀하게 흘린 다음, 마음을 헹궈내고 산을 내려올 줄 알았던 기대가 깨져서 맥이 풀렸다. 홀로 산 공기나 실컷 마시고 내려가는 수밖에.

산은 고요했다. 알려지지 않은 등산코스인지 띄엄띄엄 산행팀과 만날 뿐 피서객들은 거의 보이지 않았다. 하기야 피서철이 끝난 지도 한참이니까. 홍보실 식구들 말대로 여름휴가라는 말이 무색할 9월 초순이었다.

사람들이 우왕좌왕 몰려다니고, 산이나 바다 할 것 없이 바글바글 북새통을 치는 성수기에 휴가를 떠나는 이들이 그녀는 정말 이상했다. 사람이 사람값을 못 받는 풍경 속으로 뛰어드는 일이 끔찍하지도 않나.

그녀는 별반 풍성한 자태는 못되는, 그러나 흐르는 물만큼은 거울처럼 깨끗한 계곡에서 가져온 빵과 우유로 허기를 지웠다. 우유 대신 손을 오므려 계곡물을 몇 번 마시기도 했다. 이름 모를 산새가 푸덕이며 날고, 머리가 떵할 정도로 짙게 풍겨오는 산내음이 좋아 한 시간쯤 그곳에 머물렀을까.

어느 순간 그녀는 사방을 두리번거리기 시작했다. 알 수 없는 무엇이, 거미줄처럼 가는 무엇이 자신의 몸을 칭칭 감고 있는 듯한 기이한 느낌이 정말 별스러웠다. 무엇일까. 무엇이 내 몸에 그런 힘을 행사하고 있는 것일까.

그러나 아무것도 보이지 않았다. 계곡 위 오솔길로는 사람의 그림자도 없었다. 하지만 이미 고즈넉함은 깨진 뒤였다. 모처럼의 도취에서 벗어나는 것은 아쉬웠지만 더 이상 물가에 앉아있을 흥은 사라졌다. 그녀는 주섬주섬 배낭을 꾸려 떠날 준비를 했다.

그때였다. 맞은편 숲 속에, 아니, 더 정확히 말하면 그녀의 시선으로는 진초록의 덩어리로밖에 식별되지 않던 계곡 건너편 나무숲에 어른거리는 그림자가 있었다. 인희는 멈칫해서 뚫어질 듯이 그림자를 쏘아보았다.

그림자는 이내 계곡의 햇살 아래로 몸을 드러냈다. 키가 훌쩍 큰 젊은 사내였다. 그 옆에는 늘씬하고 탄탄한 몸이 인상적인 개 한 마리가 있다. 우리가 흔히 누렁이라고 부름직한 개였지만 윤기 흐르는 털이나 그 자태가 범상치 않았다. 그 둘은 마치 어둠 속에서 빛으로 갑작스럽게 튀어나온 외계인처럼 그녀 눈에 비쳐졌다. 계곡을 사이에 두고 그들은 그렇게 서로에게 경악하며 한참을 마주보고 있었다.

남자는 큰 눈과 숱 많은 눈썹을 지니고 있었다. 그녀가 이 느닷없는 상황에서도 전혀 겁을 먹지 않았던 것은, 게다가 큰 덩치의 개까지 있었음에도 두려움을 품지 않았던 까닭은 순전히 남자의 아름다운 눈 때문이었다.

"노루봉에 가십니까?"

너무 오랫동안 여자를 쳐다보는 것이 민망했던지 그가 나지막

한 음성으로 말을 건넸다. 목소리도 순한 눈처럼 부드러웠다.

"그랬었죠. 하지만 내려가는 길이에요."

남자는 별로 깊지도 않은 계곡물이 무슨 경계선이나 되는 듯 그 자리에서 멈칫거리며 다시 물어왔다.

"산을 좋아하세요?"

참으로 평범한 질문이었지만 묘하게 그 음성은 몹시 목마른 듯, 절실하게 들렸다. 그런데다가 남자의 쏘아보는 시선이 너무 따갑다는 생각이 들었다. 그녀는 내려가는 길이라던 스스로의 말을 실행하겠다는 듯이 짧은 눈인사만으로 이내 돌아섰다. 산을 좋아하냐는 물음은 묵살한 채.

한참동안 사내와 개의 모습을 마음으로 밟으며 산길을 걸었다. 그리곤 여전히 사내의 시선에 묶여있는 느낌에 놀라 뒤를 돌아보곤 했다. 숲 속에서 내내 지켜보았을 테지. 그 음흉함에 새삼 기분이 나빠져 뛰듯이 산길을 걸었다.

모자를 두고 왔다는 사실을 깨달은 것이 먼저였다. 숲 그늘을 벗어나자 한낮의 해가 정수리에 쏟아졌다. 아, 모자. 땀 젖은 모자도 말릴 겸 해서 조금 떨어진 바위에 얹어놓았던 것이 생각났다. 모자를 잊고 왔다 해서 되돌아갈 것까진 없다. 아쉬웠지만 내처 마을을 향해 종종걸음을 쳤다.

마을에 다 와서야 모자 속에 넣어둔 지갑에 생각이 미쳤다. 세상에. 지갑은 세수할 때 포켓에서 빠져나올까봐 거기에 간수해둔 것이었다. 이 세상의 한 뼘 공간에 존재해도 좋다고 허락한 몇 개의 '쫑'들과 휴가비용이 지갑 안에 고스란히 담겨있었다.

이런 것을 잊고 다니다니. 그녀는 마을이 내다보이는 곳에서 그만 털썩 주저앉고 말았다. 되돌아가서 잊은 물건들을 수습해오는 일이 귀찮아서가 아니라 스스로에 대한 한심함 때문이었다. 자신의 물건들을 흘리고 다니는 오인희가 아니었다. 감정을 질질 흘리고 다니는 사람들을 경멸하는 마음 못지않게 소지품을 이곳저곳에 빼놓고 다니는 엉성한 인간 또한 가장 싫어하는 그녀였다.

그녀는 새삼 화가 치밀었다. 이 모든 일이 그 남자와 개 때문이었다. 갑자기 나타나서 쏘아보는 시선으로 사람을 훑듯 하던 그들이 아니었다면 모자와 지갑을 두고 오는 실수는 하지 않았으리라.

인희는 별 수 없이 아까의 계곡까지 돌아가야만 했다. 물건들이 제자리에 있기나 할는지 이제는 그것을 걱정해야 할 차례였다. 주저앉은 풀숲에서 일어나 옷에 묻은 마른 풀 따윌 털어대는 그녀의 손짓에는 이미 짜증이 묻어있었다. 이런 일은 정말 질색이야. 그녀는 거칠게 배낭을 둘러메고 오던 길로 돌아섰다.

그러자 거짓말처럼 남자가 나타났다. 물론 누런 털의 개도 함께였다. 침침한 숲 그늘이 훼방을 놓아 얼핏 잘못 본 것은 아닐까 했으나 틀림없이 그들이었다. 남자는 팔을 조금 들어 올리며 꽤나 반갑게 아는 척을 하고 있었다. 인희는 입술을 지그시 깨물고 시선을 비껴 걸음을 옮겼다. 그들 곁을 지나야 아까의 계곡으로 갈 수 있었다.

"여기, 이것."

막 남자 곁을 지나치는데 그가 불쑥 모자를 내밀었다. 꽃무늬가 화사하고 분홍 테를 두른 그것은 분명 그녀의 모자였다. 얼른 모자 속을 들여다보니 지갑도 있었다.

"미루가 찾아냈어요. 바위 뒤에 떨어져있는 걸 녀석이 물고 왔지요."

남자는 자랑스럽게 개의 머리를 쓰다듬었다. 개도 칭찬받는 것이 기쁘다는 듯 꼬리를 흔들며 눈을 껌벅거렸다.

"고맙습니다."

어쩔 수가 없었다. 화를 낼 수도, 그렇다고 활짝 웃을 수도 없어서 그녀는 무뚝뚝하게 고마움을 표시하곤 정면으로 남자를 바라보았다. 알맞게 그을린 갈색 피부, 여자에게나 어울림직한 크고 슬프게 보이는 두 눈, 가까이서 확인해도 불량기는 전혀 찾을 수 없을 만큼 선량한 얼굴이었다.

그날, 마을까지 같이 내려와서 음료수 한 잔씩을 나눠 마시고 그녀가 원주로 나가는 버스에 타기까지 삼십 분쯤 그들은 같이 있었다. 남자가 머뭇머뭇 그녀를 따라온 탓도 있었고, 고스란히 되돌아온 지갑에 대한 작은 보답이나마 해야 할 것 같은 그녀의 예의 바름이 그 삼십 분을 허용했다고 봐야한다.

그렇다고 해서 그녀가 많은 말이나 몸짓을 그에게 떨구었던 것도 아니다. 몇 마디, 주로 개에 관한 몇 마디와 말과 말 사이의 침묵, 그것이 다였다. 그리곤 버스에 몸을 싣고 그 산골마을을 떠났다. 버스에서 뒤돌아보니 남자와 개는 점 하나로 멀어질 때까지 그 자리에 붙박여 있었다.

그것으로 그들과의 짧은 만남은 먼지처럼 풍화되어 사라질 것으로 생각했었다. 서울의 일상에까지 강원도의 깊은 산골에서 있었던 하찮은 만남이 끼어들리라곤 상상도 못했다.

그러나 휴가에서 돌아온 며칠 후, 인희는 우편함 속에서 편지 한 통을 발견했다. 그녀의 이름과 주소가 한 획도 틀리지 않게 기재된 그 편지의 발신지는 강원도였다. 지갑에서 주소와 이름을 훔친 것을 용서해달라는 말로부터 시작하는 그 편지를 읽고 그녀는 기가 막혔다. 순수하고 선량한 얼굴이라고 믿었던 스스로의 판단이 빗나가 버려서 영 찜찜하던 그녀였다.

그대만큼 사랑스러운 사람을 본 일이 없다
그대만큼 나를 외롭게 한 이도 없었다
이 생각을 하면 내가 꼭 울게 된다

그대만큼 나를 정직하게 해준 이가 없었다
내 안을 비추는 그대는 제일로 영롱한 거울,
그대의 깊이를 다 지나가면 글썽이는 눈매의
내가 있다 나의 시작이다

그대에게 매일 편지를 쓴다
한 귀절을 쓰면 한 귀절을 와서 읽는 그대
그래서 이 편지는 한번도 부치지 않는다.

_김남조「편지」

그녀,
바위채송화꽃

물푸레나무숲에 간다.

가는 길에 소복하게 피어있는 바위채송화를 만났다. 붉은 줄기 끝에 몽알몽알 피어있는 노란 꽃, 하필이면 바위틈에 씨를 숨기고 자라나 여름에 만개하는 꽃.

그녀와 함께 여름 산에 올 수 있었다면 이 꽃, 바위채송화를 보여주었을 텐데. 돌이끼밖에 살지 않는 거친 바위틈을 비집고 뿌리를 내리는 이 작은 꽃을 보았다면 그녀는 무어라고 말했을까.

그녀를 영원한 시간 속으로 떠나보내고 겪은 큰 혼돈은 나 자신을 산산조각으로 부숴놓기에 충분한 것이었다. 부서졌으되 조각나지 않았음이, 적어도 산산이 분해되지 않고 이렇게 진술할 수 있음이, 지금까지 내가 행한 유일한 극복이었다. 그리고 이제 나는 또다시 그녀를 기다릴 것이었다. 다른 세상에서 그녀와 해후할 그날까지.

하지만 아직도 나는 자신할 수 없다. 앞으로 닥쳐올 기다림 속에도 지난날의 그 기다림처럼 향기가 풍겨 나올 것인지. 정말 그랬다. 잘 익은 포도주 모양으로 맑게 빚어져서 누군가 건드리기만 해도 온 천지에 깊고 그윽한 향을 풍기던 그 기다림을 다시 내 것으로 할 수 있을까.

물론 알고는 있다. 찰나의 해후란 결국 헤어짐의 첫 장면인 것을. 사랑의 아름다움은 해후의 두서없는 감정보다 차곡차곡 포개

꿈에게 추방당한 자

어 간수해놓은 길고 긴 보고픔의 시간첩임을.

그러나, 그러나, 기다림이 제아무리 길어도 페이지만 넘어가면 빛으로 반짝이는 눈동자와 침묵의 언어로 달싹이는 입술이 나타날 것임을 알고 있을 때와는 다르지 않은가. 수없이 많은 페이지를 넘겨도, 꽃 피는 계절이 수백 번 되풀이 되어도, 그대의 검은 속눈썹과 붉은 입술이 지워져 나타나지 않는다면 그때의 기다림 속엔 무엇이 담겨있을 것인가.

이런. 대답보다 먼저 눈물이 새어나온다. 눈물은, 이 민망한 버릇은 그녀에 대해 말하기 시작한 요즘 들어 생긴 것이다. 그녀를 보내놓고 처음엔 전혀 울지 않았다. 아니다. 그렇게 말할 순 없다. 내 몸이 그대로 하나의 커다란 눈물방울이었으니까. 길이가 거의 이 미터에 가까운, 무게는 오십 킬로그램을 훨씬 넘는 거대한 눈물방울.

그만. 내 감정은 중요하지 않다. 오인희라는 이름의 작은 배가 격랑에 휘말리기 시작했던 그 무렵의 이야기를 계속하는 것 말고 더 중요한 것은 지금 내겐 없다.

알 수 없는 고열로 입원까지 했던 그녀는 역시 알 수 없는 이유로 열이 내려 세상에 복귀했다. 병실에서의 짧은 만남만으로도 가슴이 벅찼던 나 또한 내 처소인 이곳 노루봉 산장에서 미루와 더불어 기도와 명상의 일상을 보냈다. 그녀에게 다녀온 뒤 내 기도시간은 급격히 늘어났다. 연말이 닥쳐서 산장을 찾는 등반객들이 없었던 것도 기도시간을 늘리는데 큰 보탬이 되었다.

나는 한껏 고무되어 있었다. 그녀를 처음 만났던 지난 늦여름

이후, 전심전력을 다해서 그녀를 명상의 핵심으로 삼았건만 그동안 한 번도 그녀에게서 응답을 받은 적은 없었다. 그녀의 영혼그림자가 내 명상에 비친 경험 또한 전혀 없었다. 그러다가 그 일요일, 나는 마침내 나에게 응답을 보내는 그녀의 첫 목소리를 들었다. 다음 날 명상시간에는 그녀의 영혼그림자를 보는 행운도 연거푸 얻었다. 마음이 울끈울끈 움직이지 않을 도리가 없는 것이었다. 비록 그녀가 능동적으로 마음을 모아 보내준 반응이 아니고 그녀의 깊은 무의식이 시킨 것이라 하더라도 나한테는 환희 그 이상이었다.

하지만 돌이켜보면 단지 그것뿐이었다. 그 후로 오랫동안 나는 어떤 응답도 받지 못했었다. 그렇다 하더라도 나는 실망하지 않았다. 배움의 처음부터 찬찬히 들여다 볼 줄 알게 되면, 그리하여 겹겹의 집착과 욕망을 벗어버리는 순간을 맞게 되면, 우리의 생각 하나하나가 온 우주 구석구석에까지 영향을 미칠 수 있다는 내 스승의 말을 나는 터럭 하나만큼도 의심하지 않았다.

그러고 보면 오랜 시간 자취도 없이 떠나있던 스승이 그 무렵 홀연 내 앞에 나타난 것도 결코 우연은 아니었으리라. 하룻밤을 산장에서 묵고 다시 먼 길을 가던 스승은 신발에 짚을 두르면서 말했다.

이 짚이 무엇에 소용된다더냐?

얼음 박힌 산에서 미끄러지지 않기 위해 신발에 짚을 두르는 것임을 모를 사람이 어디 있을까. 스승은 그런 쉬운 대답을 원하는 것이 아니라고 지레 짐작한 나는 엉거주춤 서있기만 했었다.

꿈에게 추방당한 자

스승은 대답 없는 나를 물끄러미 바라보다 당신이 직접 입을
열었다.

누군가의 마음에 새끼줄이 둘러져있다면 기다려라. 새끼줄을
푸는 게 먼저가 아니라 새끼줄이 필요 없게 박힌 얼음부터 녹이
는 게 순서인 법. 그다음은 네가 움직이지 않아도 저절로 이루어
진다……

스승의 말은 언제나 그랬듯이 옳았다. 말하자면 이 글은 내 기
도와 명상의 기록이기도 하며 그것에 영향을 받은 한 인간의 삶
의 기록이기도 한 것이다. 그녀는 자신에게 닥친 변화를 '정말 알
수 없는 일'이라는 표현으로 설명하곤 했었다. 그랬다. 나는 이 깊
고 깊은 산속에서 오직 간절한 염원만으로 수백 킬로미터 떨어져
있는 그녀를 읽어내고 또 변화시켰다. 나는 서서히 그녀의 삶에
박힌 얼음덩어리들을 떼어내고 있었던 것이었다.

그렇지만 얼음이 다 녹은 다음에는 물이, 어디로든 흘러가야만
하는 물이 되고 만다는 사실에 대해서는 미처 생각하지 못했던
그때, 마지막을 몰랐으므로 나는 얼마나 찬란했던가.

꿈에게
추방당한 자

가벼운 감기가 노상 끊이지 않는 듯해서 얼마 전부터 노루봉에
서 캤다는 약초들로 차를 끓여 마시기 시작했다. 무엇보다도 오

랫동안 입안에 감도는 향이 좋았다. 이슬 얹힌 깨끗한 풀잎 하나를 입술에 물고 있는 기분이었다. 구석기 시대의 사람처럼 행동하고 말하는 노루봉의 그 사람한테 생각이 미치면 얼핏얼핏 싱거운 웃음이 새나와 맛을 흩트리는 게 흠이라면 흠일까, 차는 정말 그윽했다.

그렇지만 퇴원한 지 한 달이 다 되어가건만 몸은 여전히 개운치가 않다. 느닷없이 열이 치솟았던 것처럼 그 알 수 없는 고열은 사라질 때도 느닷없었다. 입원한 지 닷새째 되던 날 아침, 체온계를 확인하던 간호사가 고개를 갸웃하며 그녀의 얼굴을 보았다.

"열이 내렸어요. 두 시간 전에도 40도 가까웠는데."

그러더니 체온계를 알코올로 깨끗이 씻어서 이번에는 입에 물렸다. 마찬가지였다. 열은 거짓말처럼 내려갔다. 인희는 그날 오후, 혼자 타박타박 집으로 돌아왔다. 병원에 남아있는 자신의 진찰기록카드에 '불명열(不名熱)'이라는 병명을 남긴 채.

"인간의 몸에서 일어나는 수많은 질병 중에는 과학의 힘으로 처음과 끝을 밝혀낼 수 있는 것보다 원인을 모르는 병이 더 많지요. '불명열'은 말하자면 현대과학의 손길이 닿지 않는 저 먼 곳에서 다가오는 병이라고나 할까요."

의사의 설명을 들으면서 인희는 까닭 없이 팔에 소름이 돋았다. 불명열, 어쩌면 그것은 자신의 삶 전체를 지시하는 호칭 같았다. '불명열'이란 제목에, '오인희, 4월 20일 생'이란 부제가 딸린 정체 모를 한 목숨.

혜영이도 그런 식으로 말했었다. 영양부실에 애정결핍까지 두

루 꿰고 있는 그 시원찮은 삶의 이력서를 상기하면 응당 오고야
말 육체의 무너짐이었다고. 이제부터는 제발 몸 좀 챙기면서 살
라는 하늘의 경고라고.

그런 다음 두 사람은 똑같이 그 시절의 식탁을 떠올렸다. 끼니
마다 빠지지 않고 올라오던 노란 단무지와 바람 든 무로 끓인 퍼
석한 무국, 그리고 고춧가루를 세어가며 먹던 시퍼런 김치와 명절
이나 특별한 날이면 어김없이 등장하는 기름 둥둥 뜬 돼지비계국.

열여섯에 그 지긋지긋한 식탁을 벗어나면서 인희는 가슴이 떨
렸다. 이제부터 구정물통에서 건져온 듯한 밥상 말고 사람이 먹
을 수 있는 채소와 생선과 고기를 내 힘으로 익혀먹으리라. 하지
만 양품점 점원으로 일하며 야간고등학교를 다니던 시절이나 닥
치는 대로 아르바이트를 했던 대학시절이나 별반 나아진 것은 없
었다. 채소와 생선과 고기를 제대로 익혀 먹는 사람다운 식생활
은 아직 그녀의 것이 아니었다. 그녀에게는 언제나 무시무시한
집행관처럼 목을 조이고 있는 '학비조달'이라는 대명제가 따라다
니고 있었다. 대신 무는 절대 사양, 그리고 돼지비계라면 그것이
단 한 점일지언정 절대 삼키지 않는 고집 아닌 고집만은 철저히
실천했다.

"우리한테 대학은 무리야. 난 취직할래."

야간여고 졸업반이던 해의 어느 겨울, 학교에서 돌아와 얼음같
이 찬물로 발을 씻으면서 혜영은 그 한마디로 대학의 꿈을 접어
버렸다.

"그렇기 때문에 우리한테 대학은 꼭 필요해. 난 여기서 끝내지

않을 거야."

인희는 꿈을 버리지 않았다. 그러나 꿈을 조절하기는 했다. 4년제 대학으로 삼았던 목표를 2년제 전문대학으로. 합격자 발표가 있던 날, 혜영은 그녀에게 너덜너덜한 통장 하나를 내밀었다.

"등록금에 보태. 졸업해서 멋진 데 취직하면 이자 쳐서 갚아줘. 난 지금 너한테 투자하는 거야. 내가 보기엔 넌 유망주야."

혜영이 아니었다면 영원히 세상에 대한 증오나 적개심에서 벗어나지 못했을 것이다. 혜영은 끊임없이 그녀의 곁에서 기척을 내며 그녀의 파르르 떨리는 마음을 쓰다듬어주곤 했었다. 미워하지 마, 성내지 마, 넘어지지 마, 잊어버릴 것은 잊어버려……

한때 그렇게 열망했던 자립과 인간다운 삶의 진짜 의미는 무엇일까. 학교를 졸업하고, 어엿한 직장을 가지고, 튼튼한 벽으로 울타리 삼은 정갈한 방 한 칸을 소유하고, 하는 식으로 목표를 향해 악전고투할 때는 모든 것을 다 이룬 다음의 허망함에 대해서 생각할 여유가 없었다. 아니, 다 이룬 뒤의 허망함이란 달콤한 정신의 산책쯤이 아니겠냐고 막연히 상상하곤 했었다.

이제 그녀는 다 이루었다. 보통의 사람들이라면 태어날 때 이미 약속되어있는 그 작은 목표들을 그녀는 거의 죽을힘을 다해 홀로 이루었다. 집과, 밥과, 부끄럽지 않은 입성을 자신의 것으로 하는데 스물여섯 해가 고스란히 바쳐졌다. 끝이 나면 막이 내리는 무대처럼 이루고 나니 그녀의 삶을 비추던 조명도 스르르 사라졌다. 기운이 빠졌다. 남은 미래를 꾸려나갈 기운을 인생의 기본조건을 해결하는데 다 탕진하고 말았다. 그렇게 생각하지 않으려고 애썼지만 인희는 때때로 억울했으며, 억울함에 못 이겨 절망하곤 했다.

꿈 없이 사는 세상, 꿈의 분량마저도 남들보다 훨씬 모자란 채로 시작한 인생. 인희는 이름도 얼굴도 모르는 자신의 부모에게 중얼거린다. 그래요, 당신들은 내게 꼬리표를 채워 거리에 버렸지요. 그 꼬리표에 내 이름과 생년월일을 적었다고 당신들은 지금 그렇게 기억하겠지요. 그러나 아니에요. 당신들이 적은 것은 나의 생년월일과 이름이 아니라 어쩌면 이런 말이 아니었을까요. 바로 이 말.

'오인희, 꿈으로부터 추방당한 자.'

아세요? 난 그 꼬리표 때문에 이 삶의 망명객이 되어버렸지요. 그래놓고도 당신들은 곧장 새로운 꿈을 품었겠지요. 정말, 정말, 그랬나요…….

침묵의
전화

전화벨이 울린다, 또.

인희는 우선 시계부터 보았다. 어제와 그 어제와 비슷하다. 텔레비전에서 아홉시 뉴스를 하고 있는 시간. 남의 집에 전화 걸기로는 너무 이르지도 늦지도 않은 시간. 그 시간에 어제와 그 어제처럼 또 전화벨이 울리기 시작한다. 받으면 역시 침묵일 것이다.

"여보세요?"

"……."

틀림없었다. 침묵이 흐르는 저쪽, 하지만 상대방이 이쪽 목소리에 귀를 기울이고 있다는 것쯤은 확실히 짚어낼 수 있다.

처음엔 약초를 보내오고 병실에도 그림자처럼 스며들었다가 사라진 노루봉의 그 구석기시대 사람이라고 의심했다. 그러나 이내 자신의 추측을 수정했다. 희미하기는 하지만 수화기 저쪽의 침묵 뒤에는 어떤 소리, 음악이나 웃음 같은 그런 번잡한 도회의 한 배경음이 깔려있었다.

오늘도 그렇다. 완강하게 표현하는 침묵 사이사이로 균열에 스며드는 습기처럼 사람들이 내는 소음이 섞여있다. 노루봉에는 적요 이외에 저런 소음은 없을 것이다. 그리고 또 하나의 믿음이 있었다. 적어도 노루봉의 그 사람은 이런 야비한 짓은 하지 않으리라. 이런 괴전화는 구석기시대 사람한테는 정말 어울리지 않는다.

수화기를 내려놓기 전, 인희는 한마디 경고는 필요하지 않을까 싶어 또록또록한 음성으로 저쪽을 향해 말을 시작했다.

"여보세요. 난 이런 장난은 질색이에요. 할 말 있으면 하세요. 계속 귀찮게 굴면 다른 방법을 찾아볼 거예요."

그래도 침묵. 인희는 수화기를 내려놓고 보던 책을 펼쳐든다. 혜영이만 아니라면 전화 따위에 앙앙불락할 이유가 없었다. 혹시 혜영한테서 전화가 걸려올지 몰라서 전화코드를 뽑아버릴 수도 없다. 인희한테 이 세상에서 가장 기다려지는 전화는 단 하나, 혜영의 목소리다. 혜영이 결혼한 뒤로는 특히 전화의 중요함이 더해졌다. 이것저것 시댁 일로 분주한 혜영은 몸은 빼내올 수는 없어도 목소리만은 인색하지 않게 보내주는 친구였다.

내일은 혜영에게 먼저 전화해서 밤에 혹시 전화를 받지 않더라도 놀라지 말라고 미리 말해야겠다, 고 생각하는 그녀.

누구의
망설임인가

8일 밤, 다시 전화벨.

싱크대 앞에 서 있던 인희는 수도를 세게 틀어버린다. 벨소리가 묻힌다.

11일 밤, 또 전화벨.

이번엔 좀 늦다. 밤 열한시가 가깝다. 혹시 했지만 동요하지 않고 켜놓고 있던 라디오의 볼륨을 확 높인다. 집안을 쾅쾅 울리는 '호텔 캘리포니아'. 전화벨이 그친 뒤에 볼륨을 낮추려는데 이번엔 레오날드 코헨의 묵직한 음성이 흘러나온다. 인희, 거실에 우뚝 서서 코헨의 나지막한 음성을 좇아 자꾸 밑으로 가라앉는다.

14일 밤, 전화벨.

『위대한 개츠비』에서 위대한 사랑을 열연하는 로버트 레드포드에 빠져있던 인희는 두 번도 생각하지 않고 확 코드를 뽑아버린다. 그리곤 아무 갈등 없이 다시 영화에 몰입한다. 책과 영화를 선택하라면 언제나 책 쪽에 손을 들던 그녀였다. 이제까지 지갑

에서 돈을 꺼내 영화 관람권을 사본 적은 없었지만, 책을 사는 데
는 별반 주저하지 않았다. 비디오 플레이어를 구입한 지가 얼마
되지 않긴 했어도, 그 기계를 비디오테이프 재생에 사용해본 경
험은 딱 한 번이었다. 혜영의 결혼식을 처음부터 끝까지 담은 테
이프가 그 한 번에 사용되었다. 혜영은 괜찮다 했지만 그녀가 부
득불 우겨서 비디오 촬영을 계약했다. 삶의 행사들을 일일이 기
록할 수 없었던 그녀들한테는 늦었지만 결혼부터라도 치밀하게
증거를 남겨야 한다. 그 증거들은 그녀들보다 자식들의 생애를
증명하는데 더 중요할 것이므로.

『위대한 개츠비』는 사무실에서 가져온 것이었다. 사진담당 윤
성기가 비디오 마니아다.

"오인희씨, 요새 외롭지요?"

"외롭지요."

인희는 무심하게 받는다. 동료들의 익숙한 농담에는 그녀도 익
숙하니까.

"더 외롭게 해줄까요?"

"어떻게요?"

"이것 가져다 봐요. 우리 마누라가 이것 보면서 줄줄 울어요.
그러더니 엄청 외롭대. 너무 외로워 죽고 싶대요. 왜 자기한테는
개츠비 같은 사람이 나타나지 않느냐는 거지. 참, 월급쟁이 시시
한 남편 옆에 두고 그럴 수 있어요? 덩달아서 나도 무지무지하게
외롭더라고요."

인희는 테이프를 받아 가방에 넣었다. 보게 되면 보고 말면 말

고. 보여주고 싶다는 동료의 호의를 괜히 긴 말로 거절할 이유는 없었다. 그런데 이상하게도 아무 거부감 없이 테이프를 기계에 넣고 있었다. 또, 아무 저항감 없이 소파에 앉아 그 영화의 시작부터 주욱 따라가기 시작했다.

그리고 인희는 생각했다. 앞으로는 피츠 제럴드의 『위대한 개츠비』로 기억하기보다 로버트 레드포드의 『위대한 개츠비』로 기억하게 될 것 같다고.

그
여자

따르릉.

다가간다. 인희, 지긋이 울고 있는 전화기를 노려본다. 벨이 울릴 때마다 램프에 주홍의 불이 화들짝 켜진다. 한 잔의 차를 앞에 놓은 고요함이 깨져버려서 바싹 신경이 곤두선다. 그녀, 수화기를 들었다 다시 엎어버린다.

다시 찻잔을 드는데 자지러지게 벨이 운다. 한 잔의 엽차, 깊은 산의 향내가 전화벨 소리에 놀라 산산이 흩어져버린다. 램프에 비치는 주홍의 신호, 열 번, 열두 번, 열세 번……

전화기를 낚아채는 그녀.

"당신, 대체 누구예요? 이젠 정말 끝이에요. 이 전화번호는 오늘부터 취소예요."

"아니, 잠깐……."

얼결에 터져 나온 음성, 벌써 한 달 이상 밤마다 괴롭히던 침묵의 주인공은 놀랍게도 여자였다. 그것도 나이가 지긋한 여자 목소리.

그러나 그뿐이었다. 자신이 말을 해버렸다고 깨달은 순간 전화를 끊어버린 모양이었다. 인희는 멍해서 한동안 기계음이 휘젓고 다니는 전화를 귀에 대고 가만히 서있었다.

둘이 걷는
그림자를 만들어 봐……

"커피?"

김이 오르는 종이컵을 내려놓으며 정실장이 사람 좋은 웃음을 흘린다.

"커피 값으로는 뭘 원하시는지요?"

인희는 보고 있던 4층 전시회 팸플릿에서 눈을 떼며 묻는다.

"무료. 게다가 보너스까지."

"또 무슨 싱거운 말씀을 하시려고……."

인희는 별 수 없이 피식 웃으며 커피를 한 모금 입에 머금는다. 미스 김은 인쇄소에, 윤성기는 출장. 오늘은 정실장과 둘이 근무 중이다.

"좋은 사람을 만나면 남은 인생도 좋아지겠지?"

정실장은 연신 벙글벙글 웃음을 감추지 않고 있다.

"때론 남은 인생마저 망치겠죠."

"왜 그래? 왜 망할 것부터 생각해? 인희씨는 그게 탈이야."

"누구 소개시켜주겠다는 말씀이면 그만두세요. 아시잖아요. 전 사람이라면 멀미가 나요. 요즘엔 더욱."

"무슨 일 있어? 뭐지? 누가 추근거리는구나. 그렇지?"

"그래요. 중년여인이."

"뭐?"

"밤마다 장난전화질을 하는 사람이 있었는데 알고 보니 중년여인이에요. 흥미 있지요? 멀미나지 않게 생겼나 보세요."

"하기야 요샌 아줌마들도 되게 심심한 모양이더라. 멋진 남자들은 다 어디 가고 하필 늙은 아줌마가 추근대나. 쯧쯧. 그러니 내가 나설밖에."

정실장은 갑자기 진지해진다. 전에도 농담처럼 신랑후보 보여줄 테니 함께 나가자는 말은 여러 번 했지만 이번엔 좀 달랐다. 우선 아주 구체적이다. 깨복장이 친구의 막내 동생인데 나이는 이제 서른이고 성실하고 직장이 탄탄하다는 등등.

"봐. 여기 사진도 가져왔어. 내가 녀석들 만날 때마다 우리 사무실에 굉장한 신붓감이 있다고 떠들었더니 아예 사진 들고 와서 신청을 하는 거야."

숨통은 괜찮은지 적이 근심되는 꽉 조인 넥타이, 목둘레를 빳빳하게 두르고 있는 와이셔츠의 깃, 사진인 탓이겠지만 박제된 표정의 무미건조한 얼굴. 인희는 별 생각 없이 정실장이 내민 사진을 오래 들여다본다. 그 옆에서 정실장은 계속해 사진의 주인공이 어떤 인물인가를 피력하고.

"어쨌거나 만나주기는 해야 돼. 이번엔 절대 그래야 한다고. 내 체면도 있고, 또, 뭣이냐, 신랑감 되는 본인한테 틀림없이 선을 보여주겠다고 술김에 막 큰소리를 쳤거든."

단지 그것만은 아닐 게다. 인희는 정실장이 말하지 않은 부분도 알 수 있다. 이번엔 꼭 성사시켜주고 싶을 만큼 성실하고 착한 젊은이였을 테지.

정실장이 자신의 결혼을 여동생 결혼 못지않게 신경 쓰고 있음을 그녀는 안다. 그녀의 인사기록카드를 본 다음부터 정실장은 스스로가 오인희의 보호자라고 생각하는 사람이다. 명절연휴 같은 때는 정말 진심으로 자기 집에 와서 지내라고 매번 당부하기도 한다.

그는 이 가냘픈 여자가 지금껏 혼자서만 견디며 살아온 것이 너무나 갸륵하다. 삼촌이나 오빠도 없이, 하다못해 외사촌이거나 고향의 아저씨 한 사람 없이 우뚝 혼자라는 것이 도무지 믿기지 않는다.

한
걸음씩

우편함 속에 든 두툼한 편지 한 통. 인희는 슈퍼에서 사들고 온

꿈에게 추방당한 자

식료품 꾸러미를 왼손으로 바꿔들고 편지를 꺼낸다.

노루봉에서 성하상. 미루의 주인이 보낸 편지였다. 하기야 성하상 그 사람 말고는 이 우편함에 넣어질 긴 편지를 쓰는 사람이 있을 턱이 없다.

"일찍 오시네요. 하기야 봄이 되고는 해가 길어졌으니. 그건 그렇고, 아까 웬 아주머니가 찾아왔더랬어요. 아가씨 혼자 사느냐고 묻던데, 아시는 분이세요?"

경비아저씨가 엘리베이터 앞에 서있는 그녀를 손짓해 부르더니 일러주는 말이다. 손님이라곤 간간 혜영이가 들르는 것 외엔 전혀 없었는데 웬일이냐는 표정이 역력하다.

누굴까. 열쇠를 열고 빈 아파트로 들어와 핸드백과 비닐봉지들을 내려놓으면서도 내내 그 생각이다. 짐작이 갈만한 사람도, 일도 없다. 사온 반찬거리들을 주섬주섬 꺼내 대충 정리를 해놓고, 뜨거운 차 한 잔을 오래도록 마시고, 빨랫감들을 욕조에 넣을 때까지도 방문객의 존재를 짐작하지 못했다.

이제 그만.

인희는 애매한 일로 자신의 신경을 혹사시키는 일에 염증을 느낀다. 그 생각은 떨쳐버리자. 고무장갑을 찾아 손에 끼고 일부러 힘들여 빨래를 문댈 작정을 하는데 전화벨이 울렸다. 조금은 섬뜩했으나 아직은 어둡기 전, 인희는 가만히 수화기를 들어올린다.

"인희씨? 곧장 집으로 퇴근했구나. 난 이제 막 사무실에 들어왔지. 광고 원고는 신문사에서 가져갔나? 그리고 말야. 인희씨가 행여 잊었을까봐 전화한 건데, 내일, 알고 있지? 오후 두시. 예쁜 옷 입고 나와. 지난주에 입었던 그 겨자색 투피스, 그거 예쁘더라. 다소곳하고. 자, 내일 아침에 보자고."

인희는 결국 웃고 만다. 겨자색 투피스를 입고 출근하라는 부탁을 하기 위해 전화를 하는 정실장을 미워할 수 없다. 그녀는 방으로 들어가 옷장을 열었다. 겨자색 옷을 꺼내 침대에 걸쳐놓고 받쳐 입을 블라우스도 챙겨둔다. 방을 나서려다 문득 구김이 간 스커트가 마음에 걸려 돌아선다. 인희는 다리미판을 펼쳐놓고 스커트를 다리기 시작했다.

노루봉에서 온 편지는 한밤중에야 다시 그녀의 눈에 띄었다. 소파에 길게 누워 책을 읽다가 그만 들어가 잘까 하는 생각에 일어서는데 거실 바닥에 그게 있었다. 퇴근해서 돌아와 핸드백과 함께 던져둔 것을 여태 잊고 있었다.

그녀는 길게 손을 뻗어 편지를 집었다. 두툼했다. 먼 곳에서 부쳐온 편지답게 겉봉은 이미 새 봉투의 빳빳함은 다 사라진 채였다. 그의 길쭉길쭉한 글씨를 새삼스레 찬찬히 훑어보다가 인희는 봉투를 뜯고 알맹이를 꺼냈다.

그가 보내온 많은 편지들, 대개는 한눈으로 스윽 보고 버리거나 더러는 뜯지도 않은 채 휴지통에 집어넣던 그 편지들 중에서 그녀가 거의 처음으로, 정신을 기울여서 끝까지 성실하게 읽은 첫 번째 편지였다.

편지 1

　가슴이 벅차서 단 한 번에 마저 불러버릴 수 없는 그대의 이름, 인희.

　울먹이던 꽃망울이 양지쪽부터 비죽비죽 손톱만 하게 피어납니다. 내가 보는 하늘도 어제와 다르고 구름도 까닭 없이 부풀어 올라서 이마를 대면 노곤한 단잠에 빠져들 듯합니다.

　오늘은 장작불을 한 번밖에 지피지 않았습니다. 겨우 내내 바싹 마른 장작은 연기도 없이 푸른빛으로 잘도 타오릅니다. 푸른 불꽃 사이에 그대 얼굴이 어른거리고 그러면 난 또 가슴이 벅차오릅니다. 그대는 이상한 사람입니다. 그대는 내 일상의 어디에든 가리지 않고 출몰합니다. 나의 하루는 늘 그대를 향한 대기상태입니다.

　이틀 전부터 내 명상 속의 당신 모습에 고뇌가 비칩니다. 짙은 것은 아니라는 사실에 적이 안도합니다만 마음에 걸리는 잡념이 그대에게 생긴 듯합니다. 수척한 그대 얼굴을 보게 될까봐 늘 조마조마한 나날들입니다. 제발 평온 속에 있어주길 빕니다. 그대의 평온만이 내게 평화를 줍니다. 나의 이 마음을 나무라셔도 할 수 없습니다.

　어제는 그동안 작업했던 목기들을 마을로 가져갔습니다. 내가 만든 나무그릇들은 관광기념품 가게에 진열됩니다. 돌아오는 길에 필기도구 몇 개와 편지봉투, 그리고 백지 한 묶음을 사왔습니다. 이제는 그대에게 띄엄띄엄 보냈던 글들을 바짝 당겨 써 보낼

까 생각하고 있습니다. 마음에 가득 차오르는 이야기들을 그대에게 덜어주지 않고는 이토록 눈부신 햇살에 바로 설 수 없다는 기분입니다.

나는 아무것도 원하지 않습니다. 내게 다가오는 그대를 상상하지도 않습니다. 원하고자 할 때 얻어지는 것은 없습니다. 내가 그대에게 원하는 것은 그대 삶의 아름다움, 광휘, 기쁨 같은 것들입니다.

그대가 기쁠 때 나도 기쁩니다. 우리는 서로 멀리 떨어져있어 반나절을 달려야 만날 수 있지만 그대의 기쁨은 빛의 속도로 내게 옵니다. 마찬가지로 그대의 슬픔도 그렇게 내게 옵니다. 나는 기뻐하는 그대를 위해 매일 숨 쉬고 매일 잠을 잡니다. 그대를 알고부터 나는 이렇게 변화되었습니다.

나의 편지들이 그대의 기쁨에 그늘이 되지 않기만을 소망합니다. 혹여 그럴지도 모른다고 생각하면 눈앞이 캄캄해집니다. 편지봉투와 백지묶음을 들고 산장으로 돌아오는 길에도 그 생각에 몇 번이나 휘청거렸습니다.

만약에 이 글들이 그대 삶에 훼방이 된다면 언제라도 쓰레기더미 속에 처넣으시길 바랍니다. 나는 내 편지가 그대 우편함에 잠시 머물렀던 것만으로도 큰 행복이라 여깁니다. 당신의 손으로 꺼내져 쓰레기통 속에 던져지는 것만도 행운입니다. 나는 지금 한 점의 가식도 없이 그대에게 말합니다. 그대는 내 삶의 변치 않는 주인이지만, 그대에게는 아무것도 원하지 않겠습니다.

맞는지 모릅니다만, 지난밤 꿈에 당신이 흘리는 코피를 내 두 손으로 받아냈습니다. 코피가 잦으면 보내드린 약초를 두 곱으로 진하게 우려서 마셔보길 바랍니다. 그 약초 속에는 열을 다스리는 이파리가 많이 들어있습니다.

나는 요즘도 계속하여 당신을 괴롭혔던 열병을 극복할 약초들을 찾아 헤매고 있습니다. 그 일이 내게 얼마나 큰 위안인지 당신은 모를 것입니다. 그대는 존재하는 것만으로 내게 기쁨을 주는 대상입니다. 그대를 위해 무언가를 할 수 있는 나날들에 축복을 바칩니다.

사랑의
불가사의

그녀도 종종 그런 느낌을 비추었지만, 때로는 나 스스로도 이 사랑이 환상 속에서 빚어진 그림자놀이 같은 것은 아닐까 해서 가슴이 철렁했던 적도 많았다. 나 역시 세상살이의 온갖 관념과 미신에 젖을 대로 젖은 사람인지라 수만 리 밖에서 홀로 견디는 사랑은 가끔씩 의혹의 바람 앞에서 수척해지기도 하는 것이었다.

그래. 우리를 현혹하는 저 '구체성'이란 말. 삶도, 환희도, 절망이나 비탄까지도 구체적인 모습을 띄고 있어야 인간의 냄새를 풍기는 것인 줄 배웠던 내 젊음의 갇힌 공부들.

그런 것들이 날 얼마나 옥죄었던가. 살에 박히는 밧줄의 아픔에 튕겨져 나와 결국 여기로 도망쳐온 내가 아니었던가. 평화의 충만함을 구하기까지 구체성이란 가면을 뒤집어쓰고 속삭이는 지적인 허영이나 감정의 왜곡은 정말 지긋지긋한 훼방꾼이었지.

이제야 하는 말이지만, 지적 조작이나 감정의 왜곡에 나만큼 능란한 사람도 없었다. 그런 낌새는 기독교재단에서 운영하던 고등학교에 다녔던 시절에 이미 찬란하게 빛을 발했다. 월요일 첫 시간에 들어있던 채플이 생각난다. 그 시간에는 아이들을 괴롭히고 고민에 빠뜨리는 순서가 하나 있었다.

출석부 번호대로 앞에 나와 올리던 대표기도라는 것. 그날의 대표기도 차례가 된 녀석들의 그 민망해하고 곤혹스러워하던 얼굴들이 지금도 선명히 떠오른다. 개차반 같은 행동으로 날마다 문제를 일으키던 녀석 하나가 "주님, 저희 죄를 용서해주시옵고……" 하는 기도를 올릴 땐 일제히 킥킥거려서 나중에 운동장을 열 바퀴나 도는 호된 단체기합을 받기도 했었다.

그러나 나는 아니었다. 오히려 대표기도를 성공적으로 끝낸 뒤에 나는 주목받는 아이가 되었다. 그때까지 아이들은 내가 그저 키나 훌쩍 크고, 순해 터진 성격에, 가끔씩 고리타분한 고사성어를 섞어 점잖게 한마디 할 줄 아는 아이 정도의 평범한 급우로만 여겼었다.

보나마나 그렇고 그런 몇 마디 기도를 대사 읊듯이 해치우고 내려올 줄 알았던 내가 비감에 찬 목소리로 제법 격식을 갖춘 기도의 첫 대사를 내놓자 교실 안은 술렁거리기 시작했다.

나는 자신이 있었다. 나는 교묘한 언어들을 골라서 녀석들의 술렁임에 쐐기를 박았다. 경박한 자들의 경박한 호기심을 이리저

꿈에게 추방당한 자

리 끌고 다니는 재미가 정말 굉장했다. 공중기도라는 형식이 은 연중에 원하고 권장하는 것이 곧 대중을 향한 선동이라고 믿은 나는 그대로 실천했다. 처음엔 낮은 음성의 비탄을, 나중에는 감정을 송두리째 내놓고 엎드려 비는 통한을, 마지막엔 이 쓸모없는 육체 속에 새 영혼을 주실 그분에게 바치는 헌사로 전무후무하게 긴 기도를 끝냈다.

믿어지지 않을 일은 그다음에 일어났다. 단상에서 내려와 내 자리에 앉을 때까지 아직도 책상에 고개를 처박고 있는 녀석이 다섯 명쯤 있었다. 기가 막히게도 그 애들은 눈물까지 찔끔거렸다. 교실 안은 쥐 죽은 듯 고요했고 이어 부르게 되어있던 찬송가는 1절을 다 부르도록 가냘프기만 했다.

솔직히 나도 놀랐다. 마음먹고 한번 해본 기도이긴 했지만 반응이 그토록 클 줄이야. 그때 놀란 담임은 훗날 내가 법대에 응시하겠다고 말하자 몇 번이나 "신학교에 진학할 줄 알았는데……" 하고 말했다.

담임선생님은 영 잘못 짚었던 것이다. 나는 보다 현란한 지식의 세계를 원하고 있었다. 그러면서도 끊임없는 냉정이 요구되고 뭇 감정들을 일사불란하게 통솔할 줄 알아야 되는 학문이 바로 법학이 아니던가. 신학은 결코 나의 그런 허영을 만족시켜주지 못하는 분야였다. 신학대학으로 진학하기엔 나는 너무 간교했고 담임이나 친구들은 그런 내 음험한 속셈을 전혀 눈치채지 못했다. 바꾸어 말하면 그만큼 내게는 밖으로 드러나는 '나'를 감쪽같이 조작할 수 있는 기교가 넘쳤다는 뜻이다.

법대 진학은 차질 없이 이루어졌다. 대학생활에서 나는 지적 허영을 충분히 즐겼다. 그리곤 서둘러 병역의 의무를 다하고 이내 사법고시에 도전했다. 내 허영심은 도전만으론 성에 차지 않았으므로 수석합격자가 될 것을 목표로 삼았다.

그 목표를 이루기 위해 조용한 암자의 방 한 칸을 구한 것이 말하자면 궤도수정의 첫 신호가 된 셈이었다. 다른 친구들처럼 고시촌에서 합숙을 한다거나 고시생전문 하숙집에서 기거하며 대학 도서관을 이용했다면 글쎄, 나는 지금 어떤 모습이 되어 있을까.

거의 틀림없이 나는 목표를 달성하고 예정된 길을 달려 현재와는 전혀 다른 삶을 살고 있을 것이었다. 나는 의외로 고집이 센 편이어서 어렸을 적부터 한번 마음먹은 일은 기필코 이루어내곤 했으니까.

그러나 고집을 발휘해보기도 전에, 거창한 계획표와 타오르는 투지를 뜨거운 심장 속에 담아놓고 산골짜기에 숨겨진 그 암자를 찾아가던 날, 내 인생은 그만 급커브를 돌고 말았다. 커브조차도 나는 고집스럽게, 아찔한 속도로 돌고 만 것이었다.

나의 이런 성향은 내 부모가 공평하게 물려준 기질에 연유했다. 아들의 대학 진학을 앞두고 급작스런 발병으로 기어이 세상을 떠났던 내 어머니는 온몸에 넘쳐흐르는 끼를 어쩌지 못하다가 그것이 한이 되어 일찍 생을 마친 분이었다. 어머니는 격정적인 몸짓으로 무대를 휘어잡던 연극배우였다. 물론 공식적으로는 결혼 전까지만 연극배우였던 것으로 되어 있었지만.

아버지는 엄격한 사대부 집안의 종손으로 대학교수였다. 자로

꿈에게 추방당한 자

잰 듯싶은 언행과 잡기를 경멸하고 학문에만 전념하며 평생을 보내다가 지금은 은퇴하여 집에서 연구서를 집필하는 일에만 매달리고 있었다.

어머니는 아버지를 만나 불행했고, 아버지는 어머니를 만남으로 해서 더욱 굳건한 도덕주의자로 변모해갔다. 물과 불 같은 두 사람이 어떻게 결혼에까지 이르렀는지 진실로 불가사의한 일이었다.

어머니는 아버지와 시집식구들 몰래 필사적으로 바깥세상을 탐욕했다. 이름을 바꿔서 연극무대에 서는 대담함도 몇 차례나 되풀이되었다. 아버지, 특히 할아버지와 백부들은 어머니가 광대인 것을 씻을 수 없는 수치로 여겼다.

어머니는 아버지에게 끌려와 시집식구들에 둘러싸인 채 가족재판을 받곤 했다. 어느 날인가는 눈에 불을 파랗게 켜고 어른들에게 대들다가 아버지 손에 끌려 광에 갇히기도 했다.

어머니의 끓어오르는 피는 아들 넷을 연거푸 낳아 기르면서 조금씩 사그라졌다. 막내였던 나는 자라면서 어머니의 한결같은 푸념을 귀에 못이 박이도록 들었다. 너만 안 낳았더라도, 자식이 셋만 되었어도 도망가고 말았을 텐데.

어머니는, 천성적으로 배우였던 어머니는, 점점 말수가 줄어들었다. 아버지가 그토록 원했던 조신한 현모양처의 모습으로 변화했다. 가족들은 안심했다. 나이가 나이이니만큼, 결국은 무대의 꿈을 버렸구나, 하고. 아버지는 그즈음 어머니에게 집을 맡기고 2년 동안 외국의 대학에 머물렀다. 어머니는 그사이 무대로 돌아가버렸다. 집에서는 여전히 현모양처였지만, 복귀한 무대에서 어머니가 맡았던 역할은 뭇 남자를 전전하다가 병으로 죽고 마는 늙은 카페마담이었다.

불행은 또 다른 이의 행복이란 말은 정말 옳은 것이었다. 별 생각 없이 귀국했던 아버지는 밤마다 집을 비우고 무대에 서서 반라의 옷차림으로 열연하는 아내를 목도했다. 그 연극이 장안이 떠들썩하도록 대성황을 이루지만 않았더라도, 그리하여 조용하게 공연이 끝나기만 했더라도 아버지와 가족들이 알아챌 수 없었을 것이었다. 그만큼 어머니는 완벽하게 두 가지 역할을 연기하고 있었다.

하지만 어머니의 얼굴이 신문과, 잡지와, 그리고 마침내 텔레비전의 화면에까지 등장하였으므로 당연히 집안 전체가 발칵 뒤집혔다. 아버지는 어머니를 집으로 끌고 오는 대신 영원히 바깥 세상으로 추방했다. 어머니의 발목을 잡고 있었던 네 아들은 하루아침에 어머니와 완벽하게 단절되었다. 형들은 어지간히 자랐던 탓에 큰 충격도 받지 않았다. 막내였던 나만 암흑 속으로 멀어졌다. 난, 사실을 말하면, 어머니가 좋았다. 그럼에도 불구하고 아버지의 권위에 눌려서, 어린 마음이 간직하고 있던 어머니에 대한 원망에 갇혀서, 그 뒤 한 번도 어머니를 찾아가지 않았다. 왜 그랬을까. 왜 그렇게 굳어있었을까.

나는 속마음을 숨기고 겉으로는 형들처럼 아버지에 순종하며 학업에 정진했다. 내가 고등학교 1학년 때 쫓겨났던 어머니는 그렇게 매혹당했던 무대에 더 이상 서지 못하고 곧바로 입원했다.

인후암이었다. 어머니는 2년간 투병하다 끝내 숨졌다. 어머니의 병이 깊어졌을 무렵, 외가에서 자주 연락이 왔었다. 의식이 남아 있을 때 자식들을 보게 해주자고.

그럴 때마다 아버지는 단칼에 무 베듯이 말하곤 했다, 그 여잔 에미가 아니라 배우였소. 배우답게 죽으라 이르시오. 어머니는 끝내 가족들한테 외면당한 채 임종했다. 우리는 어머니의 부음을 신문에서 읽었다. 어머니의 이름 앞에 붙은 '연극인'이란 칭호를 보며 난 비로소 후두둑 눈물을 떨구었다. 한 인간의 삶을 송두리째 앗아간 자리, 연극인.

어머니가 죽은 뒤, 아버지에 대한 원망도 풀었다. 아버지가, 지독히도 바위같이 단단했던 아버지가, 아무도 몰래 몇 년간 어머니의 병원비와 생활비를 모두 부담하고 있었음이 밝혀진 다음이었다. 나는 어머니도, 아버지도, 모두를 그냥 사랑했다, 라고만 기억하기로 했다.

지금, 아버지와 내가 서로 연락을 끊은 채 살고 있는 것과 어머니 일과는 아무 관계도 없다. 아버지는 세 아들이 모두 자신의 뒤를 이어 학자의 길을 걷는 것으로 만족했다. 나머지 아들 하나쯤은 제 하고 싶은 대로 하라고 했다. 나는 세 명의 형이 아버지를 둘러싸고 성실하게 살아가는 모습을 멀리서 확인만 할 뿐이었다. 형들만으로도 아버지는 충분히 꿋꿋할 수 있으리라. 내게는, 노루봉의 나에게는, 또 다른 삶이 기다리고 있는 것이다.

그때의 이야기는 훗날 나의 유일한 사랑인 그녀에게 도란도란 털어놓았었다. 내가 어떻게 자랐으며, 부모님이 어떤 분이었는가를, 그리고 어떤 사건을 계기로 존재의 영험함과 놀랄만한 평화의 시간들과 부닥치게 되었는지를 말할 때 그녀는 어떤 모습이었던가. 끝없이 투명한 눈빛으로, 한없는 고요함의 영혼으로, 너무나 열심히 내 이야기를 받아들이던 그대.

그런 그대를 사랑함이 왜 의혹이고 환상이겠는가. 사랑의 시작이 정녕 섬광 같은 아찔함이었듯, 사랑의 진행 역시도 이미 내 의지는 아니었다. 나를 초월한 그 무엇이 쉴 새 없이 강풍을 일으켜 나를 그녀에게 밀어붙이던 그 놀라움.

내 짧은 사랑은 하나의 경이요, 필연이었다.

다가오는
사람

오래 기다린 사람 같지 않게 남자는 담담한 표정이었다. 표정뿐만 아니라 그녀가 자리에 앉고 한참이나 지나도록 자신의 오랜 기다림에 대해 전혀 언급이 없다. 시끌벅적한 도시의 천박한 커피숍에서의 90분이 그에게는 도무지 아무것도 아니란 듯이.

"그래서 오늘은 안 된다고 말씀드렸잖아요."

별 수 없이 인희가 먼저 90분의 기다림에 변명의 운을 떼었어도 싱긋 웃고 그만이다. 괜찮은 남자. 그녀는 일단 좋은 점수를 매겼다. 두 번째의 만남이지만 그런대로 점수를 깎아먹을 언행은 하지 않고 있는 남자였다.

71

꿈에게 추방당한 자

오후에 '김진우'라는 이름을 대며 그가 전화를 해왔을 때 인희는 얼른 그 이름을 떠올리지 못했었다. 정실장의 성화로 이른바 맞선이란 것을 본 지 일주일이 지났을 뿐인데도 그랬다.

공교롭게도 정실장이 자리에서 "김진우씨?"라고 되묻는 그녀의 목소리를 들었다. 반색을 하고 빙글빙글 웃어대는 바람에 겨우 눈치를 챘다. 일이 밀려서 오늘은 안 되겠다고 무작정 거절하다가 남자의 고집에 졌다. 일이 많은 것은 사실이었다. 정실장이 내일 끝내도 괜찮다고 연신 부추겼지만 단골고객들에게 우송하는 상품정보지의 편집을 다 마치고서야 일어섰다.

사람이 마음에 들지 않아서 그런 것은 아니었다. 첫 만남에서부터 의외로 호감을 가진 상태였지만 그뿐이었다. 사람을 만나고, 무언가를 이야기해야 하고, 그러면서 서로의 소통을 위해 조금씩 자신의 사적 공간을 내보이고 하는 절차들이 그녀에게는 사뭇 피곤했다. 이것 역시 가족이라는 울타리 없이 혼자 살아 버릇한 그녀의 폐쇄성일 수도 있다.

다른 것은 모르지만 사람에게 가까이 간다는 일은 그녀에겐 몹시 힘들었다. 그것은 마치 난해한 숙제처럼 귀찮고 번거로웠다. 하지 않아도 될 숙제라면 무엇 때문에 노트를 펼치고 연필을 들 것인가.

"왼손잡이가 아니군요."

남자가 불쑥 말했다.

"네?"

"스푼을 오른손에 쥐고 계시잖아요."

"그래서요?"

"지난번엔 주스를 마셨지요. 저녁식사를 함께 하자는 제 청을 한사코 거절하셨잖아요. 식사 이야기가 나오면서부터 눈에 띄게 냉정해지시더군요."

우회해서 핵심을 찌를 줄도 안다, 이 남자는. 결코 만만치가 않다. 저 사람 좋은 웃음의 뒤를 다 알아내기까지 얼마나 피곤한 시간들이 흐를까.

"맞아요. 난 왼손잡이도 아니고, 같이 밥이나 먹지요."

시간은 이미 식사시간을 넘어서고 있었다. 두 사람은 미친 듯이 뒤엉켜 있는 도심의 뒷골목을 뒤져서 겨우 호젓하고 깨끗해 보이는 한식집을 하나 찾아냈다. 수많은 간판들, 등심, 삼겹살, 순두부, 일식, 매운탕 등을 다 젖히고 그가 택한 음식점이었다.

값은 좀 센 듯해도 차려져 나온 음식은 품위가 있었다. 단정한 방안 풍경도, 수발을 드는 여자들의 흰 앞치마도 여느 식당과 달랐다.

"굉장한데요."

인희는 솔직하게 숱한 반찬그릇에 담긴 내용물들에 감탄을 했다. 여러 가지 나물들, 이름도 알 수 없는 젓갈들, 깔끔하게 담아낸 부침개와 아직도 김이 오르는 잡채며 생선조림. 별다른 노력을 들이지 않고도 손쉽게 요리할 수 있는 종류로만 식단을 짜서 살아온 그녀였다. 어머니가 끓여준 된장찌개가 세상에서 제일 맛있다는, 그 흔한 입맛조차 갖추지 못한 스산한 세월을 지나오며 인희는 설렁탕이거나 김치찌개 같은 식당용 요리에 길들여져 있

꿈에게 추방당한 자

었다. 갈치속젓이나 꼴뚜기젓 같은 것은 구경조차 해보지 못했다.

그녀에게 하고많은 식당을 다 젖히고 제대로 차린 한정식을 맛보게 한 그 남자의 깊은 속셈은 그날 이후에, 그것도 한 다리 건너 정실장에게서 들었다.

"인희씨에게 가정집 요리를 먹이고 싶었대. 어머니의 솜씨, 고향의 맛 같은 그런 거 말야."

어머니의 솜씨.

인희는 문득 볼이 확 달아오르는 수치심에 고개를 숙였다. 가엾은 여자야. 자네가 잘 돌봐줘. 그럼요. 그래서 제가 고향을 맛볼 수 있게 그런 음식점을 고른 거라고요…….

두 남자가 그녀를 놓고 수군거렸을 말들이 머릿속을 벌떼처럼 윙윙거리며 날아다녔다. 그러나, 이상한 일이었다. 목구멍에 걸린 가시처럼 사라지지 않던 '어머니의 솜씨'라는 말이 점점 김진우란 남자의 전체를 판독할 수 있는 부호로 여겨지기 시작하는 것이었다.

그는 필경 따뜻함으로 채워진 심장을 가졌을 것이다. 그는 결혼을 사업으로 생각하는 이 시대의 많은 미혼남들과는 다름이 틀림없다. 사업을 함께 할 상대로 이 오인희란 여자처럼 부적격이 또 있을까. 그라는 남자는 한 인간이 지닌 쓸쓸함을 같이 느끼고 함께 어루만져줄 소양을 지녔으리라. 그라는 사람은…….

그러다 문득 인희는 픽 웃어버렸다. 인간에 대한 오해는 늘 이렇게 비롯된다. 한 인간이 보여준 몇 가지 언행을 확대 해석하고 마음 떨림을 보태는 이 작업은 결국 인간에 대한 불신으로 파국을 맞는다. 잘못은 전적으로 오해한 사람에게 있다. 조심할 것. 사람을 믿는 일만큼 어리석은 짓은 없다는 사실을 항상 명심할 것.

일요일의
비

일요일 오후.

비가 몹시 내리는데도 혜영은 그녀를 위해 새로 담근 김치 한 통을 들고 왔다. 얼굴이 수척했다.

"어제 병원에 다녀왔어. 올 겨울엔 엄마가 된대."

혜영은 담담하게 자신의 임신 소식을 알렸다. 결혼 2년만의 임신이었다. 아이를 낳지 않겠다고 고집하던 혜영이었다. 세상에 내팽개쳐져 긁히고 할퀴며 살아온 이력은 자기만으로도 충분하다던 혜영의 고집을 남편이 결국 꺾은 모양이었다.

"잘했어."

인희는 그렇게 말해주어야 한다고 생각했다. 혜영의 마음은 곧 그녀의 마음이었다. 그녀 또한 만약 결혼을 한다 해도 아이는 낳지 않겠다는 생각을 막연히 품고 있었다.

그렇게 나쁘진 않았어, 이 삶이.

이렇게 말할 수만 있다 해도 그녀나 혜영이 출산을 거부하지는 않았을 것이다.

하지만 혜영의 남편은 이 세상에 혈육 한 점 남기지 않고 떠나

꿈에게 추방당한 자

는 것에 쉽게 동의할 수 없었으리라. 그들 부부처럼 서로의 밑바닥까지 다 감싸주며 아늑한 체온을 나누는 사이라면 혜영의 고집은 정말 고집일 뿐이다.

"맞아. 그이한테 잔인하게 굴고 싶지 않았어. 알잖니, 그 사람. 강아지만 봐도 기어이 한번 안아보고 가야 직성이 풀리는데."

혜영은 "우리 부침개나 해먹자." 하면서 금방 말꼬리를 돌려버렸다. 결혼하지 않은 친구에게 남편 자랑하는 것, 또는 부부생활 내비치는 것 등을 끔찍이도 자제하는 혜영이었다. 결혼이라는 안정권으로 먼저 달아난 것으로 친구에게 몹쓸 짓을 했다고 여기는, 딱하도록 착한 친구였다.

해괴한 일은 그날 밤에 일어났다. 남편이 초상집 밤샘하러 갔기 때문에 집에 가지 않아도 된다는 혜영이랑 함께 아파트 가까운 곳에서 냉면을 먹고 돌아오는 길이었다. 엘리베이터 안에서 옆집 여자를 만났다.

"아니, 집에 없었어요?"

여자가 눈을 동그랗게 뜨고 숨 가쁘게 말을 이어갔다.

"세상에, 마침 집에 없었구나. 난 또 집에 갇혀서 꼼짝도 못하고 당하는 줄 알았지."

"대체 무슨 일이에요?"

그러는 사이 엘리베이터는 멎고 인희는 집 앞 복도에 널려있는 깨진 병조각들에 소스라쳐 놀랐다.

"말도 마세요. 현관문을 걷어차며 고래고래 악을 쓰는데, 경비 아저씨가 와서 겨우 끌고 갔어요. 술을 엄청 마셨더라고요. 혀가 꼬부라져서 말도 제대로 못해요.”

“누군데요?”

짐작도 못할 이야기라 인희가 여자의 말을 자르고 물었다.

“낸들 알아요? 한 오십 되었을까, 행색은 영락없이 거렁뱅이였어요. 경비아저씨가 이 집 주인과 무슨 관계냐고 물어도 횡설수설이고, 주머니에서 소주병이 두 개나 나오더라니까요. 그걸 내던져서 박살을 냈으니…….”

“집을 잘못 찾았겠지.”

혜영은 쓸데없는 일에 신경 쓸 것 없다는 투로 말했으나 인희는 뭔가 꺼림칙했다.

집에 들어와 바로 경비실에 인터폰을 걸었다.

“놀라셨지요? 막무가내로 딸네 집에 왔다고 고집을 부리는데 그 아가씨한테 댁 같은 아버지 있다는 소리는 들어본 적도 없다니까 금방 딴소리를 하고……. 아무튼 워낙 술에 취해있어서 따질 계제가 아니었어요. 염려 마세요. 다시 찾아오면 경찰서에 넘길 테니까. 아까 잠깐 자릴 비운 새에 그만 널름 올라간 모양이에요. 죄송합니다.”

경비는 그저 책임을 다 못해 미안하다는 말뿐이고, 혜영은 집을 잘못 찾은 술주정뱅이의 실수라며 대수롭잖게 넘어가지만 밤새 그녀는 고개를 갸웃거리며 의혹에 잠겨야만 했다.

그 밤, 나란히 이부자리 속에 누워서 혜영이 소곤거렸다.

“이렇게 포근한 잠자리에 누워 두 발을 쭉 뻗고 있으면 문득 겁이 나곤 해. 내가 이렇게 호강해도 좋은 건가, 이러면서. 등에

꿈에게 추방당한 자

닿는 푹신한 요의 감촉이 너무 근사해서 어쩔 땐 눈물이 핑 돌기도 해."

"바보 같은 소리."

그렇게 말했지만 사실은 그녀도 가끔씩 그랬다. 그런 밤에는 꼭 악몽을 꾸었고 새벽에 잠이 깨면 너무나 삭막해서 오들오들 떨곤 했었다.

"그래. 난 바보야. 하지만 어쩔 수가 없어. 생각나니? 시청에서 손님이 오는 날에는 이불장의 쓰레기 같은 담요는 창고에 숨겨두고 노란 천을 씌운 솜이불들이 차곡차곡 개켜져 있었지. 그 이불이 너무 고와서 살짝 꺼내 한번 덮어보았다가 총무할머니한테 얼마나 당했다고."

생각이 났다. 그 냄새나는 몸뚱이에 새 이불이 당키나 하냐며 매몰차게 머리통을 쥐어박고 이불을 탁탁 털어대던 그 흉물스런 노파.

원생들이 총무할머니라고 불렀던, 그러나 인희의 어린 마음속에는 마귀할머니로 새겨져 있던 그 사람. 어디 인희뿐이었을까. 총무할머니의 가시 돋친 말이나 차가운 눈매에 마음을 다쳐보지 않은 아이가 없을 정도로 그나마 스산한 세월들을 더욱 힘겹게 한 사람이었다.

인희의 기억으로 당시의 총무할머니는 오십을 갓 넘긴 많지 않은 나이였다. 원장을 '원장할아버지'로 호칭했으므로 원장의 부인이며 실질적으로 천사원 살림을 도맡아보던 그이를 '총무할머니'로 불렀을 뿐이었다.

원장할아버지는 서울에서 다른 일을 하면서 대전의 천사원에
는 일주일에 한 번씩 내려왔었다. 어린 인희의 판단으로도 원장할
아버지는 정말 좋은 분이었다. 마귀할멈 같은 총무할머니와 어떻
게 결혼했을까 하는 의심이 들 만큼 온후하고 정다운 분이었다.
그렇지만 원장할아버지는 천사원 내부사정은 전혀 몰랐다. 거기
에 와있는 주말 동안에도 늘 바빴기에 그럴 수밖에 없을 터였다.

그래도 원장할아버지가 와있는 주말에는 천사원에 생기가 돌
았다. 무언가 상을 받은 아이들은 허리춤에 상장을 감추고 있다
가 그가 지나가면 불쑥 내밀곤 했다. 그러면 원장할아버지는 그
애가 누구든 덥석 안아주며 볼을 부볐다.

"아이구, 우리 강아지가 상장을 받았구나. 아이구, 요 예쁜 강
아지."

원장할아버지는 정말 귀여워 죽겠다는 듯이 한참을 안아주고
쓰다듬어주는 것이었다. 아이들은 그것이 좋아서, 안겨서 칭찬받
는 게 좋아서 한사코 상장을 감추고 있다 내밀거나, 예쁜 들꽃 한
송이를 불쑥 선사하는 기회가 오기를 기다리곤 했었다. 물론 어
느 정도 나이가 들어서는 그 일이 부끄러워 가만히 참긴 했었다.

원장할아버지가 인간에 대한 신뢰를 약간 주고 서울로 돌아가
면, 총무할머니가 일주일 사이에 그 신뢰를 바싹 깨부수고 재까
지 뿌리는 형국이었다고 하면 적당한 표현이 될까. 인희는 지금
도 그들 두 사람이 부부인 것에 여전히 고개가 갸웃해지는 것을
어쩔 수 없었다.

총무할머니, 소등시간 후에도 불이 켜져 있으면 우당탕 방문을

열고 들어와 매섭게 스위치를 내려버리던 사람. 이불이 짧아 발이 나온다고 말하면 양말 신고 자면 되지 별 호사스런 소리도 다 한다고 눈 흘기던 그 할머니.

인희는 더 이상 그 시절의 악몽 같은 시간을 생각하기 싫어 이불을 끌어당긴다. 옆에서 혜영이 한숨처럼 큰 숨을 내쉬며 돌아눕는다.

"좋은 이불을 덮으면 멋진 꿈이 꾸어진다는 동화를 읽었었지. 그렇다면 요즘은 늘 멋진 꿈을 꾸어야 할 텐데. 그러고 싶은데 마음대로 안 되더라."

혜영은 슬픈 말도 색깔 없이 말한다. 색깔 없는 목소리 속에 묻은 어슴푸레한 절망을 나눠가지며 인희는 눈을 감았다. 두 사람 분량의 멋진 꿈이 살금살금 다가오다 놀라 달아나지 않도록 가만히 눈을 감고 고요히 잠을 청했다.

나는 꿈도 혼자 꾼다
그러므로 내 꿈에는 색깔이 없다
오, 이 맑은 무채색
꿈속에서 나를 보는 시간이
너무 짧다

저녁에 나 혼자 서 있는 앞에는
허허, 벌판

가끔씩 보는 나무는 건강하지만
언제나 꿈속에서 나 혼자 있듯이
나무는 혼자 서 있다

혼자서 꿈을 꾸고 있는 그는
나처럼 혼자 중얼거리고
노을을 배경으로 우두커니 이쪽을 보고 있다
그리고 무슨 말을 하려다 점점이 사라진다

꿈도 이제 혼자서만 꾸어야 하는 시간이
무서운가보다

_박해석「허허, 벌판」

그 남자의
선물

"인희씨? 여기 백화점 정문입니다. 나오실 것은 없고요. 정문 안내한테 뭘 맡겨놨으니 퇴근할 때 잊지 말고 찾아가세요. 출장이라서 한 일주일 서울을 떠나있을 겁니다. 돌아오면 다시 전화할게요. 그럼 안녕히 계십시오."

그녀가 무어라 말할 사이도 없이 김진우의 전화는 끊겼다. 시

꿈에게 추방당한 자

끄러운 소음으로 미루어 정문 옆의 공중전화인 것은 확실한 듯했다. 곧장 내려가면 그를 볼 수도 있겠지만 그녀는 잠자코 하던 일을 계속했다.

퇴근 때 정문 안내에게 물었더니 보자기에 싸인 꽤 묵직한 물건을 내주었다. 안내양이 오히려 내용물이 궁금하다는 듯 풀어보라고 성화였다.

"말쑥한 남자가 와서 맡긴 건데 아휴, 냄새가 굉장해요. 혹시 된장 같은 거 아닌지 몰라."

무심코 보자기를 풀어보니 종이상자가 나오고, 상자 속엔 작고 예쁜 두 개의 항아리가 들어있었다.

두 항아리 속엔 정말 된장과 고추장이 너무나 얌전하게 담겨져 있었다.

편지 2

오늘 노루봉에 올랐습니다. 여긴 노루봉 정상입니다. 이 향긋한 바람이, 이 청정한 하늘이, 이 벅찬 평화가 너무 아까워서 그대에게 짧은 편지를 씁니다. 바람과 하늘과 그리고 온 우주의 평화를 담아 그대에게 보냅니다.

좋은 기후 속에 있으면 사람의 몸과 마음도 부드러워집니다. 나는 그대가 이 화창한 봄에 더욱 건강을 키워서 푸른 나무로 우뚝 서길 기대합니다. 당신의 안녕 없이는 내게도 안녕이 없습니다. 당신은 내 삶의 영원한 지평입니다. 멀리 있어도, 떠나간다 해도 이 사실은 변하지 않습니다.

강요도, 헛소리도 아닙니다. 나는 그대가 언젠가는 이 말들을 이해할 것을 믿고 있습니다. 왜 내가 그대로 인해 우주의 평화를 더욱 절실하게 누릴 수 있는지를, 이 터무니없는 집착이 결국은 섭리에 의한 택함이었다는 진실을 그대는 아시게 될 겁니다.

그러나 서두르지 않습니다. 그대도 서두르지 마십시오. 온갖 일들이, 예정된 날들이 다 지난 뒤에, 그때 그날이 옵니다. 내가 아무리 소망을 거듭한다 한들 정해진 순서를 뒤바꿀 수는 없습니다. 우리는, 아니 나는 그대 방황의 마지막 자리에 서있는 운명입니다. 나는 운명에 손대지 않습니다. 하물며 온전한 그대의 사랑을 얻게 될 그 운명임에야 어찌 손대겠습니까.

또 내 말이 길어질까 두렵습니다. 단지 바람의 향내만 전하겠다는 글이었습니다. 그대, 잠시도 내 정신을 놓아주지 않는 그대의 아름다운 이름을 이 바람에 새깁니다. 부디 건강하길.

생의
주의사항

뭔가 달라졌다. 어쩌면 호흡하는 공기가 달콤해졌을까. 아니면 세상을 밝히고 있는 전등의 촉수가 바뀌었을까. 달고 밝다. 달고 밝음을 주의할 것.

꿈에게 추방당한 자

인희는 요즘 들어 스스로에게 잦은 경고를 내린다. 조심할 것, 주의할 것, 명심할 것…….

자신의 감정 상태에 자주 제동을 건다는 것은 확실히 문제가 있다. 일상에서의 일탈이 일어나고 있다는 징조이다. 그것을 느낀다, 그녀는. 그것을 두려워하고 있다, 그녀는.

어린 시절, 어둠이 잘게 깔리는 초저녁까지 땀을 뻘뻘 흘리며 골목에서 놀고 있을 때 들려오는 소리가 있었다. 영애야, 두호야, 순희야……. 된장이거나 김치 냄새를 묻히고 나온 아낙들이 각자 하나씩 아이들을 데리고 들어간 뒤에도 호명을 기다리며 머뭇거리던 슬픔. 매번 이름을 불려본 자는 모른다. 자욱하게 몰려오던 외로움을.

그녀에게 있어 삶은 호명당하지 못한 자의 자욱한 외로움을 향한 질긴 투쟁이었다. 그것은 정신을 뜯어고쳐야 하는 힘들고도 대대적인 싸움이었다. 방법은 하나뿐이었다. 통용되는 상식에 역으로 대응할 것.

남들이 외롭다고 느끼는 모든 일에 담담하자. 남들이 행복하다고 여기는 일에 시큰둥해지자. 남들이 당연하다고 여기는 모든 일에 반기를 들자. 남들과는 다르게 세상을 읽는 독법을 가져야 한다고 생각했다. 물론 단지 다르기 위해서 다를 뿐인 대응은 배격했다. 그것은 정신의 고립만을 가져온다고 믿었다. 그녀가 원한 것은 고립이 아니라 독립이었다. 상처받지 않고 독립할 수 있기를 희구했다. 상처만 피하려다 보면 세상에서 고립되고 말 것임을 우려했다.

철저하게 스스로를 훈련했다. 어차피 살아야 한다면 덜 다치며 사는 법을 익혀야 했다. 둥근 밥상에서 이마를 맞대고 저녁밥을 먹어본 기억이 없는 자는, 지독한 복통이 와도 배를 문질러줄 어머니의 약손을 가지지 못한 자는, 비오는 날의 교문 앞에서 우산을 들고 하교길을 맞으러 나온 가족을 곁에 두지 못한 자는, 그런 자는 다르게 살 수밖에 없지 않은가.

그리하여 피까지 차가운 인간이 되었던가. 그녀는 스스로의 엄격한 훈련이 거기까지 이르기를 바라기는 했었다. 한때는 거기에 이르렀다고 믿기도 했다. 천사원을 나오던 날이 그랬다. 의례적인 인사들을 받으면서 시종일관 차갑게 웃을 수 있었던 것이, 단 한 번의 돌아봄도 없이 천사원 마당을 가로지를 수 있었던 것이, 그리고 뒤늦게 외출에서 돌아온 총무할머니가 천사원 정문 앞에서 그녀를 껴안으려고 했을 때 단호하게 거부할 수 있었던 것이 모두 이를 깨물며 견딘 훈련의 결과였었다.

그때 얼마나 흥분했던가. 남들은 모두 휩쓸려가고야 마는 감정의 파도를 물리칠 수 있다는 사실에 그녀는 거의 환희를 느꼈었다. 물론 열여섯의 덜 여문 정신이 보여준 어쩌면 유치하달 수 있는 경험이기는 했다. 세월이 더 흐른 뒤에도 때때로 비슷한 환희에 휩쓸리는 수가 가끔 있었다. 그것이 결국은 또 다른 감정의 파도임을 모르지는 않았지만 그녀에게 있어서 그런 순간들이 적잖은 위안이었음을 부정할 수는 없었다.

그렇게 정신의 살집이 채워지고 뼈대가 자리 잡았다. 이제 훈련으로 닦달하기에는 너무 자라버렸다고 생각되는 지금에 와서

꿈에게 추방당한 자

도 그녀는 가끔씩 마음을 다잡곤 했다. 마치 한동안 연습을 게을리했던 운동선수가 시합에 임해서 가슴이 철렁 내려앉는 것처럼. 육체의 근육이 그렇듯이 정신의 근육 또한 단련 없이는 풀어지고 만다.

풀어졌는가. 그동안 풀어졌는가.

인희는 마음의 끈을 바싹 다잡아 쥐고 달콤한 공기와 밝은 세상을 경계한다. 이건 무슨 장난이 아닐까. 총무할머니의 카랑카랑한 목소리가 들리지 않는가. 매일같이 쏟아지던 그 힐난.

"장난치지 마! 너희들 주제에 장난질이 당키나 해!"

그래. 아이들의 구슬이나 딱지 혹은 종이인형 따위를 빼앗아가며 장난치는 녀석들은 저녁을 굶기겠다던 총무할머니의 말이 옳다. 장난에 현혹당했다가는 밥이, 일상이, 간신히 얻어낸 평화가 산산조각으로 부서지고 말리라.

김진우.

다가오는 그 이름을 향해 인희는 뒤돌아선다. 달콤해지지 말 것, 세상이 환하다고 느끼지 말 것.

그러나, 그럼에도, 자꾸 뭔가 달라져가고 있음을 그녀는 안다.

대화

"선물을 고르는 방법이 무척 독특하시데요. 그걸 어떻게 구했는지는 모르겠지만, 아무튼 의외였어요."

"아, 그거……." (대수롭지 않다는 남자의 표정.)

"시장에서 샀던가요?"

"아니, 그런 걸 시장에서 사기도 하나요?"

"어머님께 직접 부탁하셨어요?"

"그럴 수도 있었지만."

"그럼 누구에게?"

"큰형수님한테 장독대 보물들을 좀 덜어주십사고 간청을 드렸지요." (밝게 웃는 남자.)

"설마 여자한테 줄 선물이라고 털어놓지는 않으셨겠죠." (여자는 결코 웃지 않는다.)

"눈치야 채셨겠지요."

"다른 사람한테도 이런 선물을 하시나요? 된장, 고추장이 번거롭다면 예를 들어 딸기잼이나 장아찌 같은 종류로."

"처음입니다." (비로소 웃음을 거두는 남자, 자세를 고쳐 앉는다.)

"왜 내가 그 처음이 되었지요?"

"인희씨는 내가 보낸 된장, 고추장 맛이 어떻다는 말씀은 한마디도 하지 않으시는군요."

"제 질문에 답을 해주세요."

"왜, 왜냐고 묻지 좀 마세요. 그러고 싶었어요. 꼭 필요한 것일 수 있겠단 생각도 용기를 주긴 했지요."

"그렇군요. 역시 그랬어요." (여자는 담담하게 고개를 끄덕이고 입을 다물어버린다.)

"뭐가 역시 그랬다는 이야긴가요?"

꿈에게 추방당한 자

"……." (여자, 답을 할 생각이 전혀 없다는 표정이다.)

"무슨 뜻인지 해명을 해주셔야지요."

"……."

"그렇게 캐물었으면 내게도 기회를 주는 게 대화의 예의가 아니던가요?" (남자도 썩 집요하다. 그러나 짜증의 기미 같은 것은 없다.)

"알고 싶으세요?"

"네."

"말씀 드리지요. 꼭 필요한 것이 몇 가지 있기는 해요. 누구나 그렇듯이 말이에요. 하지만 된장이나 고추장이 바로 그것은 아니었어요. 나한테 그런 것이 꼭 필요하리란 생각은 진우씨 오해일 뿐이었죠."

"아니, 내 말은, 고추장이란 그것, 혹은 된장만을 말하는 게 아니었어요. 일테면 그런 것으로 가시화되는 인희씨의 결핍된 부분들을," (그때 여자가 말을 자르고 나선다.)

"바로 그것이 오해라는 거지요."

"무엇이? 결핍이?"

"결핍이 있다고 믿는 정신이."

"아, 인희씨. 말장난 같지만 지금의 인희씨 말들이 내게는 결핍의 확실한 징후로 들리는데요." (남자는 다소 과장된 몸짓으로 여자의 말을 반박한다.)

"역시 말장난처럼 들리겠지만, 징후로 파악하는 인식의 고정관념 또한 진우씨의 오해일밖에요." (여자는 빙긋 웃는 듯하다.)

"아니, 그래, 좋습니다. 그 오해를 해독하기 위한 시간은 이제부터라도 충분할 테니까 유념하겠습니다. 그리고 보면 된장과 고추장을 보낸 것은 아주 유효한 일이었네요. 우리 사이에 오해가 있다는 사실을 확인한 것만도 대단한 수확이니까요. 그렇지요?"

"그렇군요."(여자는 좀 더 확실히 웃는 표정이다.)

"이젠 겁이 나요. 출장지에서 무심코 인희씨 생각나서 사들고 온 것도 내놓지 못하겠어요. 이거, 어떡하지요?"(남자는 주머니에서 무언가를 꺼내 탁자 위에 얹어놓는다.)

"노리개군요."

"맞아요. 옥으로 빚어 안에 사향을 넣었다는군요. 옥향이라고 부른대요."(남자는 조심스런 말투로 설명한다.)

"옥향……."

"예, 이 옥향, 접수하시겠어요?"

"접수할래요. 예쁜데요."

"아, 천만다행입니다. 등에 식은땀이 흐를 지경입니다."(남자는 믿지 않게 넉살을 부리고 여자는 별 수 없이 그의 밝음에 전염되고 만다.)

짙어지는
의혹

한동안 끊겼던 괴전화가 다시 걸려왔다. 금요일 저녁이었다. 때 이른 수박 한 덩이가 관리실에 맡겨져 있다가 그녀에게 건네진 다음 날이었다. 지난달에 한 번 찾아와 아가씨 혼자 사느냐고 묻고 갔던 아주머니가 낮에 찾아와 맡겨놓고 갔다는 것이었다.

수박의 임자가 바로 괴전화 속의 중년여인이었다는 사실은 본인이 직접 밝혔다.

"저, 아가씨가……."

목소리는 여전히 머뭇거리고 심하게 불안한 기색이었다.

"말씀하세요."

인희는 비로소 입을 여는 목소리에 긴장했다. 누구일까.

"아니, 할 말은 없고……나는 그저……그러니까 내가……불쾌하겠지만……."

횡설수설이었다. 도대체 맥을 잇기가 어려운 말에 긴장 대신 짜증이 새어나왔다. 정신건강에 이상이 있는 여자가 틀림없었다. 그러나 조금 더 들어보기로 했다.

"그 난리를 피웠다는 말을 듣고, 아휴, 영문도 모른 채 당했을 것이라서……그러니까, 아니, 다른 말은 필요 없고, 미안하다고……말도 안 되는 짓이지만 그래서 수박을……이상하게 생각 말고……."

인내에도 한계가 있었다. 인희는 더는 그 횡설수설을 참아낼수 없었다. 요령부득의 말이 더 계속되기 전에 이쯤에서 이 정신 나간 여자를 거절해야 했다.

"수박은 관리실에 그대로 있으니 찾아가든 말든 알아서 하시고, 이따위 헛소리를 치료해줄 병원부터 찾아가세요."

"아니, 내 말은, 그러니까……."

그녀는 수화기를 내려놓았다. 그리곤 곧장 수박을 들고 관리실로 내려갔다. 내일 찾으러오지 않으면 아저씨들이 나누어 잡수라고 말했다.

그러나 수박을 떠맡기고 돌아오면서 내내 찜찜한 마음이었다. 정신병자는 아닐 것이다. 수박을 사들고 정확히 그녀를 찾아왔으며, 수박을 왜 사왔는지 설명하려고 전화도 했다. 집과 전화번호를 확실하게 알고 있는 이 여자, 끝없이 주저하고 심하게 떨어대던 그 목소리.

착오라 해도 기분은 나빴다. 틀림없이 누군가의 착각으로 그녀가 이 관계 속에 끼어들었겠지만 그래도 찜찜하다. 착오라 해도 왜 하필?

그러다 문득 지난 일요일, 혜영이가 와서 자고 갔던 그 비오는 일요일의 일에 생각이 미쳤다. 그녀들이 저녁을 먹고 돌아왔을 때 어떤 일이 기다리고 있었던가. 난데없는 술주정뱅이가 찾아와서 그녀의 현관문을 걷어차며 고래고래 악을 쓰고 돌아갔다고 했다.

그 난리를 피웠다는 말을 듣고, 어휴, 영문도 모른 채 당했을 것이라서…….

머리를 스치는 여자의 그 말. 혹시 술주정뱅이의 주정을 사과하는 말이 아니었을까. 틀림없었다. 전화 속의 여자 목소리는 분명 그때 그 일을 사과하는 것이었다. 수박은, 지금 관리실에 돌려주고 온 그 수박은 사과의 표시이고.

인희는 불현듯 온몸을 떨었다. 근래 그녀를 둘러싸고 일어났던 괴이쩍은 일들을 이렇게 한 줄에 꿰어놓고 상상을 하니까 일시에 연결이 돼버리는 것이었다. 잦은 괴전화, 낯모르는 여자의 방문,

역시 낯모르는 남자의 행패, 수박, 여자의 횡설수설.

뭔가 풀릴 것 같았다. 인희는 꼼짝도 않고 앉아서 줄곧 그것들의 연관관계를 풀었다. 남자와 여자는 부부이다. 그것만 확인해도 큰 의문은 해소되었다고 생각했는데 거기서부터 오히려 더욱 깊은 오리무중이었다. 그들 중년의 부부가 왜? 무엇 때문에?

그녀는 다시 관리실로 내려갔다. 마침 그때 술 취한 사내를 끌어냈다는 경비가 근무를 하고 있었다.

"크게 신경 쓰실 일이 아닐걸요. 술이 어지간히 취했어야죠. 처음엔 여기가 딸네 집이라고 박박 우기다간 나중에는 또 딸은 아니고 그냥 아는 집이라고 했다가, 술주정뱅이야 원래 나오는 대로 뱉는 법 아닙니까."

딸? 딸이라고?

인희는 그만 거기서 길을 잃고 만다. 이 수수께끼를 어찌어찌 풀어볼 것도 같았는데 딸이 어쩌고 하는 바람에 긴장이 스르륵 풀려버리고 마는 것이었다. 대체 그런 허황한 소리를 어찌 단서랍시고 챙겨 듣겠는가 말이다. 두 사람 다 제정신이 아닌 게 분명했고 더 이상 헛소리에 말려들지 않겠다고 작정하는 것이 그녀가 할 수 있는 일의 전부였다.

하기야 안팎이 모두 오락가락하는 정신이란 것도 해괴했고 자신이 그들 부부 사이에 어찌 끼어들게 되었는지 그 부분도 적잖이 석연찮기는 했다. 허나 그뿐, 인희는 일단 생각의 헝클어진 실타래를 뭉쳐서 치워버렸다. 내일은 홍보실 식구끼리의 야유회가 있다. 일찍 자고 일찍 일어나서 청명한 얼굴로 들바람을 쐬고 싶었다.

풀밭에서

아카시아 향내가 온 천지에 가득하다. 바람에 눈처럼 아카시아 꽃잎이 흩어지곤 했다. 잎사귀를 반짝이며 흔들리는 나무들, 땅에서 풍겨오는 훈김, 밟히면 밟히는 대로 누워서라도 자라는 연초록 작은 풀들.

아름답고 향기로운 계절이다. 점심 후의 나른함에 휩싸여있던 미스 김은 나무둥치에 기대 졸고 있다. 사진담당 윤성기와 맥주잔을 기울이던 정실장은 아까부터 잔을 들어 보이며 가까이 오라고 손짓이다.

"일루 와. 이런 날 한잔 하지 않으면 죽어서도 후회할걸."

이상하다. 인희는 정실장이 죽어서도 어쩌고 하는 말에 흠칫 놀랐다. 그녀도 여태 죽음을 생각하고 있었던 것이다. 여름으로 가는 문턱, 이토록 청정하고 온화한 대기 속에 앉아서 문득 떠오르는 게 죽음 그 이후였다.

죽어서 자연으로 돌아간다고 했던가. 목숨이 스러지고 땅에 묻혀 먼먼 훗날 이름 모를 잡초거나 지천에 깔린 저 아카시아 꽃잎 하나로 이 세상에 다시 얼굴을 내밀 수 있을까.

아름다움이나 행복함을 느끼는 감정의 이면엔 세상에 대한 끝없는 애착이 있는 법이다. 그녀는 모처럼 근교로 나와 초록의 잔치 속에 자신을 쉬게 하면서 세상이 참 아름답다고 느낀다. 그리곤 이내 자신의 느낌에 낯설어 한다. 이 세상은 언제나 남의 것이라고 생각했었다. 남의 것에 아름다움을 느끼는 것은 수치일까,

동화(同化)일까.

그때 정실장이 기어이 거품이 넘실넘실한 종이컵을 들고 그녀 곁으로 왔다. 정실장은 지금 기분이 좋은 모양이었다. 기분 좋을 때 그는 자꾸 앞머리를 손가락으로 빗어 올리는 버릇이 있었다.

옆에 앉으며 정실장이 은근히 묻는다.

"진우 그 자식이 못되게 굴진 않아?"

마치 못되게 굴면 한 대 후려치고 말겠다는 투다.

"우린 아직도 탐색단계예요. 건너뛰지 마세요."

인희의 말에 정실장이 손을 휘휘 내젓는다.

"무슨 말씀. 진우가 부모님들 앞에서 신붓감 데려오겠다고 공표를 했다던데?"

부모님한테 인사를? 인희는 말없이 맥주거품에 입술을 대본다. 쓰고 달다. 쓰지만 달고, 달지만 쓰다. 진우라는 그 사람이 그렇다고 그녀는 생각한다. 그를 떠올리면 쓰고 달다. 나는 어느 쪽을 택할 것인가. 쓴 쪽으로? 아니면 달콤한 쪽으로? 어느 쪽이든, 나는 결국 어딘가에 기댈 것이다.

쓰지만 달다, 라고 생각한다는 것은 쓴 것을 감내하고 행복을 지향하겠다는 자세이다. 반대로 달지만 쓰다는 말은 달콤함의 유혹에 넘어가서 절망과 맞부딪치는 일은 가급적 피하겠다는 뜻을 포함한다. 나는 어느 쪽인가.

인희는 종이컵 가득 채워진 맥주를 거의 단숨에 들이키고는 정실장에게 빈 잔을 내보인다. 기분이 좋은 정실장은 얼른 잔을 채운다. 그때서야 졸음에서 깨어난 미스 김이 한마디 거든다.

"하여간 실장님 때문에 다들 술고래가 된다니까요. 언니도 소주 한 병이 기본이라면서요? 아휴, 난 다 배워도 술은 못 배우겠어."

미스 김의 말이 틀린 것도 아니다. 인희는 홍보실 근무경력만큼 음주경력도 늘어나서 미스 김 말대로 소주 한 병쯤은 기본이다. 내키면 가끔씩 집에서도 소주잔을 기울이기도 한다. 흔치는 않지만.

술은 탱탱했던 흥분을 느슨하게 풀어준다. 인희가 술을 마시는 날은 그런 날이다. 너무 당겨져 있어 신경이 끊어질 것 같다는 기분이 들면 냉장고에서 소주병을 꺼내 혼자 식탁에 앉는다.

소주는 맑다. 맑은 것이 좋다. 그녀는 한 잔, 두 잔, 거듭될 때마다 자신이 소주처럼 발효되어 맑아지고 싶다고 소망한다. 무언지 더럽고 탁한 것에 둘러싸여 있다는 느낌이 늘 그녀를 괴롭힌다. 그녀는 생각한다. 내가 정말 더럽고 탁하다고 생각하는 것은 혹시 내 자신이 아닐까. 출생의 비밀, 버려진 생명. 그 속에 온갖 더러움과 추함이 다 담겨있지 않은가. 아, 더럽고 추한 출생의 비밀.

야유회는 즉흥적인 계획만큼이나 싱겁고 덤덤하게 끝났다. 땡볕이 나오기 전에 풀밭에 앉아 조촐하게 도시락이나 먹어보자는 긴급제안을 한 사람이 미스 김이었다. 마침 한가했던 때인지라 정실장이 며칠 뒤 토요일로 날을 잡았는데, 오후부터 흙먼지를 날리며 자가용들이 몰려오는 바람에 그들은 일찌감치 자리를 걷었다. 정실장과 윤성기는 시내로 나오자 이내 술집으로 빠졌고 미스 김은 뭔가 아쉬운 듯 인희에게 약속이 있느냐고 물었다.

"아냐. 집에 가서 쉴래."

"언니 집에 나도 가면 안 될까요? 언제부터 가보고 싶었는데."

"나중에. 지금은 피곤해."

인희는 미스 김이 다른 말을 하기 전에 단호하게 거절한다. 세상이 모두 제 편이라고 믿으며 자라온 미스 김 같은 사람은 이만한 거절에도 금세 낯이 붉어진다.

"언니는…… 좀 이상해."

야속한 빛을 감추지 않고 돌아서는 미스 김의 뒷모습을 오래 쳐다보다가 인희는 불현듯 맹렬한 노여움을 느낀다.

내가 이상한 것은 절대 내 잘못이 아니야. 절대로.

예감이
싹트다……

노루봉에서 보낸 편지 두 통이 한꺼번에 도착했다. 날짜를 살피니 하루 간격으로 쓴 글들이다.

앞에 쓴 편지에서 그는 날을 확정해서 서울에 오겠다고 말하고 있었다. 탑을 쌓듯이 그리움을 쌓았는데 이제는 더 이상 마음을 얹을 데가 없노라고 했다. 그대에게 가서 모아둔 그리움을 불사르고 돌아오면 숨쉬기가 훨씬 편할 것 같다고 쓰여있다.

그리고 다음 날 쓴 편지에서 그 사람은 자신의 말을 지우고 있었다.

'……지쳐서 쓰러지더라도 이 고통이 행복임을 잠시 잊었나봅니다. 그대에게 가고 싶은 마음이야 하루에도 수천 번이지만, 그렇지만 욕망을 이기는 기도 또한 수천수만 번에 이릅니다. 이 욕망이 식은 다음에 다가올 사랑을 나는 더욱 원합니다. 이곳에 남아서 계속 그리움의 탑을 쌓는 것이 아직은 나의 길입니다……'

그 사람은 대체 어떻게 된 사람일까. 무엇에 기대어 이토록 절절한 사랑을 만들 수 있을까. 인희는 비로소 그에게서 오는 힘, 어떤 영혼 같은 것을 깨닫지 않을 수 없었다. 특히 편지의 마지막 구절.

'당신이 다른 누구를 사랑하게 된다면, 그렇다면 나는 당신이 택한 그 사람까지 내 사랑 속에 품겠습니다.'

그는 멀고 먼 그곳에서 끊임없이 그녀를 향해 줄을 던지고 있다. 그 줄이 어느 날인가는 그녀를 송두리째 묶어버리고야 말리라는 막연한 예감, 인희는 이 어렴풋한 예감 앞에서 자신도 모르게 그에게 다가가고 있었다.

전환점에서

인생의 급커브.

지난번 아마도 나는 그것에 대해 이야기하다 말았을 것이다. 내가 왜 법관으로서의 야망을 포기하고 산에 머물게 되었는지를.

사법고시 돌파를 위한, 그것도 수석합격을 목표로 한 내 야심

찬 계획과 타오르는 투지를 심장에 담고 산속의 암자를 수소문하고 다닐 때만 해도 나는 내 인생이 그처럼 어이없이 궤도수정을 하리라곤 정말 상상조차 하지 못하고 있었다.

미국에서 공부 중이던 큰아들, 국내에서 박사 코스를 밟고 있던 둘째아들, 그리고 의과대학 졸업반이었던 셋째아들에 이어 막내까지 순탄하게 수재 소리를 들으며 학업에 정진하고 있었던 터라 아버지는 어머니의 죽음 이후에도 오히려 행복한 듯이 보였었다. 내가 법대에 진학한 것도, 그리하여 사법고시를 계획했던 것도 그런 집안 분위기를 생각하면 사실 너무도 당연한 것이었다.

남자들만 살고 있었다 해서 집안이 썰렁했던 것도 아니었다. 둘째 형은 요리를 좋아했고 셋째 형은 결벽증에 가까운 청소광이었다. 막내였던 나는 형들이 시키는 일에 다소곳했다. 살림을 돌봐주는 아주머니가 일주일에 서너 번만 드나들어도 집은 어머니가 살아있을 때보다 도리어 훈김이 돌았다. 아버지는 아내가 사라짐으로 해서 가정의 온전한 평화를 맛본 사람이었다. 늘 밖으로 나가고 싶어서 애를 태우던 아내, 정열과 사랑은 많았지만 현실에의 안주는 천성에 맞지 않았던 아내와 함께했던 시절에는 좀처럼 보기 힘들었던 아버지의 너털웃음을 나는 어머니 죽음 이후 더 많이 보았다.

아버지는 재혼의 의사가 분명히 없었다. 우리 형제들도 그런 아버지를 이해했다. 아버지에겐 학자의 명예와 자신의 뒤를 잇는 아들 넷으로도 여생이 충분했다. 나에게 수석합격을 바라도록 암시를 준 것도 아버지였다. 나는 그런 아버지에게서 아무런 거부감도 느끼지 않았다. 나에게 주어진 행운 가운데 하나는 어떤 갈등도 없이 아버지를 사랑할 수 있었다는 것이었다. 아버지와 반목하고, 아버지를 증오하고, 결국 평생 아버지를 극복하려 애쓰며 사는 아들들을 나는 많이 만났다.

아버지에 대해서, 그리고 당시의 집안 분위기에 대해서 이토록 설명이 긴 까닭은 나에게 닥쳐온 궤도이탈에 행여 다른 이유가 있었던 것은 아닌지 의혹할 사람이 있을까 염려하기 때문이다. 사람들은 어떤 일이 일어나면 반드시 그 일에 대한 동기와 배경, 그리고 정신분석을 행하려고 덤빈다. 그렇게 해서 밝혀지는 사실들은 모두 진실일까.

이제 와서 생각해보면 이해할 수 없었던 많은 일들이 그런 억지 분석에 의해 억지로 이해되었다고도 할 수 있으리라. 우리가 이해할 수 없는 일은 인간의 힘으로 이해될 수 없는 일이기 때문에 그런 것이다. 그것의 진실은 우주와 인간 사이에 묵계된 영원한 약속이 무엇인지 깨달았을 때에만 비로소 이해된다. 나는 이 일들을 통틀어서 섭리(攝理)라고 부른다. 섭리의 법칙을 아는 사람은 우연이란 것을 인정하지 않는다. 우주의 질서와 우주가 베푸는 큰 은혜 속에는 우연이란 실수는 없다.

내게 벼락처럼 다가와 인생을 감전시키고 만 스승은 처음에 한낱 나그네에 불과한 초라한 유랑걸객의 모습으로 내 앞에 나타났다. 남루한 입성과 먼지와 땀으로 범벅된 더러운 머리칼. 나는 냄새 때문에 코를 움켜쥐어야만 할 정도였다. 기인이나 도인에 대해서 그동안 내가 알고 있는 지식은 전혀 없었다. 이미 말했듯

꿈에게 추방당한 자

이 우리 집안의 형제들은 아버지 기운 밑에서 한결같이 반듯하게 정도만을 걸었기 때문이었다.

누를 길 없는 정열로 한평생을 살다간 어머니가 있었지만, 그러나 어머니의 정열을 탐하기로는 집안 가풍이 너무 엄격했었다. 그즈음 내게 있어 어머니는 우리 집안에 정녕 잘못 뛰어든 불나방이었다. 유랑걸객의 모습으로 나타난 그 사람을 처음 보았을 때도 그랬다. 내 인생에 날아든 불나방, 금방 날아갈 불나방이려니 했다.

범서(汎瑞)선생을 처음 만난 곳은 경기도 가평 부근의 어느 암자였다. 그곳을 소개해준 선배들 말로는 아예 고시공부 학생들만 방을 내주기 때문에 합격자가 가장 많이 나온 전통적인 고시 암자라고 했다.

산은 생각했던 것보다 훨씬 깊었다. 오리나무숲을 지나면 소나무숲이 나오고 다시 상수리나무가 무리지어 있는 숲을 지나는 식으로 한없이 산속을 더듬어도 보여야 할 암자의 종적은 묘연하기만 했다. 마침내 나무 그늘 사이로 언뜻언뜻 비치는 암자의 기와지붕을 발견하고서야 나는 땀 젖은 얼굴을 말리려고 풀숲에 앉았다. 바로 그때 한 사나이가 암자 쪽에서 휘적휘적 내려오고 있었다.

아마도 암자에서 내려오는 사람이었기에 그 사람을 주목했을 것이었다. 인간이란 자신의 마음만큼만 보는 법이었다. 스스로가 고시준비생이었기에 나는 그 사람도 거의 십 년 가까이 고시에 매달리는 만년 낙방생이 아니겠나 추측했었다. 그런데 이상한 일이었다. 그의 모습이 내 시선에 붙잡힌 순간부터 갑자기 내 숨이 가빠지는 것이었다. 늘어뜨리고 있던 두 손과 두 발에도 팽팽한 긴장이 감돌았다. 이런 설명이 가능하다면, 그것은 마치 누군가 내 몸의 어느 구멍에 대고 산소를 마구 불어넣는 듯한 기분이라고나 할까, 아니면 축 늘어져있던 풍선에 공기가 들어가면서 팽창하는 모습이라고나 할까, 어쨌든 그 비슷한 것이었다.

순간의 착각이겠지. 나는 일부러 그를 보지 않기 위해서 땀을 닦았던 손수건을 주머니에 넣고 자리에서 일어났다. 그러나 그가 내 가까이 오고 있다는 느낌만큼은 너무나 선명했다. 왜냐하면 내 속에 주입되는 어떤 기운, 산소 같은 것, 이 기운이 점점 더 세졌기 때문이었다. 나는 거의 숨을 헐떡일 지경이었다.

그리고 정점(頂點)이었다. 터질 것 같다는 기분의 절정이었을 때, 그가 한 줄기 바람을 날리며 내 곁을 스쳐갔다. 그리곤 점점 멀어졌다. 그와의 거리가 멀어지는 꼭 그만큼씩 내 몸에서 기운이 빠져나가기 시작했다. 팽창했던 풍선의 바람이 빠지는 그대로의 현상이었다. 그의 자취가 온데간데없이 사라졌을 때, 내 몸에 들어왔던 그 이상한 기운도 모두 빠져나갔다. 나는 그대로 서있을 힘도 추스르지 못하고 풀썩 그 자리에 주저앉고 말았다. 도대체 내가 왜 이러는지 나도 알 수 없는 일이었다.

나에게 지금 막 어떤 일이 일어났다는 것은 분명한 사실이었지만 나는 그 사실을 인정할 수 없었다. 나는 곰곰 생각 했다. 그때의 나로서는 그동안 배우고 익힌 지식으로 이 기이한 현상을 풀 수밖에 없었다. 그리고 나는 그다지 흡족하진 못했으나 그런대로

꿈에게 추방당한 자

납득할 만한 몇 가지 이유를 밝혀냈다. 그날 나는 다소 무리를 했던 것이었다. 아침 일찍 집을 나서면서 아무것도 입에 대지 않았다. 가평에 도착했을 때는 습기 많은 초여름 날씨가 잠시도 나를 그 조악한 시가지에 머무르지 못하게 만들었다. 나는 요기라도 해야겠다는 생각을 버리고 바로 시외버스에 올랐다. 그러니까 아침부터 지금까지 내가 섭취한 영양이라곤 산 아래 구멍가게에서 마신 차가운 우유 한 잔이 전부였다.

게다가 지난밤에는 몇몇 친구와 더불어서 당분간의 이별을 아쉬워한다는 명목으로 근래에 없는 폭음이 있었다. 술을 별로 많이 마시지는 않지만, 한번 마시면 지나치다 할 만큼 마시는 것이 내 술버릇이었다. 그랬으므로 당연히 몸이 허해 있을 것이었다. 잠시 동안 호흡이 고르지 못하고 몸을 주체할 수 없다고 느낄 만한 사정으로는 그런대로 충분하지 않은가.

그런 식으로 나를 분석하긴 했지만 멍한 기분을 되돌리는 데는 상당한 시간이 필요했다. 그러나 이십여 년간 보통 사람들과 같은 상식 속에 살아온 나였다. 그리고 한없이 빛나는 젊음의 나이였다. 한참을 그늘에 앉아 팔다리를 주무르는 동안 나는 다시 완벽하게 몸과 마음을 회복했다. 그때쯤에는 이미 홀연 나타났다 사라진 유랑걸객인지 만년 고시낙방생인지 하는 사람의 기억은 까마득하게 지워졌으며 충격이었던 기이한 체험도 일시적인 육체의 반란 정도로 자연스럽게 접수될 수 있었다.

그런데, 어렵게 찾아간 암자에서 나는 다시 맥이 빠졌다. 보살할머니 말인즉 당분간 빈방이 없어서 학생들을 받을 수 없다는 것이었다. 본당에 절이 생긴 이래 가장 큰 불사가 있어서 타지에서 온 스님들에게 방을 주고 있다는 것이었다. 보살할머니는 실망하는 나를 보더니 혀를 끌끌 찼다. 딱하지만 어째. 좀처럼 이런 일은 없는데, 학생이 하필 이런 때 와서 어떡하누.

나는 별 수 없이 다시 오던 길을 되짚어 내려갔다. 본당에 급히 가야한다는 보살할머니를 붙잡고 늦은 점심공양을 부탁하기도 뭐해서 선 자리에서 되돌아선 셈이었다. 사실은 만약의 경우 암자에 방이 없을 때를 대비해서 포천 쪽의 다른 암자도 한군데 알아놓고 있었다. 그랬으므로 나는 마음이 급했다. 날이 저물기 전에 거처를 정해서 어깨를 짓누르고 있는 이 무거운 가방을 내려놓기 전에는 안심할 수가 없는 형편이었다.

산을 내려가는 내 걸음은 급한 마음만큼이나 빨랐다. 땀이 줄줄 흐르고 있었어도 손등으로 훔쳐내면 그뿐이었다. 산을 거의 다 내려와서야 가방끈이 파고 든 오른쪽 어깨의 통증이 극심하다는 것을 깨닫고 왼쪽으로 가방을 옮겨 맸을 정도였다. 바로 그때 그가 한 번 더 내 앞에 나타났다. 산 위에서 만났던 그 유랑걸객.

나는 내 앞을 가로막는 누군가 때문에 흠칫 놀라 걸음을 멈추었다. 놀라는 내 눈을 똑바로 들여다보면서 그 사람이 말했다.

"방이 없다는 것은 길이 없다는 뜻이지요. 지금 혜월사로 간다고 해도 마찬가집니다. 어디로 가도 지금 이대로의 당신을 받아줄 방은 없습니다."

나는 이번에야말로 너무나 놀라서 다리가 휘청했다. 기가 막혔다. 대체 어떻게 나의 다음 행선지가 포천의 혜월사인 것을 알고

있단 말인가. 그는 빙긋 웃으며 내 앞에서 물러났다. 나는 떠나려
는 그를 붙잡고 나도 모르게 부르짖었다.

"그러면 어디로 가야 합니까? 어디로?"

나는 어디로 가야 합니까. 어디로?

이것이 훗날 내 스승이 된 범서 선생에게 던진 나의 첫 물음이
었다.

행복이란

한바탕 소나기가 쏟아지고 난 다음의 서울 하늘은 말 그대로
파랗다. 모처럼 한가한 오후 시간, 인희는 지갑 하나만 달랑 들고
백화점 뒤의 시장으로 나갔다. 아무 생각 없이 복닥거리는 시장
길을 걷는 일은 언제라도 즐거웠다.

시장은, 백화점이 보여주는 그 세련된 상업주의에 비하면 얼마
든지 인간적이고 열려있는 공간이다. 인희는 백화점에 대해 너무
많이 알고 있으므로 그곳에 흥미를 잃은 사람이었다. 쾌적한 쇼
핑공간에 걸린 값비싼 상품들을 아침저녁으로 보는 일이 처음에
는 고역이나 다름없던 그녀였다. 살아내기 위한 어떤 노력도 해
본 적이 없는, 단무지나 비계국을 먹으며 성장했던 한 인간의 과
거 따윈 상상조차 할 수 없는 젊은이들의 옷에 대한 탐욕을 그녀
는 분노에 가까운 기분으로 지켜보았다. 그들이 한 계절에 기분
풀이 삼아 사입는 옷값만 있었더라도 한 학기 등록금을 충당할

수 있었다. 새벽의 입시생 과외아르바이트, 일주일에 두 번씩 달려갔던 여중생 그룹과외, 제과점의 저녁판매원 아르바이트, 천사원을 나온 이후에 그녀는 단 한 끼의 식사도 마음 편하게 해본 적이 없었다. 밤마다 통장의 잔액을 들여다보며 앞날의 생계를 궁리했던 그 기나긴 날들.

삶은 정녕 불공평한 게임이라고 절망하기도 했었다. 이건 너무해. 이럴 수는 없어. 그렇게 마음속으로 비명처럼 외치기도 했었다. 그러나 언제나 그랬듯이 인희는 이 현실을 수긍했다. 누군가의 행복이 또 다른 누구의 불행을 담보로 이루어진 것임을 부정한다고 해서 달라질 게 무언가. 그녀는 이를 악물었다. 더는 남의 행복에 담보가 되는 불행의 주인이긴 싫어, 인생에 대해 탐욕을 품지는 않겠지만 그러나 요구할 것은 당당하게 요구하겠어.

그렇지만 북적이는 백화점 안의 욕망 가득한 공기는 여간해서 익숙해지지 않았다. 그곳에선 늘 두통이 왔고 인상이 찌푸려졌다.

"언닌 정말 이상해. 신나잖아? 세일정보 빨리 알아내서 기찬 옷 빼내는 게 우리 같은 직원들의 유일한 권리인데 왜 그래?"

미스 김은 자꾸 도망가려고만 하는 인희에게 그렇게 다박을 놓곤 했지만, 인희에겐 미스 김이 더 이상할 뿐이었다.

그렇게 많은 옷이 있는데도 단지 세일이기에 또 사야 한다는 것은 이해할 수 없다. 그것도 월급의 대부분을 옷값에 투자한다는 삶의 방식은 그녀한테는 도저히 택할 수 없는 것이었다. 그녀에겐 오직 그녀 자신만이 지켜줘야 하는 앞날이 있었으므로. 누구도 대신해주지 않는 온갖 의무들이 모두 그녀만의 책임인 것을.

꿈에게 추방당한 자

먹거리들이 쌓여있는 좁은 골목을 빠져나오자 이내 옷가지들을 팔고 있는 시끄러운 노점거리가 나타났다. 인희는 그곳에서 간편하게 입을 수 있는 티셔츠 한 장을 샀다. 그리고 돌아서는데 아기를 업은 새댁이 땀을 흘려가며 남자 티셔츠를 고르는 모습이 눈에 띄었다.

손에 들고 있는 크고 작은 비닐봉투들, 자꾸만 뒤로 뻗대는 등의 아기, 발갛게 달아오른 얼굴에 송송 솟아있는 땀방울들, 아마도 남편의 옷을 고르는 것이리라. 색깔이 그럴싸하면 치수가 안 맞는 듯하고, 몸에 맞추자니 남편이 싫어하는 색깔인 것 같고, 새댁은 좌판의 옷들을 뒤적이고 펼쳐보며 오로지 옷 고르는 일에만 잔뜩 몰두해있었다.

그 모습이 얼마나 아름다운가. 냉풍이 매장 전체를 서늘하게 식혀놓은 백화점 안에서 손가락 하나로 이것저것 값비싼 옷을 간단하게 사들이는 세련된 차림의 여자들한테서는 이런 아름다움을 느낄 수 없다. 인희는 백화점에서 마주치는 그런 여자들을 볼 때마다 막연한 불안을 느낀다. 간단하지만 간단하지 않은 삶의 이치를 저이들은 알고 있을까.

열심히, 정성을 다해서 나도 누군가에게 줄 옷을 고르고 싶다고 그녀는 생각한다. 자신이 아닌 다른 누구를 위해서 시장의 좌판에 널린 옷을 뒤적이며 땀을 흘리고 싶다고 그녀는 생각한다.

인희는 사람들 틈에 끼어 옷 무더기를 헤집는다. 그녀도 열심히 그 일에 몰두한다. 색깔과 크기를 가늠하며 한참을 뒤적인다. 이윽고 회색 기운이 감도는 청색의 줄무늬셔츠를 골라놓고 그녀

는 돈을 치른다. 그때쯤엔 아이를 업은 새댁도 판단을 굳힌 듯이
허리를 폈다.

티셔츠가 담긴 비닐봉투를 달랑달랑 흔들며 회사로 돌아오다
가 그녀는 문득 걸음을 멈추었다. 옷은, 엎드려 한참을 뒤적여 골
라낸 이 옷은 김진우라는 남자한테 어울릴 것이다. 왜냐하면 바
로 그를 떠올리며 고른 것이기 때문에.

            너도 아니고 그도 아니고, 아무 것도 아니고 아무 것도
        아닌데, 꽃인 듯 눈물인 듯 어쩌면 이야기인 듯 누가 그런
                            얼굴을 하고,
            간다 지나간다. 환한 햇빛 속을 손을 흔들며……
                아무 것도 아니고 아무 것도 아니고 아무 것도
        아니라는데, 왼통 풀냄새를 넣어놓고 복사꽃을 울려놓고
        복사꽃을 울려만 놓고, 환한 햇빛 속을 꽃인 듯 눈물인 듯
            어쩌면 이야기인 듯 누가 그런 얼굴을 하고……

                                    _김춘수「西風賦」

꿈에게 추방당한 자

풍경
하나

오후에 3층 행사장에서 주부를 위한 교양강좌가 열리기로 한 날이었다.

"사랑의 방법? 그런 것도 교양강좌 제목이 되나?"

바깥에서 돌아온 정실장이 여류시인이 정한 강좌 주제를 물고 늘어졌다. 사실을 말하라면 그런 주제에 대해서 가장 관심이 많을 사람이 바로 그였다.

"왜 그런 책도 있잖아요? 사랑의 기술이라든가 누가 썼는지는 잊었지만."

마침 행사 협조를 부탁하러 와있던 사보 편집부의 주달호가 냉큼 끼어든다. 책이라면 불면증의 효과적인 처방이라는 사실 외엔 관심이 없다고 부러 과장된 태도를 보이면서 정실장은 계속 빈정거린다.

"그거, 소녀경 같은 야한 책 아냐? 주달호씨, 그 책 갖고 있나? 그럼 좀 빌려보게."

"아참, 왜 그러세요? 누굴 호색한으로 몰아붙이시려고. 저자가 누구였더라. 그 사람 굉장히 유명한 사람인데."

주달호는 도움을 청하는 표정으로 홍보실 식구들을 휘 둘러본다. 인희는 시답잖은 말장난을 빨리 끝내버리고 싶다.

"에리히 프롬이잖아요."

"그래요, 프롬, 에리히 프롬. 하여간 이 방에선 인희씨 말고는

지적인 삶을 누리는 사람이 아무도 없다니까. 좀 읽어요. 읽어서
남 주나?"

"얼씨구, 그런 말 하는 누구는 어제도 보니까 만화 나부랭이 읽
으며 낄낄거리더라."

카메라에 필름을 끼우던 윤성기가 타박을 주었다. 옆에서 미스
김이 깔깔 웃어댔다.

사랑의
이중성

사랑의 기술에 관한 이야기는 며칠 뒤 김진우를 만났을 때 다
시 이어졌다. 그날 인희는 강좌를 듣지 않았다. 시간은 있었으나
강사가 마음에 들지 않아서였다. 달작지근하고 한없이 환상적인
그이의 시나 수필에 진작부터 염증을 느껴왔던 터였다. 사랑만으
로 모든 문제를 해결할 수 있다고 믿는 사람들한테서 쉽게 발견
할 수 있는 호들갑 같은 것이 그녀는 싫었다.

김진우라는 사람이 호기심을 나타낸 것은 사랑이 아니었다. 그
는 그녀의 일상을 궁금해 했다. 아침에 일어나면 무슨 생각을 하
면서 양치질을 하는지, 출근길의 버스에서는 또 어떤 상념에 잠
기는지, 회사에서는 어떤 일을 즐겨하며, 점심은 주로 누구랑 함
께하며, 퇴근 후에는 무엇을 하는가…….

하기야 사랑이란 사랑하는 사람의 시간 속에 들어가고 싶다는

욕망의 다른 이름이 아니던가, 그의, 혹은 그녀의 모든 것을 알고 싶다. 그의, 혹은 그녀의 스물네 시간에 나의 스물네 시간을 포개고 싶다…….

"근무 외에는 줄곧 책만 읽으신다면서요?"

회사 내부의 일로 한동안 눈코 뜰 사이 없이 바빴다는 그는 일하는 기계 같다는 불만을 참는 일보다 그녀를 만날 수 없는 것이 더 괴로웠다고 고백하는 용감함을 보여주었다. 그리고 이내 하는 말이 혹시 책벌레가 아니냐고 묻는 것이었다.

"어디서 그런 헛소문을 수집하세요?"

"인희씨는 자신에 관한 이야기는 무조건 싫어하시는군요. 좋은 쪽이든, 나쁜 쪽이든."

진우는 이제야말로 그녀를 감싸고 있는 안개를 걷고야 말겠다는 표정으로 바짝 다가앉는다. 그런 그의 표정이 너무 진지해서 마치 고등수학을 푸는 수험생처럼 보인다.

이 남자의 보기 좋은 모습 중의 하나는 바로 저 소박함인가. 인희는 남자의 굳게 다문 입술을 바라보며 슬몃 웃음을 깨문다.

"내가 싫어하는 것은 내 자신에 관한 말이 아니에요. 사적인 것을 넘보는 무분별한 호기심에 대한 혐오일 뿐이지요."

"사랑이 포함하는 그 호기심은 어떡할까요. 인희씨가 알고 있는 사랑의 기술 중에는 연인에 대한 한없는 관심을 자제하는 비법 같은 것도 있습니까?"

사랑의 기술? 인희는 그제야 지난번의 교양강좌가 떠올랐고 정실장이 이 남자한테 어떻게 부풀려서 이야기했을지 짐작할 수 있다는 생각이 들었다. 그렇다고 해도 이 사람한테서 사랑의 간접고백을 받은 셈이 되었으니 뭐든 답변을 해야만 했다. 이 비슷한 말이 오늘 벌써 두 번째다.

"물으시니 대답하는 것이지만, 전 아직 연인끼리의 사랑에 대해서는 생각해본 적이 없어요."

남자의 얼굴이 표가 나게 변했다. 그런 남자를 보기가 마음에 걸린다. 인희는 책상 서랍에 잠겨있는 푸른 줄무늬셔츠를 떠올린다. 그것을 이 남자한테 스스럼없이 전할 수 있는 날이 언제일까. 아니, 그럴 수 있는 날이 오기는 올 것인가.

"부모님께서 다음 주 가운데 날을 잡아서 보자고 하십니다. 저는 적어도 일방통행의 무례한 사람은 되기 싫습니다. 희망은 있다고 생각했는데요. 인희씨의 마음을 잘못 짚은 것인가요?"

인희는 그만 말을 잃는다. 내가 원했던 것은 이런 말이 아니었을까. 스스로는 아니라고 부정하지만 나는 지금 이 남자한테 기울어지고 있는 것은 아닐까.

김진우라는 사람을 만나면 그녀 스스로도 어쩔 수 없이 부드러워진다. 마음의 매듭이 풀리고, 세상에 대한 날카로운 적의가 물러지고, 본래의 품성이 이런 것이 아니었을까 하는 생각이 들 만큼 그에 대해 냉정하기가 힘이 든다.

그와 동시에 마음의 또 다른 쪽에서는 익히 알고 있는 수수께끼일 뿐임에도 모르는 체 기울어지는 스스로에 대해 냉소가 일고 시간을 허투루 쓰고 있다는 낭패감에 시달리게 된다.

왜일까. 왜 나는 그처럼 똑같이 진지하고 열정적일 수 없을까.

꿈에게 추방당한 자

그녀는 자신의 이중성이 혐오스러워 그와 같이 앉아있는 이 자리까지 견디기 어렵다.

"내가 너무 빨리 나가고 있다면, 그것이 거슬린다면 조금만 참아줘요. 나는 마음을 정했고, 그래서 군이 지체할 이유가 어디 있느냐는 생각입니다. 물론 인희씨는 아직 나에 대해 모호한 감정일 수도 있어요. 기다리지요. 말했듯이 난 일방통행은 싫습니다."

진우의 음성은 부드러웠고 그녀를 향한 눈길도 따사로웠지만, 그러나 인희는 그 순간 남자에게서 까닭 모를 냉기를 느꼈다. 마치 한 손으로는 악수를 하면서 다른 손으로는 가슴팍을 떠미는 듯한 기분이었다.

그대에게
가고 싶다

그 이후의 날들은 온통 자기 검증의 시간들이었다. 거리에서도, 홀로 앉아 창밖을 보면서, 사무실의 근무시간에도 그녀는 끝없이 스스로를 분석하고 정리하고 있었다.

한 치의 마음도 움직이지 않았다면 거짓말이었다. 마음 없이 두 번 이상 한 사람을 계속 만난 적은 결코 없었다. 그렇지만 그 마음을 확실하게 붙잡아둘 수 있다고는 자신할 수 없었다.

때때로 지난 만남에서 그에게 받았던 차가운 느낌에 가슴이 서늘해지는 순간도 있었다. 그것이 무엇이었을까. 인희는 어느 하루를 바쳐 그때의 알 수 없는 소외감 같은 것을 분석해보고자 애를 쓰기도 했다. 그것을 정확히 파악하지 않고는 언젠가 반드시 그 일로 크게 마음을 다칠 것이란 막연한 예감이 그녀를 초조하게 만들었다.

다음 월요일, 점심에서 돌아오니 그의 전화를 알리는 메모가 책상에 놓여있었다. 아직 한 번도 그의 직장에 전화를 해본 적이 없었기에 인희는 다시 올 그의 전화를 기다렸다. 그러나 그날 오후에 그의 전화는 없었다.

김진우의 전화는 수요일 오전에 다시 왔다.

"일방통행, 취소했습니다. 마음에 부담이 되었다면 털어버리세요. 부모님들한테 솔직히 말씀드렸지요. 아직은 이 못난 아들한테 후한 점수를 주지 않는 고집 센 아가씨라고 했습니다. 내 말, 맞지요?"

그가 억지로 밀어붙이길 원했던가. 남자 쪽 집에 선보일 약속이 취소됐다는 말에 안도하면서도 한쪽으론 맥이 풀리는 까닭을 모르겠다. 인희는 감정 없는 목소리로 잘하셨다고 대답했다.

"그 대신 부탁이 하나 있습니다. 이번 일요일에 다른 약속이 없으시면 제가 인희씨 아파트를 방문할 수 있도록 허락해주시기 바랍니다. 말하자면 초대해달라고 강요하고 있는 겁니다, 지금."

"그런 초대, 할 수 없어요. 미안합니다."

그가 민망함을 감추기 위해 수다스럽게 과장을 하는 줄을 번연히 알면서도 그녀는 거침없이 그의 부탁을 거절해버린다. 그런데 김진우라는 그 남자, 그럴 줄 알았다는 듯이 가히 저돌적이다.

"아뇨. 저도 이번만은 절대 물러날 수 없습니다. 제가 왜 주말 낚시팀에 끼었는데요. 직장 동료들끼리 낚시를 가는데 인희씨 생각나서 바쁜 일 다 밀쳐두고 신청을 했답니다. 토요일 떠났다가 일요일 오후에 서울 도착입니다. 매운탕거리 가지고 가서 직접 기가 막힌 찌개 맛을 보여드리겠습니다. 인희씨는 그냥 가만히 앉아만 있으면 되니까 장소제공까지 거절하시면 안 됩니다."

어쩔 수가 없다. 그녀는 그 앞에서 또 부드러워지는 자신을 발견한다. 부드러움 뒤의 후회가 두렵기는 했지만, 그러나 가차 없는 거절의 말이 입술을 비집고 나와주지 않는다. 그녀한테는 좀처럼 없는 현상이다.

그
이후

경비실의 아저씨한테 수박 잘 먹었다는 인사를 듣고서야 이상한 전화 속의 여자가 생각이 났다. 혹시 몰라서 이틀을 더 기다렸다가 여럿이 나누어 먹었다는 이야기였다.

그들이 비로소 착각한 사실을 깨달았거나, 아니면 오해에서 벗어났다고 믿어도 좋을까. 애매모호한 일에 시달리는 것은 정말 질색이다. 다시 접근을 해오면 그땐 정말 가만히 있지 않겠다고 인희는 새삼 다짐한다.

약속을
기다리며

마음이 가라앉지 않는다.

무엇을 해도 안정이 되지 않는다.

차라리 잠이나 자자고 눈에 수면안대를 대고 누웠지만 그것도 여의치 않았다. 이렇게 비가 많이 오시는 날은 라디오에서 흘러 나오는 음악을 들으며 잠깐씩 휴일의 낮잠을 즐기는 맛이 어디였던가. 잠속에서 얼핏얼핏 듣는 빗소리는 또 얼마나 아늑했던가.

인희는 일요일의 평화를 앗아간 김진우라는 남자가 원망스러웠다. 아니, 이럴 줄 알았으면서도 일요일의 방문을 허락한 스스로가 미웠다. 아니, 그렇다고 해도 이 정도로 마음의 갈피를 못 잡는 지금의 자신이 정녕 기이했다. 왜 담담할 수 없는가.

물리적인 어떤 힘에 의해 가해지는 충격이 아니고는 적어도 자신의 마음에 관해서는 얼마든지 담담함을 유지할 수 있다고 믿어 온 그녀였다. 말하자면 세상을 살면서 원하지 않는 어떤 일로 정신의 평화를 깨뜨리는 어리석은 일은 절대 하지 않을 자신이 있었다는 이야기였다.

그리고 사실로 그렇게 살았었다. 마음을 다치기로 하자면 하루에도 열두 번씩 상처를 입었어야 할 그녀였다. 다쳐야 할 마음은 갇혀있던 천사원에서 모두 다쳤다고 생각하기로 했다. 이제 더는 세상에 우롱당하지 않겠다고 다짐했던 인희였다. 다시는 이 세상에 마음을 주지 않겠다고 그녀는 결심하고 또 결심했었다.

꿈에게 추방당한 자

세상에 마음을 주지 않으면 마음을 다칠 일도 없다. 상처란 마음을 바깥으로 내보낸 자만이 맛보게 되는 독약이다. 나는 그 사실을 잊고 있었을까. 아니면 김진우라는 남자는 예외라고 생각했을까. 그것도 아니라면 나는 이미 온몸으로 세상을 경계하던 예전의 그 날카로운 오인희가 아니란 말인가.

김진우와의 약속은 그냥 '일요일 오후'였다. 주말의 낚시여행에서 돌아와 서울에 도착할 시간이 정확히 언제일지는 그도 자신할 수 없다고 했다. 일요일 아침부터 그가 오기로 되어있는 일요일 오후까지의 그 긴 터널, 그것을 통과하는 일이 그녀에게는 그렇게도 힘이 들었다.

마침내 아파트의 벨이 울린 시각은 정확히 오후 다섯시 이십오분이었다. 그가 왔을 때, 인희는 이미 자기와의 싸움에서 지칠 대로 지쳐있었다. 오인희라는 여자는 그런 여자였다.

남자와
여자

"지독히도 긴 하루였습니다. 정말 내 생애에 이렇게 긴 일요일은 처음입니다." (남자는 한숨을 쉬듯이 말한다.)

"여행은 잘 다녀오셨어요?" (여자는 이 첫마디를 그가 오기 전부터 준비하고 있었다. 가장 평이하고 무난한 언어들을 고르고 골라서 담담하게 첫인사를 꾸미고 싶었다.)

"여행이요? 아, 가긴 갔지요. 십 리도 못 가 발병이 나서 문제였지만."

"계획이 잘못되었나요?"(여자는 사실 남자의 말을 제대로 새겨듣지 못하고 있다. 남자가 앉아있는 이 거실의 풍경이 너무나 어색해서 여자는 다른 것에 몰두할 수가 없다. 이 들떠있음, 여자는 또 기분이 언짢다.)

"어제 비가 굉장했잖아요. 그래도 가겠다고 부득부득 나서대요. 비가 와야 낚시도 운치가 있다나요. 기세도 당당하게 폭우를 뚫고 출발한 것까지는 좋았는데 고속도로를 달린 지 십 분도 못 되어서 와이퍼가 고장이 나질 않나, 한 친구가 복통을 일으키질 않나, 하여간 자잘한 사고가 연달아 일어났어요. 그러더니 기어이는 엔진에 빗물이 들어가서 시동이 꺼져버리지 뭡니까. 결국 차는 도로변에 세워놓고 지나가는 시외버스 세워서 다시 서울로 되돌아오고 말았습니다. 자동차 주인 말로는 운전경력 5년에 그런 일은 처음이라고, 아마도 하늘의 계시가 아니겠냐고 그러대요. 말하자면 그 여행에 액운이 끼어서 하늘이 미리 막아준 것이래요. 그럴싸하지요?"(남자는 자신이 너무 수다스럽다고 생각한다. 어색한 분위기를 벗어나기 위해선 다소 떠드는 편이 낫다고 생각했지만 여자의 동요 없는 표정은 아무래도 남자를 무색하게 만든다. 저 여자는 너무 차가워. 남자는 문득 여자의 냉랭함에 아득해진다. 이 좁힐 수 없는 거리, 저편의 여자, 그리고 수다스러운 남자. 그는 입을 다문다.)

"뭘 좀 드시겠어요? 차를 한 잔 준비할까요?"

"커피를 주세요. 아니, 번거로운데 그만두시죠."(남자는 진심으로 그렇게 말한다. 사람과 사람이 만날 때 정말 차를 마시고 싶어서 마시는 사람이 어디 있는가. 의례적인 절차, 의미 없는 행위, 이런 것이 강조되는 만남에는 진실이 없다. 비즈니스만 있을 뿐이다. 그럼 지금 여자가 말하는 차는, 아니 내가 말하는 커피는?)

"잠시만요."(여자는 차를 준비하기 위해 주방으로 나온다. 주전자에 물을 얹어놓고 그것이 끓기를 기다리며 여자는 등 뒤의 기척에 신경을 쓴다. 그는 지금 무엇을 보고 있을까. 거실 정면의 벽에 걸린 그림을? 나의 뒷모습을? 여자 혼자 사는 집의 이모저모를? 가만, 탁자 밑에 던져둔 묵은 편지며 영수증 따위를 살펴보고 있는 것은 아닐까. 하지만 여자는 뒤를 돌아보지 않는다. 한 남자의 시선이 어디로 향하든 그것은 이미 여자가 관여할 바가 아니다. 여자는 다만 그의 살피는 시선과 마주치지 않기만을 바랄 뿐이다. 이처럼 사적인 공간에서는 시선의 얽힘처럼 부자연스러운 것도 없다는 것이 여자의 생각이다.)

"인희씨한테 일요일 오후에 방문하겠다는 말을 한 이후부터 몹시 힘들었어요. 아무리 기다려도 일요일 오후가 오지 않더군요. 드디어 일요일도 오고, 오후도 왔는데, 이번에는 내가 인희씨한테 가도 좋을 오후가 언제인지를 알 수가 없었어요. 너무 일러도, 너무 늦어도 안 된다는 생각 때문에 정말 고민이 많았습니다."(남자는 여자의 등을 보며 말하고 싶지 않아서 앞의 벽을 쳐다보고 혼잣말처럼 말한다. 여자가 앞에 있을 때보다 오히려 말이 더 잘된다.)

"설탕은 몇 스푼 넣을까요?"(이 짧은 말을 하기가 왜 이렇게 힘이 드는 것일까. 세상의 많은 여자들은 날마다 남자에게 이런 말을 하면서 어떻게 살까. 여자는 남자의 대답을 기다리며 세상의 보통 남자, 여자들의 관계에 대해 절망한다. 여자는 한 번도 보통으로 살아보지 못했다. 세상의 모든 보편화된 명제도 여자한테는 낯설기만 한 일이다.)

"설탕은 하나면 됩니다."(남자는 거의 일어설 듯이 해서 대답을 한다. 이상한 일이다. 여자한테서 이런 질문을 받는 일이 몹시 행복하다고 느껴지는 것은 왜일까. 차가움을 강조하는 여자에게 섭섭해하던 마음도 일시에 사라져버리고 돌아선 여자의 어깨가 굳어있는 것도 애달프게 보인다.)

"매운탕은 없었던 일로 해야겠지요?"(남자가 부엌에서 파를 썰고 있는 모습을 상상하고 얼마나 끔찍해했던가. 여자는 우선 그럴 염려가 없어진 것만으로도 마음이 놓인다.)

"매운탕이 왜요? 물고기가 많이 모여있는 곳은 물가가 아니에요. 시장이나 백화점 식품부에 가보세요. 없는 게 없답니다."(남자는 오는 길에 백화점에 들려 매운탕에 필요한 재료 일습을 사가지고 왔었다. 여자는 남자가 들고 온 쇼핑백에 별로 신경을 쓰지 않는 듯했다. 여자의 냉랭함을 방심으로 바꾸어 생각해보면 어떨까. 남자는 여자의 방심함에서 그들 관계의 익숙함을 읽어보려는 희망을 갖는다.)

"그럼 정말로……."(여자는 자신도 모르게 속마음을 드러낸다. 평온으로 가던 마음이 다시 흔들리기 시작하고 여자는 아연한 눈길로 그제야 남자가 들고 온 쇼핑백을 쳐다본다.)

"아무 걱정 마세요. 인희씨는 그냥 앉아계시는 게 나를 돕는 거예요. 이거 한두 번 해본 짓이 아니에요. 우리 어머니한테 확인해보세요. 집에서도 곧잘 요리를 하거든요. 아버님은 내가 끓인 매운탕이 소주 안주로는 아주 그만이래요."(남자는 여자가 보여주는 난감한 표정이 마음에 걸려 또 말이 많아진다. 이 여자는 왜 내가 보여주는 진실에 마음을 선뜻 열지 못하는 것일까. 남자로서는 여자와의 거리를 좁혀보기 위해서 고심 끝에 이런 자리를 만든 것인데 이것이 돌이킬 수 없는 실수로 남는 것은 아닐지 걱정이 되기 시작한다. 정말 어렵다. 이 여자는 도무지 난해하기만 하다. 그런데도 남자에게는 여자의 이 난해함이 풀 수 없는 매력이다. 그것이 왜 매력이 되고 그것이 또 나중에는 왜 염증의 원인이 되는지에 대해선 남자도 깊이 생각해본 적이 없다. 누구라도 그렇다. 사랑은 언제나 하나의 이유로 시작되고 단지 그 이유 때문에 사랑은 끝난다.)

"하시겠다면 하세요." (여자는 남자가 비운 찻잔을 치운다. 남자는 어색하게 앉아있다. 여자는 가랑비 흩날리는 바깥을 쳐다본다. 두 사람은 잠시 따로따로의 시간을 갖는다. 남자는 자신의 부족한 유머 능력이 아쉽다고 생각한다. 몇 시간이고 여자들을 웃게 만드는 친구를 그는 알고 있다. 그럴 수만 있다면. 그러나 여자는 남자가 분위기를 뭉개보겠다는 의도만으로 듣기 역겨운 허튼소리를 자꾸 해대지 않는 것이 좋다고 생각한다. 실없는 농담이나 무례한 행동이 유머라고 믿는 어리석은 남자들이 얼마나 많은가.)

"자, 그럼 요리를 시작할까요. 인희씨는 불과 물과 그릇만 제공해주세요. 다만 한 가지, 내 소원은 인희씨가 오늘의 저녁식사를 맛있게, 정말 맛있게 먹어주는 것입니다. 그것뿐입니다." (이 말을 하는데 왜 목이 메일까. 남자는 여자가 눈치챌까봐 서둘러 주방으로 들어간다. 남자의 뒤를 따라 여자도 주방으로 간다. 이제부터 어떤 시간들이 펼쳐질지, 여자는 전혀 짐작조차 할 수 없다.)

3장

우주의
큰 힘

새롭게 변화되던
그날

그러면 어디로 가야 합니까? 어디로?

그날 내가 느닷없이 나타난 유랑걸객을 향해 터뜨린 부르짖음은 단순한 질문이 아니었다. 알건 모르건 간에 모든 사람들이 세상을 살아가면서 매순간마다 고통 속에서 내지르는 비명이 바로 그것 아니었던가. 그날 이후의 날들을 생각해보면 그때의 내 물음은 진정 예사로운 것이 아니었다. 나는 무의식중에 인간 삶의 핵심적인 화두를 입 밖으로 터뜨린 것이었다.

다시, 그날의 이야기로 돌아가자.

그날을 말하는데 시간이 많이 소요된다 해도 할 수 없는 일이다. 이십 년 이상을 살아온 날들과 결별하고 갑자기 새로운 삶으로 뛰어들기 시작한 전환점을 소상히 설명하지 않고서는 지금의 내 삶을 말하기가 어렵다. 아니, 그보다 더 중요한 것은 누구에게나 이런 식으로, 예기치 않은 순간에, 찬란한 스파크가 일어나듯이 찰나에, 인생의 전환점을 맞을 수 있다는 것이다. 나의 경험이 도움이 되길, 그리하여 마침내 우주의 섭리에 자신의 운명을 연결시키는 날을 맞기를 바라는 마음이 내게 가득하다.

어디로 가야 하느냐는 내 물음에 유랑걸객은 좀처럼 입을 열지 않았었다. 부지불식간에 절박한 부르짖음을 내뱉은 나는 사실 조금은 민망했다. 아무리 놀랍기로서니 처음 보는 낯선 이에게 온통 속을 드러내 보인 것은, 그것은 평소의 나답지 않은 경박함이었다.

곰곰 따져보면 나의 다음 행선지가 포천 혜월사인 것을 알아맞힌 것도 그토록 놀랄 만한 일이 아니었다. 고시생들이 몰리는 암자는 대충 정해져있는 법이어서 산과 연관된 일을 하고 있는 사람이라면 그 정도야 얼추 짐작으로 가능하지 않은가 말이다.

그쯤에서 나는 아마도 평상심을 되찾았을 것이었다. 그 사람 역시 가평도 아니고 포천도 아니라면 어딘가 다른 암자를 추천해주어야 하지 않겠느냐는 내 물음에 묵묵부답이었다. 그러면 그렇지, 자기가 대체 무엇을 알겠는가. 나는 잠시나마 혼란에 빠졌던 스스로를 나무라면서 그를 떨치고 서둘러 마을로 내려갔다. 그는 그런 나를 물끄러미 보고만 있었다.

그리고 나는, 그에게서 등을 돌린 지 오 분이 채 못 되어서, 미친 듯이 달려오는 봉고차에 떠받치고 말았다. 그 산골마을에 봉고차가 질주하리라고 어찌 상상이나 했겠는가. 나는 의식을 잃으면서도 내게 일어난 이 사고를 이해할 수 없어서 답답했다. 공중으로 붕 날아오르면서 내가 느꼈던 그 답답함, 왜 이렇게 일이 꼬

우주의 큰 힘

이나, 하는 그 안타까움이 말하자면 여태까지의 '나'가 행한 마지막 의식행위였다. 그런 다음 나는 완전히 달라졌으니까.

얼마 후, 다시 정신을 차렸을 때 나는 놀랍게도 밤하늘을 올려다보며 누워있었다. 나는 한참동안 내가 왜 여기 누워있는지 머릿속을 더듬어야만 했었다. 어딘가 통증이 있다거나 핏자국이라도 남아있었다면 금세 봉고차를 떠올렸겠지만 아무리 살펴봐도 그런 흔적이 없었다.

그러다가 저만큼 앞에, 나에게 등을 돌린 채 꼿꼿하게 앉아있는 그 사람을 발견했다. 나에게 어디로 가도 길이 없다고 한 사람, 바로 그였다. 그때서야 그의 눈앞에서 봉고차에 받쳐 공중으로 붕 떠올랐던 기억이 났다. 그런데 그는 왜 나를 병원으로 데려가지 않고 숲의 풀밭에 눕혀놓은 것일까.

나는 이슬 묻은 몸을 부르르 털며 일어났다. 어찌된 일인지 그에게 물어보고 싶다고 생각했다. 그런데 갑자기 내 몸이 뭔가 달라졌다는 느낌에 사로잡혔다. 몸이, 육체가 질량감 없이 몹시 가뿐한 것이었다. 나는 똑똑히 느꼈다. 깃털처럼 가벼운 몸이 주는 무한한 상쾌함을.

그뿐만이 아니었다. 누더기를 벗어던진 듯 말끔하게 비워진 머릿속은 어떻게 설명할 수 있을까. 육체가 가벼워지고 머리가 가벼워졌으므로, 나는 마치 새처럼 공중을 훨훨 날 수 있을 것 같았다. 실제로 팔을 한번 힘껏 벌려보기도 했다. 발끝으로 땅을 툭 차기만 하면 비상할 수 있을 것 같은 그 느낌이 지금도 생생하다.

자유.

그때의 느낌을 표현할 수 있는 단 하나의 말은 자유, 바로 이 말뿐이리라. 누구나 다 굳건하게 추상의 언어라고 믿고 있던 그 말이 이토록이나 생생한 느낌의 구체적 언어였다는 것을 나는 그날 처음 알았다. 몸과 마음의 매듭이 툭툭 끊어져나가고 비로소 완벽한 자유의 사람으로 변한 나는 묵묵히 그 유랑걸객 앞으로 나아갔다. 그가 누구인지는 여전히 몰랐지만, 그러나 그가 이제부터의 내 길을 지시해줄 사람이라는 것만은 확실하게 알 수 있었기 때문이었다. 그는 빙긋 웃으면서 내 손을 잡아 편히 앉도록 해주었다. 그리고 말했다.

"푹 잤나?"

"네."

"그럼, 자네가 갈 길을 가게."

"선생님이 아시잖습니까. 인도해주십시오."

나는 아무런 거부감 없이 그를 선생님이라고 불렀다.

"자네도 이미 알고 있지 않은가? 어떻게 할 생각인가."

"선생님과 같이 가겠습니다. 사법고시를 목표로 했던 삶은 제 삶이 아닌 듯싶습니다. 모호한 이 깨달음을 확실하게 붙잡아주십시오."

나는 진심으로 말했다. 그를 놓치면 생의 진실을 놓치게 될 것이라고 믿었으므로 그를 따라가겠다는 내 마음은 자못 절박하기도 했다.

"그러세. 그러나 나는 자네와 오래 있을 형편은 못되네. 자네가 혼자 정진할 수 있을 때까지 작은 도움은 될 수 있을 것이네."

우주의 큰 힘

그의 허락을 받고 나는 얼마나 기뻤던가. 나는 혹시 그의 입에서 홀로 정진하면 길이 보일 것이라는 식의 말이 나올까봐 내심 걱정을 많이 하고 있었다. 이대로 혼자가 되고 싶지는 않았다. 그러다가 다시 예전의 나로 돌아가게 될까봐 두려웠다. 이 상쾌한 자유의 느낌, 비상하려는 몸의 가벼움을 되물리고 이전의 현실로 돌아가기가 정말 싫었다.

어떻게 그런 일이 한순간에 일어날 수 있는지 의심하는 마음들이 깊을 것임을 나는 안다. 내게 그런 경험이 없었다면 나라도 그랬을 것이다. 특히 나처럼 맹랑한 신비주의를 극심하게 혐오했던 사람이라면 여기쯤에서 이 기록을 덮어버릴지도 모를 일이다. 아마 예전의 나라면 틀림없이 그렇게 했을 것이다. 덮어버리는 정도가 아니라 획 던져버리고 두 번 다시 이런 기록 따윈 들여다보지 않았을 것이다. 예전의 나라면.

그러나 그건 나에게 닥친 일이다. 어쩌면 그런 나였기에 남들보다 더 일찍 선택된 것인지도 모른다. 더 이상 진실을 훼방하지 말라고.

범서 선생을 따라 산 생활을 시작한 뒤 나는 서너 번 도시에 다녀올 기회가 있었다. 내가 전적으로 이전의 생활을 포기하고 새로운 삶에만 집중한 것은 범서 선생이 시켜서가 아니었다. 오히려 스승은 현실의 생활과 조화를 이루며 새 생명의 세계를 펼쳐나가라고 충고했지만 내가 고집을 부렸다.

예전이나 지금이나 내게는 공부에 대해서 유별난 욕심이 있었다. 배우는 것이라면 집중해서 몰입하고 싶어하는 성격은 우리 집안의 내력을 들여다보면 그다지 이상할 것도 없는 일이었다. 사법고시를 포함해서, 그동안 내가 추진해가고 있던 인생의 목표가 허망한 욕망의 몸짓이었다는 것을 알게 된 이상 한시라도 시간을 낭비하고 싶지가 않았다. 그런 나를 범서 선생은 깊고도 깊은 눈빛으로 지켜보곤 했다.

그때는 스승의 그 깊은 눈빛이 무엇에서 비롯되었는지 진정 알지 못했다. 스승은 늘 이렇게 말하기만 할 뿐이었다. 서두르지 마라. 서두른다고 순서가 바뀌지 않아. 너한텐 너만이 풀어야 할 업이 있는 걸 어쩌랴.

그 말씀을 나는 조급함을 다스리라는 가르침으로만 여겼다. 서너 번 도시의 집으로 돌아간 것도 그 때문이었다. 느긋하게 몇 주일 머물다 돌아오면 공부에 새로운 힘이 생길지도 모른다고 생각했었다. 그러나 내가 택한 산 생활에 기이한 흥미를 나타내거나 악의적인 소문을 퍼뜨리는 사람들 때문에 그나마 도시 나들이도 서너 번으로 끝낼 수밖에 없었다.

하기야 내게 닥쳤던 놀라운 경험을 섣부르게 입 밖에 냈던 내가 잘못이었는지도 몰랐다. 흔히 신기한 체험을 한 사람들이 참지 못하고 그렇듯이 나 역시 몇몇 지인들에게 범서 선생과의 만남을 이야기했었다. 모두들 내가 갑자기 고시공부를 중단하고 일년 남은 대학까지 포기해버리는 까닭이 무엇인지 대단히 의아하게 생각하는 중이기도 했다.

그래도 나는 아무나 붙잡고 내가 배우고 있는 우주의 섭리에 대해 떠벌리는 짓은 하지 않았다. 내가 생각하기에 그동안 삶에 대해 진지한 자세를 보였다고 생각되는 사람들 몇에게만 성실하게 보고했건만, 돌아온 것은 자제하려 애쓰는 냉소와 숨길 수 없어 드러나는 경멸이 전부였다. 냉소와 경멸이면 그나마 괜찮았다. 얼마 가지 않아 사람들 사이에 내가 정신분열증을 앓고 있다는 소문이 파다하게 퍼졌다. 심지어는 발작을 하는 장면을 보았다고 증언하는 사람까지 생겼다.

가족들도 마찬가지였다. 나의 돌연한 변화를 얼마나 심각하게 고려했는지는 미국에서 공부하고 있던 큰형까지 부랴부랴 귀국했던 것으로 미루어 짐작할 수 있었다. 아무도 이해해주지 않았다. 그러나 가족들은 몇 달 지나지 않아서 제자리로 돌아올 것이라고 애써 믿으려는 눈치였다. 일 년쯤 휴학하고 하고 싶은 공부를 해본 다음이면 마음이 바뀔 것이라고 아버지는 끝내 내 앞에서 태연하게 굴었다. 나는 부정도 긍정도 하지 않음으로써 아버지의 희망을 부러 지우지는 않았다.

나의 이야기를 어떤 의심도 없이, 반박과 검색 없이 들어주고 전폭적으로 믿어준 사람은 오직 한 사람, 오인희 그녀뿐이었다. 나는 우리들 사랑이 마지막을 향해 치닫고 있던 나날 중의 어느 하루, 그녀에게 이 모든 이야기를 털어놓았다. 그녀는 단 한 점의 의심도 없이, 마치 마른 스펀지에 물이 스며들 듯이 내 이야기를 전폭적으로 수긍했다. 그리고 그녀가 말했었다.

"당신에게로 오기까지 너무나 많은 시간이 걸렸어요……."

눈시울을 적시며 그렇게 말해주던 그대, 고개를 갸웃하며 귀기울여주던 그대, 말과 말 사이의 침묵까지 환하게 채워주던 내 사랑 그대.

더 이상은 말을 이을 수가 없다. 아무리 마음을 헹궈내도 그 무렵의 그대를 기억하는 일은 내게 너무 잔인한 고통이다. 그러나 나는 내게서 이 고통이 떠나기를 원치 않는다. 그나마 유일하게 남은 그대의 흔적, 나는 뼈를 저미는 이 괴로움 속에서 그대의 존재를 느낀다. 그리고 안심한다. 나, 이 삶을 다 떨구고 그대에게 가리라. 그대가 있었음을 알기에 즐거이 그대에게 가리라.

휴가계획

여름 정기세일이 끝나고 이내 홍보실의 휴가가 시작되었다. 언제나 그랬지만 인희는 다른 사람들이 날짜를 다 잡은 뒤에 자신의 여름휴가를 계획했다. 일주일, 주말까지 보태서 일주일이란 시간이 그녀에게 주어졌다. 늘 그랬던 것처럼 홀로 배낭을 둘러메고 발길 닿는 대로 떠나볼 생각을 하고 있는 그녀에게 혜영이 뜻밖의 전화를 해왔다.

"너, 올해도 혼자 구름에 달 가듯이 떠돌아다닐 생각이겠지?"

그렇게 말하는 혜영이도 사실 산행이라면 지리산 단독등반의 경험만 두 번인, 무서움 모르는 처녀시절을 거친 경력자였다. 인희가 일행 없이 다니는 여행의 홀가분함에 빠진 것도 근원을 캐자면 혜영에게서 학습한 결과일 수도 있다.

"처녀가 요즘 세상에 혼자 다니는 것도 위험하고, 너한테 사람과 어울리는 법도 가르칠 겸 해서 세운 계획인데, 너, 이번엔 우리랑 함께 휴가를 보내는 게 어떨까?"

혜영의 거창한 서론이 어처구니가 없어 인희는 피식 웃고 만다. 그러나 그들 부부랑 함께하는 휴가라면 그렇게 나쁠 것도 없다. 혜영의 남편은 대범하고 과묵해서 자잘한 일로 사람을 피곤하게 하지 않는다. 그런데 이어지는 혜영의 말이 의외였다. 그 애의 입에서 '노루봉'이란 말이 나왔을 때 인희는 다소 긴장하지 않을 수 없었다.

"지난번 네가 열병 앓아 입원했을 때 결혼했던 우리 시누이 있잖아. 너 병원에 입원시켜놓고 결혼식 준비하느라 난 시골 내려갔던 것, 기억나니? 그 새신랑이 놀랍게도 강원도 원주 근처에 별장이 하나 있다는구나. 별장이라니까 지레 놀랠 것은 없고, 그냥 낡은 농가를 하나 잡아둔 모양이야. 주변의 산들이 그렇게 좋을 수가 없대. 두 사람이 일주일 거기서 보내고 엊그제 돌아왔는데 우리더러도 자꾸만 가서 쉬었다 오라고. 치악산 줄기 줄기가 그림처럼 둘러싸여 있는데 집 앞의 노루봉 오르는 계곡이 정말 기가 막힌대. 함께 가보지 않을래? 방도 두 칸을 쓸 수 있는 집이고 텃밭에 상추랑 풋고추, 옥수수가 주렁주렁이래."

노루봉?

인희는 금방 그 사람, 성하상이 떠올랐다. 하염없이 일방적인 그 사람, 구석기시대의 언어로 말하는 듯한 그 편지들. 그가 노루봉을 헤매고 다니며 채취했다는 향기 그윽한 찻잎. 이 모든 것이 이상하게도 한꺼번에, 삽시간에 기다렸다는 듯이 마음 저 밑에서 솟아오르는 것이었다.

"노루봉이라고, 넌 들어봤니?"

혜영이 반갑게 되묻는다.

"글쎄, 작년 여름휴가에 우연히 그곳에 들른 것 같기도 하고……."

"그랬니? 난 치악산은 가봤어도 노루봉은 금시초문이야. 그 동네가 일 년 사계절이 다 절경이래. 그것보다는 앞마당에서 가지 따다가 무쳐먹고, 호박잎 뜯어서 쌈 싸먹었다는 우리 시누이 이야기 들으니까 막 가고 싶더라. 그렇다고 그 좋은 곳에 우리만 가기도 그렇고, 모처럼 말 그대로 쉬러 가보지 않을래? 몸이 무거워지기 전에 나도 이 도시를 한번 떠나보고 싶어."

그러고 보니 혜영이도 벌써 5개월을 넘기고 있는 몸이다. 지긋지긋한 입덧이 끝나고부터 배가 조금씩 불러온다는 이야기만 듣고 요즘은 만나지를 못했다. 그 애랑 시골의 한적한 동네에서 일주일쯤 쉬고 온다면 참 좋겠다는 생각과, 노루봉이란 곳이 원주 근방이라면 분명 그 늠름한 개, 미루의 주인인 성하상이란 사람이 사는 노루봉 산장일 것이 틀림없다는 생각이 서로 엇갈려 그녀는 선뜻 대답을 할 수가 없다.

"망설일 것 없어. 나 결혼한 뒤로 너랑 언제 오붓한 여행을 해봤니? 그 사람은 사흘 휴가 끝나면 서울로 돌아간다니까 나머지 시간은 우리 둘이 원 없이 보내는 거야. 언제 좋지? 그렇게 결정하는 거지?"

혜영은 절대 이처럼 다그치는 성격이 아니었다. 혜영이 이토록

원한다면 그곳이 고난의 땅이라 해도 함께 가야 했다. 설령 노루
봉을 오른다 해도 성하상이란 사람과 마주친다는 우연이 쉽게 있
을 수 있는 일이겠는가.

같이 있고
싶음

같이 휴가를 보내자는 사람이 하나 더 있었다.

"휴가는 항상 막바지에 잡으신다고요?"

카페에서 만나자 대뜸 묻는 말이었다. 인희는 미소만 짓고 대
답은 피했다. 정보를 제공해주는 정실장이 있는 한은 사무실 안
에서 일어나는 일들을 그에게 숨길 수가 없다. 하기야 정실장이
아니더라도 그에게 휴가일정 정도는 말해줄 만큼 가까워지기는
했다. 김진우도 그녀의 이런 좁혀진 감정을 모르지 않는다.

"휴가계획을 함께 세워보면 어떨까요? 남해안 일주, 무인도 탐
방, 이런 것 어때요? 물론 어떤 경우에도 합숙은 하지 않을 것이
니까 걱정 마시고."

합숙? 인희는 그의 이런 농담 아닌 진담에도 신경을 쓰지 않는
다. 김진우라는 사람에게 그녀는 많이 익숙해졌다. 어린 왕자처럼
말한다면, 그에게 이미 길들여지기 시작했다는 이야기도 된다.

그날, 일요일 오후의 매운탕 요리는 결국 그녀에게 좋은 추억
하나를 만들어주는 것으로 매듭지어졌다. 그렇게 되기까지에는

물론 김진우라는 사람의 성실성도 크게 영향을 끼쳤지만 인희도 상당한 노력을 보탰음을 부정할 수 없다. 그가 주방에서 땀을 뻘뻘 흘리며 요리하는 것을 지켜보면서 그녀는 김진우라는 사람을 탐색하는 짓이 얼마나 부질없는가를 깨달았다.

그랬다. 부질없고 또 부질없었다. 그는 오인희라는 대상을 향해 치밀하게 접근해오고 있는 사람이었다. 그녀가 그를 제어하기에는 이미 역부족이었다. 그녀 또한 처음부터 치밀함으로 대응했다면 다른 결과를 만들 수도 있었다. 그를 거부할 뚜렷한 이유도, 그에게서 도망칠 커다란 이유도 없다. 무엇으로 그를 막을 수 있단 말인가. 흘러가는 대로 버려둘 수밖에.

인희는 혜영의 전화 내용을 그에게 고스란히 옮겨주었다.

"그 친구가 가자고 하면 전 무조건 가야 해요. 저한테는 유일한 친구거든요."

김진우는 잠시 실망의 기색이다.

"이런, 제가 한발 늦었군요."

"진우씨가 빨랐다 해도 나중에 혜영이 연락 받았으면 당장 흔들렸을걸요."

인희는 슬그머니 웃는다. 이만한 내용의 말들이 술술 나오는 게 스스로 신기하다.

"친구분한테 저도 묻어가게 해달라고 졸라볼까요? 방이 두 개라면서요? 절대로 후회하지 않게 해드리겠습니다."

생각해보니 이건 절호의 기회가 아닌가 싶다. 진우는 눈빛을 빛내며 진지하게 매달린다. 그녀처럼 사람 사귀는데 까다로운 여

자가 휴가를 함께 갈 정도로 마음을 주고 있는 부부라면 그에게
도 중요한 사람이 아닐 수 없다. 함께 산골마을에 파묻혀 지내고
싶다. 간절하도록 그들의 휴가 속에 끼어들고 싶다. 그녀와 같이
산내음을 맡고 싶고, 그녀와 같이 별을 보고 싶다. 김진우는 자기
가 그녀를 사랑하고 있다는 사실을 이 '같이 있고 싶음'으로 확인
한다.

인희는 느닷없는 그의 제안에 쩔쩔매고 있다. 그와 단둘만의
휴가라면 한마디로 자를 수 있지만 이런 경우에는 마땅히 할 말
이 없다. 혜영에게 그의 존재를 알린다면 당연히 그의 존재 의미
도 밝혀야 한다. 휴가를 같이 간다는 것은 말하자면 '그'와 '그녀'
의 관계를 확실하게 정리한다는 뜻이 된다.

그가 처음에 어떻게 왔던가. 그가 오인희라는 여자를 만나게
된 직접적인 동기는 무엇이었던가. 그녀는 비로소 눈앞에 다가온
결혼이라는 실체를 더듬는 기분이었다. 그가 부모님을 만나지 않
겠느냐고 했을 때도 이렇지는 않았다. 그것은 타인에 의한 결혼
의 압박이었을 뿐이었다.

하지만 지금은 달랐다. 엄연히 그녀 스스로에 의한 결정이 눈
앞에 닥쳐있다. 휴가를 함께 간다는 것은 그의 마음을 받아들인
다는 전제조건을 수락하는 것이 된다. 김진우도 지금 그것을 모
르지 않는다. 그는 지금 연달아 밀어붙이고 있는 셈이다.

"좋습니다. 혼자 결정하기가 힘이 든다면 기다릴 수 있습니다.
친구분하고 상의를 하셔서 제가 끼어들 자리가 있다면 제발 데
려가주세요. 이거, 매번 좀 너무하시는 것 같지 않습니까? 번번이

저는 애달프게 사정이나 하고, 이 김진우라는 인간이 왜 이렇게 몰락했는지 모르겠습니다. 우리 어머니가 그러셨지요. 어떤 경우에도 남한테 아쉬운 소리 하는 사람이 되지는 말라고, 사나이는 모름지기 당당해야 사람값을 한다고요."

가끔씩 이 남자는 어머니 이야기를 잘 한다. 어머니라는 존재가 그에겐 유독 남다르다는 느낌을 인희는 갖는다. 그의 어머니는 어떤 분일까. 아니, 세상의 어머니들은 대체 어떤 존재들일까.

풀리지 않는
숙제

혜영은 김진우의 제안을 흔쾌히 받아들였다. 휴가는 휴가일 뿐, 결혼과 연관 짓는 그녀의 태도가 도리어 논리의 비약이라고 나무랐다. 그렇게 모든 문제를 막다른 골목으로 몰아넣지만 말고 여유를 가져보라는 충고도 했다.

인희는 갑자기 복잡해진 휴가계획으로 떠나기 전날까지 줄곧 마음이 편치 않았다. 마치 커다란 숙제를 앞에 둔 기분이었다. 풀어야 할 숙제, 그러나 풀리지 않는 숙제.

우주의 큰 힘

두 번째
여름

그 여름을 어떻게 이야기할까. 그녀를 다시 만났던 두 번째 여름, 그해 여름. 생각만 하여도 가슴이 떨린다.

그녀가 내게로 올 것을 미리 알고 있었기에 마음의 준비가 되어있었다. 이제 서서히 이야기하겠지만, 나는 이미 오래전부터 명상과 기도 속에서 이 여름을 예비하고 있었다. 우리의 첫 번째 여름이 그랬던 것처럼.

내 앞에 나타날 여자의 얼굴도, 이름도, 나이도, 그 어떤 것도 모른 채 기다리기만 했던 우리들의 첫 번째 여름보다도 다음 해의 두 번째 여름이 훨씬 더 견디기 어려웠던 까닭은 무엇일까.

사실, 우리들의 첫 여름이 닥치기 전에도 나는 몹시 당황하고 있었다. 마음 전체를 명상에 맡기고 광활한 우주 속을 날아다니는 정신체험을 거듭하며 한없는 자유를 구가하던 나날 속에 어느 날 갑자기 그녀가 끼어든 탓이었다. 처음에 나는 명상시간마다 어렴풋하게 한 여자의 그림자가 비치는 것을 의식하지 못했었다. 그저 아직 다 떨치지 못한 세상의 한 인연이려니 여겼을 뿐이었다. 그러나 점점 짙어지는 그림자를 마주하며 명상에 잠기는 날이 거듭되면서 나는 홀연 깨달았다. 한 여자가 내게로 오고 있구나.

그러나 그 이상은 깨치기 어려웠다. 왜 내게로 오는지, 그 여자와 나는 어떤 인연인지, 그리고 앞으로 그 여자와 나는 어떻게 연결되는지, 이 모든 것을 명료하게 해석하기론 내 공부가 너무 짧왔다. 나의 스승 범서 선생에게 생명의 과거와 현재와 미래에 대해 깊이 사숙한 뒤에야 나는 명상 중에 자꾸 나타나 뭔가를 호소하는 그 여자가 누구인지 알 수 있었다. 그녀는, 지금의 생애에서는 한 번도 만나본 적이 없는 나의 사랑, 과거와 미래를 잇는 내 사랑이었던 것이었다.

그러나 나는 그 여자의 얼굴도, 이름도, 나이도, 그리고 내게 나타날 시간도 모르고 있었다. 내가 알고 있는 것은 명상 속에서 바람처럼 스쳐가던 여러 가지 표정의 희미한 얼굴 윤곽과 그녀가 내 앞에 나타나는 계절이 여름이라는 사실뿐이었다. 그러나 나는 때가 닥치자 새벽 명상 속에서 그녀가 나타나는 그날이 바로 오늘임을 알았다. 그리고 그날, 나는 그녀를 보았다. 첫눈에 내가 기다리던 사람이었음을 알아보았다.

그녀가 어떤 사람인지 알고 싶다는 내 염원도 곧 이루어졌다. 그녀는 지갑을 떨어뜨린 줄도 모르고 산을 내려갔고 나는 그 지갑 속의 신분증명서를 통해 현실의 그녀에 대해 알아냈다. 지갑을 거기 놓아둔 것이 자신의 부주의라고 그녀는 생각했겠지만, 그러나 정말 그랬을까. 나중에 더 자세히 이야기할 기회가 있겠지만, 그 모든 일은 모두 내가 흘려보낸 염원의 기운과 사랑의 기운이 도모한 조화였다. 내게 닥친 그 섭리에 대해선 이미 말했듯이 시간이 흐른 다음 처음과 끝을 세세하게 기록할 생각이다. 지금 말고 좀 더 나중에.

우리들의 두 번째 여름에는 어떤 섭리가 작용할 것인지 그것도 나는 알고 있었다. 그리고 그 여름의 며칠을 통해 한 치의 빈틈도

우주의 큰 힘

없이 예비된 섭리가 펼쳐졌다. 우리 두 사람이 예사롭지 않은 한 운명의 끈에 묶여있음을 알아채고 놀라던 그녀, 고정관념과 진실 사이에서 멍해지던 그녀의 검은 눈동자, 미루를 부르던 그녀의 낭랑한 음성과 어찌할 줄 모르고 허공을 젓던 그녀의 가느다란 손가락들.

말하자면 그 두 번째 여름은 우리 두 사람이 필히 거쳐야 할 통과의례 같은 것이었다. 지금도 나는 그녀가 취했던 동작 하나하나를 낱낱이 기억하고 있다. 하기야 나한테 비추어졌던 그녀의 모든 모습은 벌겋게 달군 쇠로 가슴에 모조리 각인되어 있으므로 특별히 그 여름만이라고 말할 수는 없다. 그럼에도 불구하고, 나에게 그 여름은 특별하다. 그녀가 사랑이라고 믿고 있던 한 남자와 나란히 서있는 나의 여자를 보아야 하는 형벌과 함께한 시간이었으므로 특별한 것이다.

물론 나는 나의 영적 능력이 보아낸 우리들의 미래를 의심하고 있었던 것은 아니었다. 그 남자의 삶에 예비된 여자는 그녀, 오인희가 아님도 나는 알고 있었다.

그러나, 그러나, 나도 뜨거운 마음과 활활 타오르는 몸을 가진 건장한 남자였다. 운명적이든 아니든, 이미 나는 그녀를 죽도록 사랑하고 있는 사람이었다. 질투나 욕망은 명상과 기도로 정진하고 있던 나 같은 사람에게도 역시 칼처럼 무서운 흉기였었다. 나는, 그 여름, 수시로 마음을 베이고 피를 흘렸다.

휴가의
처음

　김진우가 약속장소인 시외버스 터미널에 임시번호판을 단 새 차를 타고 나타났을 때 인희는 솔직히 언짢은 기분이었다. 계약은 진즉에 했던 것이고 다만 이번 여행에 긴요하게 쓰일 것 같아서 출고날짜를 좀 앞당긴 것뿐이라며 그는 변명 아닌 변명을 길게 늘어놓았다. 하지만 인희는 싱글싱글 웃고 있는 그를 한 번도 마주보지 않는 것으로 불쾌한 감정을 드러내고 말았다.

　"덕분에 편한 휴가를 즐길 수 있겠어요. 그리고 생각했던 것보다 훨씬 잘생긴 남자분하고 동행하게 되어서 기분이 좋은데요."

　혜영이가 평소에 잘하지 않던 싱거운 소리까지 하며 분위기를 맞춰주는 바람에 인희는 뾰족한 마음을 가라앉혔다. 크고 작은 가방들을 무겁게 들고 나와서 김진우를 기다리고 있던 혜영의 남편에게는 그래도 미안한 기분이었다. 가난하나 부끄럽지 않은 삶을 사는 이들에게 번쩍거리는 새 자가용 따위로 위축감을 안겨주는 김진우라는 남자. 인희는 뭔가 하나 무너지는 느낌을 지울 수 없었다.

　"여성 두 분을 만원버스에 모시는 게 민망했는데 김형 덕분에 체면이 섰습니다. 고맙습니다. 허동규라고 합니다."

　혜영의 남편은 역시 괜찮은 사람이었다. 김진우도 첫눈에 동규가 마음에 드는 눈치였다. 하지만 그는 아직도 인희가 무엇 때문에 못마땅한 표정을 짓고 있는지 모르고 있었다. 오인희라는 여자, 많이 어렵고, 많이 모호하다는 생각뿐이었다.

김진우에게 있어 이 여행은 오인희라는 여자를 구체적으로 이해할 수 있는 첫 번째 기회였다. 생각지도 않게 처음부터 부딪친 셈이지만 그러나 서두르고 싶지는 않았다. 이제 시작이었다. 시간은 충분했다. 그는 난해한 과제를 떠맡았을 때 느끼는 맹렬한 의욕을 가지고 있었다. 오인희라는 여자한테서 그는 늘 이런 식의 정복욕을 느꼈다. 어쩌면 그것은 그의 천성인지도 몰랐다. 어려운 문제 앞에서 해답을 구하지 못한 채 물러선 경험은 한 번도 없는 그였다. 난이도 높은 고등수학에서나 쩔쩔맸을까. 하기야 그의 인생에 있어 그리 어려운 과제가 주어진 적도 많지는 않았다. 김진우의 살아온 길과 오인희의 그것은 그렇게 달랐다.

김진우는 그 몇 시간 뒤 또 한 번 일행을 당혹하게 했다. 장마가 길어지는 바람에 뒤늦게 휴가를 떠나는 차량이 고속도로를 가득 메우고 있어 자동차는 시종 저속운행이었다. 김진우는 아버지 차로 몰래 닦은 운전솜씨를 발휘할 수 없는 것이 유감이라고 말하기도 했다.

"천천히 가지요. 피곤하면 제가 운전해도 좋습니다. 저야 봉고차만 죽 운전을 해왔습니다만."

동규도 공장에서 제품배달을 하고 있는 솜씨 좋은 운전수였다. 앞자리에 나란히 앉은 두 사람은 달리는 동안 줄곧 자동차에 관한 이야기를 나누고 있었다. 그러다가 문득 동규가 혜영을 돌아보았다.

"배고프지 않아? 당신, 요새 세 시간 간격으로 배가 고프다고 그랬잖아."

아내의 부른 배를 쳐다보는 그의 시선이 더할 나위 없이 부드럽다.

"아, 점심식사 말입니까? 그것이라면 염려하지 마세요. 트렁크 열어보면 아이스박스에 간단히 준비해온 음식이 좀 있습니다. 가만 계십시오. 어디 시원한 그늘에 차 세울 데가 있는지 살펴봅시다."

진우는 인터체인지가 나타나자 이내 국도로 접어들었다. 얼마 가지 않아 한적한 샛길이 나타났다. 그늘도 풍성해서 잠시 쉬어 가기로는 안성맞춤이었다. 그리고 그는 간단히 준비해왔다는 음식을 꺼냈다.

"세상에, 언제 이렇게 진수성찬을 마련했지요? 우리는 그저 휴게소에서 대충 사먹을 생각이었는데……."

혜영이 말문을 잇지 못하고 인희를 쳐다보았다. 그녀는 말없이 김진우가 차리고 있는 풀밭의 점심식사를 보고만 있었다. 그럴 수가 없었다. 색색의 재료를 넣어 깔끔하게 만 김밥이야 그렇다 쳐도 알루미늄 포일에 맵시 있게 담긴 구운 갈비, 온갖 양념을 넣어 먹음직스럽게 버무린 홍어회, 해파리냉채, 찬합의 칸칸마다 오밀조밀 다른 모양으로 채워진 표고버섯전, 생선전, 고기산적.

"자, 여기 새로 담은 김치도 있습니다. 저는 우리 어머니 김치 없으면 밥을 못 먹는 못된 버릇이 있어서 넉넉하게 담아왔습니다. 드세요. 아니, 왜들 구경만 하십니까?"

"진우씨 어머님은 이 정도가 간단한 요리인 모양이지요?"

어쩔 수 없이 인희 입에서 이런 가시 박힌 말이 튀어 나온다. 그러나 김진우는 인희의 말에 가시가 담겼다는 사실도 알아차리지 못한다.

"그럼요. 이건 우리 어머니가 어젯밤과 오늘 아침에 간단히 준비한 거예요. 우리 어머니가 본격적으로 요리를 하면 그 솜씨를 당할 사람이 없을 정도랍니다. 우리 어머니는,"

그때 인희가 그의 말을 여지없이 잘라버렸다.

"잘못했군요. 진우씨 어머니도 모셔왔어야 되는 건데, 그래야 본격적인 요리가 어떤 것인지 우리 같은 사람들이 구경을 하지요."

이번에도 혜영이 나서서 인희의 뾰족한 가시를 막아주었다.

"진우씨 어머님께 감사드리는 일은 차후에 의논하기로 하고 빨리 먹기나 합시다. 난 정말 못 참겠는데요."

풀밭에서의 점심식사는 그렇게 이상한 분위기 속에서 이루어졌다. 인희는 혜영이네를 생각해서라도 자신이 경솔했다고 깨달았다. 왜일까. 이 끊임없는 거부감과 모래가 섞인 듯한 이질감은 정말 왜일까.

점심을 먹고 다시 출발한 차 속에서 혜영은 연필과 메모지를 꺼냈다. 그리고 혜영은 메모지에 이렇게 썼다.

'점심은 정말 맛있었음. 맛있는 음식을 준비해주시는 어머니가 계신다는 사실 때문에 비난받아야 한다면 너무 잔인하지 않을까?'

인희는 그것을 두 번이나 읽었다. 그리고 가만히 친구의 손을 잡았다. 그 애의 말이 옳다. 김진우라는 사람에게 악의가 없다는 것은 그녀가 더 잘 안다.

두 여자,
두 남자

별천지였다. 아니, 딴 세상이었다.

서쪽 하늘에 깔린 붉은 노을이 온 세상을 황금빛으로 물들이는 시각에 그들은 산 아래 마을의 작은 집에 여장을 풀었다. 서울을 떠난 지 거의 열 시간이 다 되어서였다. 열 시간 저 편에는 이런 별천지도 있는 법이었다. 고즈넉한 석양 밑에 누워있는 산과 들과 집들, 그러나 열 시간을 뒤돌아 달리면 탁한 공기와 달구어진 빌딩과 뒷골목의 상한 쓰레기가 나타나는 세상.

그리고 인희는 이 땅이 낯설지 않았다. 조금 전, 버스 정류소가 있는 수더분한 거리를 지날 때 그녀는 지난해 여름을 선명하게 기억해냈다. 지갑을 찾아준 그와 음료수를 마시던 가게도 찾아냈다. 주인 곁에 다소곳하게 앉아 슬프도록 검은 눈으로 그윽이 자신을 바라보던 매끈한 몸매의 미루도 갇힌 기억 속에서 튀어나왔다.

혜영이 별장이라고 하던 집은 도시의 때가 묻어있는 그 거리에서도 상당히 더 들어가야 했다. 자갈이 튀어 오르는 험한 길이 노루봉 밑자락을 싸안으며 가물가물 이어져 있고 또 그 길을 따라 띄엄띄엄 집들이 보이는 동네였다.

"자, 여성 여러분은 우물가에서 물이나 길어다 주십시오. 청소와 저녁식사, 그 밖의 모든 일에 절대 간섭해서는 안 됩니다. 위반할 시에는 엄한 벌칙이 기다리고 있으니 각오하시기 바랍니다."

재빠르게 간편한 옷으로 갈아입고 나온 김진우는 긴 시간 차를 운전한 사람답지 않게 활발했다. 그가 몰아내는 바람에 집 청소와 식사를 남자들에게 맡기고 여자들은 물을 길러 나왔다.

마당 왼쪽에 계곡에서 끌어온 파이프를 묻어 우물로 썼던 자리가 있었으나 오랜 시간 사람이 가꾸지 않아서 막힌 듯 했다. 그래도 물 걱정은 할 필요가 없었다. 집에서 머지않은 곳에 손질이 잘된 우물이 있었다. 역시 산에서 끌어온 물이었는데 이가 시리도록 차갑고 또한 달콤했다.

"밝아. 참 밝은 사람이야."

혜영이 플라스틱 바가지로 물을 푸면서 밑도 끝도 없이 문득 말했다.

"난 밝은 것에 익숙하지가 못해. 그래서 저 사람한테 끊임없이 낯설음 같은 것을 느끼고 있는 모양이야."

"그래. 우리한테는 정말 낯선 분위기라는 것, 인정해. 우린 원래 어둠의 존재들 아니니?"

서글프게 웃는 혜영이 모습에 인희도 그만 웃고 만다.

"그래도 그 낯설음에 끌리는 것 아닐까? 네가 진우씨와 자주 부딪치면서도 이만큼 오게 된 것도 다 그 때문이고."

그럴지도 모른다. 자신이 갖지 못한 것을 소유한 사람에게로 가는 막연한 호기심. 결핍은 필연적으로 충족을 원한다.

"너는 어땠어? 동규씨한테서 어떤 낯설음을 발견했지?"

"결혼할 무렵에 너한테 이런 말을 한 적이 있을 거야. 나에게 아버지가 있었다면 아마도 이런 사랑을 주었을 것이라고. 동규씨는 내가 몰랐던 아버지의 존재를 일깨워준 사람이야. 무한정 너그럽고 끝없이 관대했어."

혜영이 작은 회사의 경리로 일하다가 거래처 사람으로 만난 이가 동규였다. 야근이라도 하는 날에는 만두를 품속에 간직하고 회사 앞 골목길에서 혜영을 기다려주던 사람. 갑자기 소나기가 쏟아지는 오후면 비닐우산을 건네주고 묵묵히 돌아서던 사람. 그는 따뜻한 가슴으로 혜영의 시린 마음을 녹여주었다.

"가만, 저기 동규씨 나온다. 네가 행여 무거운 물통 들고 올까 봐 저러는 거지. 정말 못 말리는 사람이야."

인희의 놀림에 혜영도 지지 않는다.

"그 뒤를 봐. 진우씨도 정신없이 뛰어오는데? 저 극성, 정말 못 말려."

석양을 밀어내며 은은하게 퍼져오는 푸른 어둠, 그리고 달려오는 두 남자. 인희는 조금씩 덥혀지는 가슴을 내밀고 힘껏 맑은 산 공기를 들여 마셨다.

겨울밤

노천 역에서

전동차를 기다리며 우리는

서로의 집이 되고 싶었다
안으로 들어가
온갖 부끄러움 감출 수 있는
따스한 방이 되고 싶었다
눈이 내려도
바람이 불어도
날이 밝을 때까지 우리는
서로의 바깥이 되고 싶었다

_김광규 「밤눈」

빛과
어둠

아침.

인희는 부엌에서 달그락거리는 소리에 눈을 떴다. 옆에서 혜영
은 아직 세상모르고 자고 있다. 홀몸이 아닌 탓에 피곤도 훨씬 더
했으리라. 웅숭그리고 자고 있는 혜영에게 이불을 끌어당겨 덮어
주고 그녀는 방을 나왔다.

분명 무슨 소리가 들렸는데 부엌에는 아무도 없다. 잘못 들었
을까. 인희는 뒤껼으로 돌아가 본다. 옛 주인이 버리고 간 커다란
항아리 두어 개가 지키는 쓸쓸한 장독대, 그 옆으로 넓은 잎사귀

를 펼치고 있는 후박나무 한 그루, 뒷벽에 나란히 늘어선 녹슨 농기구들이 정겹다.

옛 주인들은 어디로 떠났을까. 자신들의 추억이 고스란히 남아 있는 집이 도시사람들의 여름살이에나 며칠 쓰이고 방치되고 마는 것을 알기나 할까. 그녀는 풀들이 웃자란 뒷마당에서 몽당연필 하나를 주웠다. 앞뒤로 깎은 그 연필, 문득 천사원 시절의 쇠필통이 떠올랐다.

서툰 솜씨로 애써 깎아놓은 몽당연필들은 쇠필통 안에서 이리저리 구르다 연필심이 모조리 부러져버리곤 했다. 아침자습 시간에 책받침을 깔고 다시 연필을 깎다가 손을 베기라도 하면, 다른 아이들의 인형그림 그려진 푹신한 필통 속의 기다란 연필들이 그렇게 부러웠다.

천사원의 노랭이 총무할머니는 손에 쥘 수 없을 정도로 짧아진 몽당연필 다섯 자루를 가져가야 겨우 새 연필 한 자루를 내주었다. 다른 애들은 학교 쓰레기통을 뒤져서 일부러 몽당연필을 만들기도 했지만 인희는 결코 그런 일은 하지 않았다. 그때 이미 어린 소녀의 자존심은 거추장스러울 정도로 강했다.

그리고 4B연필이 떠오른다. 4B연필과 함께 한 알의 사과도 생각난다. 미술시간의 준비물이 4B연필과 사과 한 알이었다. 도화지는 지급받고 있었지만 따로 4B연필을 지급할 총무할머니가 아니었다. 너희들에게 그런 것까지 일일이 사줄 돈이 어딨니? 머리통은 됐다 어디 쓸려구 그래? 짙은 심 연필에 침 묻혀 쓰면 까짓 미술시간쯤이야 넘길 수 있잖아.

그러면 어린 인희는 짙은 심 연필을 뭉툭하게 깎아서 쇠필통에 간직한다. 그렇게 해도 사과 한 알의 숙제는 여전히 남아있다. 어린 인희는 알고 있다. 자신의 힘으로는 도저히 사과 한 알을 구할 수 없다는 것을. 어떻게 해야 하나.

다음 날 아침, 어린 인희는 책가방을 들고 천사원 뒷산으로 올라간다. 학교는 산과 반대편에 있고, 그 길로 등교하는 아이들의 모습이 환히 보인다. 인희는 등을 받쳐줄 든든한 나무 한 그루를 발견하고 거기에 기대어 앉는다. 너무 많이 빨아서 상표가 지워진 하얀 운동화 위로 기어오르는 개미들과 온종일 산에 있겠다고 다짐하면서.

그날 오후, 어린 인희는 담임선생님의 방문을 받는다. 학교를 졸업하고 갓 부임한 젊은 여선생은 총무할머니에게 곧이곧대로 말한다. 3월에도 한 번, 4월에도 한 번, 5월에는 지금까지 두 번 결석했다고. 이런 데서 자라는 아이들한테는 특별히 관심을 두고 있다고. 천사원의 다른 학생한테 물어봐도 모른다고만 해서 이렇게 직접 찾아왔노라고.

총무할머니는 사감선생님을 부르고 사감선생님은 인희를 호출했다. 사무실로 들어서는 인희를 보고 담임선생님은 몹시 반갑다는 듯 환히 웃었지만 어린 그녀는 저도 모르게 벌레라도 본 듯 고개를 돌려 외면하고 말았다.

진실로 애정이 있다면, 학급에 하나뿐인 수용시설의 학생에 대해 진심으로 애정을 가졌다면, 4B연필과 사과 한 알의 숙제가 어떤 상처를 주는지 짐작할 수 있어야 했다. 교육대학을 갓 졸업한 그 신선한 의욕만 소중하여, 3월에는 집에서 읽은 동화책 한 권씩 가져와서 친구들과 바꿔 보자는 독서 아이디어를 실천에 옮기고, 4월에는 각자 화분 하나를 마련해 꽃씨를 심어보자는 더욱 아름다운 제안을 해서 어린 그녀로 하여금 학교 대신 뒷산으로 발길을 옮기게 해서는 안 되었다.

5월에는 더욱 심했다. 부모님께 보내는 편지를 써서 국어시간에 모두 발표하자고 했다. 어린 인희는 고개를 숙이고 그런 말을 하는 담임선생님의 얼굴을 보지 않으려 애썼다. 틀림없이 학급에 하나뿐인 고아, 오인희라는 학생의 이름을 깜빡 잊었을 것이라고. 만약에 고개를 들어 선생님과 시선이 마주친다면 선생님도 몹시 당황해 하리라 짐작하며, 홀로 온갖 생각을 다하며, 자꾸 책상 밑으로 숨던 그녀였다.

그런데, 아니었다. 선생님은 그녀를 잊고 있었던 것이 아니었다. 선생님은 일부러 오인희, 하고 호명을 한 다음, 아주 다정한 목소리로 이렇게 말하는 것이었다. 학급 친구들 모두 까만 눈동자를 굴리며 어린 그녀를 주목하고 있는 그때에, 어깨까지 찰랑이는 긴 머리칼을 뒤로 쓸어넘긴 뒤, 향기가 진동하는 온갖 화장품으로 정성들여 화장을 한 고운 얼굴에 천진무구한 웃음을 가득 띠운 채.

"그래. 인희는 고마우신 원장님한테 편지를 쓰면 되겠다. 얼마나 고마운 분이니?"

그 말을 듣는 순간 어린 그녀는 자신의 몸이 풍선처럼 탁 터져서 사라져버렸으면 좋겠다고 생각했다. 어린 그녀보다 훨씬 많이 배웠고, 어린 그녀보다 훨씬 나이가 많았지만 그러나 결핍과 고통 속에 자란 어린 그녀보다 아주 많이 남을 배려하는 마음이 부족했던 어여쁜 처녀선생님이었다.

담임선생님이 다녀간 날, 어린 그녀는 사감선생님한테 엉덩이를 다섯 대 맞았고 총무할머니한테는 모진 악담을 들었다. 커서 뭐가 되려고 벌써부터 새앙쥐처럼 슬슬 뒷구멍이나 파니? 너 같은 기집애한텐 공부도 아깝고 밥도 아깝다. 밥버러지…….

뒤꼍, 후박나무 그늘 아래 주저앉아서 그녀는 흙 묻은 몽당연필 위로 눈물 한 방울을 떨어뜨렸다. 옛날의 슬픔이 마음을 움직여서 만들어낸 눈물은 아니었다. 그냥 아주 맑은 눈물 한 방울이 그렇게 솟았다. 정적 속의 깨끗한 아침에 그 옛날의 밥버러지 한 마리가 앉아있다고 생각하니 견디어온 시간들이 너무 대견했다. 주저앉을 수도 있었는데, 어긋나버렸을 수도 있었는데, 아, 차라리 폭발해버릴 수도 있었는데, 그런데, 고요히 여기까지 타박타박 걸어온 스스로에게 고마움을 느꼈다. 잘했어, 오인희. 잘해냈어, 오인희. 이제는 다른 시간이 오고 있잖아. 짐승의 시간 말고 좀 더 나은 시간…….

그때였다. 누군가의 따뜻한 손이 그녀의 등에 닿았다. 등에서 퍼지는 사람의 체온은 너무나 안온하고 부드러워서 그 손에 얼굴을 묻고 싶을 만큼이었다.

"이런, 아침부터 울고 있었군요."

진우는 뒤돌아보는 그녀의 얼굴을 감싸 안았다. 여자는 자신도 모르게 몸을 일으켜서 남자의 손을 비꼈다. 벗어나려는 여자를 남자가 가로막았다. 물이 묻어있는 머리칼, 옅게 풍겨오는 비누냄새. 그는 싱싱하고 단단하게 보였다. 그것이 또 여자를 낯설게 했다. 그녀는 자신의 허리에 닿은 남자의 손을 가만히 떼어냈다.

"도망가지 말아요."

남자는 손에 힘을 주었다. 남자의 또 한 손이 그녀의 젖은 눈자위를 어루만졌다. 그의 손에서도 옅은 향기가 풍겼다. 여자는 차마 눈을 뜨지 못하고 그대로 남자의 가슴에 얼굴을 묻었다. 남자는 추워하는 여자를 자신의 품속에 조심스레 안았다.

"당신은 아주 작아. 아주 작아."

팔에 힘을 주며 남자가 낮은 목소리로 계속 말했다. 당신은 작아. 아주 작아. 위에서 속삭이는 그 소리가 여자에게는 주문처럼 들렸다. 그래요. 나는 아주 작아요. 너무 작아서 하늘의 햇빛도 내게 닿지 못해요. 난 한 번도 원하는 만큼 빛을 받지 못했어요.

그리고 남자의 입술이 그녀에게로 왔다. 남자가 받쳐 든 여자의 얼굴에 은빛 아침 햇살이 비쳤다. 여자는 빛을 보지 못했다. 그녀는 눈을 감고 있었고, 비수처럼 꽂히는 남자의 입술에 몸을 떨었다. 어디선가 산새가 울었을까. 그녀는 그 짧은 순간에 산과 하늘과 새와 노래를 다 생각했다. 또 행복과 평화와 휴식과 영원도 함께 일으켜 세우려고 했다.

미루와
그의 주인

"인희씨, 아파요? 안색이 좋지 않은데."

진우와 함께 바위에 걸터앉아 뒤처져 오는 여자들을 기다리던 동규가 가까이 온 인희에게 걱정스레 물었다. 그들은 아침식사 후 곧장 노루봉 등산에 나선 길이었다.

"그래. 안 좋아 보인다. 우리도 여기서 좀 쉬었다 갈까?"

몸이 무거우니까 집에 남는 게 좋겠다는 남편의 만류를 뿌리치고 나선 혜영도 인희의 얼굴을 살핀다. 혜영은 친구가 아침부터 왠지 기운 없어 하던 것을 눈치채고 있었다.

"인희씨, 말씀만 하세요. 제가 업고 천 리라도 걸을 테니까."

진우는 말만 그렇게 하는 게 아니라 지금 당장 업을 듯이 등을 돌려대고 있었다. 인희는 별 수 없이 피식 웃고 만다. 미워할 수 없는 사람. 뒤꼍에서의 시간들을 삭일 수 없어 여태껏 쩔쩔매고 있는 자신에 비하면 얼마나 거침없는 모습인가.

"오랜만에 산에 오르니 좀 힘에 벅찬 것뿐이에요. 정 힘에 겨우면 제가 알아서 혼자 내려갈게요."

"인희씨 내려가면 물론 저도 함께 갑니다. 명심하세요. 형님은 혜영씨 보호자이고, 난 인희씨 보호자라는 사실을."

저 능청. 혜영 부부는 짐짓 박수를 치며 진우의 엄숙한 선언에 동의하고 나섰다. 진우는 그것 보라는 듯 그녀를 향해 한쪽 눈을 찡긋 감는다. 그리고는 당당하게 인희의 손을 잡았다.

"자, 출발합시다. 지금부턴 보호자와 피보호자가 떨어지면 안 됩니다."

진우는 그녀의 손을 꼭 쥐고 걸었다. 앞서 가던 혜영이 뒤돌아보며 말했다.

"진우씨, 잊지 마세요. 보호자 임무는 하산과 함께 즉시 해제되는 겁니다. 아셨지요?"

"그럼요. 이 산사나이가 딴소리야 하겠습니까."

그러면서 그는 잡고 있는 그녀의 손에 더욱 힘을 주었다.

"발뒤꿈치를 살짝 들어 올리는 기분으로 걸어보세요. 그럼 훨씬 수월할 겁니다."

"아마 진우씨보다 제가 더 산을 많이 탔을걸요. 이 노루봉도 사실은 작년 여름에 올랐던 산이에요. 계획에 없던 코스여서 중간에 내려오긴 했지만."

"혼자서요?"

"그래요. 늘 혼자 다녔어요. 그게 편해요."

그가 걷기를 멈추고 인희의 얼굴을 똑바로 바라보았다. 그리고 말했다.

"이젠 혼자 다니지 말아요. 혼자가 편하다는 생각은 제발 버려요."

그러나 인희는 그의 말에 아무런 대답도 할 수가 없었다. 아니, 이미 그의 말을 듣고 있지도 않았다. 그녀는 뚫어지게 진우의 뒤만 쳐다보고 있었다.

그 숲 그늘에 누가 있었다. 휘청하도록 큰 키, 주위를 감도는 깊은 정적과 어울리는 고요한 얼굴, 그리고 남자 옆에 붙어있는 늘씬한 개 한 마리.

미루. 그녀는 자신도 모르게 나직이 개의 이름을 불렀다.

우주 속의
큰 힘

혼란스러웠다.

흔들리고 있었다.

마음은 내 몸을 빠져나와 부질없이 그녀와 그의 곁을 맴돌고 있었다. 아무리 불러들이려 해도 한번 빠져나간 마음은 좀체 돌아올 줄을 몰랐다. 수련을 시작한 이후로 마음을 다스리지 못해 망연자실했던 경험은 거의 처음이라고 할 만큼 드문 일이었다.

어쩔 수 없는 일이었다. 마주잡은 두 손, 서로의 눈을 들여다보며 다정하게 나누는 대화, 창백했던 그녀의 볼에 발갛게 비치는 홍조, 앞뒤 없이 그저 사랑에만 빠져있는 남자. 운명이 어떻게 비껴가리라는 것이야 알고 있었지만, 그러나 너무 힘들었다. 감당할 수 없어서 나중에는 그들을 피해 도망가고 싶은 심정이었다.

그러나 내 뜻대로 도망갈 수도 없는 운명이었다. 바로 이 자리에서 나는 그녀를 만나야 했다. 그녀에게 꼭 해야 할 말이 있었다. 거듭해서 머리를 울리는 경고의 내용은, 지금이 아니면 안 된다는 것이었다. 나는 안간힘을 쓰며 명상의 자세로 돌입했다. 그녀에게 내가 여기 와있음을 알리기 위해서, 부질없이 맴도는 내 마음을 불러들이기 위해서.

그리고 마침내 평정을 찾는데 성공했었다. 떠돌았던 마음이 제자리를 찾아 돌아오고, 감은 눈 저 너머로 은빛 지평선이 펼쳐지면서 온몸에 주입되는 신선한 기운을 느낄 수 있었다. 여느 때의 명상에서처럼 내 몸은 이내 공중으로 떠오를 듯 가벼워졌고, 은빛 지평선에서 뿜어내는 에너지가 쉴 새 없이 목울대로, 심장으로, 팔과 다리로 퍼져나가는 기분에 마음이 고무되었다.

흐트러졌던 정신이 반듯해지고 처져있던 몸이 우주로 열리면서 가벼워지는 것으로 순간의 혼란은 수습되었다. 이제 본래의 '나'로 돌아왔다는 것을 확인한 다음 나는 고요히 눈을 떴다. 그와 그녀가 저만큼 앞에 오고 있었다. 나는 마음의 결을 다듬어 오른손을 내밀었다. 손바닥이 그녀 쪽을 향하는 자세였다.

그녀는 이내 내 손바닥에서 뻗어 나오는 기운을 감지했다. 남자는 강렬한 눈빛으로 뭔가 그녀의 대답을 원하고 있었지만 그녀는 이미 나의 세계 속으로 들어온 뒤였다. 그녀는 분명히 미리 나의 존재를 감지했다. 눈으로 보기도 전에 내가 있음을 예감했고, 이내 눈으로 그 예감을 확인했다.

그녀의 그런 행동들은 내게 너무나 의미심장했다. 내가 일으키는 파장대로 순순히 응답하는 그녀를 직접 내 눈으로 보는 심정은 말로 형언할 수 없을 정도였다. 그것은 곧 그녀의 에너지 주파수가 내 주파수에 미리 맞춰져있다는 것을 의미했다. 바꾸어 말하면 그녀의 운명과 내 운명이 사용하는 주파수가 동일하다는 뜻이기도 했다. 아, 한 번 더 강조해 말한다면, 이 말은 그녀와 나의 생이 오랜 시간 예비된 섭리에 의해 한 끈에 꿰어져있다는 것을 의미하는 것이었다.

수많은 사람들 중에서 누구는 섭리를 받아들이고 누구는 섭리를 외면하는 것도 모두 같은 이치였다. 이 세상 많은 사람들은 제각각의 부모를 만나 세상에 태어나지만 수백 년, 수천 년 누적되어온 전생의 인연들은 육체의 부모와 관계없이 섭리가 부여한 대로의 영적 주파수를 지니고 태어난다.

영혼과 영혼이 만나 진동하는 힘의 파장이 그리는 무늬와 세기, 이것을 우리 도반들은 '주파수'라고 칭한다. 앞에서 한 번 설명했지만, 우주가 품고 있는 영적 질서를 '섭리'라는 용어로 표현하는 것처럼. 앞으로도 나는 하나씩 하나씩 영적인 언어들을 풀이하면서 이 기록을 진행할 것이다.

여기까지만 읽어도 어떤 사람은 이미 마음의 동요를 느끼며 호기심을 나타낼 수도 있을 것이다. 그런 사람은 영적 주파수가 센 사람이다. 그런 사람들은 영적 주파수가 약한 사람들보다 훨씬 빨리 자신의 마음을 우주와 연결시킬 수 있는 소질을 타고 난 것이다.

나의 경우가 그러했다. 성장하는 과정에서도 전혀 정신의 세계에 현혹된 적이 없었으며, 대학에 들어와서도 차돌처럼 단단하게 현실을 직시하고 있던 나였지만, 그러나 범서 선생이 보낸 몇 차례의 진동만으로 즉각 삶의 행로를 바꾸었다.

스승 범서 선생은 영적 주파수가 몹시 센 한 젊은이를 첫눈에 알아보았다. 스승은 내게 영적 주파수를 발동시켰고 내 무의식이 그것을 받아들였다. 아무런 수련 없이도 그 첫날에 당장 몸 전체가 깃털처럼 가벼워지는 자유와 해방의 경계로 뛰어오르는 체험을 할 수 있었던 것도 모두 내가 지닌 남다른 주파수의 세기 때문이었다.

그렇다고 해서 주파수가 약하거나 무늬가 희미한 사람은 영적 세계로 들어갈 수 없다고 생각해서는 안 된다. 누구라도 수련과 정진을 거듭하면 강한 주파수를 가질 수 있으며 파장의 진동이 그려내는 무늬도 선명해진다. 주파수가 약한 사람들이 강한 사람들에 비해 불리한 점은 단 한 가지뿐이다. 섭리를 파악하고 영적 능력에 접근할 기회를 만드는 데 소극적이라는 것, 그것뿐이다. 한번 정진의 길로 들어서면 누구라도 우주와 하나가 되는 놀라운 자유를 누릴 수 있다.

사법고시를 준비하겠다던 내가, 그래서 가방 가득 무거운 전공 서적을 담아 조용한 암자를 찾아가던 내가, 예기치 않은 순간에 기이한 체험을 하고 스승을 따라 몸과 마음을 맡긴 곳은 지금의 노루봉에서 멀지 않은 치악산의 한 움막이었다. 움막이라고는 하지만 범서 선생이 몇 년에 걸쳐 끊임없이 보수하고 개조하였기에 콘크리트건물보다 더 튼튼하다는 느낌을 주는 거처였다.

움막 뒤에는 역시 오랜 기간 도반들의 수련생활을 받아들이며 점점 정교해진 동굴이 하나 있었다. 스승은 주로 그곳에서, 나는 움막의 섶자리에서 각자의 공부에 돌입했다. 범서 선생의 가르침은 맹렬한 학구욕에 타오르는 내 갈증을 단시간에 가라앉혀주는 것이 아니었다. 처음 몇 달간은 오히려 나의 맹렬한 지식욕이 바로 암초라고 일러준 것이 유일한 가르침일 정도였다. 스승은 내게 세상에서 배워온 잡다한 상식과 과학적 사고로 무장된 학교의 지식을 버리라고 누누이 일렀다. 새 술은 새 부대에 담아야 향기가 나는 법, 누가 새 술을 찌끼 가득한 헌 부대에 붓겠느냐고.

첫날 느꼈던 몸의 비상, 그 무한한 가벼움의 원리를 궁구하느라 움막에서의 명상시간 대부분을 허비하고 있었던 나는 끊임없이 스승에게 물었다. 근거를 일러주세요. 이치가 뭡니까? 왜 그럴까요? 믿어지지 않는데요…….

그럴 때마다 스승의 대답은 한결같았다. 스스로 알아지리라. 스스로 깨닫지 않는 이치는 헛것이다.

이론의 근거를 탐하던 내 질문의 횟수가 점점 줄어들기 시작한 것은 명상 중에 다시 한 번 그 자유의 느낌을 경험한 뒤부터였다. 움막 안에 앉아있는 내 몸이 광활한 우주를 떠다니는 듯싶은 기분, 불기둥 하나가 육체의 구석구석을 통과하면서 무한한 에너지를 주입하는 듯한 그 기분을 다시 경험한 것은 산 생활이 거의 반년째인 무렵에 일어난 일이었다. 스승이 요구한 대로 혼자의 힘만으로 자유와 해방의 경계에 도달한 것이었다. 그런 뒤에야 비로소 범서 선생은 입을 열기 시작했다.

"눈을 감고 맨 먼저 본 것이 무엇이더냐?"

"어둠이었습니다."

"그다음에 본 것은?"

"어둠을 서서히 밝히는 빛무리였습니다."

"그다음엔?"

"눈을 감았는데도 뭔가 알 수 없는 선과 점들이 무늬를 만들며 흘러다니는 것 같았습니다."

"무늬를 따라갔더냐?"

"네. 한참을 보고 있으니 눈꺼풀 안쪽부터 조금씩 조금씩 은빛으로 물들기 시작했습니다."

"좋아. 우주의 기운을 받아들이려는 네 마음이 문을 만든 것이다. 그 문이 열릴 수 있게 한참 더 집중하고 난 다음에는 어땠느냐?"

"감은 눈이 뜨거워지면서 눈을 통해 계속 어떤 기운이 들어오는 느낌이었습니다. 그래서 먼저 머리가 뜨거워지고 심장이 뜨거워지고, 배가, 팔이, 다리가 모두 불길에 닿은 듯한 기분이었지만 전혀 고통은 없었습니다. 그리고 이내 온몸이 붕 떠오르는 가벼움을 느꼈습니다. 육체와 정신이 분리되어 저는 제 몸 바깥에 있다는 기분이기도 했습니다. 육체에 달라붙어 있던 영혼을 분리시키고 나니 그럴 수 없이 자유로웠습니다. 너무나 자유로워서 다시는 육체라는 옷을 입고 싶지 않은 심정이었습니다."

"그래. 그것을 바로 '광안(光眼)'이라고 한다. 수행의 첫 단계이자 마지막이라고 할 만큼 중요한 핵심이었는데 그것을 네 혼자 해낸 것이다. 광안을 얻게 되면 이 무한히 넓은 우주와 나라는 존재가 서로 연결되었다는 진실을 확연히 이해할 수 있지. 그뿐이 아니다. 광안이란, 우주가 끊임없이 이 세상을 향해 보내주고 있는 저 무한한 에너지를 우리 몸으로 받아들이는 귀중한 문이기도 한 것이다."

그러나 그 당시 이미 범서 선생은 광안으로만 우주와 연결되고 있었던 것은 아니었다. 우주와의 문을 내는 방법은 정말 방법일 뿐이어서 사람에 따라서는 머리 꼭대기로 체험하는 사람도 있고, 나처럼 빛의 눈으로, 또는 소리의 귀로 하는 사람도 있었다. 수련이 정점에 달하면 어디서나 그냥 마음을 열어서 마음 자체로 우주와 통하는, 마음이 곧 넓은 대문인 도인도 종종 있다고 했다.

나는 스승 범서 선생이 어느 경지였던지는 확실히 모른다. 그러나 스승이 보통의 경계를 훨씬 뛰어넘었다는 것은 충분히 짐작할 수 있었다. 스승은 한 달씩 곡기를 끊고 명상에 잠기는 적도 많았지만 그래도 전혀 흔들림이 없었으며 내 마음속에 어떤 생각이 담겨있는지 그대로 보아버리는 혜안을 지닌 분이었다.

그 무렵에는 스승의 그런 모습들이 불가사의처럼 여겨지는 경우가 종종 있었다. 그러나 지금에 와서는 세상에 불가사의라는 것은 없다고 나는 확신할 수 있다. 우리의 머리를 장악하고 있는 기계적인 사고력이나 닫혀있는 상상력으로는 불가해한 일들이지만, 그 고정관념에서 조금만 벗어날 수 있다면 이 세상은 전혀 다른 모습으로 우리에게 다가올 것이다. 생명의 신비를 경험한 어떤 학자가 말했듯이, 이제는 지구가 둥글다는 사실을 모두 인정하는 것처럼 머지않아 영혼과 영생이 존재한다는 엄연한 진리 역시 누구도 의심하지 않을 날이 오게 될 것이다.

순결하고 아름다운 삶.

나는 스승의 그 말을 들으면서 얼마나 고무되었는지 모른다.

내 삶이 바로 그것에 바쳐진다면, 그럴 수만 있다면, 얼마나 찬란한 헌신인가. 사법고시를 통과해서 결국 판사가 되고 변호사가 된다 해도 내가 과연 인간의 영혼까지 판결하고 변호할 수 있겠는가 말이다. 그러기는커녕 제도가 빚어내는 오류와 인간에 대한 고정관념으로 아주 많은 영혼한테 지울 수 없는 상처를 남기기 십상일 것이었다. 그런 끔찍한 잘못을 저지르기 전에, 단순한 열정만 믿고 그 오류와 오해의 길에 뛰어들기 전에, 범서 선생을 만날 수 있었던 것은 진정한 나의 행운이었다. 물론 그 모든 것이 예비된 순서였겠지만.

그리고 나중에 안 일이지만, 내게 예비된 길에는 놀랍게도, 그녀, 오인희도 있었다. 어떤 공부보다도 더 나를 집중시켰으며, 어떤 수련의 경우보다도 더 많이 나를 미궁에 빠뜨리고 말았던 그녀가 있었던 것이었다.

만남

오고야 말 것이 왔다는 느낌, 피할 수 없는 운명과 맞닥뜨렸다는 알지 못할 체념은 어디에서 기인하는 것이었을까.

숲 그늘에 가려서 오직 푸르게 빛나는 눈밖에 보이지 않던 그 사람을 한눈에 알아볼 수 있었던 것은 무엇 때문이었을까.

그는 아주 오래전부터 그 자리에 꼼짝 않고 서서 오직 기다리고만 있었던 사람처럼 보였다. 그녀는 그가 간절히 기다리고 있

우주의 큰 힘

였던 대상이 바로 자기였음을 한순간에, 벼락을 맞듯 깨달았다.

미루.

그녀의 나지막한 부름에 개는 소리도 없이 달려와 그녀의 운동화에 코를 부비며 사랑을 표시하고 있었다. 지난해 단 한 번 스치듯이 만났을 뿐인데도 미루는 그녀를 잊지 않고 있었다. 인희는 가만히 미루의 부드러운 털을 쓰다듬어본다.

김진우는 이 돌연한 상황이 이해되지 않아서 몹시 어리둥절한 표정을 짓고 있다. 그는 숲 속에서 걸어 나오는 키가 크고 눈빛이 형형한 남자를 보았다. 길에서 혼자 만났다면 은연중에 겁을 먹고 피할 만큼 덩치가 크고 날쌔게 생긴 개도 보았다. 여자가 조금도 두려워하지 않고 개를 어루만지는 것도, 말없이 다가와 바람에 긴 머리칼을 나부끼며 조용히 여자를 바라보기만 하는 수상한 남자도, 진우에게는 모두가 현실의 일이 아닌 듯했다. 마치 꿈을 꾸는 것 같았다.

이 남자와 개는 대체 어디에서 나타난 것일까. 그렇게도 세상과 사람에 대해 냉냉하기만 하던 오인희라는 여자의 저 설명할 길 없는 온유함은 또 어디에서 기인하는 것일까. 그것보다 저들과 그녀는 정말 어떤 관계란 말인가? 그녀에게 저 남자는 누구인가?

영원 속의 한순간처럼, 정적만이 주위를 감싸는 시간들이 흘렀다. 아무도 입 벌려 말하지 않았다. 개의 훈훈한 숨결이 손에 부어지는 것을 느끼며 인희는 무언가 말해야 된다고 생각했다. 그러나 말은 머릿속에서 흩어져 사라져버리고 그 빈자리에 대신 뜻밖의 평화가 찾아드는 것은 웬일일까.

이 기이한 정적을 깬 사람은 역시 진우였다.

"인희씨, 이 사람, 누구예요?"

그가 누구냐고?

성하상, 이것이 그의 이름이다. 그 외, 그녀가 알고 있는 것은 그가 미루와 함께 노루봉 산장에서 기거하고 있다는 것뿐이다. 그밖에 불쑥불쑥 날아오던 편지 속의 그 이해할 수 없는 정신의 언어들이 전부이다.

그를 어떻게 설명할까. 이 느닷없는 마주침에서 느껴지는 알 수 없는 친화력을 어떻게 진우에게 설명할 수 있을까. 인희는 난감한 얼굴로 성하상의 푸른 눈을 쳐다본다. 그때 성하상이 노래를 부르듯이 미루를 불렀다.

"미루, 미루. 이리 온."

주인의 말이 떨어지기 무섭게 미루는 그녀를 떠나 주인에게로 갔다. 성하상은 곁에 온 미루의 머리를 쓰다듬어주며 환한 얼굴로 그녀에게 입을 열었다.

"오실 줄 알았어요. 두 번째 여름이 있을 것을 알았지요."

그녀는 남자의 환한 미소에 감염당해서 자신도 모르게 고개를 끄덕인다. 남자의 검은 눈동자, 푸르도록 깨끗한 흰자위가 어쩌면 저리도 빛날 수 있는지 의아해하며.

그를 발견할 수 있었던 것은 아마 눈이 내뿜는 저 푸른 빛 때문이었으리라. 무언가 마음을 잡아끄는 묘한 기운이 저 눈에서 내게로 오고 있지 않은가.

우주의 큰 힘

정말 이상해. 알 수 없어. 인희는 여전히 말을 잊은 채 남자의 눈만 뚫어져라 쳐다본다.

"이봐요. 대체 뭐하는 사람이요?"

두 사람 사이에 흐르는 어떤 기운을 김진우도 느꼈다. 그는 서둘러 두 사람 사이로 끼어들었다. 인희는 그런 진우의 팔을 잡아당기며 제지하는 시늉을 한다. 남자가 다시 허리 굽혀 미루의 머리를 쓰다듬는 동안 인희는 진우를 뒤에 두고 한 걸음 남자 곁으로 다가왔다. 자신도 모르게 취한 행동이었다. 저 사람이 지금 나를 부르는구나, 하는 느낌이 먼저였고 그럼 어떻게 해야 하지? 하고 생각하는 사이 발이 먼저 나갔다.

"오세요. 조금만 더, 오세요. 당신에게 말할 게 있어요."

성하상이 말했다. 그녀는 또 한 걸음, 한 걸음 남자에게로 갔다. 다가오는 여자를 보고 미루가 꼬리를 흔들었다. 인희가 문득 그자리에 멈추었다. 미루도 흔들던 꼬리를 멈추었다. 그리고 남자가 입을 열었다.

"당신에게 말할 게 있어요. 불을, 이글거리는 불의 혀를 조심하세요. 내 말을 잊으시면 안 됩니다."

나직나직한 음성이 흘러나오는 동안 인희는 미동도 하지 않고 남자의 얼굴을 뚫어지게 바라보았다. 그의 얼굴과 음성에 서려 있는 어떤 위엄, 혹은 비장함이 그녀를 그렇게 만들었다.

불을, 이글거리는 불의 혀를 조심하세요.

알 수 없는 말을 남기고 개와 함께 남자는 숲으로 사라졌다. 남겨진 두 사람은 한동안 그들이 사라진 숲 속을 홀린 듯이 쳐다보고만 있었다. 두 사람이 그들을 만나기 전의 현실로 돌아온 것은 그러고도 한참이 지난 후였다. 진우가 먼저 그녀의 손을 현실로 잡아끌었다.

"자, 혜영씨가 기다리니 일단 갑시다. 가면서 이야기합시다."

인희는 그가 이끄는 대로 산을 올랐다. 진우란 남자가, 넘치는 의문을 간신히 참고 있는 한 남자가 곁에 있다는 사실조차 잊은 듯한 태도였다. 묵묵히 걷기만 하던 진우가 저만큼 앞에서 쉬고 있는 혜영 부부를 발견하고는 더 이상 참을 수 없다는 듯 비명처럼 외쳤다.

"누구예요? 잘 아는 사람인가요? 그런가요?"

불현듯 현실 속으로 돌아온 인희는 흠칫 몸을 떨었다. 분노와 의혹으로 흉하게 구겨진 이 남자, 그녀는 남자의 일그러진 얼굴을 외면했다. 이 남자가 오늘 아침, 후박나무 그늘 아래서 내게 입술을 준 사람인가. 인희는 남자의 세속적인 상상에 반항하기라도 하듯 굳게 입을 다물었다.

아무런 말도 하고 싶지 않다. 지금 막 그녀가 겪은 그 기이한 순간들을 그녀 스스로 이해하기 전에는 어떤 말도 입 벌려 할 수가 없다. 인희는 대답을 채근하고 있는 진우를 앞질러 혜영에게로 달려가 버리고 말았다.

우주의 큰 힘

푸른 별,
그리고 욕망

"춥지 않아? 윗옷 하나 내다줄까?"

혜영은 남편의 말에 고개를 끄덕인다. 동규는 옷을 꺼내려고 방에 들어가고 그사이 진우는 찬물에 담가놓은 맥주를 더 가져오기 위해 우물가로 갔다

"아, 참 좋다. 저 별들 좀 봐, 별이 보석 같다는 말, 정말 실감난다."

인희는 혜영의 감탄에 같이 밤하늘을 올려다본다. 흩뿌려 놓은 듯한 수많은 별들, 나직한 풀벌레 소리, 차갑고 성성한 밤기운.

그들은 지금 휴가의 두 번째 밤을 멍석 깐 마당에서 보내고 있는 중이었다. 낮에는 혜영의 무거운 몸을 생각해서 산중턱에서 점심만 먹고 바로 하산을 했었다. 내려오는 길에 계곡에서 발을 담그고 한가한 시간도 보냈다.

산에 있는 동안 진우가 내내 주위를 두리번거리던 것을 인희는 보고 있었다. 그 뒤 다시는 그 이야기를 꺼내지 않았지만 진우는 온몸으로 성하상과 그의 충견 미루를 경계하고 있었다. 그러나 워낙 완강하게 입을 다물고 있는 여자를 의식해서인지 열심히 참고 있는 모습이었다.

"이거, 인희씨가 술꾼인 줄은 예전에 미처 몰랐는데요. 그런 줄 알았으면 서울에서 매일같이 술집에 데려갔을 텐데, 난 그저 맛있는 음식이나 찾아 먹으려고 둔하게 굴었으니."

그렇게 말하는 진우도 상당히 취해있다. 이른 저녁을 먹고 시작한 명석에서의 술자리가 벌써 두 시간째다. 혜영은 줄곧 과일과 과자만 주워 먹고 있었으나 인희는 앞에 놓인 안주에는 손도 대지 않고 술만 마셨다. 처음에는 동규의 주장에 따라 소주를 마셨다가 진우가 인희를 염려해서 맥주로 바꾼 것이었다.

"모르셨어요? 인희 얘는 한번 마시기로 하면 어지간한 남자들보다 술이 셀걸요. 아마 우리 동규씨보다 인희 주량이 더 세지. 그렇지?"

인희는 빙긋 웃고 만다. 대신 동규가 그렇다고 인정을 한다.

"김형도 인희씨한테 못 당하는 것 같은데 뭘."

동규의 말에 혜영이 크게 웃는다. 그사이에도 진우는 집요하게 인희의 시선을 붙잡으려고 그녀의 얼굴에서 눈길을 떼지 않는다. 그러는 그에게서 인희는 끈끈한 욕망을 읽는다. 아니, 욕망을 읽어내는 스스로가 싫다. 별은 저토록 아름다운데, 대기의 숨결은 이토록이나 깨끗한데, 이 순결한 시간에 끈적거리는 것은 정말 싫다고 생각한다.

'나'에서
'우리'로

툭. 툭.

처음부터 인희는 저 소리를 듣고 있었다. 가볍게 방문의 손잡

우주의 큰 힘

이를 치는 저 소리. 그녀는 창호지문에 어른거리는 그림자가 누구인지도 알고 있다.

톡. 톡.

"나가봐."

혜영이가 속삭인다. 자고 있는 줄 알았는데. 인희는 어둠 속에서 홀로 낯을 붉혔다. 뭘 두려워 하니. 혜영이 다시 낮게 속삭였다. 인희는 조용히 일어나 벗어놓았던 스웨터를 어깨에 걸친다. 혜영은 벽을 향해 돌아누우며 짐짓 삼베이불을 뒤집어쓴다.

"커피를 한 잔 끓였어요. 향기가 너무 좋아서."

진우는 들고 있던 커피잔을 내밀면서 다정하게 웃었다. 웃는 남자 앞에서 그녀도 어쩔 수 없다. 커피잔을 받아들고 인희는 마당 귀퉁이의 돌에 걸터앉았다. 진우도 잡초가 듬성듬성 박힌 맨땅에 풀썩 주저앉는다.

많이 되었어야 열한시 정도일 것이다. 그런데도 사방에 불빛이라곤 한 점도 없다. 오직 하얀 달빛과 푸른 별빛이 세상을 밝힌다. 구릉지대에 들어선 마을이라 띄엄띄엄 집들이 있긴 하지만 지금은 아예 먹색이다.

"정말 고요하지요? 이렇게 좋은 곳이 있다는 사실이 사람들에게 알려지면 여기도 머잖아 시장바닥처럼 들끓을 텐데, 그러면 우리는 그때 어디로 가야 하지요?"

우리? 남자는 분명 '우리'라고 말했다. 하지만 여자는 그 말이 너무 서먹하다. 이제까지 한 번도 그 말이 뜻하는 분위기를 경험해보지 않아서일까. 그녀는 사람들끼리 모여 우리가 되어 사는 일이 남자에게는 그렇게도 익숙한 것이 신기하다고 생각한다.

"아까 만난 사람, 누구예요? 말하기 어려운 사이인가요?"

남자가 불현듯 여자의 무릎에 손을 얹으며 정색을 하고 묻는다. 역시 이 남자는 그것을, 그것을 알지 않고는 잠들 수 없었던 모양이다.

"작년에 여기에 한 번 온 적이 있었다고 했지요? 그때 잃어버린 내 지갑을 찾아주었어요, 그 사람이. 이게 다예요."

별다른 내용도 없는 시시한 이야기라 해도 말하지 않고 있으면 저 혼자 풍선처럼 부풀려진다. 남자를 이유 없이 괴롭히고 싶지는 않다. 그러나 뭔가 남김없이 털어놓지는 않았다는 느낌이 그녀를 석연찮게 만든다.

"됐어요."

남자는 여자의 옆으로 자리를 옮겨 앉는다. 그리고 자신의 어깨에 여자의 머리를 얹어놓는다. 인희는 그가 시키는 대로 남자의 어깨에 기대어 달빛 젖은 앞산을 본다. 그러고 있는 남자와 여자를 감싸며 고요히 달빛이 흐른다.

남자는 여자의 길고 가느다란 손을 가만히 쥐어본다. 이 여자가 내 어깨에서 쉬다니, 비로소 아까부터 그를 괴롭혔던 망상에서 벗어날 수 있을 것 같다. 그는 한 손으로는 여자의 작은 두 손을 쥐고, 또 한 손으로는 여자의 볼을 쓰다듬는다. 그래도 여자는 자는 듯이 가만히 있다. 이 여자에게 가시가 없는 순간을 보기는 지금이 처음 아닌가. 남자는 벅차오르는 가슴을 어쩔 줄 몰라 하다가 자신도 모르는 사이에 마구 말을 쏟아놓기 시작한다.

우주의 른 힘

"인희씨. 우리 서울에 돌아가면 서둘러요. 우선 우리 어머니부터 만나고, 빨리 날을 잡고, 그리고 우리 함께 살아요. 알고 있었겠지만 나는 마음이 급해요. 여기에 오면서 내가 어떤 마음이었는지 아세요? 휴가기간 동안 인희씨 마음을 얻지 못한다면 돌아오는 길에 바다에라도 뛰어들자, 그렇게 다짐하고 왔어요. 이젠 바다에 뛰어들 일은 없으니 얼마나 다행이에요."

소나기 같다. 물기 없이 바싹 마른 땅으로 떨어져 꽂히며 풀썩풀썩 흙먼지를 일으키는 거센 소나기 같다. 강한 빗줄기에 땅은 이리저리 함부로 패이긴 하지만 그래도 목마른 땅은 비에 젖어 고즈넉이 가라앉는다.

인희는 남자의 말을 들으면서 어차피 이렇게 될 일이었다고 생각한다. 자신도 남자처럼 가슴이 뜨겁지 않은 것은 이상한 일이나, 그러나 모두들 이렇게 사랑을 시작하고 함께 사는 것이 아니겠냐고 생각했다. 가슴은 서서히 데워질 것이었다. 하기야 얼마나 오래 추운 가슴으로 살았던가. 불기 한 번 닿지 않았던 냉방은 구들을 덥히는데 각별히 오랜 시간이 걸리는 법이었다.

불꽃의
혀

다음 날 아침, 진우의 제안으로 휴가일정이 바뀌었다. 함께 사흘을 묵은 후에 남자들은 떠나고 여자들은 이틀이나 사흘쯤 더 쉬었다 오기로 했던 것이 처음 계획이었다. 진우는 아침밥을 지으면서 느닷없이 계획을 바꾸자고 했다.

"형님은 어쩔지 모르겠지만 난 인희씨를 여기에 놓아두고 절대 혼자 갈 수 없습니다. 보세요. 밤에 호랑이라도 내려와서 겨우 구해놓은 내 신붓감을 물고 가버리면 난 어떡하라고요. 못해요. 난 그렇게 못해요."

혜영은 아마 눈치를 챈 듯했다. 의미심장한 미소를 지으며 인희를 돌아보았다. 지난밤의 시간들이 두 사람 사이에 결정적인 계기가 되었으리라고 짐작한 듯했다. 그 짐작이 틀린 것은 아니었는데도 인희는 친구에게 확실한 태도를 보일 수가 없었다. 인희는 일부러 끓어 넘치는 밥에만 신경이 쓰인다는 듯이 버너의 불꽃을 적당히 줄이는 데만 몰두하였다.

"그래, 그게 좋겠네. 사실 인희씨보다 우리 마누라가 더 걱정이라고. 이 나이에 겨우겨우 자식 하나 낳아볼까 하는데 나도 불안해서 내일 올라갈 때 함께 가자고 말할 생각이었어."

"좋아요. 그럼 내일 모두 여기서 철수하는 겁니다. 아셨죠? 죽어도 같이 죽고 살아도 같이 사는 겁니다."

바로 그 순간이었다. 버너 앞에 오도카니 앉아서 김이 오르는 코펠을 쳐다보고 있던 인희가 짧은 비명과 함께 튕기듯 자리를 피했다. 버너는 분명 그때까지 아무 이상이 없었다. 마루에 앉아 있던 다른 사람들이 돌연한 그녀의 행동에 놀라 벌떡 일어났을 때까지도 모든 것은 다 정상이었다.

일이 터진 것은 그다음이었다. 요란한 폭발음과 함께 커다란 불꽃이 버너 위로 치솟았다. 버너가 폭발한 것이었다. 그 기세가 얼마나 대단했던지 밥 냄비가 저만큼에서 나뒹굴 지경이었다.

너울거리는 불꽃이 아침 마당을 붉게 물들이는 것을 보면서 한 동안은 아무도 입을 열지 못했다. 인희는 겁에 질려 불타는 버너와 그 주위를 핥고 있는 시뻘건 불의 혀를 바라보았다. 만약 피하지 못했다면 나는 어떻게 되었을까. 불꽃의 잔인한 혓바닥은 또 내 인생을 어떻게 훼방했을까. 그런데 어떻게 이 재앙을 피할 수 있었는지 그녀는 의아했다. 세상의 모든 재앙은 언제나, 유독, 그녀에게만 우호적이지 않았던가.

그것에 대한 의문은 불길이 수그러든 다음, 아예 형체를 잃고 녹아버린 버너를 쓰레기통에 버린 뒤에 혜영이 먼저 표현했다.

"난 정말 알 수가 없구나. 인희, 너, 버너가 터질 것을 어떻게 알았지? 불꽃이 이상했니? 가스 새는 냄새가 났어? 사실 나도 그때 밥이 다 되었나 해서 버너를 보고 있었거든. 좀 떨어져 있었다 해도 전혀 이상한 것을 못 느꼈어. 그런데 넌 어떻게 미리 몸을 피했지? 너, 그냥 그 자리에 있었으면 어떻게 될 뻔 했니. 생각만 해도 끔찍하다."

혜영은 진저리를 쳤다. 진우는 그때까지도 멍한 표정이었다. 버너는 진우의 것이었다

"모르겠어. 아무튼 위험을 느꼈으니까 피했겠지."

인희는 모두의 의아해하는 시선을 감당하지 못해 마지못해 그렇게 설명하고 만다. 하지만 강렬한 의혹에 빠진 사람은 다른 누구도 아닌 바로 그녀 자신이었다. 정말 이해할 수 없는 일이 그녀

에게 일어난 것이었다.

사고가 나기 직전에 진우는 자신들이 결혼을 결정했다는 것을 암시하는 말을 하고 있었다. 혜영 부부가 그것을 눈치채고 빙글빙글 웃는 모습이 보기 민망했던 그녀였다. 그러니까 사실은 버너의 불꽃이나 밥이 되어가는 상태에 대해서는 거의 기억이 없었다. 그녀는 단지 뒤에 있는 그들의 대화에서 비껴나려고 버너 앞자리를 고집하고 있었을 뿐이었다.

그런데 어느 순간 한 목소리가 그녀의 머리를 스쳤다. 당신에게 말할 게 있어요. 불을, 이글거리는 불의 혀를 조심하세요. 내 말을 잊으시면 안 됩니다.

하지만 갑자기 그 목소리가 떠오르는 것이 이상하다는 생각만 하고 있던 그녀였다. 아니, 그 말이 뜻하는 의미가 무엇인지를 생각하고 있었을 것이었다. 그런 그녀가 답답했을까. 느닷없이 어떤 보이지 않는 손이 그녀의 등을 후려쳤다. 틀림없이 그랬다. 그녀가 짧은 비명을 지른 것은 등을 밀어내는 그 강한 손길에 놀라서였다. 보이지 않는 누군가의 손이 그녀를 불구덩이에서 후려치듯이 밀어내었던 것이었다.

이유도 모른 채 어떤 힘에 떠밀려 몸을 피했다. 그 뒤에 버너가 터지고 불길이 솟았다. 어찌 의혹에 빠지지 않을 수 있겠는가. 인희는 왠지 모를 두려움에 몸을 떨었다. 그리고 진우를 보았다. 진우도 이제 막 수수께끼 같았던 그 말을 상기했던 것일까. 그의 얼굴이 하얗게 질려가고 있었다.

수력(手力),
마음을 담은 손

그녀의 등을 후려친 사람은 바로 나였다. 내가 그랬다.

물론 그 자리에 나는 없었다. 그 시간 나는 분명히 노루봉 산장의 내 처소에 있었다. 그러나 위험을 알리기 위해 그녀의 등을 후려친 사람은 분명히 나, 성하상이었다.

어떻게 그럴 수 있는가, 반문하겠지만 그 의혹하는 마음부터 풀어야 한다. 그래야 그날의 일이 불가사의가 아니고 우주와 인간이 힘을 합해서 해내는 실제의 일이라는 것을 이해할 수 있을 것이다.

수련을 거쳐서 광안을 뜨게 되면 이미 말했듯이 원할 때마다 우주와 통할 수 있다. 우리는 그것을 몸의 문이라고 표현하지만 어쨌든 그것이 인간과 우주를 연결시키는 통로라는 정도만 알고 있어도 충분하다. 통로를 만들 줄 아는 자는 당연히 그곳을 통해 우주와 출입할 수도 있게 된다. 육체는 놓아두고 정신만 빠져나올 수도 있으며, 우리의 몸속으로 우주의 힘을 불러들일 수도 있다.

먼저 내가 명상 중에 본 장면 하나를 설명해야 할 것이다. 나는 그녀가 이곳에 오기 며칠 전부터 명상 속에서 그녀가 불길에 휘감겨 고통스러워하는 모습을 보았다. 두말할 것도 없이 그 장면은 내가 광안을 뜨고 있을 때 보아낸 것이었다. 나는 그 영상이 무엇을 의미하는지 알았다.

그녀, 내 사랑 오인희에게 또 하나 준비된 재앙이 있었던 것이었다. 그리고 내 사랑 오인희에게는 그녀에게 닥칠 재앙을 피할 수 있도록 힘을 보내줄 나, 성하상도 예비가 되어있었다. 이 모든 섭리는 그녀로 하여금 우주의 인연들에 대해 심각하게 생각할 기회를 주기 위해 마련된 것이었다.

그러나 모든 것을 알고 있었다고 해서 내 마음도 안정되어 있었던 것은 아니었다. 나는 그럼에도 불구하고 두려웠다. 우주의 섭리를 이해하는 내 방식이 옳은 것인지 때때로 불안하기도 했다. 만약, 만약에 잘못되는 것이 우주의 섭리라면 그녀는 또 하나 돌이킬 수 없는 결정적인 불행을 맞게 되는 것이었다.

그래서 나는 그녀와 김진우라는 남자의 오해가 있을 것을 염려하면서도 그들 앞에 모습을 나타내었다. 그리고 온 정성을 다해 그녀에게 경고했다. 아직 마음이 열리지 못하고 몸의 문을 만들지 못한 상태의 그녀가 내 경고를 어떤 식으로 이해했을지는 불을 보듯 뻔한 일이었다.

실제로, 수 초 후에 불길이 그녀를 휘감게 될 아슬아슬한 지경에서도 그녀는 다른 생각에 몰두해있었다. 나는 아침부터 명상에 들어가 위험에 대비했다. 언제 그녀에게 위험이 닥칠지 그것을 미리 알 수는 없었다. 나는 광안을 뜨고 내 몸의 문을 열어 우주의 큰 기운을 받아들이며 기다렸다. 그녀에게 위험이 오면 내 몸도 그것을 알 수 있을 것이라 믿으면서.

이윽고 내 호흡이 가빠지는 순간이 몰려왔다. 불꽃이 혀를 날름거리며 그녀에게로 가는 모습도 광안 속에 비치었다. 나는 다시 경고했다. 불을, 이글거리는 불의 혀를 조심하세요!

그러나 그녀는 내 경고를 여전히 이해하지 못하고 있었다. 그녀가 이해할 때까지 기다릴 수도 없는 노릇이었다. 나는 모든 에너지를 모아 마음의 결을 가다듬었다. 그리고 그녀가 있는 방향으로 팔을 뻗어 손바닥을 펼쳤다. 몸속의 충만한 기운들이 팔을 통해 손으로 모여들었다. 손이 몹시 뜨겁다고 느껴지는 순간, 나는 그녀한테 손을 보냈다. 육체는 산장 내 거처에 있었지만 마음속의 손은 정확히 목표에 도착해서 그녀를 위험에서 밀어내었다.

그 손의 힘을 우리는 '수력(手力)'이라고 칭한다. 공부를 위해서는 개념을 표현하는 용어들이 필요한 것은 어느 학문이나 다 마찬가지일 것이다. 그러나 범서 선생은 그 용어들이 족쇄가 되는 것을 몹시 우려했다. 스승은 용어를 배운 다음에는 곧 그것을 잊어버리라고 이르곤 했다. 그래야 말에 의한 한계에서 벗어날 수 있다고 했다.

스승의 가르침대로 나 역시 공부의 호칭들에 얽매이지 않는다. 그냥 그것이 드러난 진리를 표시할 수 있는 대표언어라고만 여긴다. 말하자면 '수력'이라고 부르기 싫으면 '손힘'이라 칭해도 좋고, 그것도 싫으면 '마음이 날아가서 그녀를 깨우쳤다'라고 길게 풀어도 좋다. 거듭 말하지만 크게 수행을 쌓은 도사들이야말로 손 따위 사용하지 않고 마음과 생각만으로 남에게 에너지를 전달한다.

그러나 도력이 미약한 우리들에겐 방편이 필요하다. 손바닥으로 기를 모은다고 생각하면 쉽게 남에게 에너지를 전달 할 수 있다. 육체의 어떤 부분보다 손이 우리를 빨리 집중시키므로 손을 사용하는 것이다.

그날, 폭발현장에 있었던 네 사람 모두 강하게 가졌던 의혹의 전말은 이것이다. 정리하면 아주 간단한 이야기다. 나는 그녀에게 내 마음을 담은 손을 보냈다. 왜냐하면, 그녀를 사랑하기 때문에.

평화를
맛보다

수수께끼를 풀어주겠다는 듯 성하상, 그 사람이 그녀에게 왔다.

인희가 홀로 뒷산의 오솔길을 산책하고 있을 때, 그녀가 여기에 올 것을 알고 있었던 사람처럼 그는 미루와 함께 다시 모습을 드러냈다.

"당신이 내 말을 믿지 않을 것을 염려했습니다. 그래서 당신 곁에 내 영혼을 보내놓고 있었습니다. 내가 한 일은 그것뿐입니다. 나는 당신을 지켜낸 것이 기쁠 따름입니다. 당신이 다치면 내 영혼도 다치니까요."

그는 풀밭에 앉아있었다. 그 옆에 미루도 평온한 표정으로 엎드려있다. 둘의 모습은 석양의 황금 노을을 배경으로 그림처럼 고즈넉했다.

"도대체, 무엇 때문인지, 아니, 당신이 어떤 사람인지……."

오인희는 말을 더듬거나 말끝을 흐리는 버릇이 전혀 없는 사람이었다. 그러나 현실인지 환상인지 분간할 수 없는 이 상황에서는 냉정한 그녀도 아귀가 맞는 질문을 만들어내기 힘들었다.

"이유는 하나입니다. 당신을 사랑하는 까닭이지요. 내가 어떤 사람이냐고 물으십니다, 당신은. 그것도 대답은 하나입니다. 나는 당신을 사랑하기 위해 호흡하는 사람입니다. 그것이 지금 당장 내게 주어진 과제니까요. 당신을 철저히 사랑할 수 있음으로 해서 우주의 섭리에까지 나의 미약한 마음이 닿기를 원하고 있습니다."

남자는 말을 하는 동안 한 번도 그녀를 똑바로 쳐다보지 않는다. 미루는 정말 놀라운 개였다. 주인이 하늘을 보면 같이 하늘을 보고, 주인이 그녀를 바라보면 저도 같이 시선을 준다. 둘은 한 치도 어긋남이 없이 존재를 같이한다. 그녀에게는 그 둘이 영혼을 나누어 가지고 있는 것처럼 여겨진다.

남자는 소매가 긴 윗옷을 입고 있었다. 아마도 처음에는 와이셔츠였음이 분명한데 옷깃 부분을 동그랗게 잘라내 간편복으로 만든 모양이다. 그렇지만 옷은 깨끗했고 큰 키의 남자에게는 헐렁헐렁한 셔츠가 잘 어울려서 보기에 조금도 어색하지 않았다.

남자의 눈이 아름다웠던 것은 알고 있었으나 가까이서 보는 그의 눈은 슬프도록 검고 깊었다. 약간 두드러져 보이는 광대뼈 때문일까, 아니면 석양의 엷은 햇살이 그늘을 만들어서일까. 남자가 풍기는 분위기에는 산장에서 등산객을 거두는 산사람의 것이라 하기에는 맞지 않는 여릿여릿함이 어려있다.

어제 그를 우연히 만났을 때도 그랬지만, 인희는 그에게서 알 수 없는 친근감을 느끼고 있었다. 그것은 마치 길을 잃고 헤매던 양이 낯선 짐승들 사이에서 적대감과 두려움만 느끼다가 같은 종족인 양을 만났을 때의 반가움 같은, 그런 감정이었다.

저 사람도 나처럼 헤매는가. 아니다. 그렇지 않다. 인희는 얼른 마음속으로 고개를 흔든다. 그에게서 엿보이는 단단한 평화는 바위 같다. 미세한 떨림에도 크게 반응해서 심하게 마음을 다치는 나와는 다르다, 고 그녀는 생각한다. 그런데도 종족을 보는 그리움과 정다움이 있다. 지난여름까지 합해서 겨우 세 번 얼굴을 보는 것인데도 아주 오랜 인연의 세월을 함께 거친 사람처럼 여겨진다.

미루. 그녀는 어제처럼 가만히 개의 이름을 불러보았다. 미루는 맑은 눈으로 그녀를 쳐다본다. 미루, 이리 온. 인희는 개에게 손을 내밀었다.

그런 여자를 남자는 기쁨에 찬 표정으로 보았다. 미루는 몸을 일으켜 그녀에게 다가와 그녀가 내민 손에 가만히 얼굴을 얹으며 낮은 자세로 누웠다. 그녀는 미루가 보여주는 다정한 몸짓이 너무나 좋았다. 개의 부드러운 털을 어루만지며 그녀는 말했다.

"가봐야겠어요. 미루하고 헤어지기는 싫지만."

그녀의 말이 떨어지기 무섭게 미루는 몸을 일으켜 주인 곁으로 가버렸다. 그녀는 손을 부비며 어디 먼 곳을 보다가, 땅을 보다가 하면서 겨우 입을 벌린다. 이런 말을 꼭 해야 하나.

"부탁이 있어요. 편지, 이제 그만 하세요. 곧 결혼을 할지도 모르고……."

인희는 자신의 말에 스스로 낯을 붉힌다. 어쩐지 남의 말을 하는 기분이기도 하고 한편으로는 거짓을 말하는 느낌이기도 하다.

그러나 남자는 전혀 동요하지 않는다. 아니, 동요는커녕 그녀가 무슨 말을 할 것인지 오래전부터 알고 있었다는 표정이다.

"가세요. 하지만 당신은 곧 내게로 다시 옵니다. 나는 그것을 압니다. 당신이 내 말을 믿을 수 있다면, 만약 그럴 수만 있다면, 당신이 받을 상처를 아주 많이 줄일 수 있을 텐데 그것이 아쉬울 뿐입니다."

인희는 황금빛으로 빛나는 남자의 얼굴을 멍하니 바라보았다. 저 사람이 사는 세계는 어디일까. 혹시 나도 저 세계에서 살다가 잘못 길을 들어 상처뿐인 삶을 사는 것은 아닐까. 돌아갈 길을 찾아내기만 하면 누구나 저 세계로 귀향할 수 있는 것일까.

이상한 일이었다. 알 수 없는 소리만 하고 있는 사람이었지만 인희는 조금도 그를 의심하거나 경멸하지 않았다. 그러기는커녕 그들과 헤어져 돌아오는 길에 그녀는 몇 번이고 다시 돌아가고 싶다는 생각을 했다. 돌아가서 미루의 부드러운 털에 손을 묻고 평온의 시간을 갖고 싶다는 유혹을 느꼈다.

4장

어긋나는
길

팽이의
비애

아이들이 가지고 노는 팽이를 보면서 늘 그런 생각을 했었다. 멈추고 싶을 때, 이제 그만 돌고 싶을 때는 어떻게 하나.

줄을 감아주기만 하면 내던져놓아도 언제까지 저 혼자 도는 팽이의 비애는 그만 돌고 싶어도 스스로는 멈출 수 없다는 데 있다. 주어진 힘이 다하기 전에는 미친 듯이 돌아야 한다. 마법의 신발을 신은 불행한 공주가 그러했듯이 울부짖으면서라도 하염없이 빙글빙글 춤을 추고 있어야 한다.

왜 지금 그런 생각이 났을까. 인희는 들고 있던 수첩을 식탁에 내려놓고 자리에서 벌떡 일어난다. 가슴이 답답했다. 뭔지 모를 힘에 떠밀리고 있다는 느낌 때문에 한시도 마음이 편하지 않다.

왜일까. 즐겁고 설레야 할 이 시기에 이런 기분에 휩싸여야 하는 이유는 무엇 때문일까. 행여 이것은 불행을 예고하는 조짐이나 암시가 아닐까.

휴가에서 돌아온 이후, 김진우와 인희의 결혼준비는 급격하게 진행되고 있었다. 아직은 더 생각할 시간이 남아있다고 여기며 휴가를 끝내고 일상에 복귀했지만 그게 아니었다. 부딪치는 현실은 그녀에게 보다 분명한 행로를 선택하라고 막무가내로 조르는 꼴이었다.

꼭 그렇게만 말할 수 있는 것도 아니다. 진우는 이미 그녀의 생활 한가운데 들어와 있다. 혼자 살아왔던 시간의 리듬이 그에 의해 자꾸만 수정되고 헝클어지고 있었다. 처음에는 그것이 주는 부담이 굉장했지만 지금은 그녀 스스로 그것에 익숙해져 갔다.

이것이 '사랑'이라면, 이런 것이 사랑이라면 그녀는 그를 사랑하고 있는 것이었다. 일상을 휘저으며 침입해 들어오는 남자를 묵인하고 있는 이것이 사랑이라면 이대로 결혼을 할 수도 있는 것이다. 그녀는 결국 이제부터 그와 함께 삶을 시작해볼 것을 어렵게 결정해야만 했다.

결국 진우 부모님과의 상견례 자리가 마련되었다. 그것이 어제 오후의 일이었다. 숱한 망설임 끝에 내린 결정이었고 그 만남을 받아들이는 것으로 그녀는 이미 이전의 오인희가 아니었다.

이것은 아주 중요한 의미를 지닌 것이었다. 말하자면 이 일은 혼인으로 가는 첫 번째 발걸음인 셈이었다. 당일의 예식만 결혼의 의식인 것은 아니다. 넓게 잡자면 여기서부터 바로 결혼식의 시작인 것이다. 그녀는 진실로 그렇게 믿었다. 그렇지만 그 경건한 의식의 첫 번째 순간에서부터 모욕을 당하리라는 예상은 전혀하지 못하였다. 그것이 실수였을까.

인희는 서성이던 걸음을 멈추고 저만큼 식탁 위에 내팽개친 수첩을 물끄러미 바라본다. 그리고 거실의 뽑혀있는 전화선을 쳐다본다. 요즘 들어 그녀의 일요일은 늘 진우와 함께였다. 어제의 일 때문에라도 진우는 오늘 계속해서 전화를 하고 있을 것이었다. 하지만, 어쩐지 그를 만나는 것이 두려웠다.

어제, 대체 어디서부터 잘못된 것이었을까. 인희는 필름을 돌리듯이 차근차근 어제의 일을 다시 떠올려보기 시작했다.

처음,
마음을 다치다

약속장소는 백화점 부근의 조용한 레스토랑이었다. 만약의 일로 약속시간에 늦게 되는 일이 생길까봐서 일부러 그렇게 정했다는 진우의 전화를 받을 때까지는 그의 세심한 배려가 미덥고 고맙기만 했었다.

어른들 눈에 잘 보일 자신은 없었지만, 그렇다고 만남에 대한 부담으로 초조해 하지도 않았던 그녀였다. 나름대로 반듯하게 살아왔다는, 삶의 내용에 대한 자신감은 그녀의 유일한 무기였다. 누구 앞에서도 떳떳할 수 있다, 라고 그녀는 생각했다. 그것이면 된다고 생각했다.

시간에 맞춰 약속장소에 갔을 때, 그녀는 출입구 앞에 서있는 진우를 보았다. 그는 인희가 어색해 할까봐 미리 와서 기다리고 있는 것이라고 했다. 어머니와 아버지는 아직 도착하지 않았다고 했다.

"나는 인희씨가 마음이 변해서 어디로 달아나버리지는 않을까 그것만 걱정했어요. 도망가지 않은 인희씨가 너무 예뻐요."

그가 환하게 웃으며 그런 말을 하고 있을 때 그의 부모님이 들어왔다. 인희는 첫 눈에 진우가 어머니를 많이 닮았다는 것을 알았다. 교장으로 정년퇴직을 하여 지금은 친구가 하는 사업체에 심심풀이 삼아 출근을 하고 있다는 그의 아버지는 의외로 왜소한 체구였다.

"이거, 우리 쪽만 몽땅 몰려온 것 같아서 아가씨한테 미안한 생각이 드네. 안 그래요?"

그러면서 남편을 보는 그의 어머니 모습에서 인희는 순간적으로 자신이 얕보이고 있다는 것을 느꼈다. 하지만 그것은 대화의 첫 순간이었다. 너무 민감하게 느끼는 것도 스스로의 잘못이라고 넘어갈 수 있었다.

그러나 이제 와서 생각하면 그의 어머니는 첫 단추부터 바로 채워야겠다는 마음자세가 아니었던 것이 분명했다. 아무렇게나 채운들 이 정도의 신붓감이 설마 트집을 잡겠느냐는.

"혼자 세상을 사는 것이 쉽지는 않았을 텐데, 가까운 친척어른이야 곁에 있었겠지만 그래도 부모만 하겠어요. 오늘, 친척어른이라도 모시고 나오지 왜 혼자 나왔지요?"

그녀가 당황하기 시작한 것은 아버지의 이 질문을 받고부터였다. 그녀는 자신도 모르게 진우를 돌아보았다. 이런 질문으로 곧

어긋나는 길

혹을 당하리라는 예상은 전혀 해본 적이 없었던 인희였다.

진우는 말했다. 어머니나 아버지 모두 그녀가 의지할 데 없는 혼자라는 사실을 몹시 측은하게 생각한다고. 평생 교직에 있었던 아버지는 드물게 청정하신 분이고 밝고 명랑한 성품의 어머니는 주변의 곤란한 사람을 보면 도와주지 않고는 못 배기는 천성을 지닌 분이라서 그녀에게 부모가 없다는 사실을 문제 삼지 않을 것이라고.

"물론 부모형제 없다는 이야기는 우리도 들어서 알고 있지만 친척어른들 중에서 누구라도 한 분쯤은 나오실 줄 믿었기에 하시는 아버님 말씀이야. 이런 중대한 일에 참견을 해줄 가까운 친척이 하나도 없을 리는 만무하고, 아무튼 이렇게 혼자서 나온 것을 보면 아주 대담한 아가씨야."

진우 어머니의 이 말은 확실히 도전이었다. 도전인 줄 알았기에 인희는 더욱 굳게 입을 다물 수밖에 없었다. 입을 열었다가는 어른들한테 어떤 실수를 하게 될지 몰랐다. 대신 진우가 연신 웃어대며 막내다운 어리광으로 분위기를 바꾸려고 애를 썼다.

"그럼요. 제가 평범한 색싯감을 골라낼 줄 아셨어요? 어차피 본인이 결심해야 하는 문제인데 여러 사람 번거롭게 하면 뭐해요. 저는 오히려 천만다행인걸요. 인희씨 마음 하나 얻는 것도 이렇게 힘이 들었는데, 거기다 호랑이 같은 어른이 나오셔서 감히 누굴, 하면서 요렇게 노려보았으면 어쩔 뻔 했어요. 상상만 해도 등골이 오싹해지는데……."

"저런, 하는 소리하고는. 네가 어때서? 솔직히 말해서 너만 한 신랑감이 어디 흔하니? 내 말이 틀렸어요?"

그러면서 그의 어머니는 인희를 보고 활짝 웃기는 했지만, 그러나 그 웃음은 이미 그녀의 마음을 할퀼 대로 할퀴어놓은 후에 나온 것이어서 조금도 위안이 되지 못했다. 또한 웃음이 있었다고 그 뒤가 만사형통인 것도 아니었다.

"나는 우리 진우가 구해놓은 아가씨가 궁금해서 잠을 이루지 못했지요. 내 아들이라고 해서가 아니라, 참말 우리 막내는 공으로 얻은 아들 같다는 생각이었으니까. 한 번도 우리 진우 때문에 속 썩여본 적이 없다면 말 다했지. 그런데 이번엔 좀, 의외네요."

식사 도중에 아주 자연스럽게 그의 어머니가 그녀의 마음을 찌른 흉기 같은 말이었다.

"참, 진우야. 다음 주에 이장학사 큰 아드님 결혼식이 있단다. 너랑 대학동창이라고 했지? 신부가 프랑스로 유학을 가야 해서 결혼하면 아예 함께 출국한다는구나. 얼결에 신랑도 학위 하나 더 얻게 생겼어. 하기야 처가에서 학비랑 생활비를 다 댄다고 하니까 이장학사가 신경 쓸 일이야 없을걸."

이것도 인희가 입맛도 모른 채 고기를 씹고 있을 때 그의 어머니가 한 말이었다. 이번에는 그의 아버지가 너무 노골적인 아내의 말을 점잖게 막아주기는 했다.

"어허, 다른 사람 이야기를 뭐하려고 길게 설명해요. 그런 사람도 있고 저런 사람도 있는 거지."

그 부분에서는 진우도 난감한 얼굴로 어머니와 그녀의 얼굴을 번갈아 바라보며 쩔쩔매었다.

어긋나는 길

또 있다. 어쩌면 그의 어머니가 던진 의미심장한 말 중에서 가장 새겨들어야 할 말은 아마 헤어질 때 남긴 그 말이었으리라.

"오늘은 그냥 밥이나 한 끼 먹은 자리로 합시다. 양쪽 집안 상견례를 이런 식으로 해치우는 경우 없는 혼인은 없으니까."

그냥 밥이나 한 끼 먹은 자리.

이 말은 결국 이 만남을 넓은 의미의 결혼의식에 포함시키지 말라는 선언에 다름 아니었다. 인희는 부모님을 먼저 보내고 그녀와 함께 남으려는 진우의 몸짓을 모른 체 따돌리고 인사를 마친 뒤 재빨리 인파 속으로 몸을 숨겨버렸다. 그때는 멍한, 그러면서도 몹시 피곤하다는 느낌뿐이었다.

그래도
우리에겐 사랑이……

초인종이 울렸다.

자지러지게 울어대는 벨소리를 무시하고 인희는 텔레비전만 본다. 벨을 누르는 사람이 누구라는 것쯤은 그녀도 알고 있다.

딩동딩동.

진우는 포기하지 않는다. 그가 포기하지 않을 것이란 사실도 그녀는 안다.

"오인희씨, 전보요!"

문밖에서 들려오는 그의 목소리.

"전보라니까요!"

그리고 이젠 요란하게 문을 두들겨대기 시작한다. 인희는 리모 콘을 눌러 텔레비전을 끈 다음 천천히 현관으로 간다.

"전보 내용이 궁금하지도 않아요?"

진우는 거침없이 신발을 벗고 안으로 들어오며 묻는다.

"알지요."

"뭔데?"

"모든 일은 일단 정지되었다. 돌아오라, 엄마. 뭐, 이런 내용 아 닌가요?"

"틀렸어요."

그는 정색을 하고 그녀를 보았다. 인희는 빈정거리는 표정을 거두고 남자의 시선을 받았다. 문득 그가 너무 많이 참아주고 있 다는 생각이 들었다.

"전보의 발신인은 김진우, 수신인은 오인희. 내용, 당신을 사랑 한다. 당신도 나를 사랑하는가. 이것이 다야."

그는 여자의 차가운 손을 붙잡았다. 인희는 무너지듯이 그에게 안기고 만다. 어제 이후, 한없이 스산했던 마음도 이렇게 단 한순 간에 어이없이 무너지고 마는 것을. 그녀는 그의 품에 안긴 것으 로 그에게 보내는 답신을 대신했다.

"왜 전화코드를 뽑았지. 당신, 또 혼자만의 생활로 돌아가 버릴 까봐 너무나 불안했어. 그러지 말아요. 당신은 충분히 혼자 살았 어. 이젠 안 돼. 그것만은 내가 허락할 수 없어."

진우는 야윈 여자의 등을 쓰다듬으며 혼잣말처럼 중얼거린다.

어긋나는 길

이제야 비로소 이 여자의 낯가림이 끝났다는 생각을 하면서. 그는 자기의 품으로 들어온 이 여자가 가여워 눈시울이 화끈해진다. 그녀가 어제의 그 일로 얼마나 가슴에 상처를 입고 있는지 알 수 있을 것 같았다.

그러나 곧 괜찮아질 것이라고 그는 생각한다. 어머니도 이 여자 못지않게 좋은 분이다. 두 사람은 금방 서로를 좋아하게 되리라. 진우는 그녀를 안은 팔에 더욱 힘을 주며 말한다.

"아무런 문제도 없어. 문제가 있다 해도 모두 내가 알아서 해. 당신은 그냥, 이렇게, 가만히 있기만 하면 돼."

인희는 남자의 말을 믿기로 한다. 그녀가 강보에 싸인 채 거리에 버려졌다는 말을 곧이곧대로 하지 않은 것을 따져 묻고 싶지도 않다. 그런 일들이 왜 내 잘못이냐는 항변 같은 것도 사랑하는 이 남자를 위해서는 불필요하다고 여긴다. 그녀는 오직 그에게로 가서 좀 쉬었으면 좋겠다는 마음만 가득하다. 그는 마치 솜이불처럼 따뜻하다. 이 따뜻함이 사랑인가.

섭섭하게,
그러나
아조 섭섭지는 말고
좀 섭섭한 듯만 하게

이별이게,

그러나
아주 영 이별은 말고
어디 내생에서라도
다시 만나기로 하는 이별이게

연꽃
만나러 가는
바람 아니라
만나고 가는 바람같이……

엊그제
만나고 가는 바람 아니라
한두 철 전
만나고 가는 바람같이……

_서정주「蓮꽃 만나고 가는 바람같이」

두 여자

"암만 마음을 돌리려고 해도, 그 애는 너무 음침해. 들어오려는 복도 쫓아낼 아이처럼 보이니 정말 큰일이다."

아들의 밥그릇에 숭늉을 부어주며 어머니는 자기도 모르게 또 그 이야기를 입에 올린다. 서글서글하고 잘생긴 자신의 막내아들에 비하면 오인희라는 그 아가씨는 음울하고 침침해서 짝이 기울어도 너무 기운다. 어려서 부모를 잃고 여태 혼자 떠돌았다는 것도 영 찜찜하다. 여자가 가족도 없이 도대체 무엇 한 가지 제대로 배웠겠는가.

"그래서요?"

아들은 그만 짜증이 난다. 인희를 만난 뒤로는 보기만 하면 그 소리가 아닌가. 그건 어머니도 어쩔 수 없는 일이라는 것을 아들도 모르지는 않는다. 어머니는 원래 가슴에 무얼 담아놓고 사는 분이 아니다. 마음에 앙금이 있으면 영 견딜 수가 없다는 분이다.

그러니까 늘 밝고 시원시원하였다. 아들 역시 그런 어머니가 좋았다. 그런데 이제는 마음에 담아두지 못하는 그 성격이 아들을 괴롭히고 있다. 지금만 해도 그렇다. 아들의 아침 식탁에 앉아서 이런 소리를 하는 어머니를 그는 한 번도 본 적이 없었다. 어머니는 그의 밥상머리에 앉아서 늘 정답고 재미있는 말씀만 하지 않았던가.

"화를 낼 일이 아니야. 결혼이 어디 보통 일이니? 이제 너 하나 남은 혼사인데 나, 이렇게 마구잡이로 치르고 싶은 마음은 정말 눈곱만큼도 없는 사람이다. 대체 어디 한군데라도 마음을 끄는 구석이 있어야 말이지. 쯧쯧."

진우는 이제 어머니 말에 대꾸할 기분이 아니다. 어머니는 정말 며칠 사이 눈에 띄게 안색이 좋지 않다. 그로서는 어머니와의 이런 불편한 관계도 의외로 견디기 어렵다. 대체 이런 일이 일어나다니, 그는 문득 모든 것을 손에서 놓아버리고 싶은 충동 같은 것을 느낀다.

"부모 잃은 그 애를 키워줬다는 친척어른을 한번 만나봐야겠다. 그 애가 싫다면 내가 혼자 찾아가마. 근본이 어떤 아이인가는 알고 며느리로 맞든가 말든가 해야 할 것 아니야? 부모님들이 어떻게 돌아가셨는지, 자라면서 험한 꼴은 안 당했는지, 누군가 말해줄 사람은 있겠지. 사람이 하늘에서 저 혼자 떨어지는 법은 없으니까."

그 말을 끝으로 어머니는 나가버린다. 간단히 수습될 일이 아니다. 진우는 냉랭한 어머니의 뒷모습에서 일이 아주 잘못 풀려가고 있음을 새삼 확인한다.

그는 물론 처음부터 인희가 열여섯 나이까지 천사원에서 자랐다는 것을 알고 있었다. 중간에서 소개를 해주었던 정실장이나 그의 형 모두 사실대로 다 이야기하고 시작한 만남이었다. 그러나 이야기는 거기서 더 이상 번져가지 않았다. 큰형은 자기 아내한테도 그 부분은 빼고 말하지 않았다.

흠이 되면 되었지 결코 득이 될 수 없다. 이것이 그녀의 출생과 성장을 둘러싼 세 남자의 무의식적인 합의였던 셈이었다. 당사자가 그것을 문제 삼지 않는다면 다른 가족들에게는 덮어두는 것이 좋다. 좋은 게 좋은 것이니까.

그렇다면 자신도 그녀가 고아원에서 자란 것에 어떤 거부감을 느끼고 있는 것인지도 몰랐다. 아주 자연스럽게, 그녀의 어린 시절이 고아원과 관계가 있다는 이야기를 부모님께 숨긴 것이 그 사실을 증명한다. 혼자 친척집을 전전하며 자랐다는 것과 고아원에서 자란 것이 무슨 상관이 있겠냐고 스스로에게 말하고는 있지만, 어머니에게 그 사실을 털어놓기가 망설여지는 것은 다 그 때문이 아닐까.

그날, 진우는 온종일 그것을 생각했다. 어느 쪽이 이 결혼을 위해서 더 좋은 길일까. 그녀를 돌보아준 친척 따윈 없었다고 어머니에게 말해버릴까. 아니면 그럴듯한 거짓말로 다시 어머니를 속여볼까.

어느 쪽도 해답이 될 수는 없었다. 어머니도, 인희도, 그에게는 둘 다 다치게 하고 싶지 않은 소중한 사람들이었다. 그는 그녀를 만난 이후 처음으로 자기에게 닥쳐온 이 사랑을 원망했다. 하지만 그것은 아직 원망이었을 뿐 후회는 아니었다. 원망과 후회가 얼마나 다른가를 그는 아직 모르고 있었다.

어긋나는
길

"잘 되어가지?"

상품정보지 교정에 여념이 없는 인희에게 다가와 정실장은 밑도 끝도 없이 이렇게 묻는다. 인희는 조금 웃고 만다.

"진호 그 자식은 올해는 식을 올리기 힘들고 내년 봄이나 어쩌고 그러든데, 그거 인희씨 의견인가?"

정실장은 옆자리 미스 김이 들을까봐 그런지 한껏 목소리를 낮추는 시늉을 한다. 하지만 눈치 빠른 미스 김은 이미 귀를 이쪽으로 잔뜩 곤두세우고 있는 중이다.

진호는 진우의 큰형이다. 동생에게 그런 여자를 덜컥 선보였다고 집에서 곤란을 당하고 있는지도 모른다. 인희는 그것이 걱정되어서 미스 김이 신경 쓰이지만 정실장에게 묻지 않을 수 없다.

"그분이 혹시 다른 말씀은 안하세요? 혹시……."

"혹시? 혹시 뭘 말하는 거야? 문제가 있어?"

인희는 볼펜을 놓고 일어선다. 아무래도 자리에서 할 이야기는 아니다. 그녀는 복도로 나가 커피 두 잔을 뽑아놓고 기다린다. 정실장은 이내 나타났다.

"뭐야, 뭐가 문제야?"

정실장은 커피는 아랑곳하지도 않고 다급하게 물어댄다. 인희는 그의 그런 몸짓이 진심이라는 것을 안다. 그러기에 불현듯 눈자위가 따끔해지는 것이다. 하지만 이내 나약해지는 자신을 질타하는 것도 잊지 않는 그녀다. 여태도 잘 견디어왔는데 이만한 일로 약해지기는 정말 싫다. 오인희는 결코 그런 감정파는 아니다, 라고 그녀는 스스로를 다잡는다.

"제게 고향이 없다는 것을, 천사원의 그 삐걱거리는 마루방이 고향이라는 것을 진우씨가 부모님께 말씀드리지 않았어요."

"그래그래. 그거야 당연하지. 꼭 알릴 필요가 있나. 진우 녀석이 심지가 깊어서 그런 거야. 인희씨가 너무 깐깐하게 따지면 안돼. 물론 인희씨 그 결벽성이야 내가 잘 알지. 그래도 지금 같은

어긋나는 길

경우에는 진우가 옳아. 암, 옳고말고."

정실장은 열심히 그녀를 타이른다. 단지 그녀의 고집만이 문제라고 생각하는 그를 씁쓸하게 바라보며 인희는 할 말을 잊는다.

"그분들, 나도 잘 알지만 아주 좋은 분들이지. 아마, 금방 인희씨를 친딸처럼 사랑하실걸. 워낙 정이 많은 분들이야."

"제가 낳은 지 두 달 만에 거리에 버려진 아이라는 것을 아셔도 그럴까요? 요즘 진우씨가 무척 괴로운가 봐요. 어머님이 저희 집안을 좀 알고 나서 결정하시겠다고 그러신대요. 어디서 저희 집안의 족보를 구하지요? 어디 가면 그런 것을 살 수 있을까요?"

인희는 입술을 깨문다. 그러나 마음속에는 차마 입 밖에 낼 수 없는 말들이 가득가득 차오르고 있었다.

집안 내력을 알고 싶다는 그 고집이, 반대를 위한 명분 찾기라는 것쯤은 나도 알아요. 진우씨도 눈치챘겠지요. 그러니까 이제 와서는 사실을 사실대로 밝힐 수도 없는 지경에 이르고 말았어요. 우리들이 자진해서 당신이 원하는 것을 내놓을 수는 없으니까요……

편지 3

미리 말하지만, 여름에 있었던 만남을 빙자해서 이렇게 계속 편지를 보내는 것은 아닙니다. 당신을 불구덩이에서 구해냈으니 이런 편지쯤은 수시로 보내도 괜찮다고 여기며 쓰는 편지는 더욱

이 아닙니다.

내가 보낸 편지를 당신은 읽지도 않으십니다. 봉투를 열어보려는 마음조차 품지 않으십니다. 나는 그것을 알고 있습니다. 그런데도 이렇게 또 편지를 씁니다. 언젠가는 읽어줄지도 모른다는 가느다란 희망을 품고. 그 언젠가가 결코 오지 않는다고 해도 실망할 일은 아무것도 없다고 스스로를 위로하면서.

지난번 편지에 미루가 다쳤다는 이야기를 했지요. 계곡에서 미끄러진 등산객을 구하려고 애쓰다가 몸 여러 곳에 심한 상처를 입었습니다. 미루는 일주일간 꼼짝도 하지 못하고 끙끙 앓았습니다.

나는 꽃이 핀 산부추를 구해다 곱게 찧어 상처에 붙여주었지요. 산부추는 상처 자리의 아픔을 쉽게 가라앉혀줍니다. 얼얼한 아픔이 가신 다음에는 볕에 말려 가루로 조제해놓은 붓꽃의 뿌리를 아침저녁으로 상처에 뿌려주었습니다. 붓꽃은 소화에도 큰 도움을 주지만 타박상을 입어 피가 뭉쳐있는 자리에는 아주 효과가 있습니다. 울혈을 가라앉혀주고 염증을 막아주니까요.

그것들을 구하러 산에 나갔다가 이미 꽃이 진 범꼬리나 아직 보라색 꽃잎을 매달고 있는 자란초를 많이 캐왔습니다. 범꼬리나 자란초는 타래난초, 초롱꽃, 황국(黃菊)과 더불어 당신을 위한 약초들입니다. 당신의 몸속에서 들끓고 있는 열을 다스리고 쇠약한 기운을 돋우기 위해선 꼭 필요합니다. 겨울이 오기 전에 당신이 마실 차와 달여 먹을 약을 보내드리겠습니다. 늦가을까지 기다렸다 채취해야 되는 약초들도 꽤 있으니까요.

다시 미루 이야기입니다. 거의 죽을 듯이 보이던 미루는 약초만으로도 거뜬히 일어나 지금은 아주 건강합니다. 미루를 간호하면서 당신 생각을 많이 했습니다. 보살펴주고 싶다, 약초를 달여주고 싶다, 고 간절히 생각했습니다. 그러나 당신은 내 곁에 없습니다. 그 사실이 새삼 가슴을 아프게 합니다.

그러나, 할 수 없는 일입니다. 어차피 당신 홀로 겪어야 할 것들입니다. 씩씩하게 이겨내고 내게로 돌아오기만을 바랄 뿐입니다. 이렇게 말하면 당신, 또 의혹에 잠길지 모르겠지만, 내 말에 귀 기울여주기 바랍니다. 내 말을 새겨들어 주십시오. 그래야 당신의 고통이 덜합니다. 각오하고 맞는 절망과 준비 없이 맞는 절망은 비교할 수 없을 만큼 차이가 납니다.

당신, 내가 사랑하는 그대는 아직 세상에 더 시달려야 합니다. 시련은 계속될 것입니다. 왜 그러는지 묻지는 마십시오. 미리 준비된 삶의 순서는 어차피 치러야 합니다. 그래야 내가 당신을 보호할 수 있는 날이 옵니다. 나 역시 가슴이 터질 듯이 괴롭습니다만, 나도 어쩔 수 없습니다. 업보(業報)라는 말, 그 말에 기대십시오. 당신의 잘못이 아닙니다. 세상의 업입니다. 가엾은 당신……

그 대신 쓰러지면 안 됩니다. 그러면 너무 억울합니다. 내 말을 마음에 담아주십시오. 시련은 지나갑니다. 다만 시간이 필요할 뿐입니다. 견디어야 합니다. 시간을 견디기만 하면 됩니다, 포기하지 말고.

굳건하게 두 발을 딛고 살기를 바랍니다. 그런 당신을 위해 다음 편지부터는 당신의 삶에 간단하게 응용될 수 있는 수련법들 몇 가지를 설명할까 합니다. 마음의 매듭을 풀고 우주의 큰 기운을 받아들일 수 있기만 하면 당신한테 큰 도움이 될 것입니다.

그러나 걱정이 앞섭니다. 당신은 내 편지들을 읽지 않으십니다. 우편함에서 꺼내진 내 편지들은 여전히 어둠 속에 잠겨있습니다. 당신이 내 편지를 읽지 않으면 모든 게 허사입니다.

그러나, 걱정하지 않겠습니다. 당신이 내 편지를 읽지 않는 것도 섭리입니다. 어느 날, 당신에게 때가 오면 그날부터는 읽을 것입니다. 당신이 어떻게 하든 나는 나의 길을 가면 되는 것입니다. 그리고 나는 명상 속에서 희구할 것입니다. 당신에게 닥칠 그때가 가능한 한 빨라지기를.

그럼 안녕히, 다시 그대 이름을 부르며 펜을 드는 날까지.

(성하상의 말은 옳았다. 여름휴가에서 돌아온 이후, 오인희는 결혼이라는 회오리바람에 휩쓸리면서 노루봉에서 잠시 맛보았던 평화 따위 모두 잊어버린 채였다. 성하상은 계속해서 편지를 보냈지만 오인희는 읽지 않았다. 이 편지 이전의 것들은 어디에 처박혔는지 알고 있지도 않았다. 확실한 것은 쓰레기통에 버리지는 않았다는 사실이다. 그러나 이 편지부터, 웬일인지, 뚜렷한 이유는 없는 채로, 오인희는 탁자 밑의 상자에 차곡차곡 모아둔다. 봉투를 열어 읽지는 않으면서도, 언제 시간이 나면 읽어야겠다는 생각조차 없이, 그냥, 그래야 할 것 같다는 알 수 없는 느낌 때문에 그렇게 한다. 그리고 아주 많은 시간이 흐른 뒤, 오인희는 이 편지부터 읽기 시작한다. 불현듯 그래야 할 것 같은 기분에 사로잡혀서 한 통 한 통 읽어가기 시작한다.)

어긋나는 길

쓸쓸한
징후들

백화점 개점 5주년을 기념하는 바겐세일이 시작되던 날, 인희는 아침부터 감기약에 취해있었다. 세일 준비를 하느라고 며칠간 무리를 한 탓이었다. 지난겨울의 이유 없는 발병 이후 감기에 걸리면 웬일인지 몹시 힘에 겨웠다. 감기 따윈 어지간하면 약 없이 잘도 넘겼는데 그렇게 수월하게 넘어가는 일이 없을 정도였다.

몇 숟가락 뜨다 만 점심 후에도 그녀는 봉지 가득한 조제약을 삼켜야 했다. 그러고도 한참을 계단 옆의 의자에 앉아서 멍하니 창밖의 하늘을 내다보았다. 오후 3시까지는 바쁜 일이 없어서 그나마 다행이었다.

세일 첫날의 중요한 이벤트로 4시에 1층 홀에서 가족노래자랑이 열릴 계획이었다. 한 시간쯤 전부터는 행사 준비를 점검하고 감독하기 위해 홀에 내려가야 했다. 미스 김에게 시킨 시상식 준비는 어떻게 되었는지, 인희는 휘청하는 몸을 일으켰다. 쉬더라도 점심시간이 끝났으니 사무실로 들어가야 했다.

미스 김은 자리에 없었다. 요즘은 이웃 빌딩에서 근무하는 친구와 점심을 먹는다며 시간이 지나서야 돌아오곤 하는 것을 인희는 알고 있었다. 택시를 합승하면서 우연히 알게 된 남자를 미스 김은 쉽게도 친구로 사귀어서 요즘은 점심시간만이 아니라 퇴근 후에도 자주 만나는 눈치였다.

정실장은 관리부의 남자직원과 긴밀한 이야기를 나누다 말고 휘청거리는 인희를 쳐다보며 눈으로만 많이 안 좋으냐고 물어왔다. 그녀도 고개를 가로젓는 것으로 대답을 대신했다. 그때 전화벨이 울렸다.

놀랍게도 전화는 진우의 어머니에게서였다.

"삼십분 정도면 도착할 수 있는데 시간이 괜찮을지 모르겠네요. 오래 걸릴 이야기는 아니고, 잠깐이면 되니까 그때 그 레스토랑에서 만났으면 해요. 회사 일이 바쁘다면 하는 수 없지만."

인희는 시계를 보았다. 이야기를 마치고 1층 행사를 준비해도 무리는 없을 것 같았다. 그녀는 그렇게 하겠다고 대답했다. 진우어머니는 그럼 이따 보자고 곧 전화를 끊었다. 가느다란 전화선을 통해서도 이내 확인되는 그 냉랭한 음성, 찬바람이 부는 감정, 인희는 문득 아득해지고 만다.

"누구야? 표정이 왜 그래?"

어느새 관리부 직원을 보냈는지 정실장이 다가와 묻는다.

"제 표정이 어때서요?"

"땡감 씹은 얼굴을 하고 있으면서 뭘 그래?"

"감기 때문이겠죠."

"그래, 많이 안 좋아 보여. 건강에 신경 좀 쓰라고. 진우 부모님 때문에 너무 신경 쓰는 거 아냐? 까짓것, 정 친척어른을 만나시겠다면 내가 우리 당숙어른이라도 모셔올 테니 걱정할 것 없어."

정실장의 큰 소리에 인희는 피식 웃고 만다. 그 웃음에도 기운은 없다.

어긋나는 길

잘못
태어난 죄

"내가 트집을 잡는 것처럼 보여 기분이 언짢을지도 모르겠어요. 하지만 아가씨가 이해를 좀 해줘요. 여태 자식들 혼인시키면서 나, 한 번도 싫은 소리 해본 적이 없어요. 어느 집에서건 다들 자식은 귀하게 키웠을 것이고 내 자식만 소중하고 대견한 것은 아니니까. 그런데,"

잠시 말을 멈춘 그분은 실내공기가 더운지 윗옷을 벗었다. 회색의 기품 있는 반코트를 벗고 나니 이번엔 아이보리색의 섬세한 앙고라스웨터가 나타난다. 지난해 회갑을 넘겼다는데 도저히 그렇게 보이지 않는다. 옷을 입는 감각도 세련되었고, 진우의 말대로 교직에도 잠시 있었다니 교양도 넘쳐 보인다.

젊고 미인인 여교사를 만나 한눈에 반해버린 청년교사. 온 학교에 소문이 날 만큼 열렬한 구애를 하다 결국에 결혼에 성공했고, 남편은 아내가 집에만 있어주길 원했다.

그렇게 하나의 행복한 가정이 꾸려진 것이다. 환하고 따뜻하고, 기쁘고 즐거우며, 아늑하고 평화로운 가정이. 그 안에서 아들 셋, 딸 하나의 생명이 태어났다. 그들은 모두 빛과 사랑과 행복으로 키워졌다. 그들 중 하나가 진우다.

그는 그녀와 전혀 다른 것이다. 그가 가진 모든 것을 그녀는 단 하나도 가지지 못했다. 그의 어머니가 이처럼 망설이고 아쉬워하는 것은 모두 정당한 일이다. 인희는 땅속으로 잦아들고 말 것처럼 온몸의 기운이 빠져버린다. 약도 소용이 없는가, 예사롭지 않은 신열과 두통까지 합세해서 그녀를 마구 짓뭉개고 있는 느낌이다.

"그런데 이렇게 사돈 될 집안의 어른 한 분 뵙지 못하고 마구잡이로 혼인을 하자고 하니, 이건 대체 황당하기만 하고 갈피를 잡을 수가 없네요. 솔직히 난 우리 진우가 장인 장모 다 계신 집안으로 혼인을 해서 사위로서 흠뻑 사랑받고 대접받길 원했어요. 진우 아버지가 그랬던 것처럼 말예요. 그게 살아가는데 얼마나 힘이 되는지 젊은 사람들은 아직 몰라요."

인희의 머릿속은 점점 더 헝클어진다. 홀로 살아오면서 간신히 극복했던 스스로에 대한 약점이 마구 헤집어지고 있다.

"하지만 어쩌겠어요. 부모야 타고나는 것인데 그게 아가씨 잘못도 아니고, 이제 와 원망한들 돌아가신 분들이 다시 살아올 것도 아니고. 난 그저 내 사돈 될 집안이 어떤 내력을 지닌 가문인지 그것만 알고 싶은 것이니까, 섭섭하게 여길 것도 없어요."

인희는 등줄기로 흐르는 섬뜩한 오한에 부르르 몸을 떤다. 무슨 말을 해야 한단 말인가. 무슨 말을 원하는지는 너무나 잘 알고 있다. 결혼 따윈 없었던 일로 하겠다고, 당신의 며느리가 되기엔 자격이 너무 모자란다고 말해버릴 수 있다면 차라리 홀가분할 것 같은데 차마 그럴 수가 없다.

"아버지 형제분들이 몇이시지? 서울에 계신 분은?"

마침내 본격적인 심문이 시작되고 있다. 인희는 이제껏 누구 앞에서도 그러지 않았는데 점점 고개를 들 수가 없다. 한 번도 남 앞에서 고개를 숙이고 쩔쩔맨 일은 없다. 적어도 그렇게 자신 없

어긋나는 길

이 살지는 않았다. 스스로의 뜻과는 상관없이 비굴하게 태어난 목숨이므로 살아가면서 만큼은 절대 비굴하지 않으리라 다짐했던 그녀였다.

"친가 쪽으로 가까운 어른이 없다면 손이 귀한 집안이었군. 그럼 외숙께서 생질녀를 거두셨나? 외숙은 몇 분이나 계신가?"

숙인 고개 위로 가차 없이 쏟아지는 질문들. 꽉 다문 그녀의 입술 사이로 뜨거운 신열이 새어나온다. 열이 몹시 오르고 있다. 문득 자신이 왜 이러고 있는지 이해할 수 없다는 생각이 치솟는다.

나는 아무 잘못도 없다. 출생의 비밀을 숨긴 사람은 내가 아니다. 사실을 숨기면서까지 결혼을 하겠다는 계획은 세워본 적도 없다. 나는 지금 무엇을 하고 있는가. 예전의 당당하고 자신 있는 오인희는 어디로 갔는가. 나는 지금 무엇을 구걸하고 있는가.

기침이 터졌다. 비명이 터지듯 그렇게 기침이 터지고 말았다. 발작처럼 솟구치는 격한 기침이 계속되는 동안 진우의 어머니는 차가운 시선으로 그녀를 살피고만 있다.

몸도 약해. 눈 밑의 그늘이 심상치가 않아. 얼마나 험하게 살았으면 한창 꽃필 나이에 저럴까. 혹시 막 굴러먹은 여자가 아버지도 모르는 아이를 낳아 길에다 버리고 도망간 목숨인지도 몰라. 아이, 끔찍해. 설마 그런 저주받을 종자를 우리 진우가 신붓감으로 골랐을까. 내가 무슨 망발을, 어떻게 그런 끔찍한 생각을…….

그러나 그 끔찍한 상상이 현실로 나타나는 데 걸린 시간은 채 일 분도 되지 않았다. 간신히 기침을 추스른 인희가 마치 남의 이야기를 하듯이 자신의 출생을 털어놓은 것이다.

"왜 진우씨가 미리 말씀을 안 드렸는지 모르겠네요. 전 친가도 외가도 없습니다. 당연하지요. 아버지나 어머니가 어떤 사람인지도 모르는 제가 어떻게 그런 것을 알겠어요."

인희는 창백한 얼굴을 들어 똑바로 그의 어머니를 쳐다본다. 말하기 어려울 것은 없다. 다만 입에 올려 말하기가 싫었을 뿐이다.

진우의 어머니는 이 당돌한 고백의 시작에서 이미 파랗게 질려버렸다. 그럴 줄 알았다. 너희들이 나를 속이고 있는 줄 진즉에 눈치를 채고 있었다!

"저는 자세한 것은 전혀 모릅니다. 그럴 수밖에 없어요. 생후 2개월이라면 아직 강보에 싸여있을 갓난아이인데 그때 버려진 아이가 대체 무엇을 알겠어요. 나중에 커서 고아원의 서류를 훔쳐봤어요. 제 신상기록카드 내용을 그대로 말씀드릴까요?"

용산역 서편 광장 노천의자에서 발견. 발견자는 관내 경찰. 발견 당시 이름과 생년월일이 적힌 메모와 우유병이 있었음. 유기(遺棄)가 확실한 사례이므로 즉시 시립 아동보호소에 입소 조치함.

그분의 얼굴이 파랗게 질리는 것을 인희는 보았다. 그러나 다, 남김없이 말해버리고 싶었다. 그녀는 여러 수용시설로 옮겨 다니다가 여덟 살에 대전의 천사원에 들어갔다는 이야기를 계속했다. 그곳에서 열여섯이 될 때까지 연명을 했다는 이야기를 하고 있을 때였던가, 갑자기 그분이 자리를 박차고 일어났다.

"그 사실을, 지금 나한테 한 이야기를, 진우도 알고 있어요?"

"알고 있어요."

"처음부터?"

"네, 처음부터 알고 있었습니다."

그리곤 끝이었다. 진우의 어머니는 잠시 입술만 부르르 떨다가 거칠게 코트를 움켜쥐고 나가버렸다. 가겠다는 말 한마디 없이.

마치 뺨 한 대 얻어맞은 기분이었다. 이럴 수가 없었다. 아무리 충격적인 이야기를 들었다고 해도 이럴 수는 없었다. 인희는 비어있는 앞자리를 멍하니 바라보았다.

지금 나는 어떤 일을 당하고 있는가. 어느 초여름의 깊은 밤, 버려진지도 모르고 한데에서 쌔근쌔근 자고 있던 어린 목숨으로 세상에 발각당한 것만으로도 부족해서 세상은 또 나에게 무슨 행패를 부리려고 드는가. 아직 무엇이 더 남아있단 말인가.

기차는 길다
괴로움의 증거다

달려가라
달려가라

_하상욱 「기차」

이 바람은
왜……

그리고 어떻게 시간을 보냈는지는 모른다. 인희는 퇴근시간을 넘기고서야 핸드백을 챙기려고 사무실에 들어갔다. 아무도 없으리라고 생각했는데 그녀를 보자 허둥지둥 정실장이 달려왔다.

"엉! 제 발로 걸어 들어오고 있잖아? 괜찮아?"

"……."

"난 지금 병원마다 전화해보고 있는 참이야. 아파서 반쯤 죽어가던 사람이 약속 있다고 나가서 종무소식이니 그럴 수밖에. 난 영락없이 쓰러져서 병원으로 실려갔다고 믿고 있었어. 그러지 않았어?"

"아뇨."

"아니, 그럼 여태 뭐했어? 오후에 일층 행사 있는 걸 잊어버렸어? 인희씨 그렇게 일에 책임감이 없는 사람이었나?"

걱정이 되어서 연거푸 묻는 말도 들리지 않는 듯, 묵묵히 책상을 정리하고 가방을 챙겨 나가려는 인희의 행동에 정실장도 화가 나는 모양이었다. 점점 말투에 비난이 묻어나오고 있었다.

"행사 기획한 사람이 연락도 없이 이러는 법이 어딨냐고. 인희씨 소관이라 안심하고 있다가 나만 얼마나 당한 줄 알아?"

인희는 문을 향한 채 돌아서서 정실장의 질책을 가만히 듣고만 있다. 그때 전화벨이 울렸다.

"여보세요. 응. 왔어. 지금 막. 모르지, 말을 안 하니까. 감기로 골골하다가 나갔으니 걱정이 안 돼? 일이 문제가 아니라, 사람이 어디서 무슨 지경을 당하고 있는지도 모르고 가만 앉아있으려니 죽을 노릇이지. 몰라. 내가 왜 사서 이렇게 마음고생인지."

아마 진우인 모양이다. 진우에게 하고 있는 정실장의 말을 들으며 인희는 비로소 눈가에 뜨거운 눈물이 고인다. 정실장의 따뜻한 간섭을 그녀인들 왜 모를까. 그러나 얼음장 같은 이 마음을 누구에게도 열어 보이고 싶지 않다.

"그래. 미안하다. 너까지 놀라게 해서. 바꿔줄까? 기다려라."

정실장이 내미는 전화기를 바라보다가 그만 볼 위로 굵은 눈물 방울이 주르르 흘러내리고 만다. 울고 있는 인희를 보며 정실장도 할 말을 잊는다. 인희는 손을 내저으며 전화를 받지 않겠다는 뜻만 간신히 전한다. 입을 열었다가는 걷잡을 수 없이 울음이 터질 것 같다. 정실장도 그녀의 마음을 이해했다.

"나중에 전화하겠다는데? 몹시 피곤해 보이니 그렇게 해라. 그래. 알았다. 나중에 다시 연락하자고."

인희는 손등으로 눈물을 훔치며 정실장을 본다.

"어서 가. 내가 태워다줄까? 싫으면 택시 타고 가고. 푹 쉰 다음 내일 이야기하자. 무슨 일인지 모르지만 마음 상해하지 말고."

인희는 더 이상 눈물을 보이기 싫어 빠르게 사무실을 나온다. 그 뒤에서 정실장은 착잡한 심정으로 갑자기 주머니를 뒤져 담배를 꺼낸다.

단단한
벽

　진우는 자신의 집 대문을 들어서면서도 망설이고 있었다. 그녀에게 달려갔어야 하는 것은 아닌지, 달려가 그녀의 마음을 달래줬어야 하는 것은 아닌지, 그것에 대한 미련이 쉽게 사라지지 않아서였다. 그녀에게 뭔가 좋지 않은 일이 일어난 것은 분명한데도 이렇게 그냥 퇴근을 해버리는 것이 잘한 일인지 알 수가 없었다.

　하지만 인희의 성격으로 미루어 곧장 달려갔다 해도 그에게 마음을 다 털어놓으리라는 기대는 할 수 없었다. 오히려 잠자코 기다려주는 것이 그녀를 돕는 일이라고 그는 생각했다. 이제는 어느 정도 그녀에 대해 알 수 있을 것 같은 마음이 그를 집으로 오게 만들었다. 그녀를 성가시게 하지 말자. 그녀는 홀로 견디는 것을 더 바라고 있을 것이다.

　"이제 오니? 너, 나 좀 보자."

　그런데 어머니마저 심상치가 않았다. 그는 어머니를 잘 알고 있다. 낮게 가라앉은 저 목소리, 내리깐 눈, 어머니는 화가 나면 온몸으로 그것을 표현한다. 몸 자체가 아예 땅으로 가라앉는 듯한, 기분이 상했을 때의 그 독특한 걸음걸이로 먼저 앞장을 서는 어머니의 뒤를 따라 진우는 방으로 들어갔다.

　"아버지는 아직 안 들어오셨어요?"

　어머니밖에 모르는 아버지는 정년퇴직 전에도 퇴근시간 이후의 약속은 절대 피하시는 분이었다. 요즘은 특히 소일 삼아 나가는 직장이라 해지기 전에는 어김없이 집에 돌아와 있곤 했다.

"네 아버지 대전 내려가셨다. 아마 막차나 타고 오실걸."

"갑자기 대전은 왜⋯⋯."

"내가 직접 갔어야 하는데 네 아버지가 하도 말려서 혼자 가시도록 했다. 아들 하나 잘못 두어서 나이 든 양반이 고생이구나."

이런 말투도 어머니의 전매특허다. 아주 화가 나면 어머니는 저렇게 밑도 끝도 없이 빈정거린다. 마치 전혀 상관없는 남의 이야기를 옮기는 식으로.

"왜 그러세요. 자세히 말씀을 해야 알지요."

"자세히? 우리가 어떻게 너보다 자세히 말할 수 있지? 그랬다면 이 밤중에 낯선 도시에서 고아원이나 찾아다니고 있겠니?"

기어이. 이럴 줄 알았지만 이건 너무 갑작스럽다. 아직은 설득할 시간이 있을 줄 알았는데. 진우는 한 대 얻어맞은 것처럼 멍해진다. 혹시 인희의 행방을 아느냐고 물었던 정실장의 전화, 그 시간에 그녀는 어머니를 만나고 있었구나.

"긴말은 하지 않겠다. 본인이 실토한 일이니 거짓말은 아닐 테지만 그래도 확인이나 해보자고 아버지가 내려가셨다. 우리는 그래도 할 만큼은 했어. 난 이 결혼을 허락할 수 없다. 절대로. 그렇게 알고 너도 더 이상 집안에 분란을 일으키지 말거라."

"어머니, 도대체 그런 게 요즘 같은 세상에 뭐가 그리 중요합니까? 난 정말 어머니한테 실망했어요. 어머니가 이렇게 야박하게 나오실 줄은 정말 몰랐어요. 고아원 아니라 그보다 더한 곳에서 자랐다 한들 뭐가 문제지요?"

어머니는 경멸어린 표정으로 아들을 쳐다본다.

"나한테 실망했대도 할 수 없어. 난 너도 소중하지만 앞으로 태어날 손주도 그만큼 소중해. 그 귀한 손주에게 알 수도 없는 더러운 피가 흐른다고 생각하면 정신이 번쩍 든다. 알아? 피는 못 속이는 법이니까."

기가 막혔다. 할 말이 없다. 저 단단한 벽을 어떻게 부술까. 진우는 울컥 치솟는 감정을 겨우 추슬러서 그만 물러나고 만다. 어머니도 문제지만 어머니에게 당하고 상처를 입었을 그녀는 또 어떻게 달래야 하나.

다 귀찮다. 지금 같아서는 모든 것을 내던지고 어디로 숨어버렸으면 좋겠다. 인생에서 가장 축복받아야 할 큰일이 결혼 아니던가. 그런데 이렇게 사람을 지치게 하는 결혼이 무슨 의미가 있는 것일까. 진우는 점점 화가 치밀기 시작한다. 누구에게랄 것도 없이, 뚜렷한 이유도 없이.

그날 밤 진우는 모든 것을 다 잊고 싶어 일찌감치 이불을 뒤집어쓰고 자버렸다. 될 대로 되라는 심정, 그러나 꿈속에서도 결코 편한 것만은 아니었다.

길들여짐

기다렸다. 아니, 기다리고 있었던 모양이었다. 현관의 초인종이 울리기를, 전화벨이 소리치기를 그녀는 아마도 기다리고 있었던 모양이었다.

이럴 때 미친 듯이 달려오곤 하던 그가 아니었던가. 얼른 문을 열어주지 않으면 발로 문을 걷어차던 사람이 아니었던가. 달려와서, 제발 도망가지 말아요, 하고 말하던 그 사람.

그날 밤, 진우는 자정이 지나도록 연락이 없었고 그녀는 다른 무엇보다 그것에 몹시 마음을 다쳤다. 그녀는 이미 예전의 홀로 잘 견디던 오인희가 아니었다. 이 모두가 김진우, 그에 의해 길들여진 탓이라는 것을 그녀는 그러나 미처 깨닫지 못하고 있었다.

산더미같이 쌓여진 그릇을 씻기 위해 개수대 앞에 선다
밥공기들을 하나 하나 '퐁퐁'을 묻혀 닦아내다가
문득 씻지도 않고 쓰는 마음이 손바닥에 만져졌다
먹기 위해 쓰이는 그릇이나 살기 위해 먹는 마음이나
한 번 쓰고 나면 씻어두어야
다음을 위해 쓸 수 있는 것이라 싶었다
그러나 물만 마시고도 씻어두는 유리컵만도 못한 내 마음은
더럽혀지고 때 묻어 무엇 하나 담을 수가 없다
금이 가고 얼룩진 영혼의 슬픈 그릇이여,
깨어지고 이가 빠져 쓸 데가 없는 듯한 그릇을 골라내면서
마음도 이와 같이 가려낼 것은 가려내서
담아내야 하는 것은 아닌가 생각한다

누룽지가 붙어서 좀처럼 씻어지지 않는 솥을 씻는다

미움이 마음에 눌어붙으면

이처럼 닦아내기 어려울까

닦으면 닦을수록 윤이 나는 주전자를 보면서

씻으면 씻을수록 반짝이는 찻잔을 보면서

영혼도 이와 같이 닦으면 닦을수록

윤이 나게 할 수는 없는 일일까 생각해 보는 것이다

그릇은 한 번만 써도 그냥 지나치지 못하고

뼈 속까지 씻으려 들면서

세상을 수십 년을 살면서도

마음 한 번 비우지 못해

청정히 흐르는 물을 보아도

때묻은 情을 씻을 수가 없구나

남의 티는 그리도 잘 보면서도

제 가슴 하나 헹구지도 못하면서

오늘도 아침 저녁을 종종걸음치며

죄 없는 냄비의 얼굴만

닦고 닦는 것이다.

_송유미 「냄비의 얼굴은 반짝인다」

따로 가는
길

원했거나 원하지 않았거나, 이미 파란은 시작된 것이었다. 작은 배 하나가, 나뭇잎처럼 작디작은 배 하나가 물살에 휘말려 가라앉고 마는 일은 너무나 쉬웠다. 그 나뭇잎 같은 작은 배 안에는 의지하고 버틸 수 있는 어떤 것도 보이지 않았으니까.

인희는 그 사실을 시인했다. 그럼에도 그녀는 묵묵히 침몰의 시간을 기다리고 있었다. 김진우라는 사람이 버팀목이 되어줄 수도 있을 것이라는 믿음마저 없었다면 스스로가 서둘러 침몰의 길을 택했을 그녀였다.

그럼에도 그 버팀목에 대한 회의는 수시로 그녀를 절망 속에 빠뜨렸다. 어떤 때는 이 절망을 견디기보다 차라리 침몰을 택하는 쪽이 더 수월하지 않을는지 두 개의 무게를 저울질하기도 하면서.

그는 절대 아니라고 부인하고 있지만, 무슨 일이 있어도 이 결혼은 진행되어야 한다고 고집을 부리고는 있지만, 그럼에도 진우는 확실히 흔들리고 있었다. 그 흔들림의 시작은 바로 그날, 그의 아버지가 대전 천사원에 다녀오고부터라고 인희는 생각하고 있었다.

놀랍게도 천사원에는 총무할머니가 원장이 되어 여태 자리를 지키고 있었던 모양이었다. 총무할머니가 그녀에 대해 어떻게 말했을지는 짐작하고도 남음이 있었다. 철들고부터는 한 번도 총무할머니의 얼굴을 바로 본 적이 없었던 그녀였다. 그이의 그 간특함은 노회(老獪)라는 말로는 다 담을 수 없었다. 맹목적으로 자기 이익에만 집착하여 사사건건 원생들을 들볶던 그이가 시의 감사가 있는 날이거나, 외부에서 손님이 오는 날 보여주는 그 교활한 자애의 미소는 생각만 해도 구역질이 나곤 했던 기억이 지금도 생생한 그녀였다.

진우는 아버지가 천사원에 다녀왔다는 이야기를 그녀에게 곧바로 하지 않았다. 뿐만 아니라 자기 어머니와 그녀가 만났던 사실까지도 모른 체 하였다. 그 일이 있은 다음 날 회사로 전화는 했지만 그는 단지 감기가 다 나았느냐고 물었을 뿐이었다.

그다음 날에도 전화는 있었다. 그러나 역시 다른 말은 없었다. 요즘 좀 바쁘다는 이야기가 고작이었다. 그렇다고 먼저 그 이야기를 꺼낼 인희도 아니었다. 그녀는 전화 속의 남자가 예전의 김진우인지 정말 모르겠다는 생각만 하고 또 했다. 어디가 어떻게 달라졌다고 지적할 수는 없지만, 확실히 그는 달라졌다. 인희는 이제 자기도 달라져야 되는 것은 아닌지 잠시 생각해보기도 했다. 그런데 어떻게? 어떻게 달라지지?

그리고 그는 사흘 만에 갑자기 아파트로 그녀를 찾아왔다. 술이 머리 꼭대기까지 오른 상태로.

"당신, 그렇게도 붙임성이 없어? 마음에 없는 소리라도 좀 하면 안 돼?"

현관문을 열어주는 그녀에게 다짜고짜 던진 진우의 말이었다. 인희는 수척해진 남자의 얼굴을 아프게 바라보았다. 처음 보는 진우의 흐트러진 태도였다. 그는 휘청거리며 들어와서는 거실 소파에 몸을 던졌다. 그리고 이번에는 그녀를 똑바로 쳐다보며 말했다.

"꼬였대. 당신이란 사람, 꼬여도 아주 많이 꼬였다는 거야. 왜들 그렇게 모르지? 당신은 그렇게 비틀린 사람이 아닌데. 나는 그걸 금방 알았는데. 다들 눈이 멀었어. 보이는 것밖에 볼 줄을 모르는 사람들이야."

인희는 말없이 그에게 차가운 물을 한 컵 가져다주었다. 그는 그것을 단숨에 들이켰다. 그녀는 알았다. 그는 결코 취한 것이 아니었다. 단지 그는 취하고 싶었을 뿐이다. 아니, 취했다는 것을 그녀에게 보여주고 싶었던 것인지도 몰랐다.

"인희씨."

그녀가 빈 컵을 부엌에 갖다놓고 오는 것을 기다리고 있던 진우는 나지막한 음성으로 그녀를 불렀다. 인희는 그를 바라보는 것으로 대답을 대신했다. 그러자 그가 가만히 팔을 벌렸다.

"이리 와요. 내게로."

인희는 망설이지 않고 그에게 갔다. 그에게 다가가 벌린 팔 안으로 들어갔다. 그리고 스스로를 향해 마음속으로 중얼거렸다. 그래, 달라지지 않았어. 아무려면 그토록 쉽게 달라질 수 있을까. 사랑을 의심하기 시작하면 끝이 없어. 어떻게 만들어낸 사랑인데, 그토록 망설이며 다가갔던 사랑인데.

그는 조용히 날아 들어온 여자를 가슴에 품었다. 그에게서는 차가운 겨울바람 냄새와 술 냄새가 동시에 풍겨왔다. 인희는 그 가슴에 얼굴을 묻은 채 결코 침몰은 없을 것이라는 희망을 새겼다.

새겨진 희망에 금이 가는 것은 그러나 시간 문제였다. 남자는 여자를 가슴에 안은 채 중얼거렸다.

"기다려줘. 꼭 기다려줘야 해. 천사원에서 그랬대. 몇십 년 고아를 거두어봤지만 당신처럼 얼음 같은 아이는 처음 보았다고. 하지만 난 얼음 같은 당신을 녹였어. 이젠 당신이 우리 부모님을 녹여야 해. 얼음은 안 돼. 정말 안 돼. 날 위해서라도 그러면 안돼……."

날 위해서라도.

인희는 그 말을 들으며 그의 가슴에 대고 있던 얼굴을 떼었다. 그는 지금 자기를 위해서라고 말했다. 그는 지금 마음이 아픈 자기를 위로해달라고 말하는 것인가.

그러고 보면 아파트에 들어와서부터 지금까지 그는 한 마디도 그녀의 상처에 대해 언급하지 않았다. 그녀가 어떻게 상심해있는지 알아보려고도 하지 않았다. 그리고 자기를 위해서 좀 부드러워지라고 말하고 있는 것이다. 그녀가 직접 나서서 완강한 부모님들을 해결해보라는 것이다.

마음이 식으면 얼굴이 그것을 먼저 드러낸다. 남자는 금세 서늘하게 차가워지는 여자를 알아챘다. 자신의 품에서 빠져나가는 여자를 보면서 남자는 가야할 길의 멀고 아득함에 지레 질리는 느낌이었다. 지쳐있는 남자에게는 모든 것이, 아주 사소한 것이라 해도, 도무지 자신 없고 부담스럽기만 한 것이었다.

남자는 더 이상 취기를 빙자해서 속엣말을 할 기분이 아니었

어긋나는 길

다. 그는 여자에게 가겠다고 말했다. 그리고는 여전히 비틀거리는 걸음으로, 더욱더 비틀거리는 척을 하면서, 그는 여자의 아파트를 빠져나갔다.

남자가 사라지고 난 다음에 여자는, 바람처럼 왔다가 바람처럼 사라진 남자를 침묵으로 배웅하고 돌아온 여자는, 얼마 동안이나 우뚝 서서 하염없이 입술만을 자근자근 깨물었다. 섣부르게 품은 희망이란 이름의 비수가 그녀의 쓰린 마음을 사정없이 찌르고 있었다.

망설임들

우리 모두가 사랑이라고 부르는 그것은 얼마나 이기적인 감정인가. 그것은 알고 보면 또한 얼마나 치사한 것이던가.

인희는 벼랑 끝에 서서야 그것을 깨달았다. 삶은 물론 사랑에서조차 아무도 도움의 손을 내밀지 않는 것이다. 모두가 자신의 아픔에만 죽을 듯이 매달려 있는 것이다.

두 사람이 그랬다. 인희는 괴로워하는 남자를 이해하면서도 그의 괴로움을 위해 어떤 일을 해야겠다는 생각은 하지 않았다. 곤궁에 몰린 사람은 바로 자기이므로 그가 마땅히 도와야 한다고 믿었다.

진우는 인희의 마냥 허탈하기만한 모습이 애처롭기도 하면서 한편으로는 그런 그녀의 속수무책이 야속하기만 했다. 이 난관을 헤쳐 나갈 뚜렷한 묘책이 없으면 하다못해 부모님을 찾아가 무릎 꿇고 허락을 간구하는 성의라도 보이길 기대했다.

행여 하고 믿었던 아버지마저 천사원을 다녀오고부터 완전히 어머니 편으로 돌아섰다. 아버지 보기에도 천사원의 늙은 원장은 자비로운 고아들의 어머니가 아니었다. 그런 환경에서, 그런 늙은이 밑에서 무얼 배웠겠느냐는 아버지의 말씀은 일리가 있었다. 게다가 늙은 원장이 겉말은 번지르르하게 하면서 사실은 아주 교묘하게 오인희라는 원생을 매도할 때 아버지는 소름이 끼쳤다고 말했다.

"똑똑한 아이에요. 당차기는 하지만. 그 애 때문에 외부손님들한테 당한 것을 생각하면 지금도 등골이 서늘하답니다. 글쎄, 성탄절을 같이 보내려고 찾아온 시의 고급공무원 부인들 앞에다 선물을 내동댕이친 애가 바로 오인희랍니다. 그러기만 했으면 다행이었게요. 막 악다구니를 쳐서 그 부인들을 혼비백산하게 만든 무서운 아이였지요. 그 애는 어딜 가도 독하게 지 앞가림을 할 거라고 나는 믿었답니다. 보통이 아니었으니까요. 아니, 혹시 그 애가 사고를 쳐서 조사하러 오신 분은 아닌가요? 가끔 그런 일이 있기는 하지만."

잃어버린 딸을 찾으러 다닌다고 둘러댔다는 아버지는 "그 애는 아닐 겁니다. 기록을 보세요. 이건 우연히 잃어버린 것이 아니라 아주 작정하고 버린 애지요. 이런 경우는 십중팔구 아주 지저분한 사연이 얽혀있기 마련이랍니다."라는 원장의 잔인한 설명에 쫓기듯이 고아원을 나왔다고 했다.

어긋나는 길

자식이 못된 여자의 꾀임에 빠졌다고 믿는 어머니는 이 결혼을 지켜보느니 차라리 집을 나가버리겠다고 말한다. 아버지도 평화스런 집안에 갑자기 분란을 몰고 온 막내아들을 절대 곱게 쳐다보지 않았다. 집안의 반대가 의외로 완강하자 처음부터 인희에게 호감을 가지고 만남을 주선했던 큰형마저 실수를 자인했다. 어른들 반대에는 다 살아온 삶의 경험이 녹아있는 법이므로 허술히 넘겨서는 안 된다는 것이 큰형의 변이었다.

사면초가였다. 진우에게는 도움을 청할 사람이 아무도 없었다. 막역하게 지내는 친구 몇한테 이 시련의 자초지종을 털어놓았으나 그들마저 고개를 흔들었다. 결혼은 현실이라고, 사랑이 영원불변한 것인 줄 알았다간 큰코다칠 것이라고 그들은 충고했다. 아무 문제없이 결혼했던 부부들도 살면서 불씨를 만들어 이혼을 하는 판국에 그런 결혼은 너무 위험하다고 그들은 말했다.

안동이 고향인 한 친구는 어른들이 집안을 따지는 것은 너무나 당연한 절차라고 했다. 시대가 바뀌었다고는 해도 핏줄의 내림은 정확히 따져야 훗날의 불행을 미리 막을 수 있다는 주장이었다.

그들의 반대를 받아들여 이 사랑을 포기할 수 있는가.

진우는 요즘 그런 질문을 스스로에게 자주 하였다. 오인희라는 여자를 자신의 삶에서 제외시키고 살아갈 수 있는가. 그녀 말고 다른 어떤 여자와 결혼을 해도 후회하지 않을 자신이 있는가.

아니, 인희와 결혼해서 후회하지 않고 살 자신이 있는가를 먼저 자문하기는 했다. 그러나 그 질문은 너무도 뻔한 것이었다. 그녀를 처음 만난 날부터 지금까지 그녀의 마음을 얻는 데 온갖 노력을 바쳐온 그였다. 그리고 겨우 얼마 전에야 그녀의 마음을 얻는 데 성공한 그였다.

그런데 어떻게 앞날의 후회를 내다볼 수 있겠는가. 그는 이 뻔한 질문으로는 어떤 것도 알아낼 수 없다는 것을 알고 있었다. 그리고 지금의 자기한테는 어떤 결론도 없다는 것까지 알고 있었다. 포기도, 강행도, 그 무엇도 결심할 수 없는 상황. 진우는 자신의 나약함에 실망하면서도 이 상황을 시인하지 않을 수 없었다.

편지 4

사랑하는 그대.

지난번 편지에서 말했었지요. 다음 편지부터 당신의 삶에 간단히 응용될 수 있는 몇 가지 수련법을 설명하겠다는 말. 오늘이 그 처음입니다.

그렇지만 그대, 우리들의 학창시절을 한번 생각해보시기 바랍니다. 학년이 바뀌거나 상급학교에 진학해서의 첫 강의시간 말입니다. 그때 선생님들이 어떻게 첫 시간을 이끌었는지 기억이 나십니까?

대단히 고지식하고 엄한 선생님이 아니라면 대개의 첫 시간은 수업에 참여할 사람들끼리 상호 소개와 그리고 앞으로 배울 내용들에 대한 총괄적인 설명 정도로 끝나지요. 그 이상을 진행하려고 드는 선생님이 있다면 학생들은 우우, 소리를 지르며 반란을

어긋나는 길

일으켰답니다. 그대의 학창시절은 나와 달랐을 것이라는 짐작은 하고 있지만, 그러나 어떤 학교라도 첫 수업시간에 대한 여유와 반동은 용인하는 것이 보통일 것입니다.

그래서 나도 오늘은 그런 정도로만 편지를 마칠까 합니다. 당신한테 야유를 받고 싶지는 않으니까요. 그리고 우리들이 하고 있는 수련에 있어서는 첫 시간의 마음가짐보다 더 중요한 것은 없으니까요. 첫 마음만 여일하게 간직할 수 있다면 영원을 향한 용맹정진은 한결 수월할 것입니다.

당신은 아마도 아직 젊고 할 일이 많은 내가 왜 산에 머무르고만 있는지 의아해할 것입니다. 세상에 내려와서 당당하게 사람들과 겨루며 살아가지 않는 나를 답답하다고 느꼈던 적도 있을 것입니다. 그래요. 당신 말도 틀리지는 않습니다. 그러나 사람들에게는 제각각 자신에 어울리는 삶의 방법이 있는 법입니다. 그래서 다른 삶의 방식은 불편해서 받아들이지 못하게 되는 것입니다.

내가 그렇지요. 당장에 내 스승이신 범서 선생만 해도 나하고는 사는 방법이 다릅니다. 스승은 한 해의 반 이상은 도시에서 머무르십니다. 스승이 해야 할 일이 도시에 있기 때문입니다. 나처럼 수련생활을 하는 사람들 중에도 일정한 공부가 끝난 다음에는 세상 속에 섞여 들어가서 원래의 일, 예를 들어서 그림을 그리거나, 가족을 위해 열심히 장사를 하거나, 학업을 계속하거나 하는 분들이 많이 있습니다. 어떤 외형을 취하는가의 문제와 수련과는 전혀 상관이 없습니다. 단지 자신에게 어울리는 방식에 수련으로 진보된 영혼과 육체를 담는 것일 뿐입니다.

내가 삶의 겉모습과 수련의 관계부터 이야기를 시작하는 데는 이유가 있습니다. 사람들이 수행자에 대해 지니고 있는 터무니없는 편견 때문이지요. 그들을 정상인에 비해 이단이고 국외자로 치는 그 편견 말입니다. 그래서 수행자의 길은 가족도, 사회도, 국가도 모두 버리는 것으로 잘못 알려져 있습니다. 바로 그런 편견 때문에 수행의 길을 선택함과 동시에 세상 속의 모든 사랑하는 인연들과 결별해야 한다고 은연중에 믿는 것입니다.

　그래서 많은 사람들이 정신수행의 길과 멀어집니다. 그 길은 아주 특별한 성향을 지닌, 다시 말하면 기인들이나 택하는 것이며 자신처럼 정상적인 인간은 시민사회 속에 끼어 법과 제도가 허용하는 범위 안에서 이상을 펼쳐야 한다고 말입니다.

　오늘, 나의 첫 시간은 당신에게 이 말 한 마디를 전하는 것을 전부로 합니다. 정신의 영역을 확장하고 심화시키고자 하는 수행자의 자세는 결코 특별하거나 기이한 태도가 아니라는 것, 바로 이 말입니다. 육체를 튼튼하게 하기 위해서 수영이나 등산 따위 온갖 운동을 하듯이, 그런 일이 몹시 기이하거나 특별한 '사건'이 아니듯이, 정신을 진화시키기 위한 우리들의 노력 또한 절실한 필요에 의해 발현되는 일상일 뿐입니다.

　그러므로 내 사랑하는 그대,

　이 일을 두려워하지 말기를 바랍니다. 당신의 닫힌 마음이 열려 자유를 맛보는 기쁨을 공포로 여기지 말기를 바랍니다.

　그리고 내 사랑하는 그대여,

　당신의 이 삶이 순간의 덧없는 것이라는 생각일랑 버리기를 바랍니다. 당신의 삶은 당신의 것이 아니고 이 우주의 것입니다. 지금은 오인희란 이름의 육체가 수행하고 있는 삶이지만 과거에는 또 다른 수많은 당신이, 그리고 미래에는 또 다른 수많은 당신이 당대의 육체를 입고 당신의 영원을 이어갑니다. 그렇다면 이 생을 함부로 허비할 수 없다는 사실이 자명해지지 않습니까. 이 생이 이토록 어두운 것에 대해 무한정 절망만 할 수 없다는 사실 또한 분명해지지 않습니까.

지금 말한 것 정도만 인정하고 당신의 인식을 바꿀 수 있다면, 당신의 몸과 마음을 우주에 맡긴 상태로 자유를 호흡하는 경험을 얻기란 아주 쉬운 일입니다. 왜냐하면, 그 일은, 마음이 우주와 연결되는 경험은, 저절로 다가오기 때문입니다. 저절로, 라는 이 말, 기억하시기 바랍니다. 진정입니다. 어느 순간 저절로 옵니다. 내게 주어진 생명의 의미와 존재의 의미를 간절히 파헤쳐 들어가기만 한다면 저절로.

오늘은 그만 씁니다. 만약 이 편지를 읽었다면, 다음 편지까지는 이렇게 해주십시오. 하루 중에 몇 분씩 서너 번만, 그 이상도 좋지만 현재의 '나'라는 존재가 어디서 왔고 어디로 가는지 사색하는 시간을 가지십시오. 무거운 사색이 아니어도 좋습니다. 생각이 떠오르는 대로 그냥 따라가십시오. 그러다 보면 반드시 막히는 부분이 나올 것입니다. 벽이 나왔다 싶으면 되돌아가면 됩니다. 다시 벽이 나오면 또 되돌아가고 그러면 막바지에 이르러 단하나의 질문과 마주서게 될 것입니다.

정녕 이렇게 살아도 괜찮은가?

그 질문이 절실해질 무렵에 다시 편지를 쓰겠습니다. 세상일들이 당신을 조금만 할퀴기를 간절히 빌면서.

시간은
흐르는데

그 답답함을 지니고 겨울이 다가오고 있었다. 늦어도 가을에는 자신의 신부로 만들겠다던 진우의 호언장담도 겨울 추위에 얼어붙었다.

그리고 마침내 해가 바뀌었다. 들떠있는 연말연시를 인희는 홀로 보냈다. 아무도 내켜하지 않는 연말의 지방출장을 진우는 자원해서 떠났다. 돌아오는 길에 눈 쌓인 설악산을 들려오겠다는 전화만 있었다.

"집에 있기가 두려워. 당신은 이해하겠지? 나 때문에 잔뜩 가라앉은 집안 분위기를 견디기가 얼마나 힘이 드는지 몰라. 잘 지내. 낙심하지 말고. 새해를 축하해."

새해를 축하해.

인희는 새해의 첫날 아침에 침대에서 눈을 뜨자마자 진우의 그 말을 떠올렸다. 축하한다고? 무엇을? 이 외로움을? 이 절망을?

그가 미웠다. 그리고 그가 보고 싶었다.

그를 사랑하기 시작한 스스로가 미웠다. 그러나 한 남자를 사랑하기로 마음을 먹고 외로움을 타기 시작한 스스로가 대견하기도 했다.

종잡을 수 없는 이 감정의 변화무쌍함들. 인희는 자신을 휘어잡는 이 감정의 곡예가 성가셔서 견딜 수가 없었다. 평화가 없는 것이었다. 안정도 없었다. 오직 서성거림과 하염없는 기다림이 시간을 지배했다.

벗어나고 싶었다. 그래서 스스로에게 물었다. 다시 예전의 생활로 돌아갈 수 있을지를. 일상이 질서 속에서 운영되고, 누구에게도 자신을 의지하지 않으며, 세상 어떤 관계에도 끼어들지 않고 철저히 혼자로 사는 생활.

할 수 있을 것 같았다. 아니, 돌아간다 해도 이미 예전의 그 생활은 아닐 것이라고 여겨지기도 했다. 한번 맛본 달콤한 꿀의 맛을 기억에 담고 있는 한은 완벽하게 옛날로 돌아갈 수는 없다.

결국 그녀는 매번 침몰이 있더라도 기다리는 쪽을 선택하곤 했다. 행여 구조선이 올지도 모른다는 실낱같은 희망에 기대는 편이 자진해서 침몰하는 것보다는 후회가 덜할 것 같다는 생각이었다.

그녀는 출근할 필요가 없는 새해의 첫날에도 일찍 일어났다. 진우는 지금 설악에 있는가. 인희는 문득 산에 있는 또 한 남자를 떠올렸다. 노루봉의 성하상. 그는 엊그제에도 편지를 보내왔다.

얼마 전부터 인희는 노루봉에서 날아오는 편지를 뜯지 않고 상자에 간직해두기만 했다. 결혼을 약속한 것이나 다름없는 남자가 있는데, 하는 생각에 여름휴가 이후 도착한 몇 통은 우편함에서 꺼내온 대로 아무 곳에나 처박아 두었다. 실제로 휴가에서 돌아오자마자 진우의 성화로 매주일 만났으며, 늘 그의 전화가 있었고,

연달아 그의 부모에게 인사를 드리는 일들이 잇따랐으므로 마음의 여유가 없었다. 현실의 일들이 쉴 새 없이 밀어닥쳤으므로 노루봉으로 상징되는 불가해한 분위기가 자리 잡을 공간이 그녀의 마음에는 없었다. 결혼이 성사되면, 그러면 흔적 없이 사라질 사람. 인희는 성하상에 대해서 아마 그렇게 정리했을 것이었다.

그러다 어느 날 문득, 사람의 마음을 이렇게 처박아 두어도 괜찮은지, 하는 생각이 솟았다. 누구의 마음이라 해도 함부로 다루어서는 안 될 것이었다. 버림받은 기분에 대해서 그녀는 너무나 잘 알고 있는 사람이었다. 내 마음이 아프듯 남의 마음도 아플 수 있는 것이다. 자신의 마음속만 들여다보는 사람은 자신의 마음밖에 모른다. 세상의 모든 오해와 불행은 그 자리에서 시작되는 것 아닐까. 인희는 불현듯 가슴이 찌르르 저려와 우체국에서 찍어놓은 붉은 도장을 한참이나 쳐다보았다.

그러나 봉투를 열어 그 사람의 글씨를 눈으로 보고 싶다는 생각은 들지 않았다. 처음에 그랬던 것처럼 김진우에게 미안하다는 기분은 그리 크지 않았다. 그것보다는 더 이상 머리가 복잡해지기를 원치 않는 이기심이 더 컸을지도 모른다. 지금의 상황만으로도 버겁다, 고 그녀는 마음속으로 아우성쳤다.

그래서 편지는 소중히 간수하되 읽지는 않겠다는 쪽으로 마음을 굳혔다. 언제라도 심정이 편안해지면 꺼내 읽을 수 있도록 탁자 밑에 두었다. 하지만 그런 날이 빨리 올 것 같지는 않았다. 김진우라는 남자, 그 사람과의 일이 어떻게 매듭지어질 것인지 지금으로선 그녀도 짐작할 수 없었다.

다른 이유도 있었다. 휴가지에서 보았던 그의 알 수 없는 정신의 힘 같은 것이 두려웠다. 그의 편지를 읽으면 자신도 모르는 사이 그에게 끌려갈 것 같다는 무서움도 그 편지를 읽지 못하게 하는 또 다른 이유였다. 그 무서움의 정체는 무엇일까. 그녀는 깊어지는 상념을 떨치기 위해 고개를 흔들었다. 지금은 거기까지 생각할 여유가 없다. 정신이 수용할 용량에도 한계가 있는 법이니까.

그녀는 아침부터 창문을 활짝 열고 대청소를 시작했다. 먼지를 털어내고 구석구석을 쓸어낸 다음에는 무릎을 꿇고 엎드려서 정성들여 걸레질을 했다. 그리고 오후에는 슈퍼에서 모처럼 마음먹고 장보기를 했다. 그것들로 부엌의 냉장고를 가득 채운 다음에는 혼자 먹기로는 아까울 만큼의 성대한 식탁을 차리기 시작했다. 찌개를 끓이고, 생선을 굽고, 나물을 무치고.

우유와 커피로 때운 한나절의 허기가 몰려들 즈음 그녀는 알맞게 요리를 끝냈다. 막 식탁에 앉으려고 하는 그때 전화벨이 울렸다. 그녀는 식탁의자를 쓰러뜨리며 서둘러 거실로 달렸다. 의자가 요란한 소리를 내며 쓰러졌지만 그녀는 그것도 알지 못했다.

그녀는 믿었다. 진우가 설악산에서 전화를 하는 것이라고 믿었다. 지금 가겠노라고, 곧 달려갈 테니 기다려야 한다고 전화를 하는 것이라고만 믿었다.

그러나 아니었다. 전화는 혜영에게서였다.

"괜찮아? 혼자 있어? 그 사람은?"

혜영은 연거푸 물어댔지만 그녀는 한마디도 대답이 되어 나오지 않았다.

"내가 갈까? 너만 좋다면 나 지금 갈 수 있어."

"아냐. 괜찮아."

"너, 너무 맥을 놓고 있는 것 아니니? 진우씨만 믿어. 그 사람은 집에서 어떤 반대가 있어도 널 포기하지 않을 거야. 가만, 이런 이야기는 만나서 하기로 하고, 내가 갈게. 예정일을 넘겼을 때는 자꾸 움직여주는 게 좋다니까 내 걱정은 말고."

혜영은 그녀가 만삭인 자신을 염려해서 그러는 줄 알고 있다.

"아니라니까. 그냥 혼자 있고 싶어서 그래. 오지 마."

그녀의 말에는 거의 짜증이 묻어있다. 그것을 그녀 스스로도 알았고 혜영도 느꼈다. 두 사람은 문득 서먹한 감정으로 전화를 끊었다.

다시 주방으로 돌아와 쓰러진 의자를 보면서 인희는 갑자기 식욕을 잃었다. 그녀는 거친 손놀림으로 손도 대지 않은 식탁을 깨끗이 치워버렸다.

남자와 여자의
첫 밤

밤.

분명 자정도 한참은 지난 시각이었다. 그녀는 눈시울 밑에 살얼음처럼 깔린 잠을 밀어내며 정신을 추슬렀다. 틀림없었다. 현관에서 조심스럽게 초인종이 울리고 있었다.

어긋나는 길

이번에는 그렇게 정신없이 달려가지 않았다. 인희는 차근차근 옷을 입고, 순서대로 스위치를 올려 집안을 밝게 한 다음에야 방문객을 향해 물었다.

　"누구세요?"

　"나요."

　진우의 목소리. 인희는 갑자기 가슴이 후두둑 떨렸다. 왜인지는 몰랐다. 문을 열어주고, 그가 피곤에 지친 모습을 드러냈을 때까지도 심장의 거센 박동은 사라지지 않았다.

　"미안해. 참을 수 있는 데까지 참아보려고 했어. 그런데,"

　그는 고개를 떨구었다. 그리고 몸을 부르르 떨었다.

　"왜 이리 춥지? 추워, 얼어붙은 것 같아."

　그는 정말 추운 것 같았다. 얼굴이 새파랗게 질려있다. 긴 시간 운전을 해서 지친데다 오랜 시간 밖에서 떨고 있었던 탓이리라.

　"여긴 추워요. 얼른 방으로 들어가세요."

　인희는 달려가서 방문을 활짝 열었다. 자신이 금방 빠져나온 방은 거실보다 훨씬 온기가 있고 아늑했다. 그녀는 진우를 자신의 침대에 앉히고 서둘러서 물을 끓였다. 그에게 따뜻한 차를 한 잔 먹이고 싶어서였다.

　그녀가 뜨거운 차를 만들어 다시 방으로 들어갔을 땐 진우는 앉은 자세 그대로 침대의 이불을 휘감고 있었다.

　"어디 아픈 거 아니에요? 안색이 안 좋아요."

　인희는 걱정스럽게 그의 얼굴을 들여다보았다.

　"아니, 당신의 냄새가 너무 좋아서 취해버린 것 같아."

이불에 싸여 얼굴만 내밀고 있던 남자가 비로소 싱긋 웃었다. 그 장난기 어린 남자의 웃음에 겨우 마음이 놓인 여자는 그의 곁에 앉았다. 그때 갑자기 남자가 이불을 걷어내며 동시에 여자를 와락 껴안았다.

"같이 살자, 그냥 살아버리자."

그 밤에 남자가 한 말은 그것이 다였다. 여자의 옷을 벗기면서도, 와들와들 떨고 있는 여자의 입술을 자신의 입술로 덮으면서도 그는 오직 그 말만 중얼거렸다.

같이 살자. 그냥 살아버리자.

새해 첫 밤에
일어난 일

그날 밤, 혜영은 딸을 낳았다.

그녀가 사랑이라는 이름의 마지막 통과의례를 치르던 그 밤에 그녀의 친구는 새 생명을 얻었다.

나중에 그 사실을 전해 듣고 인희는 울었다. 날짜를 따지면 1월 2일이겠지만, 그래도 새해 첫 밤에 소중한 자식을 얻은 친구가 부러웠다. 뚜렷하게 설명할 수는 없었으나 그 모든 축복이 자신에게는 비껴가고야 말리라는 예감이 그녀에게 있었다.

아, 새해 첫 밤에 한 생명은 태어났고, 한 생명은 두 길 중에서 정녕 가지 말아야 할 길을 선택해서 떠나고 말았다.

깊어짐……

같이 살자. 그냥 살아버리자.

이것이 신호였다. 한 남자와 한 여자의 관계가 비로소 정점에 이르렀다는 신호, 정상에 이르면 반드시 내려가야 한다는 엄연한 사실을 암시해주는 그런 신호였다.

두 사람은 이 신호에 충실했던 셈이었다. 사랑이란 것의 완성이 이런 모습이라면 이제 두 사람은 완성에 도달한 것이었다. 하지만 완성이 주는 기쁨과 안도, 그리고 휴식의 시간들은 몹시도 짧았다. 대신에 이제는 내려가서 현실과 마주서야 한다는 난감함은 너무도 빠르게 다가왔다.

두 사람의 관계가 정도 이상으로 깊어지는 것을 눈치챈 진우의 어머니는 그 '깊어짐'조차 여자의 간교한 술책이라고 단정지었다. 근본이 못된 여자애들은 으레 그런 수법을 쓰는 법이고, 설령 헤어지는 경우라도 이를 빌미로 톡톡히 몸값을 받아낸다는 것이 그의 어머니가 주장하는 바였다.

그 주장은 모두 그녀의 귀로 직접 들은 것이었다. 물론 그의 어머니가 늘 내세우는 교양과 지성의 힘에 의해 민망한 어휘들은 약간씩 생략되기는 했지만 한 마디 한 마디가 독 묻은 화살촉처럼 그녀의 가슴에 날아와 박히는 것을 막을 수는 없었다.

'마음 약한' 아들이 여자 문제로 질질 끌려다니는 꼴을 보다 못해 당신이 직접 나섰다는 그 만남은 그가 설악산에 다녀온 뒤 거의 한 달이 지난 후에 이루어졌다.

그 한 달 동안 진우는 서너 번 이상 그녀의 아파트에서 밤을 보냈다. 아마도 그 서너 번이 모두 토요일이었을 것이다. 그는 아예 인희의 아파트로 퇴근을 해서 주말을 보내고 일요일 저녁에 마지못해 집으로 돌아가곤 했다. 그때마다 그는 말했다.

"결혼이고 뭐고, 그냥 이대로 살아버리면 안 될까? 이대로 아들 낳고 딸 낳고 살면 안 될까?"

그러나 그의 말 속에는 무작정한 동거를 감행할 만한 어떤 결의도 배어있지 않았다. 파행적인 결혼의 형태라면 어떤 것이라도 전혀 받아들일 마음이 아니면서도 그녀는, 그럼에도 불구하고, 결연한 각오의 기미 하나 찾을 수 없는 그의 장난스런 말투가 몹시 거슬렸다.

그의 어머니가 사전에 양해도 구하지 않고 무작정 지난번 레스토랑에 와있다는 전화를 했을 때, 인희는 가슴이 철렁했다. 일이 여기까지 이르렀는데도 두 사람 모두 어떤 결단도 못 내리고 있다는 사실에 대한 불안감이 아마 그녀를 그렇게 만들었는지도 몰랐다.

그랬기 때문에 그의 어머니가 퍼부어대는 그 독한 말들을 맨가슴으로 받아내면서도 인희는 아무런 할 말이 없었다. 아니, 비꼬이고 편견에 가득찬 비난이긴 하지만 결국은 그의 어머니 주장이 맞는 것인지도 모른다는 생각을 하기조차 했다. 가령 이런 말들이 그랬다.

"남자 쪽 부모들이 극구 반대를 하는 결혼입니다. 정말이지 우리는 죽으면 죽었지 며느리로 맞을 생각이 없다는 것이야 아가씨도 분명히 알고 있는 사실이지요? 그런데, 결혼이 이루어질 가능성이 전혀 없는 상황에, 함부로 몸을 굴리는 것은 도대체 어디서 배워먹은 행실인가요? 설령 남자가 욕정을 낸다 해도 아가씨 스스로 자기 앞날을 생각해서 집에 들이지 말고 잘 타일러 돌려보내야 하는 게 도리가 아닐까?"

질책이 당연하다는 사실을 믿어 의심치 않는 노부인이 던지는 한 마디 한 마디는 도대체가 빈틈이라곤 없었다. 지난번처럼 단지 부모도 모르고 자란 고아 출신이어서 며느리 자격이 부족하다고 말할 때와는 판이하게 달랐다. 그때는 막연한 혐오였기에 교양 있는 사람으로 노골적인 경멸을 할 수는 없었을 것이다.

하지만 지금은 다르다. 그것 보라는 듯이, 내 기우가 결코 틀리지 않았음이 확실하지 않느냐는 듯이 당당하게 그녀를 힐난했다.

"아가씨는 머리가 좋으니까 이미 계산을 다 해봤겠지만, 우리 집을 만만하게 봤다간 큰코다칠 것이니 그리 알아요. 내 한 번 더 분명하게 아가씨한테 말할 테니 똑똑히 들어요. 이 결혼은 절대로 안 돼. 내일 모레 우리 두 노인네가 이 세상을 하직하는 일이 생긴다면 모를까, 그러기 전에는 절대로 어림도 없어. 그리고 헤어진다고 해도 우리한테서 무슨 보상을 받겠다거나, 진우한테 책임을 지라는 소리를 함부로 했다간 내 가만있지 않을 거야. 그러려면 지금부터 아예 화류계로 나서든가."

차마 입에 담기도 어려운 말이 나왔음에도 인희는 끝내 그 자리를 지켰었다. 자리를 박차고 나올 만한 고비는 한두 번이 아니었지만 인희는 그렇게 하지 않았다. 혼자 세상을 헤쳐 나오면서 자신을 방어하는 일에는 어느 정도 길이 들은 그녀였으나 그때는 아무것도 생각이 나지 않았다.

방어도, 도망도 꾀하지 않고 그녀는 고스란히 함부로 쏟아지는 소나기에 옷을 적시듯 마음을 고스란히 버렸다. 마음도 어떤 물건 같은 것이라면 수선해서 재생시킬 여지도 없을 만큼 심하게 버렸다. 마음자리에서 피가 흐르고 있다는 느낌, 그 느낌만 생생했다.

그러나 한 가지만은 무의식적으로, 거의 본능으로 느낄 수 있었다. 이 사랑이 결국은 내리막길을 향해서 구르기 시작했다는 사실, 다가올 미래가 사랑을 완성하기 위해 애썼던 과거보다 훨씬 잔인하리라는 사실을 인희는 직감했다.

천 번 부르면

죽은 넋도

돌아온다 하는데

메아리는

뒤도 돌아보지 않고

그대로 굳어

첩첩 겹겹

산을 만들고

어긋나는 길

그대 까닭에

마음 깊숙이

자리잡은

허공은

깨어나기 어려운

가여운

잠이었네.

-김초혜 「사랑굿 104」

다시 시작된
의문

　정신이 무거우면 육체도 무겁다.

　살아있다는 것에 정신이 피로를 느끼면 거의 동시에 육체도 반
응을 한다. 어느 때는 정신과 육체 중 어느 것이 먼저인지 구별할
수 없을 정도의 동시성을 보여주기도 한다.

　이것만으로는 부족하다는 듯이 신경을 혹사시키는 괴이한 일
들이 다시 시작되었다. 지난봄에 있었던 일련의 수상쩍은 일들,
밤마다 걸려오곤 하던 침묵의 전화, 알 수 없는 여인네가 보낸 수
박 한 덩이, 그리고 난데없는 술주정뱅이의 방문을 떠올리게 하

는 해괴하기 짝이 없고 전혀 갈피를 잡을 수 없는 일들이었다.

처음은 지난봄처럼 침묵의 전화로 시작했다. 벨이 울려 전화를 받으면 아무런 소리도 내지 않고 이쪽에서 전화를 끊을 때까지 가만히 있는 것이었다.

퇴근길이나 출근길에 누군가의 감시를 받고 있다는 느낌도 그녀의 신경을 혹사시켰다. 이런 느낌은 단순한 과민반응이 아니었다. 확실히 그러했다. 버스에서 내려 집으로 돌아올 때는 아주 여러 번 누군가가 뒤를 밟고 있다는 사실을 감지했다.

알 수 없는 선물들이 경비실에 맡겨진 일도 두 번이나 생겼다. 처음의 선물은 몸의 치수를 미리 알고 뜬 것이 분명한 스웨터였다. 두 번째 선물은 복용 상의 주의사항을 적어놓은 메모지와 함께 상자에 담긴 한약이었다.

지난봄의 수박은 임자를 잘못 찾아왔다는 생각으로, 그리고 부담 없이 나누어 먹을 수 있는 수박이어서 선뜻 경비실에 떠넘길 수 있었으나 이번 것들은 그런 종류가 아니었다. 스웨터도 그랬고 한약도 그랬지만 포장지에는 어김없이 '오인희'라는 이름 석 자가 쓰여있는 것이었다.

이 모든 의문에 대해서 그녀는 도저히 해답을 찾을 수가 없었다. 침묵의 전화나 감시를 받고 있다는 느낌에 대해서는 진우 가족 중의 누구를 의심할 수도 있는 문제였다. 상당히 유치하고 잔인한 방법이긴 하지만 결혼을 단념하도록 그녀를 괴롭히는 일들을 계획할 수도 있으니까.

그러나 한약이나 스웨터에 이르면 그만 머리가 멍했다. 물론

237

선물 부분에 대해서는 다른 사람, 가령 노루봉의 성하상이란 남자를 의심할 수도 있다. 그러나 포장지에 쓰인 그녀의 이름 석 자는 성하상이 요즘도 보내오는 편지의 글씨체와 너무도 판이했다. 그리고 그가 보낼 만한 종류의 선물도 아니었다.

뭔가 알 수 없는 일이 자신도 모르는 사이에 벌어지고 있다는 상상만큼 정신을 지치게 하는 것도 없는 법이다. 인희는 자신을 둘러싸고 있는 이 모든 일들이 자신을 어디로 데려갈지를 상상할 때마다 온몸에 소름이 끼쳤다. 형체를 알 수 없는 이런 불안은 정말이지 너무도 견디기가 어려웠다.

비록
꿈일지라도

"아예 우리 규영이 초등학교에 들어갈 때나 오시지?"

반가움에 겨워 그녀의 손을 덥석 쥐어놓고도 혜영은 입으로 기어이 가시 박힌 소리를 한마디 한다.

그럴 만도 했다. 혜영은 예정일을 열흘이나 넘겨서 주위 사람들 애를 태우더니 새해의 첫 번째 밤에 딸을 낳았다. 인희는 산모가 병원에서 퇴원해 집으로 돌아온 다음에야 연락을 받았다. 동규의 전화를 받고 인희는 당장 혜영에게 달려가는 것이 당연하다고 생각했었다.

그러다 문득 동규의 말 한 마디가 그녀의 발을 잡아당겼다. 자신의 어머니, 그러니까 혜영의 시어머니에 대한 말이었다.

"우리 어머니, 원래부터 이것저것 지키는 게 많으신 양반이잖아요. 아기한테 부정 탄다고 간호원들에게도 잔소리를 해대시는 바람에 어찌나 민망한지. 아주 소금통을 들고 계세요. 세상에 태어나서 일곱이레를 지내기 전에 모든 액막이를 해놓아야 나중에 탈이 없다나요, 아무튼 장손을 기다리시다 손녀를 보셨는데도 혜영이한테 섭섭한 소리 하나 하지 않으시는 게 다행이랄밖에요. 사실 은근히 그게 걱정이었거든요."

세상에 태어나서 일곱 번씩 일곱 날을 보내는 동안은 아이에게 부정한 모든 것을 금해야 된다는 그 말에서 인희는 병원에 가는 것을 포기했다. 혜영이가 별처럼 순결한 생명을 얻기 위해 그토록 애를 쓰던 그 밤에, 그 새해 첫 밤에 나는 무엇을 했던가. 자기야말로 일곱 번씩 일곱 날이 아니라 칠백 날을 보낸 뒤쯤에야 별처럼 순결한 새 생명을 볼 자격이 있을 거라는 생각이 그녀의 발을 잡아당겼다.

그뿐만이 아니었다. 설령 그런 일이 없었다고 해도 자신은 결코 아이에게 복을 가져다주는 존재가 아니라고 그녀는 믿었다. 갓 태어난 생명에게는 접근해서는 안 될 저주받은 삶. 어느 것 하나 제대로 박혀있지 않고 어느 것 하나 제대로 누리지 못하는 결핍의 생애.

혜영의 시어머니는 아이의 삼칠일을 보내고 못 미더워하며 시골로 내려갔다고 했다. 그래도 안 오겠냐며 일부러 혜영이 전화까지 했지만, 그때는 이미 자신의 삶이 더욱 걷잡을 수 없는 물살

어긋나는 길

속으로 빨려들고 있다는 절망감에 차있던 때라서 선뜻 혜영의 집에 들를 수가 없었다.

친구에게 무슨 소식을 전하겠는가. 아무것에도 희망이 없는 지지부진한 일상을 아무리 혜영이라지만 엿보이고 싶지 않았다. 착한 혜영의 마음을 상하게 만들고 싶지도 않았다. 결국 혜영에게는 모든 걸 말하겠지만 그래도 미룰 수 있다면 하늘 끝까지 미뤘다가 알리고 싶었다.

그녀가 망설이며, 겁내하며 혜영의 집을 방문하는 일을 늦췄던 것은 어쩌면 잘한 일인지도 몰랐다. 태어난 지 한 달도 못 되어서 혜영의 딸은 호흡기질환으로 입원하는 소동을 벌이고 말았다. 만약에 그녀가 아이를 보고 온 후에 그런 일이 생겼으면 두고두고 마음에 가시가 되었을 소동이었다.

"이젠 괜찮니? 그래도 요 볼은 토실토실한데?"

요란한 병치레를 한 아이 같지 않게 혜영의 딸은 제 엄마의 품에서 방실방실 웃고 있다. 엄마와 아버지의 마지막 이름자를 따서 지었다는 아이의 이름도 천박하지 않고 고요해서 좋았다.

"규영이라, 허규영. 부르기도 좋다."

인희는 젖 냄새 풀풀 나는 어린 규영의 손을 잡아보고 싶지만 참고 만다. 이처럼 맑고 고운 눈빛에, 한없이 부드럽고 투명한 살갗에 자기처럼 세상의 온갖 낙인이 찍힌 사람의 손을 대고 싶지 않았다.

"이 바보. 만져봐. 얼마나 말랑말랑한지 몰라."

혜영은 친구의 속마음까지 읽는다. 혜영이 잡아서 대주는 아이

의 손은 정말로 따뜻하고 부드럽다. 인희는 아이의 손을 잡는 순
간 불현듯 눈시울이 뜨거워지고 만다. 이렇게 연약한 것을, 이렇
게나 따뜻한 것을.

혜영은 친구의 눈시울이 붉어지는 이유도 읽어낼 수 있다. 자
기 또한 이 아이와 대면한 이래 수없이 그랬으니까. 가만히 쳐다
보는 것도 벅차고 아까운 이 고운 목숨을 거리에 버리는 부모들,
버려야만 하는 세상의 슬픔들에 대해 친구는 생각이 미쳤으리라.

아마 거의 이맘때일 것이다. 생후 2개월이라고 했으니 지금의
우리 규영이보다야 약간 더 자랐겠지만, 그런들 아직 핏덩이임에
는 틀림없는 갓난아이였겠지.

혜영은 친구의 눈에 띄게 야윈 얼굴을 들여다보며 그런 생각을
한다. 자기는 다섯 살 때 버려졌으니 적어도 그때까지는 부모의
품에 있었다는 이야기였다. 그런 자신에 비하면 이 친구는 너무
나 참혹하지 않은가. 잠시만 들여다보지 않으면 이슬처럼 스러져
버릴 것 같아 애가 타는 생명, 손끝으로 쥐기도 겁나는 이 연약한
생명을 역 광장에 버려두는 그 마음은 대체 무엇인가.

"이렇게 예쁘고 소중한 아이를 왜 낳지 않겠다고 했니? 아냐,
그건 나도 그랬지. 하기야 너무 소중하고 아름다운 존재니까 두
려웠는지도 몰라. 혜영아, 우리도 이렇게 티 없이 맑고 깨끗했던
시절이 있었을까? 이렇게 향기롭고 고왔을까?"

혜영은 친구의 물음에 대답을 할 수가 없다. 그 대신 아이를 친
구의 품으로 건네준다. 인희는 보물을 다루듯이 조심스럽게 자신
의 품에 아이를 안는다.

결혼이 순탄하게 이루어져 이 친구도 이런 보물을 얻을 수 있었으면. 혜영은 한숨을 깨물며 친구의 창백한 안색을 살펴본다. 그리고 인희의 눈치를 살피면서 가만히 물어본다.

"부모님들한테는 죄송하지만, 두 사람이 간략히 식을 올리고 네 아파트에서 살림을 시작하면 안 될까?"

인희는 아이에게서 시선을 떼지 않고 고개를 흔든다.

"진우씨하고 의논해보지 그러니? 결국 부모님들도 인정을 하시겠지."

"싫어."

인희는 여전히 아이의 해맑은 얼굴에서 눈길을 떼지 않고 단호하게 친구의 제안을 거절한다. 물론 그녀도 수없이 생각해본 방법 중의 하나였다. 그냥 이렇게 살아버리자는 진우의 말에 무게가 없는 것을 탓했던 이유도 그런 방법을 수용할 마음이 아주 없지 않아서였으리라.

그러나 지금, 인희는 아주 확실하게 마음을 정한다. 갓 태어난 이 어린아이의 까만 눈동자를 들여다보며 그녀는 비로소 하나의 결심을 굳혔다. 절대로, 무슨 일이 있어도 또 다른 나를 만들지는 않을 것이라고. 결혼만큼은 절대로 정상적인 길을 밟아서 해야 하는 것이라고.

변칙은 그녀 혼자만으로 족한 것이다. 원칙에서 벗어나는 길인 줄 번연히 알면서 같은 잘못을 되풀이하는 우를 범할 수는 없는 것이다. 원칙대로 될 수 없다면 포기하는 것이다.

인희는 혜영의 입에서 다른 말이 나오기 전에 얼른 화제를 바꾼다. 그녀는 최근에 잇달아 일어나고 있는 괴이쩍은 일들을 혜영에게 털어놓는다.

"전혀 생각나는 사람이 없어? 그럴 만한 일도?"

혜영도 고개를 갸웃거린다.

"물론이야. 누군가의 장난이라고 돌리기에는 너무 집요하고. 장난하는 사람이 한약 같은 돈 드는 짓을 할까."

"너, 설마 그 약을 먹은 것은 아니겠지."

"먹고 죽을 약이라는 게 확실하다면 먹었겠지."

"애가 무슨 끔찍한 소릴."

혜영이 눈을 흘기고, 인희는 의식도 못하는 사이에 새어나온 자신의 말에 속으로만 놀란다. 그런 말이 절로 흘러나올 만큼, 죽음보다도 더 괴로운 시간 속에 굴러 떨어진 것일까.

"지난봄에 말야, 수박을 가져온 사람도 나이가 꽤 든 아주머니였다고 경비원이 그랬다면서? 그리고 네가 그때의 마지막 전화에 확인한 목소리도 중년여자의 음성이었다고 했잖아. 그럼, 이번의 스웨터나 한약도 바로 그 여자임이 틀림없다고 봐야 되겠다. 선물의 내용도 그럴싸하지 않니? 그런데 왜 이런 짓을 하지? 왜 너한테? 혹시……."

제법 조리 있게 사건을 풀어가던 혜영이 돌연 말을 흐린다. 그리고는 느닷없이 혼자서 깔깔 웃어대는 것이다.

"왜 웃어? 또 무슨 엉뚱한 상상을 하는 거야?"

"글쎄 말이야, 갑자기 삼류 연속극 같은 생각이 떠오르니 웃음이 터질밖에."

"그게 뭔데?"

"뭐긴 뭐야. 오갈 데 없는 고아 소녀가 갖은 고생을 하며 살아가고 있는데 가장 불행한 시기에 구세주처럼 상류사회의 어머니가 나타나서 하루아침에 신데렐라가 되는 이야기지 뭐. 왜 그런 동화도 많잖아. 독자들로 하여금 눈물을 질질 흘리게 만들 만큼 계속 불행한 일만 닥치던 주인공에게 어느 날 돈 많은 삼촌이 나타난다거나 몰랐던 유산이 발견된다는 식의 허무맹랑한 해피엔딩 이야기들. 혹시 아니. 우리에게도 그런 행운이 닥칠지."

혜영의 만화 같은 상상은 그러고도 더 계속된다.

"딸을 찾아놓고도 그 어머니는 차마 딸 앞에 나설 수 없어 망설이고만 있는 거야. 그러나 아무것도 해주지 못한 딸에게 뭔가를 주고 싶은 마음을 억누를 길은 없었던 거지. 그래서 딸 생각을 하며 한 올 한 올 정성스럽게 뜬 스웨터를 보내고, 먼 발치에서 본 딸의 수척한 모습이 마음에 걸려 한약을 지어 보내. 그러다 어느 날 드디어 나타나시겠지. 우아한 밍크코트에 으리으리한 자가용을 타고. 인희야, 생각만 해도 신이 난다. 만약 그렇게 되면 진우씨 부모님들 얼굴 표정이 어떨까? 기를 쓰고 반대했던 것을 얼마나 후회할까? 아마 널 대하는 태도가 백팔십도 달라질걸. 정말, 그런 모습 한번 구경했으면 원이 없겠다. 왜 그런 일은 동화나 소설에서만 일어날까? 우리 오인희씨에겐 일어날 수 없는 일일까?"

수상쩍은 일들에 대해서 이야기하다 말고 두 사람은 모처럼 소리를 내어 한참을 웃었다. 말도 안 되는 소리였지만, 말이 되지 않는 허무맹랑한 상상이었기에 더욱 거리낌 없이 웃을 수 있었다.

웃음 속에서도 혜영의 상상력은 좀체 누그러들 기미가 없었다. 그 상상이라는 게 또 얼마나 구체적인지, 예를 들면, 생모와의 첫 대면 때 흐를 음악은 이러이러한 것이 적당하다는 등, 첫 만남에서 너무 엉엉 울면 촌스러우니까 입술을 깨물며 눈물을 참는 연기를 익힐 필요가 있다는 등 끝이 없이 이어졌다.

"이제 보니 혜영이 너, 매일 이런 터무니없는 공상이나 하고 있었구나. 말도 안 돼. 그런데 재미는 있다."

"그렇지? 재미가 있지? 지금은 좀 덜하지만, 사춘기 시절에도 그랬고, 갓 결혼해서 동규씨 어머니한테 좀 섭섭한 말을 들으면 절로 이런 상상이 펼쳐지는 거야. 날 얕잡아봤던 모든 사람들, 내 앞에서 으스댔던 세상 사람 모두가 깜짝 놀랄 것이 가장 통쾌하더라. 마음속으로나마 이런 복수를 하고나면 세상살이가 훨씬 부드러운 것도 사실이고."

혜영이만 그랬을까. 정도의 차이는 있겠지만 인희도 가끔씩 생모에 대해 그런 상상을 펼쳐보곤 했었다. 자신을 낳은 어머니가, 혹은 아버지가 이 세상 어디에서 잃어버린 딸을 그리워하며 품위 있게 살아가고 있을지도 모른다는 상상은 비록 꿈일지라도 상당히 마음에 위안이 되었다. 잃어버린 딸과 상봉하는 드라마 같은 기적보다 그녀를 더 기쁘게 하는 상상은 그런 것이었다. 어딘가에서 고상하고 품위 있게, 뭇 사람들에게 존경을 받으며 살아가고 있을 은백의 아버지, 그리고 어머니.

영영 만나지 않는 것이 좋다. 만나면 이 원망하는 마음을 도저히 숨길 수 없으니 차라리 만나지 않는 게 백 번 좋다. 다만, 핏줄

어긋나는 길

의 근원인 그들이 어딘가에서 안온한 삶을 살고 있다는 소식만 들었으면 좋겠다…….

배신의
실금

배신은 갑자기 찾아드는 것이 아니다. 그것은 아주 조금씩 조금씩, 보이지 않던 항아리의 실금이 가득 찬 물을 땅으로 다 흘려보내듯이 그렇게 진행되는 것이다. 적어도 인희에게는 그랬다.

진우의 마음에 실금이 그어졌으리라는 짐작은 결혼이 반대에 부딪친 이후 늘 간직해오던 의혹이었다. 진우는 그런 남자였다. 살아오면서 한 번도 그에 대해 세상이 거부권을 행사한 적이 없었던 탓이었다. 투쟁이 없었으므로 저항력도 약할 것은 뻔한 일이었다. 거기까지는 그렇게 이해하고 참을 수 있었다.

그러나 그의 다음과 같은 말은 어떻게 해석하고 이해해야 했을까.

"어머니한테 효도하는 셈치고 그냥 나가봤을 뿐이야. 아가씨는 발랄하고 귀엽더군."

삼월 첫째 주 일요일 오후에 말끔한 양복 차림으로 찾아와서 그가 던진 말이었다. 인희는 이미 진우의 어머니한테서 친절하게도 그가 맞선을 보러 나갔다는 사실을 통보받은 후였다.

삼월 둘째 주 토요일에는 친구의 결혼식이 있다고 그녀의 아파트에 들르지 않았다. 저녁에 걸려온 전화에서 진우는 또 아무렇지도 않게 이런 말을 했다.

"호텔 사장 딸이래. 덕분에 근사한 피로연 구경하고 이제 들어왔어. 신랑 친구들 위해서 특실을 두 개나 비워두었다고 아예 밤샘을 하라는 거야. 다들 눌러앉아서 양주를 마시고 있는데 난 그냥 와버렸어. 신이 나야 놀거나 말거나 하지. 신랑 신부도 거기서 첫날밤을 보낸다는군. 신혼여행은 내일 아침비행기로 떠나서 열흘간 유럽을 돌아보는 일정이라나 뭐라나. 하여간 친구들 사이에 덜떨어진 녀석이라고 소문이 난 놈인데 장가는 되게 호화판으로 가는 게 아주 신기해. 뭐해? 내 말 듣고 있어? 가만있자, 이런 말 하면 인희씨 화내는 거 아냐?"

가만있자, 이런 말 하면 인희씨 화내는 거 아냐? 그 말, 그가 넌지시 덧붙인 그 말이 그녀가 가진 사랑의 첫 실망이었다. 물론 이전에도 그에 대한 실망이 전혀 없었던 것은 아니었다. 그렇지만 그것들 속에는 단순함만 있었지 의도적인 계산은 없었다. 더 심하게 말하면 '교활함'이기도 한 그 말.

그 말은 말하자면 이젠 이런 말에도 화를 내지 않을 만큼 나, 김진우라는 남자한테 매달리기로 작정했냐는 비웃음의 다른 표현이었다. 도도했던 너, 도망가려고만 했던 너, 그래서 매혹적이기도 했던 너도 겨우 요만큼이었어? 하고 찌르는 흉기.

그녀는 마침내 김진우라는 이름의 흉기에 찔리고야 말았다는 사실을 처음으로 인정했다. 그러나 더욱 답답했던 것은 바로 그녀 자신이었다. 그의 일거수일투족을 명료하게 해석할 수 있었으면서도 그다음은 도저히 어떻게 해볼 수 없는 것이었다. 그녀는 찔리면서도 여전히 그 흉기를 붙잡아보려 애쓰는 중이었다.

그렇지만 그녀 스스로도 모르게 인희는 마음의 준비를 하고 있었다. 그에게로 가는 믿음이 점점 엷어지고 있음이 바로 그 준비의 첫 단계였다면 그의 어떤 말에도 상처받지 않겠다고 다짐하는 것은 두 번째의 준비과정이었다.

확실히 진우는 변해있었다. 이제는 그녀의 아파트에 들러도 일찍 돌아갈 구실을 찾기 위해 몹시 허둥대고 있었다. 결혼에 대한 근심이나 그녀를 향한 자신의 애정을 표현하는 말은 단지 그녀를 안고 있을 때뿐이었다. 그 격정의 시간이 지나고 나면 그는 다시 만사가 귀찮고 괴롭다는 표정으로 돌아갔다.

거절은, 그가 내미는 손을 뿌리치는 것은, 그녀로서는 아직 할 수 없는 일이었다. 적어도 그녀는 그를 자신의 선택으로 받아들인 것이었다. 그가 어떻게 그녀에게로 왔는가는 중요하지 않았다. 다가온 그를 그녀는 받아들이지 않을 수도 있었다. 결혼에 대해서 여전히 마음을 닫고 있을 수도 있었다.

그러나 그녀는 그를 자신의 인생에 합류시켰다. 그런 이상 자신의 결정에 책임을 져야 한다는 것이 인희의 생각이었다. 그것이 또한 그와 그녀의 서로 다른 점이기도 했다.

편지 5

상심하는 그대.

지리산에 들어가 있다가 급히 돌아왔습니다. 매년 겨울과 봄에 걸쳐 스승이신 범서 선생님 곁에서 미흡한 수련을 채우는 일은 늘 있어온 것이었습니다. 때때로 스승의 기운을 받지 않으면 아직 어리석은 나는 정신의 진보가 중단되는 것 같은 위기감을 느낍니다.

그냥 스승의 곁에만 있어도 충분한 기운이 전해지는 것 같다면 당신은 이해하지 못하겠지요. 숲이 깊으면 그늘도 크고 바람의 시원함도 센 법입니다. 똑같은 이치라고 생각하시면 됩니다. 큰 정신의 스승들은 우리가 알거나 모르거나 간에 끊임없이 우리에게 기운을 나누어줍니다. 우리는 알지도 못하는 사이 그 거인들의 은혜를 입는 것입니다.

스승은 지금 지리산에서 약초재배에 전념하고 계십니다. 화학약의 맹독성을 알면서도 번져가는 병을 어쩌지 못해 현대의학에 기대고 있는 세상 사람들에게 자연의 치료제를 제공하고 싶으시답니다. 내가 어찌 스승의 큰 뜻을 다 알겠습니까마는, 당분간은 그 일에만 전념하실 듯싶습니다.

스승의 곁에서 수련하는 중에도 끊임없이 당신의 얼굴이 나타났습니다. 어떤 날은 당신의 눈물 젖은 얼굴을 보았습니다. 내 사랑 당신이 지금 지옥 같은 나날 속에 던져졌다고 생각하면 도저히 명상의 평화를 누릴 수 없었습니다. 괴로워하는 나에게 스승이 말

어긋나는 길

쏨하셨습니다. 돌아가라. 가서 네가 하고 싶은 대로 행하거라.

그래서 난 돌아왔습니다. 당신에게 간다고 해도 내가 할 수 있는 일은 아무것도 없기에 안타깝지만 내 처소로 돌아왔습니다. 그리고 며칠간 전심 전념 당신을 위한 명상에 잠겼습니다. 에너지를 모으기 위해서였지요. 안간힘으로 모은 힘을 손에 담아 당신에게 보내보기도 수차례였습니다. 그러나 아, 당신은 지금 겹겹의 의혹에 휩싸여 있어서 내 수력을 받아들일 수 없나 봅니다. 당신이 내가 보낸 편지들을 읽기만 했어도, 그래서 하루에 단 한 번만이라도 내 생각을 해주기만 했어도, 당신의 고통을 덜어줄 내 손을 받았을 텐데.

그러나 당신.

서둘러 두 번째 공부를 시작합시다. 이제는 스스로 에너지를 찾아 거기에 당신을 연결시키십시오. 그 길뿐입니다. 하나의 길이 남아있을 뿐입니다. 당신을 조금이라도 덜 상하게 할 수 있는 단 하나의 길이고 내 마음이 조금이라도 덜 안타까울 수 있는 유일한 방법이지만, 당신, 지금은 눈앞의 현실만 보고 있으니 애가 탑니다.

그래도 나는 합니다. 내가 할 수 있는 일이 이것밖에 없기에 들어주는 사람 없다 해도 나는 말합니다. 오늘 당신에게 주는 말은 광안(光眼)입니다. 어려울 것 없습니다. 우리를 우주와 연결시켜주는 다리가 곧 광안이니까요.

지난번에 말했습니다만, 존재에 대한 성찰을 오래도록 계속한 사람이라면 자신의 눈이 광안으로 전환되는 체험이 거의 저절로 이루어집니다. 이렇게 이대로, 뜻도 모른 채 막무가내로, 시간에 묻혀 흘러가도 괜찮은 것인가 하는 질문이 절실하다면 이미 광안의 첫 단계를 학습했다고 해도 틀린 말은 아닐 것입니다.

그 사색에 어떤 교과서도 필요하지 않습니다. 그런 것은 오히려 진정한 사색에 훼방만 될 뿐입니다. 선입관은 적입니다. 가능한 한 말끔하게 비워진 머리가 좋습니다. 사실 광안으로 전환하는데 가장 큰 장애는 고정관념과 선입관들입니다. 마음이 그것들에 팔려있으면 은빛 지평선을 볼 수 있는 광안을 얻을 수 없습니다.

광안으로 가는 데는 세 가지의 단계가 있습니다. 물론 초심자의 경우입니다. 수련이 거듭되면 눈을 뜨고도 광안으로 갈 수 있습니다. 하지만 초심자에게는 불가능합니다. 그래서 순서가 만들어졌습니다.

첫 단계는 눈을 감고 마음을 안정시키는 것입니다. 마음을 안정시키는 일이 중요합니다. 마음은 미끌미끌한 비누 같아서 바늘 구멍만한 틈으로도 빠져나가 버립니다. 빠져나간 마음을 뒤쫓다 보면 광안은 점점 어려워집니다. 마음을 말뚝에 묶어라, 라고 스승은 나에게 말씀하셨습니다. 그래요, 당신도 당신의 어지러운 마음을 단단히 말뚝에 묶어 매십시오. 언젠가는 매어질 것입니다.

마음이 안정되었다는 증거는 감은 눈 속의 눈동자가 이리저리 헤매는 것을 멈추는 것으로 나타납니다. 눈앞의 어둠이 차분해진다고 느껴지면 안정의 기미가 보이는 것입니다.

마음이 말뚝에 단단히 묶였다고 여겨지면 이제 두 번째 단계입니다. 두 번째 단계는 우선 눈 위, 눈꺼풀 안쪽을 주시하십시오.

어긋나는 길

물론 눈은 감은 채입니다. 눈을 감고 눈꺼풀 저 안쪽을 보는 것입니다. 중요한 것은 그때도 마음이 풀리면 안 된다는 것입니다. 현실의 어떤 일 속으로 마음이 달려가면 허사입니다. 텅 빈듯한 고요, 그 고요의 마음으로 눈의 저 안쪽을 보아야 합니다.

그 일이 어렵다면, 손을 사용해보십시오. 손바닥을 가볍게 눈두덩 위에 얹어놓는 것입니다. 그러면 눈앞의 어둠이 확실히 짙어져서 눈꺼풀 안쪽에서 번지는 빛살들을 보기가 한결 쉬워질 것입니다. 너무 세게 누르지는 마십시오. 마음이 그리로 옮겨가고 맙니다.

이제 세 번째 단계입니다. 내 영혼이 눈 안쪽으로, 눈꺼풀 저 안쪽으로 빨려 들어가고 있다, 라고 마음을 집중하는 것이 세 번째 순서입니다. 그렇게 얼마 동안을 기다리면 어둠을 물들이는 은빛 광선들이 화면 위쪽으로 가지런히 모이는 것을 볼 수 있을 것입니다. 그것을 나는 은빛 지평선이라고 표현합니다. 당신도 그것을 볼 수 있다면 내 표현이 틀리지 않다는 것을 아실 수 있을 것입니다.

그리고 네 번째입니다. 정확히 말하면 세 번째 단계에서 광안은 이미 뜨인 것입니다. 네 번째라는 것은 광안으로 전환된 뒤의 현상을 가리킵니다. 초심자는 현상도 배워야 인지할 수 있으므로 나는 당신에게 네 번째를 추가시키고자 합니다. 광안을 뜨고 난 후 얼마 지나지 않아 감은 눈이 뜨거워질 것입니다. 먼저 눈이 뜨거워지고 그다음에는 머리가 뜨거워집니다. 그리곤 온몸이 다 그렇게 뜨거워집니다.

잠시 뜨겁다가 이내 식는 수도 있습니다. 마음을 놓쳤기 때문입니다. 말뚝에서 마음이 풀렸기 때문입니다. 풀린 마음이 또 현실의 어떤 일을 생각하기 때문입니다. 현실의 일들이 얽히고 얽힌 사람일수록 마음을 놓쳐버리지 않도록 주의해야 합니다. 바로 그대가 그런 경우입니다. 당신은 생각해야 할 일이 너무 많은 사람입니다. 그러나 그 생각들을 버리십시오. 당신이 골몰한다고 해서 그런 식으로는 아무것도 해결되지 않는다는 사실을 인정하십시오.

머리와 팔과 다리와 배와 등이 다 뜨거워지면 끝입니다. 그다음 현상은 설명하지 않아도 누구나 다 각인처럼 마음에 새겨집니다. 완전한 자유, 그리고 깃털 같은 가벼움이 마침내 당신에게로 옵니다. 광안을 통해서 육체가 빠져나가는 기분도 느낄 수 있습니다. 충만한 기운이 끝없이 온몸을 관통하고 있는 놀라운 느낌을 향유할 수 있습니다.

그것이 바로 우주와 당신이 연결되었다는 증표입니다. 또한 당신과 우주가 서로 긴밀하게 조응하고 있다는 증표이기도 합니다. 당신은 닫혀있는 문을 열어젖힌 것입니다. 우주는 내내 기다리고 있다가 품고 있던 에너지를 밀물처럼 흘려보내 줄 것입니다.

그러면서 당신은 서서히 소생하는 것입니다. 그토록 새로워지고 싶었던 자신이 마침내 새로워졌다는 사실을 깨닫게 될 것입니다. 새로운 삶한테는 새로운 삶의 방식이 생긴다는 것은 당연한 이치지요. 당신은 전혀 생각도 못했던 방식으로 살아가는 스스로를 발견하고 깜짝 놀랄 것입니다. 온전한 마음의 평화는 이제 당

어긋나는 길

신의 것입니다.

그런 당신을 보고 싶습니다. 그런 당신을 내 눈으로 보고 싶습니다. 그날이 언제일까요? 멀지는 않습니다. 나는 그것을 느낍니다. 당신에게 평화가 찾아가는 날이 그리 멀지 않다는 것을 나는 느낄 수 있습니다. 그날까지 내 사랑하는 그대, 마음의 지옥에서 헤매는 그대, 부디 늘 건강을 보살피기 바랍니다. 건강하지 못하면 그날이 왔을 때 어디에 마음의 평화를 담나요…….

5장

식어버린
사랑

예기치 않은
일

4월이 왔다. 그리고 4월도 악몽처럼 흐르고 있었다. 그러나 그
4월에 인희는 전혀 예기치 않은 일과 부딪치고 말았다. 배신의 실
금들이 어떤 무늬를 이루는지를 비참한 심정으로 지켜보던 그때
에, 언제쯤 스스로 놓지 못하고 있는 책임의 덫에서 철수해야 하
는지를 착잡한 마음으로 가늠하던 그때에 그 일은 다가왔다.

"혈압이 몹시 낮은데요. 임신으로 인한 일시적 현상일 수도 있
지만 이 상태가 계속된다면 상당한 주의를 요합니다. 임신이 진
행되는 동안 반드시 정기적인 진찰을 받아야겠습니다."

진료를 마친 의사는 차트에 한참 동안 무언가를 적더니 다음번
의 진료날짜를 일러주었다. 그때 가서 여러 가지 검사들을 해볼
필요가 있다고 했다.

"다음에는 보호자와 함께 오셔야 합니다. 복잡한 검사도 몇 가
지 있고, 보호자가 알아두어야 할 주의사항도 있으니까요."

산부인과 진료로는 상당한 신뢰를 얻고 있는 병원이었다. 이런 일로 골목에 숨어있는 허름한 병원을 죄인처럼 찾고 싶지는 않다는 것이 그녀의 고집이었다. 그래서 인희는 가능하면 크고 좋은 병원을 수소문했다. 그렇게 찾은 병원에서 한 치의 의혹도 없이 임신을 선고받았다. 임신의 여러 상태들이 썩 안정적이지 못하다는 소견도 함께.

그랬다. 그것은 선고였다. 비켜가기에는 너무 늦었다는 최후의 통첩 같은 한마디를 마음속으로 삼켜야 했다. 사랑이, 우박처럼 쏟아지던 사랑이 멈춰버린 자리에도 생명이 싹트나요…….

짐작은 했었지만, 그럼에도 인희는 아득했다. 이제는 그에게 매달릴 일만 남았는가 생각하니 상상도 못했던 절망이 몰려왔다. 매달릴 생각은 추호도 없다는 자신의 당당함만이 유일한 버팀목이지 않았던가. 여태 견디고 있었던 것은 자신에 대한 책임감 때문이었지 그에게 동정을 구걸해서가 아니었다는 자존심의 푯대가 바람에 쏠려 넘어지는 것만 같았다.

임신이 그녀를 얼마나 휘청이게 했는지는 회사에서의 생활만 보아도 알 수 있었다. 미스 김은 노골적으로 짜증을 내고 있었다.

"언니, 요새 제정신이 아닌가봐. 이 포스터를 봐요. 날짜가 틀렸잖아요. 난 언니가 교정을 봤다고 해서 그냥 넘겼는데. 이것 언제 수정해서 특별세일 날짜에 맞춰요? 나만 죽어났네."

정실장도 이마를 찌푸리며 타박하는 날이 잦았다.

"이거야, 완전히 산송장이구먼. 도대체 인희씨 얼굴이 그게 뭐야? 생사람 잡겠어. 도대체 진우 그 자식은 어떻게 생겨먹은 자식이야? 나이가 몇인데 아직도 엄마 품에서 허우적이고만 있으니. 모두 내 잘못이지. 저렇게 우유부단한 놈인 줄 알았으면 처음부터 인희씨한테 손 못 대게 하는 건데. 아휴, 내가 죽일 놈이야. 사람 보는 눈도 없는 주제에 무슨 중매를 하겠다고."

뭔가 결정을 내려야 할 때였다. 그 결정이 어떤 내용이어야 하는지 죽기 살기로 매달려 생각을 해봐야 할 때였다. 인희로서는 하루 스물네 시간을 몰두해도 결론이 나지 않을 일이었다.

아이가 진우의 올무가 되는 일은 정말 싫었다. 아이 때문에 마지못해 결혼을 성사시키는 광경들을 상상하면 자다가도 악몽을 꾸는 인희였다. 절대로, 무슨 일이 있어도, 아이에게는 수모를 주고 싶지 않았다.

그렇지만 아버지 없는 아이로 이 세상에 태어나게 할 수도 없었다. 그것 또한 아이의 수모였다. 그 수모가 얼마나 마음에 상처를 주는지 그녀는 너무나 잘 알고 있었다. 자신의 아이가 그렇게 세상을 살아가는 일을 보아야 한다는 것은 여태까지 그녀를 덮쳤던 어떤 좌절보다 가장 잔인하고 비참한 일이었다.

나중에야 깨달은 일이지만, 그 헝클어진 번민의 실타래 속에 한 번도 아이의 생명을 중단시키겠다는 생각이 섞여든 적이 없었던 것은 참으로 놀라운 일이었다. 인희는 꿈에서도, 죄어드는 현실의 온갖 번뇌 속에서도, 그런 마음은 한 번도, 단 한 번도 품지 않았다. 그것은 거의 무의식에 가까운 고집이었다. 어떤 일이 있어도 자식을 버리는 어머니가 되지 않겠다는 그 고집은 어쩌면 자신을 버린 부모에게 갖는 모진 원한의 다른 모습일지도 몰랐다.

식어버린
사랑

　죽음보다 더 깊은 생각의 늪에서 채 빠져나오기도 전에 진우가
먼저 자신이 아버지의 길로 접어들었음을 알아차렸다.

　"인희씨. 설마……."

　진우가 그녀의 몸을 눈으로 훑으며 던진 말은 그것이 다였다.
인희 또한 그의 단 한마디, '설마'를 듣고 모든 생각을 끝냈다. '혹
시'라는 말도 있었다. 아니, '기쁜 소식' 같은 벅찬 언어를 기대한
것은 절대 아니었다. 그녀는 단지 '혹시' 정도만 원하고 있었을
뿐이었다. 그런데 그는 '설마'라고 말했다. 그다음은 더 들어볼 필
요도 없는 것이었다.

　자신의 의심어린 눈길에 여자가 아무런 동의나 반대도 하지 않
는 것을 보고 진우는 얼굴이 굳어졌다. 이 경우 침묵은 긍정의 대
답임은 너무나 확실했다. 그는 언제부터 저렇게 초췌한 얼굴이었
던가를 더듬어보기 시작했다. 그의 느낌으로는 적어도 한참의 시
간이 경과한 것 같았다.

　혹시 너무 늦어버린 것은 아닌가. 그가 '혹시'라는 단어를 떠올
린 것은 아이를 아무 죄의식 없이 다시 허공으로 되돌려 보낼 수
있기에는 너무 늦은 것이 아닐까 염려하면서였다. 다행히도 그의
이런 염려는 밖으로 드러나지 않았다. 만약 그가 무엇을 염두에
두고 있었는지 그녀가 알아차릴 수 있었다면 그녀는 보다 명료하
게 자신의 앞길을 선택할 수 있었을 것이었다.

만약 그랬다면, 그녀가 보다 빠르게 그를 포기하고 자기 자신과 아이에게만 몰두할 수 있었다면, 그랬다면 뒷날 그녀를 덮친 그 엄청난 풍랑에 그렇게 속수무책으로 당하는 일은 피할 수 있었을는지도 모른다. 그녀가 포기한 것은 그와의 결혼이었지 아직은 진우라는 인간 그 자체가 아니었다.

그는 여자가 홀몸이 아니라는 사실에 대해 더 이상은 아무것도 묻지 않았다. 그들은 여자가 준비한 저녁을 별 대화 없이 묵묵히 먹었고, 식사 후에는 대단히 중요한 일이기라도 하듯이 열심히 텔레비전만을 쳐다보았다. 9시 뉴스가 끝난 다음에 남자는 마치 예정된 일인 양 겉옷을 찾아 입었다. 토요일이었고, 예전처럼 밤을 지내고 가지는 않더라도 얼마든지 더 머무를 시간이 있었음에도 그는 돌아가려고 했다.

남자가 구두끈을 조이는 동안 여자는 미리 현관문을 열어놓고 기다렸다. 구두를 다 신은 남자가 이윽고 허리를 폈다.

"일초라도 빨리 나가주기를 바라는 사람 같군."

남자가 빈정거리는 어투로 말했다.

"붙잡을까봐 겁내는 사람처럼 보여서요."

감정 없는 목소리로 여자는 또 그렇게 대답했다.

"당신이 언제 붙잡기라도 했어?"

남자가 갑자기 격앙된 음성으로 소리쳤다. 진심을 엿보인 사람들이 민망함을 감추기 위해 벌컥 화를 내는 것처럼.

"억지 부리지 마세요. 변명이 필요하다면 당신 혼자 하세요."

여자는 얼음보다 차갑다. 남자는 그것에 더욱 화가 난다. 나도 힘들어. 당신은 한 번도 나를 편하게 해준 적이 없었지. 어떤 일만 생기면 냉랭하게 식어버리는 저 차가운 가슴. 기대 쉴 곳이라곤 전혀 없는 여자.

"뭐든 당신 혼자 처리하겠다는 그 생각, 그 잘난 자존심에 정말 넌덜머리가 난다. 아이도 혼자 키울 셈인가? 그래서 나한테 말도 하지 않고 숨기고 있었나?"

여자는 남자의 얼굴을 똑바로 보면서 조용히 대답한다. 이제는 피하고, 감추고 하고 싶은 마음도 없다. 여자는 남자의 천박함에 절망한다.

"말하지 않았던 것이 옳았어요. 당신은 조금도 원하지 않았다는 것을 오늘 알았으니까요."

여자의 말에 남자는 잠시 말을 잃는다. 그러나 그것도 잠깐이다. 남자는 곧장 자신의 감정을 폭발시키고 만다.

"그래. 난 이렇게 아버지가 되고 싶지 않았어! 그런데도 기뻐서 춤이라도 추었어야 옳았나! 당신이야말로 어리석군. 어떻게 이럴 수가 있지? 좀 더 신중했어야 할 사람은 바로 당신이 아니었어?"

남자는 마구 퍼부어놓고 바람처럼 휭하니 나가버린다. 현관문이 꽝, 닫히는 소리를 들으며 여자는 그 자리에 주저앉고 만다. 어리석다고? 좀 더 신중했어야 했다고? 세상에, 지금 그 말을 쏟아부은 사람이 정녕 그였던가. 여자는 문득 온몸에 소름이 돋는다. 세상에 대해서, 사람에 대해서 와락 무섬증이 솟구친다.

그를 사랑했었다. 그것이 사랑이라고 믿었다. 그도 그랬을 것이다. 두 사람이 즐거웠던 시간들은 그럼, 지금에 와선, 대체 무

식어버린 사랑

엇인가. 사랑이야말로 믿음이 아니던가. 나는 너를 믿고, 너는 나를 믿는다는 약속이 곧 사랑 아닐까. 그래서 그토록이나 많은 예언자들이 사랑으로 화해하고, 사랑으로 극복하고, 사랑으로 변화하라고 말했을 것이다. 그러므로 이렇게 독약이 되어버리는 감정, 식어서 바로 가시 돋친 미움이 되는 감정은 사랑이 아니다……

그날 밤, 인희는 한숨도 자지 못하였다. 밤새도록 뒤척이며 지난 시간들을 검토하고 또 검토했다. 동쪽 창이 환하게 밝은 아침에, 그녀는 마침내 그를 미워하지는 않기로 마음을 굳혔다. 그는 아이의 아버지였다.

그리고 이미 말했듯이, 그녀는 여태도 그의 사람됨 전체에 완전히 절망하고 싶지는 않았다. 설령 그럴 마음이 있다 해도 그녀의 자존심이 그것을 허락하지 않았다. 그런 사람을 사랑한 사람이 바로 자기 자신이라는 것을 인정하기는 누구에게나 아주 어려운 일이니까. 자기가 사랑한 사람의 추한 모습을 보는 일만큼 괴로운 것도 없으니까.

나, 지금
덤으로 살고 있는 것 같아
그런 것만 같아
나, 삭정이 끝에
무슨 실수로 얽힌
푸르죽죽한 순만 같아

나, 자꾸 기다리네

누구, 나, 툭 꺾으면

물기 하나 없는 줄거리 보고

기겁하여 팽개칠 거야

나, 지금

삭정이인 것 같아

핏톨들은 가랑잎으로 쓸려 다니고

아, 나, 기다림을

끌어당기고

싶네

_황인숙「나, 덤으로」

빠져나오기

"미안해. 전혀 그럴 마음이 아니었는데."

이틀이 지난 후에 진우는 회사로 전화를 걸어왔다. 만나자고
했다. 두 사람은 점심시간에 한정식집의 방 하나에 마주 앉았다.
상이 나오기 전에 그가 먼저 미안하다고 말했다. 이렇게 맛있는
점심을 사주면 용서해줄 수 있냐고 그는 물었다. 인희는 그를 향
해 희미하게 웃었다.

정갈한 음식이 상 가득 차려져 나왔을 때 진우는 다시 예전으

식어버린 사랑

로 돌아간 것처럼 몹시 다정했다. 그녀가 젓가락을 대는 반찬은 모두 그녀 앞으로 옮겨주었다. 그녀가 향취 짙은 쑥국에 서너 번 숟가락을 대자 일부러 사람을 불러 뜨거운 국 한 그릇을 더 청하기도 했다.

그녀는 그런 남자의 행동을 가만가만 가슴에 담아두었다. 오늘, 바로 이 자리에서 그녀는 남자에게 말을 할 생각이었다. 이제 그만 서로의 삶에서 빠져나오자고, 서로가 서로에게 연관되었던 날들의 추억만이라도 온전하게 간직하며 살기로 하자고. 당신이 당신 아이에게 베푸는 처음이자 마지막인 친절을 뱃속의 아이에게 보여줄 수 있는 것만도 행복한 일이라고.

밥상을 물리고 나자 이번에는 잘 달인 쌍화차가 나왔다. 인희가 먼저 찻잔에 입을 대었다. 그러나 한 모금도 넘길 수가 없었다. 전혀 그런 일이 없었는데 쌍화차 냄새가 속이 울렁거릴 만큼 비위에 거슬렸다. 그런 그녀의 모습을 보고 진우가 말했다.

"이 집 식혜도 일품이야. 그걸 달라고 할까?"

인희는 고개를 가로저었다. 이제는 시간이 없었다. 빨리 할 말을 마치고 회사로 돌아가야 했다. 그녀는 울렁거리는 속이 가라앉기를 기다려 말을 꺼내려고 했다. 그런데 바로 그때 남자가 머뭇거리는 음성으로 이야기를 시작했다.

"이런 말을 해야 한다는 게 너무 싫고 괴롭지만, 그래도 그냥 넘길 수 없는 문제라서……."

진우는 말끝을 흐리며 찻잔만 만지작거렸다. 한참 만에 다시 이어진 그의 말은 그녀에게 그대로 채찍이었다. 아니, 회복할 수 없는 상처였다.

"어머니가 오시겠다는 걸 간신히 말렸지. 어머니한테 인희씨가 당하는 것을 어떻게 두고 보겠어. 어머니는 그러셔. 막아야 한다고. 어머니는 도저히 용납할 수 없으신가 봐. 혼인 전에 어떻게 아이를……. 인희씨가 이해해줬으면 좋겠어. 일단은 어머니의 악화된 감정부터 다스리고 나서 차츰 이해를 구해 식을 올리는 게 서로에게 좋을 것도 같고."

간신히 말을 마친 남자는 여자의 대답을 기다렸다. 그러나 인희는 돌처럼 굳어서 그의 뒷벽만 하염없이 쳐다보고 있다.

"인희씨 생각은 어떤지, 마음이야 아프겠지만 일을 순리대로 풀어나가기 위해서는 이 방법밖에 없지 않을까?"

진우는 그녀의 하염없는 시선을 붙들기 위해서 애를 쓴다. 마침내 그녀가 입을 열었다.

"지금 무슨 말을 하는 것인지 난 정말 이해하기 어렵군요. 어머님 생각은 대충 알겠지만 진우씨 마음은 어떤 것인지 명확하게 알 수가 없어요. 진우씨는 자신의 아이 문제를 놓고 왜 어머니 생각만 전하고 있나요? 진우씨는 이 일에 아무런 생각도 없다는 말인가요? 그런가요?"

"난, 우선 어머니 마음부터 돌려놓고 보자는 이야기야."

진우는 여자의 떨리는 입술을 차마 마주 볼 수 없다. 이 여자에게 이런 말을 하는 날이 오리라고는 상상도 못했었다.

"어머님이 마음을 돌리면요?"

인희는 입술을 비틀며 웃는다.

식어버린 사랑

"그야 집안 분란 없이 결혼식을 올릴 수 있는 거지."

진우는 자신 없이 대답한다. 어머니가 마음을 돌릴 가능성은 거의 없다. 그렇기 때문에 아이를 낳게 하면 안 된다고 저리도 펄펄 뛰고 계신 거다. 자신만 해도 그렇다. 결혼에 속한 여러 절차를 이렇게 비정상적으로 해치울 마음은 손톱만큼도 없다. 남들한테 손가락질 받는 일은 죽어도 할 수 없다는 자부심으로 살아온 날들이었다. 이 정도 실수쯤이야 서로 상의해서 없었던 일로 돌릴 수도 있다고 그는 생각한다. 이런 일 정도는 다들 깨끗이 해결하고 말썽 없이 살고 있지 않은가 말이다. 그러나 여자의 떨리는 입술과 창백한 안색은 그로 하여금 자꾸 어머니 핑계만 대게 만들고 있다.

그는 문득 여자가 무섭다는 생각을 한다. 이제 사랑이 떠났는가, 한없이 귀하고 소중하게 여겼던 여자인데 자꾸 여자가 무섭다. 그는 이제 이 자리에서 벗어나고 싶다.

"인희씨는 현명하게 판단할 것이라 믿어. 미안해."

진우는 만지작거리던 찻잔을 내려놓고 일어난다.

"잠깐만요."

입술을 잘근잘근 씹고 있던 여자가 쏘는 듯한 눈빛으로 그를 잡았다.

"나도 오늘 당신에게 할 말이 있었어요. 내가 먼저 이야기를 시작할 수 있었다면 우리 둘 사이에 이처럼 불유쾌한 대화를 나누지는 않았을 텐데 정말 아쉽군요."

그녀는 잠시 숨을 몰아쉬며 말을 끊었다. 남자는 엉거주춤 자리에 앉아 여자의 다음 말을 숨죽여 기다린다.

"그럴 리도 없겠지만, 설령 어머님이 나를 받아들이겠다고 하셔도 난 이미 결혼에 아무 관심도 없어요. 당신이 마음을 놓을 수 있도록 더 명확히 말을 하지요. 우리의 결혼은 없었던 일로 하겠어요. 난 벌써 마음을 굳혔어요. 단, 아이는 상관하지 마세요. 당신이 그렇게만 해준다면 지금 내가 처한 이 상황을 빠져나가기가 훨씬 쉬울 거예요."

"그럴 수는, 이봐, 인희. 그럴 수는 없어. 어떻게⋯⋯."

남자는 굉장히 당혹해한다. 그런 남자의 얼굴에 얼핏 스치는 저 표정은 안도감이 아니던가. 감추려 해도 어쩔 수 없이 드러나는 저 속마음을 안도감이란 이름으로 불러도 좋지 않을까. 인희는 비로소 벼랑으로 떨어지는 아찔함에 휩싸인다. 이제는 정말 돌이킬 수 없어⋯⋯.

아득한
날들⋯⋯

생각했던 것보다 훨씬 괴로운 날들이 계속되었다. 진우의 제스처는 아직 이어지고 있다. 그렇다. 그것은 제스처였다. 이 결혼이 깨진 것은 자기의 잘못이 아니라는 것을 세상에 알리려는 제스처.

그는 밤마다 아파트로 전화를 했다. 그러나 찾아오지는 않았다. 당신의 화가 풀리는 날, 그날 만나러 가겠다는 그의 음성은 들떠

있는 듯이 여겨지기까지 했다. 그 목소리는 이렇게 말하곤 했다.

"그래. 인희씨 마음 이해해. 조금만 기다려줘. 포기해선 안 돼. 난 인희씨 처지를 생각해서라도 더욱 당당한 결혼식을 올리고 싶었던 거야. 세상이 비웃는 결혼식은 인희씨도 싫지? 그러니까 아이 문제도 한 번 더 생각해 주길 바래. 우리의 아이는 꼭 축복받으며 세상에 태어나야 해. 인희씨는 왜 그렇게 어리석지?"

그는 자기 말만 했다. 그녀는 아무 말도 하지 않았다. 전화벨이 울리면 받았고, 그가 작별인사를 하면 말없이 수화기를 내려놓곤 했다. 이 제스처가 결코 길게 가지는 않을 것이다. 이렇게 함으로써 그가 좀 더 홀가분하게 그녀 곁을 떠날 수 있다면 그를 위해서 얼마든지 참고 받아줄 수 있다고 그녀는 생각했다. 그를 위해서가 아니라면 내 아이의 아버지를 위해서.

앞으로 무슨 일이 더 생기더라도 그 사람에게 모진 마음을 품지는 않겠다고 다짐하면서도 그녀는 그의 전화를 감당하기가 몹시 힘들었다. 마음속까지 차오르는 비난의 말들을 참기는 쉬웠다. 세상에 대해서도 늘 그렇게 차가운 태도를 취하며 살아왔으므로 어렵지는 않았다.

그러나 그 사람을 미워하지 말자는 마음속 다짐이 자꾸 흔들리는 것은 어찌할 수 없었다. 그의 말에서 느껴지는 뻔뻔스러움, 거짓, 은근한 책임전가 따위를 묵묵히 견디는 게 몹시 힘들었다. 그런 사람을 사랑했던 자신의 무분별함을 참기가 괴로웠다.

내가 왜 그랬을까. 언제 어디서부터 그에게 사랑을 느꼈을까. 조금만 더 현명했더라면 이 사람을 피할 수 있었을까. 아니야. 그를 비난만 할 수는 없어. 그 사람, 김진우는 꼭 자기 그릇만큼만 나를 사랑했어. 누구나 자기 그릇만큼만 담을 수 있지. 넘치면, 흘러넘치면 당황하는 법이야.

그래. 나도 내 그릇만큼 그를 담았겠지. 그에게 잘못이 있다면 나한테도 꼭 그만큼의 잘못이 있겠지. 잘못 태어난 죄, 잘못 사랑한 죄, 잘못 견디는 죄. 그러므로 그를 내버려둬야 해. 그가 전화하고 싶다면 하게 하고, 그가 나를 경멸하고 싶다면 경멸하게 해. 이미 떠난 사람인데 그가 어떻게 하든 무슨 상관인가. 감기에도 후유증이 있는데 하물며 사랑에야.

그래서 그 밤, 전화벨이 울렸을 때 인희는 진우라고 생각했다. 그녀는 일찌감치 자리에 누워있었다. 요즈음 그녀는 하루를 지내고 나면 흡사 물먹은 솜처럼 축 늘어지는 몸을 감당하기 너무 어려웠다. 벨 소리가 울리는 것을 들으면서도 민첩하게 몸을 일으킬 수 없어서 한참 동안 벨은 저 혼자 울어대고 있었다.

전화는, 그러나 진우가 아니었다. 수화기를 들었을 때 그녀는 낯설지 않은 침묵을 발견했다. 가려들을 수 없는 낮은 소음들, 인기척이 느껴지는 여러 기미들, 그리고 말없음.

"여보세요."

그녀는 진우의 전화보다 이 침묵의 전화가 차라리 반가웠다. 단지 자신의 낯 뜨거움을 조금이라도 덜어보자는 의도 외에 아무런 훈김도 담겨있지 않은 남자의 제스처를 듣고 있는 것보다 침묵으로 자신의 존재를 알리는 이 전화가 더 견디기 쉽다.

그러나, 아니다. 침묵이 깨지고 있다. 인희는 자신의 귓전을 때

식어버린 사랑

리는 한 여인의 목소리를 듣는다.

"저, 한약은 잘 먹고 있는지, 그거, 용하다는 한약방에서 정성 들여 지은 약이니까 염려 말고 먹어줬으면……."

누구세요

누구세요?

누구세요?

꿈에서도 귓전을 울리는 물음, 문득 지친 잠에서 깨어나도 어김없이 가슴으로 파고드는 그 물음. 누구세요.

그것은 마치 날카로운 새의 부리로 그녀의 머리를 콕콕 쪼아대는 것처럼 생생하고 아팠다. 누, 구, 세, 요.

가느다랗고 뾰족한 그 부리가 얼마나 많이 쪼아댔는지, 나중에는 정말 머리에서 피가 흐르는 것 같은 생생한 아픔에 몸서리를 치곤했다.

그 목소리는 말했었다. 보낸 한약에는 자신의 정성이 들어있다고, 자신에 대해서는 더 이상 알 것도 없다고. 그 목소리는 스웨터를 보낸 사람이 바로 자기였다는 사실도 시인했다. 지난여름 수박을 경비실에 맡긴 적이 있지 않느냐는 질문에는 묵묵부답이었으나 그것은 긍정의 침묵임이 틀림없었다.

그게 다였다. 아니다. 한참의 말없음 뒤에 "어디가 어떻게 아픈지, 걱정이 되어서, 그래서……"라며 말끝을 흐리다가 어느 순간 불현듯 전화를 끊어버리고 말았다. 그러나 인희는 한동안 호흡 끊긴 전화선에 대고 중얼거리고 있었다. 누구세요. 지금, 당신은 나한테 누구세요.

수없이 망설이고 머뭇거리다가 간신히 목소리에 실려 나오던 그 몇 마디의 말들, 그럼에도 언제 어디서 터질지 전혀 예측할 수 없게 만들던 떨리는 호흡 앞에서 인희 또한 온몸을 떨었다. 무엇인가 상상 밖의 일이 시작되고 있는 것이었다.

그 일이 행운의 구름을 타고 있는지 태풍의 구름에 실려있는지는 생각조차 해볼 겨를이 없었다. 다만, 알 수 없는 어떤 일이 지금 막 시작되고 있음이 분명하다는 예감을 간신히 느끼는 것만도 너무나 힘들었던 그녀였다.

어머니,
혹은 엄마

그리고 아무 일도 일어나지 않고 열흘이 지났다.

그 열흘 동안은 약속이나 한 듯이 진우도 침묵을 하고 있었다. 이제 그의 제스처도 끝나가고 있다는 것을 인희는 느끼고 있었다. 사랑이라는 이름으로 서로의 기척 하나하나까지 관심을 가지고 알고자 했던 시간들은 이미 지났다. 남은 것은 어둠, 적막, 그리고 잊혀짐일 것이다. 어쩌면 잊혀지기 위해 사람들은 서로 사랑하고 미워하는 것인지도 모른다. 하나의 사랑을 관통하여 지나

식어버린 사랑

간 뒤의 그 홀가분한 잊혀짐을 위하여, 새것을 위해 낡은 것은 아낌없이 폐기처분되듯이.

열흘 뒤에 인희를 찾은 것은 진우가 아니라 얼굴 없는 그 목소리였다. 전화벨이 울렸을 때 인희는 버릇처럼 진우를 떠올렸다. 마음으로는 이미 그를 떠나보냈다고 믿었지만 아직 그녀의 습관은 그를 버리지 않고 있다. 인희는 그런 스스로를 경멸하였다. 옛 사랑의 습관을 털어버리기 위해서라면 욕조 가득 물을 담고 자신의 머리통을 온종일이라도 헹궈내고 싶다고 열망했다.

그러나 바로 그 열망조차 사랑의 잔해인 것을. 아직도 타다 남은 연기가 피어오르는 폐허, 그녀는 그 잿더미 속에 있었고, 얼굴 없는 목소리는 신기하게도 거의 단숨에 그녀의 상태를 읽어냈다.

"도, 도와주고 싶은데, 혹시 내가 도움이 된다면……."

인희의 대답이 있기 전에 목소리는 얼른 자신의 말을 수정했다.

"아, 아니, 그러고 싶지만,"

말은 거기까지만 이어진다. 말끝을 맺지 않는 버릇이 잦은 것은 망설이는 그 목소리 때문이라도 거의 불가피하다고 여겨진다. 한 마디 한 마디가 모국어의 땅을 떠나 전혀 낯선 언어를 사용하는 이방인의 그것처럼 지극히 생소하다.

"저, 결혼준비는 어떻게."

목소리는 그녀에 대해 거의 모르는 것이 없다. 지난번 전화에서는 어디가 어떻게 아프냐고 물었다. 이번에는 결혼에 관해서 묻는다.

"결혼해서 살게 되면 절, 절대, 이런 전화 하지 않을 테니 그것은 정말 걱정하지 않아도 되는데. 사실은, 결혼할지도 모른다고 생각하니까 기회가 없을 것 같아서."

"누구세요?"

"……."

"말씀해주세요. 절 어떻게 아세요?"

"우, 우연히, 정말 아주 우연히,"

그리고는 또 전화가 끊겼다. 다급하게 여보세요, 하고 외쳤지만 한번 닫힌 전화선은 다시 열리지 않았다. 인희로서는 더 이상 어쩔 도리가 없다. 끊긴 전화를 내려다보며 그녀는 창백한 얼굴을 자꾸 문지르고 또 문지른다. 온몸에 소름이 돋는다. 얼굴의 근육도 자꾸 팽팽하게 당겨지고 있다.

지우려 해도, 털어버리려 해도, 말도 되지 않는 상상이라고 거세게 도리질을 해도, 뇌리에 박혀 생생하게 떠오르는 이 한마디. 어머니, 아니 엄마.

열무 삼십 단을 이고
시장에 간 우리 엄마
안 오시네, 해는 시든 지 오래
나는 찬밥처럼 방에 담겨
아무리 천천히 숙제를 해도
엄마 안 오시네, 배추잎 같은 발소리 타박타박
안 들리네, 어둡고 무서워

식어버린 사랑

금 간 창틈으로 고요히 빗소리

빈방에 혼자 엎드려 훌쩍거리던

아주 먼 옛날

지금도 내 눈시울을 뜨겁게 하는

그 시절, 내 유년의 윗목

_기형도「엄마 걱정」

내 아이의
어머니

"우리 어머니는 날마다 새벽 4시면 일어나십니다. 한 번도 아침까지 편안하게 주무셔본 적이 없어요. 식구들 아침을 마련해놓고는 시장으로 달려가서 생선을 받아다가 하루 종일 시장에서 장사를 하십니다. 그것도 어엿한 가게가 있는 게 아니라서 종일 땅바닥에 신문지 깔고 앉아계셔야 한답니다. 여름에는 온몸에 땀띠가 나서 고생이시고, 겨울에는 동상에 걸려 끙끙 앓으시지만, 우리 3형제 앞에서 마음 약한 말씀을 하신 적이 한 번도 없습니다. 언젠가 학교가 끝난 뒤 시장에 갔다가 저는 어머니가 차디찬 도시락을 꺼내놓고 점심을 드시는 것을 보았습니다. 그 추운 겨울에 김치밖에 없는 찬밥을 잡수시면서 얼마나 속이 얼어붙었는지 어머니는 이빨을 달달 떨고 있었습니다. 저희한테는 보온 도시락에 소시지 반찬도 넣어주시면서 어머니는 날마다 그렇게 얼음 같은 식사를 하고 계신 것이었습니다……."

쏟아지는 눈물을 참을 수 없어서 두 손으로 얼굴을 가리고 엉엉 우는 딸의 모습이 화면 가득 채워진다. 그다음에는 어머니한테로 카메라가 옮겨간다. 딸의 어머니도 연신 손수건으로 눈가를 닦아내고 있다. 뒷자리의 방청객들도 거의 다 눈물을 감추지 못하고 붉은 눈을 하고 있다.

인희의 얼굴도 이미 눈물범벅이다. '우리 어머니'라는 제목으로 글을 모집해서 입상작을 가린 뒤, 그 주인공들이 직접 나와 자신의 글을 낭독하는 이 프로그램은 첫 출연자부터 눈물을 흘리기 시작해서 시종일관 모든 사람을 다 울리고 있다. 인희 역시 하염없이 울고 또 울었다. 소리 없이 흐르는 눈물이 베갯잇을 촉촉이 적셔놓는 것도 느끼지 못한 채 그녀는 텔레비전 화면에서 눈을 뗄 줄을 모른다.

굵은 어머니의 손마디가 클로즈업될 때마다, 주름의 고랑을 흐르는 초라한 어머니의 눈물을 확인할 때마다, 입술을 깨물며 어머니의 사랑이 얼마나 위대한지를 낭독하는 자식의 울먹이는 목소리가 귀에 닿을 때마다, 그때마다 인희는 입을 손으로 틀어막으며 흐느껴 울었다.

어머니. 우리 어머니. 엄마.

그녀는 아직 아무런 표시도 나지 않는 자신의 배를 만져보고 또 울었다. 이렇게도 가녀린 목숨을 무사히 지켜낼 수 있을지, 지

식어버린 사랑

켜낸다 한들 이 목숨을 제대로 거둘 수 있을는지, 아, 이렇게 어머니가 되어도 좋은 것인지…….

그녀, 너무나 창백하여 거의 창호지처럼 보이는 얼굴은 베개 위에 풀로 붙인 듯 좀체 움직이지 않는다. 시선 또한 텔레비전 화면에 고정되어 있다. 움직이는 것은 눈꼬리를 따라 흐르다 귓바퀴를 적시고 베개에 떨어지는 눈물 줄기뿐, 누군가 그녀를 보면 살아있는지조차 의심스러운 몰골이다.

근심이 많은 정실장의 배려로 인희는 토요일인 오늘 집에서 쉬고 있는 중이다. 내일까지 아무 생각 없이 푹 잠이나 자면 다소 기운을 차릴 것 같아서 그녀도 정실장의 배려를 받아들였다.

뿐만 아니라 정밀검사가 필요하다는 의사의 말을 상기한 그녀 나름의 대책이기도 했다. 다시 병원에 갈 생각은 없었다. 이런 상황의 임신이라면 정상의 신체조건이 오히려 이상할 것이었다. 폐허와 같은 마음으로 맞게 되는 임신이라면 누구라도 다 약간씩은 정상이 아닐 것이었다.

그녀는 그렇게 믿었다. 크게 걱정할 일은 없다. 힘에 부치게 몸이 노곤하고 늘 신열이 있는 이런 상태가 임신의 증세라고 책에서 읽은 적도 있다. 별일은 아닐 것이다. 축복받는 임신이 아니니까 이럴 수도 있다고 그녀는 스스로에게 타일렀다.

그보다는 이제 살아갈 궁리를 해야 한다. 배가 불러오면 백화점도 그만두어야 할 것이다. 미혼모가 아니라면 임신이 사직의 이유는 되지 않지만 그녀는 엄연히 처지가 다르다. 정실장을 언제까지 궁지에 몰리게 할 수도 없다. 정실장은 인희에게 할 만큼은 다한 사람이다.

인희는 넘치도록 고여있는 눈물을 팔을 들어 쓰윽 닦아낸다. 그러나 이내 다시 고이는 눈물. 시장에서 생선을 팔고 있다는 어머니도 사회자의 질문에 대답을 못하고 연신 손수건으로 눈물을 닦고 있다. 검게 그을린 얼굴, 분홍색 한복이 쑥스러운 주름살, 매듭 굵은 거친 손에 꼬깃꼬깃 쥐어진 손수건. 인희는 뚫어질 듯이 그 가난한 어머니를 쳐다본다.

내 아이를, 가냘프게나마 내 속에서 자라고 있는 이 아이를 위해서라면 나도 얼마든지 시장에서 얼어붙은 찬밥을 먹을 수 있어. 새벽 4시가 아니라 한숨도 자지 않고 내 아이를 위해 일할 수 있어. 절대로 내 아이를 세상 밖으로 밀어내는 짓은 하지 않겠어.

아아, 어머니. 엄마

인희는 마침내 봇물처럼 터지는 설움을 막을 수 없어 얼굴을 베개에 묻고 거세게 울기 시작한다. 잔뜩 웅크린 몸, 들썩이는 야윈 등, 두 주먹 가득 입을 틀어막아도 아무 소용이 없는 거센 파도.

현명하라고?

"이해해줘. 몸도 안 좋은 사람을 술집으로 끌고 와서 정말 미안한데, 지금 내 기분이 너무 엉망이야. 술이라도 마시지 않고는 인희씨 앞에서 고개를 들지 못할 것 같아서 그래."

정실장은 처음 보는 침통한 얼굴이다. 퇴근하려는 그녀에게 잠간 차나 한잔 마시자고 붙들더니 다짜고짜 백화점 근처의 맥주집으로 들어온 것이다.

"전 괜찮아요. 하실 말씀 있으면 하세요."

"괜찮긴, 지금 홀몸도 아니라면서?"

단숨에 맥주 한 컵을 비워버린 정실장이 버럭 소리를 지른다. 옆자리의 남자가 돌아볼 정도로 큰 목소리다.

"미안해. 미안해. 너무 화가 나서 견딜 수가 없어."

정실장은 또 한 잔의 술을 아주 급하게 들이키고는 누가 빼앗아가기라도 하듯 다시 가득 잔을 채워 입으로 가져간다.

"이건 완전히 내 잘못이야. 진우네 집에서 그렇게 나올 줄 알았으면 정말 인희씨한테 말도 안 꺼냈을 텐데. 이제야 하는 말이지만 나, 진우 어머니 반대가 있을 때부터 그 집 식구들하고 발 끊었어. 진우 형하고는 깨복장이 친구지만 그 자식과의 우정도 미련 없이 잘랐다고. 사람 사는 동네에서 이건 정말 말도 안 되는 짓이야. 내가 인희씨한테 부끄러워 못 견디겠어."

인희는 입술을 꾹 다물고 가만히 앉아있다. 회사 사람들한테 자청해서 내가 오인희 큰 오라버니라고 나서는 사람, 말만 그러는 게 아니라 어떻게든 그녀를 보호해주고 도와주려고 애쓰던 상사, 정실장은 인희가 만난 몇 안 되는 좋은 사람 중의 하나였다. 그런 정실장이니까 자기가 나서 소개해준 남자한테 홀몸도 아닌 상태에서 버림받은 그녀를 보는 심정이 얼마나 참담할지는 말하지 않아도 짐작하고도 남음이 있다.

"일주일 전에 진우를 만났지. 어제는 그 독한 어머니가 집으로 찾아와서 할 수 없이 만났고. 차마 입에 담기도 싫은 말씀을 하고 돌아가시는데, 정말 기가 막히더라고. 설령 진우가 마음을 다져먹고 자네를 받아들인다 해도 그 노친네를 보니 내가 말리고 싶어질 정도였으니까. 진우 그 자식도 전혀 믿음직스럽지 못하고. 내가 그렇게 사람 보는 눈이 없었나 생각하면 내 발등을 찧고 싶은 기분이야. 막막해. 그 자식이 내 동생이었다면 진즉 다리 하나는 부러졌지. 친구 동생이라서 뺨 한 대 치는 것으로 그쳤지만."

"그 집에서 실장님한테 무슨 부탁을 하던가요?"

마른 입술을 축이며 인희가 묻는다. 정실장은 대답 없이 거품이는 맥주잔을 한참 들여다보기만 한다. 잠시 후, 그가 결연한 표정으로 입을 연다.

"포기해. 포기하자. 진우 그 자식, 사랑이 식을 수도 있다는 것을 몰랐다고 그러더라. 인희와 자기는 너무나 달라서 결혼한다 해도 행복을 보장할 수 없겠다는 생각으로 고민하고 있다고 그러더라. 자네를 감당하기가 버겁대."

"저는 이미 우리 결혼은 없었던 것으로 하자고 그 사람에게 통고를 했는데요. 포기한 것이 아니라 내 스스로 거부했어요."

"그래. 그 말도 들었어. 그런데 왜 아이는 포기하지 않는 거야? 기어이 미혼모가 되어서 인희씨 인생을 망가뜨리려고 하는 이유가 뭐냐고."

"내 인생이 망가진다고 아이를 포기해요? 실장님은 그럴 수 있으세요?"

이번에는 인희가 소리친다. 정실장까지 이런 소리를 하는가.

식어버린 사랑

그것이 자기에 대한 애정에서 비롯된 것인 줄 번연히 알면서도 인희는 몹시 속이 상한다.

"다른 사람은 원칙을 지키라고 그래. 하지만 인희씨는 안 돼. 그렇게 혼자만 당해야 할 이유가 뭐야. 나도 이런 말, 하기 싫어. 특히 그쪽 집에서도 그걸 원하는 것을 알고부턴 오기가 생겨 더욱 하기 싫어졌어. 하지만 이 문제가 오기로 해결될 일은 아니잖아. 난 인희씨의 장래를 더 소중하게 생각해야 된다고 결정했어. 나는 진우 어머니가 아이를 포기하라고 요구하는 것과는 다른 심정에서 인희씨에게 말하는 거야. 이해하겠어?"

"이해는 하지만 승복은 하지 않겠어요. 그리고 이 문제에 대해서는 전적으로 혼자 책임을 지겠어요. 저의 나머지 삶은 아이와 함께하겠다는 결심은 누구도 무너뜨릴 수 없어요. 그쪽 집에도 실장님께서 확실하게 전해주시면 좋겠어요."

"내가 보기엔 자네 건강도 너무 안 좋아. 병원에는 가봤나? 아이는 이담에 더 좋은 사람 만나서 얼마든지 가질 수 있는 문제야. 그때 훌륭한 어머니가 된다 해도 조금도 늦지 않아."

"생명을 놓고 내 편한 대로 하라고요? 한 여자가 자기 편하자고 내버린 아이라서 저를 받아들일 수 없다던 그쪽 분들이 이제 와서는 자기 핏줄한테 그런 짓을 하려고 하는군요. 사실은 그분들이 저에게 뚜렷하게 깨우쳐주었어요. 절대로 아이를 버려서는 안 된다고, 누군가는 반드시 아이의 삶을 책임져야 한다고. 그 엄연한 진실을 그분들이 저한테 혹독하게 보여주셨지요."

"사랑에 실패한 많은 미혼모들이 이런 경우 어떻게 현명하게 처신하고 있는지 좀 보라고."

"그런 처신이 현명한 것이라면 저는 아둔한 쪽을 택하겠어요. 차가운 머리와 냉정한 가슴에서 나오는 현명함은 다른 이들에게 상처만 주거든요."

정실장은 더 이상 말을 잇지 않고 연거푸 술잔만 비우기 시작한다. 그 앞에서 인희는 짙은 피곤만을 느낀다. 자신의 삶이 왜 이렇게 여러 사람을 난처하게 만들고 말았는지 정말 알 수 없다는 아득함도 밀려온다.

어차피 돌이킬 수 없는 일이라면 제발 가만 내버려두었으면 좋겠다고 그녀는 간절히 소망한다. 아이에 관해서 이런저런 말을 자꾸 만들어낸다면 그가 누구라 해도 참을 수 없다는 심정이 밀려온다. 김진우, 그 사람이 아이에 관해서 한 번만 더 무어라고 말한다면, 그러면 결코 가만있지 않으리라. 인희는 씩씩하려고 애쓰며 독한 마음을 품어보기도 한다.

편지 6

사랑하는 그대.

지난번 나는 당신에게 광안을 떠 우주를 보는 네 가지 단계를 설명했었습니다. 아마도 당신은 광안의 네 단계가 적혀있는 그 편지를 읽지 않은 듯싶습니다. 명상 속에 나타나는 당신은 예전과 조금도 다름없이 창백하고 우울하기만 합니다. 새로운 삶에

식어버린 사랑

대한 희망이 없기 때문이지요. 당신이 내 편지들을 읽고 다소나마 마음을 움직여 실천해보려 했다면 분명 무언가 달라졌을 것이고, 작은 희망이나마 움텄을 것이라고 생각하면 하염없이 안타깝기만 합니다.

이 편지도 읽지 않으시겠지요. 당신이 내게 눈길을 돌리는 시기가 지금은 아닌가 봅니다. 그때가 언제일지 당신보다 내가 더 초조하다면, 당신, 내 말을 믿으시겠습니까. 당신이 극복해야 할 대상이 현실이라면, 내가 극복해야 할 어려운 대상은 당신입니다. 당신이란 존재를 다 통과해야 비로소 나는 새로 태어납니다. 그게 이 생이 나에게 부여한 과제입니다.

그렇지만, 나는 오늘도 씁니다. 언젠가는 당신의 젖은 눈에 의해 이 편지들이 새롭게 날개를 달 것을 믿으며 나는 오늘도 나무 책상 위에 앉아 잉크 한 번 찍어서 세 자 쓰고, 또 잉크 한 번 찍어 세 자 쓰며 하얀 종이를 채웁니다.

오늘은 수력(手力)을 가르칩니다. 자유자재로 광안을 뜰 수 있을 정도의 공부가 된 사람이라면 수력은 또한 저절로 옵니다. 당신, 나는 여러 차례 이 '저절로'에 대해 말하고 있습니다. 주목해 주십시오. 지금 당신에게 말하고 있는 수련의 여러 과정들은 억지로 만들어진 것이 아니라는 이야기입니다. 생명의 이치가 그런 것입니다. 우주만물 모두에 에너지가 깃들어있어 서로 주고받으며 살아나가도록 애초에 정해져 있는 '섭리'만 깨우치게 되면 나머지는 거의 저절로 이루어집니다.

수력은 광안을 알고 있는 자가 남을 위해서 자신의 기운을 보내줄 때 사용되는 방법입니다. 그러나 태어날 때부터 특별한 주파수를 지닌 사람인 경우에는 광안을 뜨지 않고도 곧장 수력을 발휘합니다. 당신에게 나의 옛날이야기를 하나 하겠습니다.

　내가 여섯 살 무렵의 일입니다. 언젠가 당신에게 나의 어머니에 대해 말할 날이 오겠습니다만, 저희 어머님은 틈만 나면 바깥 세상을 기웃거리던 분이어서 집에는 잘 계시지 않았습니다. 당시 우리 집 뒤안에는 쓰지 않아서 거의 말라붙어버린 우물이 하나 있었지요. 나는 바깥에 나간 어머니가 빨리 돌아오길 기다리면서 우물 속에 돌을 던져 넣는 장난을 하고 있었습니다. 돌멩이가 우물 벽을 두드리는 소리, 그러다가 바닥에 떨어질 때의 깊은 울림, 그런 것들이 몹시 재미있었겠지요.

　물론 그 우물은 대단히 깊어서 항상 뚜껑을 씌워놓고 있었습니다. 그것으로도 모자라서 뚜껑 위에는 어린아이의 힘으로는 들어올리기 힘든 꽤 큰 돌들이 얹어있었습니다. 그러나 여섯 살 사내아이의 호기심을 포기시킬 만한 무게는 아니었던 모양입니다. 엄마가 빨리 돌아오지 않아 화가 날 대로 난 어린 꼬마는 입을 앙다물고 돌들을 들어내고 나무 뚜껑을 벗겼습니다. 그리곤 화풀이 삼아 우물 안에 그렇게 돌팔매질을 하고 있었지요.

　그러다가 어느 순간 우물 저 깊은 속이 궁금했습니다. 여섯 살 어린아이의 작은 키로는 아무리 까치발을 해도 우물 바닥까지 다 들여다 볼 수는 없었지요. 그래서 나는 뚜껑을 누르고 있던 돌을 디딤돌 삼아 키를 높였지요. 그러니까 겨우 우물의 두 번째나 세 번째 토관의 이끼 낀 테두리까지 볼 수가 있었습니다.

돌을 하나 더 포갰습니다. 이번엔 상당히 깊은 곳까지 볼 수 있었지요. 손을 뻗어 차가운 우물 벽을 만져보았습니다. 조금만 손을 더 뻗으면 닿을 수 있는 부분에 파랗게 돋은 이끼가 있었습니다. 여섯 살 어린 나는 그 푸른 이끼를 한번 만져보고 싶었습니다. 어떤 감촉일까, 부드러울까, 꺼끌꺼끌할까, 미끈미끈해서 징그러울까……

결국 돌을 하나 더 포개기로 했지요. 합해서 세 개입니다. 두 개까지는 그런대로 괜찮았는데 세 번째 돌이 문제였습니다. 나란히 포개지지 않고 자꾸 뒤뚱거리는 것이었습니다. 대신 우물 턱에 배꼽이 닿을 만큼 키는 높아졌는데 말입니다. 나는 몸의 균형을 잡으려고 애쓰면서 상체를 우물 안으로 숙이고는 손을 쑤욱 뻗었지요.

그다음은 모릅니다. 아슬아슬하게, 닿을 듯 말 듯 하면서, 저만큼 푸른 이끼의 무더기가 있었다는 생각이 마지막이었습니다. 내가 눈을 떴을 때 나는 끝집아주머니 품에 안겨 있었습니다. 골목의 마지막, 끝집에서 이상한 방법으로 사람들의 병을 낫게 해주던 그 여인을 우리 형제들은 끝집아줌마라고 불렀지요. 그 끝집아줌마가 나를 안고 허둥지둥 내 얼굴과 온몸을 문질러주고 있던 것이었습니다.

나중에 들은 이야기지만 그때 나는 우물에 빠진 것은 아니었습니다. 빠졌다면 살아나기 힘들었겠지요. 우물 속으로 떨어지기 직전, 내 두 다리가 허공에 번쩍 쳐들렸을 바로 그 순간, 그 아주머니가 나를 발견했습니다. 아주머니는 급한 대로 손을 뻗어 나를 잡아당기는 시늉을 했답니다. 물론 나와의 거리는 열 발자국 이상 떨어져 있었지요. 달려가서 붙잡을 시간은 없고, 마음은 급하고, 그래서 허공에 대고 간절히 나를 붙잡는 몸짓을 한 것이지요.

그랬더니 거짓말처럼 내 허리가 뒤로 휘면서 먼저 발이 닿고, 그다음에는 우물 속에 감춰졌던 윗몸이 떠오르더라는 것입니다. 그리곤 마치 거센 바람에 휩싸여 바닥에 내팽개쳐지듯이 그렇게 땅바닥에 나동그라져 정신을 잃고 말았다는 것입니다. 하지만 나는 그런 기억이 전혀 없습니다. 내가 다시 정신을 차린 것은 끝집 아줌마가 손바닥으로 얼굴과 온몸을 한참 문지른 뒤였으니까요.

손바닥으로 아픈 곳을 문대서 병의 회복을 돕는 바로 그 방법은 끝집아줌마의 생계수단이었지요. 그 아주머니의 손이 닿으면 아픈 곳이 시원해진다는 소문은 어린 나도 들어 알고 있었습니다. 어머니는 끝집아줌마의 단골손님이었습니다. 그날도 아줌마는 어머니를 찾아 집에 왔다가 나를 구한 것입니다.

그렇지만 정작 아줌마 자신도 단지 손만 뻗었을 뿐인데 마치 직접 붙들어 빼낸 것처럼 그렇게 내가 스르륵 딸려 나오는 것을 몹시 신기해했습니다. 자기도 어떻게 그런 일이 일어났는지 모르겠다고 그랬지요. 어려서부터 늘 골골 앓다가 어느 날부터 손바닥이 뜨끈뜨끈 뜨겁기 시작해서 우연히 그 뜨거운 손바닥으로 사람들 병을 고쳐주며 살 뿐이던 그 아줌마는 그 후로도 아주 오랫동안 나만 보면 이렇게 말하곤 했지요. 아가야, 너랑 나랑은 지남철 사이다. 알겠니? 우리는 서로 지남철이야.

그것이 바로 수력입니다. 끝집아줌마도 미처 모르고 행했던 그

식어버린 사랑

힘, 그것이 오늘 설명하는 수력이라는 것이지요. 그러나 지금 와서 생각해도 아줌마가 보였던 수력은 정말 대단한 것입니다. 그런 수력은 아마 절체절명의 순간에만 응집되는 생명력일 것입니다. 우리들이 보통 기적이라고 이름 짓는 신비한 힘들, 그것이 곧 절체절명의 순간에 큰 도인이 보낸 놀라운 수력이라고 나는 믿습니다.

하지만 당신, 모든 수력이 다 기적을 일으킨다고 생각하면 안 됩니다. 그것은 아주 특별한 경우이고 보통의 수력은 다른 사람한테 자신이 모은 우주의 에너지를 나누어주는 것을 말합니다. 돈을 많이 번 선한 부자가 자신의 재산을 가난한 사람들에게 나누어주듯이 말입니다. 겉으로 보기에 부자가 나누어준 것은 돈이지만, 그러나 사실을 말하면 부자는 마음을 나누어준 것입니다. 마음을 받았기에 가난한 사람들은 그것으로 자신의 마음을 위로할 수 있는 것입니다. 자비를 베푸는 일이 단지 돈만으로 되지 않는 까닭도 바로 거기에 있지요.

그러니 당신, 이제는 이해하시겠지요. 나누어주기 위해서는 우선 자신에게 넘치는 힘이 있어야 한다는 내 말을 이젠 아시겠지요. 그래서 먼저 '광안'을 설명하는 긴 편지를 부친 것입니다. 광안을 떠서 자신의 에너지를 충분히 공급받을 줄 아는 사람이어야 수력을 발휘할 수 있습니다. 아까 말한 끝집아줌마 같은 경우는 이미 말했다시피 특별한 경우입니다. 그 아줌마는 태어날 때부터 우주와 연결되어있는 문을 하나 가지고 세상에 나온 분입니다. 그분이 남다른 생을 살아야 했던 것은 너무나 당연한 일입니다.

나는 당신이 당신을 위해 먼저 수력을 사용하기를 원합니다. 누구보다도 더욱 에너지를 많이 공급받아야 할 사람은 당신입니다. 내가 이곳에서 당신에게 마음을 다해 보내는 수력만으로는 절대 부족입니다. 그래서 당신에게 수력을 쓰는 방법을 전하고자 하는 것입니다.

수력의 방법은 광안을 뜨는 단계보다 간단합니다. 거듭 말합니다만, 광안 다음에 저절로 오는 순서이기 때문입니다. 나는 그것을 당신이 알기 쉽도록 두 단계로 나누겠습니다.

그 처음은 광안을 뜨고 모은 우주의 기운을 손바닥으로 모은다고 '생각'하는 것입니다. '생각'이 중요합니다. 마음의 결을 고운 빗자루로 쓸어 모은다고 상상하는 것도 한 방법입니다. 그러다보면 손바닥이 뜨거워지는 느낌을 받습니다.

두 번째는 뜨겁다고 느껴지는 손바닥을 당신이 보내고자 하는 대상 가까이로 이동시키는 것입니다. 대상이 다른 사람이어도 좋고 아니면 당신의 신체 어느 한 부분이라도 좋습니다. 이때도 조심할 것은 마음입니다. 처음부터 커다란 효과를 기대하는 조급한 마음은 수력을 약화시킵니다. 모든 것은 마음에서 시작해 마음으로 끝나는 것임을, 당신, 한시도 잊어서는 안 됩니다. 마음은 우리의 영원한 틀입니다. 틀을 깨면 아무것도 담을 수 없습니다.

마음의 틀을 간직한 채로 손바닥에 힘을 모으는 것, 이것으로 수력은 완성됩니다. 수력을 전달받은 사람은 자신도 모르는 사이에 충만한 기분을 느낍니다. 어렵다고 생각했던 문제를 해결할 수 있는 희망이 솟습니다. 의지가 강화되고 세상을 사랑으로 볼

식어버린 사랑

수 있는 여유가 생깁니다.

　수력을 신체의 어떤 부위에 집중시키면 그곳의 세포활동이 급속히 증가되어서 회복이 빨라집니다. 치료를 위해서라면 좀 더 세밀한 공부가 필요하지만 초심자라도 마음을 잘 다스려서 기운을 모으면 어느 정도의 효과를 기대할 수 있습니다.

　오늘은 나의 옛이야기 때문에 편지가 길어졌습니다. 그렇지만 나는 즐거웠습니다. 가끔 초심자들과 공부를 같이 하는 경우가 있었습니다만, 오늘처럼 신명이 나는 날은 없었습니다. 그때도 그들 초심자들에게 최선을 다했다고 믿었지요. 당신은 나에게서 항상 최선의 감정을 끌어내는 사람입니다. 누구와 어떤 일을 해도 당신과 도모할 때만큼의 진정한 최대치는 나오지 않을 것입니다.

　최대한도의 내가 되도록 나를 끌어올리는 당신, 숲의 새들이 둥지를 찾는 푸른 초저녁에 이 편지를 마칩니다. 당신의 손에서 개봉되지 않을 편지겠지만, 나는 이 편지를 부치기 위해 이제 어두운 산길을 달려갈 것입니다. 내일 아침까지 기다릴 수도 없게 만드는 이 사랑, 그래도 나는 당신이 있어서 숨 쉴 수 있으므로 후회도 품지 않습니다.

　미루가 킁킁거립니다. 미루도 겉봉을 풀칠한 다음에는 산을 내려갈 것임을 알고 있습니다. 어서 달려가자고, 빨리 당신에게로 달려가자고 미루가 검은 눈으로 나를 재촉합니다.

　나와 미루의 사랑을 전합니다. 그대, 부디 안녕히.

6장

우울한 동화의
시작

한번 모습을 드러낸 것은 쉽사리 흔적을 지울 수 없는 법이다. 자신의 존재를 알리겠다는 그 결심이 어려울 뿐 존재의 머리칼 하나라도 드러났다면 전체를 보여주는 일은 처음보다 훨씬 간단히 이루어진다.

머뭇거림은 길었어도 의혹의 베일은 단숨에 벗겨졌다. 너무나 단숨에 정체가 드러나서 그나마 고여있던 '혹시'하는 상상이 순식간에 흩어져버리고 말았다. 쟁반에 담겨있던 구슬이 산산이 흩어져 어딘가 구석으로 숨어버리듯 그렇게.

말하자면 처음부터 어긋난 대화였다. 전화벨이 울렸을 때 인희는 요즘 늘 그렇듯이 최악의 기분상태였다. 그 전화가 진우였다면 그는 아마도 살의까지 담겨있는 여자의 음성을 들었을지도 몰랐다. 누구든 날 괴롭히지 마! 인희는 마음속으로 그렇게 부르짖으며 견디고 있는 중이었으니까. 원하는 것은 없어. 제발 가만 내

버려둬! 그렇게 소리치는 심정으로 세상과 대항하고 있는 중이었으니까.

전화의 처음이 침묵이었으므로 그 거센 분노의 불길은 다소 가라앉았지만 전부는 아니었다. 도대체 당신은 누구길래!

"여보세요. 누구세요!"

인희는 처음부터 격앙된 상태였다. 이 전화도 진정 지겨웠다. 정체를 밝히고 당당히 말할 수 없는 사연이라면 제발 멈춰주길.

"……."

말이 없었지만 그 말없음 속에 흠칫 뒤로 물러서는 기척이 역력했다.

"말씀하세요. 말하기 싫다면, 부탁이니 제발 전화하지 마세요."

이번엔 분노였다가, 짜증이었다가, 사정조가 되었다. 그다음에도 침묵이면 수화기를 내려놓을 참이었다. 이미 입을 열어 침묵을 깨지 않았던가. 한번 벌린 입, 무엇이 두려운가.

"자꾸, 전화해서 미, 미안해요."

움츠러드는 음성이 가늘게 흘러나왔다. 인희는 수화기를 바꿔 쥐며 한숨을 쉬었다. 그 한숨이 채 꼬리를 감추기도 전에 가느다란 그 목소리가 말했다.

"정말 할 말이 없지만, 부끄럽고 미안해서 밝힐 수도 없지만, 내가, 엄마야……."

세상에 이런 말도 있을 수 있던가. 여태껏 꿈속에서도 어머니라는 존재를 만나보지 못하고 스물여덟 해를 살아왔는데 그런 나에게 엄마라고 말할 수 있는가.

생의 비밀들

말도 안 돼. 정말이지 이건 말도 아니야. 절대 그렇게 말할 수 없어. 그녀는 자신도 모르게 소리쳤다.

"말도 안 돼요!"

그러나 전화기를 팽개치지는 않았다. 의혹과 놀람으로 수화기를 잡은 손이 떨리기는 했지만 먼저 전화를 끊을 수는 없었다.

"그, 그래. 할 말이 없어. 면목이 없다."

울고 있다. 자신을 어머니라고 밝힌 목소리가 울고 있다. 마치 새벽 4시에 일어나 시장바닥에서 얼어붙은 도시락으로 끼니를 때워가며 자식을 길렀다는 텔레비전에 나온 그 어머니처럼. 인희는 가슴에서 불이 이는 것을 느낀다. 당혹과 충격은 전화 속의 울음에 마음을 데어 분노로 바뀌고 만다.

"장난치지 마세요. 말도 안 되는 연극은 그만하시지요. 당신이 내 어머니라는 증거라도 있나요?"

"인희야, 제발, 인희야……."

저쪽에서는 말을 잇지 못하고 울기만 한다. 울고 있는 저 여자는 누구일까. 나에게 스웨터를 떠주고 한약을 지어다준 저 여자는 정말 누구일까. 나는 왜 이따위 정신 나간 여자의 유치한 정신 발작을 구경하고 있는 것일까. 그래, 이건 정신병자의 발작이야. 인희는 손등으로 기어오르는 벌레를 떨구듯 갑자기 수화기를 내던져버리고 만다.

진즉에 그랬어야 했는데.

두근거리는 가슴을 쓸어내리며 그녀는 스스로를 꾸짖는다. 말도 안 되는 정신병자의 넋두리를 여태껏 상대해준 것이 잘못이었다. 처음부터 상대도 하지 말고 매정하게 전화를 끊었어야 했다.

전화를 받기 전에 그녀는 욕실에서 모아둔 빨래를 하고 있었다. 기운이 없어 한동안 쌓아두기만 했던 빨래들을 하나하나 힘들게 문대어 빨면서 혼자살림이라고 사지 않았던 세탁기부터 장만해야겠다는 생각을 하고 있었다. 아이가 생기면 꼭 필요한 것들이 무엇인지, 새로 구입해야 할 물품들의 목록을 차근차근 만들어보자고 생각했었다. 누가 무어라 해도 아이는 태어날 것이니까 내 아이만을 생각하자고 다짐했다. 그러는 중에 전화벨이 울렸던 것이었다.

그러나 다시 붉은 고무장갑을 끼고 욕실로 들어가 빨래를 하고 싶은 마음은 전혀 생기지 않았다. 처음 그 말을 들었을 때부터 얼굴로 확 열이 쏠렸었다. 그리고 머리가 멍했다. 가슴은 터질 듯이 두근거리고 있었다. 도대체 지금 무슨 소리를 들은 것일까. 환청이었을까, 아니면 꿈이었을까. 인희는 이제 자신도 믿지 못하겠다는 마음으로 허둥댄다.

정신병자라고 밀어냈던 마음이 전부는 아니었다. 믿고 싶지 않아서 만들어낸 변명이라고 속삭이는 또 다른 자신의 목소리가 쉴 새 없이 그녀를 괴롭혔다. 정신병자이기를 원하는지, 아니길 원하는지 도대체 갈피를 잡을 수도 없다. 인희는 거실을 서성이며 붉게 상기된 뺨을 두 손으로 감싸기도 하고, 머리칼 속에 함부로 손을 넣어 사납게 빗질을 해대기도 한다.

그녀는 집 안을 둘러보았다. 아무도 없다. 뛰듯이 해서 베란다로 나가보기도 했다. 저녁식사를 마치고 식구들끼리 오순도순 모여있을 시간이라 바깥에는 사람의 왕래도 많지 않다.

누군가 있었으면. 인희는 문득 누군가가 곁에 있어줬으면 좋겠다고 간절하게 느낀다. 마음이 텅 빈 것처럼 자꾸만 몸이 움츠려진다. 어떤 말이라도 좋으니까 말을 나눌 누군가가 있었으면.

인희는 갑자기, 거의 허겁지겁 혜영의 집 전화번호를 누른다. 혜영이네 집에 울리고 있을 신호음을 듣는 것만으로도 많이 안심이 된다.

"여보세요."

그러나 동규다. 혜영은 어디 갔을까.

"규영이 엄마는 이제 막 자겠다고 들어갔어요. 애 엄마 되더니 초저녁부터 그냥 잠잘 궁리만 하네요. 기다리세요. 전화 받으라고 말할게요."

"아녜요. 내일 다시 하지요. 별일 아니거든요."

이미 잠 속에 발을 들이민 친구를 향하여 이 걷잡을 수 없는 외로움을 설명할 수는 없다. 인희는 다시 머리에 저장된 전화번호를 곰곰 더듬기 시작한다. 그러나 아무리 더듬어도 이 외로움을 털어놓을 만한 번호는 없었다.

그녀는 할 수 없이 두근거리는 가슴을 부여안고 소파에 주저앉는다. 잠시 후엔 팔과 다리를 잔뜩 웅크리고 눕는다. 머리도 가슴팍에 처박아버린다. 또 시간이 흐른다. 잠시 후 그녀는 깜짝 놀라듯이 번쩍 고개를 든다. 아까부터, 혜영에게 전화를 하기 전부터, 줄곧 샛별처럼 빛을 발하며 떠오르던 전화번호 하나.

아니야. 이 더러운 버릇. 깨끗이 씻어내야 해.

그녀는 세차게 머리를 흔든다. 너무 과격한 동작이어서 누군가 보았다면 섬뜩할 정도로, 그렇게 세차게.

봄날은
가는데

여름의류가 쏟아져 나오기 직전에는 늘 그렇듯이 기획행사로 홍보실은 눈코 뜰 사이 없이 바쁘다. 며칠은 봄 신상품 할인판매를, 또 며칠은 여름의류 재고전을, 다음에는 기획상품 특별판매, 이런 식으로 날마다 포스터를 새로 붙이고 현수막을 주문하고 하는 일들이 넘친다.

사실 의류판매는 이름만 바꾸어서 연중행사로 치르는 백화점의 중점사업이기도 하다. 남녀 캐주얼의류 파격세일, 고객서비스 바겐세일, 블라우스 동일가 판매, 한여름의 모피 특별가세일, 신입생을 위한 남녀 정장세일 등등, 판매기획부에서 만들어내는 명칭은 실로 다양하기만 했다.

그럼에도 상반기 중엔 언제나 봄에서 여름으로 넘어갈 무렵이 가장 일이 많았다. 수많은 봄철 기획행사를 거쳐 여름 대바겐세일 행사까지 마무리 지으면 비로소 나른한 여름이 왔다. 그랬으니 올봄은 더 말할 나위도 없었다. 인희는 여름이 오기 전에 쓰러지고 말 것이라는 위기감까지 느끼며 늦봄을 견디었다. 그러나 더 이상 동료들의 짐이 될 수는 없었다. 인희는 정실장의 안쓰러

생의 비밀들

운 시선을 따돌리기 위해 죽을힘을 다해 맡은 일을 해냈다.

얼마 남지 않았어, 하고 중얼거리는 것이 그녀의 유일한 위안이었다. 아직은 정실장만 알고 모르는 일이지만 시간이 흐르면 감출 수 없을 일이었다. 잠시만 죽을힘을 다해 일하면 다시 일하고 싶어도 돌아올 수 없는 직장, 그녀는 나중에 부끄럽지 않기 위해 모질게 자신을 채찍질했다.

한 여자가 스스로를 채찍질하며 실패한 사랑의 후유증을 견디고 있을 때, 그 옆의 또 한 여자는 이제 막 사랑을 시작하여 가꾸고 있는 중이었다. 홍보실의 미스 김은 요즘 미스 김이라는 호칭이 '김원희씨'로 바뀌었다. 그것은 미스 김이 원해서가 아니었다. 미스 김이 사랑을 시작하면서 저절로 그렇게 바뀌었다.

입사할 때 누구나 다 미스 김이라고 불러서 그렇게 굳어진 호칭을 바꾼 사람은 백화점 옆 빌딩에서 근무한다는 한 회사원이었다. 출근길에 합승으로 만났다는 바로 그 사람이었다. 정실장은 그 남자가 하루에 적어도 삼십 번은 전화를 하고 있다고 부풀려서 말했고, 비교적 과장을 모르는 윤성기조차 야근하는 날의 경우는 스무 번쯤 될 것이라고 주장할 정도였다. 인희가 보더라도 최소한 열 번 이상은 되는 것 같았다.

그 남자는 누군가 전화를 받기 무섭게 씩씩하게 외치곤 했다.

"실례합니다. 김원희씨 부탁합니다."

날마다 김원희씨 부탁합니다, 라는 전화를 받아 건네주다 보니 이제는 누구도 미스 김이라고 부르지 않게 되었다. 모두들 그 씩씩한 남자에게 전염되어서 "김원희씨, 전화 왔습니다!" 하고 외치게 되는 것이었다. 사랑의 힘은 반드시 누군가를 감염시킨다고 인희는 문득문득 생각하곤 했다.

그 남자가 씩씩하다면 김원희라는 여자는 누구보다 싱싱한 사람이었다. 원래도 붙임성 많고 웃음 많은 발랄한 처녀였다. 옆자리의 오인희라는 여자와 비교하면 더욱더 환했다. 게다가 요즘은 극명하게 대비되었다. 한 사람은 시들고 있었으며 또 한 사람은 피어나고 있었다. 인희는 직원들이 자신을 보는 시선을 그렇게 김원희를 통해서 확인하고 있었다.

사랑을 하는 여자였으므로 김원희는 날마다 행사장을 기웃거리며 옷을 사들였다. 붙임성 많은 성격은 인희의 스커트까지 한 장 사주고 싶었던 모양이었다.

"이거 뭐야?"

"언니 스커트. 걱정 말아요. 이벤트홀에서 50프로 세일하는 것 샀으니까. 거기다 우린 또 할인이잖아. 언니 입으면 너무 예쁠 것 같아서. 언니, 그러지 말고 이따 점심시간에 나랑 거기 가요. 괜찮은 게 아주 많아요. 언닌 혼자 살면서 월급 받아 다 뭐 하려고 그래? 옷도 사 입고 재밌게 살지 않고서. 난 정말 언니 모르겠어."

인희는 희미하게 웃는다. 그리곤 홀로 가만가만 자신에게 말한다. 그래, 나도 정말 나를 모르겠어. 그러나 오래 가진 않을 거야. 아직도 그늘이지만 머지않아 햇빛이 비칠 거야. 난 지금 햇빛을 품고 있거든. 그 햇빛을 생각하면 지금도 마음이 따뜻해져. 지금도 나쁘지는 않아. 난 괜찮아. 정말 괜찮아.

실제로 요즘의 그녀는 자신이 어지간히 정리되었다는 것을 느

생의 비밀들

끼고 있었다. 한없는 잡동사니로 가득 찼던 서랍을 말끔히 비우고 깨끗하게 간직하고 있는 기분이기도 했다. 김진우라는 과거도 버렸고, 어머니라는 여자도 마음의 서랍에서 제외시켰다. 빠져들고 싶지 않았다.

마음은 의지대로 어느 정도 정돈할 수 있었지만, 그러나 육체는 그녀의 관리를 거부했다. 이제 남은 문제는 건강한 몸뿐이라고 그녀는 다짐하고 또 다짐했다. 그래서 어제부터 배달우유도 먹기 시작했고, 냉동실에는 고기도 쟁여놓았다. 김원희가 의류 코너를 기웃거릴 때 그녀는 지하 일층의 건강식품부에서 무엇이 자신의 몸을 튼튼하게 만들어줄 것인지 연구에 골몰하기도 했다.

그러나 정돈해놓은 마음의 서랍에 수상하기 짝이 없는 봉투가 하나 날아들었다. 초여름의 첫더위가 대단했던 어느 오후였다. 김원희가 사랑을 시작한 이후 점심은 늘 그녀 혼자만의 지겨운 의무였다. 그러나 태만할 수도 없는 의무였다. 한 끼의 점심은 그녀만의 영양공급을 감당하는 것이 아니었으므로. 인희는 거부감 없이 목으로 넘길 수 있는 음식을 찾아 점심시간이면 하염없이 도심의 거리를 헤매곤 했다.

그날도 그랬다. 의무를 수행하고 돌아왔을 때는 점심시간이 막 끝나는 무렵이었다. 그날따라 방황이 길었던 탓이었다. 자리에 앉자마자 책상 위에 놓인 흰 봉투 하나가 눈에 띄었다. 오인희 앞. 주소도 없이 이름만 적힌 그 봉투 속에서 나온 것은 십만 원짜리 자기앞 수표 서른 장이었다.

가까이에
그 사람이 있다

　일금 삼백만 원을 보낸 사람, 십만 원짜리 수표 서른 장을 보낸 사람이 누구인지에 대해서 그녀는 조금도 의심을 하지 않았다. 글씨는 이미 낯이 익었다. 이런 식으로 무언가를 불쑥 보내오는 방법에도 익숙해져 있다. 그 여자 말고 이런 엉뚱한 짓을 할 사람이 또 있을 리가 없다.

　돈을 보냈다는 것은 조금도 놀라운 사건이 아니다. 그보다 더욱 놀랍고 경악할 일은 그 돈이 어떻게 책상 위에 놓여있는가에 있었다. 우표도 붙어있지 않은 그 봉투는 분명히 사람이 직접 옮겨놓은 것이었다. 그것도 잠시 자리를 비운 점심시간을 틈타서였다. 기다리는 전화가 있어 그날따라 점심시간 내내 사무실을 지킨 셈이 된 사진담당 윤성기에 의하면 외부인은 절대로 출입한 적이 없었다.

　"인편으로 보낸 편지가 있다고? 그것 참 이상하다. 급한 볼일 해결하기 위해 십 초 자리를 비운 적은 있지만, 설마 그사이에……."

　"모르세요? 범인은 늘 십 초를 노린다는 것을."

　인희는 짐짓 농담처럼 이야기를 맺어버리고 만다. 그다지 중요한 일은 아니었다는 듯이.

　그러나 심장의 고동이 거세어진다. 이건 전화가 아니다. 돈을 보낸 사람이 그 여자라는 것은 의심의 여지가 없다. 그 여자가 전화선을 통해서가 아니라 진짜의 모습으로 인희에게 왔다. 이렇게 감쪽같이 직접 돈을 전달하는 것으로 보아서 그 여자는 아주 가까이, 어쩌면 지금도 바로 그녀 곁 어딘가에 있는지도 모른다.

인희가 받은 일금 삼백만 원에 남아있는 흔적도 그런 추리를 뒷받침하고 있었다. 손자국 하나 묻지 않은 수표 서른 장은 은행 창구에서 곧바로 봉투에 넣어졌음이 틀림없었다. 그리고 그 수표들의 발행처는 백화점에서 멀지 않은 은행이었다.

마음을 먹으면 은행에 찾아가 수표를 추적할 수도 있으리라. 그 여자의 존재를 인정하는 마음이 조금만 있었더라도 그렇게 했을지 모른다. 하지만 인희는 그렇게 하지 않았다. 어머니라니, 태어난 지 일 년도 되지 않은 갓난아이를 길에 버리고 달아난 사람이 이십팔 년이 지난 후에 새삼스럽게 어머니라는 자격으로 나타날 까닭도 없다. 지금 이럴 사람이면 그때 그런 짓을 하지도 않았을 것이다.

인희는 그 여자에 대해서 늘 그렇게 했듯이 거기까지만 생각하고 멈추어버린다. 다른 일은 복잡하면 복잡할수록 머리가 멍해질 때까지 생각을 거듭하기 일쑤인데 이 일만은 그렇지가 않았다. 더 이상 신경을 쓰지 말자고 머리가 그녀에게 지시한다. 끝까지 알아볼 이유가 조금도 없다, 라고 머리는 냉혹하게 판단한다. 진실이란 때로 성가시고 상처뿐인 것이므로 굳이 밝히려 들지 말라고 머리는 타이르기도 한다.

그래서 그 여자가 보낸 돈은 봉투에 담긴 채 며칠간 열쇠 채운 서랍에 방치되고 있었다. 왜 돈을 보냈는지, 이 돈이 보상하고자 하는 불행은 대체 무엇인지 한번쯤 전화가 있을 법도 한데 그 여자에게선 더 이상 연락이 없었다.

그러던 어느 날, 외근을 마치고 돌아오던 윤성기가 고개를 갸웃거리며 그녀 자리로 왔다.

"틀림없는데, 아니라고 그러네."

"뭘요?"

"이젠 관심 없어요? 수요일 점심시간에 나타났다 사라진 십 초 사이의 방문객."

"아, 그것? 여태도 생각하고 있었어요?"

긴장을 감추며 인희는 대수롭잖다는 듯이 반문한다.

"그러게 말이에요. 까맣게 잊고 있었는데 이제 막 그 아줌마를 보니 전광석화처럼 한 장면이 떠오르지 뭡니까."

"아줌마?"

"여기 5층 청소하는 아줌마가 그날 화장실에서 나오며 보니까 우리 사무실 휴지통을 비워가지고 나가더라고요. 왜 청소부 아줌마 둘 중에 호리호리한 아줌마 있잖아요. 새로 바뀐 아줌마 말고 그전부터 일하던."

청소부 아줌마. 인희는 푸른색 청소복을 입고 붉은 고무장갑을 낀 아줌마들을 떠올린다. 직원 화장실을 거처로 삼고 늘 거기에 모여있던 아줌마들. 윤성기가 말하는 호리호리한 체격의 그 아줌마는 그들 중에서도 가장 오래 근무했을 것이다. 청소를 하다가도 직원들이 지나가면 얼른 비켜서서 시선을 피하던 우울한 낯빛의 그 아줌마.

생의 비밀들

"그래 내가 물었지요. 수요일 점심시간에 우리 사무실 휴지통 비우면서 누구 들어오는 것 못 보았냐고 했더니, 그 시간에는 사무실에 들어가지도 않는다면서 딱 잡아떼잖아요. 글쎄, 내가 분명히 보았는데 말예요."

"다른 아줌마하고 착각했겠지요."

"아니라니까. 분명히 그 아줌마였어요. 그리고 5층 청소하는 다른 아줌마는 이렇게 뚱뚱한데 착각은 무슨."

윤성기는 여전히 고개를 갸웃거리며 자기 자리로 돌아간다. 그러나 인희는 의문을 갖지 않는다. 그 여자가 청소부 아줌마를 시켜 인희 책상에 돈을 갖다놓은 것이다. 눈치채지 못하게 해달라는 부탁과 함께. 그러니 청소부 아줌마가 윤성기의 추궁에 아니라고 부인했을 것은 당연한 일이다.

은행까지 갈 것도 없이 청소부 아줌마의 입을 열게 하면 그 여자가 어떤 사람인지 알 수 있을 것이다. 그 일은 과히 어렵지 않을 것이다. 그러나 인희는 역시 아무런 행동도 취하지 않았다. 윤성기의 말을 들은 후에도 복도에서, 혹은 화장실에서 그 호리호리한 청소부 아줌마를 여러 번 만났지만 인희는 늘 그랬듯이 간단한 목례만으로 지나쳐 버렸다. 그렇게 보아서인지는 모르지만, 인희를 보는 청소부 아줌마의 시선이 무척 당황스럽다고 느껴진 적은 있었다. 그녀와 마주치면 얼른 시선을 피하고 묵묵히 자기 일만 하는 아줌마한테 심부름을 시킨 여자가 누구였는지 꼬치꼬치 캐묻고 싶은 마음은 나지 않았다.

알고 싶지 않다. 알 필요가 없다.

관심도 없다. 관심을 가질 필요도 없다.

인희의 머리는 스스로에게 줄곧 그렇게 말하고 있었다. 그렇다고 그녀의 마음까지 머리의 언어를 따르고 있는 것은 아니었다. 마음은, 그렇게도 애를 쓰며 다독였던 마음에 동요가 이는 것까지 머리의 냉철함이 어찌 해볼 수 있는 일은 아니었다.

때로는 마음 저 깊은 곳에서 화르르 불꽃이 피어오르기도 했다. 한번쯤 진실을 알아보는 것도 나쁘지는 않잖아. 스스로를 향한 이런 식의 결연한 충고도 없지는 않았다.

누구일까. 어떤 사람일까.

내 어머니라고 말하는 그 여자, 지금은 어디에서 누구와 더불어 저 하늘을 보고 있을까…….

사직서

"조용하게 처리해주세요."

인희가 내민 사직서를 펼쳐보고 정실장은 잠시 아무 말도 없다. 일신상의 이유로, 하고 시작되는 이 의례적인 문구가 이토록 가슴을 찡하게 한 적도 없었다는 생각을 하면서.

"퇴직 기념으로 제가 점심을 사드릴게요."

"꼭 이래야만 하나?"

"점심 사드린다니까요."

"좋아, 나가자."

정실장은 인희의 사직서를 책상서랍에 넣고 그녀의 등을 밀어 사무실을 급히 빠져나온다.

"비싼 걸로 시키세요. 그래야 제 마음이 편할 것 같아요."

정실장이 데려간 곳은 점심시간임에도 그리 붐비지 않는 조용한 경양식집이었다. 인희는 정실장이 딴소리를 하지 못하게 계속 명랑하게 굴며 메뉴판을 들여다본다.

"퇴직금 받으면 그땐 더 근사한 저녁 사드릴게요. 아이가 태어나면 당분간 바빠서 실장님 만나기도 힘들걸요."

인희는 식탁에 꽂힌 붉은 카네이션을 바라보며 애 엄마가 되어 있는 자신을 상상해본다. 사과처럼 붉은 볼의 귀여운 아이가 늘 내 옆에 있겠지. 베란다 가득 아이의 기저귀를 널어놓고 그것이 햇볕에 마르는 것을 쳐다보며 콧노래라도 부를 수 있을까. 엄마가 된다는 것은 정말 기적 같은 일이다. 얼마든지 즐겁게 아이와의 삶을 꾸려갈 수 있을 것이다. 어떤 선택을 한들, 더 이상 달라질 것이 무엇이겠는가.

"진우한테 연락 없었나?"

거의 말을 잃고 있던 정실장이 문득 진우 이야기를 꺼낸다. 인희는 저절로 이마가 찌푸려지는 것을 느낀다. 그 사람 생각, 정말 하기 싫다. 갑자기 눈앞의 사물들이 빛을 잃는다는 기분이 들 정도로.

"나쁜 자식. 다음 달 초에는 프랑스에 가있을 놈이."

프랑스? 인희는 갑자기 프랑스라는 나라가 어디에 있는지조차 모르겠다는 느낌에 사로잡힌다.

"프랑스 지사로 발령이 났대. 물론 지가 원했겠지만. 나쁜 놈. 난장판을 쳐놓고 혼자만 도망을 가버리다니."

정실장의 눈은 정말 증오에 가득 차있다. 그러다가 그는 갑자기 양복 안주머니에서 흰 봉투 하나를 꺼내 인희 쪽으로 휙 던져버린다.

"그 자식이 나한테 맡긴 거야. 받든 안 받든 인희씨가 알아서 처리해."

또 흰 봉투다. 어머니라는 여자도 흰 봉투에 돈을 넣어 보내더니 이번에는 배신한 남자까지 흰 봉투에 돈을 담아 불쑥 던져주고 있다. 자기들 마음대로 그녀의 삶에 상처를 남겨주고 떠났다가 나중에 흰 봉투나 전해주면 그만이라고 믿고 있는 것인가.

인희는 온몸이 후들후들 떨릴 정도로 화가 났다. 진우가 보낸 흰 봉투라니, 이건 절대 있을 수 없는 일이다. 이렇게까지 마음을 짓밟아야 후련하단 말인가. 인희는 숨이 막히는 심정으로 봉투를 노려본다.

"그 자식한테 내가 그랬지. 주고 싶으면 네가 직접 만나서 진심을 말하고 전해주라고. 그런데 세 번이나 찾아왔어. 자기도 그럴 생각이었는데 도저히 얼굴을 볼 용기가 나지 않는대. 자기도 뭐가 뭔지 모르겠다는 거야. 외국에 나가있으면 마음이 정리될 것도 같은데 지금은 정말 괴롭대."

정실장은 분노로 떨고 있는 여자가 걱정이 되어 견딜 수가 없다. 저러다 쓰러지지나 않을는지, 애초 생각대로 가지고 있다가 돌려주고 말 것을 괜히 말을 꺼내 가까스로 평정을 찾아가는 사

생의 비밀들

람을 뒤흔들어댄 것은 아닌지, 이럴 수도 저럴 수도 없어 그는 입술이 바작바작 타는 기분이다.

"인희씨 마음, 내가 다 알아. 그래서 나도 그 자식을 몇 번씩이나 되돌려 보낸 거야. 하지만, 마음만으로 살아지는 세상이 아니잖아. 회사 관두면 퇴직금으로 일 년은 어떻게 살아 갈 수 있겠지. 하지만 그다음은? 아이까지 딸려서야 어떤 일인들 제대로 할 수 있겠어. 그 자식이 미우니까 받아두는 거야. 그 자식한테 책임을 물어야 하니까 받을 수도 있다, 그렇게 생각해."

"그 사람들이 전 재산을 다 털어서 아이 양육비에 쓰라고 가져온 것인가요? 받지 않겠다는 것이 아니에요. 받아야지요. 아이의 평생을 책임질 만한 돈이라면 아이를 위해서라도 받아야지요. 하지만 그만한 돈을 줄 마음이 아니라면 도로 가져가라고 그러세요. 실장님은 아시겠지요? 받을 만한 돈인가요? 얄팍한 계산속인가요? 다시 말할게요. 이게 그 사람의 전부가 담겨있는 돈인가요? 아니면 비난을 면제받을 만큼의 돈인가요?"

인희는 거의 울먹이며 소리치고 있다. 그녀의 항의에 담긴 뜻을 정실장도 모르지는 않는다. 그러나 정실장이라 한들 무어라고 할 말이 달리 있을 까닭이 없다. 아니, 누군들 그녀의 말에 자신 있게 답할 수 있을까.

"죄송해요. 실장님 잘못이 아닌데 자꾸 이렇게 되네요. 돈은 돌려주세요. 이 돈을 받으면 전 살아나갈 용기를 영영 잃고 말아요. 한때의 사랑마저도 이렇게 돈으로 계산해서 끝내버리는 세상인 것을 확인하면 정말 살고 싶은 마음이 없어질 것 같아요. 제발, 실장님이 도와주세요."

그녀의 말이 옳다. 정실장은 말없이 봉투를 다시 자신의 안주머니에 집어넣고 만다. 진우란 놈은 백 번 죽었다 깨어나도 저 여자의 맑고 깨끗한 마음을 이해할 수 없으리라. 이제 이 돈을 돌려주면서 녀석에게 분명히 말해주리라. 넌 좋은 여자를 버린 불행한 놈이라고. 불행한 것은 너지 그 여자가 아니라고.

"자, 이제 우리 스테이크 먹어도 되지? 고기 먹고 힘내. 인희씨는 잘해낼 거야."

목이 멘다. 정실장은 격해지는 감정을 감추기 위해 커다란 고기조각을 입에 쑤셔 넣고 열심히 씹기 시작한다. 스테이크가 죽이 되도록 잘게 고기를 썰고 있는 여자의 작은 어깨를 차마 똑바로 볼 수가 없다. 저 작은 어깨로 이 험한 세상을 어떻게 혼자 살아갈 것인가.

친구가
찾아오다

"정말 신기해. 뱃속에 있어도 아이는 모든 것을 아나봐. 출근할 때는 전혀 배가 부르지 않았거든. 그런데 사직서를 낸 다음 날부터 갑자기 배가 불러오지 뭐니. 마치 기다려왔다는 듯이. 봐. 이젠 제법 표시가 나잖아. 금방 알겠지?"

혜영은 갑자기 말이 많아진 친구를 한 번씩 쳐다보면서 여전히 일손을 멈추지 않는다. 배는 전혀 불러 보이지 않는다. 인희는 자꾸 표시가 난다고 하는데 혜영의 눈으로 보기엔 모르겠다.

오는 길에 연한 배추가 보이기에 김치나 담아주고 가겠다고 잔뜩 사온 혜영이다. 배추를 소금물에 절여놓고 지금 혜영은 인희가 그렇게 말리는데도 당분간 하기 힘들 거라며 이불 빨래를 해주고 있다. 일하면서도 얼마든지 밀린 이야기를 할 수 있다고 우기는 혜영을 당할 수 없어 인희는 친구 뒤를 쫓아다니며 이것저것 자꾸 떠들어댄다.

왜 그렇게 말이 막 나오는지 그녀 스스로도 알 수가 없다. 말을 하지 않고 있으면 숨이 멈출 것처럼 답답했다. 너무 수다를 떨어 친구를 지겹게 하는 것은 아닐까, 가끔 걱정이 되어 입을 다물기도 하지만 그것도 잠시다. 그렇다고 마음 저 깊은 곳에 잠겨있는 말을 시원스럽게 쏟아놓는 것도 아니다. 그냥, 눈에 보이는 대로, 아무 말이나 자꾸 해본다.

그동안 얼마나 많은 시간 혼자서 말을 삭이며 지내왔던가. 혜영은 아이 때문에 좀처럼 시간을 못 냈고, 그사이 그녀는 너무나 많은 일들을 겪으며 한없는 외로움을 느꼈었다. 그 모든 외로움을 한꺼번에 보상하려는 것일까. 인희는 쉴 새 없이 터져 나오는 자신의 말들을 그렇게 해석해본다.

"규영이 할머니한테 꾸중 듣는 것은 아닐까. 너, 지금 돌아가야 하잖아. 저녁까지 먹고 가겠다고 미리 말씀드리지 그랬어. 규영이 때문에 힘들다면서 이럴 때나 좀 쉬지 않고 왜 그래. 김치랑 빨래는 내가 천천히 해도 되는데, 이젠 매일 집에서 놀고먹을 사람인데 뭐가 걱정이야."

"참, 그리고 서있지 말고 열이나 한번 재봐라. 아까 38도가 넘었는데 좀 떨어졌는지 모르겠다."

비누거품이 잔뜩 묻은 손을 헹구며 혜영은 친구에게 말한다. 현관문을 열어줄 때부터 인희의 얼굴은 열에 벌겋게 달아있었다. 인희는 열이 있는지도 모르고 있다가 친구의 놀라는 말에 체온계를 가져와 겨드랑이에 끼었다. 잠시 만에 빼냈는데도 수은막대는 38도를 넘어 39도 근처까지 올라가있었다. 그러나 인희는 혜영의 걱정에도 막무가내였다. 임신을 하면 늘 미열상태라는 것이 인희의 주장이었지만 혜영은 친구의 건강이 왠지 위태위태하다는 느낌을 지울 수가 없었다.

"지난겨울에 고생했던 것도 생각나지 않니? 이유도 없이 열이 치솟아서 병원에 입원까지 해놓고선 그렇게 태평해?"

"그러니까 태평이지. 그때도 괜히 수선을 피워서 병원에 갇혀 있었지 뭐. 며칠 있으니까 저절로 열이 내려서 아무 일 없이 퇴원했잖아. 걱정할 것 없어. 이러다가 또 저절로 열이 내리니까."

"자주 그랬어?"

"응, 서너 번쯤."

인희는 아주 가끔 그랬다는 식으로 대답해버린다.

"병원에는 잘 다니지? 열이 나는 것도 말하지 그랬니?"

"다 말했어. 괜찮대. 가만히 기다리기만 하면 겨울에 아이엄마가 된다고 그랬어."

인희는 혜영의 걱정을 피하기 위해 아무렇게나 둘러대고 있다.

생의 비밀들

물론 병원에는 처음 진단 이후 가본 적이 없는 그녀였다. 보호자를 데려오라는 의사의 말이 그녀의 가슴에 아픈 가시로 남아있는 한 어쩌면 병원에 갈 생각은 영영 하지 못할지도 몰랐다.

체온계의 눈금은 아까보다 오히려 하나 더 올라갔다. 그러나 인희는 혜영에게 눈금 하나가 내려갔다고 말해주었다. 모처럼 함께 있는 친구와 그따위 체온 이야기나 하면서 시간을 허비할 마음은 정말이지 조금도 없었다. 하지만 혜영은 잠시도 자리에 있지 않았다. 빨래를 해치운 뒤에는 베란다 청소를 하였고, 그런 다음에는 김치를 버무렸다. 김치 담그는 일이 끝나자마자 슈퍼로 달려가 반찬거리를 한아름 사오더니 이번에는 또 음식 만드는 일에 온 정신을 쏟는 것이었다.

"너 왜 그러니? 제발 언니처럼 극성부리지 말고 이제 그만해."

인희가 아무리 말려도 혜영은 고집을 굽히지 않았다. 혜영으로서는 그럴 만도 했다. 시골에서 시어머니가 오신 덕분에 아이를 맡기고 인희 아파트에 올 때는 그녀도 밀린 이야기나 하면서 맛있는 점심이나 사먹고 돌아갈 생각이었다. 그러나 문을 열어주는 친구의 모습에 혜영은 아연실색하고 말았다. 몇 달만의 만남이긴 했지만 이럴 수가 없었다. 인희는 그사이 전혀 다른 사람처럼 변해있었다. 광대뼈가 드러나는 야윈 얼굴, 주름이 잡히도록 살이 마른 친구의 얼굴을 대하고 혜영은 말을 잃었다. 친구가 저 지경이 되도록 나는 무얼 하고 있었을까. 괜찮다는 친구의 말만 믿고 오직 내 가족만 돌보느라고 나는 얼마나 무심했던 것일까.

혜영이 어떻게든 많은 일을 해주고 돌아가려고 애를 쓰는 바람에 인희는 가슴속에 담아둔 그 무수한 말들을 쏟아낼 기회를 가질 수가 없었다. 가까스로 혜영이 일을 마쳤을 때는 급히 집으로 달려가야 할 시간이었다.

혜영이 서둘러 떠나버린 다음, 인희는 그만 거실바닥에 주저앉고 말았다. 그렇게나 뒤를 따라다니며 많은 말들을 했건만 정말 하고 싶은 이야기는 한 마디도 하지 않았다는 사실을 깨닫고서였다. 하다못해 어머니라는 여자가 나타났다는 말이라도 했어야 옳았다. 그 여자가 돈을 보냈는데 어떻게 해야 할지 모르겠다는 말쯤은 했어야 했다.

고아원에서 함께 소녀시절을 보낸 혜영은 그렇게만 말해도 그녀의 마음 전부를 다 이해하고도 남을 유일한 친구였다. 아니, 그녀들 모두 서로간에 다른 친구를 사귀기란 애당초 불가능한 일이었을지도 몰랐다. 천사원 시절의 그 춥고 외로웠던 기억을 나눠갖지 않은 자들과 어떻게 친구가 될 수 있단 말인가. 그 추억의 공유 없이 무슨 말을 할 수 있단 말인가.

인희는 혜영이 떠난 뒤 오래도록 거실 바닥에 주저앉아 세운 무릎에 얼굴을 묻고 외로움에 떨고 있었다. 그러다 문득 탁자 위의 편지 한 통을 발견하였다. 아까 혜영이 올라오면서 우편함에서 가져다준 것이었다.

"이 사람, 아직도 편지를 보내니? 대단한 남자구나."

노루봉에서 성하상. 단정한 글씨의 발신인 주소를 읽으며 혜영은 어깨를 으쓱하는 시늉을 했었다.

"또 왔어? 난 읽지도 않아. 거기 그냥 놓아둬."

그리고 금방 탁자 위의 편지는 잊혀졌다. 언제나 그랬었다. 우편함에서 가지고 올라오기만 할 뿐 탁자 밑에 던져놓고 뜯지도 않았다. 진우한테 마음을 내주고 있을 때는 그를 괴롭히는 일이 될까봐 아예 휴지통에 던져버리기도 했었다. 요즘도 다르지 않다. 노루봉 그 남자한테서 오는 편지를 읽어야 할 어떤 이유도 발견할 수 없어 그냥 모아두는 것으로 끝이다.

그런데 지금, 갑자기 그 편지라도 읽어봤으면 하는 마음이 그녀의 마음에 불쑥 솟았다. 그러면 이 지독한 외로움이 혹시 가실지도 모른다는 생각이 들었다. 제발 그래줬으면.

그녀는 거의 기어서 탁자 앞으로 갔다. 그리고 낚아채듯이 편지를 집어 급하게 겉봉을 뜯었다.

편지 7

오늘도 당신은 창백한 얼굴로 내 침상 곁에 서있습니다. 무슨 일입니까. 대체 어떤 일이 일어나고 있습니까.

참을 수 없어 자리를 박차고 일어나 당신에게 편지를 쓰고 있는 지금은 새벽입니다. 아직 미명조차 없이 사위는 캄캄하고, 불을 밝혀도 사라지지 않는 당신의 초췌한 모습 때문에 이 손은 자꾸 떨리기만 합니다. 당신, 정말 무슨 일을 겪고 있습니까.

나는 요즘 끊임없이 당신을 만납니다. 산을 오르면 계곡의 바위에 당신이 앉아 있습니다. 숲길을 걸으면 나무그늘 아래 당신이 보입니다. 악몽에서 깨어나면 침상 옆에 당신이 서있습니다. 기도를 하는 시간에도 당신은 합장한 내 두 손 바로 옆에서 침울한 얼굴로 나를 바라봅니다. 내가 바라보면 당신은 내 마음 가운데로 들어와 버립니다. 난 당신의 무게로 쓰러질 것 같습니다.

여태껏 난 무얼 하고 있었단 말인가, 하는 자책으로 괴롭기도 합니다. 그동안 보낸 편지들이 당신에게 전혀 도움이 되지 않았음을 느끼고 있었으면서도 난 속수무책이었습니다. 치러내야 할 운명이란 것이 이다지도 벅찬 것이었음을 차마 다 예감하진 못했습니다.

당신은 늘 내게 무슨 말을 하고 싶은 듯 보입니다. 아, 내 힘으로는 당신이 하고 싶어 하는 말을 알아들을 수가 없습니다. 오래 전부터 내 기도시간에 당신의 모습을 뚜렷이 볼 수가 없습니다. 당신은 회색 안개에 가로막혀 내게로 오지 못하고 있습니다. 만약 당신이 단 한 번이라도 내 생각을 해준다면, 하루 중의 어느 순간 그저 스치듯이 나를 떠올려주기만 해도 내 기도를 가로막고 있는 벽이 허물어질 것입니다. 그러면 나의 이 간절한 기도가 당신에게 닿을 수 있습니다.

당신에게 마음을 다해 부탁을 드립니다. 하루에 단 한 번만 노루봉을 생각해주십시오. 단지 그렇게만 해주면 가로막혀있는 우리 사이의 영적공간이 열리게 될 것이고 나는 명상을 통해 그리운 당신의 모습을 비춰볼 수 있을 것입니다. 아무것도 원하지 않습니다. 제발 한 번의 숨 쉬는 시간만큼만 나를 기억해주십시오. 그리하여 내 단 하나의 당신을 만나는 기쁨을 누리게 해주길 간

생의 비밀들

곡히 부탁드립니다.

그것뿐입니다. 내가 당신에게 원하는 것은 겨우 그 정도입니다. 그럼에도 사랑하는 그대, 이 소망을 저버리지는 않겠지요. 오늘은 더 이상 아무 말도 않겠습니다. 지난 편지들에서 누차 말했듯이 당신의 마음 한 조각이 새로운 희망을 낚는 도구가 됩니다.

사랑하는 그대,

그 도구를 사용하십시오. 우선 마음 한 줄기를 내게 보내주십시오. 그래야 당신에게 적으나마 내게 남아있는 힘을 보내줄 수 있습니다.

다시 말합니다. 이젠, 이곳, 노루봉에 기대십시오. 그럴 시간이 온 것 같습니다.

부디 건강히.

첫
발자국

사람의 감정만큼 돌연한 것도 없다. 감정이 만들어내는 무늬만큼 예측불허인 것도 없다. 한때는 막연히 흘려보내는 물이었다가 어느 날은 가슴까지 차오르는 폭포가 되고, 한순간은 감당키 어려운 짐이었다가 되돌아서면서 홀연 가벼워지는 그것.

인희는 성하상의 편지를 거의 열 번쯤 읽었다. 그렇게 열 번을 읽고 나자 빈 가슴이 서서히 차오르기 시작했다. 할퀸 상처와 굵힌 자국으로 성한 데 하나 없던 마음의 아픔이 조금씩 가라앉는 것도 느낄 수 있었다.

남한테서 이런 위안을 받을 수 있다는 것을 경험한 것은 그녀에게 처음이었다. 물처럼 스며드는 이런 위로는 진우에게선 한 번도 느껴보지 못하였다. 이제 와서 생각하면 그와의 짧은 사랑에 동반한 감정은 자기 자리가 아닌 듯 여겨지는 불편함과 허물어질 것에 대한 불안이 전부였다. 아, 가끔씩 불꽃같은 뜨거움이 없지는 않았다. 그러나 그때에도 불꽃에 몸을 델 것을 염려하는 마음이 더 날카롭지 않았던가.

어떻게 이리도 간절할 수 있을까. 무엇으로 덥히는 마음이길래 이렇게 한결같을 수가 있을까. 어느 해 여름, 우연한 만남으로 그 존재를 알게 된 한 남자에 대해 그녀는 비로소 새로운 눈을 떴다. 이 세상 어딘가에서 온 정성을 다해 자기를 걱정해주는 한 사람이 있다는 것은, 그가 누구든 간에 지금의 그녀한테는 가슴이 떨릴 정도로 벅찬 일이었다. 이 지독한 외로움의 비늘 한쪽이나마 벗겨낼 수 있다면, 홀로 있음이 가끔 시리도록 추울 때 작은 불씨 하나라도 일궈낼 수 있다면, 그렇다면 견디기 얼마나 수월할까.

인희는 노루봉에서 온 편지를 소중하게 접어 침대 머리맡에 놓았다. 깊은 밤의 악몽에 그것이 진정제가 될지도 모른다는 생각에서였다. 실제로 한밤중에 일어나 그녀는 그 편지를 한 번 더 찬찬히 읽어보기도 했다. 사위에 고요만 가득한 한밤중에 듣는 그의 목소리는 훨씬 더 마음에 화살처럼 와 닿았다.

그렇게 하루가 가고 이틀이 갔다. 편지로 부탁한 것은 하루에 한 번씩 노루봉을 생각해달라는 것이었으나 그보다 훨씬 자주 그녀는 그와, 늠름한 개 미루와, 눈앞에 아른거리는 숲의 평화를 떠올렸다.

그렇게 사흘쯤 지나자 놀라운 일이 벌어졌다. 숲 속에서 보았던 그, 지난 휴가 때 그녀 주위에서 맴돌던 그, 슬프도록 검고 깊던 남자의 눈, 미루의 목덜미를 만질 적의 부드러운 털의 촉감, 그런 것들을 떠올리는 어느 순간 그녀는 생생한 그의 목소리를 들었다. 분명 그의 음성이었다. 바로 옆에서 들려온 그 또렷한 음성.

당신은 곧 내게로 옵니다. 나는 그것을 압니다. 당신은 곧 내게로 옵니다. 나는 그것을 압니다…….

가라앉았으나 울림이 있는 목소리. 그녀는 그 음성을 들을 때마다 흠칫 놀라 주위를 둘러보곤 했다. 물론 집에는 아무도 없었다. 누가 있을 턱이 없었다. 하지만, 너무도 확실한 그 목소리, 이런 것이 환청일까.

그런 어느 순간 인희는 자신이 이 말을 지난여름, 그에게 직접 들었다는 사실을 깨달았다. 우연한 버너 폭발사고의 위험에서 아슬아슬하게 빠져나왔던 그날 오후, 그는 미루와 함께 그녀를 찾아왔었다. 귀담아 듣지는 않았지만, 그는 전날 이미 버너의 폭발을 예언했었다. 아찔한 사고의 순간에도 알지 못할 힘이 그녀를 끌어내는 것을 똑똑히 경험하지 않았던가. 그리고 그는 말했다.

나는 당신을 지켜낸 것이 기쁠 따름입니다. 당신이 다치면 내 영혼도 다치니까요.

그리고 또 말했다.

가세요. 하지만 당신은 곧 내게로 다시 옵니다. 나는 그것을 압니다. 당신이 내 말을 믿을 수 있다면, 만약 그럴 수만 있다면, 당신이 받을 상처를 아주 많이 줄일 수 있을 텐데 그것이 아쉬울 뿐입니다.

어떻게 그리도 까맣게 잊고 있었을까. 그때의 말이 이렇게 또렷이 귓전에 울리고 있는데 그동안은 어떻게 완벽하게 잊고 있었을까. 생각해보면 혜영이 그쪽으로 여름휴가를 가자고 제안한 것부터가 예사로운 일이 아니었다. 바로 일 년 전 여름에 그녀는 그곳에서 미루와 함께 그 사람을 처음 만났었다. 다음 해 다시 거기에 가리라곤 꿈에도 생각하지 않았었다. 그러나 운명은 혜영을 매개로 하여 그녀를 그곳으로 다시 불렀다. 생각해보면 어느 것 한 가지도 기이하지 않은 것이 없었다.

그렇다면 문득문득 귓전을 때리는 이 생생한 목소리는 어떤 운명의 부름일까. 인희는 그제야 읽지 않고 상자에 담아두기만 했던 그 사람의 편지들을 떠올렸다. 치솟는 의문을 잠재워줄 어떤 해답이 그 편지들 속에 있을지도 몰랐다.

그녀는 차근차근 편지를 읽어나가기 시작했다. 편지를 읽기 시작했을 때 베란다에 비치는 하늘은 푸르기만 했었다. 그러나 밀린 편지를 다 읽고 났을 때 그 하늘은 이미 암청색의 어둠이었다. 그 사람이 하고 있는 말을 하나도 놓치지 않으려고 한 자 한 자 마음에 새기듯이 읽었기 때문이었다.

섭리? 광안? 수력?

인희는 때로 수긍했으며 때로 저항했다. 그럴 수 있다고 여겨지다가 어느 순간 몽상가의 궤변에 시간을 뺏기고 있는 것은 아닌지 의혹에 잠겼다. 이런 수행의 바탕을 지닌 사람이었구나, 하고 이해했다가 너무나 철저한 인식이 어쩌지 못할 아집으로 비쳐져서 멀어지는 마음이 되기도 했다.

그러나, 고백하면, 그 사람이 말하는 우주의 섭리에 마음이 끌리는 순간이 더 많았다. 허약해진 정신이 불러들이는 한낱 미혹일 뿐이라고 경계도 해보았지만 좁디좁은 이 세상을 빠져나갈 통로가 따로 있다는 상상은 매혹이었다.

벗어나고 싶다, 내가 아닌 전혀 다른 나로 바뀌고 싶다, 라는 염원은 환상으로 그치지 않을 수도 있었다. 언제나 왜 태어났는지, 이렇게 살아야 하는 이유가 무엇인지 궁구하는 마음이 떠나지 않던 그녀였다. 역 광장 벤치에 버려져야 할 숙명을 지니면서까지 이 세상에 나온 절체절명의 이치가 있지 않을까 자문하던 그녀였다.

생명은 저 혼자만의 힘으로 생성되고 소멸되는 것은 아닐 것이라고 생각했던 날들이 있었다. 우리 모두가 세기말의 징후라고 말하는 잔혹한 테러와 반인간적인 사건들, 그리고 욕망의 과다노출 같은 극단적인 도덕이탈 현상에도 의미는 있을 터, 현실을 넘어 다른 삶으로 나갈 수 있는 길도 어딘가에 분명 존재하리라 생각한 적이 있었다. 내 앞의 생은 모두 차단되었지만 과연 여기까지가 전부일까.

그럴 때, 성하상이라는 사람이 택한 삶의 방법에 길이 있을 수도 있다는 생각을 그녀는 진지하게 해본다. 그러나 오랫동안 단련된 세상의 여러 고정관념들을 일시에 깨치고 그 사람의 사상으로 경도당하기는 쉽지 않은 일이다.

그녀는 그 사람을 이해할 수도 있다는 정도로 편지의 내용들을 접수했다. 그랬기 때문에 그 사람이 그토록 원했던 수련의 몇 단계를 실천에 옮겨보려는 생각은 하지 않았다. 이런 식으로 수련하는 방법도 있구나, 여겼을 뿐이었다.

거기까지도 아주 대단한 진전이었다는 것을 그녀는 미처 모르고 있었다. 문득문득 귓전을 때리는 생생한 목소리가 그 사람이 보내는 마음에서 비롯된 것이라고 이해하는 그 마음이 중요한 첫 단계였음을 그녀는 그때 모르고 있었던 것이었다.

완전한
이별

13일 오후 2시 비행기.

그가 원하는 것은 무엇일까. 공항에서의 감상적인 이별? 눈물과 포옹의 이별예식? 그런 다음 화사한 추억 하나 만들어서 두고두고 회상의 소재로 반복 재생할 수 있게?

진우가 왔다. 연락도 없이 불쑥. 여전히 단정하고 정갈한 양복차림으로 태연히 아파트로 찾아왔다. 그를 다시 보다니, 인희는 문 앞에 서있는 옛 남자의 얼굴을 똑바로 쳐다보지 않고 비껴서 먼 하늘을 보았다. 똑바로 쳐다볼 수 없어서가 아니라 똑바로 그 얼굴을 보고 싶지 않아서였다.

그녀는 그를 아파트 안으로 들이지 않았다. 집 안 곳곳에 혹시 남아있을지도 모를 외로움의 흔적을 보여주고 싶지 않았다. 그래서 문 앞에서 그를 돌려세워 아파트 광장으로 나왔다. 신록의 플라타너스나무 아래 긴 의자가 놓여있고 그 위로 희미한 가로등이 졸고 있는 자리, 거기에서 두 사람은 아주 삭막한 이별의식을 치렀다. 머뭇거리던 진우의 첫마디는 자신의 출국일시를 알려주는 것이었다. 그것을 왜? 그러나 인희는 대꾸도 하지 않았다.

"미안해. 이렇게라도 하지 않았으면 자폭하고 말았을 거야. 날 이해해줘."

그는 가로등의 불빛이 닿지 않는 저쪽의 어두움을 노려보며 그렇게 말했다. 자폭이라고? 이미 자폭하지 않았던가? 그러나 역시 인희는 입을 열지 않았다. 빨리 이별의식을 치르고 돌아갔으면 하는 마음만 가득했다. 한때 사랑이라는 이름으로 불렀던 한 남자에 대한 추억이 더 이상 더럽혀지지 않기를 하늘에 빌었던가.

아무리 부정해도 태어날 아이의 아버지인데, 내 아이의 아버지를 이 이상 경멸하지 않게 해달라고 빌었을 수도 있다. 그뿐이었다. 인희는 가로등 불빛이 닿는 환한 자리만 보았고 진우는 어둠 저편에서 시선을 옮기지 못하고 쩔쩔맸다.

"내가 서툴렀어. 인정해. 인희씨한테는 정말 미안해. 어떻게든 보상을 해주고 싶은데, 인희씨만 받아준다면 어떤 보상이라도……."

거기서 그녀는 자리를 박차고 일어섰다. 욕지기가 느껴졌다.

끝까지 이런 식이구나. 그와 한평생을 살았다면 얼마나 끔찍했을까. 암초에 부딪히기 직전에 배의 방향을 돌릴 수 있었음을 오히려 감사해야지.

그래서일까, 인희는 자신도 모르는 사이에 입을 열었다. 그것도 온 얼굴에 미소 가득한 승리자의 모습을 그에게 보여주면서.

"보상이라면 제가 해야지요. 이 결혼을 피할 수 있게 해준 당신한테 어떤 보상이라도 해주고 싶은 사람은 바로 난걸요."

그리고 돌아섰다. 그의 얼굴은 보지 않았다. 꼭 해줄 말을 했다는 생각에 발걸음이 몹시 가벼웠다. 그랬는데 끝까지 그가 망발을 했다. 그녀의 등에 대고 그는 한 번 더 확인을 한 것이다.

"13일, 오후 2시 비행기야."

그의 천박함. 공항에서의 이별을 만끽해보려는 저 유치한 발상. 뒤도 안돌아보고 곧장 아파트 현관으로 들어가면서도 인희는 온몸에 소름이 돋는 기분이었다. 삶의 엄숙한 굴레를 알기까지 저 남자한테는 얼마나 많은 시간이 필요한 것일까. 아니, 목숨이 다해 스러지는 날까지 이 삶의 경건함을 알기나 할까.

그러나, 홀가분했다. 이제까지 알게 모르게 그녀를 묶고 있던 마음의 밧줄 하나가 벗겨진 기분이었다. 비로소 지난 세월의 흔적들에서 완벽하게 벗어났다는 자유의 느낌. 이제부터는 정말 과거에 얽매이지 않고 자유롭게 마음을 조종하면서 살 수 있을 것 같았다.

그 밤에, 그러니까 진우와의 마지막 이별의식이 있던 밤에 인희는 밤이 이슥하도록 아기방을 꾸미는 일에 몰두했다. 잡동사니

생의 비밀들

들로 채워놓았던 작은방을 치우고 몇 번이고 쓸고 닦았다. 날이 밝으면 꽃과 나비가 그려진 예쁜 벽지를 사다 도배를 할 생각이었다. 창에는 구름 같은 분홍 커튼을 달 것이고 방 가운데 흰 색의 아기 침대를 들여놓을 것이었다. 앞으로의 날들을 생각하면 통장의 저축을 아껴야겠지만 그러나 아이를 위해서라면 다소의 호사스러움이야 기꺼이 감수하고 싶었다.

은방울, 형광색의 모빌, 몽실몽실한 곰인형, 부드러운 깔개, 향기로운 비누, 딸기무늬의 턱받이, 작고 튼튼한 그네…….

이것은 그녀가 그 밤, 긴 시간 생각하고 또 생각해서 메모지 가득 적어놓은 아이를 위한 물건들 중의 일부였다. '작고 튼튼한 그네'의 항목에는 밑줄이 그어졌고, 그 아래는 괄호 속에 이렇게 적혀있기도 했다. 그네 설치 시에는 반드시 전문가에게 도움을 받을 것. 절대로 안전하게.

기이한
해후

벨이 울렸다. 딩동 딩동.

풀칠하던 손을 멈추고 인희는 잠시 기다린다. 찾아올 사람이 없었다. 혜영일 수도 있으나 그 애와는 아침에 통화를 했었다. 저녁에 손님을 치른다는 친구가 여기에 올 까닭이 없다. 정실장이라고 생각하기에는 지금이 근무시간인 점만 헤아려도 황당하다.

일을 하다말고 나가기가 조금 귀찮았지만 초인종은 조심스럽기는 해도 그치지 않으니 별수가 없다. 송알송알 작은 꽃무더기가 수놓아진 예쁜 벽지로 단장한 세 면의 벽을 한번 휘둘러보고 인희는 손에 묻은 풀을 대충대충 닦아낸다. 이제는 한쪽 벽과 천장만 바르면 끝난다. 이만큼만 해놓아도 작은 방은 궁전처럼 화사하고 아름답다.

현관으로 나가면서 그녀는 뻐근한 팔과 다리를 주무른다. 아침부터 시작한 일이라 몹시 힘에 부친다. 천장이 어려울 텐데 잘해낼 수 있을지 걱정이 든다. 천천히 하면 되겠지 뭐. 그런 생각을 하느라 어안렌즈로 방문객을 확인하는 것을 깜박 잊고 그녀는 그만 현관문을 활짝 열고 만다. 언제부터인가 그녀는 함부로 문을 열지 않았다. 세상이 온통 적이라는 생각에 휩싸였던 그 언제부턴가. 그런데 그만 문부터 열었다.

"있었네……."

인희의 얼굴을 똑바로 보지도 못하면서 어색하게 입술을 움직여 있었네, 라고 말하는 방문객은 여자였다. 평범한 옷차림, 그래도 단정하게 차려입기 위해 애를 썼음이 한눈에 드러나는 지긋한 나이의 여자였다. 그러나 어디선가 많이 본 얼굴이어서 인희는 그 얼굴이 누구인지를 생각하느라 여자가 몹시 어색한 표정으로 멈칫거리는 것에 미처 신경을 쓰지 못하였다.

게다가 여자 또한 한눈에 거침없이 그녀를 알아보고 있다. 두 사람이 서로 구면인 것은 의심할 여지가 없지만 인희 쪽에서는 얼른 여자를 알아볼 수 없었다.

"들어가도 되는지……."

여자는 또 말끝을 흐린다. 저 말투, 그리고 저 얼굴. 순간 전화 속의 매듭 없는 말투가 먼저 눈앞에 서있는 여자의 신원을 밝혀낸다. 그리고 거의 동시에 한 장면이 떠오른다. 밝은 하늘색의 청소부 유니폼을 입은 회사의 그 여자, 그녀가 지나가면 얼핏 시선을 비끼고 먼 곳을 보던 그 여자.

틀림없었다. 저 소박한 외출복 대신 푸른 청소복을 마음으로 입혀보면 언제나 말이 없고 울적해보이던 회사의 5층 청소부 아줌마가 앞에 서있는 것이었다. 그리고 저 음성은…….

머리가 쾅쾅 울렸다. 온몸의 핏줄이 일제히 팽창해서 빠른 속도로 내달리기 시작한다. 도배하다 묻은 밀가루풀이 하얗게 말라붙은 두 손으로 현관 벽을 짚으며 인희는 자기도 모르게 뒷걸음을 쳤다. 자신의 얼굴에서 핏기가 싹 가시는 것을 그녀는 느낄 수 있었다. 이러지 말아야지 하면서도 눈앞에 하얀 너울이 펄럭이는 것 같은 어지럼증을 벗어날 수가 없다.

전화를 건 여자가 오랫동안 같은 건물에서 수시로 마주치고 무심히 지나쳤던 그 청소부 여자라는 사실을 확인하는 일은 그렇게 침묵과 충격 속에 이루어졌다. 전화 속에서 내가 네 엄마야, 라고 울먹이던 그 여자가 바로 백화점 5층 담당의 청소부 아줌마였다는 사실은 찰나에, 그리고 명료하게 확인되었다.

인희는 다리에서 빠져나가는 힘을 어쩔 수 없어 마루에 주저앉았다. 여자는 조용히 문을 닫고 고개 숙여 신발을 벗었다. 그리고 조심스럽게 인희의 아파트에 첫발을 디뎠다. 그 일련의 동작들을 보면서 그녀는 이 만남이 오해거나 착각이 아니라는 사실까지 아울러 절절히 깨달았다. 어머니를 자청하는 여자가 수시로 그녀의 마음을 어지럽혔어도 견딜 수 있었던 것은 그 주장이 착각이거나 오해일 것이라는 근거 없는 믿음이 그녀를 지탱해준 까닭이었다. 어떻게 그런 일이 일어날 수 있는가. 현실은 그런 낭만적인 삽화를 배제할 수밖에 없을 만큼 치열한 전쟁이 아니던가.

하지만 이것은 현실이었다. 어미의 복장이 푸른 청소복인 것으로 미루어 이 현실의 삽화에는 낭만조차도 개입되지 않았음이 분명하였다. 그러나 그런 차가운 생각들은 모두 나중에 홀로 앉아 곰곰 떠올린 것이었다. 눈앞에 이십팔 년 전의 어미가 얼씬거리는 그 당장에는 정말이지 필름 끊긴 영화처럼 지지직거리는 잡음과 제멋대로인 빗살무늬만 머릿속에 얼씬거릴 뿐 다른 생각이 끼어들 여지가 없었다.

그것은 어머니라는 그 여자도 마찬가지인 모양이었다. 거기까지 찾아왔을 적에는 혼자 수십 번 마음을 다지고 할 말도 준비했을 터이지만 소파에 들고 온 가방을 내려놓은 뒤로 발이 붙어버린 사람처럼 그렇게 꼼짝하지 않고 서있기만 했다.

또, 딸이라는 여자는 어머니에게 등을 돌리고 두 무릎을 세운 채 망연히 앉아있기만 했다. 어머니는 딸의 적의가 가득한 등만 바라보았고 딸은 지금 막 어머니가 들어온 현관문에 무슨 책임이 있기라도 한 양 그것만 노려보고 있다. 무거운 침묵의 입자가 몸을 짓누르는 것처럼 어깨가 아프다, 고 딸은 생각했다. 필름을 뒤로 돌려 다시 과거로 갈 수 있는 영화라면 더도 말고 오 분만, 십

분만 앞으로 돌려 꽃무늬 도배지에 묻혀 행복했던 시간 속으로 숨어버리고 싶었다.

기이한 해후였다. 포옹과 눈물은 전혀 없었다. 오직 이겨내기 힘든 침묵만이 있었다. 이것이었던가. 인희는 두 손으로 얼굴을 감싸고 생각했다. 이십팔 년을 살아오면서 그토록이나 부재의 부피가 컸던 어머니라는 존재와의 만남이 이렇게 씁쓸하고 황당한 것이었던가. 두터운 원망의 벽을 뚫고 솟아오르던 그 많은 그리움은 다 무엇이었던가.

침묵은 그 여자의 무너짐으로 깨졌다. 여자는 소파에 얼굴을 묻으며 짐승처럼 꺽꺽 울기 시작했다. 피를 토하는 것 같은 울음이었지만 그러나 인희에게는 그것조차 현실로 와 닿지 않았다. 그녀는 비로소 고개를 돌려 멍한 시선으로 소파에 짓이겨지는 어미의 얼굴을 보았다. 머리칼 몇 올이 눈물에 젖어 볼에 달라붙었고 꺾어진 목덜미에 주름이 굵다. 저 여자가 내 어머니였던가. 이십팔 년 전, 어둠을 틈타 역 광장의 벤치에 자신의 아이를 내버린 여자인가.

"이 죄를, 이 죄를 어찌 다 갚겠니……이 죄인이 무슨 낯짝으로……어디를 얼굴 쳐들고……널 어찌 보겠다고, 무슨 염치로……."

격렬한 울음의 사이사이로 넋두리처럼 흘러나오는 말들. 인희는 차라리 귀를 막고 싶다고 생각한다. 차라리 저 말을 듣지 않고 일생을 지낼 수 있었다면 더 행복했을 것을.

"변명은, 않으마. 입이 열 개라도, 어떻게 그런 무서운 짓을 내

입으로⋯⋯평생, 발 뻗고 자본 적이⋯⋯마음 놓고 웃어본 적이
한 번도 없었지만, 죗값이려니, 천벌이려니 하면서⋯⋯."

　마침내 폭포 같은 통곡이 무한대로 넘치기 시작했다. 이빨 사
이로 새어나오던 안간힘의 넋두리도 통곡의 물살에 휩쓸려 사라
지고 말았다. 한동안 무섭도록 처절한 울음소리만 집 안 가득 넘
쳐났다. 무릎에 고개를 틀어박고, 힘껏 입술을 깨물며 인희는 그
울음을 다 들었다. 귀를 막지는 않았다. 그러나 어미라는 여자의
눈물에 한 방울의 눈물도 보태지 않은 그녀였다.

생의
비밀들

　몇 시인지, 아니, 이 하루가 다 지나버린 것인지 그녀는 알 수
가 없다. 벽에 등을 기대고 앉아 희미한 불빛이 새들어오는 창을
본다. 어둠 속에서 들려오던 자동차 소리도 많이 줄었다. 위아래
집의 현관문 열리고 닫히는 소리도 이제는 거의 들리지 않는다.
그이가 돌아간 뒤, 계속 이렇게 멍한 그녀다.

　도무지 몸을 움직이고 싶지가 않다. 도배풀 냄새가 은은하게
배어있는, 그러나 아직 일이 끝나지 않아 종이들로 어수선한 아
기방에서 그녀는 밤이 오는 것을 보았고 밤이 깊어가는 것을 느
꼈다. 어둠이 덮쳤어도 불을 켜고 싶은 마음은 전혀 없었다. 너무
오랜 시간 이렇게 앉아있어서 팔다리가 퉁퉁 부은 기분이지만 큰

방으로 건너가 침대에 눕고 싶은 마음도 없다.

아, 차라리 한바탕, 어머니라는 그이처럼, 그렇게 속 시원하게 울음의 폭포를 쏟아내기라도 했으면. 그러나 한번 고장 난 눈물샘은 좀처럼 눈물을 만들 줄을 모르고 있다. 눈물이 있는 슬픔, 그것의 감미로움을 그녀는 처음 알았다. 너무 지독하게 상처를 건드리면 눈물도 나오지 않는 것을. 부드러운 눈물로 뺨과 입술을 적시고 나중에는 이 폐허 같은 가슴까지 적실 수만 있다면 이 고통에서 빠져나오기가 훨씬 수월할 텐데.

어머니를 만났다. 아니, 어머니를 찾았다. 아니다. 그것도 아니다. 숨어있던 어머니가 나타났다. 적어도 일 년 이상, 그이는 자신이 버렸던 딸을 발견하고도 숨어있었으니까.

"우연히 네 의료보험카드를 보았었지. 그래, 그때도 어쩐지 너한테 핏줄이 당겼던 거야. 총무과에서 홍보실 직원들 의료보험카드를 모두 주며 가는 길에 전해달라고 했을 때 하필 네 것만 펼쳐보고 싶었는지……심장이 멎는 것 같았어. 이런 날이 오리라고 예상했을까. 널 버리면서도 어쩐지, 소용없는 일인 줄 알면서도, 이름과 생년월일만은 꼭 전해주고 싶었지. 네 보험카드에서 바로 그것들을 확인하는 순간, 심장이 멎을 것 같았다. 어떻게 그날을 보냈는지 몰라. 그렇지 않아도 먼발치에서 널 볼 때마다 내 딸이 살았으면 저 처녀와 비슷하겠구나, 하는 생각 참 많이 했거든. 닮았어, 꼭 네 아버지를 빼닮았어……."

울음의 파도를 잠재운 후 어머니는, 아니 어머니라는 사람은 혼잣말처럼 중얼중얼 가슴에 묻어두었던 이야기들을 풀어놓았다.

"네 아버지랑 결혼도 하기 전에 네가 생겼어. 그래도, 정말 한 번도 의심 없이 그 사람을 남편으로 생각하며 살았다. 좋은 사람이었거든. 그런데, 네 아버지는 네가 태어나자마자 공장에서 사고로……그래서, 그런 무서운 짓을 할 수밖에 없었단다. 나를 도와줄 가족이 아무도 없었어……지지리 복도 없어서 안심하고 너를 맡길 친척도 한 사람 없었고, 그래서…….."

아이를 버리고 어머니는 다시 처녀가 되었다. 공장으로 돌아가 지긋지긋한 여공생활을 계속했다. 그런 나날들 속에서 일주일에도 몇 번씩 자식을 버린 역 광장으로 뛰어가 피눈물을 흘렸다는 말은 변명이라고 해야 할까.

"작년 봄에 여기 찾아와서 술주정을 부린 인간, 그 인간 생각나겠지. 애들 아버지야. 술만 아니면 사람은 참 착한데, 다시없는 사람인데 술만 먹으면 집안을 발칵 뒤집어…….."

숨기고 결혼할 생각은 없었기에 딸이 있었다는 사실을 밝히고, 아들 하나 두고 상처한 남자와 결혼을 했다는 말을 하면서 어머니는 차마 고개를 들지 못하였다. 결혼해서 자식을 둘이나 낳았지만, 술만 먹으면 과거를 들먹이며 주먹질에 욕설, 그래도 다른 자식들마저 버리지 않으려고 이를 악물고 온갖 험한 일 다해가며 여태 살았다.

천벌 받을 짓을 했는데 자신에게 행복이 오리라는 생각은 꿈에도 하지 못했다. 술과 노름으로 생활을 돌보지 않는 남편한테 그래서 원망 한번 하지 않았다. 전처 자식까지 모두 셋, 그럼에도 어느 한 자식 반듯하게 크지 못하고 모두 밑바닥 삶으로 전락했어

생의 비밀들

도 이게 내 죗값이려니 생각되어 큰소리 한번 내지 못했다.

"그러다 어미가 청소부로 일하는 백화점에서, 어미가 내다버린 딸이, 버젓이 대학 나와 실력 있는 정사원으로 일하고 있는 것을 보았으니, 처음에는 죽어도 한이 없다고 생각했다. 내가 평생 속 죄를 하며 살아야 할 이유를 하나님이 확인시키려고 너를 만나게 해줬다는 생각도 많이 했어…….'

한 직장에서 어미는 청소부, 길거리에 버렸던 딸은 혼자 힘으로 자립해서 능력을 인정받는 회사원이 되었다. 그것을 보며 어미는 생각했다. 나타나지 않으마, 너에게 비하면 나는 벌레보다 못한 인간인 것을, 절대 네 앞에 나타나 잘나가는 네 인생을 흔들지 않으마, 이렇게 다짐하고 또 다짐했다.

그러나 딸을 만나고 일 년하고도 여섯 달이나 견디었던 그이는 결국 모습을 드러냈다. 왜? 무엇이 그렇게 시켰을까…….

네 물줄기 마르는 날까지
폭포여, 나를 내리쳐라
너의 매를 종일 맞겠다
일어설 여유도 없이
아프다 말할 겨를도 없이
내려 꽂혀라, 거기에 짓눌리는
울음으로 울음으로만 대답하겠다
이 바위틈에 뿌리내려

너를 본 것이

나를 영영 눈뜰 수 없게 하여도,

그대로 푸른 멍이 되어도 좋다

네 몸은 얼마나 또 아플 것이냐

_나희덕 「풀포기의 노래」

우리들의
동화(童話)

"그래서?"

"결혼한다니까 전화로 목소리나마 듣고 싶었대."

"그런데?"

"소문을 들으니 임신한 몸으로 결혼할 남자한테 버림받고 직장까지 그만두었다니까 더 이상 참을 수 없었겠지."

"그래서?"

"그래서는 무슨. 결국 이렇게 모녀간의 상봉이 있었잖아."

"왜 결혼을 못했는지도 알겠네?"

"무슨 소리니?"

"고아 며느리 죽어도 싫다는 것이 그 집의 반대 이유였잖아. 알고 있다니?"

생의 비밀들

"그런가봐. 자기가 끝내 내 인생을 망쳤다고 그랬어……."

"그런데도 네 앞에 나타나? 너무 용감한 것 아냐?"

"그렇게 말하기는……도와주고 싶었겠지."

"어떻게? 어떻게 널 도와준대?"

"그럴 형편도 못된다고 말했잖아. 그 사람도 청소부로 겨우 사는데."

"그러니까 화가 난다는 거야. 도리어 네가 도와줘야 할 형편이잖아."

"혜영아, 그러지 마라. 그 사람, 나한테 뭘 바라고 그럴 사람은 아니야."

"그럼, 넌 왜 어머니라고 부르지 못하니? 네 어머니가 분명한데 왜 자꾸 그 사람, 그 사람 하는 거지?"

인희는 그만 입을 다물고 만다. 왜 어머니라고 부르지 못할까. 그녀 역시 혜영이와 똑같이 어머니라는 사람에 대해 화를 내고 있으면서도 막상 혜영이 앞에서는 그 사람을 감싸고 싶다는 기분은 또 무엇일까.

어머니라는 사람이 나타났다는 말을 전하자마자 한걸음에 달려온 혜영은 이야기의 자초지종을 다 듣기도 전에 파르르 화를 냈다. 불행 속에 있는 딸한테 하나의 불행을 더 확인해주기 위해 나타난 것 외 무엇이냐는 혜영의 말은 그르지 않았다. 인희 자신도 사실은 그렇게 생각하고 있었다. 고아라는 사실에 충분히 단련된 지금, 다른 자식들의 어미가 된 생모가 나타나 잔잔한 강에 물살을 만들 이유는 없다. 거기다 어미의 곤궁하고 희망 없는 삶까지 들여다봐야 하는 처참함까지 떠안았다.

　그럼에도 그 사람에 대한 비난이 혜영의 입에서 쏟아지는 것을 그녀는 견딜 수 없었다. 이상한 일이었다. 나는 그이를 비난할 수 있어도 다른 사람은 안 된다, 는 이 고집은 무엇 때문일까. 다른 사람이라면 몰라도 같은 고아원에서 서로의 그리움을 달래주며 자매처럼 자랐던 혜영에게까지 그런 소리를 듣는 것이 싫은 이유는 정녕 무엇 때문인지…….

　"이것으로 우리들의 동화는 끝이 났구나. 가난하고 불쌍한 고아 소녀가 하루아침에 신데렐라가 되는 그 신나는 동화 역시 책 속에나 있는 것이구나."

　혜영은 맥이 풀린 음성으로 홀로 중얼거리듯이 말한다.

　"사실은, 너한테 수상한 전화가 온다는 소리를 처음 들었을 때부터 내 동화쓰기가 시작되었거든. 난 이름도 없이 버려졌지만 넌 그래도 이름 석 자와 생년월일이라는 확실한 근거를 남기고 버려졌으니 동화의 주인공이 될 가능성이 높다고 판단한 거야. 알 수 없는 전화가 계속되다가 어느 날, 교양과 품위를 갖춘 부인이 나타난다, 부인은 말 못할 사연 때문에 딸을 버렸노라고 참회의 눈물을 흘린 다음, 너를 호화스런 궁전으로 데려간다, 너는 이 지긋지긋한 외로움에서 벗어나 하루아침에 고귀한 신분으로 바뀐다, 나는 옛 친구를 찾아 으리으리한 저택의 초인종을 누른다, 장엄한 철문 틈으로 행복에 겨운 얼굴을 하고 잔디 깔린 정원을 뛰어오는 네가 보인다. 아니? 이것이 내가 쓰고 있던 동화의 줄거리였어. 웃지 마. 유치하다고 경멸해도 좋아."

경멸하지 않는다. 불행한 사람들의 꿈꾸기는 원래 한껏 유치한 법이니까. 그녀라고 한들 혜영의 것보다 덜 유치한 꿈을 쌓았을까. 호화스런 저택의 보호받는 딸로 신분상승을 하는 꿈이야 일찌감치 버렸다 해도, 어딘가에서 자신의 부모가 교양과 품위를 갖춘 삶을 살고 있을 거라는 상상만큼은 수시로 계속하지 않았던가.

"혜영아, 내 동화는 끝이 났지만, 그래도 아직 네 이야기는 쓰이지 않았잖아. 난 이제 네 동화를 꿈꾸며 살면 돼."

"이 바보야. 내 동화도 이미 쓰였어. 비록 화려하지 못하고 아주 작은 꿈이 담겨있는 것이어서 동화란 이름으로 불리기도 뭣하지만. 그러나 나의 동화는 동규씨를 만나는 순간부터 시작된 거야. 난 그렇게 생각해. 좋은 사람을 만났고 사랑을 가졌고, 그리고 온전한 부모를 가진 내 딸을 가졌잖아. 난 이 동화로 만족해. 더 이상 바라지도 않아."

혜영은 가만히 인희의 손을 잡았다.

"나는 이대로 행복해. 나만 행복한 것이 너한테 늘 미안했어. 그래서 자꾸 화가 나는 거야. 널 이렇게 버려두고 혼자만 동화 속에 있는 것이 너무 마음에 걸렸어. 그런데……."

혜영은 눈가에 번지는 물기를 숨기려고 얼굴을 옆으로 돌려버린다. 그처럼 작은 행복도 미안해하는 착한 친구. 인희는 혜영의 어깨에 기대며 이처럼 좋은 친구를 준 것을 보면 운명도 항상 가혹한 것만은 아니라는 위안을 가슴 깊숙이 껴안는다.

편지 8

마침내 나의 명상시간을 뒤덮고 있던 안개가 조금 걷혔습니다. 이제는 당신의 얼굴이 희미하나마 비칩니다. 그것만으로도 내 가슴을 짓누르고 있던 바위 덩어리를 내려놓은 듯 가뿐한 기분입니다. 이 모든 일이 당신의 마음속에 내 존재가 들어가 있다는 증거입니다.

고맙고도 가여운 당신.

무슨 힘이 당신의 마음을 풀었을까요. 무엇이 당신으로 하여금 내 편지를 읽게 했을까요. 어떤 풀씨가 날아와서 당신의 굳은 땅을 뚫었을까요.

나는 압니다. 당신을 묶고 있던 줄을 푼 사람은 바로 당신 스스로입니다. 당신의 고통이 정점에 다다랐기 때문입니다. 그래서 당신이 고맙기도 하고 안쓰럽기도 합니다. 당신은 나에게 첫발자국을 떼었습니다. 여기까지 오는 데 너무 많은 시간이 걸렸지만, 그러나 당신, 그 시간만큼은 누구도 어쩔 수가 없습니다. 우리는 다만 기다리면서 최선을 다할 뿐이지요.

당신, 이제는 서둘러야 합니다. 더 많은 마음을 열어서 다음 발자국을 떼어줘야 합니다. 그래야 우리들의 시간이 돌아옵니다. 너무 늦은 것은 아닌지 늘 조바심하고 있는 나를 나무라시면 안 됩니다. 운명은 대개 너무 이르거나 너무 늦지요. 너무, 라고 말해버리기 전에 시간을 충분히 확보해야 됩니다.

다소 들떠있는 나, 그러나 당신, 나를 이해해주기 바랍니다. 내

생의 비밀들

가 보고 있고 내가 믿고 있는 이 우주의 무한한 생명력에 대해서도 당신, 깊이 생각해주기 바랍니다. 우리가 알고 있다고 하는 지식, 그것이야말로 허망한 그림자에 지나지 않습니다.

현실의 반대편을 볼 수 없는 사람은 진실하게 삶을 살았다고 할 수 없습니다. 그들은 모두 더 많이 진보할 수 있었음에도 얻을 수 있었던 것의 반만 소유하고 영원 속으로 회귀합니다.

당신, 생각해보십시오. 반쪽의 진실이 무엇을 이루겠습니까. 반쪽의 진실은 오히려 왜곡과 오류를 불러일으킵니다. 우리가 진정으로 추구해야 할 가치가 무엇인지 제대로 지시해주지 못합니다. 당신, 멀리 갈 것도 없이 당대의 현실을 바로보기 바랍니다. 끊임없이 일어나는 무서운 사건들, 끔찍한 상처를 남기고도 태연한 극단의 이기심들, 사방에서 위협처럼 들려오는 지구멸망의 예언들, 등 굽은 생선이 죽어 떠오르고 다리가 여섯 개 달린 송아지가 태어나는 불길한 징후들.

나는 현실의 이 삶이 정신적 공황상태가 불러일으키는 여러 현상이라고 단언합니다. 섭리는 지금 우리에게 경고하고 있습니다. 아득한 낭떠러지가 기다리고 있는 줄도 모르고 미친 듯이 질주하게 만드는 정신의 공황상태, 이 현상의 진실은 인간의 한계를 자각하라는 경고입니다. 사람의 힘만으로는 아무것도 이룰 수 없습니다. 다 이루었다고 하는 순간에 모래성처럼 무너지고 마는 것이 우리들의 한계입니다.

왜 수행인가, 하고 의혹하고 있을 당신에게 말합니다. 내가 보낸 편지들을 읽고서 사도(邪道)의 수령은 아닌지 잠시 의심했던 당신에게 말합니다. 내가 큰 깨우침이라고 여기며 간직하고 있는 진리들이란 알고 보면 세상 사람 누구나 다 익히 습득한 바 있는 아주 간단한 지식입니다. 내가 누구인지 끝없이 통찰해서 나를 극복하여 더 큰 존재로 나아간다는 지식은 모든 종교의 근원이요 모든 학문의 시작입니다.

그러나 여기에 문제가 있습니다. 사랑하는 당신, 당신은 그 모든 지식을 전달받기만 했을 뿐, 헤아려볼 생각은 하지 않았습니다. 무슨 말이냐고 되물으시겠지요. 당연합니다. 물은 섭씨 백도에서 끓는다는 지식을 새로 알기 위해 숱한 실험을 되풀이할 필요는 없습니다. 자동차를 만들기 위해 여태까지의 연구업적을 무로 돌리고 처음부터 바퀴의 원리를 연구할 필요는 없습니다. 그것은 그저 전달받아서 신기술을 개발하는 것이면 족합니다.

그러나 정신의 세계는 그것을 허용하지 않습니다. 인간의 존재를 탐구하는 정신에 관한 지식은 전달만 받아서는 아무것도 깨우칠 수 없습니다. 그것은 밭을 갈 듯이 경작해서 추수해야 얻어지는 것입니다. 추수하지 않은 정신의 지식은 진정한 지식이 아닙니다. 추수에 이르기까지의 과정이 고통스럽다 한들 정녕 포기해서는 안 되는 것이 존재와 정신의 항목입니다.

수련을 시작하면서는 한 번도 선각자와 위대한 철학자들의 말을 인용해본 적이 없지만, 그러나 당신이 참고 들어준다면 잠시만 니체를 빌리기로 하겠습니다. 그는 말했습니다. 크나큰 고통이야말로 정신의 최후 해방자이며, 이 고통만이 우리들을 최후의 깊이인 심연에까지 이르게 한다, 고.

생의 비밀들

나는 니체가 말한 고통을 정신의 각성으로 이해합니다. 전달받아서 노트에 그렇게 하듯 마음에 적어놓기만 하는 정신의 진리들은 무용합니다. 깨우침이 있어야 그것들이 물에 스미듯이 마음에 스며들어 정신을 진화시킵니다. 그러나 태어나면서부터 우리는 물려주고 물려받는 교육에 길들여져 왔습니다. 새로운 것을 시도하거나 도모하는 자는 낙오되기 일쑤였습니다. 낙오되지 않으려면 더욱 기성의 지식체계를 숭상해야 하는 풍토에서 자라고 어른이 된 것입니다. 우리는 점점 굳어졌고, 정신을 해방시키는 작업은 엄청난 괴력의 절단기가 있지 않고서는 불가능할 지경에 이르고 말았습니다.

정신의 지식은 전달받지 않고 지혜로 깨쳐야 합니다. 수련의 단계가 있어야 하고 수행법의 전수가 필요한 까닭이 여기에 있습니다. 당신에게 이렇게 말하는 나도 사실은 콘크리트처럼 굳어진 고정관념에 겨우 균열을 내는 정도의 혜안밖에는 얻지 못하고 있는 사람입니다. 그러나 이만큼만 구멍을 내도 얼마나 자유로운지 모릅니다. 어떤 때는 이런 생각도 합니다. 범상한 삶으로는 이만큼도 아름다운 것이 아니냐고. 죽는 날까지 열만 깨우친 삶이라 한들 천 가지 만 가지를 깨우친 큰 도인의 삶보다 그리 남루할 것도 없지 않느냐고.

그러나 당신, 범인의 열 가지 깨우침에 이르기 위해서는 반드시 첫 번째의 놀라운 깨우침이 요구됩니다. 세상 사람 거의 대부분이 이 첫 번째의 존재조차 모르고 살아갑니다. 사랑하는 당신, 당신에게 내가 특출한 도인의 생애를 답습하기를 요망하는 것이 아닙니다. 그것은 원한다고 해서 이루어지는 것도 아닙니다. 평이하게 살면서도 아름다운 향기를 풍길 수 있는 그런 삶, 나는 당신에게 그 삶을 함께 도모하자고 말하고 있는 것입니다.

내 삶이 왜 당신과 함께여야 하는지 그것도 당신은 의아하겠지요. 하필이면 왜 나였느냐고 묻는 당신의 얼굴이 환히 떠오릅니다. 그래요. 하필 왜 당신이었겠습니까. 하고많은 사람들을 다 놓아두고 왜 긴긴 시간 기다려야만 내게로 오는 당신이었겠습니까.

그러나 당신, 내가 당신을 선택한 것이 아닙니다. 당신이 나를 선택한 것도 아닙니다. 우연도 아닙니다. 우연이라니요. 이토록 간절히 그리운 사랑이 우연이라면 당신인들 납득하겠습니까. 결코 우연은 아닙니다. 그렇게 되도록 아주 오랜 시간 저편에서부터, 천년도 넘는 저쪽의 면면 옛날부터 진행되어온 일입니다. 20세기의 이 나라 이 땅에서 당신과 내가 만나, 그리움으로 마음을 열기 시작하여 기어이는 사랑을 완성시켜야 한다는 것은 우리 두 사람이 부여받은 현생에서의 과제입니다. 그러기에 이토록이나 간절한 것입니다.

천년의 사랑을 간직하고 있는 나의 당신,

우리들의 사랑이 왜 이 생의 과제인지는 당신이 이곳으로 오게 되면 더 자세히 말하겠습니다. 지금은 때가 아닙니다. 당신은 아직 내게로 오는 문을 만들지 않았습니다. 당신이 아무 의혹 없이 내 말을 받아들이는 그날에 말해도 늦지 않다고 나는 믿습니다. 왜냐고요? 천년의 사랑이 주는 깊이가 아니더라도 나는 벌써부터 당신을 내 전부보다 더 사랑하고 있기 때문입니다.

사랑하는 당신, 벌써 눈치를 챘겠지만, 오늘의 이 편지도 당신을 공부시키는 편지가 되고 말았습니다. 행여 따분하지는 않았는지, 근심이 됩니다. 그러나 이제는 안심입니다. 당신이 내 편지를 읽기 시작했다는 것을 알았으므로, 그래서 내 명상시간을 가로막고 있던 안개가 걷혔으므로 나는 안심입니다. 당신 스스로 풀어낸 매듭이니까 결코 다시 묶이지는 않을 것입니다.

그러나 당신, 근심 많은 나, 한 번 더 부탁을 합니다. 하루에 단한 번이라도 나를 떠올려 주십시오. 먼 곳 어디에서 당신을 목숨처럼 사랑하는 누군가가 있다는 사실을 단 한 번만 마음에 새겨 주십시오. 안개가 혹시 다시 덮치지나 않을까 소심한 나는 또 그것이 걱정입니다.

우리들의 세 번째 여름에, 노루봉에서 성하상이 보냈습니다.

편지를
읽고

그의 편지를 읽는다.

성하상, 이라는 이름의 그 사람. 인희는 점점 더 모르겠다는 심정이 된다. 그러면서도 그녀는 "문? 내가 문을 만들지 않았다고?" 하면서 홀로 반문하기도 한다.

천년의 사랑을 간직하고 있는 나의 당신, 이라는 구절도 이상하리만치 오래 가슴에 남았다. 그러고 보니 그 사람의 얼굴을 어딘가에서 많이 보았다는 기분도 들었다. 낯설지는 않았다. 이태전 그 여름에 그를 처음 보았을 때도 낯설다는 느낌은 없었다. 이 지독한 신비의 편지도 그랬다. 다른 사람이라면 즉각 경멸했을 것이다. 그러나 그 사람의 말이기에 어렴풋이 알 듯도 했다. 아주 어렴풋이.

인희는 거듭하여 편지를 읽는다. 그리고 문득 그가 지난번 편지에서 말했던 그것, '광안'이라는 것이 뭐였지? 하면서 상자를 뒤적인다.

광안에 대해 다시 읽는다. 다 읽고 나서는 거실 바닥에 앉아본다. 그리고 그 사람이 말했던 것처럼 가만히 눈을 감는다. 은빛 지평선? 정말 그런 것이 보일까. 공기 중의 에너지가 내 몸으로 들어온다는 기분을 나도 느낄 수 있을까.

은빛 지평선을 본 것 같지는 않다. 에너지가 몸속으로 들어온다는 기분은 글쎄, 그런 것도 같고 아닌 것도 같다. 아직은 거기까지 살펴볼 엄두도 나지 않는다. 왜냐하면 고요히 눈을 감고 그 사람의 말대로 시도해보고자 했던 그 마음만 해도 그녀에게는 지금 굉장한 변화였으므로. 그것이 제아무리 사소한 변화라 해도 변화를 위해서는 필히 에너지가 필요한 법이 아니던가.

생의 비밀들

7장

내게로
당신이

나 여기
있어

아기방 꾸미는 일이 다 끝났다. 커튼을 다는 것을 마지막으로 방은 화사한 꿈의 궁전이 되었다.

하루에도 수십 번씩이나 인희는 그 방을 들여다보았다. 빨래를 하다가도 물 묻은 손으로 달려와 방을 열어보았다. 밤에 잠이 오지 않으면 베개를 들고 아기방으로 건너갔다. 그곳에 있으면 나른하고 아늑한 잠이 기다리지 않아도 찾아오곤 했다.

까닭 없이 마음이 불안해도 인희는 그 방에 들어가 가만히 앉아있다 나오곤 했다. 그러면 이윽고 마음이 편안해지고 앞으로 어떤 일이 닥쳐도 얼마든지 이겨나갈 수 있다는 자신감이 생겼다.

방 꾸미기를 끝냄과 거의 동시에 태동이 시작되었다. 화창한 어느 여름 아침의 일이었다. 무릎을 꿇고 정성들여 방을 닦고 있는데 아이가 배를 툭툭 차는 것이었다. 인희는 깜짝 놀라 그 자리에 주저앉고 말았다. 그리고 가만히 기다렸다. 오래 기다리지 않

아 아이는 다시 신호를 보냈다. 툭툭툭. 이번에는 제법 오래 발길
질을 했다.

나 여기 있어, 엄마.

아이가 그렇게 말하고 있다고 인희는 알아들었다. 나 여기 있
어. 엄마는 혼자가 아니야.

그녀는 안방으로 들어가 전신을 비추는 거울 앞에 섰다. 아이
를 보고 싶었지만 지금으로서는 그렇게밖에 볼 수가 없었다. 그
녀는 눈에 보일 듯 말 듯 부풀어 오른 자신의 배를 가만히 쳐다보
았다. 5개월인데 너무 표시가 나지 않는다고 걱정하던 혜영의 말
이 생각났다. 혜영이 말고 누군가에게, 뱃속에서 아이가 발길질을
하기 시작했다는 말을 전해주고 싶지만, 그러나 그럴 만한 사람
은 아무도 없다.

인희는 처음으로 아이에게 아버지가 없다는 사실을 실감한다.
아이에게 아버지가 없다는 것이 슬픈 일이라는 것도 시인한다.
인희는 거울 속에 비치는 창백한 자신의 얼굴을 손으로 쓸어보며
중얼거린다. 어쨌든, 이제 나는 혼자가 아니야. 지금부터는 내 아
이와 둘이야.

망설임
다음에……

정말이지 망설이다 망설이다가 맞닥뜨린 사건이었다. 하기야

오늘 마주치지 않았다 해도 분명 또 찾아올 사람이긴 했지만.

간신히 병원에 가보겠다는 생각을 굳힌 것은 아침이었다. 침대에 누워 출근하거나 등교하는 이들의 부산한 바깥 기척을 듣고 있는데 또 툭툭 신호가 왔다. 엄마, 나 여기 있어, 하는 아이의 발길질. 그런데 문득 그녀는 아이의 발길질이 어제나 그제에 비해 몹시 힘이 약하다는 느낌을 받았다.

혹시 해서 이마를 짚어보니 따끈할 정도로 또 열이 솟고 있었다. 맞잡은 손도 뜨겁고 옷 위로도 뜨거운 체온이 전해지는 듯해서 몹시 기분이 상했다. 알 수 없는 이 열이 자신의 몸만 상하게 하는 것은 상관하지 않겠지만 아이의 몸까지 다치게 할지 모른다고 생각하자 참을 수가 없었다.

그래, 병원에 가봐야 해. 이제는 나 혼자만의 몸이 아닌걸. 설마 별일이야 있을까. 혈압이 조금 낮다고 했었지. 다른 검사를 해보자는 것도 혈압이 낮은 이유를 찾기 위해서니 두려워할 것은 없어. 보호자와 함께 오라는 말에 불편해할 것도 아니야. 나의 보호자는 바로 나니까. 별일이야 아니겠지만 우리 아기를 위험하게 만드는 이 발열의 원인은 꼭 알아야겠어. 그래, 다른 병원에 가서 무조건 열이 난다고 말해보는 거야. 꼭 그 병원에 다시 가라는 법은 없지.

마음이 변하기 전에 행동에 옮겼어야 했는데 오전에는 정말로 기운이 없어서 움직이질 못했다. 저 뜨거운 뙤약볕 속으로 뛰어들 생각을 하니 아찔했다. 오후나 되어서 햇살이 누그러지면, 약간이나마 서늘한 바람이 불기만 하면 그때 움직이자고 망설이다가 결국 옷을 갈아입고 준비를 마친 시간이 오후 4시.

옷까지 다 입었어도 막상 바깥을 내다보니 여전히 불볕이었다. 멀리 갈 것도 아니고 동네만 벗어날 정도의 거리에서 아무 병원이나 찾아가면 될 일이므로 조금 더 있다 나간다 해도 오늘 진료를 받는 데는 아무 지장이 없을 터였다. 왜 그런지 모르겠지만, 그렇게도 그녀는 병원에 가는 일이 싫었다. 무슨 예감이라도 있었던 것일까. 혼자 살면서 자신의 몸을 건사하는 일에 전혀 망설임이 없었던 그녀였는데 지금은 도저히 단호하게 처신할 수가 없었다. 무언지 알 수 없는 불행이 그녀를 기다리고 있다는 느낌, 서둘러 불행을 마중하기는 싫다는 그 이상한 느낌을 그녀는 애써 지우고 있는 중이었다.

그렇게 몇 번씩 나가려다 주저앉기를 되풀이하고 있는데 인터폰이 울렸다. 경비실이었다. 잔뜩 술이 취한 사내가 찾아왔는데 올려 보낼 것이냐는 물음이었다. 술이 취한 사내, 라는 경비원의 설명에 인희는 당장 그 사람의 남편을 떠올렸다. 지난여름에도 그녀 없는 사이 찾아와 난동을 부리고 갔던 술주정뱅이.

"알았어요. 제가 내려갈게요."

인희는 곧장 엘리베이터를 타고 일층으로 내려갔다. 이런 일이 있을 것을 알고서 그렇게 병원 가는 일을 미루었나 싶으니 쓴웃음이 나왔다. 그러나 어머니와 함께 살고 있다는 남자를 모른다고 할 수는 없는 일이었다.

상상했던 것보다 훨씬 폐인의 분위기를 풍기는 주정뱅이였다. 헝클어진 머리와 되는 대로 걸쳐 입은 옷이 흡사 집 없이 떠도는

내게로 당신어

걸인 같았다. 보아하니 술에 빠져있느라 며칠 집에도 들어가지
않은 눈치였다. 예순도 넘어 보이는 주름진 얼굴, 술에 찌들어 까
맣게 탄 얼굴을 보면서 인희는 자신을 버린 어머니의 불행을 새
삼 확인하고 목안이 깔깔해졌다. 어머니의 삶은 정녕 새로워질
수 없었던가. 자식을 버리면서까지 갈구했던 행복은 그처럼이나
야멸차게 어머니를 피해갔어야만 했던가…….

"네가 인희라는 애지? 그렇지? 네 에미가 늘상 가슴에 품고 사
는 인간이 바로 너렷다! 그러면, 너는 내 딸이다!"

그녀를 본 사내의 혀 꼬부라진 첫마디는 마치 불로 새긴 도장
처럼 확고한 것이었다. 너는 내 딸이다!

인희는 사내의 주문 같은 단언에 휘청 몸이 기우는 것을 간신
히 바로잡고 서서 메마른 입술을 축인다. 나는 당신의 딸이 절대
아닙니다. 아마도 그녀는 그렇게 말하고 싶었으리라. 하지만 교활
한 웃음을 지으며 가까이 다가오는 사내의 흉측한 몰골이 그녀의
입을 얼어붙게 만들었다.

"네 에미가 월급 타서 몽땅 너 갖다 줬지? 지 서방한테는 단돈
백 원도 아까워서 벌벌 떠는 년이 옛 서방 못 잊어서 너한테는 있
는 것 없는 것 다 싸서 갖다 줬을걸. 그렇지? 왜 대답을 못하냐?
왜 대답을 못해?"

사내가 삿대질을 하기 시작하자 상대도 하지 않으려고 경비실
에 앉아있던 경비원이 뛰어나왔다.

"아가씨, 대체 이 사람 누구예요? 보세요, 완전히 갔어요. 대낮
부터 무슨 술을 이렇게 먹었는지, 천지 분간을 못한다니까요."

"이 새끼가, 야! 넌 뭐하는 놈이야? 이 처녀가 내 딸이라는데 왜 못 믿어? 내가 아버지 된다 이 말씀이야!"

"정말 아버지 되는 양반입니까?"

경비원은 못 믿겠다는 듯이 인희를 쳐다본다. 그녀는 얼어붙은 입술을 뗄 수 없어 간신히 고개를 흔드는 것으로 아니라는 뜻을 표현한다.

"그럼, 올라가세요. 이런 양반은 상대하면 더 날뛰니까 아예 내 쫓아버립시다."

경비원은 당장에 사내의 먹살을 움켜쥐고 함부로 다루기 시작한다. 술에 취해서 자신의 몸도 제대로 못 가누는 사내는 고래고래 소리만 지를 뿐 완력으로는 경비원에 당할 재주가 없다.

"이 새꺄! 대학까지 나와서 돈 잘 버는 딸년한테 애비가 용돈 좀 달라고 온 것도 잘못이냐? 언제부터 우리나라가 이렇게 상놈의 세상이 되어버렸어, 웅? 저도 사람이면 애비 술값 좀 보태야 될 것 아냐! 내가 여태 지 에미 뼈골 빠지게 벌어먹였는데 에미 대신 은공을 갚으라는 것도 잘못이냐구. 야, 이것 놓아. 난 저년 애비야! 내 딸이라니까."

더 이상 참을 수가 없었다. 그녀는 경비원에게 소리쳤다.

"아저씨, 잠깐만요."

그리곤 단숨에 집으로 올라와서 허겁지겁 서랍 속에서 봉투를 꺼냈다. 어머니라는 그 여자가 몰래 놓고 간 그 삼백만 원, 인희는 그 돈을 고스란히 보관해두고 있었다. 돌려주어야 할 돈이라면 이렇게 돌려주는 것도 한 방법일 것이었다.

"난, 절대 당신 딸이 아닙니다. 절대로."

돈이 들어있는 봉투를 사내의 손에 건네주면서 그녀는 있는 힘을 다해 겨우 그 말 한마디를 던졌다. 사내는 봉투 속을 들여다보더니 낄낄낄 웃으면서 말했다.

"야, 임마. 그래도 그런 게 아냐. 넌 내 딸이라니까."

사내는 흡족한 얼굴로 건들건들 돌아갔다.

"무슨 사연인지는 모르지만 저런 거머리 같은 인간한테 돈을 주어 버릇하면 안 돼요. 처음부터 딱 끊어야지 안 그러면 사흘도 못 가서 또 찾아온다니까요. 두고 보세요. 내말이 틀리나."

경비원은 혀를 끌끌 차며 돌아섰다. 인희는 눈부시게 밝은 햇빛 속으로 고꾸라질 듯이 걸어가는 사내의 초라한 뒷모습을 오래도록 쳐다보며 오늘 병원에 가기는 이미 틀린 일이라고 단정하고 있었다.

다시
타인으로

"미안하다……."

어머니라는 여자는, 아니 어머니임이 분명한 여자는 땀으로 범벅이 된 얼굴을 손수건으로 닦으며 슬그머니 보퉁이를 풀기 시작했다.

"내가 해줄 수 있는 일이 이것뿐이라서……."

인희는 들어오라는 말도 하지 않고 가만히 서있다. 어머니 또한 감히 들어올 생각은 하지 못하고 현관에서 신도 벗지 않은 채로 찬합들을 꺼낸다.

"열무김치 조금하고……밑반찬 몇 가지, 맛은 없겠지만, 그래도 입맛 없는 여름에는 이런 것이라도 있으면 밥 넘기기가 수월하니까."

빈 보자기를 접어 손에 들고 여자는 안타까운 시선으로 그녀를 더듬는다. 인희는 고개를 숙여 그 시선을 피한다.

"그럼, 나는 갈 테니까. 그리고 이것은, 지난번에 그 인간이 빼앗아간 돈인데……조금 모자라지만."

여자는 거실 바닥에 조심스레 봉투를 내려놓는다.

"이 돈은, 정히 그러시다면 이 돈은, 받아두겠어요. 이 돈이라도 주어야 마음이 편하다면 그러지요. 하지만, 이제 여기 오지 마세요. 날 만났다는 생각을 아예 잊으세요."

인희는 여자를 보지 않고 미리 준비한 말을 빠르게 뱉어내고만다. 이 어색한 만남은 정말 너무 싫다. 어머니라는 존재가 싫은 것보다 둘 사이에 모래가 뿌려진 듯 느껴지는 이 껄끄러운 만남이 너무나 피곤하다. 아무리 노력해도 어머니라는 존재에 익숙해질 것 같지가 않다. 그럴 바에야 만나지 않은 상태로 돌아가는 것이 훨씬 낫다.

인희의 야속한 말에도 여자는 아무 대꾸도 하지 못한다. 여전히 안타까운 눈길로 낯선 딸의 모습을 훔쳐보듯 살피다가 힘없이 돌아선다. 복도를 걷는 그이의 발자국 소리를 하나 둘 세어보다

내게로 당신이

인희는 그만 핑그르 눈물이 도는 것을 어쩌지 못한다.

마음의 기둥을 뽑아버린 사람, 상상 속의 어머니로 남지 못하고 현실의 누추한 어머니로 나타나 그나마 하나 남아있던 마음의 기둥까지 뽑아버린 사람. 원하지 않은 삶을 살기는 어머니나 나나 마찬가지인 것을⋯⋯.

편지 9

오세요, 당신.

오셔야 합니다, 당신은.

지금도 당신의 모습이 보입니다. 어슴푸레한 안개에 싸여 흔들리며 서있는 당신의 모습을 나는 봅니다. 그 모습을 볼 때마다 나는 웁니다. 당신한테는 이곳이, 여기의 정결한 공기와 맑은 물이 필요합니다. 당신은 정말 오셔야 합니다. 오셔서 쉬어야 합니다.

당신이 내 편지에 응답을 보내고 있음을 확인하는 일은 즐거우나, 그러나 응답하는 당신의 초췌한 얼굴은 나를 슬프게 합니다. 그렇게나 상하고 다친 뒤에야 당신은 나를 떠올립니다. 그래요, 당신을 원망하는 것은 아닙니다. 나는 이미 알고 있었으니까요. 우리 사이의 벽을 허무는 일은 당신의 상처가 아니고는 불가능하다는 것을.

새벽 산책을 나가면 제일 먼저 당신 계신 쪽을 향해 세 번 합장을 합니다. 그리고 이렇게 기원합니다. 그 상처가 독이 되어 당신을 쓰러뜨리기 전에 우리의 사랑이 시작되도록 해주십시오. 너무 늦지 않게 당신을 이 쉼터로 데려올 수 있도록 해주십시오.

새벽 찬 공기에 떨고 있는 이슬들을 보십니까. 이슬에 바지 밑단이 흠씬 젖는 날의 태양은 너무나 눈부십니다. 눈물 같은 이슬의 배웅을 받으며 둥근 해가 떠오른다는 것은 무슨 뜻입니까. 나는 풀잎에 맺힌 이슬 한 방울에서도 당신을 봅니다.

당신은 지금, 상심해있습니다. 당신은 지금, 갇혀있습니다. 내 말이 틀리다면 그렇지 않다고 말하십시오. 당신이 아무리 작은 목소리로 말해도 나는 당신의 말을 들을 수 있습니다. 당신이 나를 향해 어떤 말을 하든지 나는 전부 알아들을 수 있습니다.

무어라고 말을 하세요. 무슨 말이든, 한마디만 하세요. 이제 당신의 말이 있어야 할 때입니다. 기도시간에 당신의 모습을 보는 것만으로는 성이 차지 않습니다. 이제는 당신의 음성을 듣고 싶습니다.

오세요, 당신. 아니면 무슨 말이든 좋으니 나를 향해 단 한마디라도 말해주세요. 당신, 어느 것도 당신이 원하지 않는다면, 그렇다면 마지막 부탁이니, 제발 당신 스스로를 아껴주세요. 어떤 불행도 범접할 수 없도록 당신이 먼저 스스로를 지켜주세요.

내게로
당신이

　연달아서 몇 번씩 그녀는 편지를 읽는다. 읽고 또 읽어도 믿을 수 없을 만큼 새롭다. 얼마나 그렇게 편지를 읽었을까, 그녀는 문득 무언가 한마디 그를 향해 말할 수도 있다는 생각을 한다. 그녀는 가만히 귀 기울여 자신의 마음속에서 울리는 스스로의 음성을 듣는다. 그 음성은 이렇게 말하고 있다.

　내게, 갇혀있는 나에게, 뚜벅뚜벅 당신이 와주세요…….

좋은
사람

　토요일 오후, 정실장이 왔다.

　정실장 뒤로 슈퍼마켓의 배달 청년이 무언가 가득 찬 노란 바구니를 들고 서있다. 청년은 두 사람을 젖히고 현관에 짐을 부리기 시작했다. 비닐 꾸러미들이 한참 나오고도 이어서 과일들이 종류대로 드러난다. 마지막으로 과자며 우유 따위의 간식거리까지 연이어 청년의 손을 빌어 현관에 죽 늘어섰다. 마치 자그마한 구멍가게를 옮겨놓은 형국이다. 인희는 기가 막혀 웃고 만다.

　"지금 어디서 오시는 길이에요?"

　"어디서 오긴. 보면 몰라. 이 동네 슈퍼를 좀 털었지. 싹쓸이한 것은 아니니까 걱정일랑 말고."

정실장의 단정한 정장 차림이 예삿날은 아닌 듯싶어서 물었던 것인데 정실장은 또 엉뚱한 소리를 한다.

"그렇게 서있지 말고 어서 정리를 좀 해. 고기나 생선은 상할 수도 있으니까 잘 간수하고."

"이걸 언제 다 처치해요? 좀 심했어요."

"인희씨가 처치 못할 게 어딨어?"

정실장 쪽으로 선풍기를 돌려주며 인희는 어이없는 웃음을 짓고 만다. 못 당해. 그래도 반갑다. 정실장이라면 언제라도 반갑다.

"좀 많나 싶었는데 인희씨 얼굴 보니 슈퍼를 싹 털어올걸 잘못 했구나 싶어지는데? 대체 밥은 먹고 사나? 사직서 쓰고 들어앉았으면 뭔가 좀 신수가 훤해지려나 했더니 더 말이 아닌데."

"정실장님 잔소리 듣지 않으니까 허전해서 밥이 안 먹혀요. 어떡하죠?"

"그럴 줄 알고 내가 왔잖아. 그러니 있을 때 잘하라고 그랬잖아. 솔직히 말해서 인희씨가 내 상사였지, 내가 인희씨 상사였어? 하여간 난 사장보다, 아니 우리 마누라보다 인희씨가 가장 무서웠으니까. 이래 뵈도 사장 앞에선 할 말 다한 사람이 나야. 그래도 인희씨 앞에선 한 번도 내 마음대로 말해보지 못했다고."

"인원보충은 됐어요?"

"그럼. 남자 둘에 여자 하나. 그래도 인희씨 없으니까 완전 엉망이야. 이건 숟가락 잡는 법부터 일일이 다 가르쳐줘도 지 앞에 놓인 밥 하나 못 먹으니 말 다했지 뭐."

내게로 당신이

"웬일로 셋이에요? 저 말고도 둘이나 더 발령이 났어요?"

"아냐, 하나 더 추가된 셈이지. 김원희씨도 그만두었거든."

"결혼했군요."

"그래. 오늘 거기 다녀왔어. 김원희씨가 자네 안부 묻더라. 고생을 해보지 않아서 철부지긴 해도 마음은 착했잖아."

애써 명랑하게 진행되던 대화가 김원희의 결혼 소식에 이르러 두 사람 다 장애를 만난다. 오인희라는 여자 앞에선 결혼이나 사랑이나 행복이란 말은 금기다, 라고 정실장은 생각한다.

인희는 인희대로 생각한다. 김원희 결혼식장에서 저분이 얼마나 마음 상해했을까. 자기 실수라고 또 얼마나 마음을 다쳤을까. 난 괜찮은데, 정말 괜찮은데. 그러니까 결혼이나 사랑이나 행복 같은 말은 해선 안 돼…….

선풍기만 돌아가고 잠시 침묵. 인희가 먼저 침묵을 가른다.

"구멍가게 차려도 좋을 만큼 사오셨으면서 왜 술이 없지요? 시원한 맥주라도 좀 사올까요."

"그만둬. 지금 가면 그렇잖아도 술 약속 있어. 시간이 좀 남아서 얼굴이나 한번 보려고 이리로 온 거야."

굳이 고집을 부려서 냉수만 한 잔 마신 뒤 정실장은 일어섰다. 그리고 마지막으로 남긴 말.

"인희씨 퇴직금, 통장에 들어갔어. 확인해봐. 그리고 또 하나 입금된 것 있을 거야. 우리 사무실에서 인희씨 송별금 만들었으니 그런 줄 알아. 송별금이니까 다른 오해는 말고. 늘 그래왔잖아."

그러나 다음 날 그녀가 확인한 송별금은 늘 그래왔던 송별금의 액수가 아니었다. 인희는 송별금 속에 정실장의 이번 달 보너스가 다 담겨있다는 것을 금방 눈치챘다. 정실장은, 그녀가 알고 있는 정실장이란 사람은 그러고도 남을 사람이었다.

자식이 품은
생명

정실장이 다녀간 다음 날, 이번에는 어머니가 왔다. 아니, 어머니가 왔다간 흔적이 있었다. 벨이 울려서 나가보니 아무도 없고 커다란 상자가 하나 놓여있었다.

푹신한 솜을 넣어 정성스럽게 꾸민 아기 이부자리 한 채, 그리고 열 번도 더 삶아서 볕에 바랬을 부드러운 무명기저귀.

상자 속의 내용물이 다녀간 사람이 바로 어머니였음을 확실하게 증명하고 있었다. 인희는 그것들을 아기방에 잘 간수했다. 간수만 하지 않고 오며 가며 한 번씩 아기의 이불에 뺨을 대보기도 하고 기저귀감을 가슴에 품어보기도 했다.

그럴 때마다 마음속 어딘가가 괜히 뜨거웠다.

끔찍한
대화

며칠 뒤 혜영이 왔다.

혜영도 또 한아름 무언가를 싸들고 그녀에게 왔다.

"왜들 그래. 내가 무슨 재난이라도 당했어? 다들 구호품 날라
다주느라고 정신이 없어. 그러지 마. 불편해."

"그러게. 냉장고가 미어질 지경이구나. 잘됐네. 오늘은 네 덕에
이것저것 실컷 좀 먹어보자."

그날 인희는 혜영과 즐거웠다. 모처럼 음식도 많이 먹었다. 툭
툭툭, 뱃속의 아기도 여러 번 나 여기 있어, 하면서 신나했다. 열
도 오르지 않았다. 혜영은 자신의 등을 두들기며 크게 웃는 친구
를 보고 조금 안심했다. 힘든 고개는 다 넘은 것이겠지. 설마 더
이상 이 친구를 괴롭히는 일이 또 있을까.

그래서 혜영은 마음 놓고 집으로 돌아갔다. 그때가 석양의 노
을이 붉었던 무렵이었다. 인희는 친구를 배웅하기 위해 아파트
앞 버스정류소까지 나갔다. 한낮의 폭염이 식어서 거리에 부는
바람도 시원했다. 혜영이 떠나고 난 후 느릿느릿 거리를 걸어올
때도 괜찮았다.

아직은 후끈후끈한 아파트 광장을 가로지를 때도 괜찮았다. 집
으로 돌아와 텅 빈 거실과 주방을 보면서 불현듯 친구가 떠난 빈
자리를 느꼈을 때도 외롭기는 했지만 아무것도 못 느꼈다.

그러다가 어느 순간 몹시 춥다는 사실을 깨달았다. 온몸이 부

들부들 떨릴 만큼 추웠다. 침실로 달려가 거울을 보았다. 볼이 빨갛게 달아있었다. 체온계를 꺼내는 그녀의 손이 침착하지 못했다. 이해할 수 없었다. 오늘은 정말 좋은 컨디션이었는데, 열이 오를 만한 어떤 조짐도 없었는데.

정확히 40도였다. 40에 멈춰있는 막대를 보면서 인희는 너무나 화가 났다. 억울하기도 했다. 왜? 왜, 40도인가? 무엇 때문에.

그리고, 처음으로, 자신의 병에 대해, 자신의 육체에 대해 억제할 수 없는 두려움이 몰려왔다. 조금 전까지는 닥쳐올 무엇이라도 용감하게 헤쳐 나갈 자신이 있었지만 지금은 아니었다. 내가 막아낼 수 없는 무서운 일도 있겠구나, 하고 그녀는 생각했다. 모든 일이 마음먹기에 달렸다는 말은 그저 위로에 불과할 뿐이라는 것을 그녀는 받아들이지 않을 수 없었다.

그러자 맥이 풀렸다. 열이 오를 때는 늘 그렇듯 두통이 왔고 눈꺼풀을 밀어 올릴 힘도 없을 만큼 기진맥진했다. 내가 아무리 건강하고자 해도 무엇인가 나를 쓰러뜨리겠다고 작정하면 결국 쓰러지고 말 것이란 사실을 받아들였으므로 공포도 극심했다. 살고 싶어. 내 아이와 함께 오래도록 살고 싶어. 인희는 처음으로 간절하게 삶을 희망했다. 내 아이와 함께하는 건강한 삶을.

그러나 더욱 좋지 않은 일은 그다음에 일어났다.

전화벨이 울렸을 때, 인희는 혜영이라고 생각했다. 집에 도착했음을 알리는 전화일 것이라고 여겼다. 친구에겐 아무 말도 하지 않을 것이었다. 너 돌아간 뒤, 이토록 무섭게 열이 오른다는 말은 하지 않을 것이었다. 혜영이라 한들 무슨 방법이 있겠는가.

내게로 당신이

하지만 전화는 혜영이 아니었다. 여보세요, 소리를 들으며 그녀는 자신도 모르게 진저리를 쳤다. 정말이었다. 나지막하고 가시 돋친 그 목소리가 귀에 닿자마자 온몸에 소름이 돋았다.

"별일 없어요?"

그 목소리가 던진 첫 질문이었다. 진우 어머니. 더러운 핏줄은 어떤 일이 있어도 한 식구로 맞을 수 없다던 전직 여학교 교사출신의 교양 있는 부인의 음성이었다. 인희는 여보세요, 소리 한 번으로 그 목소리의 주인을 알아보았다.

"네."

"진우, 여기 떠나 외국 나간 것 알지요? 빨라도 3년 안에는 돌아오지 않는다는 것도 알겠지요."

"잘됐네요."

비아냥거림이 아니었다. 서울에 있다면 만에 하나 우연히 마주치는 일이라도 있지 않겠는가. 그것조차 싫은 그녀였다.

"예정일이 언제지?"

그 물음에는 입을 꽉 다물었다.

"미혼모들을 보호해주고 출산 후에는 입양 알선도 해주는 기관이 있는데 알고 있어요?"

입양을 알선해주는 기관? 사각사각 얼음이 스며있는 저 말투. 인희는 또 진저리를 쳤다. 무엇을 알고 싶어 전화했는지 알겠다.

"설마 처녀 몸으로 아이를 낳아 키울 생각은 아니겠지?"

본론이 나오면서 점잖고 은근하던 말투에 역정이 묻어난다.

"당연히 제가 키워야지요. 신경 쓰지 마세요."

"신경 쓰지 말라고? 나중에 아이 들쳐 안고 내 자식 결혼식장에 나타날지도 모르는데, 평생 아이를 미끼로 내 자식 앞길 가로막을 텐데 날 보고 신경 쓰지 말라고? 그걸 말이라고 해?"

"그런 일은 상상도 해보지 않았으니 제발, 걱정 마세요."

"아가씨 독종인 줄 나 알아. 걱정 안하게 생겼나?"

독종이라고? 인희는 자신도 모르게 소리치기 시작했다.

"그래요, 나 독종이에요. 독종이니까 혼자서도 얼마든지 아이 키울 수 있다고요. 아셨어요? 내 아이를 괴롭히는 인간이 나타나면 그 사람이 누구래도 나 가만있지 않아요. 당신 같은 사람, 정말 끔찍해요! 당신네들, 꿈에 볼까 두려운데 내가 당신들 앞에 나타날 것 같아요? 이젠 아셨어요? 당신네들, 그 끔찍한 얼굴 다시 보느니 차라리 죽고 말겠어요. 끔찍하다고요!"

거기까지 정신없이 부르짖었던 것이 끝이었다. 그녀는 들고 있던 전화기가 스르륵 미끄러져 내려가는 것을 희미하게 느꼈다. 몹시 숨이 가빴고 심장이 답답해서 견딜 수가 없다는 기분이었다. 눈앞도 캄캄해졌다. 그러나 의식의 끈이 끊어지는 순간까지 그녀는 마음속으로 계속 '끔찍해!'를 외치고 있었다. 그리곤 이내 허물어지듯이 바닥에 쓰러져버렸다.

그녀, 오인희가 쓰러졌다는 것을 김진우의 어머니는 전화기 저편에서 다 알고 있었다. 이 돌연한 사건이 김진우 어머니에게 끼친 영향은 아무것도 없었다. 그이는 놀라지도 않았고 당황하지도 않았다. 오히려 그럴 줄 알았다는 듯이 김진우의 어머니는 혼잣말로 이렇게 중얼거렸을 뿐이었다.

"아이구, 저 독종이 제 성깔에 겨워서 자물쓰고 있구먼. 그러게 내가 뭐랬어. 본 것 없고 배운 것 없는 천한 인종들은 뻑 하면 저런 식으로 사람 질리게 하니 절대로 가까이하면 안 된다고 그랬잖아. 흥, 네가 아무리 그래봐라. 나도 만만치 않은 사람이야. 내 자식 가로막는 독초가 있으면 뿌리까지 싹 뽑아버려야 마음을 놓는 사람이라고. 그래야 평생 저 독종 얼굴 안 보지. 그래야 두 발 쭉 뻗고 살지. 어디서 내 눈을 속일려구. 근본도 모르는 천한 것이 어디서 더러운 수작 부릴려구 들어, 들기를."

사무치게
누군가가 그리워……

머리가 망치로 쪼는 것처럼 아프다.

귀 속에 수백 마리의 풀벌레가 들어앉아서 윙윙 시끄럽게 노래를 불러대고 있는 것 같다.

그런데, 그런데, 내가 왜 여기 누워있을까. 왜 여기에. 인희는 가까스로 눈꺼풀을 밀어올리고 눈을 떠본다. 침대 밑에 널브러진 자신의 몸뚱어리를 의아하게 바라본다. 순간, 마음속으로 다시 그 울림이 치솟는다. 끔찍해!

그러자 어떤 일이 있었는지 순식간에 환히 떠오른다. 아이를 입양시키라고? 아이를 미끼로 자기 자식 앞날을 망칠 것이라고? 날보고 독종이라고? 겨우 가라앉았던 심장이 더 거세게 뛰기 시작한다. 차라리 정신을 잃고 쓰러졌던 것이 다행이었다고 생각한다. 맨 정신으로 그 지독한 말들을 새김질하고 있었다면 필시 이보다 더 몸과 마음을 상했을 것이다.

그녀는 일어나서 거울 속 자신의 얼굴을 본다. 푸른 이마에 돋은 굵은 핏줄 두 개가 거슬린다. 두 손으로 양 볼을 비벼본다. 그러다가 아직도 손이 뜨끈뜨끈하다는 것을 안다. 정신을 탁 쳐서 쓰러뜨릴 때 이 열도 가져가버리지, 하고 그녀는 그 누군가를 향해 힘없이 원망을 한다.

그리고 인희는 무작정 거실로 나온다. 또 주방으로 가보기도 한다. 침실로, 아기방으로 들어가기도 한다. 그 밤, 인희는 하염없이 자신의 작은 아파트를 배회한다. 흐트러진 머리칼을 늘어뜨린 채, 멍한 시선으로 어딘가를 주시하며, 휘청거리면서 몇 시간이고 그렇게 아파트를 맴돌고 있다. 마치 출구를 잃어버린 나방이 안타깝게 빠져나갈 구멍을 찾고 있듯이.

밤새 좁은 아파트를 헤맸었다. 먼동이 터올 때까지도 그녀는 허공을 노려보며 거실에서 주방으로, 침실에서 아기방으로, 빙빙 쳇바퀴를 돌고 있었다. 무슨 생각을 하고 있는지 그녀도 몰랐다. 왜 이렇게 끝없이 빙빙 돌아야 하는지 정녕 그녀 스스로도 몰랐다. 알고 있는 것은 단 하나, 견딜 수 없이 답답하다는 것이었다. 휘청거리는 걸음이라도 멈추기만 하면 숨이 막혀 죽을 것 같았다. 죽어서는 안 돼. 내가 죽으면 내 아이도 죽으니까.

온 집안을 밝혀놓았던 불빛이 기운을 잃고 스러질 무렵, 거실 창으로 눈부신 아침햇살이 쏟아져 들어오기 시작할 무렵, 인희는 마침내 주저앉았다. 푸른 이마는 식은땀으로 범벅이고 하얀 두 손은 으스러지도록 꽉 움켜쥔 채였다. 그리고 그녀는 그 주먹 쥔 손으로 거실 바닥을 두들겼다. 쾅쾅, 은 아니었다. 그럴 힘이 남아 있을 까닭이 없었다. 그저 탁탁, 일 뿐인 두들김이었다.

　사무치게 그립다, 고 그녀는 생각했다. 누군가가, 누군지 확연 하지도 않은 어떤 사람이 사무치도록 그립다, 라고 그녀는 또 생 각했다. 그러자 마음속에서 뜻하지 않게 이런 부르짖음이 터져 나왔다. 내게, 갇혀있는 내게, 제발, 당신이 좀 와주세요. 제발, 내 게로 와주세요…….

청량한 가을볕에
피를 말린다
소슬한 바람으로
살을 말린다

비천한 습지에 뿌리를 박고
푸른 날을 세우고 가슴 설레던
고뇌와 욕정과 분노에 떨던
젊은 날의 속된 꿈을 말린다
비로소 철이 들어 禪門에 들 듯
젖은 몸을 말리고 속을 비운다

말리면 말린 만큼 편하고
비우면 비운 만큼 선명해지는
'홀가분한 존재의 가벼움'
성성한 백발이 더욱 빛나는
저 꼿꼿한 老後여!

갈대는 갈대가 배경일 뿐
배후가 없다. 다만
끼리끼리 시린 몸을 기댄 채
집단으로 항거하다 따로따로 흩어질
反骨의 同志가 있을 뿐
갈대는 갈 데도 없다.

그리하여 이 가을
볕으로 바람으로
피를 말린다
몸을 말린다
홀가분한 존재의 탈속을 위해

_임영조 「갈대는 배후가 없다」

내게로 당신이

아침부터
비

아침부터 비가 내렸다. 어쩌면 지난밤부터 시작된 비인지도 모른다. 인희는 거실에 앉아 하염없이 잿빛 하늘과 허공을 채우는 빗줄기를 바라보고 있었다. 비에 갇혀있는 이 기분은 나쁘지 않았다. 우산을 움켜쥐고 종종걸음을 치는 사람들, 자동차가 튕기는 빗물에 옷을 적시고 난감하게 서있는 유치원 꼬마, 쌓아놓은 수박더미에 비닐을 씌우고 자신도 우비로 중무장을 한 채 그래도 연신 손님을 부르고 있는 수박장수.

바깥세상의 풍경을 하나하나 살피는 일은 지루한 시간의 갈피를 넘기는 데 상당한 도움을 주기는 하였지만, 그러나 인희는 빗속에서 몹시 외롭다고 느꼈다. 무작정 아이가 태어나길 기다리며 사는 지금의 삶이 옳은 것일까. 홀로 칩거해있는 것보다 밖으로 나가 뭔가 할 수 있는 일을 찾아봐야 되는 것은 아닐까. 아이가 태어나면 그때는 어떻게 비바람 치는 세상을 헤쳐 나갈 수 있는 것일까.

이제 넉 달만 기다리면 아이와 만나게 된다는 것, 그 기다림이 없었다면 이 삶을 어떻게 견딜 수 있었을까. 아이가 태어나면 이제 그녀에게도 핏줄로 묶인 가족이 하나 생기는 것이다. 절대 버리거나 버림당하지 않을 온전한 핏줄. 험한 세상 같이 위로하고 같이 기대가며 살 핏줄. 인희는 혼곤한 외로움의 항해 속에서 다시 희망의 돛을 하나 내건다.

빗줄기는 조금도 가늘어지지 않고, 그렇다고 더 이상 굵어지지도 않으면서 여일한 기세로 허공을 가른다. 문득 저 빗소리를 자장가 삼아 나른한 오수라도 즐길 수 있을 것 같은 생각이 든다.

빨리 시간이 흘러 내 아이와 상면하는 그날이 어서 왔으면, 인희는 무거운 몸을 일으켜 소파로 옮겨 앉았다. 이대로 눈을 감았다가 넉 달 뒤에 눈을 떴으면. 한숨 달게 자고 나면 넉 달이 훌쩍 지나버리는 시간의 요술 같은 것은 없을까. 이러다 넉 달을 지탱할 기운조차 없는 것은 아닐까 하는 불안이 때로 그녀의 목을 조르곤 했다.

"입원을 하시지요. 오늘 결과 나온 것으로는 발열의 원인을 밝힐 수가 없습니다. 확실히 말씀드릴 수 있는 것은, 발열의 원인이 임신은 아니라는 것입니다. 다만 임신 때문에 체력이 달리다 보니 더 잦은 발열의 상태로 가는 것 같은데 입원해서 보다 정밀한 진단을 받아봅시다."

망설이다 결국 종합병원의 산부인과로 찾아갔던 것이 사흘 전의 일이었다. 의사는 내과 쪽의 정밀진단이 필요하다는 소견이었다. 내과와 산부인과의 협조 아래 발열의 원인을 밝혀내는 것이 급선무라는 의사의 말은 설득력이 있었다. 몇 가지 검사를 하고 검사결과를 놓고 다시 이야기하자는 의사의 지시에 따라 어제 병원에 들렀을 때 의사는 단호하게 입원을 권했다.

"기초적인 검사로는 원인이 나오지 않네요. 일단 입원부터 하십시다. 발열의 원인이 밝혀져도 결국은 입원치료를 요하는 일입니다. 이만한 고열이 지속되고 있을 때는 반드시 신체에 커다란 위험이 자리 잡고 있다는 것으로 보시면 정확합니다. 체중이나 혈압, 그리고 심전도 모두에 신체쇠약의 징후가 너무 뚜렷해서 내일 당장 서둘러 입원수속을 밟는 것이 산모나 태아 모두에게 도움이 될 것입니다. 밖에 보호자, 와있습니까? 잠깐 만나봤으면 하는데."

"아닙니다. 혼자 왔습니다."

인희는 의사를 똑바로 쳐다보며 말했다.

"그래요? 그럼, 내일 수속 밟기 전에 보호자와 함께 오세요."

의사는 차트를 넘기며 다음 환자를 불러달라는 신호로 간호사를 쳐다본다.

"임신이란 아주 중대한 신체상의 변화입니다. 남들 다 하는 일이라고 쉽게 생각하면 큰 오산이에요. 꼭 입원 준비해서 와야 합니다. 별일 없겠거니 했다간 나중에 크게 후회해요. 엄마 되는 게 쉬운 일 아닙니다. 남편 분까지 단단히 협조해야 할 상황이에요."

다음 환자가 들어오기까지 짧은 틈을 이용해서 몇 마디 덧붙여준 것만도 환자가 넘치는 의사한테는 자상한 배려였다. 인희는 의사의 말이 나무람처럼 여겨져 민망하기까지 했다. 게다가 남편이라니. 인희는 저절로 가슴이 뜨끔했다. 의사는 이미 다음 환자 차트로 마음을 다 옮겨버린 후였지만 그녀 혼자 민망했다가, 가슴이 뜨끔했다가 했다.

어떤 경우에도 아이만은 무사한 것인지, 입원 외에 다른 방법은 없는 것인지를 묻고 싶은 마음이 가득했지만 의사의 사무적인 태도 앞에서 그녀는 결국 진료실을 나오고 말았다.

대기실에서 순서를 기다리고 있는 여자들은 대부분 혼자가 아니었다. 남편이나 친정어머니, 혹은 언니로 보이는 사람들의 지극한 보호를 받으며 자랑스럽게 배를 내밀고 있는 여자들 앞을 지나오면서 인희는 입원은 싫다고 생각했다. 병원 1층의 혼잡한 수속창구, 휠체어에 앉아있는 환자복 차림의 환자와 휠체어를 밀어주는 보호자들을 보면서도 그녀는 입원만은 결코 싫다고 다짐했다. 집으로 가기 위해 밖으로 나오니, 병원 뜰에서 산보하는 환자들한테도 링겔병을 들고 수족처럼 따라다니는 보호자가 있었다.

입원은 싫어. 중병이라면 지난 검사로도 이미 원인이 나왔을 것이다. 정밀검사를 받으면서까지 별문제 없는 신체 이상을 찾아내야 할 만큼 자신이 보호받고 있는 귀한 존재였던가 하는데 생각이 미치자 쓴웃음이 나왔다.

이태 전해 겨울에 겪었던 첫 발열의 원인도 밝혀지지 않았었다. 불명열. 원인불명이라 해서 그녀의 차트에 기록된 병명은 '불명열'이었다. 그런 병명으로도 완쾌해서 퇴원했었고 별 이상 없이 잘 살아왔다. 이제 와서 새삼스럽게 이따위 열로 쓰러질 이유가 뭐겠는가. 그녀는 두 번 다시 이따위 불명열에 의혹을 품고 겁을 집어먹지 않겠다고 각오를 다지며 병원을 빠져나왔다.

입원은 하지 않겠다는 결심이 막연한 고집만은 아니었다. 지난번 입원에서도 할 만한 검사는 다해봤다. 이번에도 의사는 기초검사라 했지만 수납창구에서 확인한 바로는 실시한 검사가 다섯 가지였다. 그만하면 충분한 검토였지 않은가 말이다. 심리적으로 불안한 상황이니 육체도 불안하지 않겠는가. 결국 병원이란 대개

내게로 당신이

병을 과장시키는 곳, 이라고 생각을 정리하게 된 것이었다.

그녀는 소파에 기대앉아 빗소리와 함께 까무룩이 잦아들고 있다. 세상은 왜 이리 넘어도 넘어도 끝이 없는 험난한 봉우리의 연속인가. 앞으로 넘어야 할 봉우리는 몇 개인지 그것만 알 수 있다 해도 훨씬 견디기가 쉬울 텐데. 그런 생각의 갈피들을 넘기다가 인희는 깜박 잠이 들었다.

노루봉에서
달려온 남자

서늘하다.

서서히 열이 오르고 있는, 이제 한창 달궈지기 시작한 그녀의 이마에 서늘한 손이 얹혀졌다. 분명히 차갑고 정결한 어떤 손이 이마를 짚었다. 누구의 손인가를 가늠할 사이도 없이 눈을 번쩍 떴고, 그녀는 그것이 꿈이었다고 확신해버렸다.

그러나, 꿈이었을까. 바깥은 여전히 비가 내리고 있었다. 많이 잡아도 잠에 빠져든 시간은 삼십 분 정도에 불과하다. 아니, 이것은 잠이라고 할 수도 없다. 귓가에 옅은 빗소리를 매달고 있었던 삼십 분이었으니까. 설령 꿈이라고 쳐도 이마에 얹어지던 묵직한 손의 무게와 그 고요한 움직임을 어떻게 설명할 수 있을까.

인희는 일어나 거실을 가로질러 현관문을 열었다. 누군가 자신의 이마에 손을 얹었던 사람이 지금 막 복도로 나갔을지도 모른다는 어리석은 생각으로 그랬다. 복도는 텅 비었다. 아침부터 내린 비로 바닥은 흥건하게 젖어있고 옆집의 문 앞에 내놓은 꼬마의 세발자전거도 몰아친 비로 푹 젖었다.

꿈속의 손을 찾아 복도로 나온 자신이 너무 한심해서 그만 돌아서려고 하는 순간이었다. 엘리베이터가 멈추는 것을 알리는 맑은 벨소리가 들리고 이윽고 엘리베이터 문이 열렸다. 현관문의 둥근 손잡이를 돌리려다 말고 인희는 무엇에 이끌리듯이 엘리베이터의 열린 문을 뚫어지게 쳐다보았다.

오, 그것은 환상이 아니었다. 그녀는 자기 앞으로 뚜벅뚜벅 다가오는 성하상을 보았다. 투명한 비닐우의, 우의의 겉면에 송알송알 맺혀있는 빗방울들, 역시 우의에 달린 비닐모자를 쓴 그의 얼굴을 확인하는 순간 인희는 자신도 모르게 뒷걸음을 쳤다. 꿈은 아직 끝나지 않은 것을, 나는 꿈에서 깨어났다고 여기고 있었지만 사실은 아직도 꿈인 것을. 그녀는 그렇게 믿었다.

남자는 뒷걸음질 치는 그녀 앞에서 우뚝 멈추었다. 그녀는 남자의 푸르고 깊은 눈을 지척에서 보았다. 그 눈동자에 비친 자신의 모습까지 볼 수 있는 거리였다. 남자의 눈을 들여다보고 있는 사이 얼어붙었던 몸이 조금씩 조금씩 녹아내리기 시작했다.

"당신의 부름을 들었습니다."

남자가 말했다.

"어떤……."

여자는 남자의 말을 얼른 해석하지 못하였다.

"그대가 말했습니다. 그대에게 와달라고."

여자는 눈을 커다랗게 떴다. 사실이었다. 내게, 갇혀있는 나에게 당신이 뚜벅뚜벅 와주세요. 그렇게 말한 적이 있었다. 한 번이 아니었다. 두 번쯤, 혹은 세 번쯤이었을 것이다. 그러나 입 밖으로 말한 적은 결코 없었다. 너무나 사무친 마음이 속으로만 그렇게 나지막한 외침을 담았을 뿐이다.

"당신은, 당신은, 그 먼 노루봉에서 내 마음의 소리까지 듣나요?"

여자는 떨리는 목소리로 묻는다.

"듣고자 하면 듣지 못할 것이 없습니다. 내 영혼과 당신의 영혼은 이어져 있습니다. 그것은 내가 그렇게 연결되기를 간절히 원했기 때문입니다."

"……."

"그대가 나를 불렀습니다. 난 그 부름을 들은 즉시 범람하는 계곡을 헤엄으로 건너고 바위에 미끄러져 상처를 입어가면서 이곳으로 달려왔습니다."

남자의 목소리는 노래하는 듯이 맑고도 부드럽다.

"달려오면서 다시 당신의 한숨 소리를 들었습니다. 바람에 몸을 실어 찰나에 당신 곁으로 올 수 있기로는 아직 배움이 먼 스스로가 너무나 안타까웠습니다. 언젠가는 당신이 부르기만 하면 산과 강을 단숨에 건너 눈 깜짝할 사이에 당신 곁에 도달할 수 있게 될 것입니다."

여자는 남자를 물끄러미 쳐다본다. 그는 누구인가.

그때 다시 엘리베이터가 도착하고 그 속에서 한 무리의 사람들이 우산에 묻은 물을 조심성 없이 흩뿌리며 나타났다. 길을 비켜 주기 위해서라도 그녀는 그를 안으로 들여야 했다.

"들어오세요."

남자는 그녀가 열어준 현관문을 통해 집안으로 들어섰다. 남자가 비에 젖은 우의를 벗는 동안 그녀는 현관 구석에 서서 가만히 남자의 하는 양을 지켜보았다. 우의를 벗어 신발장 위에 걸쳐 놓으면서 남자가 그녀를 돌아보았다. 그녀는 자신도 모르게 그를 향해 가만히 미소를 지었다. 정말, 생각지도 못한 미소였다.

기이한 만남,
그 세 번째

그들의 세 번째 만남은 그렇게 시작되었다.

짧은 두 번의 만남에 이어지는 이 세 번째 만남이 그녀에게는 예정된 해후처럼 여겨졌다. 현관에서 저절로 새어나온 그녀의 미소가 예고하듯이 인희는 그가 자신의 집 안에 있다는 사실이 조금도 거슬리지 않았다. 이상한 일이었다. 예전에 진우가 이 집을 드나들 때, 그 방문은 아무리 해도 익숙해지지가 않았었다. 그럼에도 성하상의 이 첫 번째 방문은 너무나 편안하다. 그는 누구인가.

"왜 소파에 앉지 않으세요?"

"다리를 늘어뜨리고 앉으면 몸의 기운이 바닥으로 흘러가버립니다. 수련의 오랜 버릇이지요."

그녀가 내온 차도 그는 바닥에 앉아서 마셨다. 그의 옷차림은 산에서 만났던 때와는 다소 다르다. 그는 흰 셔츠에 별 특징 없는 회색 바지를 입고 있다. 목이 긴 장화를 신어서인지 빗속을 달려왔어도 흰 양말은 눈부시게 깨끗하다. 땅 위에 한 번도 내려오지 않은 사람의 양말이 저럴까.

"기도 속에 보이는 당신의 모습보다 훨씬 상해있어요. 아까 내 마음의 손이 짚어본 당신의 이마도 한없이 뜨거웠습니다. 당신은, 너무 자신을 돌보지 않아요."

"마음의 손? 그럼 당신이 내 꿈속에 찾아와 이마에 손을 얹었나요?"

인희는 놀라움에 외치듯이 묻는다.

"당신에게 내가 온다는 것을 알리고 싶었어요. 몸 전부는 당신한테 갈 수 없었지만 손이라도 빨리 당신에게 닿고 싶었지요."

"그럼 내가 복도에 나와 서성거리고 있을 줄 이미 알았단 말인가요?"

"물론이지요. 당신이 나를 기다리고 있을 줄 알았지요. 잊었나요, 아까의 내 말. 우리의 영혼은 이어져 있습니다."

"모르겠어요……."

"애써 알려고 하지 마세요. 그러나 한 가지, 어떤 사물이든 모두 겉과 안을 가지고 있듯이 우리가 살고 있는 이 삶에도 겉질서와 속질서가 있지요. 우리는 다만 겉으로 드러나는 현상만 보며 삽니다. 내부의 질서를 보는 깨우침에 대해 편지에서 자주 말했지요. 당신은 곧 삶의 두 겹 질서를 알게 됩니다."

이 사람은 환상주의자인가. 그렇다 해도 조금도 역겹지 않다.

"당신을 만나기 전까지만 해도 나 또한 이 모든 주장들이 다 환상이 아닌가 때때로 의심하는 마음을 억누를 길이 없었던 것이 사실입니다. 공부를 하면서도 그런 의심에 사로잡히면 견디기가 몹시 힘들었습니다. 그러나 당신을 만난 뒤로 의혹이란 이름의 추한 옷은 미련 없이 벗어던지고 말았습니다. 나는 당신을 통해 우리가 방치해둔 다른 세계가 있다는 사실을 확실하게 받아들일 수 있었던 것입니다."

그는 금방 그녀의 마음을 읽어낸다. 그녀는 저절로 그에게 용서를 구하는 마음이 된다. 그것까지도 그는 금방 알아채고 만다.

"아닙니다. 나한테 미안해할 것은 하나도 없어요. 당신의 고통을 어쩌지 못하는 나의 괴로움이 얼마나 큰지 당신은 모를 겁니다. 당신이야말로 나를 용서해주어야 합니다. 당신 앞에 무릎을 꿇어야 할 사람은 바로 납니다. 떠나간 그 사람이 아니라."

떠나간 그 사람? 그럼 이 사람은 김진우와 있었던 일도 모두 알고 있단 말인가. 그것도 단지 마음의 힘으로?

"지난여름, 당신 곁에 있는 사람을 본 후, 죽도록 괴로웠습니다. 그이가 당신에게 어떤 상처를 입힐 것인지 번연히 알면서도 말해줄 수 없다는 것이 내겐 큰 시련이었습니다."

"그 사람을 보고 무엇을 알았지요? 그리고 왜 말해줄 수 없었다는 것이지요?"

"그 사람의 여자가 당신이 아니라는 것, 당신이 만나야 할 사랑 역시 그 사람이 아니라는 것을 알았지요. 그러나 그 당시 당신에게 내가 무슨 말을 할 수 있었을까요. 당신에게 앞날을 짚어준들 당신이 받아들였을까요. 모든 진실은 사실 환히 드러나 있습니다. 문제는 인간들의 태도지요. 우리, 작고도 작은 인간은 큰 섭리를 눈앞에 두고도 알아보지 못합니다."

성하상은 눈도 깜박이지 않고 고요히 그녀를 쳐다보며 말을 잇는다.

"그것이 바로 우리들 인간의 비애입니다. 죽을 줄 알면서도 살아야 하는 목숨이듯이 진실이 아닌 줄 알면서도 그림자라도 붙잡습니다."

인희는 남자의 말을 이해해보려고 애를 쓴다. 편지에서 거듭 읽었던 내용들이어서 낯설지는 않았지만 아직도 모호하다는 느낌은 적지 않다. 이 사람은 어떻게 모호하지 않고 확실할 수 있을까. 나도 확실한 생(生)의 주인이 되었으면. 그녀는 문득 그처럼 변화하고 싶다고도 생각한다.

인희는 그제야 자기가 아무 부끄러움도 없이 배를 내밀고 그와 마주하고 있다는 사실을 깨닫는다. 자신을 '유일한 사랑'이라 믿고 있는 남자. 모든 생을 바쳐서라도 이 사랑을 완성하겠다는 남자. 그토록 헌신적인 남자 앞에서 수치심도 없이 내밀어진 배.

인희는 갑자기 현실의 차가운 물을 뒤집어쓴 기분이 되어 할 말을 잃는다.

"이 밤에 나는 당신 곁에 있을 것입니다. 당신은 아마 동쪽 방에서 잠을 자겠지요. 당신의 침상은 남쪽 창을 향해 길게 자리 잡고 있을 것입니다. 내가 기도 속에서 보는 당신의 방은 그랬습니다. 나는 여기, 이 마루에서 하룻밤을 지새우겠습니다. 제발 허락해주기를 바랍니다. 비록 문을 하나 사이에 두고 있지만, 단 하루라도 잠든 당신을 지키며 밤을 새우는 일은 당신은 상상도 못할만큼 내겐 행복입니다. 당신에게 여러 번 말했습니다만, 당신의 존재 자체가 나에겐 행복이니까요. 그리고,"

"그리고?"

인희는 어떤 마술에 걸리기나 한 것처럼 꼼짝도 하지 않고 다음 말을 기다린다.

"그리고, 이제 당신은 좀 쉬십시오. 여기, 당신을 위한 몇 가지 약재를 가져왔으니 내가 그것을 달일 동안 당신은 누워서 쉬도록 하세요."

말을 마친 남자는 마치 몇 번이나 그녀의 집을 드나든 사람처럼 조금도 망설이지 않고 바로 주방으로 들어가서 너무나 자연스럽게 오지그릇 하나를 찾아낸다. 그녀가 붙잡을 새도 없이.

보호자를
찾다

비가 그친 밤하늘은 여전히 어둡고, 몸을 감싸는 눅눅한 바람에는 내일의 비를 예고하는 습기가 잔뜩 배어있지만, 그래도 비에 식은 여름밤의 산보는 상쾌하다. 얼마나 오랜만인가. 이렇게 한가롭게 밤거리를 걸어본 기억이 언제인지 기억도 할 수 없다.

도로에 생긴 웅덩이를 지나야 할 때는 남자가 그녀의 팔을 잡아주었다. 저만큼에서 자동차가 달려오면 그는 여자를 자기의 등뒤에 숨겼다. 비틀거리는 취객이 옆을 지날 때도 남자는 여자의 앞을 가로막고 흡사 뺏기기 싫은 소중한 물건을 보호하듯이 넓게 팔을 벌렸다.

　보호자를 데려오세요.

　병원에 갈 때마다 듣던 그 보호자라는 말, 인희는 힐끗 남자의 옆얼굴을 바라보며 이 사람이야말로 정말 나의 보호자처럼 굴고 있다는 생각을 해본다. 세상에 태어나 누군가에게 한 번이라도 보호를 받아본 적이 있었던가. 가끔씩 그녀의 인생을 스쳐간 좋은 사람들이 있긴 했었지만 그래도 이렇게 열과 성을 다하는 보호자는 없었지 않았는가.

　두 사람은 지금 그녀의 제안에 따라 외식을 하고 돌아오는 길이었다. 찬거리를 사다 분주하게 저녁을 준비하려는 그녀를 극구 만류하는 남자를 보다 못해 그녀가 제안한 일이었다. 식당에서도 남자는 아주 조금밖에 먹지 않았다. 그는 자신의 식사보다 여자의 입에 한 숟갈이라도 더 넣어주기 위해 온 신경을 다 기울였다.

　그는 별로 말이 없었다. 말은 없었지만 몸과 정신 전체가 그녀를 향해 열려있다는 느낌은 충분히 전달되었다. 그녀 또한 그를 향해 열려지는 마음을 어쩔 수 없었다. 인희는 그와 함께 밥을 먹고, 그와 함께 밤길을 걷는 일이 지극히 편안했다. 이렇게 둘이 걸어 함께 비어있는 집으로 돌아갈 수 있다는 사실조차 너무나 당연하게 여겨졌다.

"저쪽으로 한 바퀴 더 걷다 돌아갔으면 좋겠어요. 그동안 너무 집에만 있었거든요."

인희는 아파트 뒤로 뚫려있는 오솔길을 가리킨다.

"안 됩니다. 돌아가 약을 먹을 시간이에요. 당신한테는 이 정도 산보가 적당합니다. 더 계속하면 무리가 옵니다."

남자는 부드럽게 여자의 팔을 잡아끈다. 여자는 별 수 없이 그 손에 이끌려 집으로 가는 길을 밟는다.

"미루는 잘 있나요?"

"내가 없을 때 맡아주는 집이 있습니다. 헤어질 때 그 녀석이 뭐라고 말했는지 아세요?"

"미루가 뭐랬는데요?"

"돌아올 때는 꼭 인희씨와 함께 오라고 그러더군요."

남자의 말을 듣고 인희는 하늘을 향해 크게 웃었다. 그리고는 스스로 깜짝 놀라 일순 몸을 움츠렸다. 이렇게 웃어본 적이 있었던가. 소리 내어 웃는 일은 아예 잊어버린 줄 알았는데.

"웃으면 몸속에 잠겨있던 기운이 깨어 활동을 합니다. 사람의 웃음은 에너지를 창조하지는 못하지만 최대치로 발현되도록 지휘해줍니다. 당신은 이제부터 많이 웃어야 합니다. 당신은 그동안 너무 잠겨만 있었어요."

남자는 걸음을 멈추고 가만히 그녀의 얼굴을 바라본다. 인희는 그 시선을 받고 있기가 힘들다. 이 사람 앞에서 이렇게 막무가내로 편안해해도 좋은가. 그녀는 문득 이 남자에게 몹시 미안하다고 생각한다. 그래서 더듬더듬 진심을 말하기 시작한다.

내게로 당신이

"사실을 말하라면, 나도 뭐가 뭔지 모르겠어요. 이해해주세요. 하지만, 당신이 나한테 아주 특별한 존재였다는 것은 말할 수 있어요. 뭐랄까, 설명할 순 없지만……남이 아니라는 느낌 같은 것. 우리가 처음 만났던 때 이후 지금까지 주욱 그랬어요."

인희는 이제 이 사람에게 자신의 마음을 스스럼없이 털어놓겠다고 다짐했다. 이 사람한테 숨길 수 있는 일은 아무것도 없을 것 같았다. 그렇게 마음을 먹고 나니 한층 더 마음이 편안했다.

"당신이 와주셔서 아주 좋았어요. 이렇게 말해도 되나요?"

"나한테는 어떤 말을 해도 상관없어요."

남자도 활짝 웃었다.

"이상해요. 당신은 처음부터 남 같지 않았어요. 어머니가 나타났을 때도,"

어머니에 대해 말하다 말고 인희는 입을 다물어버렸다. 어머니란 사람한테도 타인을 느꼈다고 말하려 했었지만, 왠지 말하고 싶지 않았다. 흐려지는 말끝에 이어 성하상이 불현듯 그녀의 손을 꽉 잡았다.

"어머니를 만났군요. 그렇지요? 당신에게 나타난 또 한 사람이 어머니였지요?"

"네……."

인희는 힘없이 고개를 끄덕인다.

"그 어머니가 누추하고 불행해서 배신감을 느꼈군요."

"어떻게, 당신이 어떻게 알았지요?"

"그런 것 같았어요. 당신에겐 어머니가 있었거든요. 고아가 아니었어요. 난 그걸 알고 있었지요."

인희는 그 순간 몸이 얼어붙는 것 같았다. 이 사람은 대체 누구인가. 어떻게 그 모든 것을 알 수가 있단 말인가. 그녀는 온몸이 굳어지는 두려움에 휩싸여 남자의 가슴으로 무너져내렸다.

"무서워요……."

인희는 걷잡을 수 없이 떨리는 몸을 숨기기 위해 더욱더 그의 가슴속으로 파고들었다.

"무서워요. 왜 이렇게 몸이 떨리지요……."

남자는 격렬하게 떨고 있는 여자를 품에 안고서 생각했다. 날개를 다친 가냘픈 새 한 마리가 마침내 날아와 안겼다고.

가로등 빛도 미처 닿지 않는, 아파트 담장 밑의 어느 어두움 속에서 그들은 그렇게 한동안 서로의 날개들을 말리고 있었다.

편지 10

당신과 헤어져 돌아오면서 하염없이 울었습니다.

스쳐가는 차창 밖의 풍경은 눈물에 가리어 아무것도 보이지 않았습니다. 뿌연 눈물 속에 떠오르는 것은 오직 당신의 얼굴뿐이었습니다. 당신이 보여준 웃음, 당신의 나지막한 목소리, 당신의 옷깃에서 풍기는 옅은 비누냄새, 이런 것들을 떠올릴 때마다 내 눈물은 홍수처럼 범람하는 것이었습니다.

그러나 당신, 제발 걱정하지는 마십시오. 내 눈물은 슬픔의 눈물이 아니고 기쁨의 즙입니다. 달콤한 과즙처럼 향기까지 간직하고 있는 그런 것입니다. 아무리 많이 울어도 축이 나지 않을 것입니다. 그래서, 지금도 나는 이 편지를 쓰면서 또 웁니다. 뺨으로 흘러내리는 이 눈물을 나는 결코 부끄러워하지 않습니다.

당신에게 말할 것이 있습니다. 제발 너무 이르다고 고개를 흔들지는 마십시오. 당신에 관한 한 나한테 너무 이른 일은 하나도 없으니까요. 나는 여태 죽을힘을 다해 기다렸습니다. 이 한마디를 당신에게 전하기 위해서 내가 견딘 기다림의 세월을 당신은 아마 다는 모르실 것입니다.

이제 그 말을 합니다. 떨리는 마음으로 이제 그 말을 당신에게 보냅니다. 부디 받아주기를 바랍니다.

사랑하는 당신, 당신을 맞을 준비를 시작하였습니다. 당신은 이제 거처를 옮기게 될 것입니다. 아수라장 같은 도시를 떠나 당신은 곧 산으로 들어오셔야 합니다. 내가 당신에게 줄 수 있는 것은 오직 푸르고 깊은 이 아름다운 산뿐입니다. 나의 사랑이 온전히 펼쳐질 곳도 여기 아니고서는 아무 데도 없습니다. 여기를 떠나서는 당신을 사랑할 수 없는 나를 당신이 용서해주어야 합니다. 그래서 당신은 이제 이곳으로 옮기게 될 것입니다.

어제는 당신이 묵을 방에 도배를 하였습니다. 오늘은 삐걱거리는 방의 창문을 고칠 생각입니다. 당신이 오기 전에 마쳐야 할 일이 너무나 많아서 지금 내 마음은 몹시도 바쁩니다. 마당에 내놓을 평상도 하나 그럴듯하게 만들어볼 생각입니다. 비가 오면 신발을 버리게 만드는 산장 앞의 비탈길도 손을 좀 봐야 됩니다. 이미 디딤돌로 쓸 돌들은 다 마련해두었습니다. 당신의 보폭에 맞게 그 돌들을 배열하고 다듬고 할 일들이 어찌 이리 즐겁게 기다려지는지요.

이 모든 일들을 끝내고 나면 내가 당신에게 가겠습니다. 내가 가서 당신을 데려오겠습니다. 여기가 아니고는 당신의 평안을 보장할 곳이 없습니다. 당신의 몸과 마음을 쉬게 할 곳이 이 세상에는 도무지 없습니다.

오, 잠시 멈추었던 눈물이 갑자기 범람하기 시작하는군요. 당신을 이곳에 데려올 생각을 하니 가슴이 터질 것 같습니다. 멈추지 않는 이 눈물은 기쁨의 눈물이라는 사실을 한 번 더 말하는 것으로 이 편지를 마쳐야 되겠습니다. 당신이 오기 전에 서둘러 끝내야 할 일들을 생각하면 이렇게도 마음이 급하니까요.

당신을 기다리는 노루봉에서 성하상.

기이한
일들

성하상의 편지가 오고 나서 이상한 일들이 벌어지기 시작했다. 그 첫 번째가 아파트를 팔지 않겠냐는 복덕방의 전화였다.

"아가씨 집이 마음에 든다는 걸 어떡합니까. 팔겠다고 내놓은 집이 아닌 줄 번연히 알면서도 그 집을 살 수 없냐고 조르는 사람은 복덕방 열어놓고 생전 처음이라니까요."

"다 똑같은 아파트인데 하필 우리 집이 마음에 들고 말고 할 게 어딨나요. 이상한 사람이군요."

"몰라요. 끝동이어서 전망이 좋고 7층이어서 높이도 알맞고, 뭐라더라. 아, 7층에는 내놓은 집이 하나도 없으니까 이왕이면 가운데에 끼인 아가씨 집에다 졸라보기로 했대요. 요새 아파트 시세가 엉망이어서 사실 매물이 없어요. 팔 사람들도 조금 더 기다렸다 팔겠다는 식이거든요. 아무튼 일단 말은 전했으니 혹시 파실 생각이 있거들랑 연락을 주세요. 사나흘 있다가 다시 들르겠다고 하면서 갔으니까요."

알 수 없는 일이었다. 하필 이 시기에 집을 팔라고 조르는 사람이 나타나다니. 성하상의 편지가 아니더라도 인희는 아파트를 팔아 작은 가게라도 여는 것이 어떨까 가끔씩 미래를 설계해본 적이 있기는 했다. 어떤 일을 하든 간에 그녀의 자립을 도와줄 근거는 집밖에 없었으므로.

언제까지 아이와 함께 저축통장에 담긴 보잘것없는 퇴직금을 파먹으며 지낼 수는 없었다. 그렇지만 아이가 태어나기 전에 몸을 움직인다는 것이 엄두가 나지 않아서 차일피일 미루고 있었던 결단이었다. 언젠가는 팔아야 할 집, 임자가 나섰을 때 팔아버릴까, 인희는 복덕방의 전화를 받고 곰곰 자신의 미래를 생각하고 또 생각했다.

두 번째 기이한 일이 또 있었다. 혜영이네가 갑자기 강원도 춘천으로 이사를 간다는 것이었다. 그 소식을 알리면서 혜영은 징징 울고 있었다.

"어떡하니. 자주 만나지 못해도 네 옆에는 내가 있어야 되는데. 동규씨가 좋은 직장으로 옮기는 것은 기쁜 일이지만 널 생각하면 도저히 마음이 안 놓여. 옆에 아무도 없이 어떻게 아이를 낳겠니. 하다못해 너 아이 낳을 때까지라도 서울에 있었으면 좋으련만, 사정이 그럴 수도 없고."

"바보야, 아이는 병원에 가서 낳지 혼자 낳니? 동규씨한테 그렇게 좋은 직장이라는데 뭐가 걱정이야? 네 잔소리 안 듣게 돼서 나는 신이 난다. 두고 보라고. 내가 얼마나 씩씩한 엄마가 되는지 넌 그저 구경이나 하면 돼."

말은 그렇게 했지만 혜영의 전화를 받고 나서는 연거푸 두 끼나 입맛이 없어 밥을 먹지 못한 그녀였다. 세상에 단 하나뿐인 친구, 고아원에서부터 그토록 서로에게 기둥이 되었던 유일한 친구마저 멀리 떠나면 이 황량한 서울에서 어떻게 견딜까.

그런 마음은 혜영도 똑같을 것이었다. 혜영은 다음 날 다시 전화를 해서 이런 말을 하고 있었다.

"밤새 생각해봤는데, 너, 내 말 농담으로 흘리지 말고 똑똑히 들어야 돼. 이 기회에 네 아파트를 팔고 너도 춘천으로 옮기자. 거기라면 그 돈으로 방이나 가게나 다 넉넉하게 구할 수 있지 않겠니? 그 방법밖에 없겠어. 가까운 데 있어야 너 바쁠 때 아이라도 봐주고 그러지 않겠니? 꼭 서울에 있어야 할 이유도 없잖아."

"친구 따라 강남 간다더니, 옛말 그른 것 하나도 없구나. 네 이사 준비나 잘해. 나 때문에 신경 쓰다가 이사 그르칠라."

"우리 사이라면 그럴 만도 하잖아. 난 그렇게 생각해. 세상천지

내게로 당신이

에 너하고 나뿐이라는 마음으로 자라서 오늘까지 오지 않았니? 넌 어땠는지 몰라도 나는 그랬어. 아냐. 지금은 다를지도 모르겠다. 여태는 그랬지만, 지금은 그래도…….”

혜영은 쓸쓸한 목소리로 말끝을 흐렸다. 친구가 무슨 말을 하려는지 인희는 알 수 있었다. 혜영은 지금 그 여자, 어머니를 떠올린 것이리라.

“네가 아무 스스럼없이 어머니의 도움을 받을 수 있다면 나는 마음 편하게 이사를 가겠어. 그럴 수 있니?”

그럴 수 있냐고? 인희는 들고 있던 수화기로 이마를 비비며 쓰게 웃는다. 바로 어제만 해도 어머니 남편이라는 그 술꾼을 상대하느라 진을 뺀 그녀였다. 어머니는 그 후 찾아오지 않았으나 어머니의 남편은 심심하면 그녀의 아파트로 쳐들어왔다. 문을 열어주지 않은 적도 여러 번, 언젠가는 두말도 하지 않고 돈 조금을 건네주고 문을 닫아버린 일도 있었다. 어제는 어떻게 알았는지 어머니가 나타나서 그 작자의 등을 떠밀어 데려갔었다. 만약 어머니가 오지 않았다면 남자의 횡설수설을 막기 위해서 경찰이라도 불렀을 그녀였다. 그만큼 주정꾼의 시도 때도 없는 침입에 화가 나있던 그녀였다. 비틀거리는 남편을 거의 사정하다시피 해서 집으로 데려가는 어머니의 초라한 뒷모습을 바라보며 입술을 깨물던 자신의 심정을 친구는 알 수 있을까.

“어머니를 생각하면, 정말이지 너를 따라 이 도시를 떠나고 싶어. 이것이 내 대답이야. 알아듣겠니?”

두 사람은 한동안 수화기를 들고 말없이 있었다. 떠나는 사람은 떠나는 비애로, 남아있는 사람은 남아있는 비애로 이처럼 대책이 없는 현실을 원망하면서.

이윽고 혜영이 먼저 이 끝도 없는 비애에 마침표를 찍었다.

"주인이 전세금을 미리 빼준대. 춘천에 있는 사택은 비어있으니 내일이라도 짐 싣고 떠나면 끝이야. 하지만 내일은 아니야. 다음 주 수요일에 떠나. 난 네가 나랑 가까운 곳에 살았으면 좋겠다는 마음을 언제까지나 버리지 못할 거야. 원래 인희 네가 나보다 더 지독한 데가 있었잖니. 너는 견디겠지만, 나는 잘못 견딜 거야. 떠나기 전에 한번 갈게."

전화를 끊고 나서 인희는 진지하게 친구를 따라 춘천으로 옮길 생각을 해보기 시작했다. 그러다가 문득 친구보다 먼저 그녀에게 거처를 옮기라고 간절히 소망하던 한 사람을 떠올렸다.

성하상. 거기라면 춘천하고도 과히 멀지 않은 거리였다. 아파트도 그렇고 혜영의 갑작스런 이사도 그렇고, 모든 것이 다 그녀의 떠남을 부추기는 일들이 아닌가. 어째서 연달아 이런 일들이 일어나고 있는 것일까. 이 모든 일을 전부 우연으로 돌려버릴 수 있을까. 과연 그럴까.

떠나거라……

이상한 우연은 거기서 그치지 않았다.

백화점 홍보실의 정실장이 한번 봤으면 좋겠다는 전갈을 해왔다. 할 이야기가 있다고 했다. 정실장의 목소리에 묻어있는 어두움이 마음에 걸려 인희는 지금이라도 당장 나갈 수 있다고 말했다. 하지만 정실장은 인희의 몸이 무거운 것을 염려해 자기가 퇴근 후에 들르겠다고 고집하는 것이었다.

"떠나라. 지긋지긋한 이 서울을 떠나서 아무도 모르는 곳으로 숨어버려라. 머리카락 하나 내놓지 말고 꼭꼭 숨어버려."

그녀가 내온 커피는 거들떠보지도 않고 정실장은 단숨에 그렇게 말을 쏟아냈다. 그녀한테 오기 전에 이미 술집을 거친 모양이었다. 그러나 술김에 하는 말은 정녕 아니었다. 인희는 정실장이 말하는 법을 알고 있었다. 말하기 어려운 일이 있을 때마다 한잔 술에 정신을 담그고 용기를 내는 것이 마음 여린 정실장의 대화법이었다. 술 없이는 모든 것을 빼앗아간 사람한테라도 고함 한번 치지 못할 그런 사람이었다.

"처음부터 말하세요. 그렇게 말허리를 자르지 마시고."

그가 차마 하지 못할 말을 간직하고 왔다면 진우의 일일 것이었다. 기억의 저편으로 보내버린 그 남자의 일이라면 겁낼 것이 없다고 그녀는 마음을 다잡았다. 아직까지도 내게 무엇인가를 요구하겠다는 그 사람들. 결코 지지 않겠다고 인희는 입술을 깨물었다.

"그래, 인희씨를 위해서 말허리를 이어보자. 못할 것도 없지."

정실장은 다 식은 커피를 숭늉 마시듯 단숨에 넘겨버리고는 그녀를 똑바로 쳐다보았다.

"인희씨, 아직도 아이를 포기할 수 없다는 그 생각에 변함이 없지? 그렇지?"

"물론이지요."

"그렇다면 떠나버려. 그 방법밖에 없어. 숨어버려. 상처뿐인 싸움일랑 더 이상 하지 말고."

"진우씨 집에서 아이를 원하나요?"

짐작은 하면서도 인희는 짐짓 그렇게 물어본다. 진우 어머니의 마음은 이미 알고 있다. 그 간악한 마음 때문에 한 번 쓰러진 적도 있지 않은가.

"그 집에서 진심으로 아이를 원하면 이렇게 슬프지도 않아. 그렇다면 다시 인희씨를 설득할 용의도 있어. 하지만 내가 보기엔 그게 아냐. 행여 집안에 불씨가 될까봐, 어차피 자식이 뿌린 씨앗이니까, 그저 후환이 두려워 거두어들이겠다는 자세야. 후환을 없앤다는 의미니까 더욱 철저하게 인희씨한테 아이를 빼앗으려 들걸. 진우 어머니, 한번 마음먹은 일은 무슨 일이 있어도 이루는 양반이니까."

"그럴 수는 없어요. 결코 가만있지 않을 거예요. 강제로 아이를 데려가면 그 사람들이 보는 앞에서 죽어버리겠어요."

인희의 파르르 떨리는 입술을 쳐다보다 말고 정실장은 불쑥 자리에서 일어난다. 그리고 냅다 소리를 친다.

"그러니까 이 바보야, 숨어버리라니까. 이 더러운 세상이 찾지 못하도록 꽁꽁 숨으라고! 나도 인희씨 평생 찾지 않을 테니까."

목울대에 핏줄이 도드라지도록 큰소리를 치는 정실장 앞에서 인희는 말을 잃는다. 가도 가도 끝이 보이지 않는 이 질긴 인연들,

내게로 당신이

대체 무엇이 이리도 끈질기게 내 발목을 묶고 있단 말인가.

"떠나버려. 어디로 숨더라도 두고두고 날 원망하며 살아야 해. 꼭 그래줘. 그래야 내가 인희씨한테 지은 죄를 조금이라도 갚을 수 있으니까. 나 같은 인간은 지옥 유황불에 떨어져서 실컷 죄갚음을 해야 해. 그래야 돼. 난 꼭 그렇게 될 거야. 암, 그렇게 되고 말거야……."

그런 다음 정실장은 잘 있으라는 말도 남기지 않고 가버렸다. 거대한 해일이 휩쓸고 간 듯한 기분, 인희는 지금 당장 이 세상에서 흔적도 없이 사라져버리고 싶었다. 이 세상이 역겨웠다. 너무나 역겨워서 견딜 수가 없었다.

머리카락 한 올 보이지 않게 꼭꼭 숨으라고? 날 보고? 왜 당신들이? 왜?

떠나야 할까……

필연코 당신을 데려오고 말겠다는 성하상의 편지와 함께 시작된 이 일련의 사건들은 어쩌면 운명의 힘일지도 몰랐다. 그런 생각이 든 것은 정실장이 주고 간 충격에서 어느 정도 벗어난 다음 날 오후였다.

성하상의 간절한 편지를 받고도 막상 이 도시를 떠나 그와 함께 노루봉에서 살아야 한다는 일에 어떤 현실감도 얻을 수 없었던 그녀였다. 그가 다녀간 뒤부터 어느 정도 운명적인 사랑의 관계에 대해 수긍할 수는 있었다 해도 그러나 그것을 현실에 적응시킬 만큼 구체적인 감정 변화가 있지는 않았다.

노루봉으로 가야한다면, 그것은 성하상을 사랑한다는 결론을 얻은 다음에라도 늦지는 않다고 그녀는 생각했다. 그 사람은 서두르지만 나는 결코 서두르지 않겠다. 이것이 편지를 읽은 그녀의 마음이었다.

그리고 연달아 그녀의 떠남을 재촉하는 일들이 벌어졌다. 이모든 일들이 약속이나 한 듯이 그 편지의 뒤를 이어 일제히 그녀에게 일어났다. 이것은 무엇을 말함인가.

네가 오기로 한 그 자리에

내가 미리 가 너를 기다리는 동안

다가오는 모든 발자국은

내 가슴에 쿵쿵거린다

바스락거리는 나뭇잎 하나도 다 내게 온다

기다려 본 적이 있는 사람은 안다.

세상에서 기다리는 일처럼 가슴 애리는 일 있을까

네가 오기로 한 그 자리, 내가 미리 와 있는 이곳에서

문을 열고 들어오는 모든 사람이

너였다가

너였다가, 너일 것이었다가

다시 문이 닫힌다

사랑하는 이여
오지 않는 너를 기다리며
마침내 나는 너에게 간다
아주 먼 데서 나는 너에게 가고
아주 오랜 세월을 다하여 너는 지금 오고 있다
아주 먼 데서 지금도 천천히 오고 있는 너를
너를 기다리는 동안 나도 가고 있다
남들이 열고 들어오는 문을 통해
내 가슴에 쿵쿵거리는 모든 발자국 따라
너를 기다리는 동안 나는 너에게 가고 있다.

_황지우 「너를 기다리는 동안」

기어이 떠나야 한다면

가을이 찾아들고 있었다. 안정을 찾을 수 없는 사건들 속에서도 계절은 어김없이 자리를 바꾸고 있다. 인희는 아까부터 갈색 무늬가 아롱지기 시작한 가로수 잎들을 물끄러미 바라보며 창가에 서있었다.

어제 혜영을 떠나보냈다. 그 애가 떠나는 것을 배웅하지도 못했다. 오지 마. 네가 오면 시어른들 앞에서 내 마음을 감출 수 없어

당황하게 될 거야. 혜영은 그렇게 말했지만, 인희는 자신의 떳떳치 못한 처지가 혜영을 난처하게 만들까봐 일부러 가지 않았다.

성하상에게는 하루걸러 한 번씩 편지가 오고 있다. 오늘 배달된 편지에는 부엌을 고치는 일이 예상 외로 시간을 끌어서 자꾸 마음만 급해진다는 이야기가 쓰여있다. 그리고 그는 말했다. 당신을 위해 하루에도 몇 번씩 산 아래 마을까지 뛰어다니는 일을 반복하고 있지만 그럼에도 왜 이리 즐겁기만 한지 모르겠다고.

나는 정말 그에게로 갈 수 있을까. 이렇게 헝클어진 삶을 추슬러 그에게 갈 수 있는 것일까. 인희는 이제 자신의 일도 자신이 결정할 수 없다는 기이한 느낌에 사로잡힌다. 무언가 불가피한 운명 같은 것이 자신의 등을 떠밀어서 결정을 내려주지 않는 한 어떤 일도 실행에 옮길 수 없을 것이란 기분에 자꾸 사로잡힌다.

그렇다면 그 순간 그녀가 본 것은 바로 불가피한 그 운명의 손길이었을까.

인희는 문득 아파트 광장을 가로질러 달려오는 한 대의 택시를 보았다. 택시가 멈추고 한 부인이 내리는 모습도 지켜보았다. 황금색의 원피스를 입은 그 부인이 택시의 문을 닫는 것도 보았다. 이마에 손을 얹어 해를 가리며 두리번거리는 그 자태가 눈에 익다는 것을 깨달았을 때는 그녀는 이미 그 자리에 주저앉고 있는 중이었다.

틀림없었다. 품위와 교양으로 차가운 마음을 감추고 있던 진우의 어머니. 인희는 무작정 현관으로 달려갔다. 고맙게도 문은 완고하게 잠겨있었다. 두 개나 달린 자물쇠가 철저하게 자신을 바

내게로 당신이

깥과 차단시켜주고 있다는 것을 확인한 그녀는 소파에 털썩 주저앉아 현관문만 노려보았다. 올 테면 오라지. 당신을 이 집에 들이지는 않을 테니까. 당신은 내 집에 발 딛을 자격이 없어.

견디기 어려운 시간이 흘렀다. 복도에서 들려오는 어떤 기척도 놓치지 않으려 애를 쓰기 얼마, 그녀는 마침내 엘리베이터의 멈춤을 알리는 신호음을 들었다. 그러나 이어서 발자국 소리는 들리지 않았다. 그럴 수 있다. 인희는 숨을 가다듬었다. 교양과 품위로 치장한 부인은 결코 발자국 소리를 내지 않을 것이다.

딩동 딩동.

교양 있는 부인은 초인종도 가볍게 누른다. 인희는 마른 침을 꿀꺽 삼키며 뚫어질 듯이 문을 노려본다.

얼마 후 다시 예의 바른 초인종 소리가 들려온다. 딩동 딩동.

인희는 계속해서 문 저쪽의 보이지 않는 진우 어머니를 노려보고만 있다. 시계의 초침소리까지 또렷하게 귀에 잡히는 정적의 순간들을 그녀는 그렇게 온 힘을 다해 견디었다.

딩동딩동딩동.

이제는 제법 성마른 초인종 소리를 내고 있는 진우 어머니. 꼼짝도 하지 않고 문만 노려보는 그녀.

그리고는 끝이었다. 초인종은 더 이상 울리지 않았다. 그래도 인희는 꼼짝도 하지 않았다. 속지 않을 거야. 당신은 지금도 내 주변에서 서성거리고 있어. 날 할퀴려고 손톱을 곤추세운 채. 난 속지 않아.

그녀의 짐작은 옳았다. 삼십 분쯤 지나서였다. 갑자기 인터폰이 요란스럽게 울리기 시작했다. 경비실에서 그녀를 부르는 소리였다. 경비실로 내려가 인터폰을 부탁한 사람이 누구인지는 설명할 필요도 없다. 난 속지 않아. 인희는 자지러지게 울어대는 인터폰 소리를 듣지 않으려고 귀를 막고 무릎에 얼굴을 묻어버렸다.

오인희의
편지

가겠습니다. 당신이 데려가고자 하는 곳으로 가겠습니다.

이제는 말할 수 있습니다. 이 진저리 나는 도시를 떠나 어딘가에 숨어버릴 수만 있다면 얼마든지 가겠습니다.

하루라도 빨리 떠나고 싶습니다. 그곳, 노루봉에 마련되었다는 나의 방으로 당장 내일이라도 가고 싶습니다. 거기에 나의 거처를 마련해준 당신에게 참으로 감사를 드립니다. 그곳을 생각하면 숨통이 트이는 기분입니다.

아무것도 걱정하지 않습니다. 떠나고자 하면 떠날 수 있도록 모든 일이 이루어져 간다는 것을 이제 나는 믿습니다. 지금부터라도 나는 오욕과 상처뿐인 이 도시의 삶을 정리하기 시작할 것입니다. 진즉에 했어야 할 일을 아마도 나는 너무 늦게 시작하는 것인지도 모르겠습니다.

8장

천년의
사랑

다시 그때를
회상하며

그해 가을, 그녀가 보냈던 그 짧은 편지.

지금도 나는 그날을 어제 일인 양 선명하게 기억할 수 있다. 그리고 나는 그 짧은 편지를 여태도 외우고 있다. 가겠습니다, 로 시작해서 너무 늦게 시작하는 것인지도 모르겠습니다, 로 맺어지던 그 짧은 편지를.

그것은 그녀가 나에게 보냈던 첫 편지였으며 동시에 마지막 편지였다. 그날 이후 나 또한 그녀에게 편지를 쓰지 않았다. 마음으로는 늘 편지를 쓰고 있었지만, 현실에서의 내겐 편지를 쓸 시간적 여유가 없었다. 그녀와 태어날 아이, 새 식구를 맞이하기 위해서 산장 곳곳에 할 일이 태산 같았다. 나는 밥 먹는 것도 잊었고 자는 것도 잊은 채 일에 매달렸다. 그녀가 편지에 쓴 대로 너무 늦어지기 전에 나는 서둘러야만 했다.

너무 늦은 것은 아닐까 하는 의구심은 나에게도 있었다. 그녀를 만난 이후 가장 나를 괴롭혔던 것도 바로 그것이었다. 그녀가 내게로 오는 시기가 너무 늦어지면 내가 꿈꾸었던 사랑의 완성은 실패로 돌아갈지도 몰랐다. 스승 범서 선생이 말씀하지 않았던가.

'시간은 기다려주지 않는다. 반드시 유념해라. 시간이란 제 할 일을 마치면 뒤도 돌아보지 않고 떠나버리는 법, 한없는 기다림은 미덕이 아니고 자칫 악덕이 되니 늘 그것을 살펴라.'

스승의 이 말씀은 실패에 대한 강력한 암시였다. 떨쳐버리려 해도 이 암시로 인해 나는 줄곧 불안하고 초조했다. 그리고, 끝끝내는, 그것의 실체를 보고야 말았다…….

그러나 이제 나는 알고 있다. 실패조차도 완성을 위해 예비된 순서였다는 것을 확실히 알고 있다. 지금, 그녀는 없지만 나 혼자 이렇게 사랑을 완성시키고 있는 것이 그 증거다. 시간이 예비한 섭리는 이다지도 간단치가 않은 것을 나는 이제 알고 있다.

여기쯤에서, 이 기록이 거의 끝을 향해 가고 있는 이 자리에서, 이것 역시 너무 늦어져 당신들을 지치게 하기 전에, 하다가 말았던 나의 이야기를 계속해보고 싶다. 범서 선생을 스승으로 모시고 산으로 들어가 수련의 길을 걷게 된 당시의 곡절에 대해서는 비교적 소상하게 기록했었다. 그러나 거기에서 그치고 말았다. 수련이 진행되는 동안 내게 어떤 일이 일어났는지, 그 일이 나의 삶을 어떻게 변화시켰는지에 대해서는 얼핏얼핏 비치기만 했지 마음먹고 기록한 적은 없었다.

고백하자면, 당신들을 의심하는 마음이 나로 하여금 자꾸 뒤로 미루라고 시켰다. 아직은 적절한 때가 아니라고 생각했다. 나에겐

천년의 사랑

피할 수 없었던 운명의 사랑이었지만 당신들에겐 한순간의 농담거리일 수도 있다고 상상하면 어김없이 손이 굳어지곤 했다.

그래서 나는 그 부분을 봉합해놓은 채 열지 않았다. 당신들에게 더 많이 나를 설명한 다음에, 내가 행하고 있는 수련이 어떤 공부인지 윤곽이나마 이해하게 되었을 때, 그때 가서 봉합을 열리라 의도했었다.

지금, 내 기록은 마침내 오인희, 그녀가 전폭적으로 나에게 마음을 열었다는 데까지 이르고 있다. 이제 남은 것은 우리 두 사람의 합일과 결별의 기록뿐이다. 나는 지금이 적당한 시기라고 생각한다. 내가 어떻게 그녀를 운명으로 받아들였는지, 그 운명이 나를 어떻게 변화시켰는지를 진술하기엔 지금이 가장 적당한 때라고 믿어진다. 그래서 나는 지금, 시간의 테이프를 앞으로 돌려 그 당시의 나를 눈앞에 떠올려본다……

범서 선생은 전혀 혹독한 스승이 아니었다. 스승의 가르침은 철저하게 전달을 배제하고 각성을 요구하는 것이어서 처음 얼마간은 시간만 낭비하고 있다고 은근한 불만을 품기까지 했었다. 어떤 때는 직접적으로 불만을 표출해보기도 했지만 범서 선생은 거의 나를 방치하다시피 했다.

나는 주로 독서와 스승의 명상을 흉내 낸 얼치기 수련으로 시간을 소일하고 있었다. 가끔씩 스승이 추천해주는 책들을 사러 도시로 나가기도 했었다. 그러다가 점점 하나씩 깨우쳐가기 시작했다. 깨우침으로 비롯된 질문에는 시간을 아끼지 않고 대답해주던 스승이었다.

나는 서서히 그동안 배우고 익혔던 현실의 과학적 사고방식에서 벗어나고 있었다. 독서를 통해서, 그리고 스승의 말씀을 통해서 나는 이 세상을 전혀 다른 방식으로 살고 있는 사람들을 많이 만나게 되었다. 여러 가지 수행법에 따라 수많은 수련회가 있었고, 그 수련회들을 중심으로 아주 많은 사람들이 생명의 놀라운 법칙들을 탐구하고 있었다.

내가 택한 길이 특별한 예외가 아니고 이미 여러 사람들에 의해 개척되어진 넓은 길이었다는 사실을 발견한 이후 나는 급속하게 공부에 매료되었다. 나 홀로 광안을 뜨고, 수력을 발휘하고, 에너지를 조절하는 법을 터득하면 스승은 그것이 뿌리를 내릴 수 있도록 단단한 받침목을 만들어주는 방식으로 나를 단련시켰다.

우리가 만난 지 2년이 되어가던 어느 봄날, 범서 선생은 나를 버려두고 당신 혼자 지리산으로 들어가겠다고 말씀하셨다. 이제는 나 혼자만의 정진으로도 정신의 진보는 가능하다는 통고이기도 했다. 나는 스승의 도움으로 노루봉에 산장을 마련해 그곳을 내 거처로 정하기로 했다. 수행을 위해서는 숲이 울창한 산보다 더 적당한 장소는 없었다. 우주로 향하는 문을 열어 생명의 커다란 힘을 받아들일 때 거기에 속도를 붙여주는 것이 바로 수령 높은 숲의 정기였다.

하기야 나무는 물론이고 일년초 식물에도 에너지가 있어 세상과 교감한다는 이치는 이미 과학으로도 증명되고 있는 사실이다. 몇 년 전인가 도청소재지의 한 도시에서 열린 학생들의 과학발명 전시회에서 나는 감자의 에너지로 움직이는 시계를 본 적이 있었다. 건전지도 없고, 태엽도 물론 달지 않은 그것이 오로지 생감자가 뿜어내는 에너지로 똑딱똑딱 초침을 움직이는 것을 보고서 사람들은 감탄했지만 나는 너무나 당연하게 시계의 이치를 받아들였다. 길가의 작은 풀포기 하나에도 섭리가 지정한 만큼의 에너지가 있는 법이었다. 그것들도 모두 나름대로 우주에 에너지를 발산하기도 하고 받아들이기도 하면서 살아가는 것이다.

노루봉 산장에서의 생활은 대단히 만족스러웠다. 등산객들에게 산장을 빌려주고 받는 대가만으로는 조금 위험하다 걱정했었는데 얼마 지나지 않아 나는 수행 외에 생계를 지탱할 수단까지 발견했다. 생명이 다해서 쓰러진 고목은 산의 어디에도 있었고 나는 처음에 심심풀이 삼아 그것들을 거두어다 무엇인가를 새겨보기 시작했다. 새를 만들기도 했고, 노루를 만들어보기도 했다. 때로는 내 어머니를 생각하며 여인의 모습을 새기기도 했다. 얼마가 지나자 등산객들이 산장에 진열된 나무조각을 팔 수 없는지 묻기 시작했다. 나는 더 흥미를 가지고 조각에 매달렸으며 산 아래 기념품가게에서 주문을 받게 되면서는 생활에 대한 염려는 완전히 사라지게 되었다. 그것으로 큰돈은 벌 수 없었지만, 거의 모든 것을 산에서 자급자족하고 있는 나한테 큰돈이 필요한 이유도 없었으므로 나는 대만족이었다.

그러나 내게 찾아온 안정은 이내 흔들리기 시작했다. 경제적인 궁핍은 이미 말한 대로 자립의 수단을 찾은 뒤였으므로 문제가 없었다. 내 안정을 위협한 것은 어디선가 끊임없이 내게 들려오는 하나의 신호였다. 그랬다. 나는 그것을 신호라고밖에 표현할 수가 없었다. 계곡의 양지바른 바위에 앉아 명상에 들 때나, 산장의 수련실에 정좌하고 앉아 기도에 들어가는 순간이면 어김없이 귀에 이명 같은 것이 들리는 것이었다. 뭔가 날카로운 심이 들어 있는 듯 여겨지는 금속성의 가냘픈 울림이 일정한 간격으로 그치지 않고 내 귀를 파고드는 이상한 현상이 거의 한 달 이상 계속되었다.

나는 그 현상을 극복하기 위해 할 수 있는 모든 노력을 다 기울였다. 약초식물에 대한 공부가 있었기에 내 나름대로 진단하여 갖은 약초를 배합한 약을 먹어보기도 했지만 아무 차도가 없어 원주 시내의 이비인후과까지 찾아갔을 정도였다. 도무지 평화를 주지 않는 금속성의 그 가냘픈 신호가 체중을 몇 킬로그램이나 덜어내고 있었으니 당황하기도 했었다.

그러다가 이번에는 명상 중에 그림자가 비치기 시작했다. 광안을 뜨면 은빛 지평선 저쪽에 무언가가 어른거렸다. 처음에는 그림자의 형상을 전혀 알아 볼 수 없었다. 시간이 흐르면서 조금씩 형상이 드러났다. 하지만 무척이나 더딘 속도였다. 그림자가 가지고 있는 형상이 무엇인지 알아내지 않고는 광안으로 육체의 문을 열 수 없을 지경에까지 이르고 말았다.

나는 귓속의 이명과 광안 속의 그림자에 시달려 초췌해질 대로 초췌해졌다. 어떻게 해야 할지 몰라 당황스럽기만 했다. 범서 선생께 연락을 취해봤으나 하필 스승마저 거취가 불분명했다. 결국 나는 병을 얻어 자리에 눕고 말았다. 그러나 귓속의 이명은 여전했고 이제는 광안을 뜨지 않고 눈만 감고 있어도 그림자가 아른 아른 비쳤다. 만약 정신착란이라는 것이 내게도 온다면, 바로 이렇게 오는 것이겠구나, 하고 절망에 휩싸였을 정도로 나는 심신이 모두 약해있었다.

그리고 그해 4월 20일이 왔다. 그 전해 봄에 스승과 헤어진 뒤 만 일 년만의 일이었다. 그날이 4월 20일이었다는 것을 어떻게 자각할 수 있었는지 지금은 알 수가 없다. 그러나 그날 분명 나는 아침에 일어나자마자 달력을 보며 오늘이 4월 20일이구나, 하고 마음에 또렷이 새겨놓았다. 왜 그랬는지 날짜를 확인하고 싶었던 것이었다.

그런 뒤, 지쳐있는 중에도 아침명상의 자세를 취했다. 귓속의 이명을 떼어내고 싶어 나는 연신 두 손으로는 귀를 주무르고 있었다. 그리고 광안으로 들어가기 위해 정신을 모았다. 역시 눈을 감자마자 그림자가 달려들어서 마음속으로는 벌써 절망하고 있는 중이었다. 아아, 오늘도 전혀 차도가 없구나, 하면서……

그런데 어제와 같은 오늘이 아니었다. 나는 분명히 그것을 느꼈다. 그림자가 마침내 제 형상을 갖춘 것이었다. 나는 감은 눈 속에서 그림자를 향해 온 정신을 모았다. 정신을 집중하는 동안에는 귓속의 금속성 신호도 더욱 가파른 호흡으로 울리고 있었다. 얼마나 시간이 흘렀는지, 아, 마침내 나는 그림자의 얼굴을 보고 말았다. 사람이었던 것이었다!

사람이었다. 그리고 여자였다. 젊은 여자의 얼굴이었다. 나는 여인의 얼굴에 자리 잡은 코와 눈과 입을 똑똑히 보았다. 처음 보는 얼굴이었지만, 이상하게도 그럴 줄 알았다는 마음이 들었다.

그림자가 뚜렷하게 드러나면서 신기하게도 귓속의 이명이 멈추었다. 그러자 그토록이나 고대하던 고요가 찾아들었고 여인의 얼굴은 여러 가지 표정을 지으며 명상 속에서 나를 지켜보았다.

그것이 내가 오인희, 라는 여자와의 진실한 첫 만남이었다. 그일이 있은 지 넉 달쯤 흐른 뒤 노루봉 계곡에서 현실의 그녀와 첫 만남이 이루어졌지만 진실한 처음은 바로 그해 4월 20일이었다. 그리고 4월 20일이라는 날짜는 바로 그녀의 생일을 가리키는 것이었다.

모습을 드러낸 여자 얼굴은 그날 이후 내 명상 속에 늘 함께 있었다. 나는 날마다 명상을 통해 그 얼굴을 익히고 있었다. 그러던 어느 날, 바람처럼 홀연 스승이 노루봉 산장을 찾아왔다. 범서 선생은 나를 보자마자 "혼자서 잘 견뎌냈구나."라는 말로 제자를 위로했다. 스승은 벌써 알고 있었던 것이었다.

"수련이 어느 정도 이르면 가끔씩 있는 일이지. 전생의 업이 센 사람들은 자칫 그 업에 붙들려 주저앉기도 하고. 그게 병이 되어 시름시름 앓다 죽는 수행자도 보았다. 그래, 무엇이 보이더냐?"

나는 스승에게 숨김없이 지난 몇 달간의 일을 털어놓았다. 병이 깊어져 죽는 줄 알았다는 고백도 바쳤다. 현재는 이명은 사라졌지만 명상 속의 영상이 늘 함께하고 있어서 이유를 깨치려 노력하고 있다는 말씀도 드렸다.

"오늘부터 나랑 토굴에 기거하며 단식수행에 들어가자. 며칠 지나면 네 눈으로 너의 전생을 보게 될 것이다."

처음에 나는 스승의 말에 반신반의했다. 내 눈으로 전생을 보게 된다고? 스승이 보아서 알려주는 것이 아니라 내 눈으로? 스승은 그런 내 마음을 꿰뚫고 답을 주었다.

"섭리는 각자가 깨치는 것이지 깨우쳐서 주는 것이 아니다. 여태도 너는 혼자서 깨쳐오지 않았더냐?"

"그럼 왜 토굴엔 같이 들지요? 저 혼자 들게 버려두지 아니하시고."

"우리들 공부가 세상에 에너지를 나누어주기 위함이 아니더냐. 이번엔 너에게 내 기운을 나누어줘야 할 것 같다. 너 혼자만의 기운으로 볼 수 있다면 더 좋지만 꼭 그럴 필요도 없는 일. 옆에 있는 사람이 협력할 수 있다면 망설일 이유가 없다."

그리고 나는 보았다. 천년 전의 나를. 그리고 나는 또 보았다. 천년 전의 그녀를. 명상 속의 그림자는 바로 천년 전의 그녀였다. 그 뒤의 나는 사슴이었다가, 양이었다가, 풀이었다가, 하면서 이번 생에 비로소 '나'가 되었다. 나는 천년 만에 사람이 된 것이었다. 나와 이루어질 수 없는 비참한 사랑을 나누었던 그녀도 천년 만에 나와 동시대의 '그녀'로 태어났다.

"전생을 보았음에도 명상 속에서 그녀가 사라지지 않습니다. 어찌 해야 합니까?"

토굴에서 나온 후 나는 스승에게 물었다.

"업(業)이 세면 분신(分身) 에너지로 고정되는 경우가 있지."

"업이 세다니요?"

"전생의 삶에 맺힘이 많다는 뜻이다."

"어찌 해야지요?"

나는 거푸 어찌 해야 하는지를 물었다.

"이번 생에 깊은 수행을 쌓아 극복하기만 하면 숱한 목숨들을 구제할 큰 도인 자리를 바라볼 수 있겠지. 아니면,"

"그 길이 아니면요?"

"정히 피할 수 없다면, 전생의 업을 이어받아 금생에 필히 완성하는 길로 전념하거나."

"저는 어느 쪽으로 가야 합니까."

"또 그 소리! 길은 네가 만든다. 누가 만들어주는 것이 아니라니까."

꾸중을 남기고 스승은 떠나버렸다. 스승의 말씀대로 결국 길은 내가 만들었다. 이유는 단 하나였다. 천년 전의 그녀가 지금 이 생을 나랑 같이 살고 있다는 것, 바로 그 사실이 명상 중에 뚜렷한 길을 제시해준 것이다. 지금 이 생에서 또 어긋나면 어디서 다시 무엇이 되어 만날 것인가.

이번 생에서 어긋나지 말라고 너무도 간절한 신호음이 울리지 않았던가. 이 생에서 어긋나면 안 된다고 하염없이 슬픈 얼굴로 그녀가 내 명상 속을 함께 거닐고 있지 않았는가. 그리고, 더욱 확실한 증거가 바로 넉 달 뒤, 내 눈앞에 나타났었다. 나는 노루봉 계곡에 앉아있는 천년 전의 그녀를 마침내 현실 속에서 정확하게 찾아내고 만 것이었다.

그 뒤로 나의 삶은 현저하게 바뀌었다. 시간이 흐를수록 내가 이번 생에서 이루어야 할 섭리가 무엇인지 더욱 확실해졌다. 명상에 들면 내가 가야 할 길이 하나씩 하나씩 보였다. 그때마다 주

천년의 사랑

제는 단 하나였다. 천년 전의 사랑을 완성하라. 꼭 완성하라…….

그리고, 지금, 나는 당신들에게 그녀, 오인희가 드디어 내 곁으로 올 결심을 했다는 이야기를 들려주고 있다. 첫 만남 이후 꼬박이 년을 천년의 사랑에 전념한 결과 도달한 지점이 바로 거기까지였다.

그 무렵, 내가 얼마나 행복으로 충만했는지에 대해서는 더 이상의 설명이 필요 없을 것이다. 말하자면 그 무렵이 이 사랑의 정점이었다. 정점은 짧았고, 내리막은 가팔랐다. 그리고 내리막 다음은 암흑이었다…….

새롭게 시작하는
날들

아파트를 내놓았다.

기다렸던 사람들이 있었으므로 계약은 금방 이루어졌다. 빠를수록 좋다는 그녀의 말에 아파트를 산 사람들도 금방 동의했다. 자기네 사정도 빠르면 빠를수록 좋다는 것이었다.

모든 일은 그렇게 진행이 되었다.

한번 마음을 정한 뒤로는 조금도 흔들림 없는 날들이 흘러갔다. 도시에서의 삶을 정리하는 일은 어떤 장애도 없이 진행되었다. 세상에 태어나서 무슨 일을 도모할 때 아무 난관 없이 척척 이루어지기는 이번이 처음이었다. 어떤 경우에도 비비 꼬이는 법

없이 마치 누군가 위에서 줄을 내려주거나 하는 것처럼 일이 풀려나갔다.

누군가 위에서 목숨의 줄을 내려주는 것처럼.

인희는 도시에서의 마지막 며칠을 내내 그런 기분에 휩싸여 지냈다. 난처한 일이 생기려고 하면 하늘에서 내려온 줄을 타고 슬쩍 함정을 건너뛰면 그만이었다. 도무지 걱정할 일이 없었다. 자잘한 문제들이 있었으나 도시를 떠나고자 하는 일이라면 하늘이 다 거들어주었다. 일사천리였다. 마음을 정하고 꼭 열흘 만에 그녀는 모든 준비를 끝냈다. 준비를 마치고 나니 기다리고 있었던 것처럼 성하상의 전화가 왔다.

"괜찮아요?"

성하상은 그것부터 물었다.

"좋아요. 이젠 언제라도 그리로 갈 수 있어요."

"알고 있어요. 그래서 사흘 뒤 당신을 데리러 떠납니다."

사흘 뒤의 출발을 위해서 지금 원주에 와있다는 것을 알리는 그 사람의 목소리는 맑고 깨끗했다. 그러나 맑고 깨끗함 뒤에 숨겨진 기쁨은 그녀에게도 고스란히 전달되었다.

"가만히 있기만 하면 돼요. 당신은 꼼짝하지 말고 가만히 있어요. 할 일이 있으면 내가 가서 다합니다. 무거운 짐 옮긴다고 무리하면 절대 안 됩니다. 시간은 충분하니까 조금도 서두를 것 없어요. 알았어요?"

성하상은 몇 번이고 당부를 하며 전화를 끊었다. 인희는 아무 할 말이 없었다. 이제는 그를 의지하며 그가 시키는 대로 하는 것

천년의 사랑

에 전혀 거부감을 느끼지 않는 그녀였다. 날짜에 대해서도 그랬다. 언제라도 그가 데리러오면 가겠다고 마음먹고 있었다. 갈 준비가 다 되면 그가 오리라고 믿었다. 그 믿음을 의심해본 적은 한 번도 없었다.

침대나 소파같이 산속으로 옮기기 버거운 가구들은 그냥 놓아두고 가기로 했다. 새로 이사 오는 부부가 알아서 처리해주마고 했다. 아기를 위해서 마련한 것들은 하나도 빼놓지 않았지만 그러나 인희는 자신을 위한 물건들은 간단히 꾸리고자 애썼다. 가급적 황폐한 도시의 흔적을 없애고 새 생활을 시작하고 싶었다.

지금부터가 이 오인희가 꾸리는 제2의 인생이라면, 그렇다면 정말 새롭게 다시 시작하고 싶었다. 꼭 그렇게 하고 싶었다.

고별
의식

"사흘 후?"

혜영은 말을 잊고 한참을 가만있는다.

"그래. 그날 새벽에 원주에서 출발한대."

"너무 서두르는 것 아니니……."

혜영은 말끝을 흐리며 무언가 하고 싶은 말을 삼켜버린다.

"춘천, 어때? 규영이는 잘 크지?"

혜영이 춘천으로 이사한 지 채 한 달이 지나지 않았다. 서울을 떠나 노루봉으로 들어가겠다는 결심을 친구에게 전해준 것은 불과 닷새 전이었다. 그때 혜영은 반신반의했었다. 떠나면서 진지하게 춘천으로 같이 옮겨보자는 제안을 했건만 인희는 결국 마음을 정하지 못했었다. 그런데 갑자기 노루봉으로 거처를 옮기는 엄청난 결심을 한 것이 혜영은 도저히 믿어지지 않았었다.

"도대체 눈이 핑글핑글 돌 지경이야. 너, 설마 밤에 혼자 도망가는 것은 아니지? 몇 년을 준비해도 어려울 일을 어떻게 단 며칠 만에 해치운다는 것인지 정말 알 수가 없구나."

"그 사람은 몇 년에 걸쳐 준비를 했잖아. 나도 불가사의야. 떠나려고 마음을 먹으니까 모든 일이 저절로 이루어지더라. 하지만 전부 현실이야. 이런 일도 일어날 수 있는가봐."

"꼭 남의 일처럼 말하기는. 하긴 나도 이 일에 관해서는 뭐라 말하기가 어려워. 그게 내 진심이야. 어쩐지 내가 간섭할 일이 아닌 것처럼 여겨지기도 하고. 뭐랄까, 손대지 말라고, 간섭하지 말라고, 누군가 자꾸 말하는 것 같아."

혜영은 친구의 마음이 흔들림 없이 굳어졌다는 것을 감지한다. 그렇다면 어떤 말을 해도 친구의 새 출발에 누가 될 뿐이다.

"걱정 마, 난 아무것도 걱정하지 않아. 모든 게 다 잘될 거야."

혜영이 그날 노루봉 밑에 있는 마을에서 기다린다고 고집부리는 것을 겨우 막아놓고 인희는 전화를 끊는다. 예정일이 가까워지면 그때나 혜영의 도움을 받았으면 해서였다. 그렇지 않아도 낯선 도시에서 바쁠 친구를 공연히 번거롭게 만들고 싶지 않았다. 언제나 혜영의 도움을 받아왔을 뿐 자신이 혜영을 도운 적은

천년의 사랑

별로 없다는 생각도 그녀를 우울하게 만들었다.

혜영에게 떠남을 알리는 것으로 이제 끝인가.

인희는 전화번호가 메모된 수첩의 페이지들을 무심히 넘겨본다. 혜영이 말고 알려야 할 사람이 있다면 정실장뿐이다. 하지만 그에게는 더 이상 자신의 존재를 드러내고 싶지 않다. 그러기를 정실장도 바랄 것이다.

끝끝내 위험을
피하다

은행에 갈 일이 있었다. 은행에서 볼일을 마친 뒤에는 그 옆의 출산용품 전문점에서 몇 가지 더 준비할 것도 있었다.

쇼핑을 별로 좋아하지 않았던 그녀였지만 출산용품 전문점에서 보게 되는 유아복이나 모자, 목욕통, 작은 신발들을 구경하며 만지작거리는 기분은 정말 행복했다. 얼마나 작고 앙증맞은지, 얼마나 색깔들이 아름다운지 그곳에 가면 몇 시간이라도 금방 흘러가고 말았다.

성하상이 데리러 온다는 모레까지는 할 일도 없었다. 인희는 무언가 중요한 것을 빠트려서 막상 아이가 태어나면 깊은 산중에서 허둥댈지도 모른다는 생각이 들었다. 그것이 무엇인지는 출산 경험이 없는 그녀였으므로 짚어낼 수 없었다. 가서, 일일이 확인하며, 더불어 그 행복한 기운도 쐬면서, 마지막 점검을 해보자, 라고 그녀는 마음먹었다.

그리고 느릿느릿 외출 준비를 하고 있었다. 그때, 전화벨이 울렸다. 성하상이었다. 그랬구나, 이 전화를 받고 나가라는 뜻이었구나. 그래서 느릿느릿 옷을 입고, 머리를 빗고 그랬구나.

"별일 없지요?"

성하상의 목소리가 급했다.

"네. 이젠 이틀 남았어요. 아무 일도 없어요. 걱정 마세요."

"그래요. 고마워요. 내가 갈 때까지 꼼짝 말고 집에만 있어요. 알겠지요?"

그녀는 조금 웃었다. 성하상의 그 말이 언제나 그랬듯이 갖은 염려 속에서 비롯되는 말이라고 여겼으므로 웃으면서 대답했다.

"지금 막 외출하려던 참이었어요. 필요한 게 몇 가지 있거든요."

그녀의 말이 채 끝나기도 전에 남자가 소리쳤다.

"안 돼요!"

"네?"

"안 돼요. 절대 외출하면 안 돼요! 내 말 들어요. 오늘은 그냥 가만히 집에 있어요. 당신에게 무슨 일이 생길 것 같아요. 내 말, 그냥 넘기지 마세요. 오늘은 거기 가면 안 돼요."

"거기, 어디요?"

"모르겠어요. 당신이 가려고 마음먹었던 거기, 거기를 가지 말라고요."

남자의 목소리가 떨리고 있었다. 인희도 그 떨림에 전염되었다. 이 사람의 말이라면 가지 말아야지, 하고 마음을 결정했다. 절대 가지 않겠다고 그에게 약속하고 전화를 끊었다.

한 시간쯤 후, 요란한 소방차 싸이렌 소리와 구급대 소리가 들려왔다. 베란다에 나가 쳐다보니 아파트 앞 큰 도로가 빨간 소방차와 경광등을 번쩍이는 수많은 구급차들로 한없이 부산했다. 거기가 어디일까. 혹시.

그날 밤, 저녁뉴스에서 그녀는 무너지고 불에 타 흉측하게 변해버린 동네의 출산용품 전문점을 보았다. 옆에 있는 숙녀복 매장과 아이스크림집도 마찬가지였다. 가스가 폭발했다고 그랬다. 사망자는 다섯이고 부상자는 스무 명도 넘는 대참사였다. 사고시간 오후 2시 40분.

인희는 이미 사고 시간을 짐작하고 있었다. 싸이렌 소리도 들었지만 성하상의 전화가 아니었다면 그녀가 거기에 도착해있을 시간이었기 때문이었다. 인희는 이제 놀라지도 않았다. 그 사람, 성하상이라면 어떤 짓을 해서라도 그녀를 위험에서 구해줄 것이므로. 그 사람이라면 끝끝내 위험에서 그녀를 지켜줄 것이므로.

놀라지는 않았지만, 밤이 깊도록 가슴은 두근거렸다. 성하상, 그 사람에게 나는 누구일까. 내 앞에 닥친 미래는 어떤 것일까. 나는 다시 도시로 돌아올 수 있을까. 이제 나는 어떤 모습으로 살아가게 될까…….

마지막
밤

인희는 이제 서울에서의 마지막 밤을 보내기 위해 방으로 들어
간다. 들어가서 침대에 누워본다. 그러다가 다시 일어나서 불을
끈다. 밝은 불빛이 정신을 산만하게 하고 있다고 생각한다.

불을 꺼도 밖의 가로등 불빛으로 편안한 어둠이 아니다. 그녀
는 일어나서 커튼을 친다. 불빛을 다 차단시켰어도 상황은 마찬
가지이다. 뭔가 일을 남겨두고 있다는 느낌, 해야 할 일을 미루고
있다는 기분이 마음 편하게 잠을 기다리게 내버려두지 않는다.

남아있는 그 일이 무엇인지 그녀는 안다. 그 일에 대해서라면
떠나는 날짜가 정해지면서부터 이미 알고 있었다. 다만 모른 척
하고 있었을 뿐이었다. 그렇게 해도 된다고 그녀는 생각했다. 그
러나 지금, 인희는 그 한 가지가 서울을 떠나는 마음에 앙금이 되
게 내버려둘 수 없다고 여기는 스스로를 발견한다. 무엇이 그녀
를 이렇게 변하게 만들었을까. 떠난다는 기분의 감상일까. 이제
가면 그만이라는 심정이 이렇게 관대한 기분을 허용하는 것일까.

아니다. 꼭 그것만은 아니다. 말로는 확연히 설명할 수 없지만,
지금 그 앙금을 풀지 않으면 영원히 기회가 오지 않을 것이라는
예감이 그녀를 휩싸고 있는 것이다. 다시는 이 서울에 돌아오지
못할 것이라는, 또 하나의 설명할 수 없는 예감과 함께.

그녀는 자신의 예감에 충실하기로 마음을 먹었다. 이제부턴 그
어떤 가시에도 다치지 않을 자신이 있다면 무엇을 망설이겠는가.

천년의 사랑

인희는 다시 거실로 나온다. 그리고 탁자 위의 수첩을 손에 든다. 거기 뒷장에 어머니의 전화번호가 또렷하게 적혀있다. 어머니는 말했었다. 그 인간이 귀찮게 굴거든 여기로 전화해라. 내가 아니고서는 그 인간을 끌어낼 사람이 없으니까.

어머니의 남편이라는 술주정뱅이는 여러 번 왔었지만, 그러나 인희는 한 번도 그 전화번호를 사용한 적이 없었다. 더 이상 참을 수 없어 폭발하기 직전에 홀연 어머니가 나타나서 걸음도 제대로 못 걷는 그 사람을 끌고 간 적은 있었다. 그리고 나머지는 모두 그녀 혼자 견디었다. 어머니는 또 말했다. 내가 저 인간 때문에라도 더 면목이 없어 너한테 고개를 못 들겠구나. 미안하다. 부끄럽구나. 이럴 줄 알았다면 에미라고 나서지 않는 건데…….

그녀는 천천히 번호를 눌렀다. 저녁 열시. 늦은 시간일지도 모른다는 생각이 들긴 했으나 지금이 아니면 결국 전화를 하지 않을 것 같아서 망설임을 거두었다.

"여보세요."

어머니였다. 아무런 풀기도 없는, 기진맥진한 그 음성을 듣자 별안간 가슴이 아려온다.

"저여요."

어머니는 금방 딸의 음성을 알아듣는다. 그리고는 이내 허겁지겁 묻는다.

"세상에, 또 거기에 갔니? 알았다, 내가 지금 달려가서 데려오마."

금방이라도 전화를 끊을 기세여서 인희는 황급히 "아니에요,

어머니."라고 말한다. 마침내 어머니, 라고 말한다. 결국 어머니,
라고 말해버린 것이었다.

"안 왔어?"

어머니는 우선 그렇게 되묻다 말고 갑자기 말을 잃어버린다.
자신의 귀로 들은 '어머니'라는 단어가 너무나 놀라워서 한참 동
안을 말을 잇지 못한다. 그러나 이어지는 딸의 말에 희망은 벼랑
끝으로 내몰리고 만다.

"별일 아니에요. 저, 내일 서울 떠나요. 알고나 계시라고."

"……."

"아마 서울에 다시 올 일은 없을 거예요. 굳이 어디로 옮기는지
는 말씀드리지 않겠어요."

"멀, 멀리 가니? 혹시 외국으로 가, 가버리는 것 아니니?"

어머니의 떨리는 목소리를 들으며 인희는 기어이 목이 멘다.

"그리 멀지 않아요. 이 땅을 뜨는 것은 아니니까요."

"한 번만, 내일, 잠깐만이라도 네 얼굴을 보, 보면 안 될까? 싫
으니?"

"그러실 필요 없어요."

"그래? 그럼, 이제 끝이구나……."

이제 끝이구나, 할 때의 어머니 목소리에 묻어있는 그 절망감
을 감당하기가 너무나 힘이 들어서 인희는 한순간 전화한 것을
깊이 후회한다. 하지만 마음에 간직한 말만은 꼭 하고 싶었다. 그
말을 하기 위해서 전화를 한 것이 아니던가. 인희는 진심을 다해
한 마디 한 마디에 힘을 주어 말한다.

"어머니가 행복하게 사시는 것이 제겐 가장 큰 기쁨이에요. 그 것 말고 어머니한테 바라는 것은 아무것도 없어요. 아시겠어요?"

그녀는 어머니한테 주는 스스로의 당부가 그 사람, 성하상의 말투와 똑같다는 것을 깨닫는다. 그 사람, 끝없는 사랑을 가르쳐 준 사람. 어머니의 울음소리가 점점 거세진다. 인희는 "울지 마세요."라는 말만 되풀이한다.

"너만 생각하면 길을 걷다가도 자꾸 눈물이 나서……."

그 말끝에 어머니는 또 오열을 터뜨린다. 인희는 그만 어머니 가 딱해 견딜 수 없다. 어떻게 해도 되돌릴 수 없는 생, 어째서 어 머니는 나를 떨쳐내지 못하는 것일까. 그 옛날에 그랬던 것처럼, 역 광장의 나무의자에 어린 핏덩이를 버리고 도망치던 때처럼 독 해질 수는 없는 것일까.

어머니는 끝내 울다가 전화를 끊었다. 그 울음 사이사이로 그 녀는 어머니 입에서 흘러나오는 자신의 이름을 가려들었다. 인희 야, 내 딸아……불쌍한 인희야. 어떡하니…….

어머니와의 전화는 그 밤 내내 그녀를 괴롭혔다. 전화를 끊으 면서부터 치솟기 시작한 열이 근래에 드물게 오래 그녀의 육신을 마디마디 상하게 했다. 인희는 밤새 고열에 들떠 한숨도 제대로 이루지 못한 채 자신의 몸이 가랑잎처럼 바삭바삭 부서져가는 것 을 지켜보았다. 바스라지고 있다는 느낌이 얼마나 강렬했던지 어 느 순간에는 벌떡 일어나서 허공을 향해 그를 부르기도 했다.

제발, 빨리 와주세요. 이대로 혼자 죽을 것만 같아요. 죽음이 나 혼자의 것이 아닌 게 두려워요. 지금 내가 죽으면 내 아이도 죽어요. 제발 빨리 와주세요. 빨리.

언제라도 대답하는
사랑

그 새벽에 전화벨이 울렸다. 열에 들떠서 거의 정신을 잃고 있
던 그녀의 귀에 소리가 닿은 것은 벨이 울리기 시작한 지 십여 분
이 지난 뒤였다. 인희는 간신히 몸을 추슬러서 침대 머리맡에 있
는 수화기를 집어들었다.

"많이 아파요? 괜찮은가요?"

성하상이었다. 그의 목소리를 듣는 순간 그녀는 주르륵 눈물을
흘리고 말았다. 봐요, 내가 부르면 당신이 대답해줄 것을 믿었지
요…….

"말을 해봐요. 말도 할 수 없을 만큼 괴로운 건가요? 조금만 기
다려요. 내가 트럭기사를 깨워서 데려왔어요. 이제 전속력으로 당
신한테 달려갈 테니까 제발 조금만 기다려줘요. 아니, 우선 지난
번에 내가 보내준 약을 먹어요. 뜨거운 물에, 뜨거운 물이 없으면
그냥 찬물에라도 어서 먹어요. 그러면 내가 갈 때까지 푹 잠들 수
있어요. 내 말, 들려요?"

그녀는 고개를 끄덕였다. 눈물이 쏟아져서 아무 말도 할 수가
없었지만, 그는 말 없이도 그녀의 마음을 읽어냈다.

"그래요. 됐어요. 어서 시키는 대로 하세요."

그는 끊겠다는 말도 없이 전화 속에서 사라져버렸다. 인희는 힘을 내 그가 만들어준 약을 삼켰다. 그리고 다시 침대에 누웠다. 트럭기사를 재촉해서 고속도로를 달려올 그의 모습이 눈앞에 선연히 떠오르고, 거짓말처럼 그녀는 잠이 들었다.

나는 나무에 묶여있었다. 숲은 검고 짐승의 울음 뜨거웠다. 마을은 불빛 한 점 내비치지 않았다. 어서 빠져나가야 한다. 몸을 뒤틀며 나무를 밀어댔지만 세상모르고 잠들었던 새 떨어져내려 어쩔 줄 몰라 퍼드득인다. 발등에 깃털이 떨어진다. 오, 놀라워라. 보드랍고 따뜻해. 가여워라. 내가 그랬구나. 어서 다시 잠들거라. 착한 아기. 나는 나를 나무에 묶어놓은 자가 누구인지 생각지 않으련다. 작은 새 놀란 숨소리 가라앉는 것 지키며 나도 그만 잠들고 싶구나.

누구였을까. 낮고도 느린 목소리. 은은한 향내에 싸여. 고요하게 사라지는 흰 옷자락. 부드러운 노래 남기는. 누구였을까. 이 한밤중에.

새는 잠들었구나. 나는 방금 어디에서 놓여난 듯하다. 어디를 갔다온 것일까. 한기까지 더해 이렇게 묶여있는데, 꿈을 꿨을까. 그 눈동자 맑은 샘물은. 샘물에 엎드려서 막 한 모금 떠 마셨을 때, 그 이상한 전언. 용서. 아, 그럼. 내가 그 말을 선명히 기억해내는 순간 나는 나무기둥에서 천천히 풀려지고 있었다. 새들이 잠에서 깨며 깃을

치기 시작했다. 숲은 새벽빛을 깨닫고 일어설 채비를 하고 있었다.

얼굴 없던 분노여. 사자처럼 포효하던 분노여. 산맥을 넘어 질주
하던 증오여. 세상에서 가장 큰 눈을 한 공포여. 강물도 목을 죄던
어둠이여. 허옇고 허옇다던 절망이여. 내 너에게로 가노라. 질기고
도 억센 밧줄을 풀고. 발등에 깃털을 얹고 꽃을 들고. 돌아가거라.
부드러이 가라앉거라. 풀밭을 눕히는 순결한 바람이 되어. 바람을
물들이는 하늘빛 오랜 영혼이 되어.

_이진명「밤에 용서라는 말을 들었다」

그날
아침

트럭기사는 만삭의 여자를 보더니 혀를 끌끌 찼다.

"애나 낳고 이사를 하던가 하시지, 이 지경을 해가지고 산골짜
기로 들어가서 어쩌려고 그러시오."

어지간히 나이가 들어 보이는 기사는 삶의 풍파를 수다하게 겪
은 사람답게 찬찬하고 심지가 깊어 신뢰감을 주었다. 기사의 말
에 성하상은 빙긋이 웃고, 그 웃음을 흉내 내어 인희도 그냥 싱긋
웃고 만다.

"서두릅시다. 여름처럼 해가 긴 것도 아니고, 산골짜기에서 짐

옮기다가 달구경하기 십상이겠소."

"괜찮습니다. 마을까지만 가면 거기서부턴 또 도와줄 분들을 구해놓았으니까요. 이 사람, 몸도 성치 않은데 가실 때는 조심해서 운전해주십시오. 부탁드립니다."

"걱정 마시요. 나도 운전이라면 삼십 년을 넘게 하고 있는 사람이니까. 그거야 그렇고, 여기 이렇게 자리를 잡고 살지 뭘 어쩌자고 그 험한 산골짜기로 들어갈 생각을 다 했소? 정말 알다가도 모를 젊은이들이구먼."

이 말에 성하상은 다시 인희를 보며 환하게 웃는다. 인희도 그를 향해 마주 웃는다. 간밤의 격렬한 고통이 지나가고 난 아침, 인희는 날아갈 듯이 몸이 가볍다고 느낀다.

성하상은 날렵한 동작으로 짐들을 옮겼다. 그녀가 이미 차근차근 짐을 꾸린 까닭에 일은 아주 간단했다. 혼자 살아온 삼십 년 가까운 세월의 흔적들도 묶어놓으니 별것이 아니었다. 그보다는 아직 태어나지 않은 아이의 살림이 훨씬 더 많았다. 그것에 대해 인희는 그에게 변명하듯 말했다.

"일일이 사러 다니려면 힘들 것 같아서 미리미리 마련했어요. 그래도 갑작스레 필요한 물건들이 많이 생길걸요."

남자의 눈은 말한다. 얼마든지, 무엇이라도 다, 당신을 위해서라면 어떤 일이라도 할 수 있다고.

이런 사랑도 훼손되는가. 세상의 무엇이라도 다 내놓을 수 있다고 믿는 이런 사랑도 나중에는 더럽혀지고 변질되는가. 사랑이라는 이름으로 우리는 얼마나 많이 다치고 상처 입는가. 이 사랑도 나중에 흉기가 되어 나를 찌를 것인가.

인희는 땀을 뻘뻘 흘리며 일을 하고 있는 남자의 뒷모습을 바라보며 이 사랑은 무엇인가, 라고 스스로에게 질문하고 또 질문한다.

떠나가는
배

"자, 여기 넓어요. 편하게 앉아도 된다니까요."

"이만하면 특석인걸요. 트럭이 이렇게 편한 줄 처음 알았어요."

"장거리를 가야하는데 만만찮을 겁니다. 인희씨가 누울 수 있게 나중에 난 짐칸으로 갈게요."

"말도 안 돼요. 여기도 넓은데 짐칸에는 왜……."

"난 아무래도 좋아요. 무사히 인희씨를 데려가겠다는 생각밖에는 없으니까 제발 내 말대로만 해요."

시내를 빠져나가는 동안 하염없이 계속되는 두 사람의 실랑이를 비집고 트럭기사가 한마디 참견을 한다.

"하여간 보기 드문 젊은이들이오. 검은 머리 파뿌리 되도록 내내 그렇게만 사시오. 세상에 그만한 복도 없으니까."

두 사람은 또 하얗게 웃어버린다. 웃다가 갑자기 남자의 어깨에 몸이 닿은 인희, 얼른 몸을 안쪽으로 잡아당긴다. 곧 익숙해지겠지. 아직은 정신의 친숙함만큼 몸도 친숙해지기는 이르니까.

트럭은 복잡한 시내를 빠져나오자마자 이내 속력을 내기 시작했다. 고속도로는 평일이어서 그리 붐비지 않았다. 차가 속력을 내면서 차체의 진동도 거세졌다. 그녀는 남자가 불편할까봐 자꾸만 자세를 반듯이 하고, 성하상은 여자를 편안하게 해주고 싶어 자꾸만 몸을 움츠린다. 서로가 서로를 염려한다는 것이 결국은 불편을 낳는다는 것을 먼저 알아차린 사람은 남자였다.

"자, 여기에 기대요. 온몸을 다 기대요."

남자는 조심스럽게 여자를 당겨 자신의 어깨에 기대도록 했다.

"이대로 한숨 자요. 휴게소에 닿으면 깨워줄 테니까."

인희는 남자에게 기대어 눈을 감는다. 지금 어디로 가고 있는지, 왜 그리로 가야 하는지 조금도 의아해하지 않는 자신을 오히려 의아해하면서.

그녀는 뒤도 돌아보지 않는다. 두고 온 도시에 이다지도 애착이 없다는 것이 새삼스러울 만큼. 그 도시에서 태어나 그 도시의 역 광장에 버려졌다. 한때 다른 곳으로 넘겨져 목숨을 연명했다가 철이 들자 이내 되돌아온 도시. 어느 하루도 긴장 없이 넘어갔던 날이 있었을까. 남들은 자연적으로 주어졌던 가정이, 부모가, 형제가 없다는 것을 견디는 일은 말만큼 결코 쉬운 것이 아니었다. 하나에서 열까지 결핍투성이였다. 그 엉성한 현실에서 자존심을 지키며 사는 일은 혈투였다.

이제 현실과의 싸움은 끝난 것일까. 너무도 길고 지루했던 혼자와의 대결은 이것으로 마지막일까. 인희는 감은 눈 속에서 흘러가는 과거를 본다. 흐르고 흘러 여기까지 오게 만든 과거를 보며 그녀는 진저리를 친다. 지나치게 많이 살았다는 생각, 그러나 한 번도 제대로 살아보지 못했다는 생각이 겹으로 그녀를 둘러싸고 그런 시간 속으로 트럭은 쉴 새 없이 달린다. 이윽고 그녀는 잠이 든다. 그녀에게 어깨를 빌려준 남자의 고른 숨소리를 헤아리다가 아무 근심 없이 편한 잠 속으로 툭, 떨어진다.

배가 닿은
기슭

얼마나 군불을 지폈으면 이렇게도 바닥이 뜨거울까.

인희는 몸을 뒤척이며 바깥으로 귀를 모은다. 창호지 문밖으로는 벌써 어둠이 짙게 깔려있다. 마당을 오가는 낯선 이들의 기척을 가려들으며 인희는 또 몸을 뒤척인다.

성하상은 노루봉 아래 자리한 마을에 도착하자 곧 그녀를 이 집으로 데려왔다. 미리 부탁을 해놓았다면서 자기가 다시 올 때까지 아무 걱정 말고 누워있으라고 했다. 산 아래 마을에서 노루봉 산장까지 짐을 옮기는 일에 그녀가 도움을 줄 일은 전혀 없었다. 이 어둠을 뚫고 산행을 할 수도 없어서 막상 그녀는 그곳에서 하루 묵고 내일 아침에나 쉬엄쉬엄 산으로 가야한다고 했다.

"어떤 것보다 더 안전하고 조심스럽게 옮겨야 할 대상은 바로 당신이라는 사실, 그런 내 마음, 알지요?"

그가 이 방에 그녀를 뉘어놓고 나가면서 남긴 말이었다. 그녀

천년의 사랑

는 말없이 고개를 끄덕였다. 그의 말이 옳았다. 이런 몸으로 여기까지 온 자신의 무모함을 한번쯤 되돌아볼 수도 있는 말이었지만 그녀는 결코 그러지 않았다. 숲 내음 가득한 이 마을에 발을 딛으면서부터 인희는 곧바로 이곳 사람이 되었다. 두고 온 도시는 순식간에 까맣게 잊었다. 그녀에게는 여기 이곳만이 현실이었다.

트럭에서 내려 마을에 첫발을 딛을 때부터 그랬다. 푸른 어둠에 휩싸인 먼 곳의 산봉우리들을 바라보다가 아, 하고 절로 탄성을 쏟았다. 사람들은 친절했고 그 사람 성하상처럼 모두들 그녀를 소중하게 다루어주었다. 먼 길을 달려왔지만 피곤도 생각만큼 깊지 않았다. 뱃속의 아이도 기쁘다는 듯, 연달아, 나 여기 있어, 하고 신호를 보내왔다. 그녀는 깊은 호흡으로 맑은 공기를 들이마시며 아이에게 말했다. 그래. 다 잘됐어. 이젠 평화의 시간만 남은 것 같아…….

뜨거운 구들에 잦아드는 몸의 휴식을 즐기며 인희는 다시 귀를 기울인다. 그의 발자국소리가 마당을 울리는지, 저만큼 토방에서 울어대는 저 풀벌레의 이름은 무엇인지, 뒤안에서 싸그락거리는 나뭇잎은 또 어떤 이름을 하고 있는 목숨인지…….

과분한
사랑

아름다운 방이었다.

낮은 천장, 동쪽으로 난 창문, 한지를 겹쳐 발라서 한없이 부드럽고 편안해 보이는 사방의 벽들, 그리고 거기 창가의 휴식을 위한 흔들의자 하나가 놓여있다. 한눈에도 그 의자는 몇 달을 손때 묻혀 만든 그의 작품임이 분명했다. 나무옹이 하나를 다듬기 위해 그가 얼마나 많은 수고를 들였을는지, 윤기가 흐르는 나무의 결을 어루만지며 인희는 그만 할 말을 잊는다.

콩기름을 먹여 반들반들하게 윤을 내놓은 장판 위에 정갈하게 깔려있는 이불 한 채, 낮으나 편안하게 보이는 베개 하나. 성하상은 그 베개 속에 담을 약초를 구하기 위해 여름 내내 노루봉을 헤매고 다녔다고 했다. 또 그 약초들을 말리는 데 가을 햇볕이 얼마나 요긴하게 쓰였는지 모른다고 말했다. 그것들을 띄엄띄엄 설명하면서 그는 빛나는 웃음을 지었다. 그리고 말했다.

"날마다 휘파람을 불면서 다닌걸요."

그 밖에도 그가 휘파람을 불면서 신나게 했을 만한 일들이 산장 곳곳에 숨길 수 없이 드러나 있었다. 뒤꼍 가득 쌓여있는 땔감들, 계곡의 물을 산장 안으로 끌어들이느라 벌였을 대공사, 이만한 높이의 산장에서는 좀처럼 보기 어려운 훌륭한 시설의 부엌, 제대로 연기를 뽑아내고 불길을 살릴 수 있기까지 열 번도 넘게 실패했다가 간신히 성공했다는 벽난로, 흙을 밟지 않고도 산장 바깥을 드나들 수 있도록 세심하게 박아놓은 디딤돌들…….

산장에 도착한 첫날에는 그런 그의 마음을 읽으며 무수히 감동하느라 아무런 일도 하지 못했던 그녀였다. 도대체가 끝이 없었다. 찬장을 열어보니 가지런히 정돈된 갖가지 그릇들 사이에 그녀와 아이를 위한 너무나 예쁜 숟가락까지 빈틈없이 갖추어져 있다. 마루방 입구에 놓인 신발장을 열면 아담하지만 튼튼하게 보이는 여자 등산화가 들어있고, 마루방 천장에 주렁주렁 매달린 약초 봉지들은 모두가 그녀를 위한 그의 노고 어린 채집물들이었다.

문의 손잡이 위치 하나에도 그녀를 맞이하는 그의 정성이 넘치도록 담긴 아름다운 산장을 둘러보며 인희는 한마디도 하지 못하였다. 어떻게 이런 마음이 나를 향해 소나기처럼 쏟아질 수 있는 것일까. 무엇이 이 마음을 이토록이나 한 치의 의혹도 없이 움직이게 만드는 것일까.

그의 마음을 눈으로 보는 일은 가슴 저리게 기쁜 일이었지만, 그럼에도 그녀는 문득문득 이 벅찬 사랑이 자신에게는 너무 과분한 일이 아닌가 하는 의심을 버릴 수 없었다. 조금 부족한 것이 나에겐 어울리는데, 이건 너무 과분해, 라는 생각이 수시로 솟구쳤다. 산장에서의 한순간 한순간은 다 황금처럼 빛나는 것이었지만, 이렇게 누려도 좋은지 불안해하는 심정만큼은 불길한 조짐처럼 언제나 그녀의 마음 한 켠을 놓아주지 않았다.

불안해하는 자신을 돌아보며 그녀는 생각했다. 그래, 난 한 번도 이런 넘치는 사랑을 받아본 적이 없어. 그러니까 지금의 이 기분은 불안이 아니라 불편일 것이야, 익숙하지 못한 자의 서투름일 거야. 누구에게도 사랑을 받아본 경험이 없는 자한테는 시간이 필요해. 곧 익숙해질 거야. 걱정할 것은 없어. 이렇게 불편해하는 것조차 그한테 미안한 일인 것을……

첫
아침

　그 방에서의 첫 밤. 인희는 향기로운 베개를 베고 햇솜으로 부풀린 이불을 덮은 채 아득한 행복감에 젖어 눈을 감았다. 바깥의 마루방에 아직 그가 머무르고 있다는 사실을 알면서도 그녀는 편안했다. 어떤 말을 해도 그는 듣지 않을 것이었다. 성하상은 그녀가 깊이깊이 잠들 때까지 거기서 마냥 지키고 있을 작정이었다.

　이제 그녀는 그렇게 하는 것이 그의 행복인 것을 조금쯤은 알게 되었다. 그렇게 내버려두는 것이 그를 기쁘게 하는 것임도 알수 있게 되었다. 그래서 인희는 즐겁게 그의 보호를 받아들였다. 어떤 것이라 하더라도 그가 기뻐하는 일이면 자신에게도 행복이라는 사실, 그 사랑의 첫걸음은 정말이지 아주 자연스럽게 이루어지기 시작했다.

　푹신하고 달콤했던 잠이었다. 베개의 향기가 코끝을 간지럽히는 것을 어렴풋이 느끼며 잠에서 깨어났을 때는 이미 보석 같은 빛을 발하는 아침 햇살이 동쪽 창을 발갛게 물들이고 있는 시각이었다. 몇 시나 되었을까. 인희는 시간을 알아보기 위해 버릇처럼 잠자리 위를 더듬다가 여기가 서울이 아님을 깨닫고 이내 현실로 돌아왔다.

　여기는 서울의 아파트가 아니었다. 공중 위에 떠있는, 그 허공의 거처가 아니었다. 화학약품으로 소독시킨 수돗물로 목을 축이고, 불순물이 가득한 아침 공기로 심호흡을 하며, 밤새 쌓인 먼지가 펄펄 날리는 길을 달려 출근하던 도시의 아침이 아니었다. 여기는 노루봉 정상 바로 밑, 사방이 빼꼭한 숲으로 병풍을 이루는 깊은 산속이었다.

그리고 이 방에는 시계 따위는 아예 없었다. 방에 시계를 놓아두지 않은 것은 성하상의 뜻이었다. 그는 말했다. 여기 이 방에서는 당신의 움직임 자체가 시간입니다. 하루가 스물네 시간이라는 사실까지도 그냥 잊어버리세요. 잠들고 싶을 때 잠들고, 깨어나고 싶을 때 깨어나세요. 그동안 도시에서 충분하게 시간에 얽매여 살았습니다. 이제는 자연의 시간대로 사세요. 머지않아 인위적인 시간 감각은 스러질 것이고 당신과 자연이 화합해서 만들어내는 당신만의 시간 감각이 생길 것입니다. 나는 당신이 시간에 구속당하며 사는 것을 원하지 않습니다.

그 말은 맞았다. 7시, 혹은 12시, 오후 3시, 이런 시간에 무슨 의미가 있단 말인가. 숲과 바람과 물소리에 어울려 살아야 할 이 자연 속에서 그런 구속은 얼마나 무의미한 행위일 것인가. 인희는 산장에서의 첫 아침에 당장 성하상의 말을 이해했다. 그녀는 잠시만 더 베개 속의 향기를 누리다가 일어나기로 마음을 정했다. 낯선 곳에서의 첫 잠이었지만 놀라울 만큼 숙면이었던 것을 생각하면서.

그리고 잠시 후, 인희는 창밖으로 미루의 끙끙거리는 소리를 들었다. 거의 들리지 않을 정도의 작은 소리였지만 그녀는 금방 미루의 숨소리인 것을 알아차렸다.

미루야.

인희는 마음으로만 그렇게 나직이 개의 이름을 부르며 자리에서 일어났다. 미루의 노란 털이 햇살 아래 반짝반짝 빛나고 있겠지. 인희는 소리 나지 않게 조심하면서 가만히 창문을 열었다. 그러다 깜짝 놀라고 말았다. 세상에, 창밖에는 미루만 있었던 것이 아니었다. 거기 미루와 함께 꼼짝하지 않고 서있는 사람은 바로 성하상이었다. 언제부터 거기 그렇게 서있었는지 이미 겨울 기운이 완연한 산속의 차가운 기온에 그의 얼굴은 파랗게 얼어붙어 있었다.

그러나 그 얼어붙은 얼굴은 그녀 모습 앞에서 단박에 녹아내리고 말았다. 그는 활짝 웃으며 말했다.

"잘 잤어요?"

"추운데, 여기는 왜……."

"아침 산책을 나왔다가 당신이 여기 잠들어 있다는 생각을 하니까 도저히 발이 떨어지지 않았어요. 여기 서서 이 닫혀있는 창을 바라보며 무슨 생각을 했는지 아세요? 한 달이고 두 달이고 이렇게 당신이 잠든 창을 바라보며 서있을 수만 있어도 세상에 부러울 게 없을 것이라는 생각만 줄곧 하고 있었어요."

그렇게 말하는 성하상의 눈에 성에처럼 어리는 것은 눈물이었을까. 인희 또한 남자의 그 맑고 깨끗한 얼굴 앞에서 그만 눈물을 보이지 않을 수 없었다. 아, 이처럼 넘치는 사랑을 내게 주려고 삶은 그렇게도 인색했던 것이었을까. 이제까지의 시련은 그를 내게 보내려는 신의 단련이었을까.

그대,
나의 물푸레나무

남자는 여자를 데리고 숲으로 간다. 마치 정성들여 가꾸어놓은 자신의 정원을 보여주려는 신실한 정원사처럼 여자를 안내해서 숲으로 간다.

여기 솟는 샘은 하늘 아래 첫 샘입니다, 라고 말하며 물 한 모금을 권하는 남자. 저기 저곳은 산꼭대기 근처에서 많이 볼 수 있는 신갈나무숲입니다, 신갈나무숲에서는 표고버섯이 잘 자란답니다, 라고 말해주는 남자. 표고버섯을 딸 때마다 나는 숲에게 고맙다고 말하지요, 사랑하는 그대에게 신비의 명약을 주는 이 숲에게 정말 고맙다고 인사하지요, 라고 말하는 남자.

여자는 이런 사람은 태어나서 처음 본다, 고 생각하며 가만가만 남자의 뒤를 따른다. 세상에 이런 사람도 있다는 것을 어찌 상상할 수 있었으랴. 여자는 남자의 말 한 마디 한 마디를 잊지 않으려고 마음 깊이 새겨놓는다. 그리고 여자는 다짐한다. 먼 훗날, 내 아이를 데리고 여기 이 숲에 와서 나도 저 사람처럼 말해주리라…….

얼마 후, 남자가 한 숲에서 걸음을 멈춘다. 갈색 낙엽만 드문드문 매달린 늘씬한 나무들, 잔가지가 유난히 마음을 아리게 하는 나무들이 가득한 숲이다. 애잔하게 바람에 흔들리는 작은 잎들을 올려보다가 여자는 그 나무의 둥치에 몸을 기대고 쉰다.

"이것은 어떤 이름을 가진 나무인가요?"

그녀가 묻는다.

"물푸레, 물푸레나무지요."

"물푸레, 정말 아름다운 이름이네요."

"그 이름은 바로 당신의 이름이기도 합니다."

"왜 그렇지요?"

"이 나뭇가지 하나를 꺾어 물에 담그면 잉크빛 푸른 물로 변합니다. 그래서 물푸레나무지요. 당신이 내 마음속에 들어오면 나는 그대로 푸르른 사람이 됩니다. 그래서 당신은 나의 물푸레나무입니다."

나의 물푸레나무. 내 마음을 푸른 잉크빛으로 바꾸어놓는 사람. 바로 그 사람이 지금 내 앞에 있다. 바로 여기, 손만 뻗으면 얼굴을 만질 수 있는 이곳에 그 사람이 있다. 남자는 새삼 마음이 격해서 어쩔 줄을 모른다.

여자는 남자의 변화를 눈치챈다. 격해있는 그 사람을 위해 여자는 손을 내민다. 그리고 말한다.

"조금 힘들어요. 내려갈 땐 손을 잡아주세요."

여자는 남자의 손을 꼭 쥐고 물푸레나무숲을 벗어난다. 남자는 여자의 손을 잊기 위해서 다시 물푸레나무를 이야기한다. 여자는 역시 한 마디도 놓치지 않으려고 가만히 귀를 기울인다.

그들의 등 뒤에서 겨울을 기다리는 물푸레나무들이 마른 가지를 부비며 두 사람을 전송한다. 드문드문 남아있는 몇 개의 잎사귀도 가만가만 흔들며…….

먼먼 옛날, 아주 커다란 물푸레나무 한 그루가 이 우주를 받치고 있었습니다.

우주를 떠받치는 물푸레나무의 가지는 셋이었습니다.

그중 첫 번째 가지는 과거와 현재와 미래를 관장하는 운명의 샘에 닿아있습니다.

두 번째 가지는 어리석음과 욕망을 물리칠 수 있는 지혜의 샘을 향해 뻗어있습니다.

세 번째 가지는 또 어둠과 고통과 추위의 샘에 자신의 몸을 담그고 있었습니다.

물푸레나무는 이 세 가지 샘물을 마시며 살았습니다.

그리고 우리의 삶은 물푸레나무 가지 위에 아슬아슬하게 얹혀져 있습니다.

_북유럽에 전해오는 신화 중에서

아름다운 일상

산장은 중앙의 상당히 넓은 마루방과 부엌, 그리고 그녀의 몫으로 꾸며진 남쪽의 작은 방과 그 반대편에 자리 잡은 그의 방이 내부 구조의 전부였다. 부엌 옆으로 창고처럼 쓸 수 있는 공간이 있고, 그 공간에 잇대어 처마를 달아내 바람 치는 북쪽을 스티로

폼으로 막아놓은 곳은 미루의 처소였다.

미루의 거처는 부엌의 창문을 열면 환히 잘 보였다. 부엌 창문이 열리는 소리를 들으면 현관 앞에 꼼짝도 않고 앉아있던 미루가 바람처럼 달려와 그녀 앞에 엎드렸다. 미루의 머루같이 까만 눈동자에 자신의 얼굴이 비치는 게 좋아서 인희는 가끔씩 오래도록 미루와 눈을 맞추고 앉아있곤 했다.

미루에게 밥을 주는 것 말고 그녀가 따로 할 일은 전혀 없었다. 아침에 일어나면 마루방의 식탁에는 이미 김이 오르는 더운밥이 차려져 있었다. 여름에 채취한 산나물들이 반찬의 전부이지만 식탁은 그의 정성으로 언제나 성대했다.

"밥 정도는 저도 할 수 있어요. 그래야 군식구 같은 생각이 안 들지요."

그렇게 말해도 성하상은 허락을 하지 않았다.

"아직은 안 돼요. 예쁜 아이 낳고, 건강이 회복되면 그때 가서 당신이 지어주는 밥을 먹을 생각입니다. 그전에는 절대 안 돼요. 심심하면 미루 데리고 근처를 산책하는 것도 좋아요. 맑은 공기 속에서 걸으면 훨씬 몸이 가벼워질 겁니다."

식사시간 중에도 그의 시선은 끊임없이 그녀에게 머물러있다. 밥 한 공기를 다 비우면 그는 기뻐서 어쩔 줄 몰라 했다. 나물그릇 하나에 젓가락이 두 번만 가면 얼른 앞에다 옮겨주며 그 나물에 대해 열심히 설명했다. 이렇게.

"그건 곰취 나물이에요. 일 년 내내 산사람들을 먹여 살리는 귀한 나물이지요. 봄에 여린 순을 따서 살짝 데쳤다가 바람 통하는

천년의 사랑

그늘에 말려놓으면 한겨울까지 곰취 향기를 맡을 수 있어요. 곰취는 맛과 향기도 좋지만 혈액순환에도 효과가 있는 약초입니다. 많이 말려놨으니까 걱정 없어요. 인희씨가 겨우 내내 질리도록 먹을 만큼 많아요."

뒤꼍의 항아리에서 꺼내준 홍시를 세 개씩이나 먹어치웠던 날 오후, 그는 그 길로 마을에 달려가서 지게 가득 과일을 사다 날랐다. 마을에 가면 아직도 따지 못한 감이 감나무에서 시큰하게 익어가고 있다는 설명과 함께.

이미 겨울의 내음이 짙게 배어있는 산장의 하루는 찾아오는 사람 하나 없이 온전히 그 두 사람만의 시간으로 채워졌다. 그리고 온종일 두 사람을 따라 다니는 미루와 함께. 그 밖에는 바람에 부스럭거리는 마른 나뭇잎 소리가 전부였고 가끔씩 표로롱 표로롱 날아다니는 산새의 지저귐은 하늘에서 들려오는 음악처럼 여겨졌다.

그 고요 속에서 성하상은 잠시도 쉴 틈 없이 몸을 움직였다. 잠깐잠깐 사라졌다 다시 나타나는 그를 보면 어김없이 한가득 등짐이 지어져 있고 이마에는 땀이 송골송골 맺혀 있곤 했다.

"그건 뭐예요?"

"눈이 내리기 전에 땔감을 마련하는 겁니다. 산 아래는 아직 가을인데 여긴 벌써 겨울이에요. 지금까지 마련한 것으로도 겨울나기에는 걱정이 없지만 아기가 태어날 테니까 충분히 준비해두는 것이 좋잖아요."

때로는 마을에 다녀왔다면서 그가 늘 지고 다니는 지게 가득 담아온 물건들을 펼쳐 보이기도 했다.

"이건 밀가루, 이건 다진 쇠고기, 이건 고구마지요. 봐요. 여기 밤도 많이 구해왔어요. 이런 것은 시골이라 얼마든지 있습니다. 눈이 내리면 마을 다니기도 불편할 테니까 미리미리 저장해두어야 해요. 인희씨도 필요한 것 있으면 말하세요. 원주 나가면 구하지 못할 게 없습니다. 그리고 만약을 위해 마을에 할머니 한 분한테도 부탁을 해두었습니다. 걱정 말아요. 그것은 만약을 위한 것이고 택시를 부르면 언제라도 당신을 병원으로 옮길 수 있어요."

인희가 보기에 그는 매일같이 많은 지출을 하고 있는 것 같았다. 산장에서 등산객 수발을 하며 버는 약간의 수입, 그리고 나무 조각품을 만들어 얻는 약간의 수입을 다 합하여도 이만한 지출을 감당하기는 쉬운 일이 아닐 터였다. 하기야 그 문제에 관해서는 이미 몇 번의 실랑이가 있었다. 서울을 떠나는 트럭 안에서 이미 인희는 자기의 전 재산이 들어있는 통장을 그에게 맡기고자 했었다. 어차피 출산이다 뭐다해서 자신에게 소용될 비용들이 큰 부담이 될 산 생활이므로 그렇게 해주면 마음 놓고 지낼 수 있겠다고 설득을 했으나 성하상은 막무가내였다.

"당신을 데려오는 준비 속에 이만한 생각도 없었겠습니까. 제발 그런 말로 나를 슬프게 하지 말아주시기 바랍니다. 당신이 간직하고 있다가 당신을 위해 사용하는 것이 가장 나를 기쁘게 하는 일입니다. 전적으로 당신을 보호하고 싶다는 이 마음을 다치지 않게 해주세요."

그는 한번 하지 않겠다는 일에는 절대로 마음이 변하지 않는 사람이었다. 그가 인희에게 하는 부탁은 오직 하나뿐이었다. 자신의 마음을 기쁘게 받아만 달라는.

산장 생활 일주일도 되지 않아서 그녀는 그의 말을 이해했다. 인희 역시 그를 기쁘게 해주고 싶었지만 그것 말고는 어떤 무엇으로도 그를 진정으로 행복하게 할 수 없다는 것을 깨달았다. 그것은 오로지 하나, 그의 섬세한 배려를 의혹 없이 누리는 것, 바로 그것만이 그에게 해줄 수 있는 보답의 전부였다.

미루와
산보를

미루와 함께 산보를 나서는 시각은 대개 점심식사 후였다. 그때는 성하상도 근처의 계곡 어딘가에 있을 시간이었다. 그는 산에서 구하지 못할 것이 없다고 생각하는 사람이었다. 인희의 식탁에 놓을 부식에서부터 이름 모를 산열매의 달콤한 후식, 그리고 그녀의 건강을 지켜줄 약초와 땔감, 나무조각에 필요한 재료까지 그는 모든 것을 산에서 구하고 산에서 해결하고자 했다.

그가 산자락을 헤매며 자신의 표현대로 '자연이 주는 혜택'을 거두어들이고 있을 때 인희도 가끔 미루와 함께 가파르지 않은 산줄기를 쉬엄쉬엄 걸으며 한없이 평안한 시간을 누렸다. 신발 아래서 사각사각 부서지는 마른 낙엽의 감촉이 어찌나 감미로운지 한참을 걸어도 질리지 않았다. 정말 꿈에서도 상상하지 못했던 평온의 시간들이었다.

미루는 영민하기 짝이 없는 개여서 인희가 온 날부터 완전히 그녀의 또 다른 보호자가 되었다. 두 사람이 함께 밖에 나와도 성하상 쪽을 따라가지 않고 언제나 그녀의 옆에 남았다. 그림자같이 붙어 다니던 주인한테서 어떻게 하루아침에 떨어져 그럴 수 있는지 궁금하기 한이 없었지만 성하상은 아주 간단히 설명해주고 그만이었다.

"누가 더 자기를 필요로 하는지 미루가 모를 리 있겠어요? 미루의 눈에도 당신은 보호받을 사람으로 보이는데 하물며 나는 어떠하겠습니까? 당신은 아직도 너무 쇠약해요. 바람만 불어도 쓰러질 것처럼 보여요. 당신은 웃고 있지만 내 눈에는 당신이 아픔을 참고 있는 것으로만 보여요. 산에 있다가도 당신을 생각하면 가슴이 벅차지만, 한편으로는 그 파리한 얼굴이 나를 불안에 떨게 만들어요. 당신한테 무슨 일이 있으면 미루가 나한테 알릴 것입니다. 미루는 백 리 밖에서도 내 냄새를 맡지요. 마치 내가 당신한테 그러는 것처럼."

성하상의 설명이 아니더라도 미루와 함께 있으면 인적 하나 없는 산중에서의 산보가 조금도 무섭지 않았다. 그녀가 길이 아닌 곳으로 걸음을 옮기면 당장 미루의 끙끙거림이 뒤쫓아왔다. 걷다가 숨이 가빠 주저앉기라도 하면 미루의 까만 눈이 쉴 새 없이 인희의 얼굴을 더듬느라 분주하고, 멀리 산까마귀들의 무리가 보이면 먼저 달려가 새떼를 몰아내고 다시 돌아와 자랑스레 그녀의 운동화에 코를 부비는 미루였다.

울창한 잎들이 낙엽이 되어 쌓인 푹신한 산길, 마른가지 사이로 거침없이 햇볕을 받아들여 한없이 다사롭고 고요한 산길을 걸으며 그녀는 종종 이것이 꿈인지 아닌지를 자문하곤 했다. 자동차들이 끊임없이 오가고, 사람들이 어깨를 툭툭 치며 걸어 다니는 도시의 거리에서 이렇게 감쪽같이 벗어날 수 있었다는 것이 거짓말처럼 생각되었다. 한 밤 자고 나면 깨어버릴 그런 꿈이 아닌가 싶어서 종종 등허리로 식은땀이 흐르기도 했다. 행여 한바탕 꿈이 아닐까 근심하다 보면 어느새 미루가 옆에 다가와 가만히 그녀 얼굴을 바라보았다.

그들의
저녁시간

산속의 밤은 정말 빨리 찾아온다. 붉은 저녁놀을 보았는가 하면 어느새 까만 밤하늘의 제각각 자리로 작은 촛불 하나 밝혀들고 나타나는 별들과 만난다.

하늘에 번지는 붉은 저녁놀은 성하상이라는 남자가 부엌에 들어갈 시간임을 알리는 표지판이다. 남자는 쌀부터 씻는다. 싸그락 싸그락 소리가 들려오면 오인희라는 여자, 부른 배를 내밀고 부엌문 앞에 놓인 작지만 편한 의자에 앉는다. 밥 짓는 것을 구경할 때 서있지 말고 편히 앉아서 머무르라고 남자가 만들어준 작지만 편한 의자.

쌀을 씻은 다음에 성하상이란 남자, 도마질을 시작한다. 더덕의 둥그런 몸통을 칼등으로 두들겨 부드럽게 펴기도 하고, 파를 송송 썰기도 하며, 마늘을 콩콩 찧기도 한다. 때로 남자가 감자를 건네주면 여자는 숟가락으로 감자의 껍질을 벗기는 수도 있다. 그럴 때면 이번엔 남자가 하던 일을 멈추고 가만히 여자가 감자 껍질 벗기는 모양을 구경한다.

여자가 껍질 벗긴 감자를 건네주면 남자는 그것을 숭덩숭덩 썰어 국을 끓이기도 하고 또각또각 썰어서 조림을 만들어내기도 한다. 어느 날은 또 강판에 썩썩 갈아서 들기름 두른 철판에 불을 지펴 동그란 부침을 부쳐준다. 감자 하나만 가지고도 남자는 열 가지쯤의 요리를 만들 수 있다.

여자, 그런 남자에게 늘 감탄한다.

"굉장해요. 당신은 마술사네요."

그러면 남자, 손등으로 이마를 훔치며 환하게 웃는다.

"당신이 보고 있으면 요리가 마술이 돼요. 하루 스물네 시간 내내 음식을 만들라고 해도 싫지 않을 것 같아요."

붉은 저녁놀이 사라지고 숱한 별들이 몸을 흔들며 빛을 뿌리는 시간에 두 사람은 마술사가 만든 밥과 반찬으로 저녁을 먹는다. 마루방 식탁에 앉아 김이 모락모락 오르는 따뜻한 음식들을 먹으면서 남자는 가끔씩 말한다.

"꼭꼭 씹어서 먹어요. 국물도 꼭꼭 씹어요."

자신을 위해 여자가 밥을 많이 먹으려고 애쓴다는 것을 남자는 안다. 그래서 자꾸 말한다. 꼭꼭 씹어야 해요. 체하면 안 돼요.

천년의 사랑

식탁을 치우고 그릇을 내놓는 일은 여자가 한다. 그러나 그릇을 씻는 일은 또 남자가 한다. 남자는 기름기는 밀가루로 닦아내고 눌어붙은 냄비는 흙을 묻혀 문지른다. 행주는 말갛게 헹구어서 줄에다 반듯하게 널고, 씻은 그릇은 눈보다 흰 마른 행주로 물기 없이 닦아 찬장에 차근차근 정리한다. 마지막으로 남자는 주전자에 물을 끓여서 날마다 이름이 다른 잎차를 만든다. 그런 남자를 보며 여자는 또 말한다.

"당신, 설거지하는 발레리나 같아요. 정말 민첩하고 군더더기가 없어요."

남자, 설거지하는 발레리나? 하다가 역시 환하게 웃는다.

잎차를 마시는 밤, 배가 불러 바닥에 앉기 힘든 여자는 흔들의자에 앉고 남자는 마루방의 바닥에 자리를 잡는다. 남자는 여자의 무릎에 담요를 얹어주고 여자는 남자의 잔에 때때로 주전자의 차를 부어준다.

잎차를 마시는 밤, 그런 밤에 두 사람은 많은 말을 나누었다. 남자는 나직나직, 여자는 가만가만, 지나온 시간들을 서로에게 나누어 전해주었다. 남자는 자신의 열정적인 어머니에 대해서, 목석 같은 아버지에 대해서, 스승 범서 선생에 대해서 주로 말했다. 남자의 말을 듣는 여자의 얼굴은 한없이 그윽했고 눈빛은 그지없이 고요했다.

처음에 여자는 자기는 말할 게 아무것도 없다고 생각했었다. 그래서 아주 간단하게 말해버리곤 했다. 천사원 총무할머니 때문에 조금 마음이 아팠지요, 하고 넘어가는 식으로 간단하게. 그러면 남자가 꼭 반문했다. 총무할머니가 어떻게 했는데요? 그때, 당신은 몇 살이었지요? 키는 컸나요? 머리는 단발이었어요?

그러다가 점점 여자도 모든 것을 다 남자에게 말할 수 있게 되었다. 총무할머니한테 꼬집힌 팔뚝이 여기쯤이었다고 보여주기도 했다. 김진우라는 사람의 어머니가 어떻게 했었는지도 담담하게 다 말해주었다. 그러다 어느 순간 여자는 문득 안타까웠다. 나한텐 왜 아름답고 행복한 이야기가 없을까. 이 사람에게 들려주면 콧등을 찡그리며 크게 웃을 수 있는 그런 이야기가 왜 내겐 이다지도 모자라는 것일까…….

남자는 여자의 이야기를 눈물로 들었다. 먼저 남자가 울고, 그 다음에는 여자가 울었다. 소리도 없는 울음이었다. 눈가는 젖어있지만 입가는 미소 짓고 있는, 아, 모두가 다 흐르는 물처럼 지나간 시간들에 바쳐지는 영롱한 눈물이었다. 이제는 절대 다시 침범하지 못할 그 시간들에게 고하는 작별 같은 것.

입안에 감도는 잎차 향기가 사라질 무렵이면 여자는 흔들의자에서 무거운 몸을 일으킨다. 이제는 자야 할 시간이므로. 여자의 방은 언제나 훈훈했다. 남자는 그럼에도 그 시간이면 꼭 다시 군불을 지피러 뒤꼍으로 나간다. 여자는 그사이 옷을 갈아입고 따뜻한 이불 속에 두 발을 넣어본다. 한참 뒤 남자가 마루방으로 돌아올 때까지 오인희라는 여자, 그렇게 가만히 그 사람이 곁에 있음을 마음으로 가득 느껴보다가 잠이 든다.

남자는 여자가 잠든 후에도 오랫동안 마루방에 머문다. 남자는 하루도 빠짐없이 여자의 잠이 깊어질 때까지 방 밖에서 여자를 지킨다. 성하상이라는 남자, 하염없이 그렇게 밤을 지키다가 어느 날은 앉은 자리에서 새벽을 맞기도 한다…….

첫눈이
오시던 날

영하의 날씨가 늦가을의 짱짱한 햇볕에도 누그러들지 않던 어느 날, 성하상은 땅거미가 산 아래를 휘감고 올라오기 시작할 무렵부터 마루방 벽난로의 불씨를 일구었다.

"고구마를 구워줄게요. 군밤도 가능하지요. 잠깐만 기다려요."

부산하게 움직이는 그의 모습을 지켜보며 인희는 흔들의자에 앉아 뜨개질을 하였다. 뜨개질이라니, 이것 역시 결코 인희의 제안이 아니었다. 색색의 푹신한 털실과 대바늘 또한 성하상이 그녀를 위해 미리 준비한 자상한 배려 가운데 하나였다. 그는 이 산장의 겨울을 나기 위해선 뭔가 할 일이 있어야 한다고 말했다. 시간은 어느 땐 쏜살같이 흐르지만 또 어떤 날은 진드기처럼 달라붙어 한없이 더딘 걸음으로 가슴에 상처를 남긴다고도 말했었다.

아직은 지루한 시간의 흐름으로 가슴에 생채기를 남긴 적은 없는 날들이었다. 그러기는커녕 이 산장의 생활은 나날이 새롭고 신선한 경험의 연속이었다. 날마다 변하는 산의 색깔, 밤과 낮이 다른 산의 소리들, 얼마나 많은 시간을 보내야 그것들에 지루해할지 알 수 없다는 것이 인희의 생각이었다.

그러나 뜨개질은 하고 싶었다. 당연한 일이었다. 그에게 푹신한 스웨터 하나를 떠주고 싶다는 생각은 너무나 자연스럽게 솟는 욕망이었다. 스웨터가 성공하고 나면, 그다음에는 아기의 외투, 양말, 모자, 이런 것들을 하나씩 뜨겠다고 인희는 다짐했다.

인희는 불쏘시개를 집어넣고 입으로 후후 바람을 일으키고 있는 남자의 뒷모습을 쳐다보며 스웨터의 품을 어림짐작하고, 밖으로 나가 굴뚝으로 연기가 잘 빠지는지 확인하고 돌아오는 남자의 앞모습을 훔쳐보며 어떤 모양의 스웨터가 어울릴 것인지 곰곰 상상해본다. 저 남자에겐 목둘레가 헐렁한 스타일보다는 사제의 로만 칼라처럼 단정한 모양이 잘 어울릴 것이다. 아니, 그것보다는 블루 계통의 느슨한 카디건은 어떨까. 아니, 그에게 오렌지 빛깔의 상큼한 조끼를 입혀보는 것도 나쁘지 않을 것 같아…….

하지만 복잡한 상상과는 달리 그녀의 손이 만들어내는 움직임은 한없이 서툴기만 하다. 뜨개질이나 자수를 해본 기억이 언제인지, 아니, 있기나 한지 알 수가 없다. 천사원에서 살 때 교회의 크리스마스 선물 속에 벙어리장갑이 있었다. 교회의 여신도들이 직접 떴다는 푹신한 털장갑이었다. 너무 커서 손을 아래로 늘어뜨리면 스르륵 미끄러져 벗겨지던 빨간 벙어리장갑이 생각난다. 그래도 얼마나 기뻤던가. 장갑에 코를 묻으면 털실 냄새보다 아릿하게 여자의 화장품 냄새가 더 많이 풍겼다. 어린 그녀는 그 냄새가 어머니 냄새라고 믿었다. 어머니들의 향기는 이럴 것이라고 생각하며 하염없이 코를 묻고 있었지…….

야간학교를 다닐 때에도 재료비가 필요한 가사시간은 대충대

천년의 사랑

충 넘길 수밖에 없었다. 그때 뜨개질 실습도 있었겠지만, 털실을
사려면 그 돈으로 라면 한 상자를 쟁여두어야 끼니 걱정을 덜 수
있었기에 모두, 최소한도의 지출만 남기곤 모두, 포기해야 했었
다. 그 이후의 세월 속에도 누군가를 위해 뜨개질을 해본 기억은
전혀 없다. 직장의 여직원들이 짬짬이 시간을 내어 열심히 손을
놀리는 모습을 어깨 너머로 구경한 기억만 더듬어서 해보는 시늉
에 불과하니 서툴 수밖에 없다.

이래가지곤 내년 겨울에도 그는 스웨터를 입을 수 없을 것이라
고 생각하니 인희는 하도 한심해서 자신도 모르게 푹 웃음이 나
온다. 그녀의 짧은 웃음소리를 들은 성하상이 놀란 얼굴로 돌아
보았다.

"왜요? 벽난로가 시원찮게 보여요?"

"그게 아니고요, 내 솜씨가 하도 시원찮아서요."

"무얼 뜨는데요."

"날마다 바쁜 어떤 사람이 입을 스웨터."

"누구?"

반문하다말고 성하상은 가만히 그녀를 쳐다본다.

"이 산장에서 가장 바쁜 사람."

인희는 뜨개질감을 내려놓고 이제 제법 열기를 보내고 있는 벽
난로 앞에 앉는다.

"그 사람이 겨울에 춥지 않았으면 좋겠는데, 이 솜씨로는 어림
도 없을 것 같네요. 난 너무 거칠게 살았나 봐요. 이런 거, 생각해
볼 여유도 없었거든요. 작은 것도 예쁘게 꾸밀 줄 알고, 며칠이면

기가 막히게 멋진 스웨터를 만들어내는 그런 여자를 부러워해본 적도 없었지요. 그런데, 지금은, 좀 아쉽네요. 누군가에게 뭔가 해주고 싶은데 능력이 모자란다는 것은 그것이 무엇이든 안타까운 일이거든요."

혼잣말처럼, 그렇게 인희는 활활 타오르기 시작한 불꽃을 향해 말을 이어나간다.

"그렇지만 괜찮아요. 언젠가는 스웨터를 완성할 수 있겠지요. 어쩌면 그것을 뜨고 있는 동안이 더욱 행복한 시간일 수도 있어요. 이미 난 그 기쁨을 맛보고 있는걸요……."

성하상은 아무 말도 하지 않고 난로 안의 장작들만 이리저리 움직였다. 그러나 불빛에 반사되어서, 라고 말해버리기엔 신비로울 정도로 환하고 밝은 그의 얼굴 표정은 무수히 많은 말을 그녀에게 하고 있었다.

아마 그때쯤이었을 것이다. 밖에서 미루의 낮게 짖는 소리가 들려왔다. 성하상이 먼저 몸을 일으켜 밖으로 통하는 출입문을 열었다. 인희는 앉은 채로 고개를 돌려 바깥을 살폈다. 이 시간에, 여기까지, 누가 왔을까…….

그 시간에 거기까지 달려온 것은 사람이 아니라 바로 눈, 그것도 이 겨울의 첫눈이었다. 바깥에서 성하상의 탄성이 들려왔다.

"눈이 오시네요! 어서 나와요. 첫눈이 펑펑 쏟아지고 있어요!"

그 옆에서 미루가 컹컹, 첫눈을 향해 짖어대고 있었다.

눈꽃

태어나서 스물여덟 해, 눈을 본 적이 어디 이번이 처음이랴. 하지만 지금 보는 이 눈은 스물여덟의 겨울을 통해 한 번도 만날 수 없었던 그런 눈이었다. 색깔을 놓고 희다고 말할 수 있다면 저것이 온전한 흰색일 것이고, 그 형용할 수 없는 가벼운 깃털의 모양새를 두고 말한다면 저것이 바로 태초의 설화(雪花)일 것이었다.

화살이 하나 날라온 듯한 느낌이었다. 온몸으로 아름다움이란 이름의 화살이 관통해버린 듯한 기분. 인희는 초저녁의 푸른 어둠을 배경으로 쌓이는 흰 눈을 바라보다 말고 조금 몸을 떨었다. 도시의 눈과 숲 속의 눈은 확실히 달랐다. 시멘트 건물의 누추함을 덮어주던 도시의 눈과, 높이 솟은 아름드리 나무에 흰 잎을 달아주며 반짝이는 산의 눈은 달라도 너무 다르다.

바람도 없이 내리는 눈은 금방 쌓였다. 산장 입구의 잎 떨어진 나뭇가지 위에 소복이, 그러나 아슬아슬하게 얹혀있는 흰 눈을 조금 집어서 성하상은 입에 넣었다. 바위 위에 피어있는 눈꽃도 그렇게 한 송이 집어 입에 넣고, 손바닥을 벌려 떨어지는 눈꽃을 한참 받아서 다시 그것을 먹었다.

"당신도 이렇게 해봐요. 첫눈을 세 번 집어먹으면 그해 겨울 내내 건강하게 지낼 수 있어요."

성하상의 재촉에 인희도 그렇게 했다. 그가 바라는 것이 그 자신의 건강이 아니라 바로 그녀의 건강임을 잘 알기 때문에.

"이제부터 당신은 일 년 중에 가장 아름다운 노루봉을 보게 됩니다. 눈꽃이 피어있는 겨울산보다 더 아름다운 노루봉을 나는 본 적이 없어요."

성하상은 말하다 말고 문득 산장 안으로 뛰어갔다. 그리곤 그녀의 겉옷 하나를 들고 나왔다. 세상에서 가장 아름다운 풍경을 좀 오래 보려면 따뜻한 옷이 필요하다면서.

"한겨울에는 눈 때문에 먹을 것을 구하지 못한 산짐승들이 산장까지 내려오지요. 내가 나가도 꼼짝도 하지 않아요. 하루는 새끼노루가 내려와서 먹을 것을 좀 주었지요. 그랬더니 다음 날 다시 왔어요. 그해 겨울 내내 새끼노루는 미루의 식량과 내 식량을 나눠먹으며 추위를 이겨냈어요."

동화 같은 이야기. 인희는 자신이 알고 있는 너무나 세속적인 이야기들이 누추하다고 생각한다. 남자가 간직하고 있는 동화처럼 순결한 이야기들이 자신에겐 하나도 없다는 것이 쓸쓸하다.

"모르는 사이에 눈이 내려 단번에 흰 세계로 변해버린 모습을 발견하는 것도 경이롭지만, 그것보다는 이렇게 눈이 내리는 동안 서서히 변해가는 모습을 관찰하는 것이 훨씬 좋아요. 보세요. 오분 전의 색깔과 지금의 색깔이 다르지요? 마치 위대한 화가가 하늘에 앉아서 보이지 않는 붓을 휘둘러 자연에 오묘한 색깔을 칠하고 있는 것 같잖아요. 그렇지요? 매순간 달라지는 숲과 계곡의 색깔을 보고 있노라면 마음의 온갖 티끌이 사라지고 맑아지는 것을 확연히 느낄 수 있어요. 그 느낌이 나를 산에 있게 해요. 바로 그것이 나를 산에 잡아두는 것이지요."

성하상의 얼굴에 번지는 광채를 보면서 인희는 그의 정신을 시

449

샘한다. 나도 저렇게 살고 싶다. 나도 그처럼 맑아지고 싶다. 그러나, 혹시, 맑아지기로는 너무 늦은 것은 아닐까.

눈은 몰려오는 어둠도 몰아낸다. 아니, 푸른 어둠과 푸르도록 흰 눈이 합해져서 전혀 다른 세상이 된다. 다른 세상에 온 것 같아. 여태 보아온 세상의 색깔은 이런 것이 아니었다. 어둡지만 환한 밤. 환하지만 어둔 밤. 인희는 자꾸만 주위를 돌아보게 된다.

"티끌 없는 눈만이 사랑을 보게 합니다. 잡티 하나 없이 맑은 마음은 삶의 원천을 보게 합니다. 영혼의 휘장을 걷는 일이라면 누구에게도 너무 늦은 법은 없습니다. 너무 이른 깨달음은 의심스럽지만."

그는 또 인희의 마음을 읽어내고 말았다. 인희는 자신의 마음을 송두리째 들여다보는 남자의 등에 얼굴을 묻는다. 남자에게선 흰 눈의 냄새가 났다. 남자는 여자를 돌려세워 품에 안고 하늘을 보았다.

"뭐든 집착하지 마세요. 그것만 버리면 몸은 솜털처럼 가벼워지고 마음은 영혼의 저 깊은 곳에 닿는답니다. 내가 당신을 이렇게 곁에 두고 지낼 수 있었던 것도 집착의 괴로움을 극복한 결과이지요. 하지만, 극복하고자 애를 썼지만, 그럼에도, 너무나 힘들었어요……."

남자는 여자를 안은 팔에 힘을 주었다. 하늘에서는 여전히 흰 꽃이 쏟아져 내리고, 미루는 인적 없는 산길에 수없이 많은 발자국을 찍으며 가끔씩 하늘을 향해 컹컹, 짖어댔다.

산국화
향기

눈은 다음 날까지 이어졌다.

첫눈의 무게도 만만찮은가. 먼 곳에서 나뭇가지 분질러지는 소리가 메아리로 왔다가 멀어지곤 했다.

오직 하나의 색깔만이 세상을 지배하던 며칠 동안 성하상은 모처럼 산장에만 머물렀다. 그는 마을에도 가지 않았고 나무를 하거나 산나물을 뜯으러 계곡을 누비고 다니지도 않았다.

이 겨울에도 북풍을 피해 양지바른 곳에 자라고 있는 산나물이 있다는 것을 그녀는 몰랐다. 지난여름에 씨앗이 떨어져 새로 잎을 피우다가 기온이 떨어지면서 더 이상 자라지 않고 그대로 멈춰있는 상태의 산나물들은 그의 손길에 정성스럽게 다듬어져서 종종 식탁에 오르곤 했었다.

그는 오염되지 않은 산의 풀과 열매, 그리고 싱싱한 공기만이 그녀의 병약한 몸을 회복시킬 수 있다는 믿음에 붙들려있는 사람이었다.

"어지간히 눈이 녹아서 흙이 어슴푸레 비칠 때 산에 가면 신비의 영약들을 구할 수 있어요. 첫눈의 정기를 빨아들인 산나물들을 캐서 즙을 만들면 그게 바로 신비의 영약이랍니다. 당신한테 빨리 그것을 먹이고 싶어요."

그는 벽난로 앞에서 목각에 쓰일 통나무들을 손질하면서도 틈틈이 바깥을 내다보았다. 햇볕은 있으나 기온이 급강하해서 눈들은 단단하게 다져졌다. 그 옆에서 인희는 말린 산국화를 우려낸 산국차를 마시며 털실을 매만진다. 뜨개질을 하는 여자에게 시시때때로 희귀한 차를 내오는 것도 남자의 일이었다.

나무를 다듬는 남자의 익숙한 손길에 비하면 그녀의 뜨개질 솜씨는 여전히 더디기만 하다. 그나마 가끔씩 코를 빠뜨리는 바람에 지척대는 시간들이 더 많다. 그럴 때마다 인희는 홀로 웃어대고 그 웃음에 전염된 남자도 같이 웃는 순간들. 주위에 배어있는 산국화 향기. 벽난로 앞의 이 그림 같은 평화, 그 속에서 인희는 너무나 아득하게 도시의 삶을 지워간다.

그래, 악몽인 듯싶은 세월이 있었지. 잠 안 오는 밤에는 스치는 바람소리조차 불행의 신호로 들려왔었지. 사람들은 서로 할퀴고 상처 내는 일에만 몰두했어. 사랑은 변덕의 한순간에 불과한 것이고, 배반당한 믿음이 뿜어내는 증오의 불길들은 살이 데일 정도로 뜨겁기만 했었지. 살아가는 것이 아니라 살아내는 것, 온몸에 가시를 지니고 어떻게 그 겹겹의 세월을 살아냈을까…….

바깥에서는 북풍이 산장의 창문들을 두들겨대지만 벽난로 앞의 따스함은 조금도 흔들리지 않는다. 인희는 후르르, 장작에 불붙는 소리, 그리고 남자의 대패질 소리에 귀 기울이며 다시 한 코한 코 정성 들여 실을 이어간다. 그때 남자가 대패질에 밀려나온 나무 부스러기들을 난로에 넣으며 조용히 묻는다.

"내가 해주는 옛날이야기 하나 들어볼래요?"

남자는 거친 나무 표면을 다듬기 위해 이제 사포질을 시작한다. 사포질에 소요되는 시간이 많다는 것을 잘 아는 인희는 고개를 끄덕인다. 겉면에 자르르 윤기가 흐를 때까지 남자는 나무를 다듬을 것이다. 난로 속의 장작은 너무 세지도, 그렇다고 너무 잦아들지도 않으며 알맞게 타오르고 있고, 이제 남자는 옛날이야기를 해준다고 한다.

"어떤 이야기인가요?"

인희는 흔들의자를 난로 가까이, 남자 가까이 옮기며 묻는다. 들을 준비가 충분히 되었다는 뜻이었다.

"당신도 알고 있는 이야기, 하지만 당신의 기억 속에 영원히 묻혀버린 이야기랍니다."

"그게 뭐지요?"

"들어보세요. 그리고 가만히 마음으로 떠올려봐요. 어쩌면 내가 하는 이야기들을 기억해낼지도 모르니까요."

성하상은 싸그락 싸그락 사포질을 하면서, 한 번씩 벽난로 속의 주홍 장작불을 살피면서, 가만 가만 이야기를 시작했다.

천년 전의
사랑

그때가 언제인지는 정확히 말할 수 없어요. 아마도 지금으로부터 천년 전, 혹은 천오백 년 전인지도 모릅니다. 거기가 어디인지도 나는 확실히 당신에게 말해줄 수 없어요. 붉고 파란 비단옷들, 남녀노소 누구나 쓰고 있는 동그란 밀짚모자, 팔목에 늘어뜨리고 다니는 구슬팔찌들로 추측해보면 지금 우리가 살고 있는 이 땅이 아닌 것은 분명해요.

언제 어디에서 있었던 일인지가 중요한 것은 아닙니다. 그럼에도 나는 한동안 내가 본 그 영상이, 기록된 역사의 어디를 가리키는지 알고 싶어서 여러 종류들의 책들을 뒤적여 봤었지요. 그러나 아직도 거기가 어디인지 짚어낼 수 없어요. 다만 짐작으로 남부 아시아 근방 어떤 유목민족의 거주지가 아니었나 생각할 뿐이에요. 지금의 파키스탄 부근, 혹은 히말라야 근처의 북인도 지방이나 네팔일 수도 있겠다는 추측을 가끔 하기도 합니다.

당신은 지금 몹시 의아하다는 표정을 짓고 있군요. 맞아요. 당신이 기대했던 옛날이야기는 이런 것이 아니었을 테니까요. 하지만, 조금만 기다려봐요. 정말 흥미 있는 이야기가 나옵니다. 그 알 수 없는 먼 과거의 어느 땅에 한 여자와 한 남자가 살고 있었답니다. 보세요. 이젠 제법 이야기다운 이야기가 나오잖아요. 여자의 이름은 '수하치', 남자의 이름은 '아힘사'였지요.

수하치와 아힘사는 서로 사랑하는 사이였습니다. 수하치는 권세가문의 외동딸이었고 아힘사는 천민으로 태어나 수하치의 집에서 가축들을 기르며 더부살이를 하고 있는 처지였지만 사랑은 예나 지금이나 모든 조건을 초월하는 것이었기 때문에 두 사람은 서로를 극진히 아끼고 존중하였지요. 물론 수하치의 부모는 이런 사실을 모르고 있었습니다.

수하치는 매우 아름다운 처녀였습니다. 푸른 비단옷에 붉은 조끼를 입은 수하치의 아름다운 모습에 반한 청년들은 아주 많았습니다. 마을의 축제가 있는 날에는 수하치 앞에 깃털 달린 밀짚모자를 내밀며 춤을 추자고 청하는 남자들이 줄을 서곤 했었지요. 양 오십 마리 정도를 소유한 집안이라면 누구라도 수하치에게 춤을 청할 수 있었지만 아힘사는 노예나 다름없는 신분이었기 때문에 한 번도 수하치에게 춤을 청할 수가 없었답니다.

그러나 만월이 둥실 떠오른 밤이면 두 사람은 잠든 마을을 빠져나와 넓은 들판에서 새벽별이 뜰 때까지 실컷 춤을 추며 아름다운 사랑을 나누었으므로 아힘사는 모든 것을 다 참아낼 수 있었습니다. 수하치의 사랑이 자기한테 있다는 것을 잘 아는 아힘사는 있는 힘을 다해 수하치 가문을 위해 열심히 일을 하면서 그들의 사랑이 이루어질 날을 손꼽아 기다렸지요.

그러던 어느 해 봄이었습니다. 아힘사는 소와 양떼들을 몰고 평원으로 떠나게 되었지요. 평원에서 천막생활을 시작하면 몇 달은 집에 돌아올 수 없었지요. 한여름, 비와 습기가 많은 때나 되어야 잠시 집에 머무를 뿐 겨울까지는 그렇게 떠돌아다녀야 하는 것이 아힘사의 맡은 일이었답니다.

그해 봄에 아힘사는 평원으로 떠나기 직전 수하치에게 놀라운 소식을 들었지요. 그녀는 말했어요. 아마도 아힘사의 아이를 가진 것 같다고, 이제는 부모님한테 말씀드려야 할 때가 된 것 같다고, 당신이 평원에 나가있는 동안 모든 것을 부모님께 털어놓고 일을 잘 해결하겠노라고.

수하치의 얼굴은 비장한 각오로 가득 차 있었습니다. 그러나 반짝이는 눈빛만은 사랑의 결실을 기뻐하는 환희로 눈이 부실만큼 아름다웠지요. 수하치는 또 말했습니다. 저 하늘의 붉은 해가 아침 세상을 비추는 날이 계속되는 한, 영원히 당신만을 사랑하겠노라고.

아힘사는 너무나 기뻤습니다. 아마도 날아갈 듯한 기분이었겠지요. 양떼들을 지키는 낮에나, 모닥불 하나에 의지해 어둠을 견디는 깊은 밤에나 자신의 아이를 가진 수하치를 생각하면 온몸에 힘이 불끈불끈 솟는 것을 느낄 수 있었답니다. 그 황홀한 기쁨의 몇 달, 마침내 비가 시작되는 여름이 왔지요. 아힘사는 건강하게 자란 양떼들을 몰고, 조마조마한 심정으로, 그간의 일을 궁금해하면서, 마을로 돌아왔습니다.

그러나 모든 일은 이미 엉뚱한 쪽으로 끝나있었습니다. 아니, 엉뚱하다고 말할 수도 없는 일이었습니다. 아주 최악의 상황이었지요. 수하치는 벌써 다른 남자의 아내가 되어있었고, 수하치의 남편은 어여쁜 아내가 곧 아이를 낳을 것이라고 동네사람들에게 자랑을 하고 다니는 중이었습니다.

아힘사는 이내 모든 것을 눈치챘습니다. 수하치의 부모가 임신 사실을 숨기고 딸을 강제로 결혼시켰다는 것을 말입니다. 물론 수하치를 만날 수는 없었습니다. 하지만 아힘사는 수하치를 만나려고 애를 쓰지도 않았습니다. 사랑하는 수하치가 자신이 돌아온 것을 알고 얼마나 괴로워할지 그것을 걱정한 까닭이었습니다.

그랬습니다. 아힘사는 자신에게 닥친 불행보다 불행 속에 던져진 수하치를 더 근심했습니다. 수하치가 자신을 배반했다고는 생각하지 않았습니다. 처음엔 땅이 꺼지는 듯 절망했지만 그런 모습이 행여 수하치 눈에 뜨일까 곧 자신을 나무라기 시작했지요.

그리고 말로 다할 수 없는 비극이 연달아 일어났습니다. 아힘사는 수하치의 마음을 조금이라도 편하게 해주려고 마을을 떠나 방랑생활로 들어섰습니다. 자기가 없어지면, 눈에 안 보이면, 괴로움이 다소나마 덜할 것이라고 믿었지요.

하지만 수하치는 못 이룬 사랑의 고통을 이겨내지 못했습니다. 떠돌면서 피눈물을 흘리고 있을 아힘사를 생각하면 밥도 넘길 수 없었고 잠도 잘 수가 없었습니다. 결국 수하치는 그해 겨울 딸을 낳은 뒤 사흘 만에 스스로 목숨을 끊었습니다.

아힘사는 수하치의 죽음을 뒤늦게 알았지요. 수하치의 죽음이 자신에 대한 속죄임을 잘 아는 아힘사는 그 길로 식음을 전폐했지요. 물 한 모금도 입에 넘기지 않았답니다. 마침내 아힘사도 수하치를 따라 이 세상을 떠나고 말았습니다. 아힘사가 마지막 숨을 거둔 자리는 수하치가 묻혀있는 바로 그 무덤가였어요…….

그리고……

"기억이 나는 이야기인가요?"

성하상이 물었다. 인희는 고개를 흔들었다. 숨죽여 그의 이야기를 들었지만, 그러나 알고 있는 이야기는 결코 아니었다.

"수하치에 대해서, 당신은 정녕 아무것도, 아주 작은 것이라도 생각이 나지 않나요?"

성하상은 다시 물었다. 인희는 역시 고개를 흔들었다.

"슬프고 아름다운 연인의 전설을 말한 것이 아니던가요?"

이번에는 인희가 반문했다. 이 남자는 왜 자꾸 기억이 나지 않느냐고 묻는 것일까. 대체 지금으로부터 천년 전, 혹은 천오백 년 전의 수하치라는 여자에 대해서 그는 무엇을 알고 있다는 것일까.

"만월의 푸른빛이 가득한 들판에서 수하치가 부르던 노래를 당신은 기억할 수 없나요?"

성하상은 그녀의 무릎에 손을 얹고 흔들의자에 앉은 여자의 얼굴을 뚫어질 듯이 바라보았다. 그의 눈은 전에 없이 집요했고, 잠깐만에 거짓말처럼 눈물이 가득 고였다.

인희는 당황했다. 눈앞의 성하상은 이제까지 조용하고 아늑하던 그 성하상이 아닌 것 같았다. 그는 뭔가, 어쩌면, 그 천년 전의 시간 속에서 아직도 나오지 않고 있는 사람처럼 보였다.

"말하지요. 다 말하겠어요. 당신이 모르는 것은 당연해요. 그러나 이젠 알아야 해요. 당신은 천년 전에 죽은 수하치예요. 천년 전에 당신이 그토록 사랑했던 아힘사는 바로 나예요……."

천년 후의
사랑

당신은 지금 두려운 표정이군요. 그래요. 현실을 떠난 이야기를 하면 사람들은 누구나 두려움을 느끼기 마련입니다. 하지만 내가 배우고 있는 마음의 수련은 허황한 신비주의의 산물들이 아닙니다. 나는 영혼 속에 가라앉은 삶의 근원을 보고자 하는 사람입니다. 영혼의 뿌리를 만질 수 있으면 세상에 두려움이 없습니다. 자신의 온 정성을 하나의 대상에 기울이면 그 대상의 근원에 닿을 수 있다는 간단한 진리를 두려워하지 마세요.

당신은 내가 왜 이 노루봉에 들어와 있는지 이젠 다 아시지요. 나는 당신에게 내가 살아온 날들을 거의 다 말한 셈입니다. 그래요, 당신. 나는 스승 범서 선생을 처음 만나던 날의 기이한 경험을 말해주었을 때 당신이 보여주었던 그 끝없는 신뢰의 눈빛을 지금 기억합니다. 당신이야말로 내가 만난 사람들 중에서 유일하게 그 경험을 믿어준 사람입니다. 내가 당신을 믿듯이 당신도 나를 믿지요.

그렇다면 당신, 수하치와 아힘사의 천년 전의 사랑도 믿으셔야 합니다. 나는 분명히 그들을 보았답니다. 내가 본 우리의 전생이 이토록 선명함을 어떻게 설명해야 할까요. 천년 전의 나, 아힘사를 당신한테 보여줄 수 있다면 얼마나 좋을까요. 천년 전, 푸른 비단옷을 입고 마을축제에서 춤을 추던 수하치를, 아니 당신의 모습을 지금의 당신한테도 보여줄 수 있다면 얼마나 좋을까요.

당신도 그 토굴을 보았지요. 그래요, 물푸레나무숲을 지나서 계곡 왼쪽에 깊숙이 숨어있던 그 토굴 말입니다. 내가 우리들의 전생을 본 곳이 바로 거기였습니다. 깊고 고요한 굴속에 앉아 천년 전의 한평생을 살아낸 시간은 정말 찰나였습니다. 전생의 삶에서 다시 이승의 삶으로 돌아왔을 때 나는 아직도 수하치를 부

천년의 사랑

르며 울부짖고 있었습니다. 너무도 생생하게 떠오르는 수하치와의 이루지 못한 사랑, 그녀의 동그란 무덤가에서 들려오던 이름 모를 슬픈 새의 노래.

나는 전생의 시간에서 벗어난 뒤에도 끊임없이 천년 전의 수하치를 생각하고 있었지요. 밤에 자다가도 수하치를 부르며 흐느껴 울곤 했습니다. 그런 나를 나도 어찌할 수가 없었습니다. 아무리 명상에 정진해도, 아무리 스승의 가르침 속으로 복귀하려고 해도, 내가 나를 어떻게 해볼 수가 없었습니다. 그래서 마침내 스승의 한 말씀을 얻었지요. 정히 피할 수 없다면 전생을 이어받아 금생에서 완성하라, 고 스승은 말씀하셨습니다.

그러나 당신을 만나기 전까지 나를 사로잡고 있던 수하치는 천년 전의 여자였을 뿐, 현실의 수하치는 결코 아니었습니다. 나처럼 다시 인간으로 환생해서 한평생을 살았으리라는 짐작은 했지만 어느 때 어느 땅에 살았는지 내 힘으로 알 수가 없었습니다.

그리고, 두 해 전 여름, 여기 이곳의 계곡에서, 마침내, 나는 현실 속의 수하치를 만났습니다. 당신도 생각나지요? 그 여름, 우리에게 닥쳤던 첫 만남을 당신도 어제 일인 양 떠올릴 수 있지요? 그래요, 그랬지요. 운명은 결국 당신을 여기 이곳으로 불러들인 것이었습니다. 당신이 나와 동시대에 살고 있다는 것을 확인시켜 주고 나로 하여금 삶의 길을 결정하도록 하기 위해 당신은 그때 여기로 온 것입니다.

바위에 앉아 소용돌이치며 흘러가는 계곡물을 물끄러미 바라보던 당신을 처음 보는 순간, 나는 숨이 멎는 기분이었습니다. 수하치, 나도 모르게 그 이름이 내 입에서 흘러나왔습니다. 내 심장이 그토록이나 빠르게 뛰었던 적이 있었을까요. 푸른 비단옷을 입었던 천년 전의 수하치와 흰 티셔츠를 입고 있는 현실의 당신 사이에 천년의 시간이 있었지만, 그러나 나는 단 한순간에 당신을 알아보았습니다. 천년이란 시간을 뛰어넘어서 나는 빛처럼 빠르게 당신 속으로 들어갔습니다.

그다음은 당신이 더 잘 알고 있지요. 당신을 그대로 스쳐 보내지 않으려는 운명의 힘은 당신이 그 자리에 지갑을 놓아두고 가는 것으로 나타나지 않았습니까. 지갑 속, 당신의 신분증으로 나는 다시 한 번 당신이 수하치임을 확인했지요. 당신의 얼굴이 내 명상 속에 처음으로 뚜렷하게 떠올랐던 그날이 4월 20일이었습니다. 당신은 바로 그 날짜의 기운을 받아서 이 세상에 태어났던 것입니다.

당신은 몰랐겠지만, 지갑을 전해주고 함께 있던 몇십 분의 시간 동안 나는 줄곧 떨고 있었습니다. 당신의 한 마디 한 마디, 무심히 보여주는 몸짓 하나 하나, 먼 데를 보는 당신의 그 서늘한 눈매, 이 모든 것이 내 명상 속의 수하치와 어떻게 그렇게 한 치의 다름도 없이 똑같을 수 있는 것인지, 나는 그저 전율하고 또 전율할 뿐이었습니다.

그날 이후의 시간들에 대해서는 더 이상 말하지 않겠습니다. 내가 얼마나 당신을 갈망했는지, 당신에게로 가는 이 가없는 사랑을 어떻게 참아내고 있었는지는 당신에게도 다 전해졌을 것입니다. 그런 것은 아무래도 좋습니다. 지금 이렇게 당신과 함께 있을 수 있다는 사실만으로도 나는 너무나 충만합니다.

이제야 내 곁으로 돌아온 당신.

이제 나는 당신을 두고 평원으로 떠나지 않습니다. 이제 나는 당신을 두고 하염없는 방황의 길을 택하지 않습니다. 나는 절대로 당신을 놓치지 않을 것입니다. 당신이 절망의 강을 건너도록 그냥 보고만 있지는 않을 것입니다. 그런 일은 있을 수 없습니다.

당신, 울고 있군요. 울지 마세요. 여기, 이 손수건으로 눈물을 닦으세요. 나를 가장 아프게 때리는 것은 당신의 눈물입니다. 제발, 울지 마세요. 천년 전에 못 이루었던 수하치와 아힘사의 사랑은 천년 후 여기서 다시 이룹니다. 우리가 지금세상에 다시 태어난 것은 바로 그 일을 하고자 함입니다.

이제야 내가 누구인지 알아보는 당신, 천년 전에 당신은 수하치였지요. 그리고 나는 아힘사였답니다…….

천년 전에 하던 장난을
바람은 아직도 하고 있다.
소나무 가지에 쉴 새 없이 와서는
간지러움을 주고 있는 걸 보아라
아, 보아라 보아라
아직도 천년 전의 되풀이다.

그러므로 지치지 말 일이다.

사람아 사람아
이상한 것에까지 눈을 돌리고
탐을 내는 사람아.

_박재삼「千年의 바람」

완전한
사랑

천년 전에 당신은 수하치였지요. 그리고 나는 아힘사였답니다…….

인희는 성하상의 말을 있는 그대로, 한 점 의혹도 없이 받아들였다. 처음엔 두려웠지만 이내 모든 것을 이해할 수 있었다. 성하상이란 남자를 믿기 시작했으므로 그가 하는 말 역시 의혹 없이 받아들였다. 그것 말고 무엇으로 두 사람의 존재를 설명할 수 있을까. 천년 전의 그 일이 아니고서야 어떻게 이런 사랑이 가능할 수 있을 것인가.

그 말이 있은 후로 인희는 너무도 편안했다. 이제는 감히 말하지만, 그녀에게 티끌만큼도 동요도 없었다. 스물여덟 해의 이 삶이 그토록 얽히고설켜서 가시밭길로만 치닫던 것도 온전하게 이해할 수 있었다. 천년의 세월이 흘러야만 완성되도록 운명 지워진 사랑, 그 사랑을 매듭지으려고 내가 여태 숨 쉬고 살았구나, 생

천년의 사랑

각하면 모든 갈등이 사라지고 삶이 선명해졌다.

몽상에 불과할 수도 있는 남자의 이야기를 눈곱만큼의 의심도 없이 받아들이는 스스로를 놀랍다고 생각한 적도 없었다. 그러기는커녕, 마음속에 남아 때때로 그녀를 불안하게 했던 모든 의문들이 일시에 걷혀 환하고 밝은 기분으로 자신의 현재를 다시 볼 수 있었으므로 산장에서의 나날이 훨씬 명랑해졌다. 이제야말로 그녀는 성하상이란 사람을 온전하게 사랑할 수 있을 것이란 예감을 가졌다.

그리고 그 예감은 틀리지 않았다. 아니, 예감 이상이었다. 인희는 이제 닥쳐올 앞날이 조금도 두렵지 않았다. 세상과 싸워나갈 일이 하나도 겁나지 않았다. 지금부터는 그녀 혼자가 아닌 것이었다. 세상에 달랑 혼자만 던져진 것이 결코 아닌 것이었다. 그녀 옆에는 언제나 그가 있을 것이기에.

과거를
청소하다

그리고 때가 왔다.

그 아침, 인희는 잠에서 깨어나기 직전 작은 산새 한 마리가 날개를 푸득거리며 해 저무는 숲으로 날아가는 모습을 보았다. 너무도 선명한 영상이어서 눈을 뜨고도 그 시각이 석양이 아니고 이른 아침이라는 사실에 한참동안 고개를 갸웃거릴 정도였다.

"지금도 그 날개가 환히 보여요. 아주 깨끗하고 조그마한 산새였어요."

벽난로를 지펴 마루방을 따뜻하게 달구고 있던 성하상은 그녀의 말에 돌처럼 굳어졌다. 그렇지 않아도 인희가 평소보다 일찍 일어나 나오는 것에 약간의 불안을 느끼고 있던 그였다. 그런데 날개 치며 날아가던 산새라니, 그것은 조금 전의 명상시간에 그도 보았던 환영이었다.

"몸은 어때요?"

"아직은요. 여태도 눈이 안 녹았는데 지금은 곤란하잖아요?"

인희는 남자의 굳어진 얼굴을 풀어주기 위해 일부러 씩씩하게 웃어 보인다. 열이 좀 있다는 것 외에 다른 증상은 아직 없다. 그러나 성하상은 여자의 얼굴이 다른 날과 다르다는 것을 느낀다.

"너무 일찍 일어났어요. 마루가 덥혀질 때까지 이불 속에 누워 있다 나와요. 아침밥이 다 되면 내가 부를 테니까 꼼짝 말고 누워 있도록 해요."

그에게 등을 밀려서 인희는 다시 방으로 들어왔다. 어둠은 가셨지만 해는 아직 산 위로 솟지 않은 시각이었다. 인희는 이불 속으로 들어가는 대신 시렁 위에 얹어놓은 여행가방을 꺼냈다. 문득 그 가방을 정리해놓고 싶다는 생각이 들었다.

언젠가는 시간을 내서 가방 속에 담겨진 쓸쓸한 삶의 흔적들을 지워버려야겠다는 생각을 한 것이 오늘 처음은 아니었다. 자신이 천년 전의 수하치였다는 것을 알고 난 이후 그녀는 오인희로서 살아온 세월들에 더 이상 미련을 갖지 않기로 했었다. 그렇다

천년의 사랑

면 가방 속에 들어있는 몇 장의 기록들, 그리움이나 추억이 묻어 있는 몇 가지 물건들을 계속해서 간직하고 있을 것인지 한번쯤은 정리할 필요가 있었다.

추억을 정리하기, 혹은 그리움을 청소하기. 자신의 행위에 그런 이름을 붙여보면서 그녀는 한 시간쯤 시간을 보냈다. 몇 권의 일기장과 기억하고 싶어 남겨두었던 몇 장의 편지들은 벽난로 속에 던져버리기로 마음을 먹었다. 흔적이 필요하다면 지금부터 남기면 될 것이었다. 삶의 이유를 알게 된 지금부터 흔적을 남기는 일에 충실할 것, 인희는 스스로를 향해 그렇게 말하면서 과거의 사진들도 한쪽으로 밀어두었다.

그 모든 것을 정리한 뒤에 남은 것은 단 세 가지였다. 하나는 오직 그녀의 노동만으로 만들어낸 약간의 돈이 들어있는 은행통장이었고, 또 하나는 성하상이 그녀에게 보냈던 편지묶음이었다. 다소 성가셔하며 버리고 말았던 처음의 편지들을 제외하고서도 그것은 제법 상당한 양이었다.

그리고 마지막으로 남긴 하나는 아무 모양 없이 밋밋하게 만든 순금반지였다. 그것은 겨우 한 돈쯤이나 될까 말까한 작고 가벼운 반지였지만 한 번도 손가락에 끼어보지 않은 새것이어서 순금만이 발할 수 있는 묵직하면서도 은근한 광휘를 유감없이 보여주고 있었다.

그 반지를 낄 사람은 아직 이 세상에 태어나지 않았다. 아이와의 만남을 애타게 기다리던 서울에서의 어느 날, 인희는 불현듯 거리로 나가 이 반지를 샀었다. 아이가 태어나 이 반지를 낄 만큼 손가락에 살이 오르면 그때 이것을 주리라. 이 반지를 낄 수 있는 날이 오면 무릎을 맞대고 앉아서 홀로 살아온 날들의 외로움과 너를 만날 수 있어 기뻤던 날들을 이야기해주리라. 아이의 고사리 같은 손가락에 나날이 살이 오르는 것을 훔쳐보며 그날을 기다리는 즐거움으로 나머지의 고난을 이겨내리라.

아이를 뺏길지도 모른다는 생각에 밤잠을 설쳤던 날들 중의 어느 하루에 산 그 반지는 그녀에게 많은 위안을 주었다. 이제 앞날에의 불안은 사라졌지만 그래도 다 자란 아이가 이 반지를 끼고 있는 모습을 떠올리자니 두 눈에 금세 눈물이 가득 고였다. 인희는 상자에 반지를 다시 넣다 말고 문득 깨끗한 종이 한 장을 마련했다. 그리고 거기 이렇게 썼다.

'순금처럼 아름답게 살아갈 내 아이에게.'

정성스럽게 종이를 접어 반지 상자에 담아놓는 것으로 그녀의 추억 청소는 끝이 났다. 그녀는 태울 것들을 가슴에 안고 마루로 나왔다. 마침 성하상은 김이 무럭무럭 오르는 뜨거운 국을 푸고 있었다.

"된장국을 끓였어요. 냄새가 구수하지요? 그런데 그건 뭐하려고요?"

"짐정리를 했거든요. 태울 것들이에요."

기세 좋게 타오르는 장작 사이에 던져진 종이뭉치들은 단숨에 불꽃을 일으키며 사그라지기 시작했다. 그녀에게 드디어 첫 신호가 날아든 것은, 벽난로 앞에 앉아서 불꽃이 갉아먹는 글자들, 불꽃 속으로 휘말려 들어가는 인화지 속의 얼굴들을 지켜보고 있던 바로 그 순간이었다. 그녀는 아랫배를 스쳐가는 날카로운 통증을 느끼며 자신도 모르는 사이 짧은 비명을 질렀다.

"왜 그래요? 불에 데었어요?"

비명과 거의 동시에 성하상이 뛰어왔다. 인희는 고개를 흔들었다. 통증은 스쳐갔을 뿐이고 그가 뛰어와 자신을 안았을 때는 다시 아무렇지도 않았다. 그러나 남자는 자신이 껴안은 여자의 몸이 너무나 뜨거운 것을 깨닫고 깜짝 놀라지 않을 수 없었다. 산장에서 같이 생활하는 동안 여태까지 여자한테 이만큼 열이 올랐던 적은 없었다.

"몸이 몹시 뜨거워요. 왜 그렇죠?"

남자는 여자의 작은 손을 쥐어보았다. 바삭바삭 타버릴 정도로 뜨거운 손이었다.

"괜찮아요. 난로 앞에 있어서 그래요."

"그런 것 같지 않아요. 봐요. 지금 오한이 나는군요. 떨고 있어요."

성하상은 여자를 더욱 감싸 안았다. 인희는 그제야 자신이 떨고 있다는 것을 깨달았다. 그리고 두 번째의 통증이 그녀에게 다가왔다. 이번엔 비명을 지르지 않았다. 그때는 그녀도 확실히 알 수 있었다. 자신의 몸 안에서 뭔가 일이 일어나고 있다는 것을. 그리고 그 일이 자신이 긴 시간 간절하게 기다리던 새 생명과의 만남이라는 것도.

"오늘이야말로 우리 두 사람 모두 밥을 아주 많이 먹어둬야 할 날 같은데요. 국이 식기 전에 얼른 식탁으로 가요."

인희는 남자의 얼굴을 올려다보았다. 그도 모든 것을 알아차렸다. 고개를 끄덕이며 여자를 보는 남자의 얼굴이 탱탱한 긴장에 휩싸였다.

마침내
끝이 보인다……

그 아침의 고요함은 식탁에서의 몇 분을 마지막으로 끝이었다. 열이 솟구쳤고 통증의 간격은 짧아졌으며 고통은 점점 더 심해졌다. 인희는 사랑하는 사람을 조금이라도 덜 괴롭힐 수 있는 일은 그것뿐이라는 듯이 기를 쓰고 밥 한 공기를 다 비웠다. 밥그릇을 비운 여자가 남자한테는 눈물겹도록 고마울 뿐이었다. 실제로 그는 식탁에서 일어나는 여자의 어깨를 가볍게 안으면서 기어이 눈물을 비치고야 말았다. 이제부터 그녀가 겪어야 할 고통을 생각하면 가슴이 뻐개지는 것만 같아서였다.

그리고 성하상은 바람처럼 달려 산을 내려갔다. 그녀를 산 아래까지 데려갈 청년 몇 사람을 청하기 위해서였다. 만삭의 그녀를 옮기기 위해 이미 들것을 만들어놓았으므로 사람만 구하면 별일 없이 병원에 데려갈 수 있을 것이었다. 조금도 그녀를 다치지 않게 하기 위해 그는 벌써 열 번도 넘게 이런 일에 대한 마음의 각오를 단단히 해둔 바 있었다. 그럼에도 눈에 덮여 길이 감추어진 산을 내려가는 그의 심장은 터질 듯이 뛰고 있었다.

천년의 사랑

그가 마을에 내려간 사이 인희는 입원에 필요한 물건들을 챙기고 있었다. 충분히 예상했던 일이었으므로 두렵지 않으리라 생각했었는데, 예상했다고 흔들리지 않는 것은 아니었다. 무슨 일이 있어도 옆에서 그가 지켜줄 것이라는 믿음이 태산에 기대고 있는 것만큼이나 든든했으나 시간이 흐를수록 오한이 심해지는 것과, 손끝으로 기운이 다 빠져나가는 듯한 기분 나쁜 느낌은 그녀를 평정 속에 놓아두지 않았다.

그런 그녀 곁에는 미루가 있었다. 미루는 성하상이 마을 청년들을 데리고 돌아올 때까지 한시도 그녀 곁을 떠나지 않았다. 이윽고 성하상이 돌아왔을 때는 산장이 울리도록 반갑게 짖어대던 미루였다.

다음부터는 실로 악전고투였다. 들것에 실려 영하의 산길을 내려가는 일이 결코 쉬운 것은 아니었다. 미끄러질 때도 한사코 들것을 놓지 않았던 성하상의 경우에는 거의 온몸에 다 멍이 들었다고 말해야 맞을 것이었다. 그것보다 더 심각했던 것은 이빨이 맞부딪칠 정도로 시시각각 더해가는 그녀의 오한이었으나 인희는 차마 그 말을 할 수가 없었다. 그래서 수십 번도 더 들려온 성하상의 "괜찮아요?"라는 그 걱정에 가만히 고개만 끄덕이고 말았던 그녀였다.

하지만 마을에서 기다리고 있던 택시에 옮겨진 뒤로는 더 이상 그에게 숨길 수가 없었다. 성하상도 당장에 여자가 극심한 오한에 떨고 있다는 것을 알아차리고 말았다.

성하상이 마음의 평정을 잃기 시작한 것은 바로 그때부터였다.

그는 여자의 핏기 없는 입술에 달라붙은 까만 피멍울을 보았다. 그것이 괴로움을 참기 위해 입술을 깨물다가 생겨난 것이라는 사실을 깨닫자마자 그는 걷잡을 수 없이 흔들리기 시작했다. 아침부터 마음을 집중시킬 수 없어 다소 불안했던 그였다. 여자에게 무슨 일이 닥친다면, 이라고 생각하자마자 눈앞이 아득해져서 이젠 아예 허둥대는 그였다.

택시 안에서, 그리고 병원에 도착해 입원수속을 하면서, 썰렁하기 짝이 없는 병실에 누워있는 여자를 보면서, 그가 얼마나 많이 소리 없는 눈물을 흘렸는지는 아무도 모를 것이었다. 인희조차도 자신의 고통을 감당하느라 전혀 그를 돌아볼 여유가 없었다.

마치 땀인 것처럼 그렇게 끊임없이 얼굴을 적시는 눈물을 손수건으로 닦아내면서 성하상은 한순간도 그녀의 얼굴에서 눈을 떼지 않았다. 그녀를 위해 자기가 할 수 있는 일이 너무나 적다는 사실 앞에서 그는 맥이 다 빠지고 말았다. 그녀가 겪고 있는 아픔의 십분지 일, 아니 백분지 일이라도 덜어 줄 수 있다면 자신의 목숨을 던져서라도 그렇게 하고 싶은 마음뿐이었다.

병실에서

병원에 도착해서 입원실의 침상에 등을 대는 순간 인희는 가만히 안도의 한숨을 쉬었다. 이제 힘든 일은 다 끝났다는 생각 때문이었다. 지금부터는 성하상, 그 사람도 의사와 간호사한테 의지해서 조금은 쉴 수 있으리라 생각하니 더욱 마음이 놓였다. 자신이 겪고 있는 아픔을 견디는 일보다 어쩔 줄 모르며 애태우는 남자를 그저 속수무책으로 보고 있는 것이 훨씬 힘들었던 그녀였다.

마음을 놓아서인가. 인희는 자신의 몸이 자꾸만 땅 밑으로 가라앉는 느낌에 시달려야만 했다. 진통은 점점 간격을 좁히고 있었고, 그녀가 알기로 이제부턴 없는 힘도 끌어모아서 새 생명의 탄생에 바쳐야 할 시각이었다. 그런 시간에 손가락 하나 들어 올릴 힘도 없이 그저 눈 감고 자버리고 싶은 욕망에 시달려야 한다는 것은 아주 불길한 징조였다.

이래선 안 돼. 정신을 차려야지. 지난봄, 새 생명이 움트고 있다는 것을 안 이후 오늘이 오기를 얼마나 기다렸는가. 난 잘할 수 있어. 멋지게 이 고비를 넘겨버릴 거야. 그래서 이 땅에 더운 숨쉬는 내 핏줄 하나를 뿌리내리게 하고 말거야.

"조금만 기다려요. 의사가 지금 수술 중이라니까 조금만 기다리면 당신에게 올 겁니다. 이 도시에서는 가장 유능한 의사라고 소문이 자자한 분이니 아무것도 걱정하지 말고 마음 푹 놓아요."

성하상은 바싹 마른 가랑잎처럼 야윈 여자의 손을 잡았다. 손은 여전히 뜨거웠고, 고열에 시달려 부풀어 오른 입술과 자꾸만 처지는 여자의 눈시울이 아무래도 심상찮아서 그는 도무지 마음을 놓을 수가 없었다. 저런 상태로는, 도저히, 성한 사람도 죽을 만큼 힘들다는 출산을 감당할 수 있을 것 같지가 않았다.

그러나 온몸이 옥죄어오는 이런 절박감은 오직 성하상 그 혼자만의 몫이었다. 환자를 침상에 눕힌 뒤 기초적인 검사 몇 가지를

하고 사라진 간호사는 거의 한 시간이 지나도록 병실에 얼굴도
비치지 않았다. 물론 그사이에 성하상은 몇 번씩이나 아래층 진
료실로 내려갔었다. 그러나 간호사는 한 사람뿐이었고, 그나마도
진료를 기다리는 외래환자들 수발에 바빠서 그의 재촉에 잔뜩 성
가신 대답만 돌아올 뿐이었다.

"아직 멀었어요. 초산이면 내일에나 낳을지도 몰라요. 병실에
서 기다리고 계세요."

"출산이 문제가 아닙니다. 저 사람, 지금 온몸이 불덩이인데다
원래도 정상적인 건강이 아니라서 이러는 것 아닙니까. 제발, 일
분일초가 급합니다."

"그럼, 얼음베개 하나 가져가세요. 해열제도 의사선생님이 와
야 처방을 할 수 있어요. 곧 끝나니까 기다리세요."

그가 보기에도 간호사가 할 수 있는 일은 그 이상 없을 것 같았
다. 일분이라도 빨리 의사에게 보이고 싶어서 미친 듯이 산을 내
려왔던 것이나, 대절한 택시 안에서 그토록 조바심을 친 것이 그
저 허망할 뿐이었지만, 그녀를 의사가 있는 다른 병원으로 옮겨
야한다는 판단은 쉽게 내려지지 않았다. 찬바람 부는 거리로 그
녀를 다시 데리고 나간다는 것은 차마 못할 짓이었다.

그가 할 수 있는 일은 여자의 옆에 앉아서 그녀의 작은 손을 쥐
고 갈라지는 입술에 물을 축여주는 것이 다였다.

"한숨 자요. 자고 일어나면 혹시 열이 내릴지도 모르잖아요."

자지 않으려고 애쓰는 여자에게 그는 말했다. 여자는 고개를
흔들었다.

천년의 사랑

"그러면 영영 깨어나지 못할 것 같은 기분이 들어요. 한 번씩 배가 뒤틀리면 죽고 싶도록 아픈데도 잠이 오는 것 보세요. 내가 이런 잠꾸러기인 줄 몰랐어요……."

그러면서 여자는 우는 듯이 웃었다. 여자의 그 웃음이 너무나 안쓰러워서 남자는 그 얼굴에 가만히 자신의 얼굴을 포갰다.

새,
날아가다

"저런 상태로는 자연분만을 기대할 수 없어요. 환자의 병력을 모르는 상태에선 수술도 위험합니다. 지금 몇 가지 검사를 하고 있지만 시간이 없어요. 시간만 있다면 지금이라도 당장 서울의 큰 병원으로 옮기라고 하겠습니다만, 그러기로는 분만이 촉박하고 환자 체력이 급속도로 떨어지고 있어서 자신할 수 없어요."

"그럼, 어떻게 해야 합니까?"

성하상은 의사 앞으로 바싹 다가앉으며 마치 비명을 지르듯이 물었다. 그렇다면, 이것도 저것도 안 된다면, 도대체 저 여자를 그냥 죽입니까…….

"왜 진작 손을 쓰지 않으셨어요? 원인 모를 고열이 일 년 이상 계속되고 있었다면 이미 체력이 한계에 달했다고 보아야 합니다. 열이 난다는 것은 어떤 균과 대항해서 몸이 싸우고 있다는 이야기입니다. 그런 상태에서 임신을 지속시키는 것은 짚을 지고 불

속에 들어가는 것과 똑같은 이치입니다. 이제 와서 발열의 원인을 밝혀낸다 해도 이미 늦었습니다. 맥박도 약하고, 자궁수축도 완전히 비정상입니다. 도리가 없어요."

의사는 냉정하게 고개를 흔들었다. 성하상은 그 순간 날개 치며 날아가는 한 마리의 작은 산새를 눈앞에 보았다. 그 환영은 아침에 두 사람이 똑같이 본 것이었다. 이것이었던가. 파드득거리며 날아가던 산새는 그럼 목숨보다 소중했던 저 사람이었던가. 발갛게 물든 노을 속으로 하염없이 빨려 들어가던 그 산새가 천년 만에 다시 만난 내 사랑일지 모른다는 그 불안감이 사실이었던가.

"위험하긴 하지만, 보호자가 동의한다면 수술을 할 수는 있습니다. 어차피 다른 병원에 가더라도 지금으로선 그것 이외의 최선책을 찾기 어려울 것입니다. 태아를 살리기 위해선 그 길밖에 없는 것도 사실입니다."

"……."

"솔직히 말씀드리면 이런 상황에 제왕절개로 들어가면 수술 중에 어떤 위기상황이 닥칠지 자신할 수 없어요. 산모의 지금 상태로는 수술을 강행한다는 것도 엄청 무리니까."

"산모를 포기해야, 그래야 아이가 무사합니까?"

성하상은 간신히 그렇게 묻는다. 지금 의사가 그렇게 말하고 있다는 것을 잘 알면서도 혹시 싶어서 그렇게 묻는다.

"꼭 그렇다기보다, 자연분만을 기다리다간 아이까지 위험해서 문제라는 것이지요. 둘 다 위험 속에 방치하느니 하나라도 안전한 쪽을 택하자는 뜻입니다."

천년의 사랑

"안돼요. 그 사람도 살려야 합니다. 오늘 아침까지도 얼마나 씩씩했는데요. 이렇게 금방, 이렇게 금방……."

성하상은 말을 잇지 못한다. 의사는 다시 한 번 꼼꼼하게 환자의 검사기록을 들여다본다. 작은 표정 하나라도 놓치지 않으려고 의사의 얼굴을 주시하는 성하상, 그의 시선을 차마 바로 보지 못하고 기록만 읽는 의사. 한참 만에 의사가 먼저 입을 열었다.

"최선을 다해봅시다. 발열의 원인을 모르니까 어떤 위기상황이 닥칠지 예측불허라는 것이 문제입니다만, 수술이야 어려운 것이 아니니까요. 여태도 저런 몸으로 견디었는데, 아마 잘 견딜 겁니다. 너무 걱정 마세요."

의사의 마지막 말은 망연자실 굳어있는 그를 향한 위로의 소리처럼 들려왔다. 성하상은 그렇게밖에 들을 수 없었다. 그는 아무 말 없이 의사 앞에서 물러나왔다.

"수술을 하려면 보호자 서명이 들어있는 수술동의서가 필요합니다."

뒤에서 들려오는 의사의 말, 성하상은 입술을 꽉 깨물었다. 이 수술을 결정할 사람이 있다면 오직 그녀 한 사람밖에 없었다. 어쩌면 그녀는 이런 상황이 오리라는 것을 알고 있었을 것이다. 그렇다면 그때에 어떻게 하겠다는 것을 이미 결정해놓고 있을지도 몰랐다. 그녀가 원하는 대로 할 것이다. 그녀가 하고자 하지 않는 일은 아무것도 하지 않을 것이다.

그가 그렇게 마음의 결정을 내렸을 때였다. 갑자기 그의 가슴을 찌르는 어떤 예감이 왔다. 그것은 분명히, 틀림없이, 병실에서 그녀가 자기를 부르는 소리였다. 그녀에게 무슨 일이 생기고 있는 것이다.

거기까지만 생각하고 성하상은 바람처럼 복도를 달려갔다. 기다려, 내가 간다. 당신이 부를 때, 나는 언제나 당신 곁에 있을 것이다.

남겨진
말

땅 밑으로 가라앉고 있다.

정신이 가물가물하다.

어디 먼 데로 떠나려고 하는 의식을 붙잡아두기 위해 그녀는 온갖 힘을 다 동원했다. 이대로 어둠 속으로 떨어져 내릴 수는 없었다. 정녕 그럴 수밖에 없다면, 기어이 암흑 같은 지하의 수렁으로 떨어져야 하다면, 그 전에 잠시라도 그를 한번 보고 싶었다.

그녀는 간신히 눈을 뜨고 병실 문을 뚫어져라 쳐다본다. 두렵지는 않았다. 산장에서 그와 함께했던 짧은 시간들을 보내며 가끔씩 너무 과분한 행복이라고 근심하지 않았던가. 이런 고통이 차라리 내겐 익숙해, 익숙하니까 잘 해낼 수 있을 거야, 하고 그녀는 안간힘을 다해 스스로를 위로했다.

그렇지만 그 사람이 곁에 없는 게 불안했다. 성하상, 그 사람을 곁에 두고 싶었다. 그래야 힘을 내 이 고통을 뿌리칠 것 같았다.

이젠, 그 사람 없이는 아무것도 할 수 없어…….

그 사람은 어디로 갔을까. 지금 나는 어떻게 된 것일까. 이렇게 정신을 놓아버리면 태어나려는 내 아이는 어떻게 된단 말인가. 아, 그런데 그는 어디에 있을까. 할 말이 있는데. 꼭 할 말이 있는데. 혹시 이대로 암흑이 날 덮친다면, 다시는 그 사람을 볼 수 없다면, 그러니까 꼭 지금 말해야 하는데…….

그래서 그녀는 마음속으로 온 힘을 다해 그를 불렀다. 빨리 나에게 와주세요. 지금 당장, 지금 당장.

그리고 잠시 후 그가 왔다. 숨이 턱에 차도록 헐떡거리며 들어선 그는 물어볼 것도 없이 여자를 품에 안았다. 그의 가슴 안에서 여자가 말했다.

"아이를, 내 아이를, 아프지 않게 해주세요……."

여자의 더듬거리는 그 말을 남자는 가슴 깊이 새겼다. 이것이 여자가 간직하고 있던 운명의 결정이라는 것을 그는 이해하였다. 그리고 이어서 마지막 한마디가 여자의 메마른 입술을 비집고 간신히 새어나왔다.

"아주 오래전부터, 천년 전부터, 당신을 사랑했다는 것을 믿어요……."

기어이
그녀를 보내다……

마침내, 침몰이 있었다.

물살에 이리 밀리고 저리 밀리던 작은 배 하나는 스며든 물의 무게를 견디지 못하고 가라앉아버렸다. 그 침몰은 거짓말처럼 조용하게, 마치 한 자루의 촛불이 가느다란 바람 한 줄기에 스러지고 말듯이 그렇게 소리도 없이 이루어졌다.

나는 그것을 보았다. 차라리 가라앉기를 희구하던 작은 배의 큰 고통을. 아, 그리고 나는 느꼈다. 묵묵히 천년 전의 자리로 되돌아가고 있는 영원 속의 정적을.

울었던가, 나는. 가라앉아버린 작은 배가 겨우겨우 남겨놓은 몇 방울의 물거품 앞에서 나는 울었던가. 눈물 같은 촛농 몇 방울을 남겨놓고 스러져버린 촛불 앞에서 나는 울었던가.

이상한 일이지만 나는 그녀의 영원한 침몰을 눈앞에 보면서 울지는 않았다. 눈물은, 마음과 육체가 빚어내는 무색무취의 그 즙은, 그때 내 것이 아니었다. 그것은 마음이 아직 살아있는 자만이 흘릴 수 있는 분비물이라는 것을 나는 처음으로 알았다. 그녀의 영혼이 천년 전의 정적 속으로 사라져버렸을 때, 내 마음도 동시에 그녀를 따라가고 말았던 것이다. 내게는 울 수 있는 축복도 없었다. 눈물 흘릴 수 있는 슬픔의 행복함. 나는 그것마저도 소유할 수 없었다.

그녀의 얼굴에 흰 시트가 덮였을 때에도 나는 눈을 크게 뜨고

천년의 사랑

그것을 지켜보았다. 그녀의 차디찬 몸이 바퀴 달린 침상에 실려 영안실로 내려갈 때에도 나는 그녀에게 속삭였었다. 당신 옆에는 지금 내가 있어요…….

그래, 당신 옆에는 내가 있어요. 당신이 저 깊은 물속에 가라앉아 있다 하더라도 나는 그 곁에서 하늘거리는 가느다란 수초로 살아갈 것입니다. 당신이 영원 속을 떠도는 한 점의 먼지라면 나는 당신을 영롱하게 빛내주는 한 줄기 햇빛으로 당신을 따라다니겠습니다. 아, 당신이 저 하늘 어딘가에서 흰 옷자락을 날리며 떠도는 영혼으로 존재한다면 나는 그 옆에서 한 줌의 구름으로 당신을 바라보고 있겠습니다…….

나는 지금, 아무도 원망하지 않는다. 그녀가 내 곁을 떠날 것이라는 무서운 예감은 천년 전부터 있었다. 그날 아침, 그녀가 노을 속으로 사라지는 작은 산새 한 마리를 보았다고 말했을 때부터 나는 이 시각이 오리라는 것을 알고 있었다. 알고 있었지만, 그럼에도 나는 또한 그것을 믿지 않으려고 애를 썼다. 나의 스승 범서 선생이 말씀하지 않았던가. 마음이 있는 그곳에 진실이 있으며, 진실이 있는 그곳에 바로 몸이 있어야 한다고.

나는 그 말씀대로 이루었다고 믿었었다. 그녀와 함께 있기 위해 그 많은 시간들을 다 참고 견딘 것이 아닌가. 그리하여 마침내, 마음과 진실과 몸이 다 한자리에 있는 나날을 갖지 않았던가. 우리의 동행이 비록 두 달도 못 되는 짧은 시간이라 해도 그것을 이루기 위해 내가 바친 시간은 두 달의 열 배, 백 배, 천 배, 만 배나 되는 것이었다.

나의 숱한 인내와 기다림이 우리 사이의 불길한 운명을 결국은 막아냈을 것이라는 내 믿음은 헛된 것이었다. 그것이 집착이 빚은 헛되고 헛된 믿음인 것을 진작 알았다면 그녀를 좀 더 편하게 보낼 수도 있었을 것을. 그녀와 다시 산장으로 돌아가고 싶다는 내 욕심을 포기했더라면 그녀를 그 거친 수술실에서 죽게 하지는 않았을 것을.

그랬었다. 나는 도저히 그녀를 보낼 수 없었다. 그녀가 병실에서 의식을 잃었을 때, 그때 나는 그녀를 조용히 보내줄 준비를 했어야만 했다. 그럼에도 의식을 잃은 환자를 나는 무작정 수술실로 보냈다. 그리고 나는 외쳐댔다. 둘 다, 둘 다 살려내야만 한다고. 둘 중의 누구도 포기할 수 없다고.

수술은 네 시간이나 걸렸다.

의사는 최선을 다했다.

나는 그것을 믿는다. 의사는 만약을 대비해서 종합병원의 내과 과장을 급히 불렀다. 다른 병원의 의사를 불러들인다는 것은 생각도 못할 일이라고 간호사는 나를 위로했다. 그녀의 수술이 진행되는 동안 병원은 숨소리도 들리지 않는 긴장상태였다. 나는 수술실 밖에서 기도하고 또 기도했다.

그 기도의 힘은 의식을 잃기 전 그녀가 마지막으로 내게 남긴 말에서 비롯된 것이었다. 그 말이 아니었으면 나는 정신을 잃고 갈팡질팡 울부짖기만 했을 것이었다. 그렇지만 그녀가 말했다. 아주 오래전부터, 천년 전부터, 당신을 사랑했다는 것을 믿어요…….

마침내 그녀의 입을 통해 나의 사랑을 확인한 것이었다. 그것은 내가 그토록 오래 일구어서 밝혀낸 불씨였다. 그것이 처음이자 마지막 말이 되게 하고 싶지 않았다. 하늘이 무심하지 않다면, 운명이란 것이 그렇게 가혹한 것만이 아니라면, 내 기도를 들어줄 것이라고 나는 믿었었다. 그래서 미친 듯이 기도를 했다. 내 기도를 받아줄 대상이 누구였는지는 생각도 나지 않는다. 나는 다만 기도하고 또 기도했을 뿐이었다.

그녀를 잠시만 내게 더 머무르게 해주십시오. 십 년만, 아니 일 년만, 그것도 안 된다면 단 한 달만이라도 그녀의 목소리와 눈빛을 보게 해주십시오. 이 욕심도 크다면, 그렇다면 열흘만, 일주일만, 하루만, 아니, 그저 단 한 시간만이라도 다시 그녀의 웃음과 목소리를 듣도록 도와주십시오.

내 기도는 결국 '단 한 시간만'에서 멈추었다. 그 이상은 도저히 포기할 수 없었다. 정 안 된다면, 단 한 시간이라도 그녀를 평화 속에 머물게 하다가 보내고 싶다는 그 간절한 소원만은 도저히 양보할 수 없었다. 나는 끝까지 '단 한 시간만'을 외우고 있었다.

내가 음흉했던가. 그때 나는 속임수를 부리고 있었던가. 그렇게 작은 소원을 빌어야만 하늘이 내게 관용을 베풀 것이라고 은밀히 계산했던 것은 아니었을까.

아니었다. 진심이었다. 나는 진정으로 그녀의 얼굴을 다시 보고 싶었다. 단 한 번만이라도 내게 사랑을 전한 그녀의 얼굴을 만져보고 싶었다. 단 한 번만이라도 그녀의 따뜻한 손을 꼭 쥐어보고 싶었다. 단 한 번만이라도 나를 부르는 그녀의 조용한 목소리를 듣고 싶었다.

그 모든 기도는, 그러나, 허사였다. 나는 아무 표정도 없는 그녀의 얼굴을 만져보았을 뿐이었다. 이미 차디차게 굳어진 그녀의 손을 부여잡았을 뿐이었다. 어두운 침묵으로 꽉 다물어진 그녀의 입술에 떨리는 내 손가락을 대어보았을 뿐이었다.

그것뿐이었다. 내가 죽을 만큼 간절히 원했던 것을 나는 단 한 가지도 갖지 못했다. 하늘은 '단 한 시간' 같은 아주 작은 소원 하나도 들어주지 않았다.

그리고, 그 이후, 내게 남은 것은 완벽한 절망뿐이었다. 너무나도 완벽한 절망이어서 나는 오히려 냉정할 수 있었다. 나는 이제 기도하지 않을 것이었다. 나는 이제 누군가에게 우리의 행복을 만들어달라고 부탁하지 않을 것이었다. 그것이 아무 소용도 없는 일이었다는 것을 나는 뼈저리게 깨달았다.

할 수 있는 일이 있다면 내가 한다. 해야 할 일이 있다면 직접 내가 할 것이다. 나는 그렇게 스스로를 향해 다짐을 했다. 그녀를 지킬 사람은 나 하나밖에 없는 것이었다. 그녀를, 이미 떠난 그녀지만, 이대로 홀로 가게 내버려둘 수는 없다. 이 땅에서 그녀는 충분히 혼자였다. 홀로 뿌리를 내리고, 홀로 잎을 틔우고, 홀로 꽃을 피우고, 홀로 지는 꽃을 감당했었다. 저 영원 속의 어둠에서까지 그녀를 홀로 내버려둘 수는 없다.

그리고 나는 비로소 아힘사를 이해했다. 천년 전의 그 아힘사, 죽은 수하치를 따라 영원 속으로 들어가 버린 아힘사를. 천년의 시간이 흘렀어도 우리의 운명이 변하지 않았다면 나는 다시 아힘

천년의 사랑

사가 될 수밖에 없는 것이었다. 나는 내가 아힘사의 길을 그대로 다시 밟을 것임을 조금도 의심하지 않았다. 그리고 그 길이 내게 남은 유일한 위안이라는 것도 고스란히 수긍하였다.

나는 그것이 이 사랑의 완성인 줄 믿었다. 어리석고 또 어리석은 나는 그 길만이 내게 주어진 선택이라고 생각했다. 영혼으로 그녀 뒤를 따라가 우주 속의 다른 섭리에 영향받으며 또 다른 미래를 기다리는 모습, 그것이 내가 힘들여 극복한 이번 생의 결과라고 앞질러 결정해버렸던 것이었다.

탄탄하기가 절벽의 바위 같았던 그 결정이 조금씩 바스라지기 시작한 것은 그녀가 떠난 후 여덟 시간 만에 만난, 너무나 여리고 여린, 그러나 한없이 순결하고 이슬처럼 맑은 한 생명을 보고서였다.

살아있는 자의
희망

열 개의 손가락이 있었다.

열 개의 분홍 발가락도 있었다.

거의 푸른빛이 나도록 깨끗한 눈망울이 있었다. 솜털처럼 부드러운 머리칼도 어엿하게 자라고 있었다. 피부는 아직 발갛게 익은 그대로지만 오뚝하니 솟은 코와 꽃잎 같은 입술은 너무 아름다웠다.

유리창 너머로 처음 아이를 보면서 나는 후들후들 온몸을 떨기 시작했다. 아, 이 아이가 있었지. 제발 이 아이를 아프지 않게 해 달라고 그녀가 가물거리는 의식 속에서도 온 힘을 다해 내게 부탁했었지. 아, 어떻게 이 아이를 잊고 있었을까. 어떻게 그녀의 간절한 부탁을 잊고 있었을까.

나는 그녀를 보낸 후 여덟 시간 만에 비로소 울기 시작했다. 멀리로 달아나버렸던 마음 한 자락이 다시 세상 속으로 스며드는 순간이었다. 그토록 단단했던 결심의 한 귀퉁이가 흔들리는 순간이기도 했다. 나는 유리창에 머리를 문대면서 한없이 흐느꼈다. 한번 터진 눈물은 눈물샘이 망가진 것처럼 걷잡을 수 없이 흘러내렸다.

의사는 말했다. 생각보다 아이는 건강한 편이라고. 그러나 심장 발육이 부진해서 호흡곤란 증상이 있다고. 그래서 당분간은 병원에서 돌봐줘야 할 것이라고.

의사의 말에 나는 무조건 고개를 끄덕였다. 이 아이를 세상에 내보내기 위해 나한테 가장 소중했던 사람이 대신 세상을 떠난 것이었다. 내가 무엇을 반대할 수 있겠는가. 아프지 않게, 고통스럽지 않게, 소중히 다뤄주십시오, 라고 말할 수는 있지만.

나는 하루에도 서너 번씩 아이를 면회하기 시작했다. 내가 가면, 유리벽 저쪽 안에서 엄마를 잃은 줄도 모르는 가냘픈 생명은, 무심한 눈길로 내 뒤 어딘가를 보곤 했다. 그 아이의 말간 눈빛을 보고 있으면 헝클어진 나조차도 말갛게 개는 느낌이었다.

아이가 있었으므로 산장으로 돌아가는 날짜를 며칠 뒤로 미루었다. 나는 병원 앞에 숙소를 구하고 정해진 시간마다 아이를 보기 위해 병원으로 갔다. 간호사가 그랬던가. 이 꼬마는 보통 아이하고 많이 다르다고. 전혀 울지도 않고, 아직은 뱃속에 있는 시늉으로 잠깐 잠깐 웃기도 하는 법인데 전혀 웃지도 않는다고 했다.

울지도 않고 웃지도 않는 연약한 생명을 두고 산장으로 돌아가던 날, 나는 유리창으로 아이를 보지 않았다. 오늘만큼은 그렇게 만나고 싶지 않았다. 직접 들어가서 아이를 한번 안아보고 싶다는 나의 요청에 간호사는 푸른 가운과 커다란 마스크를 내주었다. 그 고약한 차림새가 마음에 걸렸지만 나는 시키는 대로 했다.

아이는 깃털만큼이나 가벼웠다. 너무나 가벼워서 아이에게는 몸은 없고 정신만 있는 게 아닌가 생각될 정도였다. 내 품에서 아이는 가만히 나를 쳐다보았다. 전혀 버둥거리지도 않고, 다른 어디로 시선을 옮기지도 않고 일부러 그러는 것처럼 똑바로 내 얼굴을 올려다보았다.

간호사는 아직 사물을 구별할 줄 모른다고 말했지만, 그러나 나는 아이가 내 모습을 가슴에 새겨두고 있다는 것을 확실히 깨달았다. 틀림없었다. 까만 눈동자의 초점은 한 치의 어긋남도 없이 내게로 고정되어 있었다. 눈도 깜박이지 않고서. 아이와 나는 시선을 맞추고 한참을 가만히 있었다.

그런 어느 순간, 전혀 웃을 줄 모른다는 아이가, 한 번도, 배냇짓으로라도 웃지 않았다던 아이가 나를 보고 활짝 웃었다. 정말이었다. 아주 짧은 순간 아이는 그지없이 활짝 나를 보고 웃었다.

그 순간 내 가슴의 떨림을 어떻게 표현할 수 있을까. 나는 나도 모르게 아이를 안은 팔에 힘을 주었다. 아이의 심장과 내 심장이 맞닿도록 그렇게. 그러자 아이의 심장에서 내 심장으로 무언가 질긴 끈 하나가 이어지는 느낌이 전신을 감싸 안는 것이었다.

다시 피어야 할
꽃

나는 그녀를 내 산장 가까이 묻었다. 산장의 창으로 보면 저만 큼 바로 앞에 보이는 자리였다. 물론 햇볕도 종일 따뜻하게 드는 곳이었고, 아무리 큰비가 내려도 거짓말처럼 물이 빠져버리는 땅이었다.

그리고 나는 밤을 꼬박 새워 바위를 갈고 다듬어 그녀의 묘비를 만들었다. 거기에 나는 아무 글도 새기지 않았다. 새기고 싶은 말이 너무 많았기에 차라리 여백으로 남겨두기로 했다.

나는 나의 길이 천년 전의 아힘사가 걷던 길과는 다르다는 것을 인정하기로 했다. 나는 그녀를 따라가지 않을 것이었다.

그녀가 그것을 원하지 않고 있음을 나는 안다. 내가 그녀를 따라 영원 속으로 침몰하는 것은 그녀를 배신하는 행위이다. 뿐만 아니라 이 사랑의 완성을 위해서는 천년 전의 아힘사와는 달라야 한다는 것도 나는 안다. 천년 후에도 사랑의 비애만을 남기고 영원 속으로 돌아갈 수는 없는 것이다.

그녀가 깊은 물속에 잠겨버린 작은 배로도 평화로울 수 있는 길은, 그녀가 어둠 속에서도 영원한 정적을 유지할 수 있는 길은, 그것은 그녀가 남긴 씨앗 하나를 잘 간직해서 차마 눈부셔 볼 수 없는 아름다운 꽃으로 만개시키는 책임을 내가 엄숙하게 실행하는 길밖에 없다. 나는 그 길을 피하지 않을 것이었다.

그래서 나는 그녀의 영혼이 편히 쉴 거처를 마련해놓자마자 서둘러 다시 산을 내려왔다. 아이가 병원에서 퇴원하기까지 보름 동안, 나는 그렇게 하루도 빼놓지 않고 아침 일찍 산을 내려가, 아이의 웃음 한 번 보고, 어두워진 산길을 걸어 산장으로 돌아오곤 했다.

아이를 보고 돌아오면 반드시 그녀에게 갔다. 내가 없는 동안 그녀를 지키고 있던 미루와 함께 나는 오래오래 그녀에게 아이의 이야기를 들려주곤 했다.

점점 활기차게 움직인다고 간호사도 기뻐하고 있어요. 내가 보니 영락없이 당신을 닮았어요. 무슨 말을 할 듯 말 듯 오물거리는 그 입술은 정말 당신 것을 그대로 옮겨놓은 것 같아요. 그 애의 발가락은 또 얼마나 귀여운지, 당신한테 보여주고 싶어요. 설마, 당신도 어딘가에서 다 보고 있겠지요…….

9장 그후

5년 후의
어느 날

노루봉 산장은 여름이 한철이다. 노루봉을 찾는 사람들이면 누구나 그림처럼 꾸며놓은 산장 안에서 향기 좋은 잎차 한잔을 마시고 산을 내려간다. 사람들은 그래서 이 산장을 노루봉 카페라고도 불렀다.

여름에는 통나무로 만들어놓은 의자가 모자랄 정도로 늘 사람이 붐볐다. 이 산장에서 파는 차는 모두 주인이 직접 노루봉에서 채취한 갖가지 산야초들로 만든 것이어서 어디에서도 맛볼 수 없는 독특한 향취가 있다는 소문이 등산객들 사이에 퍼져있었다.

산장의 주인은 등산객 하나하나를 위해서 매번 다른 차를 끓여내곤 했다. 향기를 원하는 사람에게는 마른 산국화 잎으로 우려낸 산국차를, 담백한 맛을 기다리는 여성에게는 구절초차를, 기운이 쇠한 사람에게는 어린 쑥을 그늘에서 말려 빻은 뒤 콩가루에 묻혀 살짝 쪄낸 콩쑥차를 꿀과 함께 내놓았다. 녹차라 하더라도 노루봉 산장의 녹차는 직접 가꾸어서 갓 따낸 새순 외에는 절대 차로 우려내질 않았으므로 은은한 향내가 코끝을 간지럽히는 특별한 것이었다.

차 한 잔 값을 치른 것치고는 너무나 소중한 대접을 받은 사람들은 오래도록 노루봉 산장을 잊지 못했다. 그들은 도시로 돌아와서도 문득 문득 산장 안에 감도는 향기와 반들반들 윤이 나는 통나무 탁자를 떠올리곤 했다. 그래서 다음 해 여름이 되면 다른 산을 갔다가도 일부러 노루봉까지 잎차를 마시기 위해 들르는 사람도 많이 생겨났다.

산장에 들어가기 전이나 혹은 산장에 들어가 차를 마시고 나온 사람들 눈에 한 번씩은 꼭 띄게 마련인 곳이 한군데 있었다. 그곳은 바로 산장 발치에 누워있는 잘생긴 무덤이었다. 한눈에도 누군가의 지극한 정성으로 가꾸어지고 있다는 느낌을 강하게 던져주는 그 무덤 앞에는 오묘한 모습으로 다듬은 바위 비석이 하나 서있고, 역시 자연 그대로의 형상을 오롯이 살린 너럭바위가 비석 밑에서 상석(床石) 역할을 하고 있는 것을 볼 수 있었다.

하지만 정작 사람들의 시선을 끄는 것은 바위를 이용한 비석이나 상석, 혹은 무덤 주변의 푹신한 풀밭이 아니었다. 그것뿐이라면 별로 대수로울 것도 없는 풍경이었으니까.

그러나 여름 한철 노루봉에 들러 산장을 지나친 사람이라면 누구라도 그 무덤 앞에서 정답게 뛰놀고 있는 단발머리 여자아이 하나와 누런 털의 늙은 개 한 마리를 발견하고 문득 걸음을 멈추곤 했다. 가끔씩 구슬이 굴러가는 듯 깔깔거리는 웃음소리를 공중에 퍼뜨리면서 나비처럼 나풀나풀 뛰어다니는 여자아이, 그리고 흡사 근엄한 근위병처럼 꼬마의 곁에 바싹 붙어서 사방을 살피고 있는 늙은 개.

아이는 이제 다섯 살쯤이나 되었을까. 홀쭉하니 야윈 것 같은 체구이지만 자세히 보면 사과의 붉은 빛을 그대로 닮은 양 뺨의 홍조나 날렵한 몸 움직임이 아이의 탄탄한 건강을 증명해주었다. 그리고 골짜기를 맑게 울리는 웃음소리나 "미루야!" 하고 개 이름을 부를 때의 그 낭랑한 목소리 또한 정녕 산 아이다운 정기가 있는 것이었다.

어른도 오르기 힘든 높고 험한 산봉우리 산장에서 맞닥뜨리는 이 아름다운 정경은 누구의 발걸음이라도 멈추게 하기 충분한 것이었다. 나풀거리는 까만 머리와 동그란 얼굴, 빗은 듯이 매끄러운 예쁜 종아리, 아이의 어느 것 하나 사람들 시선을 끌지 않는 데가 없었다.

사람들이 더욱 호기심을 갖는 것은 아이가 한 번씩 봉분 위에 납작 엎드려 가만히 땅속에 귀를 기울이는 모습을 보게 되기 때문이었다. 그 모습은 흡사 먼 곳에 있는 누군가의 작은 목소리를 가려듣느라 애쓰는 듯이 보였다. 아이는 정말 땅속에서 무슨 소리를 듣는 것 같기도 했고 때로는 그 말에 화답해서 무언가를 무덤 안에 대고 말해주는 것처럼 보이기도 했다.

한 등산객의 말에 의하면, 자신이 직접 무덤가로 내려가 아이가 하는 양을 자세히 지켜보았는데 틀림없이 무덤 속의 누구와 대화를 나누더라고 했다. 그래서 아이에게 누구와 이야기하느냐고 물었더니 환하게 웃으며 엄마랑 이야기 한다고 대답하더라는 것이었다.

그때쯤이면 누군가 다시 산장 주인의 이야기를 꺼내기 마련이었다. 산장에 함께 사는 가족이 몇이냐고 물었는데 주인 대답이, 아내와 딸과 개 한 마리까지 모두 네 식구가 산다고 했다면서 이 산장에 뭔가 슬픈 사연이 깃들어있는 것이 틀림없다고 단정 짓곤 하는 것이었다.

슬프지만 아름다운 사연, 아름답지만 슬픈 사연이 있는 산장.

사람들은 이렇게 가슴속에 노루봉 산장에 대한 기억을 담고 산을 내려가 각자의 생활 터전으로 돌아가곤 했다. 도시로 돌아간 그들은 또 오랫동안 향기로운 한잔의 차와, 조용한 산장 주인과, 단발머리 여자애와, 그리고 충성스런 개 한 마리를 마음에 담아 두고 삶에 지칠 때마다 가만히 떠올려보곤 하는 것이었다.

노루봉 산장에 잠시 머물렀던 사람들이 산을 내려가는 시각은 대개 오후 서너 시 무렵이었다. 일몰의 시간이 닥치면 너무 늦게 도착해서 미처 정상에 오르지 못한 등산객이나, 산장에서 하룻밤을 보낸 후 계속 이웃 산으로 넘어갈 등산객 한두 명만 남았다.

저 멀리 짧은 석양의 황홀한 빛잔치마저 스러지는 그 시간에도, 숲 그림자가 저녁보다 먼저 사방을 어둡게 만드는 그 시간에도, 아이는 무덤가 풀밭에서 충실한 개와 뒹굴며 장난을 치고 있기 일쑤였다. 개의 목에 풀잎 목걸이를 만들어 걸어주기도 하고, 열 개의 꽃반지를 만들어 무덤 위에 줄줄이 늘어놓기도 하면서.

바로 그 시간이 되면 언제나 산장 굴뚝으로 하얀 연기가 피어

올랐다. 그 연기는 아이를 씻길 물을 데우기 위해 산장 주인이 바깥 아궁이에 불을 지피는 때문이었다.

여름에도 산장 주인은 꼭 나무를 태워 아이의 목욕물을 데웠다. 물이 다 데워져도 주인은 금방 아이를 부르지 않았다. 뜨거워진 물에 띄워놓은 약초잎들이 품고 있는 좋은 기운을 남김없이 물속으로 내보낼 때까지 주인은 침착하게 기다리는 것이었다.

기다리는 동안 주인은 가만히 앉아 명랑하게 뛰놀고 있는 아이와 개를 하염없이 바라보기만 했다. 그럴 때 그의 온 얼굴에는 미소가 가득하였다. 이윽고 약초가 다 우러난 듯싶으면 주인은 얼굴의 미소는 그대로 둔 채 아이의 이름을 불렀다.

"인희야! 인희야!"

그가 아이의 이름을 부르면, 그 울림은 온 산을 메아리로 떠돌며 나뭇가지도 흔들고, 잎사귀도 매만지고, 작디작은 산꽃 떨기들 위에도 앉았다가, 마침내 아이가 있는 무덤가로 되돌아오곤 하는 것이었다.

작가의
말

벌써 몇 년 전의 일이지만, 그해 겨울의 얼마간 나를 꼼짝 못하게 눕혀놓았던 한 종합병원의 서쪽 병실을 나는 지금도 종종 떠올린다. 흰 시트의 철제침대가 있었고, 긴 의자가 하나 있었으며, 그리고 넓은 창이 있었던 그 병실에서 그때 나는 무슨 생각을 하고 있었을까…….

깨어있을 때, 나는 주로 창밖 풍경을 보며 시간을 보냈다. 늘 그랬듯이 그곳에서도 나는 하늘과 나무와 구름이 보이는 창의 윗부분보다 사람들이 담겨있는 창 아래쪽에 시선을 고정시키고 있었다. 그리고 거기 내 시선이 닿는 곳에 영안실이 있었다.

영안실 앞은 언제나 사람들로 붐볐다. 그러나 5층의 내 병실에선 소리는 잡히지 않았으므로 그곳 풍경은 내게 무성영화의 장면들처럼 매우 의미심장하게 보였다. 나는 창문에 코를 박고 끊임없이 열리고 닫히는 영안실의 회색문과 그 앞에서 서성이는 검은 옷차림의 사람들을 보고 또 보았다.

그리고 얼마 후 내내 고요하기만 하던 옆 병실의 할머니가 숨을 거두었다. 밤새도록 복도가 술렁이더니 오후에 약을 들고 온 간호사가 할머니의 임종을 알려주었다. 창밖을 내다보니 아니나 다를까, 밤과 아침 동안 복도에서 보았던 가족들이 영안실 앞에 고스란히 모여있었다. 내가 창밖을 내다보고 있는 동안 간호사가 중얼거렸다. 환자들은 영안실이 보이는 서쪽 병실을 싫어한다고. 동쪽 병실이 비면 옮겨달라는 환자가 많다고.

할머니가 영안실로 옮겨진 직후 옆 병실에 새 환자가 들어왔다. 저녁 식사가 날라져 왔을 때 나는 옆방에서 들려오는 식기 부딪치는 소리에 귀를 기울였다. 숟가락을 쟁반에 내려놓는 소리, 침대의 스프링이 튕기는 소리, 웅얼거리는 낮은 목소리들을 가려서 들으며 나는 잠시 멍하니 내 몫의 저녁밥을 바라보고만 있었다. 몇 시간 전에 한 생명이 질긴 삶의 줄을 놓아버리고 하늘로 떠난 그 침대 위에서 또 다른 목숨이 삶을 연명하기 위해 밥을 먹고 있는 것이었다. 죽음과 밥과 삶.

살고 죽는 것은 그런 것이다. 그것이 얼마나 자연스러운 연결인가 깨닫고 나는 내가 통과한 약간의 호들갑을 부끄러워했다. 호들갑을 떨지 않고 살기는 그러나, 얼마나 어려운가. 나는 그러고도 한참 동안이나 식어가는 내 밥과 국을 쳐다보고만 있었다.

그때 내가 거기에 있었던 것은 단순히 병원체가 일으킨 반란 때문만

이 아니었다. 나는 의사가 처방해주는 대로 묵묵히 주사를 맞고 약을 복용하기는 했지만 그러나 마음속으로는 늘 이게 아니야, 라고 웅얼거리고 있었다.

　그해 초겨울 나는 첫 장편『희망』을 출간하고 기다리고 있었다. 독자들이 내미는 뜨거운 손, 독자들이 보여줄 눈물, 독자들이 보내올 어떤 목소리를 나는 초조하게 기다렸다. 그럴 수밖에 없었다. 나로서는 마지막기운 한 점까지 다 바친 소설이었고 이제 이 이상의 신명은 기대할 수없으리라는 생각까지 덧붙여서 쓴 소설이었기 때문이었다. 그러나, 돌아온 것은 희미한 여운밖에 없었다. 아주 소수의 사람들만 그 소설을 읽었다. 나는 그 소수의 사람들에겐 형제애를 느꼈고 나머지 사람들한테는상처를 입었다. 나는 세속적인 어떤 것을 욕망한 것이 결코 아니었다. 내가 원한 것은 다만『희망』으로 연결되는 동시대인들의 벅찬 연대감, 오직 그것 하나뿐이었는데.

　기다림은 상처가 되었고 그 상처는 기어코 나를 쓰러뜨렸다. 처음에는 중환자실에서, 나중에는 영안실이 보이는 서쪽 병실에서 나는『희망』

을 잊어야 새로운 희망을 만난다고 나를 달랬다. 그러나 나는 쉽게 달래지지 않았다. 그랬으므로 당연히 회복은 더디었고 퇴원 후에도 오랫동안 몸을 추스르지 못했다.

이 소설은 영안실이 보이는 그 병실에서 구상되었고 첫 문장이 쓰여졌다. 영안실 앞의 그 많은 사람들과 또 영안실 안의 숱한 죽음들을 바라보던 내 머릿속으로 저절로 한 소설의 줄거리가 떠올랐다. 『희망』을 쓰기 전이었다면 밀쳐버렸을 이야기였지만, 그러나 그때 이미 나는 좀 더 다른 곳에서 소설을 바라보기 시작했으므로 아무도 나를 말릴 수 없었다.

그러나 곧바로 그 원고를 책으로 묶을 생각은 하지 않았다. 시간이 필요하다, 고 나는 서랍 속에 잠겨있는 원고뭉치를 보며 사람에게 하듯 타이르곤 했다. 그리고 거의 5년이란 시간을 보내고서야 나는 이 소설을 다시 고쳐 쓰기 시작했다.

이미 오래된 증상이지만, 소설을 생각하면 나는 늘 무언가 갑갑했다. 벗어나고 싶었다. 머리를 옥죄고 있는 틀 하나만 벗겨내면 훨씬 다르게 소설을 쓸 수 있을 것이고 그리하여 이 갑갑함에서 빠져나갈 수도 있으리라 생각하곤 했다. 이 소설은 글쓰기로 세상을 살아가는 자 하나가 제 손으로 평생 지니고 살던 머릿속 무거운 틀 하나를 벗겨낸 흔적이다.

그랬더니 참, 숨쉬기가 많이 편해졌다.

이 소설을 읽는 사람들도 나처럼 숨쉬기가 편해졌으면 좋겠다. 갇혀 있는 사람들, 한계를 느끼고 있는 사람들, 그런 사람들한테 혹시 산소를 공급하는 구멍이 되지 않을까, 하고 말한다면 변명으로 들릴는지도 모르겠다. 그러나 변명도 알고 보면 모두 진실인 것을.

1995년 여름

양귀자

해설
'간절한 사랑'을 새롭게 읽기
정재서 (문학평론가 · 이화여대 중문과 교수)

양귀자의 『천년의 사랑』은 우리가 소중히 여기는 한 작가의 변모가
과연 어디까지 가능한가를 실험적으로 보여주고 있는 소설이다. 그만큼
이 소설은 이전의 양귀자 소설과는 낯설다. 양귀자 소설세계의 변모를
잘 알고 있는 사람에게도 낯설고, 사실주의를 생명으로 하고 있는 근대
소설문법에 익숙해있는 사람에게도 낯설다. 종래의 정전화된 소설개념
의 측면에서 볼 때는, 이 소설은 낯설다기보다는 예외적이고 이단적으로
보이기까지 할 것이다.

그러나, 이 소설을 예외적이고 이단적이라고 말할 수 있는 잣대는 과
연 요지부동의 확고한 잣대일까? 『천년의 사랑』은 소설이 주는 재미, 소
설이 전하는 메시지에 대해 생각하기 전에, 과연 소설이라는 것은 무엇
인가를 진지하게 성찰해보게 만드는 소설이다.

양귀자의 『천년의 사랑』은, 우리가 익숙해있는 소설에 대한 관념, 주
로 근대 이후의 서구 소설에서 빚지고 있는, 그러한 관념에서는 대체로
기피해왔던 기공(氣功), 도술, 명상 등의 소재가 대담하게 전면으로 돌출
되고 있다. 이러한 소재들은 작품의 리얼리티를 감소시킬 뿐만 아니라
용속한 취미주의의 소산으로 간주되어 왔던 것들이다. 그러나 안목을 동

양 쪽으로 조금만 돌려보자.

'문학은 기에 의해 결정된다(文以氣爲主)'고 일찍이 조비가 갈파했듯이 동아시아 문학에 있어서 기는 문학의 발생과 존재를 가르는 중요한 관건이다. 『천년의 사랑』에서의 현실은 이러한 기론적(氣論的) 세계관에 바탕하여 주술적 현실까지 실감나게 끌어안았던 전통소설의 현실과 흡사함을 느끼게 된다. 꿈에서 깨어난 후 '내가 나비의 꿈을 꾼 것인가, 나비가 나의 꿈을 꾼 것인가'라고 되뇌었던 장자의 호접몽처럼, 이 소설에서의 현실은, 차안과 피안, 현실과 꿈, 현실과 비현실의 넘나듦을 통하여, 소설적 시간과 공간을 가없이 확장한다. 그리고 그 소설적 시간과 공간의 확장은 '영원한 사랑'이라는 이 소설의 주제와 아주 긴밀하게 연결되어 있다.

생후 2개월 밖에 안 된 갓난아이의 몸으로 어머니로부터 버림받은 여자아이, '천사원'이라는 고아원에서 자라난 여자아이, 간신히 전문대학까지 마치고 지금은 백화점 홍보실에서 일하고 있는 스물여섯 살의 오인희.

이 소설의 주인공 오인희는, 겉으로 보기에는 이 세상의 온갖 신산을 다 맛보면서도 꿋꿋하게 자신을 지키며 이 세상을 이겨온 한 여인의 모습을 하고 있다. 그러나 그녀의 내면은 어떠한가? 그녀는 스스로를 '꿈으로부터 추방당한 자'로 간주하고 있지 않은가. 그것은 무엇을 의미하는가? 오인희라는 한 여인, 그 여인이 이 세상, 이 현실 속에서 자그마하나마 자신의 공간을 확보하고 숨쉬기 위해서는 '꿈의 결여'가 절대적으로 필요함을 역설적으로 말해주고 있는 것이 아닌가. 그녀는, 이 세상에 자그마한 자신의 공간을 확보하기 위해서 남에게 마음을 열어줄 수 없었던 것이다.

여기서 우리는 그 꿈이라는 단어를 사랑이라는 단어로 바꾸어볼 수도 있을 것이다. 사랑이 남을 향하여 마음을 열어놓는 행위라고 할 때에, 오인희가 현실 속에서 누구와 사랑을 하게 된다는 것은, 그토록 어렵게 지켜온 자신만의 공간(16평짜리 아파트, 백화점 홍보실이라는 직장, 더 나아가 오인희라는 하나의 인격체)을 상실하게 되는 것이라고 볼 수 있다. 오인희가 김진우라는 청년과 만나서, 우여곡절을 겪게 되는 과정은, 그 열림과 자기 상실, 자기 파멸의 과정에 다름 아니다. 그렇다고 그녀에게 과연 구원은 없는 것일까? 그녀는 현실의 덫에 걸린 사랑, '이루어질 수 없는 사랑'의 희생자로 그쳐야만 하는 것일까?

소설에서 볼 수 있듯이, 그 구원은, 현실 밖의 비현실, 아니 차라리 현실 속의 비현실에서 온다. 그 비현실적인 사랑은, 현실의 덫에 걸린 사랑, 이기적 소유욕의 사랑, 현실 속에서 언제나 제한적일 수밖에 없는 사랑을 영원의 공간으로 해방시키며, 이루어질 수 없는 사랑을 이루어지게 만들고, '사랑'이라는 단어에 또 하나의 생생한 생명력을 부여한다. 그 비현실의 공간은, 그래서, 생생한 현실의 공간이 된다. (인간이 꿈을 꾸고 꿈을 갖는다는 의미에서, 또한 사랑을 갈구한다는 의미에서, 그 꿈, 사랑은 그 얼마나 생생한 현실인가!)

사실상, 천년을 두고 유전해온 순결한 영혼 한 쌍의 슬픈 사랑, 이러한 모티프는 당나라의『이혼기(離魂記)』나 청나라의『요재지이(聊齋志異)』 등의 전통소설에서 그 연원을 찾아볼 수 있으며(코플라 감독의 신판「드라큐라」는 원판의 동양적 각색이다), 양귀자의 소설적 상상력은 바로 동양의 그 전통적인 소설양식과 자연스럽게 맞닿아 있다고 말할 수 있다.

그러나, 양귀자의 소설은 단순히 전통소설의 재현은 물론 아니다. 그녀의 소설은, 그녀가 소설에서 과감히 소설적 현실로 받아들인—시간과 공간을 넘나드는 또 다른 현실은, 가시적 현실의 반영에 토대한 기존의 리얼리즘 소설에서 느끼는 한계, 즉 오늘날의 가상현실, 의제현실적(擬制現實的) 상황을 보여주기 어렵다는 한계를 극복하는 중요한 소설적 대응일 수 있기 때문이다. 『천년의 사랑』이 결코 통속적인 도술소설의 부류에 떨어지지 않는 것은 바로 이러한 이유에서다.

더불어 『천년의 사랑』에서 우리가 읽어내야 할 중요한 메시지는, 진정한 사랑이야말로 구도(求道) 그 자체라는 우주론적 깨달음이다. 전생에 아힘사로서, 역시 전생의 수하치를 사랑했던 성하상은, 오인희를 향한 헌신적이고 진정한 사랑과 구도의 행각을 동시에 행하고 있는 것이다. 이 깨달음으로 인해 우리는 소설이 끝났어도 마치 종교에서 말하는 거룩하고 경건한 느낌, 누미노제와도 같은 감동이 우리를 휩싸고 있음을 느끼게 된다.

내용과 더불어 형식적 측면에서도 이 소설은 우리의 눈길을 끈다. 현실과 초현실, 이성과 감성의 교융(交融)에 상응하듯이, 『천년의 사랑』에서는 산문과 운문의 교합현상이 이루어지고 있는 것이다. 산문적 서술을 보다 극적으로 끌어올리고 강조하기 위하여 운문적 제시를 뒤따르게 하는 이 방식은, 작가가 의도했든 안했든, 전통소설에서 중요한 장면 다음이나 말미에 함축적인 시를 덧붙였던 유시위증(有詩爲證)의 기법과 완연히 일치한다. 아울러 매 장 소제목을 달고 시점을 바꾸어 이야기를 풀어나가는 방식은 각설(却說), 혹은 차설(且說) 등의 허두만 없다 뿐이지 전통적인 장회소설(章回小說)의 이야기 진행방식을 생각케 한다. 이 소설은, 좋은 작품이란 내용과 형식이 긴밀히 맞물려 있어야 하는 일이 얼마나 중요한가를 우리에게 일깨운다.

언젠가는 본격적인 작품론을 쓸 것이지만, 『천년의 사랑』에서 추출해낼 수 있는, 테마나 형식상의 전통소설적 요소는 작가의 의고적 취향에서 비롯한 것도 아니고, 작가가 고전의 재현을 목표로 했기 때문도 아니다. 중요한 것은, 소설이 담아내야 할 금후의 현실범주가, 기존에 내려졌던 정의로부터 벗어나고 있는 마당에, 작가는 더 이상 후일담문학이나 상흔문학류에 연연하거나 정전화된 소설개념에 얽매일 필요가 없다는 것이며, 양귀자는 새롭게 그러한 시도를 하고 있다는 사실이다. 즉, 시공과 차원이 확대된 새로운 범주의 현실을 묘파하기 위한 작가의 시도가 모험적인 시도를 낳았으며, 이미 루카치가 말한 바 있는 그 원환적 시도가 우리 모두에게 잠재되어 있을 전통소설의 정신과 만나게 된 것이다.

　가장 구체적이고, 현실적인 오늘의 문제를 돌파하기 위한 방안을 전통으로부터 길어온다는 고위금용(古爲今用)의 시도, 바로 여기에 『천년의 사랑』의 적극적인 의미가 있다고 할 수 있을 것이다. 그런 의미에서, 시공을 넘나드는 『천년의 사랑』의 소설적 공간은 바로 지금의 우리 문학이 숙고해야 할 현실적 공간에 다름 아니라고 말할 수 있을 것이다.

양귀자 소설
천년의 사랑

1판 발행 ● 1995 년 8월 1일
2판 발행 ● 2013년 4월 20일

2판 14쇄 ● 2024년 11월 7일

지은이 ● 양귀자
펴낸이 ● 심은우
표지그림 ● 이수동
디자인 ● [★]규

펴낸곳 ● 도서출판 쓰다
주소 ● 03006 서울시 종로구 평창11길 33
출판등록 ● 2012년 10월 12일 제300-2012-191호
대표전화 ● (02)395-0390~2
팩스 ● (02)379-7322
이메일 ● writepublishing@gmail.com

ⓒ 양귀자, 2013
ISBN 978-89-98441-02-9 03810